DEN SISTE ATENAREN

AV

VIKTOR RYDBERG

FÖRSTA KAPITLET.

I Aten, en morgon för ett tusen fem hundra år sedan.

- Hur är det, Karmides: har druvans gud någon son?
- I sanning, Olympiodoros, det är lättare att utreda de atenska hundarnes ättartavlor än de olympiska gudarnes. Varför då denna fråga? Ämnar du sysselsätta dig med mytologien?
- Nej, vid Zeus, det har aldrig varit min tanke. Det överlämnar jag åt Krysanteus och hans sköna dotter. Jag menar blott, att om en sådan son gives, skall jag ännu i dag dikta en sång. till hans ära. Hans binamn har jag redan färdiga: morgonkvalutdelaren, olust- och ångerguden, den olympiske tinningsmeden. O, min Karmides, är han ännu icke född, denne bedrövlige gud, så torde han snart skåda dagsljuset, eller behagar det honom att, i likhet med sin fader, låta sig föda på nytt; ty mitt huvud, jag känner det, är havande med honom.
- Väl möjligt. Zeus födde ju vishetsgudinnan ur sitt huvud; varför skulle då icke Olympiodoros....
- Alldeles. Och jag undrar icke, om tinningsmeden, likasom hon, träder fullrustad ut och överraskar världen med städet under armen och hammaren i handen.
- Trösta dig, min vän! Morgonluften skall förjaga dessa mytologiska fantasier. Hur frisk vinden blåser från havet! Det är ljuvligt att inandas honom.
- Ah!... Du har rätt. Morgonstunden är härlig—en naturhistorisk upptäckt, som jag skall meddela mina vänner. Huru lång är skuggan?
- Det lider mot torghandelns slut, svarade Karmides, i det han med vant öga mätte solens höjd över det avlägsna, stelt uppstigande Lykabettos. Begiva vi oss till torget? Vi kunna under vägen gå in till Lysis och tömma en bägare lesbiskt med is.
- Ett gott infall. Det skall lindra mina födslovåndor. Hallå, Karmides! Strö då ditt guld i någon Danaes sköte hellre än på gatan! Där tappade du en ring. Han ligger vid dina fötter.
- Ah! Rakels ring! Underpanten på min lilla judinnas flamma! sade Karmides till sig själv, i det han från gatan upptog ringen och fäste honom vid sin guldhalskedja. Prisade vare dina skarpa sinnen, Olympiodoros! Jag ville icke förlorat denna klenod för min kappadokiske Akilleus.
- Jag förstår dig, du nye Alkibiades. Ack, trefalt lycklige vän! Du drack i natt som Milon krotoniaten, men vinet är för dig vad daggdroppen är för rosen: du hälsar din morgon dess mera frisk och strålande. Hur var det? Föll icke vår gode värd, prokonsuln, falernsäcken, slutligen under bordet? Mina minnen från i natt äro som skuggor, vankande vid Letes strand.
- Du minnes rätt väl. Men smäda icke vår Annæus Domitius! Han är en

märkvärdig man....

- Ja, han har en märkvärdig lycka med tärningen.
- Jag menar nu icke den egenskapen....
- Vann han även i natt?
- En obetydlighet. Min speljakt strök segel för några caniculæ[1] såsom han kallar dem.
- En obetydlighet? Din lysande speljakt? Ah, din själsstyrka är beundransvärd, min Karmides; men så har du också en guldförande Paktolos att ösa ur. (Olympiodoros tillade för sig: Guldfloden måste snart vara utvaskad. Ve mig! Var skall jag nästa år finna en annan Karmides?)

- Vad jag hos vår prokonsul beundrar, fortfor Karmides, är hans förmåga av självbehärskning. De bojor, som vinguden pålägger en sådan man, äro blomsterkedjor, dem han sliter, när han vill. Han låg i natt på sin soffa, bägaren hade fallit ur hans hand och kransen glidit ned emot hans näsa, hans ögon voro halvslutna och hans tunga lallade slappt efter tonerna av den lydiska flöjten under de mest löjliga försök att följa dess löpningar, då dörrvaktaren lät anmäla, att en kejserlig brevbärare väntade honom. Vår Annæus Domitius sprang upp som en fjäder, lade bort kransen, ordnade manteln och skred med majestätiska steg ut i aulan, där han emottog brevet, läste det vid skenet av altarlampan och avfärdade budbäraren för att återvända och fortsätta dryckeslaget....

- Nåväl, och brevets innehåll?
- Bah, vilken fråga! Gå till Egyptens sfinx och utforska, om du kan, naturens gåta!
- Jag förmodar, att Julianus....
- Tyst! Nämn icke det namnet! inföll Karmides och såg sig omkring.
- Fördömde tinningsmed! ... Hur var det, min Karmides: är jag ej i dag utbjuden till din lantgård? Det föresvävar mig några ord ur din gudomliga mun om gröna träd och britanniska ostron.
- Alldeles.
- Men Myro och Praxinoa?
- De följa med.
- Härligt!
- Och med några andra av dina vänner har jag stämt möte, en timme efter torghandelns slut, vid trappan till Akropolis.
- Gott!
- Du får ej bereda dig på något överdrivet, Olympiodoros. Allt kommer att tillgå enkelt och lantligt.
- Förträffligt! jag längtar just efter natur och oskuld. Jag skall med nöje valla dina oxar och klippa dina får och dricka vatten ur samma källa som dina herdar. Vatten, gudadryck! Jag hatar ... ah, fördömde tinningsmed!... alla drycker utom vatten. Jag upptäcker i detta ögonblick min sanna bestämmelse. Jag skall varda en herde—en ny Dafnis. Du måste låta någon Testylis eller Amaryllis inviga mig i ostberedningens mysterier, min Karmides. Jag föraktar kulturen och ilar till naturens modersbarm. Apollon har ju varit herde, Paris likaså; herde var

---

1 Lägsta tärningkastet kallades så av romerska rafflare.

»Gossen, som Kypris själv i de frygiske skogarne följde, skogen såg hennes fröjd, och skogen såg hennes tårar: herde Endymion var, och hos hjorden han sov, då Selene steg från himmelen ned att kyssa hans rosiga läppar: Rhea begråter en herde, och Ljungarn själv har i örnham kretsande flugit kring Idas topp för en vallande gosse!»[2]

- Varför skulle då icke Olympiodoros kunna nedlåta sig till krokstaven och herdepipan? Men ett ord, min Karmides! Har du vaktlar, stridstuppar och raffellådor i ditt Arkadien?

- Var lugn. Jag har en aning om naturlivets fordringar.

- Vet du, vid nästa kapplöpning låter jag min Bellerofon uppträda. Silvervit, krusmanig, byggd att klyva luften som en pil. Vad tror du väl? Jag vågar honom mot prokonsulns trakiske hingst.

- Det kan du göra tryggt.

- Jag hoppas det.

De båda ynglingarne befunno sig nu utanför Lysis' samtalssal, ett av dessa för atenarne sa kära, med målningar smyckade tillhåll, av vilka staden ägde flera än året har dagar. En mängd kunder hade redan infunnit sig och vandrade samtalande i portiken eller sutto därutanför, i skuggan av ett från bjälklaget nedfällt soltält, njutande sin frukost: bröd doppat i vin. Sedan Karmides och Olympiodoros förfriskat sig med en bägare lesbiskt, kylt med is, styrde de sin kosa till torget.

Här rådde livlig trängsel, ty den allt kortare och snedare skugga, som det tempelprydda Akropolis kastade, påminde köpare och säljare, att timmen nalkades, då de måste utrymma torget. Fiskare i röda mössor och korta tuniker upphåvade ur sina flyttbara sumpar sprittande tonfiskar och påminde med höga rop, att det nu var fullmåne och deras vara bäst. Småhandlare lupo omkring med prov på sina varor; unga flickor, utbjudande blomsterkvastar, kransar och bindlar, vandrade mellan de långa raderna av vagnar, som—medan deras dragare, mulor och attiska klippare, betade bakom dem—fängslade ögat med anblicken av citroner, persikor, fikon, lök och grönsaker. Från andra vagnar störtade i strålar de pressade vinsäckarnes innehåll i hämtningskärlen. Ett stycke därifrån, just omkring Torg-Hermes' kolossala bildstod, således på samma plats som i Aristofanes' dagar, utbjödo kött- och korvmånglarne sina i form av pelare och festoner ordnade varor, omgivna av talrika kunder, bland vilka de rikes slavar voro mest högljudda, ty här om någonstädes bestämde pungens vikt personens. Under det slaven efter slutat köp avlägsnade sig med den fulla korgen på huvudet, smög däremot den fattige borgaren undan med sin njuggt tillmätta bit under manteln, lycklig, om ej ett hål i denna förrådde en fullblodig atenares förnedring. Längre bort, där trängseln var mindre stark, stodo gipsfabrikanter, krukmakare och glashandlare mellan lederna av sina ofta konstnärligt fulländade arbeten; och än fjärmare från det livligaste vimlet av sorlande och gestikulerande människor—kring äreporten, som skulle påminna om kassanderska rytteriets nederlag, voro lysande bodar, till vilka dyrbara tyger från öarna och Asien, rökverk och salvor från Arabien och Indien, juvelerarearbeten och

---

2 Teokritos.

överflödsvaror av allehanda slag lockade välklädda avnämare av båda könen.

Karmides och Olympiodoros, som, innan vi träffade dem, redan hade hunnit besöka baden och hårfrisören, gingo nu att öka antalet av de unga sprättar, som genom någon märkvärdig ödets skickelse kommit ut så tidigt på förmiddagen och utan annat ärende än att öka trängseln och tillfredsställa sin nyfikenhet armbågade sig genom de köpslående grupperna, än nickande åt någon fager tärna från kvarteret Skambonide, än granskande de till salu utbjudna slavinnorna, som, samlade hit från olika land, läto ögat fritt skåda alla skiftningar av kvinnliga behag, från den svarta etiopiskans till den rodnande syriska flickans. De främmande köpmännen förtjänte även, åtminstone av det ovana ögat, att skådas: man såg bland hundra andra i det brokiga vimlet den spenslige, livlige alexandrinen, som, ehuru född ej långt från pyramiderna, med sin gammalhelleniska dräkt ville hävda ursprunget från jordens mest bildade folk och som, tillfrågad om sin börd, skulle svarat, att han var en makedonisk hellen; den grovlemmade illyriern i anspråkslös yllemantel, som dock ej saknade den om hans fria börd vittnande röda kanten; mannen från det persiska gränslandet, igenkännlig på sin ludna, kägelformiga mössa, sin blommiga rock och de vid smalbenet hopknutna vidbyxorna; den stolte hispaniern, vars bjärta mantel (vävd svulst!) med Senekas sorgespel vittnade om hans landsmäns tycke för det prunkande; den långskäggige juden i mörk kaftan, fodrad med skinn; samt, för att äntligen sluta urvalet, den yppige halvhellenen från Asien med parfymerade lockar, guldringar i öronen och fotsid tunik.

Kommande från Piræiska gatan syntes en man taga sin väg över torget. Folkmassan öppnade sig villigt för honom, och alla närståendes ögon fästes på hans höga, majestätiska skepnad, kring vilken manteln föll i plastiska veck, under det han skred förbi, hälsad av många i hopen.

- Krysanteus! mumlade Karmides, och hans ansikte mörknade.

- Vem är han? viskade främlingarne och följde honom med blicken, tills han försvunnit i vimlet.

Svaren ljödo:—Krysanteus, arkonten.—Den rike Krysanteus. — Filosofen Krysanteus, ärkehedningen.

Det sista av dessa svar kom från en kristian.

Nu ljöd torguppsyningsmannens klocka genom sorlet, och få minuter därefter voro alla bodar nedtagna, alla vagnar förspända, och den brokiga mängden uppslukades efter hand i mynningarna av Piræiska gatan, Kerameikos och de gator, som gingo åt ömse sidor om Akropolis. Straxt därefter voro ett antal stadsslavars armar i rörelse, för att feja torgets stenläggning, och vattenkärror korsade varandra, utdelande, för att lägga dammet, ett fint duggregn, som hastigt uppsögs av de friska fläktarna från havet. Torget, nyss i deshabillé —och i denna dräkt så gott som okänt och oigenkännligt för de många atenare, som älskade morgondrömmar—återvann såsom genom ett trollslag sitt vanliga utseende, som bättre överensstämde med dess minnen och värdighet av hjärta i vishetsgudinnans stad.

En åskådare, som valt sin ståndpunkt framför Zeus Eleuterios' tempel eller den kungliga pelarhallen, vilka åt söder begränsade torget, skulle då till höger sett rådhuset, Rättvisans tempel, Metroon och Apollons tempel—en linje av kolonnader i de olika marmorarternas matta skimmer, alla vilande i skuggan av Akropolis, medan till vänster solen lyste på målningsgalleriets blåvita pelare och i tavlans bakgrund göt sin strålflod över Areopagens kulle och det vid hans fot belägna krigsgudens tempel. Omgivet av dessa byggnadskonstens ädla skapelser, pelarrad vid pelarrad, i vilka den korintiskas prakt vek för den doriskas majestät och detta för den joniskas luftiga behag, ingav det vidsträckta, nu nästan tomma, av en djupblå, vid synranden grönskimrande himmel övervälvda torget en obeskrivlig känsla av vemodsfull storhet, mäktigt stegrad genom de brons- och marmorbilder, som efter människomassans försvinnande ensamma befolkade och i tysta högtidliga linjer, fotställ vid fotställ, omgåvo det. Där de nu stodo, med anletsdragen stämplade av olympiskt lugn, genomandat (såsom alltid hos antikerna) av en vemodsfläkt, syntes dessa vålnader av forntidens väldiga andar, höjda över tidens växlingar och saliga i sig själva, drömmande åse solstrålarnes lek och skuggans spårlösa skridande på den minnesrika platsen.

Småningom livades denna tavla. Från den ståtliga gatan Kerameikos nedstego grupper av medborgare, som vid denna tid plägade samlas å torget för att tala om dagens nyheter och stadens ärenden; och hos dessa atenare kunde främlingen, om han hade öga för sådant, ännu beundra den attiska finhet i skick och tal, vars like aldrig funnits utanför Atens murar, den smakfulla och flärdlösa enkelhet i dräkt, som även hade funnits annorstädes, men nu var utträngd från den övriga världen av despotismens dotter: barbarisk yppighet. Ett offertåg skred tyst och obemärkt, så obemärkt, att det kunde ingiva medlidande, mellan dessa grupper hän emot marmortrapporna, som förde upp till Propyléerna. I målningsgalleriets pelargång samlade en mästare i stoiska filosofien ett antal åhörare, som till större delen voro romerska senatorssöner och andra förnäma ynglingar, komna till Aten för att inhämta hellenisk visdom. Ty denna stad var ännu, vid sidan av Alexandria, den antika bildningens medelpunkt, ett universitet för romerska världsriket, och överglänste sin medtävlarinna med minnena av tankens och levnadsvishetens heroer: Sokrates, Platon, Aristoteles, Zenon, Epikuros. Ännu, sedan kristna kyrkan länge varit en triumferande, sedan i själva Rom det sista hedniska altaret, Segerns, nedbrutits,—ännu länge efter detta brann i den stilla, undangömda staden vid Saroniska viken den hedniska filosofiens lampa, vaktad av heliga minnen, närd av forskningens sista olja, till dess hon äntligen, färdig att slockna av sig själv, släcktes av ett nytt vinddrag från despotismen, och den fromma världen lydigt, utan gensägelse av en enda röst, anammade de orden: credo quia absurdum[3]. Dessförinnan och vid tidpunkten för denna berättelse förelästes Epikuros' lära ännu i hans ryktbara trädgårdar; utlades Platons ännu, där han själv,»den gudomlige», sju århundraden förut hade förkunnat henne: under Akademias popplar; lustvandrade ännu Zenons lärjungar bland mästerverken av Pamfilos' och Polygnotos' penslar i samma pelargång, som från början gav namn åt deras skola, den glest, men av höga, övermänskliga skepnader befolkade!

Från nordöstra delen av staden började klockorna ringa i en kristen kyrka.

---

3 »Jag tror, emedan det är orimligt»—ett uttryck, som tillskrives kyrkofadern Tertullianus, ehuru det ej ordagrant i denna form återfinnes i hans skrifter.

Luften, ren och spänstig, fortplantade de mäktiga, dallrande ljuden vida över nejden. De genljödo i portikerna, bröts mot Akropolis' kalkbranter och förnummos, studsande från dessa, som djupa aningsfulla suckar, pressade ur Pallas Atenas kopparbarm, där hon, jättestor, skinande i solen och skönjbar för seglaren långt bortom Sunions udde, reste sig från klippans spets och med hjälmtäckt huvud, över Partenons gavel, nedblickade på sin skyddsling, staden under hennes fötter.

ANDRA KAPITLET.

Möten på torget.

Klockorna ringde ännu, då Karmides och hans vänner voro samlade vid marmortrappan till Propyléerna. Dagen var kristianernas glädje- och vilodag; man såg dem familjevis skrida över torget på väg till kyrkan. Skaran var talrik: hon lät ana, att själva Aten, hedendomens bålverk, kanske snart skulle tillhöra en fiende, som uppväxt inom förskansningen, ej inträngt utifrån. I Rom vid Tibern och Rom vid Bosporen, i alla det stora världsrikets folkvimlande städer voro kristianerna redan de till antalet överlägsne; där hade, med kejsaren och hovet till föredöme, flertalet av de rike och förnäme småningom samlat sig omkring korset; där hade envar, som kände en gnista äregirighet i sin barm, skyndat att bekänna en lära, som var enda villkoret för en av despotismen mindre fjättrad verksamhet; där hade äntligen oräkneliga nödens barn ej förmått tillbakavisa gåvan av en klädning och tjugu guldmynt, som utgjorde den lockmat, varmed Konstantinus, en ny människofiskare, uppdrog själar ur hedendomens djup. I Aten var förhållandet ett annat. Aten låg utanför området för det kejserliga hovets omedelbara inflytelse; filosofien hade i denna sin moderjord de starkaste rötterna och bar än i denna stund blommor. Atenaren var bunden vid sina fäders tro av ärofulla historiska minnen, av filosofiens och konstens tjusande makt. Han fann det hårt att fördöma Perikles och Aristeides, att tänka sig Sokrates och Platon som verktyg för onda demoner: han ville ogärna nedbryta sina tempel, byggnadskonstens mästerverk, och sönderslå sina bildstoder, mejselns under. Därför var mängden av bildade atenare ännu tillgiven den gamla religionen, sådan hon länge varit: förädlad av klarare gudsmedvetande, genomträngd av filosofien. Många bekände henne med större hänförelse än någonsin, emedan hennes tillvaro var hotad och de i henne sågo den mänskliga värdighetens, tankefrihetens, den undergående kulturens enda räddning. Men alla de, för vilka forskning, konstnjutning och historiska minnen voro såsom icke tillvarande, alla de, som tärdes av en hemlig smärta, av ånger över synder, för vilka de ej sågo någon försoning, av grymma samvetsagg eller fruktan för förintelsen, alla dessa oräkneliga hade skyndat att mot vissheten om försoning och evigt liv utbyta en lära, som endast lämpade sig för de själsstore, för glada, lyckliga och harmoniska eller för mycket tanklösa och lättsinniga människor, men erbjöd föga tröst åt de svage, som kände sig duka under i livets strid, åt de fattige och eländige, den brottslige och ångerfulle, med ett ord, den stora, ofantligt övervägande delen av människosläktet i denna hårda, olyckliga, sönderslitna tid.

Vi återvända till torget, som i denna stund företedde en tavla av gripande motsatser. Templens härliga kolonnader, gudarnes, tänkarnes, skaldernas, hjältarnes bildstoder, bestrålade av en mild sol, överspända av en leende himmel, och inom denna ram, flätad av naturens och konstens glada skönhet, de till kyrkan vandrande kristianernas skara, som nedströmmade från stadsdelarna Kolyttos och Skambonide, en allvarlig, ja dyster hop, kvinnorna oslöjade, de flesta männen höljda i grova mantlar, främmande för sin omgivning, med skriande motsatser inom sig själv; bredvid trasiga uslingar de kejserliga ämbetsmännen i asiatiskt prunkande dräkter; bredvid svärmare, höljda av smuts, blödande ur självslagna sår, de lysande av slavar burna palankiner, i vilka förnäma kristinnor vilade—allt detta, skridande förbi ögat, medan luften skälvde av den vigda malmens manande rop.

Gruppen vid marmortrappan minskade icke intrycket av denna tavla, antik i sin arkitektur, romantisk i sitt staffage. De unga epikuréerna stodo skämtande kring en bärstol, mellan vars gardiner man varsnade än blott en flik av det koiska tyg, som för sin genomskinlighet kallades byssosdimma, än en mjällvit guldsmyckad arm, än och i bästa eller värsta fall ett lockigt flickhuvud, som tillhörde ingen mindre person än Praxinoa, Atens täckaste hetär. Medan man ännu väntade på Myro, hennes väninna eller kanske medtävlarinna, framleddes av slavar tessaliska gångare, smyckade med lysande täcken. Karmides, huvudfiguren i gruppen, bar en vit, till knäet räckande, veckrik kiton, kring livet sammanhållen av en med gyllene meandrar stickad gördel, och över livrocken en vid tyrisk mantel, vårdslöst kastad över den ena skuldran. Kring halsen hängde en guldkedja, vid vilken signetringen var fästad. Benen, blottade från knäet till den av en sidensko omslutna foten, hade den marmorlika glans, som endast kroppsövningar och badslavarnes frotteringar med oljor, essenser och pimsten kunna åstadkomma. Karmides' vänner voro klädda nästan som han. Det hela erbjöd en lysande, men för de förbiskridande kristianerna ingalunda uppbygglig anblick.

- Hu, dessa människor, sade Praxinoa om kristianerna, deras åsyn skrämmer mig. Vackre Karmides, drag för gardinen. Jag blir sjuk, om jag måste se dessa olyckliga ansikten.

Då Praxinoa kallade Karmides vacker, så var denna för övrigt vanliga artighet här överensstämmande med verkliga förhållandet. Hans gestalt, som ägde den grekiska typens naturliga ädelhet, var genom gymniska övningar utbildad till en formfulländning, värdig att mejslas i marmor, och hans anletsdrag voro regelbundna, utan att regeln hämmade själslivets fria lek; men i dessa drag spelade tillika en besynnerlig blandning av lättsinne med beslutsamhet, hårdhet och högmod, och hela hans varelse, från ögats blick till muskelspelet i hans lemmar, bar vittne om den tragiska strid, i vilken naturen, långsamt tröttnande, men ännu segerrik, bekämpar verkningarna av ihärdiga utsvävningar.

- Vid Dionysos! utbrast Olympiodoros, i det han ordnade sin gångares betseltyg och kastade en blick över torget, där ha vi ju prokonsuln.

- Var?

- Vid Torg-Hermes bild. Han står bredvid en bärstol och samtalar med damen i densamma.

- Riktigt. Jag ser honom.
- Det är Eusebias bärstol, sade Karmides. Jag igenkänner den.
- Aha!... Men se på vår Annæus Domitius! Jag tror, vid Here, att han på öppet torg emottager en sparlakansläxa av sin sköna hustru, inföll en av ynglingarne.
- Det vore icke underligt, anmärkte en annan.
- Jag inbillar mig likväl, att de ömsesidigt hava skäl att förlåta varandra. Eller huru, Karmides? Fortsätter den fromma Eusebia sina försök att omvända dig?
- Nej, svarade Karmides, vi ledsnade bägge på försöket. Eusebia är mycket ombytlig....
- Och du är själva troheten!
- Och hon har förmodligen, tillade Karmides, en älskvärdare proselyt i sikte.
- Se här är Myro! Nå äntligen!... Välkommen, du fjärde bland Behagens gudinnor!
- »Välkommen, dagens stråle, som aldrig lyste klarare för vår stad!» deklamerade Olympiodoros och fortfor, i trots av Myros solfjäder, som hotande kretsade i grannskapet av hans mun:
»Kom, gudinna, nu och ur kvalens tunga band oss lös! Fullkomna den bön, som hjärtats ömma trånad ber dig fullkomna:—hulda, strid vid vår sida!»[4]
Sedan nu Myro anlänt, var sällskapet fulltaligt. Ynglingarne svingade upp på sina hästar, slavarne lyfte Praxinoas bärstol på sina skuldror, och tåget satte sig i gång.

Vi lämna det och begiva oss till Annæus Domitius för att höra, huru det förhöll sig med sparlakansläxan, om vilken någon av Karmides' vänner varit elak nog att framkasta en förmodan.

Vi nalkas Annæus Domitius med den aktning hans samhällsställning och personlighet böra ingiva. Han är prokonsul över Akaja och den förste i andra rangklassen av romerska rikets storvärdighetsmän, med rättighet att kallas illustris och clarissimus; hans stamtavla räknar filosofen Senekas bland sina yngre namn och styrker hans härkomst från en redan i republikens dagar ansedd släkt. Annæus Domitius' mantel är stickad med palmlöv och stjärnor; stövletterna, som utmärka hans rådsherrevärdighet, lysa i purpurglans och prydas, såsom bruket är hos nobiles, av gyllene halvmånar, vilka skola antingen utmärka hans höga börd, som berättigar hans ande efter döden till en plats ovan månen, i grannskapet av stjärnorna, eller (eftersom Annæus Domitius är kristian och dylika föreställningar honom ovärdiga) snarare innebära en hälsosam varning därom, att »under månen, den omväxlingsrike, bodde ingen fri från ödets kast». Nog av, halvmånarne finnas där, deras betydelse må vara vilken som helst. Tvenne slavar, som burit fyrfat med rökelse i prokonsulns spår, stå nu på vördnadsfullt avstånd, samtalande med Eusebias palankinbärare. Annæus Domitius är en man om fyratio år, lagom lång, men mer än lagom fet. Hans mage skulle anstå varken Hermes eller Apollon, men däremot icke misspryda en

---

4 Sapfo.

bedagad faun. Prokonsulns hjässa är kal, hans ansikte uppbär godlynt överflödet av en dubbelhaka, ögonen äro livliga och kloka. Rouéen, gurmanden, den beräknande världsmannen, se där Annæus Domitius, såvida icke skenet bedrager. Linjerna kring munnen teckna ännu nöjet av den sista lukulliska supéen, de slappa dragen skvallra om nattliga orgier, eller (om man får tro prokonsulns egna antydningar till sin hustru) om nattliga studier (vilka enligt samma källa skulle omfatta teologien och drivas i allra djupaste hemlighet). Men Annæus' profil är kraftig, och ögonen, vi nämnde dem nyss, äro ensamma i stånd att förläna liv och uttryck åt denna fettmassa.

Men nu ett ögonkast på hans gemål, Eusebia, kallad den sköna, än oftare den fromma. Hon är romarinna, måhända 27 år gammal, med örnnäsa, stora mörka ögon och rubinröda små svällande läppar. Eusebia är på väg till kyrkan, som hon aldrig försummar, när Petros, de rättrognes, det vill vid denna tidpunkt säga homoiusianernas[5] biskop, den hjärtgripande förmanaren, den ljungande bestraffaren skall predika. Hennes dräkt är botgörerskans—och vad den kläder henne väl, ehuru den icke består av en tråd mer än den svarta klädningen, som ogördlad och fotsid faller så mjukt om de yppiga formerna! Icke ens en linnetunik under denna klädning! Dess färg brytes, som bårtäckets på en nyfallen driva, mot den junoniska halsens och de lika junoniska armarnes alabaster, för att nu icke tala om en sådan liten förtjusande obetydlighet som den nakna foten, vilken sticker fram, då hon vänder sig på bärstolens kuddar. Diademet, öronhängena, halskedjan, armbandet, ringarne, alla dessa fåfängliga grannlåter, ända till den juvelprydda solfjädern, äro lämnade hemma på nattduksbordet. Eusebias mörka lockar svalla, utan att hämmas av en enda hårnål, i fria vågor kring axlarne, och hennes fingrar, berövade sina diamanter, hava ingen annan prydnad än sin naturliga skönhet och den lätta rosenfärg toalettpenseln givit deras naglar. Eusebias kind, annars livligt färgad av hälsa och ungdom, är i dag något blek, ty blekhet kläder botgörerskan. Konsten har här, med några lätta drag av en pensel, doppad i vitt smink, uppfyllt en önskan, som naturen, lämnad åt sig själv, för ögonblicket icke kunde tillfredsställa.

- Annæus, säger Eusebia i milt förebrående ton, och hennes blick svävar mellan bärstolens gardiner hän mot gruppen vid marmortrappan (som då ännu väntade på Myro), du var således även denna natt upptagen av viktiga sysselsättningar. Var det med statssaker eller med teologien?

- Med teologien? Nej, min Eusebia! Med statssaker? Ja, vid Herakles, bedyrade prokonsuln, och han tillade i halvt förtvivlad ton:—Dessa statssaker

---

5 Kristna kyrkan är vid tidpunkten för denna berättelse delad i tvenne huvudsakliga partier, som bekämpa varandra: homousianernas och homoiusianernas. Det är icke romanförfattarens skuld, att dessa flockar för ögat endast skiljas genom ett litet i, men det är under sådana förhållanden en ursäktlig pedantism, om han ber läsaren lägga vikt på denna annars lätt förbigångna skiljaktighet, så att de icke, till harm för dem bägge, förblandas med varandra. Jag kunde visserligen kallat de förre de rättrogne, ett namn, varpå de ha segrarens anspråk, och då nämnt de senare halv-arianer. Men segerns altare är till all lycka nedbrutet, och det är ingens skyldighet att offra på dess spillror.

jäkta mig till döds.

Prokonsuln uppdrog ur gördeln en purpurkantad duk och torkade sin hjässa, liksom om blotta tanken på dessa ansträngningar kom honom att svettas. Under tiden skickade han ett förstulet ögonkast till sina hedniska vänner, epikuréerna, där särskilt de båda bärstolarne ådrogo sig hans uppmärksamhet.

- Annæus, sade Eusebia och hotade med fingret, du har ännu det rysliga oskicket att svära vid de hedniska gudarne, och likväl är du katekumen.

- O, förlåt mig, Eusebia! Jag skall, vid martyrernas benrangel, vid helgonens relikskrin, hädanefter vakta min tunga för denna synd. Ack, när få vi återvända till vårt Korintos, goda Eusebia? Detta Aten, i vilket kejsarens vilja kvarhåller mig, denna stad, som skenbart är så lugn, så stilla, så avlägsen från händelserna,—ah, du anar icke vad som jäser i hans barm. Min själ är i oupphörlig spänning.

- Stackars Annæus! ... Han är dock ännu vacker, den arme i mörkret vandrande ynglingen.

Dessa sista ord, som Eusebia endast tänkte, icke uttalade, gällde icke prokonsuln, utan Karmides, som just nu steg till häst.

- Jag vet, fortfor hon, vad du menar. Vi veta det alla rättrogna, och Petros tvekar ej att uttala det på predikstolen. Det är Krysanteus, den hedniske arkonten, som är den ena roten till det onda. Att du icke fängslar Krysanteus, som dock är den rebelliske Julianus' förklarade anhängare. Vi alla i församlingen undra däröver.

- Ah, min vackra maka, inföll Annæus Domitius leende och hotade i sin ordning med fingret. Nu bryter du vår överenskommelse. Inga statssaker oss emellan! Du minnes det?

- Den andra roten till det onda, fortfor Eusebia med harm, äro homousianerna, dessa förskräckliga kättare, som påstå, att Sonen är av samma eviga gudomsväsende med Fadern. Är det icke en blindhet utan like?

- Ah, en obegriplig blindhet ... och ett lättsinne sedan! instämde prokonsuln. O, Eusebia, vad du i dag är förtjusande!

Prokonsuln fattade och kysste hennes hand.

- Annæus, fortfor Eusebia, är det sant, att kätteriets huvud, Atanasios, varit sedd i dessa nejder?

- Vad vet jag mer än ryktet? Vad kan jag göra mer än skicka befallning till alla ämbetsmän i Akaja att efterspana och gripa honom? O, dessa statssaker, de utmärgla mig ... småningom.

- Arme, arme Annæus! ... Men säg dock, viskade Eusebia och lutade sitt huvud närmare hans, har du i natt emottagit något budskap från Konstantinopel?

- Eusebia, ja! svarade prokonsuln i samma ton och lade pekfingret på sin mun.

Eusebia visste det förut, ty budbäraren hade sökt prokonsuln i dennes hem, innan han genom en förtrogen kammarslav visades till det hus, där prokonsuln superade med Karmides, Olympiodoros och hetärerna. Men vad Eusebia icke visste och nödvändigt ville känna, var brevets innehåll.

- Nåväl? frågade hon i yttersta spänning.

14

- Julianus ... Men tyst för himlens skull, Eusebia!
- Nå, skynda dig! Hur är det med den gudlöse troninkräktaren?
- Uppror inom hans trupper! Två galliska legioner hava gått över till kristendomen och Konstantius' fana. Men jag besvär dig, Eusebia, göm denna hemlighet i djupet av din själ!

Den sköna botgörerskan sammanknäppte händerna och höjde en tacksam blick till himmelen.

Då prokonsuln gav sin maka förtroende av denna underrättelse, visste han, att den inom några timmar skulle vara biktad för biskop Petros. Meddelandet var också avpassat därefter.

- Och nu, min Annæus, förmodar jag, att du är på väg till kyrkan, för att lova Herran och bedja om fortsatt framgång för kejsarens vapen?
- Eusebia, jag känner detta både som plikt och längtan. Men statsgöromålen, ve mig, statsgöromålen!

Prokonsuln såg sig om och gav ett tecken åt en man, som stannat i hans grannskap.

- Stackars Annæus! Jag vill icke uppehålla dig.
- Sköna! Din åsyn är min lycka, men det är sant, att jag för tillfället har bråttom ... och även du bör skynda, ty där ser jag redan biskopen och klerkerna.

Eusebia blickade ut genom palankinen. Hon sökte någon i skaran av de präster, som i högtidligt tåg följde biskopen till kyrkan. Förmodligen fann hon även den hon sökte, ty blixten i hennes mörka öga upplöste sig plötsligt i trånfullt skimmer, hennes barm hävdes av en suck, och drömmande sjönk hon ned på bärstolens kuddar. Ett ögonblick därefter gav hennes ringklocka tecknet till bärarne att sätta sig i gång.

Så snart prokonsuln var ensam, vinkade han mannen, som väntade i hans grannskap. Denne smög ett brev i hans hand.

- Var? frågade prokonsuln.
- Mitt emellan Aten och Korintos.
- Gå!

Prokonsuln lossade med sin stylus det band, varpå sigillet var tryckt, och genomögnade hastigt överskriften.

»... till Petros, biskop i Aten, broderlig hälsning och frid av Fadern såsom ock av Sonen, av lika men ej samma väsende som Fadern!»

Därefter stack han brevet i gördeln under sin mantel, ordnade denna och ämnade gå, då biskop Petros, som red på en mula i spetsen för sina präster, nickade och höjde korset, som han bar i handen, till tecken att han önskade tala med prokonsuln. En annan vink till klerkerna befallde dessa draga sig tillbaka. Prokonsuln ilade med spänstiga steg och de bägge rökelsebrännarne i fjäten att möta prelaten på halva vägen.

Petros, den homoiusianske biskopen, var ännu i sina kraftigaste år, en bredskuldrad, mager och muskulös man med högburet huvud, som i varje drag bar viljestyrka präglad. Stridshästen hade bättre än mulan anstått en sådan gestalt. Petros' panna var låg och rak, blicken skarp och letande, ögonbrynen långa och starkt välvda, näsan krökt och väl danad, munnen stor, men skönt bildad.

Vilken motsats mellan denne man, ur folkets lägsta klass uppstigen till sin värdighet, och den patriciske Annæus Domitius! Prokonsuln över Akaja syntes liten och löjlig, där han i sin pråliga statsdräkt, med kal hjässa, pussig hy, dubbelhaka, istermage och kvinnligt fylliga vador stod framför Petros, biskop av Aten. Men förhållandet jämnades, när man iakttog romarens lugna världsmannahållning, hans spelande självmedvetna blick, det fina leendet på hans läppar.

- Lysande och ädle herre, sade Petros i en ton, vars överlägsenhet motvägde ordalagens ödmjukhet, får jag den äran att i morgon se dig under mitt tak, eller tillåter du din ringe tjänare att vid samma tid besöka dig? Tiderna äro onda. Julianus' ursinniga företag har till fruktansvärd höjd stegrat modet hos kättarne likasom hos hedningarne. Här finnes mycket, som uppmanar oss till gemensamma överläggningar.

Prokonsuln medgav detta under en betänklig skakning på huvudet och skyndade försäkra, att han skulle infinna sig varthelst biskopens gunst och hans egen plikt kallade honom. Efter utbytta hälsningar satte Petros åter sin mula i gång, följd av klerkerna. Prokonsuln vandrade i motsatt riktning över torget.

Epikuréerna, som vi nyss lämnat, hälsades på sin färd genom den långa gatan Kerameikos med bifallsrop av bekanta och obekanta bland de skaror, som vimlade i samtalssalarne och portikerna. Men många voro även de, som korsade sig och valde en annan gata, när de varseblevo det lättfärdiga tåget.

- Idel äkta atenare! Det gör mitt hjärta gott att se dem, sade en gammal utsvulten atlet.

- Jag känner dem! Hellener av gamla stammen, som älska konsten och fädernas tro! ropade en bildhuggare i luggsliten mantel och klappade händerna.

- Den där på grå skymmeln, han, som skrattar så gott och skämtar med hetären, gissa vem han är! sade en bokhandlare, i det han vände sig till en romersk yngling, som tillfälligtvis var hans granne. Jo, ingen mindre än Olympiodoros, den odödlige skalden. Det var jag, som förlade hans första epigram. De hade dålig avsättning, ty världen är i sin nedgång och litteraturen föraktas. Men jag beklagar mig ej, nej visst icke. Ännu finna muserna höga gynnare ... Och som jag tillfälligtvis har med mig ett alldeles nytt exemplar av de beundrade epigrammen (bokhandlaren drog fram en liten rulle under sin mantel), så avstår jag det med nöje åt en ädel främling ...

Romaren sade intet, men vinkade åt en slav, som mottog och betalte rullen, varefter han avlägsnade sig ur den närgångne pratmakarens grannskap.

- De präktiga gossarna! utbrast en blomsterflicka till en annan, i det hon lyfte på slöjan och blickade efter ryttarne, såg du Karmides, min vän? Såg du honom?

- Demofilos, sade en borgare till en annan, ser du molnet över Teseustemplet?

- Jag ser intet moln, min vän. Himmelen är ju alldeles klar.

- Så hör då!

Med en böjning av huvudet fäste borgaren sin väns uppmärksamhet på två personer i deras närhet. Den ene var en gubbe, som med en korg på ena armen hade satt sig att vila på trappan till portiken, den andre en kristiansk presbyter. Den senare tilltalade den förre med följande ord:

- Du är Batyllos, olivhandlaren?

- Ja.

- Du gäller för en from man, men i kyrkan såg jag dig likväl aldrig. Varav kommer detta?

- Jag är en rättrogen. Guds hus vanhelgas sedan länge av dem, som halta mellan ordets sanning och Arios' lögn.

- Du är då en av dem, som splittra den enda kyrkan och sönderdela Herrans lemmar. Förutsen I icke vedergällningens dag?

- Martyrernas dag, segerns dag! svarade gubben så högljutt, att han ådrog sig alla omkringståendes uppmärksamhet. Homoiusianen avlägsnade sig.

- Demofilos, ser du molnet nu?

- Ja. Det är kvalmigt i luften. Det liknar sig till åska.

- O, hon är välkommen, om hon blott rensar luften.

- Min Klinias, viskade Demofilos, ryktet går, att Julianus....

- Tyst, människa! avbröt honom Klinias i samma ton och såg sig omkring med en ängslig blick. Nämn ej hans namn, om huvudet är dig kärt. Kejsaren underhåller hundra tusen spejare. Murarna hava öron, vassen skvallra, likasom på Midas' tid, själva månen låter nedbesvärja sig för att yppa vad han läser genom dina ögon. Tala icke, hoppas icke, tänk icke, så framt du ännu älskar det rosiga ljuset!

TREDJE KAPITLET.

Delfi. Orakelspörjarne.

Apollons ryktbara orakeltempel var beläget i en dal, på tre sidor omsluten av berget Parnassos. Nejden är vild och skräckinjagande —och måste varit det än mer för en pilgrim, som beträdde henne första gången, bävande i känslan av att nalkas en hemlighetsfull, gudomlig eller demonisk makt och oviss, hur ångan ur den pytiska hålan skulle gestalta hans framtid. Till en sådan främling var själva naturen ett varnande rop att icke lättsinnigt söka utleta de öden, som bidade närmare hans grav. Öppen mot söder smalnar dalen, varda klipporna högre och brantare, deras former mer vidunderliga, ju mer man närmar sig den punkt, där dalväggarna i spetsig vinkel sammanstöta. Här, i skuggan av cypresser, springer Kastalia i tre källådror ur klippan.

Denna mångbesjungna källa fostrar en bäck, som efter enslig vandring genom dalen förenar sitt öde med ån Pleistos och samfällt med henne finner sin grav i Korintiska viken. Längs denna bäck gick vägen till orakeltemplet.

En höstafton, året 361 efter vår tidräkning, vandrade på tempelvägen en äldre man och en ung flicka, som vid sidan av varandra styrde kosan inåt dalen. Båda voro vitklädda, och man kunde ansett dem för pilgrimer, om ej oraklet mer än trettio år förut hade tystnat vid ett maktspråk av den förste kristne kejsaren och vallfärderna till Delfi sedan dess upphört. Främlingar voro de ändå i denna nejd, att döma av blickar och åtbörder, som röjde, att föremålen de här mötte voro för dem nya eller åtminstone icke alldagliga. Flickan betraktade med häpnad de mörka klipporna, som å ömse sidor upptornade sig emot himmelen, och ryste måhända för den djupa tystnaden, som snarare höjdes än stördes av bäckens sorl och cikadans klagande sång. De övriga sinnena voro dömda till vila, medan ögat mättade själen med bilder av en skräckfull natur.

Vägen, som fordom vimlat av sändebud från städer och konungar, av offertåg och pilgrimer, huru ödslig nu! Gräs och mossa täckte honom; myrten spirade i rämnor emellan hans stenar. Han skyddes även av dalens invånare; de valde hellre en annan, närmare staden Delfi, emedan nejden vid denna tid oroades av rövare, som hade tillhåll i Parnassens otillgängliga klyftor. Detta visste de båda främlingarne, men de voro upptagna med tankar, som utträngde farhågan för deras säkerhet.

Det fanns emellan mannen och hans ledsagarinna, trots skillnaden i år, en påfallande yttre likhet. För bägge var den grekiska profilen gemensam, och hos bägge mildrades han, ehuru i olika mån, av samma individuella avvikelser. Det var svårt att av mannens utseende bestämma hans ålder. Hans lemmar tecknades ännu av en härlig mannakraft, men kindernas linjer voro fördjupade av åren och —vad som tydligast röjde den överskridna medelåldern, men tillika gav ett märkvärdigt uttryck åt hans anlete—valken under ögonbrynens yttre bågdel framträdde ovanligt bred och lade ett drag av kraft emellan pannans allvar och det nästan svärmiska i blicken. Man återfinner detta drag i antika bilder av Nestor och Ajax. Hans hår var något glesnat över pannan; hans skägg (vid denna tid en sällsynt prydnad), mörkbrunt och krusigt som håret, omgav läppar och kinder. Hans gestalt var hög och full av värdighet. Flickans ansikte var regelbundnare än hans, regelbundet ända till typisk stränghet, och denna ökades av den klara, genomskinliga, men friska blekheten i hennes hy. Hon liknade en marmorbild; men marmorn värmdes av de stora mörkblå ögonens milda ljus och livades av munnens ljuvt böjda linjer, som för en Lavater skulle gällt som osvikligt tecken för hjärtats godhet.

- Hermione, sade mannen till flickan vid sin sida, bergstoppen, som höjer sig därborta, iklädd avståndets blå mantel, är Lykoreia. På henne och hennes syskonhöjder lustvandrade, innan tvivlet förjagade dem, Apollon och sånggudinnorna. Silverskyarna, som kransa henne, voro då farkoster från Lycksalighetens öar, landsättande sälla andar, som kommo att i de olympiskes sånger höra och i deras danser symboliskt skåda världsalltets mysterier. Dessa sånger, så berättar sagan, förnummos under stilla aftnar, lika denna, ner i dalen, och på deras toner sänkte sig sinnesfrid i de lyssnandes hjärtan....

Och nu, sade mannen för sig själv, kringdriva på samma höjder olyckliga människobarn, blodsmän och kristianska svärmare, utstötta ur ett religionssamfund, som är dem värdigt. Rövare på Parnassen! Sådana lära funnits där före dessa, men de plundrade endast skalderna.

Ett leende spelade vid denna tanke på mannens läppar.

- Fader, sade flickan, dessa klippor skulle förskräcka mig, om jag vandrade ensam. De äro så höga och gruvligt sönderplittrade. Men ögat uppfriskas av Lykoreia, ty på henne gjuter solen sitt sken, och himmelen är klar och ren kring hennes hjässa.

- Så är det. När vår omgivning är mörk och dyster, söker ögat gärna ett

18

ljusare fjärran ... Hermione, fortfor han och pekade till vänster, där nere vilar den urgamla staden Delfi, av Homeros besjungen under namnet Pyto. Nu äro dess tusental av stoder sönderslagna, dess skatter rövade, dess glans försvunnen. Teatern, stadiet, lärosalarne, gymnasierna stå tomma. Kristianerna, Hermione, hata konstens höga lek likasom forskningens djupa allvar. De tala om fattigdom och skövla våra tempel, om ödmjukhet och trampa våra nackar. Fordom genljödo dess gator av päaner, vimlade de av högtidsklädda främlingar och vitmantlade offerpräster. Nu vandrar ett tungsint folk över dess torg. Det fält, du ser därborta, med tvinande grönska, tecken av sparsam odling, till vars fullföljande saknas armar och håg, detta fält är det Krisseiska, dit fordom hellenernas skaror drogo att vittna snillets, styrkans och skönhetens segrar.

Hammarslag ljödo från staden. Man bröt sten ur en pelarhall till en under byggnad varande kristiansk kyrka. Det var den knidiska pelarhallen, på vars väggar Polygnotos, penselns Homeros, hade målat det vapentagna Troja, grekernas avfärd och Odysseus' besök i underjorden. Förstörelsen kunde ses från den punkt, på vilken de båda främlingarne befunno sig. De sågo det: flickan höljde sitt ansikte i slöjan; mannen fattade hennes hand och påskyndade sin gång.

Så inträdde de i en lund av åldriga lagrar, som skilde staden från orakeltemplet. Lunden fyllde det innersta av dalen emellan Parnassens branter och ökade med sin mörka grönska skymningen. Han var helgad Apollon, och kransarna till Hellas' skalder och de pytiska segervinnarne hade lämnats av honom. Hans åldriga stammar lutade över bäcken, samlade sig till viskande flockar, flätade sina kronor till dunkla valv, i vilkas skuggor man anade höga minnen. Och konsten hade kommit aningen till mötes. Där en stråle av dagen nedsköt under träden, där lyste han stundom på marmorpannan av en Homeros, som gripen av ingivelsen slog upp de tomma ögonen mot höjden, eller på en grupp dryader, samlade kring en cittraspelande Orfeus. Nu skyddes lunden av mången som en hednisk demons tillhåll, och de friska blad, han årligen sköt, funno ingen panna att smycka, ty palestran saknade sina oljade kämpar, och där ingivelsen ännu vidgade en skaldebarm, ljödo hymner till Honom,»den okände Guden», om vilken Paulus en gång talat till folket i Aten.

Där var så tyst nu i lunden, medan Hermione och hennes fader vandrade igenom honom. Där var tyst, sedan de övergivit honom—tyst genom århundraden, medan Delfi sakta häntvinade och byn Kastris lerhyddor sökte stöd emot dess fallna pelare.

Men en dag, tolv hundra år oss närmare än tidpunkten för denna berättelse, sågo Kastris kvinnor, medan de sköljde kläder i källan Kastalia, några främlingar i den glesnade lunden. Vad sökte de i denna glömda vrå emellan bergen? De sade på ett för kvinnorna obegripligt språk, att Kastalia var vanhelgad, och bröto från ett gammalt lagerträd några kvistar, kysste dem och vandrade bort. De främmande männen voro från Rom. Romerska folket hade beslutit, att en skald vid namn Tasso skulle lagerkrönas på Kapitolium, och fastän lager växte i deras egna lundar, föredrogo de att hämta den från Parnassos. Var då den brutna kedjan mellan förr och nu återknuten? Ja, en stor förändring hade inträtt, ehuru det goda, halvvilda folket i Kastri anade intet därav. Hellas var återuppståndet i frihetsanden, konsten och vetenskapen. Vetenskapen och konsten äro av naturen hellener och oomvändeliga hedningar. De vörda Golgatas oliv, men Parnassens lager är symbolen för deras strider och segrar.

De vitklädda vandrarne—fadern och hans dotter—stego på en förfallen stentrappa uppför en klippa vid foten av den ena dalväggen och sågo nu orakeltemplet vilande under de mörka fjällbranterna. En ålderstigen Apollonpräst, den ende övervordne av hundra, bevakade dess bleknade prakt. Han träffades, vilande under en cypress och stirrande på det hemlighetsfulla E, som någon av forntidens män hade tecknat över ingången till templet. Det händöende livets aftonrodnad genomskimrade hans infallna kinder, och skägget föll i vita böljor över hans bröst. Pilgrimerna, ty sådana voro de likväl, hälsade honom med vördnad.

- Jag heter Krysanteus, sade främlingen, och är en man från Aten. Denna flicka är min dotter Hermione och sedan sexton år tillbaka mitt enda barn.

- Jag hälsar er välkomna, sade Apollonprästen Herakleon. Är edert ärende att se helgedomen?

- Nej, svarade Krysanteus, vårt ärende är ett annat än skådelystnadens, som endast skulle mätta oss med grämelse. Vi hava kommit för att rådfråga oraklet.

Den gamle prästens ansikte uttryckte förvåning.—Vet du icke, sade han, att pytians röst är förstummad och de profetiska ångornas källa sinad? Den sista prästinnan är längesedan död.

- Tyvärr, jag vet det alltför väl, svarade Krysanteus. Men fast pytian är död, lever den siande guden evigt.

- Apollon är död! genmälde Herakleon och fäste på Krysanteus en blick, vars mystiska uttryck höjde det oväntade och besynnerliga i dessa med övertygelsens fulla ton uttalade ord. Gubbens ögon uppenbarade en själ, som helst dväljes i sig själv, men när hon från självbetraktelsen drages till de yttre tingen, snarare fattar dem i en enda bild än fäster sig vid de särskilda företeelserna. En sådan blick är egen för teosofer och mystici; han har något hemskt och andligt för världens barn: han siar om döden och nödgar till tro på oförgängligheten. Han uppenbarar tillika ett något, som ligger utanför förståndets krets, på gränsen till vanvettet. Måhända var det just detta, som Krysanteus fann i gubbens ögon—varur han förklarade det svar, som denne givit. Arkonten av Aten kände en rysning genomila sig. Han teg ett ögonblick och sade därefter i en mild, av medlidande genomträngd ton:

- Jag lämnar din tro på sina grunder. Men månne ej vi alla, som Sokrates, bära ett orakel i vår egen barm?

- Om så är, vi kom du hit att rådfråga det förstummade?

- Den som vill drömma söker ju tystnaden, ensamheten och mörkret, icke bullret, människovimlet och dagsljuset. Så även den, som vill tala med Gud i bönen och förnimma hans svar i ingivelsen. Honom är icke tystnaden för det yttre örat nog, icke mörkret för det yttre ögat. Varje jordiskt ljud måste hava förtonat i känslan, och varje jordisk bild utplånats i fantasien, ty känslan är ju såsom själens öra, och fantasien som hennes öga, varmed hon förnimmer det gudomliga. Men var finner jag en ort, vilken som denna fattar känslan med majestätet av tusenårig helgd och griper fantasien med sin enslighet och den höga symboliken i sin natur? Se därför, Herakleon, kommo vi hit, jag och min dotter.

- Nåväl, vari kan jag nu gå din önskan till mötes?

- Min dotter är en from ungmö. Låt henne undergå reningar, som kroppsligt stödja själens ansträngning att frigöra sig från jordiska tankar och varda emottaglig för himmelska! Och sedan detta skett, led Hermione till den heliga trefoten och låt henne en natt förbliva i templet!

Hermione, som uppmärksamt lyssnat till Apollonprästens och hennes faders samtal, sade nu:—Vördnadsvärde man, uppfyll min faders önskan!

Apollonprästen besinnade sig ett ögonblick och svarade:

- Om det är ditt uppsåt, atenare, att din dotter själv skall vara på en gång den frågande, den ingivelsen emottagande och den ingivelsens mening uppfattande, så är mitt ämbete här överflödigt, och jag bryter ej mot kejsarens påbud, om jag för er, likasom för varje skådelysten besökare, öppnar tempeldörren. Du själv, Krysanteus, må leda din dotter till trefoten. För det orakel, som du vill tillfråga, är det likgiltigt vem som förrättar en sådan handling. Och vad reningarna vidkommer, må din dotter, om hon vill följa de föreskrivna bruken, bada i källan Kassotis, tillbringa en dag med fasta och betraktelser och, när hon kommit till trefoten, dricka en skål av Kastlias vatten. Min tjänarinna skall undervisa och hjälpa henne i dessa förberedelser. Men under tiden skolen I vara mina gäster. Jag har ej under långa månader skådat ett främmande ansikte: jag lever här som i en värld för mig och bidar döden i skuggan av mitt tempel. Men dess kärare är mig åsynen av en man, som du, och en ungmö, sådan som din dotter. Följen mig! Jag vill hälsa er välkomna över min tröskel.

Den gamle Herakleon räckte Hermione handen och förde sina gäster till ett rum i en byggnad nära templet. Hans ålderstigna tjänarinna, den enda människa, som delade hans enslighet, bäddade vilosoffor åt Krysanteus och Hermione, tvättade deras fötter och dukade dem ett bord med bröd, mjölk, frukt och druvor. Hon glömde ej heller att av friska blommor fläta kransar, varmed gästerna till den enkla måltiden skulle smycka sig.

Det började redan skymma i kammaren, vars enda fönster vette åt den närstående klippväggen. Samtalet kom under måltiden att falla på det rövarband, som oroade trakten. Den gamle prästen visste icke mer därom, än att dessa rövare voro kristianer av någon viss, utav de övriga kristianerna hatad sekt, att de icke voro infödingar, utan ditkommit, man visste icke huru eller varifrån, samt att de en dag under den sistförflutna våren hade till betydligt antal infunnit sig här och avfordrat honom tempelnycklarna, men lika litet tillfogat honom och hans tjänarinna något ont som skadat något i templet, vilket för övrigt icke ägde någonting mer, som kunde tillfredsställa rovgirigheten. Kejsar Konstantinus hade i detta fall längesedan förekommit dem, i det han låtit bortföra de sista dyrbarheter den fordom omätligt rika helgedomen ägde. Gubben vidrörde denna sista omständighet i en ton, som ej förrådde någon bitterhet. Ålderdomen hade kanske iskylt hans hjärta. Men den atenske mannens ansikte mörknade, och han lyssnade knappt till den gamla tjänarinnan, som nu tog till ordet och förtalde, att rövarbandet hade flera gånger gjort nattliga infall i den närlägna staden Delfi, plundrat mycket och ihjälslagit många människor. Men nu hade från Korintos anlänt en trupp soldater till Delfis hägn. Detta visste tjänarinnan att berätta, ty hon plägade besöka staden i hushållsärenden, men hennes herre gjorde det aldrig.

Sedan måltiden var intagen, lämnade man kammaren, för att i det fria njuta kvällens bleknande skönhet. Herakleon förde sina gäster till en grotta, som fanns ett stycke från templet. Bäcken sorlade i hennes grannskap. Hon var öppen mot väster, och aftonsolen, som lyste genom ett trångt pass där mitt emot, göt sitt rosenskimmer i hennes skymning. Cypresser, myrten och rosenhäckar växte runt omkring, murgrön och kaprifolium slingrade sig kring hennes väggar. Här på en mossbänk vid grottans ingång satte sig Apollonprästen, arkonten av Aten och hans dotter.

Hermione sade:—Minns du, Herakleon, om oraklet, när det ännu talade, någonsin yttrade sig om honom, av vilken kristianerna tagit sitt namn?

Den gamles ansikte ljusnade, liksom om denna fråga varit honom kär att besvara. Han genmälde:—Hören följande orakelspråk, givna en man, som för mer än hundra år sedan anlände hit och frågade oraklet just om Jesus:

Känt av de vise är, att ur kroppens förgängliga boja svingar sig oförgänglig den mänsklige anden, men ingens själ i olympisk flykt sig lyft på vitare vingar.

Då spörjaren undrade, att en så ädel man måste lida missdådarens död, svarades genom pytian:

Icke av kroppsligt ve befläckas odödlige anden: lida är allas del, att himmelen vinna den frommes.

- Jag känner dessa orakelspråk, sade Krysanteus, Porfyrios anför dem i sin bok emot kristianerna.

- Är detta allt vad oraklet yttrat om den galileiske vishetsläraren? frågade Hermione.

- Nej, vi hava även en utsaga från en mycket senare tid:

Stunget av mask, av sol förtorkat eller i frostnatt gulnat eller alltren i knoppen danat till vanväxt ser jag på världens träd vart blad; men ett är fullkomligt.

- Apollon, fortfor Herakleon, var skön till dragen, men såsom siare kallades han likväl den snedmunte, emedan han hade sina skäl att än med allmänna, än med tvetydiga ordalag tillbakavisa den närgångna nyfikenheten. Så mycket är dock klart, att oraklet ingalunda hyst agg till Jesus. Ingen, icke ens Sokrates, har av Apollon varit så prisad, som den vise från Judalandet.

- Han var, sade Krysanteus, en religiös ande, genomvärmd av det gudomliga, en praktisk vishetslärare och en stor teurg. Porfyrios berättar om sin mästare Plotinos, att denne har fyra gånger, i hänförelsens tillstånd, skådat ur-enheten, den ende och sanne Guden. Detta skedde på hans ålderdom emot slutet av en levnad, vars hela traktan var själens rening och idéernas värld. Jag föreställer mig, att vad Plotinos uppnådde genom att sänka sin ande i det begrepps- och formlösas hav,—det ägde Josefs son mer av naturen, och såsom något stadigvarande, så att han kunde vandra bland människorna och verka i det yttre, utan att hans skådning i det gudomliga vart grumlad. Vad han ägde i högsta mån, det äga vi alla, åtminstone till möjligheten, i en lägre. Lotosblomman synes gunga fritt på vågen, men hennes stängel ringlar genom djupet och är rotfast i dess botten. Så svävar människoanden med begränsad frihet på världsflodens yta, och hans förnuft är som blomsterkalken, vilken öppnar sig för solen och vänder sig efter henne, men han är med tvenne rötter, känslan och fantasien, rotfast i världsanden—Apollon, eller vad man vill kalla honom. Genom dem intränger Gud oss; genom dem, som genom ett språkrör, talar han i våra själar och låter sig förnimma i många former: som samvetets röst, som konstnärens ingivelse, som aning och profetia. Att grunden till dessa förnimmelser ej är i den enskilda människan själv, utan är en allmän och gemensam, nämligen Gud i sin uppenbarelse som världsande, det skönjes därav att grunddragen i samvetets lag äro hos alla folk och människor desamma, och att konstens verk, ehuru i olika fullkomlighet och från olika sidor, spegla samma idé.

Då Krysanteus tystnade, och den gamle Herakleon, som småleende lyssnat, ej syntes benägen att genmäla något, tog Hermione blygsamt ordet och sade:

- Det röjer sig ock av den himmelska värme, som sprider sig i själen, när hon fattas av något skönt, sant och gott. Men olikheterna kunna förklaras av människornas olika själsanlag. Två blommor, som växa bredvid varandra i samma jordmån och ur honom hämta samma näring, omarbeta henne till enlighet med deras egna, sinsemellan olika naturer och avyttra henne såsom ljuva, men sinsemellan skiljaktiga vällukter. Är det ej så, min fader?

Krysanteus log bifallande, lade sin arm kring dotterns hals och kysste hennes panna.

Då solen gått ned, återvände Herakleon med gästerna till sin boning. Här lämnade dem Hermione och följde den gamla tjänarinnan, ty flickan skulle samma kväll bada i Kassotis och göra andra förberedelser till den förestående natten, som borde tillbringas under betraktelser och böner. Den följande dagen skulle vidare ägnas åt fortsatt badande, fasta och ensliga betraktelser, till dess skymningen inbrutit. Då skulle Hermione ledas av sin fader till pytians över de profetiska ångornas håla stående trefot och förbliva under natten ensam i templet, avvaktande uppenbarelse.

När männen voro ensamma med varandra i den lilla kammaren, vilande på sina soffor, med den tända lampan emellan sig, äskade Krysanteus en förklaring av de besynnerliga ord hans värd yttrat om Apollons död.

Herakleon var villig att giva förklaringen, och det visade sig nu, att den gamle, driven av sin andes krav, hade uppgjort ett eget teosofiskt system, i vilket han fann den tröst han behövde för den lärans undergång, som han från sin barndom hade tjänat och med religiös värme omfattat. Han älskade sina minnen, vördade den fallna storheten, i vars tjänst han verkat, och kunde likväl, emedan denna lära försonade honom med ödet, dö nöjd och lugn, den siste Apollonprästen med blicken på sitt övergivna tempel.

Herakleon sade:

- I andevärlden, av vilken den synliga, såsom Platon säger, är en skugga, har redan längesedan, nämligen vid tidpunkten för Jesu leverne, en stor förändring timat. Om denna förändring veta vi dock endast föga, ty när det skuggande föremålet lider en omväxling, då skiftar väl även skuggan, men hon återgiver dock endast, och även detta ofullkomligt, föremålets utlinjer. Det, varpå jag syftar, skall varda dig klarare av vad jag nu vill berätta. Jag har uppspårat och antecknat många hemlighetsfulla tilldragelser, som bära vittnesbörd om den i andevärlden timade förändringen, men skall bland dem endast anföra följande:[6]

Epiterses, fader till retorn Emilianus, reste en gång till Italien på ett skepp, som hade många resande och mycket handelsgods ombord. Då skeppet hunnit utanför Ekinadiska öarna, uppstod vindstilla. Det var kväll, men de fleste av skeppsbesättningen och de resande voro ännu vakna, då plötsligen alla förnummo en röst, kommande, såsom det tycktes, från Paxäöarna och ropande styrmannens namn. (Han var en egyptier och hette Tasus.) En allmän undran uppstod, och Tasus själv greps av skräck. Först sedan rösten tre gånger låtit höra sig, förmådde han svara, varefter den ropande med än högre röst lät förnimma följande befallning: När du hunnit till orten Palodes, så tillkännagiv, att den store Pan är död! Allas undran ökades och man överlade, vad som vore att göra. Tasus själv beslöt att i händelse av god vind utan vidare åtgöranden segla förbi Palodes, men inträffade vindstilla i dess grannskap, skulle han ropa ut vad han hört. När skeppet nu anlänt utanför Palodes, var det åter vindstilla och havet lugnt, varför Tasus, i enlighet med sin föresats, ropade, från aktern av sitt fartyg och vänd mot land, de ord han hört: Den store Pan är död! Knappt voro dessa ord uttalade, förrän luften fylldes av ett med undran blandat suckande.

I Rom vart denna händelse snart känd genom de många, som varit vittne till henne, och kejsar Tiberius lät kalla Tasus till sig och anställde en närmare undersökning av händelsens förlopp, möjliga grunder och betydelse.

En liknande tilldragelse, fortfor Herakleon, upplevde grammatikern Demetrios på sin upptäcktsresa kring de britanniska öarna. Med detta ställer jag i förbindelse det rykte, som vid Jesu tid gick kring världen och gjorde mycket uppseende i Rom, att nämligen fågeln Fenix ånyo visat sig i Egypten[7]; likaledes den omständighet, att från samma tid har den eviga lampan i den egyptiske Ammons tempel krävt för sitt årliga underhåll ett mindre mått av olja än fordom[8]. Ty små ting, Krysanteus, kunna vara tecken av en mycket stor förändring. Men vittnesbörd, än klarare än dessa, finnas ju även. Sådana ser jag däri, att den profetiska kraften mer och mer försvann från detta orakel, långt innan kristianerna vordo en mäktig sekt, och att alla de otaliga andra oraklen efter hand förstummades av sig själva; vidare däri, att tron på gudarne slocknat i allt flera hjärtan, att skalder och konstnärer icke undfå den ingivelse som fordom, och att rysliga olyckor, följande varandra tätt i spåren, gå över världen, minskande människosläktet. Hela vårt Hellas kan nu, såsom jag finner det skrivet, icke uppställa så många tungt väpnade krigare, som fordom det lilla Megara skickade emot perserna. Märker du ej, att något saknas, som fordom

---

6 Berättelsen återfinnes hos Plutarkos.

7 Tacitus

8 Plutarkos.

varit, att någon hand, som fordom var öppen, nu knutit sig över världen? Kan du säga, vilka de murar voro, som fordom höllo den okända österns skaror inom sina landamären, och varför dessa murar på en gång fallit? Varifrån den trånad, som fattat öknens söner och driver dem, våg på våg, att krossas mot våra legioners järn? Skola de icke slutligen bryta hindret och översvämma oss? Kan du säga, varför våra skogar och källor icke susa som fordom, varför naturens symboler plötsligt stelnat till andelösa tecken, i vilka inga gudakrafter uppenbara sig? Det obeskrivliga och ofattliga, som fordom andades genom tingen, detta något, som vi kallade den store Pan, vilket likasom med flöjters ljud livade naturens enslighet, detta är borta. Det uppsteg som en dimma ur jorden, lyfte sig allt högre och försvann i rymden. Jag har spårat dess väg. När det övergav Gäa, vart rösten ur den pytiska hålan och Trofonios' grotta allt svagare, ty den obeskrivliga kraften hade lämnat jordens djup och likasom svävade nu över jordytan, inträngande i människoandarne. Därav förklarar jag den företeelse, att världen på en gång uppfylldes av spåmän, sibyllor, magi, teurger, goeter och undergörare, bland vilka Apollonios av Tyana var den störste. De voro förut så gott som okända, men alltid enstaka; nu översvämmade de landen. Från Ktesifon till Herakles' stoder vittnade folken deras undergärningar, tills slutligen även hos människorna den obeskrivliga kraften var försvunnen. Dessa äro de tecken, jag iakttagit hos skuggan, och av vilka jag sluter till en stor förändring hos det skuggande. Men varuti består nu denna förändring och varifrån har hon uppkommit? Denna fråga har sysselsatt min själ under de långa år jag tillbragt här i ensamheten. Och när jag hade forskat i tio år, i tjugu år och försökt många olika vägar för att intränga i denna hemlighet, så måste jag dock slutligen stanna vid den förmodan, som i första ögonblicket av mitt tänkande i detta ämne trängde sig på mig, men vilken jag då förkastade såsom låg och ofilosofisk. De naturlagar (så är min tanke), vilka råda i människovärlden, äro skuggor av andevärldens och finna i dem sin motsvarighet. Den lag, som bjuder, att människan skall födas, åldras och dö, är en skugga av den lag, som de olympiske voro underkastade. De hava, dock i högre mening än de mänsklige, blivit födda —det säger själva myten—de hava åldrats, och de äro döda. Den store Pan är död, Apollon är död, de väsen, som våra fäder dyrkade, äro döda. Häpna ej, Krysanteus, över mina ord! De innehålla intet hädiskt. Dessa väsen, goda och dyrkansvärda, som uppfyllde världen med skönhet och glädje, som älskade de dygdige, värnade samhällena och straffade brottslingar, voro dödliga som människan, deras skyddsling, och odödliga som hon. O, låg jag ej redan som yngling framför min Apollons bild och skådade hela timmar i hans anlete, hänförd av hans lugna, övermänskliga skönhet! Och likväl strömmade mina tårar, ty ju längre jag betraktade honom, dess mer smältande genomskimrades hans skönhet av ett vemod, olympiskt och övermänskligt som hon, och jag undrade, om konstnärn medvetet hade inlagt detta drag i sitt verk, eller om det nödvändigt, utan konstnärens uppsåt, åtföljer den högsta, i former framställbara skönhet.

Jag vet nu det dragets betydelse: det var medvetandet av dödligheten. De olympiske voro ett släkte högre än vårt: våra fäder kallade dem gudar, I filosofer kallen dem med ett riktigare namn makter eller demoner. Som människans första uppfostran styrdes av dem, så var deras egen uppfostran och fortsatta uppgift att ordna vårt släkte i samhällen, lära dem det rätta och väcka dem för det sköna. Från denna verksamhet äro de bortkallade; de finnas ej mer för oss, ty de hava återvänt i det sköte, som födde dem: i mångfaldens enhet, alltets källa, det varandes medelpunkt: den ende, sanne Guden. Bannlyst vare den tanke, att de gudar, i vilkas knän våra fromma fäder nedlade sina böner, som de åkallade i sin bedrövelse och lovsjöngo i sin lycka, voro tomma foster av deras föreställningar! Men att de voro dödliga, därom fanns redan i den grå forntiden en aning, varåt Hesiodos gav sinnlig form i denna utsaga av en najad:

Nio släkten av kraftige män mångpratande kråkan ser förblomma; men tre gånger fler snabbfotade hjorten. Tre hjortåldrar är korpens liv; korpåldrarne nio levas av Fenix, som bränd vi tio gånger få skåda, vi, den egisskakande Zeus' skönlockiga döttrar.

Så talade Apollonprästen, medan lampans sken flämtade på hans vissnade ansikte. Hans gäst hade lyssnat med uppmärksamhet, men ville nu ej med någon framställd anmärkning mot hans åsikt förlänga samtalet, kanske fördenskull att natten redan var långt framskriden och den gamle tarvade vila.

FJÄRDE KAPITLET.

Krysanteus.

Läsaren torde från första kapitlet av denna berättelse påminna sig en man, som en vacker morgonstund gick över torget i Aten, medan handelsvimlet där var som livligast, och som då av olika personer utpekades som den rike Krysanteus, filosofen Krysanteus, Krysanteus ärkehedningen. Det är samme man, som läsaren nu ser uppträda i Delfi, störande den siste Apollonprästens ensamhet. De tre ovannämnda tilläggen till hans namn voro alla berättigade, icke minst det sista. Att Krysanteus var den rikaste mannen i Aten betydde vid denna tid icke så mycket; mer betydde det, att om han utbytt detta Aten mot det yppiga Babel vid Tibern eller dess ungdomslysande medtävlarinna vid Bosporen och där utvecklat ett levnadssätt, överensstämmande med hans tillgångar och tidens skick, skulle han i slösande yppighet svårligen kunnat fördunklas av andra än kejsarens gunstlingar och de kristna biskoparne, ty vi tala ej om hovet själv och dess kolossala prakt, som naturligtvis stod över jämförelse med vad en enskild man i den vägen kunde åstadkomma. Men Krysanteus var alldeles otillgänglig för en äregirighet av sådant slag. Han förblev i sitt Aten, och grunden härför låg icke i Cesars stolthet att hellre vilja vara den förste i en by än den andre i Rom. I själva Aten överglänste honom mången i prakt och vällevnad.

Men vartill använde då Krysanteus sin rikedom, då man i hans hus såg ingenting av den asiatiska lyx, varmed den tidens förmögne omgåvo sig? Varje atenare kunde besvara denna fråga. De visste, att hans skarpsinne hade utletat tusen andra sätt att förstöra penningar. Hans slöseri var av alldeles eget slag. Landet kring Aten hade fordom varit ryktbart för sina olivplanteringar. Attikas bergsluttningar voro då klädda med skogar av detta härliga och nyttiga träd, helgat, som man vet, åt Pallas Atena. På Krysanteus' tid voro dessa skogar i det närmaste försvunna, och Attika hade förlorat den förnämsta av sina inkomstkällor. Krysanteus ville komma henne att flöda med ny ymnighet, och han kämpade, utan att tröttna, en jättekamp mot natur, människor och tidsförhållanden för att återskänka de nakna bergen deras prydnad och deras eländiga bebyggare välmåga. Striden hade nu fortgått i tjugu år och Krysanteus ännu icke slappats, uppmuntrad, i stället för nedslagen, av den jämförelsevis obetydliga framgången av sina ansträngningar. Lantegendomarne omkring Aten hade under stadens självständiga och lysande tid varit mycket dyra; nu lågo de till stor del öde. Krysanteus köpte sådana ödeliggande fält, insatte sina frigivna slavar till förpaktare och hade den glädjen att se skördar vaja, där förr knappt fanns fårbete. Men denna glädje var i det närmaste hans enda jordränta, ty prokonsuln Annæus Domitius kände visserligen å ena sidan den sanningen, att »där ingenting är att taga, där har kejsaren förlorat sin rätt», men drog å andra sidan härav den följdriktiga slutsats, att där någonting är att taga, där har kejsaren icke förlorat sin rätt. Den praktiska tillämpning han gav häråt var lika följdriktig som slutsatsen själv och ledde i en cirkel tillbaka till premissen: den förstnämnda sanningen. Endast den personliga avgiften—»nässkatten»—steg under kejsar Konstantius' tid till 26 guldstycken. Vad skulle då Krysanteus göra? Han fann sig i sin lott och tröstade sig med, att den magra, stenbundna nejden kring Aten ännu bar skördar, medan i det härliga Kampanien 400,000 tunnland—en åttondel av landskapet!—lågo öde till följd av de kejserliga ämbetsmännens utpressningar. Men Krysanteus' slöseri hade icke inskränkt sig till olivplanteringen och jordbruket. Varhelst han på torg och gator fann en atenare, som skylde sitt fullblod under en trasig mantel, anhöll han denne dagdrivare med frågan: vad nyttigt kan du göra? Nu fanns i Aten en hel mängd trashankar, vilkas ädla stolthet sårades av denna fråga, fast hon var given i vänligaste avsikt, och när de på långt håll sågo Krysanteus, smögo de, hellre än att möta honom, in i en portik, en samtalssal, en barberarstuga; men många voro även de, vilka ett uppriktigt svar på hans fråga hade skänkt välstånd. Krysanteus gav inga allmosor, utan åt ålderstigna och orkeslösa —kristianerna tadlade den rike mannen för denna hjärtlöshet—men han ägde en beundransvärd förmåga att upptäcka, vartill människor dugde, och använda dem på deras rätta plats. Kanske var det ena dagen en avkomling av Kleon, som Krysanteus satte i stånd att driva ett garveri; kanske andra dagen en ättling av Hyperbolos, som fick låna penningar att inrätta en lampfabrik. Nog av att yrken, för vilka det forna Aten var frejdat, ånyo uppblomstrade: stadsdelen Skambonide genljöd ånyo av städens klang i vapen- och metallverkstäder, i Kolyttos tillverkades åter kläden och tyger, i Piræus byggdes åter skepp. Sedan Krysanteus givit första stöten, fortfor rörelsen av sig själv och tillväxte utan hans åtgöranden. De summor, han nedlagt på näringsflitens uppmuntran, strömmade tillbaka i kassakistan i hans aula. Om framgången således överskylde hans slöseri i denna riktning, så framstod det dess naknare i andra. Krysanteus hade en lång tid den vurmen att vilja se de sköna konsterna återlivade i deras egen födelsestad. Fidias och Parrhasios hade genom sina skapelser förvandlat konstnärn i folkets ögon från en vanlig hantverkare till en det skönas präst, ingiven av Apollon, helig som sådan. Men Hellas' konst hade gått under med sista skenet av Hellas' frihet. De som nu förde mejseln eller penseln betraktades, i trots av sina egna anspråk, för vad de verkligen voro: hantverkare—stenhuggare och färgstrykare. Felet låg hos dem själva, som gjorde konsten föraktad, och hos tiden, som lät förleda sig att förakta konsten och hennes utövare. En yngling av ädel börd kunde icke längre taga penseln eller mejseln i hand, om än den räcktes honom av själva Pallas Atena. Hedningarne förgudade sina gamla konstnärer och missaktade sina unga: kristianerna hatade både de gamla och de unga. Under sådana förhållanden var den uppgift, Krysanteus här ville lösa, en mycket svår. Också misslyckades försöket alldeles, såvida man nämligen antager, att målet icke var att förstöra penningar, utan att upphjälpa konsten. De målningar, Krysanteus köpt av unga konstnärer och frikostigt gäldat, prydde nu väggarna hos hans förpaktare; de bildstoder, vilka samma vurm förmått honom tillägna sig, voro allesammans förda till hans lanthus och uppställda i en lund, där deras behag doldes av cypressers skugga och vaktades av taggiga rosenbuskar. Tyvärr hava vi ännu icke slutat förteckningen på den atenske arkontens penningödande dårskaper. Vi nödgas tillägga, att han älskade litteraturen. Själv ägde han en bokfabrik, som översvämmade världen med skrifter, icke blott av de gamla klassiska författarne, utan även av åtskilliga nya, sådana som Hierokles, Porfyrios och Jamblikos. Han hade icke länge sedan i sin egenskap av bokhandlare lidit en ansenlig förlust genom kejsar Konstantius' påbud, att alla skrifter av Porfyrios skulle brännas. Porfyrios hade nämligen skrivit emot kristendomen—Hierokles och Jamblikos likaledes. Spridningen av sådana böcker var ensam tillräcklig grund för det namn av ärkehedning, som Atens kristianer givit Krysanteus, men varav han icke fann sig det ringaste sårad. Frände med hans kärlek till litteraturen var den för teatern. Han hade i sin ungdom offrat summor, som vi blygas omtala, blott för att låta atenarne än en gång skåda ett sorgespel av Sofokles, uppfört med samma glans som fordom. Han själv hade avlönat skådespelarne och uppsatt de lysande dekorationerna, han själv inövat körerna, till vilka Aten på hans uppmaning lämnat sin förnämsta ungdom. Också belönade honom staden med en lagerkrans och en bildstod. Men den senare var som konstverk ovärdig en plats vid sidan av de forntida koragernas, och lagerkransen—förtjänte han verkligen så stora offer? Vi lämna denna fråga därhän och fortsätta med oblidkelig stränghet vår förteckning över arkontens svagheter. Hans kärlek för teatern höll sig icke strängt inom sorgespelets gränser: den lade stundom bort koturnen och strövade in på komediens område. Krysanteus hade funnit en ung komediförfattare, den ende talangfulle konstnär i hela Aten. Krysanteus uppmuntrade honom och satte honom i stånd att uppföra sina komedier. De vunno åskådare i tusental. I början voro de harmlösa eller gjorde på sin höjd maskerade, tokroliga utfall mot prokonsuln Annæus Domitius. Men författarens djärvhet växte med hans lycka. Krysanteus var i Pergamos som gäst hos sin gamle lärare i filosofien, Ädesios, då hans skyddsling, under stormande bifallsrop av fem tusen atenare, lät ett lustspel gå över tiljan, vilket i grova drag förlöjligade kejsar Konstantinus', av Konstantius fortsatta bemödanden att lösköpa själar ur hedendomen, till ett pris av en högtidsklädning och 20 guldmynt per stycke. Dagen efter gavs av samme författare ett annat, som framhöll, huru de kristianska biskoparne i stora skaror rastlöst kringflackade Europas och Asiens landsvägar, från det ena så kallade kyrkomötet till det andra, ödeläggande postverket, medan de reste efter den enda saliggörande tron. Petros, biskop av Aten, skickade genast till patriarken Makedonios i Konstantinopel underrättelse om vad som skett, utpekande filosofen Krysanteus såsom det djärva ofogets upphovsman. Denne hade ingen aning om hela oväsendet, förrän han återkom till Aten, och han ogillade de båda lustspelen, så snart han lärt känna deras innehåll—icke av omtanke för egen säkerhet eller med hänseende till deras anti-kristianska syftning, utan emedan det var hans natur vidrigt att se förhållanden, som ingåvo honom smärta, handfarna med löje och ytligt lättsinne. I hans väsen låg mycket av den romerska värdighet, detta honestum och decorum, som ej vill sänka sig till gycklet; men det förmäldes hos Krysanteus med helleniskt behag och härflöt ur en enväldigt rådande känsla för det andligt sköna. Följden av hans skyddslings, komediförfattarens, lättsinne vart kännbar för hela romerska världen i formen av ett edikt, som stängde alla teatrar. Krysanteus själv överraskades med ett handbrev från kejsaren, på en gång en varning och ett nådevedermäle. Dominus Augustus nedlät sig till att inför den atenske medborgaren rättfärdiga sitt stränga påbud och inbjöd honom till sitt hov i Konstantinopel. »Makedonios,» skrev kejsaren bland annat, »brinner av otålighet att se dig. Han vill tvista med dig, såsom den ene filosofen tvistar med den andre, och hoppas kunna omvända dig.»—Krysanteus besvarade det kejserliga nådebeviset i uttryck av djup, men kylig vördnad, och kom icke, lämnande fritt att tyda uteblivandet som rädsla för Makedonios' övertygande vältalighet.

I redogörelsen för det sätt, varpå Krysanteus använde sin rikedom, bör icke glömmas den frikostighet, varmed han sörjde för offrens prakt och de övriga bruk, som tillhörde den gamla folkreligionen, ej heller den vård han ägnade skolorna och gymnastiksalarne. Det var måhända Krysanteus' förtjänst, att ungdomen ännu icke alldeles hade övergivit dessa senare. Hans blotta åsyn, när han genomvandrade Herodes Attikos' yppiga termer, var en levande förebråelse till ungdomen, som här överlämnade sig åt de varma badens slappande njutning, och mången yngling, som rönt hans välvilja, fann det obehagligt att där överraskas av den stränge vishetsläraren.

När vi nu till allt detta lägga hans verksamhet som en av stadens förnämsta ämbetsmän, så måste det synas, att en man som han, försänkt i så mångfaldiga praktiska bestyr, skulle sakna tid och sinne för filosofiska studier och vetenskaplig verksamhet. Det finns ett slags människor, som alltid hava ont om tid och aldrig uträtta något. Det finns ett annat slags människor, vilkas tid är tillräcklig till allt, utan att de någonsin brådska. Till dessa senare hörde Krysanteus. Det måste, sedan vi nu känna hans yttre verksamhet, förundra, att Krysanteus i grunden icke var en praktisk, utan en inåtvänd, för betraktelser danad, ja, svärmiskt stämd ande. Han ärvde sin stora förmögenhet som yngling, ännu sittande vid nyplatonikern Ädesios' fötter under Akademias popplar. Med motvilja inskränkte han då sina åt studier ägnade timmar, för att uppfylla de nya plikter han ansåg förbundna med sin nya ställning. Men denna motvilja upphörde snart. Han fann, att mycket gott och stort, många av hans varmaste önskningsmål, då han redan som gosse fick ögonen öppna för och själen uppfylld av den smärtsamma jämförelsen mellan förr och nu, kunde förverkligas med detta guld. Hans praktiska verksamhet ingrep som en faktor i hans andes samklang. Hon skänkte honom mången ljuv tillfredsställelse och gav genom omväxlingen ökad spänstighet åt hans spekulativa forskningar. Han betraktade denna yttre verksamhet i den helgande dagern av ett prästerligt kall, med syfte att förverkliga det sköna i människolivet, och som ett själens prövningsmedel, som, om hon segrade i prövningen, läte henne luttrad framgå till sitt yttersta mål: vilan i Gud. Hon bidrog även i sin mån att läka de sår, som ödet slog hans husliga lycka, när det genom döden avhände honom en älskad maka och genom en mystisk tilldragelse hans ende son, som vid två års ålder försvunnit tillika med två kristianer av hans husfolk. Detta hade skett för sexton år sedan.

Hans enda barn var nu den tjuguåriga dottern Hermione. Hon var hans glädje och stolthet, medhjälparinnan i hans arbeten, tröstarinnan i hans mörka ögonblick. Han hade själv med förkärlek ägnat sig åt hennes uppfostran, och måhända var det detta, som i flickans jungfruliga själ inlade det drag av manligt allvar, som hon ägde. En syn av lugnt, antikt behag skulle det varit, om någon vid inträdet i arkontens aula, i ramen av pelare, marmorbilder och blomsterfyllda vaser sett en grupp, bildad av honom och henne: han, den tankfulle, majestätiske mannen, lutad över flickan, med sin arm kring hennes hals, granskande den plan, som hon med ritstiftet i handen visade honom, till någon byggnad, någon plantering, eller lyssnande till den allegoriska utläggning, som hon gjort av någon bland de heliga myterna. Ty hon, som han, var svärmiskt tillgiven fädernas tro, och filosofens dotter älskade tankelekar, som till filosofien förhöllo sig som skaldens tolkning av en blommas natur förhåller sig till vetenskapsmannens.

Efter Ädesios, som tidigt lämnade Aten, vart Krysanteus den »gyllene länken i platonismens kedja». Krysanteus föreläste nästan dagligen i Akademias trädgård för ett ännu tämligen talrikt antal lärjungar, dels atenare, dels främlingar från skilda delar av världen. Hans filosofiska system, som avsöndrat mycket av Jamblikos' teurgiska tillsatser, gick tillbaka till Plotinos, men anknöt till en tankeföljd av denne en riktning på den yttre världen, som annars var främmande för nyplatonismen och skenbart stridande mot hans ande. Krysanteus själv tycktes erkänna denna stridighet genom ett yttrande, som han ofta fällde:—När jag blir sextio år gammal, vill jag draga mig tillbaka inom mig själv och försänka mig i åskådningen av Gud.

Krysanteus' filosofiska system återfinnes ej i någon bok, ty han utgav aldrig dess enskilda delar i skriftligt sammanhang. Men hans lära och undervisning bar en världshistorisk frukt i en av hans lärjungar —Julianus.

Julianus hade under tvenne tidpunkter av sitt liv åtnjutit hans undervisning. Den gamle filosofen Ädesios skrev en dag till Krysanteus:

»Lämna ditt Aten och kom till mig! Intet får hindra dig att uppfylla min bön! Jag är själv för gammal, och min jord har förlorat sin alstringskraft, men i din vill jag nedlägga ett ädelt frö, som skall uppspira till ett träd och överskygga jorden. Jag vart i dag icke litet förvånad, när den unge Julianus steg över min tröskel. Du känner huru han blivit uppfostrad av sin faders mördare. Biskopen Eusebios av Nikomedia har velat göra honom och hans broder icke till furstar, cesarer och hjältar, icke heller till människor, utan till kristianska helgon. Macillums fästningsmurar, inom vilka de stackars barnen tillbragt sitt liv, understödde hans bemödanden. Och vem anade annat än att de lyckades? Julianus såväl som Gallus knäböjde ju för munkar, kysste eremiters trasor och föreläste evangeliet inför den kristianska församlingen i Nikomedias storkyrka! Nåväl, Gallus är sådan man velat göra honom. Han är kristian—av samma halt som Konstantius och Konstantinus. Men då Julianus i dag inträdde under mitt tak, omfamnade han mig med tårar i ögonen och sade, att han längtat efter mig, ty mitt namn hade genom Macillums murar trängt till hans öra. Han framtog bok efter bok ur mitt bibliotek och upprepade med hänförelse deras författares namn. Jag förstod honom icke i början. Du vet, att Eusebios understödde kejsaren, när denne utrotade sin släkt, endast skonande dessa barn, Gallus och Julianus. Men jag trodde, att Eusebios' brottslighet var för Julianus okänd. Så var det icke. Det erfor jag, när Julianus fattade min hand och sade:»Jag hatar kristianerna. Han, som undervisade mig i deras lära, ryker av min faders blod. Jag kastar nu till dina fötter den mask, som dolt min avsky för honom och dem alla. Han ville intvinga min själ i de formler, som han och hans likar pånödga världen. Nu är jag fri. Ädesios, jag känner dessa präster, som på sina kyrkomöten föreskriva än på det ena, än på det andra sättet, vad kristianerna skola tro. Det är en gräslig samling av blodsmän, ränksmidare, hycklare och dumhuvuden. De sönderslita världen och varandra i tvister om ord utan mening, men det vari de alla överensstämma är det jag mest avskyr: alla bannlysa de förnuftets frihet, alla lära de, att härskarens makt och folkets träldom äro av Gud. Friheten är försvunnen ur verkligheten, men dessa människor förneka henne även i tanken. Ädesios, nu är jag herre över min tid. Jag älskar mina fäders tro och republikens ärofulla minnen. Vill du undervisa mig i Platons vishet och i myternas mening? Vill du vara mig en fader, eftersom jag är fader- och moderlös?»—Så talade Julianus. Han stannade intill aftonen i mitt hus. Han är en eldsjäl, men hans eld brinner med jämn låga, som lovar varaktighet. Han är en yngling, uppfylld av stora krafter. Hans natur är mild, älskvärd och glad, men av hans öde blandad med främmande beståndsdelar. Kom till honom, Krysanteus, och rena hans själ från hat och bitterhet! Lär honom glömma vad han lidit, men älska med förstånd och hjärta, vad han nu endast älskar med hjärtat! Jag passar icke för honom. Jag kunde fördärva ett så härligt verk, om jag fattade det med mina darrande händer. Min tunga är kylig och vanmäktig av ålder. Men till honom måste man tala med en eldtunga. Bör icke han, som älskar sanningen, höra henne i hennes segerkraft? Böra icke dessa minnen, som han älskar, upplivas för honom i deras härlighet? Ve, om min ålders köld skulle dämpa hans låga! Nej, jag passar ej mer för honom. Du skall komma, min Krysanteus, och i Julianus skapa en framtid. Jag har sagt Julianus, att jag överlämnar honom åt dig, och vi vänta båda, att du skall komma.»

Krysanteus hörsammade kallelsen. Han infann sig i Efesos, där Julianus nu på kejsarens befallning vistades. Den unge furstens steg bevakades av spejare. Kejsaren höll kunskapare i hans omgivning, och Eusebios var mån, att hans lärjunge icke skulle råka i umgänge med nyplatonska filosofer. Två sådana—de mest fruktade för sin vältalighet och glansen av sin rena vandel—Maximos och Libanios, voro förvisade från Efesos. Endast lönligen och nattetid kunde fördenskull Julianus och Krysanteus hålla sina möten. Men dess oemotståndligare lockade de ynglingen. Han jämförde Eusebios, Konstantius' onde ande, själen i hovkabalerna och kyrkotvisterna, vars hand dröp av blod och vars tunga av hyckleriets salvelse, han jämförde denne sin lärare i kristna religionen med den hedniske filosofen, vars väsen bar den klara prägeln av en ande, som i forskning och levnad harmoniskt strävade till skönhetens och sanningens urkälla. Den luft, han andades i Krysanteus' närhet, var en rusande: det var de höga minnenas, skaldekonstens, filosofiens och mystikens. Sina egna tankar återfann han här, men icke som enstaka tankar, utan nödvändiga lemmar i en förnuftets tempelbyggnad: han kunde se fotstället, varpå de vilade, arkitraven, som de buro. Krysanteus lärde ynglingen förakta vällusten och glädjas över sin dödlighet som villkoret för en högre tillvaro. Julianus var på en gång skarpsinnig och svärmisk. Båda dessa riktningar voro även nyplatonska filosofiens—den antika forskningens sista titaniska ansträngning att storma himmelen. Allt förenade sig att öka Julianus' hänförelse: lärarens personlighet, lärans skaplynne, som ur dialektikens klarhet förde genom mystikens hänförande halvdager in i teurgiens aningsfulla mörker, ja även det sätt, varpå hon framställdes, då hon endast med sin kraft ville övertyga. Deras hemliga sammankomster fortgingo flitigt i tre månader. Därefter återvände Krysanteus till Aten, kvarlämnande hos sin lärjunge outplånliga känslor av vördnad och kärlek.

Två år därefter timade, att Gallus, som av Konstantius fått värdigheten av Cesar, föll offer för sin gynnares vilda misstänksamhet, ökande hekatomben av fränder, som denne slaktat. Gallus hade ockrat med sin korta styrelsetid för att hinna förvärva ett rykte värdigt Kaligulas och Neros. Hans bror, den för statssaker alldeles främmande Julianus, vart endast på Konstantius' gemåls förbön räddad och skickad från hovet till Aten. Han hörde sin förvisningsdom med hemlig glädje. Under sin vistelse i Aten var han Krysanteus' gäst och för andra gången hans lärjunge. Sex månader, de lyckligaste i Julianus' liv, hade han tillbragt i vishetsgudinnans stad och Akademias lund, då en kejserlig befallning nödgade honom återvända till hovet, som då vistades i Milano. Från den tiden hade Krysanteus icke återsett sin älskade lärjunge, men världen uppfylldes snart med dånet av hans bragder. Julianus i spetsen för Galliens legioner hade slagit de allemanniska barbarerna i flera blodiga drabbningar. Hans ära hade väckt Konstantius' avund. Hovet gycklade förgäves över »den skäggiga apan, som lärt krigskonsten av Krysanteus i Atens trädgårdar». Hånet förstummades av nya stordåd. På slagfältet vid Strassburg knäböjde sju germaniska konungar och tio furstar för sin besegrare, den skäggige filosofen. Några dagar därefter slog samme filosof frankernas konungar och räddade Gallien för denna gång från översvämningen av deras vilda skaror. Under de två följande åren förtalde ryktet tid efter annan om nya segrar, som Julianus tillkämpat sig i hjärtat av barbarernas eget land. Nu var måttet av Konstantius' avund och farhågor rågat. Han beslöt att avhända den unge hjälten hans här och Gallien dess försvarare. Julianus' legioner fingo uppbrottsorder till—Persien! Hela Gallien genljöd av ett samfällt ångestrop, ty barbarerna stormade åter mot dess gränser, och kejsarens befallning bortryckte dess hägn och värn. Legionerna gjorde uppror och utropade sin älskade fältherre till kejsare. Historien, då hon förtäljer dessa dagars tilldragelser, lämnar Julianus fri från varje fläck. Konstantius tillbakavisade varje bön om försoning. Då vår berättelse börjar, är Julianus i spetsen för sina fåtaliga, men segervana trupper på tåg emot Konstantinopel. Konstantius samlar österlandets alla stridskrafter kring sin hotade tron. Kriget, som förestår, är ej endast ett krig mellan Julianus och Konstantius. Det innebär långt mer. Världen skälver av hopp och fruktan. Julianus har överlämnat sig »i de odödliga gudarnes hägn». Han har offentligt avsagt sig kristendomen. Den säd, Krysanteus sådde, har skjutit upp i dagen. Kriget står mellan den antika bildningen och kristendomen. Två tidsåldrar skola sammanstöta med vapen i hand.

Och frågan, som Krysanteus vill förelägga oraklet, är denna: Skall Julianus eller Konstantius segra?

FEMTE KAPITLET.

Hermiones natt i templet.

En kulen dag följde på den, som sett atenaren och hans dotter anlända till Delfi. Himmelen var tung av moln. Mot kvällen föll regn i strida skurar, och från Korintiska viken blåste en häftig sunnan in i dalen, som öppen mot söder fångade och i allt smalare svängrum mellan sina väggar inpressade vindstötarne, tills ett lodrätt fjäll stängde deras väg och tvang dem till kamp mot sina påträngande efterföljare. Sålunda danad till tummelplats för vindarne, är den delfiska nejden ryktbar för de stormar, som icke sällan under höst- och vintertiden rasa där. En sådan storm, förtälja hävderna, tillintetgjorde en gång en svärm av galliska barbarer, som ditlockats av helgedomens vittberyktade skatter.

Orakeltemplet vilade på en fjälltrappa, som skyddades av höga klippor mot sunnanvinden. Utanför stridens värsta tummel hörde man där hans vilda dån, när vindarne brottades emellan de stängande bergen och instormade i de trånga skrevor, som öppnade dem en utflykt mellan branterna.

Sådan var kvällen, då Hermione, efter fulländade reningsceremonier, leddes av sin fader till Apollons tempel att där tillbringa natten. Hon var lagerkransad och iklädd en pytisk prästinnas dräkt.

Krysanteus kände hennes hand darra i sin. Han stannade och sade:—Låt oss återvända!

Han lyssnade till vindens toner och upprepade:—Låt oss återvända!

Hermione såg upp mot templets, av kvällens mörker omlägrade kolonnad, varöver de jagande molnens jätteskuggor skymtade. Hon tvekade. Men då Krysanteus lade sin arm kring hennes liv och gjorde en rörelse för att vända om till Herakleons bostad, reste sig den andaktsfulla känsla, som dagens botövningar och böner lämnat i hennes barm, och segrade, i förening med tanken på deras ärende, över en ännu icke fullrustad rädsla. Hon svarade:

- Den gudamakt vi nalkas är ljuset, som älskar människorna. Och du, min fader, vakar ju i natt, tänker på mig och kommer vid första morgongryningen att hämta mig? Nej, må det ske vad vi beslutit! När jag övervunnit intrycket av det ovanliga, är jag lugn.

De fortsatte sin väg. Vinden lekte med Hermiones lockar, medan hon vid sin faders hand steg upp för tempeltrappan och genomskred den med doriska pelarrader smyckade försalen. Här skimrade dem till mötes ett svagt ljus genom den halvöppna dörren, som förde till helgedomens inre.

Ett helleniskt tempels naos—det inom försalen belägna rummet, byggnadens medelpunkt, vari gudabilden stod—var alltid omgivet av murar utan fönster, och i de flesta fall övertäckt, i synnerhet där de religiösa bruken såsom här buro en hemlighetsfull prägel. Rummets enda öppning var således dörren, som alltid vette mot öster, för att mellan försalens pelare insläppa den uppgående solens strålar. Där man ej föredrog den mystiska skymning, som måste råda på ett sådant ställe, brunno kandelabrar dag och natt på gudens eller gudinnans altar.

Det delfiska orakeltemplets naos var ursprungligen delat i två delar med ett gyllene galler, framför vilket de frågande, när de, kransade, under trumpeters klang inträdde i helgedomen, skulle avvakta pytians svar. Bakom gallret var det allra heligaste: den profetiska hålan med den över henne ställda trefoten, samt Apollons bild omgiven av lagrar. Nu var gallret längesedan borttaget av roylystna händer. När Hermione uppslog sin blick, såg hon, i det matta skenet från en enda taklampa, en pelarsal, vars bakgrund förlorade sig i mörkret. Skymningen ökades av välluktande dimmor, som uppstego ur rökelsekar mot pelarnes kapitäler och svävade som ljusblå skyar under taket. Lampans sken samlade sig på Apollons drag och visade dem i en mild, förklarad skönhet.

Krysanteus förde Hermione till trefoten. Hålan täcktes av en marmorhäll, i vars mitt var en öppning. Flickan ryste, ty hon nalkades verkstaden för en demonisk makt. I hennes fantasi uppstod pytians bild, profetiskt rasande, med skälvande lemmar, rullande ögon, skummande läppar. I detta ögonblick tröstade det Hermione, att de profetiska ångornas källa var försinad. Hon satte sig på trefoten. Hennes anlete var blekt som marmorbilden, mot vars fotställ hennes huvud dignade tillbaka. Krysanteus räckte henne skålen, som Herakleon fyllt med Kastalias vatten och ställt på altaret. Hon drack den kyliga, ingivelsebringande drycken. När Krysanteus emottog skålen, möttes deras blickar. Hermiones var matt och glanslös. Fadern upprepade: Låt oss återvända! Men flickans läppar krusades av ett ansträngt småleende. Hon vinkade med handen till tecken av sin beslutsamhet. Därefter lade hon armarne korsvis i sitt sköte och slöt sina ögon.

Hon hörde faderns steg, då han avlägsnade sig över marmorgolvet. Hon hörde dörren stängas och nyckeln omvridas i låset. Hon var ensam.

Då Idéen, en himmelsk uppenbarelse, nedsteg i Platons själ, lades grunden till en mäktig och genomgripande omvälvning i den mänskliga tankevärlden. Människan upphörde att vara stoft och världen blott en byggnad av atomer. Materien förvisades ur verkligheten till möjlighetens skuggrike. Allt förandligades: naturen, människan, gudarne. Allt dallrade som etervågor kring den för medvetandet uppgångna ursolen. Men enheten, som vunnits mellan det sanna varat och sinnevärlden, var snarare en siaretanke än frukten av den stränga forskningen. Idéernas värld, den sanna, fastän funnen, låg i ett oupphinneligt fjärran—och tvivlet, forskningens negativa element, helt nära. Huru varda förvissade om vår kunskaps sanning? Äro våra satser sanna, så var finnes prövostenen, varmed det kan ådagaläggas? Tvivlet födde oro, oron en längtan att frigöra sig därifrån. Man ville en sanning, oåtkomlig för tvivlets inkast. Men denna sanning visar sig oupphinnelig för den blotta förståndskunskapens slutledningar. Hon finnes endast, sade Greklands sista filosofer, ovan sinnevärldens förvirrande sken, ovan förståndskunskapen, ovan förnuftet och alla begreppsbestämningar, i det begrepps- och formlösa, där världsanden inströmmar i den enskilde människoanden. Vill du tillägna dig det gudomliga, vill du skåda sanningen anlete mot anlete, så undertryck allt vad som är sinnligt, allt vad som är ditt egna och för dig egendomliga, allt vad som gör dig till ett enskilt väsen, skilt från det ena och allmänna, utplåna ur din själ varje tanke, varje känsla, varje bild, varje viljeyttring! Då, endast då kommer du till åskådningen av det ena, översinnliga, obegripliga. Intet står då emellan den skådande själen och det skådade gudomliga. Den skådande och det skådade äro ett. Sanningsletaren är vorden ett med sanningen. Detta tillstånd, vari själen icke längre lever sitt eget liv, utan världsandens, världsförnuftets, och i sig upptager dess vishet, dess förutseende, dess obundenhet av tid och rum, på samma sätt som magneten genomströmmas icke av egen, utan en allmän kosmisk kraft —detta tillstånd är ett av högsta hänförelse: extasens. Extasen, sade nyplatonikerna, är formen för det högsta vetandet: den omedelbara åskådningen. Musiken, bönen och kärleken äro krafter, som förhjälpa den sannings- och renhetsälskande själen till grannskapet av det himmelska; det övriga måste hon själv göra genom att försänka sig i fullkomlig overksamhet, genom att bilda sig till ett tomrum, vari det gudomliga rent och omängt av mänsklig sinnlighet inströmmar.

Grekiska filosofien, man finner det av denna antydning, led genom nyplatonikerna samma omdaning, som den antika byggnadskonstens minnen genom medeltidens byggmästare. Platons tanketempel med dess ljusa pelargångar vart genom en kedja av förvandlingar till en byggnad med genombrutna fönster, målade av mystiken, och spetsbågar, spända av himmelsk längtan.

Då under den stormiga natten Krysanteus' dotter, ensam i det hemlighetsfulla templet, nedsjunken på pytians trefot, slöt sina ögon, vilande armarne i sitt sköte och huvudet mot siaregudens fotställ, avvaktade hon det profetiska måttet av extasen, det lägre, för vanliga människor upphinneliga hänförelsens tillstånd, i vilket själen, svävande över det medvetslösas hav, men ännu ej försänkt i dess djup, skådar med världsharmoniens förutseende öga det hon vill röna.

Man skall en gång kunna redogöra för de lekamliga företeelser, som ledsaga det extatiska tillståndet: för vissa nervflätors överretning, andras förslappning. Men extasen själv—vem förklarar honom och hans häpnadsväckande andliga fenomener? Huru märkvärdigt! Femton århundraden hava vandrat över den siste helleniske filosofens grav och släktets forskande ande har härunder kämpat mången väldig strid, men den dag, som i dag är, står tänkaren åter framför samma företeelse, och nittonde århundradets teistiske filosof, mannen på höjden av sitt tidevarvs vetande, nödgas i extasens väsen se nästan detsamma, som de gamla hedningarne Plotinos, Jamblikos och Krysanteus före honom!

Skall Julianus eller Konstantius segra? Var är Filippos, min försvunne broder? Inom dessa frågor—den senare av flickans hjärta, utan föregången överläggning, sällad till den förra—sökte Hermione samla sitt medvetande. Om någon i denna stund inträtt i orakeltemplet, skulle han vid foten av Apollons bild skådat en annan, blek, orörlig och skön som han. Vinden suckade mellan försalens pelare. Stormens brus förnams som en dämpad klagan genom de tjocka murarne. Hermione ville icke höra det. Hon bjöd sitt öras nerver dö. Hon såg i tanken ännu den skumma tempelsalen, de skymtande pelarne, den virvlande rökelsen, och lampskenet smög som ett matt, mörkrött skimmer genom hennes ögonlock. Hermione ville icke se det. Hon bjöd synens känseltrådar och den härmande inbillningen domna.

Så under viljans kamp med sinnena samlade sig oräknad minut till minut. Då genomflög henne brådsnabb en tanke på ansiktet, som skådade över hennes, Apollons ansikte, detta oföränderliga, som i århundraden stirrat såsom nu. I denna tanke kom något rysligt, förenad som han var med minnet av ställets demoniska natur och ensamhetens känsla. I och för sig kan ensamheten, djupt och plötsligt känd, verka överväldigande på människan. Hermione flög upp från pytians trefot. Hon darrade och gömde ögonen i sina händer. Fantasien föregycklade henne, att marmorbilden lämnat sitt fotställ och stod med de orörliga ögonen riktade mot hennes. Hon vågade ej se. Tystnaden skrämde henne, men varje avbrott i tystnaden skulle isat hennes blod. Så stod hon, väntande på styrka att kämpa mot sin rädsla. Och denna styrka vann hon i tanken på sin far. Hon öppnade ögonen. Allt var ju som förr: gudens bild hade ej lämnat sin plats, lampan tycktes sprida ett klarare sken, rökelsekaren en mildare doft. Krysanteus' dotter förebrådde sig sin kvinnliga räddhåga. För att härda sig mot dess återkomst betraktade hon länge Apollons drag och vandrade därefter med fasta steg igenom tempelsalen. Hon besåg de votivtavlor och troféer, som ännu smyckade väggarna, de altaren och trefötter, som ännu stodo mellan pelarne. (Konstantius' och hans gunstlingars nit hade nämligen hittills skonat sådana templets tillhörigheter, som ej voro av guld eller silver.) Hon trevade på dörrarna, som hon fann i bakgrunden, ledande till opistodomen och de små sanktuarierna på var sin sida om denna. Därefter återvände hon lugnad, satte sig på trefoten och slöt ånyo ögonen.

Timmar förflöto, medan Hermiones vilja kämpade en ny, äntligen segerrik strid med sinnena. Stormen ven som förut kring den gamla byggnaden, men hon hörde det icke mer. Ögonlocken med sina mörka fransar lågo stelnade, blåvita och ogenomskinliga över sina ljus. Lemmarne voro styvnade som ett liks, hela organismen död för den yttre världen. Men inom det förstenade skalet levde ett medvetande, som troget och eftertänksamt följde skiftena inom sig själv. Detta är eget för det tillstånd, som föregår extasen, såsom Jamblikos[9] skildrar det och sådant det uppenbarar sig i den närskylda magnetiska sömnen, likasom någon gång i skendöden.

Den första känsla, som efter viljans slutliga seger inställde sig, var en smärtsam. Hermione kände sitt huvud sammantryckt som med ett järnband. Men smärtan upphörde ögonblickligt och efterträddes av ett underbart färgspel.

---

9 I ett verk, bevarat åt eftervärlden.

Hjärnan var förvandlad till en eldfontän, som kastade stjärnkaskader av bländande prakt, i vilka alla färger sammanflödade eller blixtsnabbt avlöste varandra. Småningom bleknade färgspelet och efterlämnade ängslande mörker. Detta varade länge, men genomskimrades slutligen av ett milt sken från trakten under hjärtat. Tankar och känslor strömmade ur den förmörkade, dovt arbetande hjärnan ned till denna punkt, och sedan medvetandet där samlat sig, utvidgades dess gränser över en värld.

Hermione tyckte sig sväva på en dimma genom oändliga rymder. Himmelen välvde blå och ren omkring henne, luften, som hon andades, var rusande. Dimman sänkte sig och lämnade Hermione på smaragdgröna ängar. Klippor, på vilka ljusa skyar vilade, reste sig i bakgrunden. Mellan dem brusade ett vattenfall ned emot en flod, som bred och majestätisk genomflöt dalen. Alla föremål, även de mest avlägsna, begränsades av klara linjer. På floden svävade en båt, som hastigt nalkades. En yngling satt lutad över relingen och blickade ned i vattnet. Hermione såg hans anletsdrag, och hennes hjärta igenkände den älskade brodern.

Hon ville ropa honom, men rösten bortdog klanglös, som om luften här varit för eterisk att bära tyngden av ett mänskligt ord. Hon ville sträcka armarne efter honom, men kunde det icke. Det var, som om denna fruktlösa ansträngning inverkat på tavlan omkring henne.

Färgerna bleknade, föremålen upplöstes i dirnmor.

- Filippos, var är du? O, kom, kom till din fader och syster!

Var det denna bön som omskiftade tavlan till vad hon vart? Ur dimmorna framstod Tripodgatan i Aten. Hermione var förflyttad utanför sin faders hus. Gatan vimlade av människor. Hermione spanade i folkmängden efter sin broder. En aning sade, att han skulle komma. Då såg hon nalkas ett tåg av kristianska präster. I spetsen på en mula red biskopen av Aten. Denne man gjorde i drömmens som i verklighetens värld ett obehagligt intryck på Krysanteus' dotter, och hellre än att förlänga det, vände hon sig om och gick in. Men då hon genomskridit vestibulen, stod hon icke i den välbekanta aulan—hon såg ett gult sandfält, som utsträckte sig till synranden. Solen glödde däröver med odräglig hetta. Helt nära flickan låg en purpurmantel, vars veck förrådde en under honom dold kropp, och bredvid manteln en spira, halvt jordad i sanden. På avstånd sprängde en skara ryttare bort på snabba hästar. De buro höga mössor och ringbrynjor, och bågen hang över deras axlar.

Även denna tavla upplöstes i dimmor. Hermione förnam genom dem ett buller och sorl av röster, som förskräckte henne och återkallade henne närmare verkligheten. Hon såg sig åter på pytians trefot. Apollons bild lutade sig ned och omslöt henne med sina kalla armar. Men bildens anletsdrag voro icke mer desamma: de voro en ynglings, som Hermione länge velat glömma.

- Karmides! ropade hon och flög upp från stolen. Hennes ögon öppnades. Allt var i sitt förra skick. Men var det ett genljud från den värld hon lämnat?—utanför tempelporten hördes ett buller, blandat med människoröster. Var det stormen, som brusade därutanför? Nej, dörren skakades av tunga, avmätta slag, rösterna talade som vinden ej kan tala. Hermione lyssnade, for med handen över sin panna, sina lockar, sin dräkt. Hon såg lagerkransen, som smyckat henne, ligga vid sin fot. Hon övertygade sig, att hon icke drömde. Förskräckelsen fattade beslut för henne: hon ilade till rummets bakgrund och dolde sig bakom ett altar. Dörren öppnades, flera skepnader inträdde. Hermione såg det och pressade händerna mot sin skälvande barm.

- Fort, människa! In! Ha, jag tror du är mörkrädd, hördes en röst bakom den förste, som tveksamt inträdde med en lykta i handen.

- Här brinner en lampa, här brinner rökelse, fortfor samma röst, vars ägare vid sidan av en bland följeslagarne tog några steg framåt i salen, medan flera andra skockade sig vid dörren.

- Tillåt mig upplysa, svarade denne, att här ännu lär finnas en gammal präst. Det är förmodligen han, som med iakttagande av gamla vanor....

- Nåväl. Tänd en fackla! Det är skumt i djävlanästet. Mer ljus!

Kort efter att denna befallning var given, ökades belysningen med det röda, rökiga och flämtande skenet från en hartsfackla.

Altaret, bakom vilket Hermione flytt, stod i skuggan av en pelare. Flickans blick var med obeskrivlig ångest fastnaglad vid uppträdet framför henne. De främmande männen voro alla höljda i kapuschonger och väpnade. När en mantel föll tillbaka, bröts fackelskenet mot ett svärdfäste. Han, som nyss talat, var synbarligen den förnämste. Han var av medelmåttig höjd, hans rörelser häftiga och befallande. Hans ansikte och vapenskrud doldes av kappan.

- Ha, ha! skrattade han, och hans röst ljöd ihålig och ohygglig, vi vilja se, hur det förhåller sig. Apodemius och Eusebius, I han på skändligt sätt plundrat Apollon. Rubb och stubb! Bilden, bilden menar jag. Han själv! Vi skola se, om han finnes.

- Rask gärning! fortfor mannen, i det han gick fram till pytians trefot och sparkade omkull den. Hit, karlar, och lyften undan stenen! Fort! Vi vilja se, om Apollon... Vi vilja styrka, att de äro lögner, alla dessa sägner ... Hur var det, Osius? Du sade, att en präst ännu lever här?

- Ja, domine, svarade den tillfrågade med en djup bugning.

- Vi skola vid tillfälle lägga honom på sträckbänk. Här måste ännu finnas gömda skatter. Anteckna min tanke, Eusebius, så att vi icke glömma honom! ... Vad? Ären I förlamade eller huru? Kunnen I ej lyfta en så usel tyngd, I slavar? Osius, du nye Goliat, hjälp dem att öppna porten till underjorden!

Sedan mannen, som nämndes Osius, förenat sina krafter med de andres, lyckades de skjuta åt sidan den häll, som täckte den pytiska hålan.

- Osius, fortfor han, som kallats dominus, du är en Stentor och din röst en rycktråd genom tio tusen palatiner, uppställda i slagordning. Nåväl, väck nu Apollon! Ropa, ryt, ty kanske sover han eller är han död!

- Herre, vad är din vilja?

- Dumhuvud! Galning! Begriper du ej, att det är ett infall? Ett härligt infall, vid alla änglar! Så, bort till hålan, lägg dig vid randen och ropa ned i helvetet: Apollon!

- Du skämtar väl icke, herre?

- Ve dig, om jag skämtade! Skynda!

Osius nalkades åter hålan, som nu gapade med bredare svalg. De övriga männen makade sig mot dörren, likasom rädda för vad komma skulle. Deras herre drog kapuschongen tillbaka, kanske för att höra bättre, och lät fackelskenet fritt falla på sitt dystra, gulbleka, skarpt präglade ansikte.

Osius såg ned i det svarta djupet och sade snarare än ropade: Apollon!

- Högre! röt den gulbleke. Skurk, var är din röst?

- Apollon!!

Ropet, som denna gång gjorde heder åt den nye Stentor, vart, vad måhända ingen av de närvarande väntat—besvarat. Ur jordens innandömen uppstego ljud, dova som bullret av en avlägsen åska. Det var som om en här av demoner, bundna i grottorna där nere, hade vaknat till medvetande av sina kedjor och suckande undrat, vem som störde deras vila. När det underjordiska bullret upphört, rådde djupaste tystnad i templet. Skepnaderna stodo som förstenade. Endast Osius visade tecken till liv, ty han ryggade tillbaka från djupet, vid vars rand han stod.

- Bah! utbrast slutligen den gulbleke, det var genljudet av din röst, Osius, och ingenting annat. Man säger, att det finns milslånga gångar och salar där nere. Den rösten siar icke. Hallå, fortfor han och steg intill hålan, hallå, du där nere, vem än du är, vad säger du om förrädaren Julianus? Svara!

Samma dova, underjordiska buller rullade än en gång under deras fötter.

- I hören! Inga fattliga ord! Endast mummel, mummel, även då det gäller avgrundens bäste vän. Först talade han flödande hexametrar, denne Apollon, så vordo hans verser något knaggliga, så nedlät han sig till prosan, skaldeguden, och nu—mummel!

- Hur hans tunga flödar av hädelse, tänkte Osius och kanske flera av de närvarande. Vi äro kristianer, men böra dock icke reta de hedniska makterna.

- Apodemius, vad synes dig om det här skämtet? frågade den gulbleke skrattande.

- Renaste attiska salt, o herre!

- Förtjänar det icke fortsättas?

- Din nåd bereder oss ett gränslöst nöje.

- Orakelboken, var är hon?

- Förmodligen i något av sanktuarierna.

- Fort dit! Följen mig!

- Vid Gud, han rörde ögonen och vinkade med handen, viskade en av de väpnade till en annan.

- Vem, vem?

- Apollon … bilden menar jag.

- Ah! Detta ändar icke väl. Och jag … jag såg något vitt skymta där borta vid pelaren. Må Gud och hans änglaskaror bevara oss!

Han nickade åt den punkt, där Krysanteus' dotter, mer död än levande, låg nedsjunken bakom det skyddande altaret.

De män, som viskande fört detta samtal, medan de följde de övrige bort mot opistodomen, buro under sina kappor gardescenturionernas lysande vapendräkt.

Man stod framför det ena sanktuariet. Med tillhjälp av sitt korta romerska svärd lyckades det Osius bända upp den murkna dörren, innan den gulbleke hunnit mer än en gång stampa i golvet av otålighet.

- Närmare med facklan! ljöd den bjudande rösten inifrån sanktuariet.
Skatter finnas här inga. Eusebius och Apodemius, jag säger er än en gång, I han
plundrat skamlöst....
- Herre, här är fyndet!
- Ha, låt se! Idel lösa blad! Och vilken massa sedan! Apollon har hunnit
hopa flera lögner än jag trodde på sitt samvete. Tag handen full, Eusebius. Det är
nog för det skämt vi vilja anställa.
Männen utträdde åter ur sanktuariet. En av dem bar i handen en mängd
blad, på vilka forntida orakelspråk, givna av den delfiske Apollon, voro
upptecknade. Man hade förvarat dem med samma omsorg som de sibyllinska
utsagorna. Men de voro icke sammanbragta i rulle- eller kodexform. I
överensstämmelse med ett uråldrigt, för heliga skrifter gällande bruk hade man
samlat dem i ett skick, som skulle påminna om deras tillkomst och oberoende av
varandra, kanske även om de mytiska sibyllornas sed att skriva sina spådomar på
löv, som de enligt skaldernas skildring kastade i floden eller spredo för vinden.
När gruppen åter stod under lampan, vars sken var stadigare än det
flämtande blossets, avtogo på befallning två av männen de hjälmar, de buro
under kapuschongen, och framräckte dem att fyllas med de ur sanktuariet rövade
papperen.
- Begripen I mig nu? sade den gulbleke med ett ihåligt skratt. Vi skola
fuska i kläromantien. Du, Eusebius, drager ur Marcellus' hjälm för Julianus.
- Anatema över hans namn! Mumlades i korus.
- Och jag drager ur Osius' för mig själv. Apollon, varhelst du är, i
Olympen eller helvetet, så manar jag dig nu att styra våra händer till det rätta!
Har du någonsin uppenbarat, vad tiden bar i sitt sköte, så gör det nu!
Den gulblekes ton förrådde i detta ögonblick allt annat än skämt. Han
mumlade mellan tänderna en besvärjelseformel, stack därefter handen i Osius'
hjälm och framdrog en pergamentlapp. Eusebius gjorde detsamma ur Marcellus'
och räckte det på slump fångade papperet åt sin herre.
Den gulbleke genomögnade först det för Julianus av lottningen bestämda
orakelspråket, och dragen i hans dystra ansikte tycktes stelna —därefter det, som
skulle gälla för honom själv. Hans omgivning betraktade honom med yttersta
oro. Det dröjde några ögonblick, innan han öppnade sin mun och sade med matt
röst:
- Eusebius, din arm!
Eusebius skyndade att stödja den vacklande.
- Konstantius, min herre och kejsare, utbrast han.
- Det är ingenting. En plötslig matthet. Den häftiga ritten har medtagit
mina krafter. Vänner, låt oss gå, tillade han efter en paus. Ingen dödlig må veta,
att jag varit här! Innan jag nedlägger mitt huvud, skall detta djävlanäste vara rivet
till sina grundvalar.
Konstantius, ty det var han, romerska rikets kejsare, Konstantinus' son,
lämnade templet, stödd på sin kammarherre Eusebius' arm, omgiven av sin svit.
I Apollons lund väntade deras hästar. En halv timme därefter hade de den
delfiska dalen bakom sig. Några dagar senare mönstrade han i Antiokia den här,
med vilken han dragit från persiska gränsen för att möta Julianus. Med undantag

av hans närmaste förtrogne visste ingen, att han under dessa dagar lämnat sitt palats.

När Krysanteus vid pass en timme efter ovan skildrade uppträde, i den första morgongryningen, nalkades templet, fann han sin dotter sittande på trappan till försalen, med huvudet lutat mot en pelare och de mörka lockarne, fuktade av morgondaggen, spridda av vinden, svallande över marmorbleka kinder.

SJÄTTE KAPITLET.

Prokonsuln i förlägenhet. I biskopliga palatset.

- Klart som dagen, eller huru, lysande och ädle herre? Har jag icke tydligt ådagalagt, att Atanasios är sofist eller snarare alldeles icke sofist, utan sämre än en sofist, ty sofisten gör dock skenbart riktiga slutledningar?

Denna fråga utgjorde en av länkarne i ett samtal eller en samtalsvis hållen föreläsning, som en vacker afton ägde rum i tepidariet till det guld- och marmorskimrande badhus, som Herodes Attikos hade skänkt atenarne. Tepidariet var en med marmorgolv, väggmålningar och kasetterat tak smyckad, dunkelt upplyst sal, i vars vällustigt varma, av vällukter mättade luft badgästerna uppehöllo sig, innan de gingo till varmvatten- eller svettbadet, och dit de sedan återvände för att undergå de mångfaldiga gnidningar, som utgjorde badets sista och högsta njutning. Personen, vars fråga vi här återgivit, stod insvept i ett lakan och demonstrerade—än med högra pekfingret vid sin långa och tunna näsa, än ritande med samma finger dialektiska kretsar i sin vänstra hand—framför en liten tjock figur, som avklädd vilade på en av salens med svällande kuddar försedda bronssoffor, omgiven av slavar, vilka ur flaskor av kristall och alabaster övergöto hans lemmar med oljor och parfymer samt förtrogna med frotteringens alla mysterier fullgjorde dessa med största iver och ordentlighet.

Den tillfrågade, som dvaldes i badnjutningens sjunde himmel, svarade blott med ett stånkande ljud, som uttryckte på en gång stundens vällust och hans otålighet över att störas i den fulla, odelade njutningen av sin kroppsliga tillvaro.

Mannen i badlakanet tydde det grymtande ljudet som ett bifall och fortfor:

- Att Origenes i vissa stycken hyste kätterska meningar är icke blott min enskilda åsikt, utan kan jag i detta fall åberopa Epifanios' vittnesbörd och flera andras. Atanasios rentvår honom förgäves. En mor blir icke vit, om han också nio gånger om dagen toge kallbad, varmbad, svettbad och läte gnida sig med borste och pimsten av alla slavar i de här välsignade termerna. Moren är och förblir svart, lysande och ädle Annæus Domitius, eller hur?

Ett nytt stånkande och ett otåligt grin till svar.

- Men för att nu återkomma till Atanasios, fortfor den teologiserande badgästen, så finns väl ingenting löjligare och tillika oblygare än hans påstående att kyrkomötet i Nicæa, bedrövligt i åminnelse, när det antog ordet homousios, överensstämde med och bekräftade de antiokeniska fädernas beslut, som förkastade just samma kätterska ord? Vad gör nu Atanasios för att reda sig ur denna klämma? Den sofisten säger, att de båda mötena menade samma sak, när det ena antog samma ord, som det andra förkastade. Nu frågar jag....

- Nej, nej, nej, fråga mig icke, utbrast Annæus Domitius med en förtvivlad ansträngning. Jag gillar i förväg allt vad du yttrat och ämnar yttra. Du gör mig en tjänst, om du flyttar dig något åt sidan, ty du ser, att du hindrar mina slavar deras förrättning ... Ack, vad livet är uppfyllt av besvär!... Karmides, min ögonfägnad, var är du?

- Här, min älsklige prokonsul! svarades från en annan av slavar omgiven soffa.

Huat hanat haut
Ista pista sista
Domiabo elamnaustra.

- Vad säger du, min Annæus?

- Ack, jag läser en besvärjelseformel, som min gamla amma nyttjade mot gikt och ledvrickning, men som kanske även hjälper mot närgångna pratmakare. Det tål åtminstone att försöka.

Mannen i badlakanet var synbarligen mycket stött över denna vändning i samtalet.—Prokonsuln umgås med utsvävande hedningar, men tål ej, att hans fattiga bröder i församlingen nalkas honom på tio stegs avstånd. Han är en halv hedning ... och för övrigt alltför inskränkt för att begripa teologien, mumlade han till sig själv, i det han med högtidliga steg vandrade fram och åter i tepidariet. Han försvann därefter genom dörren till avklädningsrummet, varifrån man snart genom sorlet av röster hörde hans stämma i de spridda orden: Nicæa ... Origenes ... Atanasios ... homousion ... Antiokia ... Paulos av Samosata, o.s.v.

Att teologisera var i denna tid både mod och behov. Kyrkomötenas ordtvister skulle icke hava skakat världen så som de gjorde, om de ej funnit genljud i de oräkneliga folkmassorna. Despotismen hade kvävt allt deltagande för statssaker; den nya statsreligionen bannlyst filosofien; litteratur och konst voro döende; hågen för timligt förvärv kolnad genom de inbördes krigen och styrelsens rovlystnad. Varje kristian måste välja sin plats bland de stridande flockarne, då själve hedningen ej kunde undgå att spörja efter de orsaker, som förvandlade de stora städernas kyrkor till blodstänkta slaktarhus och förde brandfacklan till de mest avlägsna byar i Paflagonien och Afrika. Endast teologien besvarade denna fråga. Och teologien skulle nu besvara alla frågor, som den forskande anden uppställt. I segerfröjden över att äntligen hava vunnit den första grundval, som filosofien förgäves sökt i förnuftet själv, uppgingo alla strävanden i det enda att med facklan, tänd vid uppenbarelsens ljus, belysa de gudomliga och mänskliga mysterierna. Icke underligt. Tröstlösheten av den förintelse, vari filosofien upplöst den gamla folktron, hade i miljoner människosjälar varit alltför djup, för att icke detta begär skulle framträda med oerhörd styrka. Att sysselsätta sig med teologien var således ett behov för tiden, och där det icke kändes som sådant, var det en modsak. Allt var färgat av teologien: kejsarens drömmar, hovets kabaler, skolornas skrivövningar, kvinnornas glam, samtalen på torg och gator, larmet på cirkus, de enskilda tvisterna, de inbördes krigen. Kunde Annæus Domitius med sin gammalromerska trollformel bortmana figuren i badlakanet, så återstodo honom otaliga andra av samma slag, ty de vimlade som mygg, varhelst en anständig kristian kunde sätta sin fot. Och dit hörde även badhusen, ehuru många kristianer förvisade renlighetens hedniska dygd till litanian.

Sedan Annæus Domitius och Karmides genomgått badslavarnes sista handläggning och nu voro iklädda de dräkter, som deras egna i samlingssalen väntande slavar hållit redo, uppgjorde de ett gemensamt program för den nästkommande dagens nöjen och skildes åt. Karmides gick med några andra vänner till det i grannskapet av tepidariet varande biblioteket, där Olympiodoros väntade dem för att uppläsa sitt nyaste skaldestycke: en lättsinnig skildring av vardagslivet i Olympen. Annæus Domitius var nu som alltid jäktad av statssaker. Han ilade till biskopliga huset, ty Petros hade genom en diakon framburit sin önskan att samma afton få tala med prokonsuln över Akaja.

Skymningen var redan inne, då Annæus Domitius lämnade termerna. I tempelportikerna voro lamporna tända: facklor brände vid alla offentliga byggnader, kring gudarnes och heroernas stoder; gator och torg voro översållade av fotgängares lyktor. Annæus Domitius svepte sig i sin mantel. Hans panna var rynkad. Redan Karmides hade hos prokonsuln upptäckt en viss tankspriddhet, ett visst kallsinne, när de överlade om bästa sättet att döda morgondagen. Prokonsuln var i själva verket upptagen av mycket allvarsamma saker. En skara demoniska Om och Men sleto hans hjärna. Se här hans tankar:

Fördömda skrivelse! När emottog jag någonsin en sådan? Kejsarens regering ger mig rätt att taga Krysanteus' huvud, men ålägger mig det icke. Brevet skänker mig en gåva, som jag ej vill ha, och när det lägger filosofens huvud i mitt knä, höjer det svärdet över ett annat, som är mig oändligt dyrbarare, nämligen mitt eget. Vem kan veta, huru länge den närvarande styrelsen skall stå? Underrättelserna från krigsskådeplatsen äro för Julianus dels gynnsamma, dels ogynnsamma. Antag, att Julianus segrar! Hur går det mig då, om jag tagit min vän Krysanteus' huvud? Julianus är hans lärjunge, vän och beundrare. Det första huvud, den nye kejsaren låter avslå, är då mitt. Han skall utan miskund offra Senekas ättelägg åt platonikerns skugga. Hur går det mig, om jag med egen fara har skonat Krysanteus? Jag blir ett dyrbart föremål för min nye kejsares omättliga tacksamhet. Han skall linda mig i ömma omsorger. Han gör mig till prefekt i Rom, till konsul, och mitt namn går till odödligheten i evig förening med en av länkarne i tidens årskedja. Ännu om tusen år härefter måste skolgossarne inprägla i sitt minne, att den eller den märkvärdiga händelsen inträffade året Annæo Domitio et Q Q consulibus. Men, tyvärr, här möter nu ett annat antagande. Konstantius segrar! Hur artar sig då mitt öde, om jag tytt berättigandet för vad det är: en varsamt given befallning? De ännu mäktiga hedningarne skola fattas av förbittring, och kejserliga regeringen skynda att välva hela skulden på dådets verkställare. Därpå är skrivelsens bokstavslydelse just beräknad. Fördömda vare de listiga rävarne i kejsarens omgivning! Om jag däremot har låtsat missförstå befallningen, så tyder man det lindrigast som oduglighet, och utan överdriven stränghet som misstroende till kejsarens lycka, som en avsikt att rädda mig själv för den händelse, att rebellen skulle intaga tronen. O ve, vad skall jag nu göra?

Medan Annæus Domitius ömsevis svär vid helgonen och vid Olympens gudar över sin olycka, ila vi honom i förväg till det biskopliga palatset.

Utanför porten till detta står, som vanligt vid denna tid på aftonen, en hop tiggare, som vänta på allmoseutdelningen och under tiden ordna sina lumpor, så att de icke må skyla de självslagna, ohyggliga såren. Har man lyckligt funnit en väg genom denna vedervärdiga skara och genom förstugan inkommit i aulan, skönjer man i den skumma pelargången närmast vestibulen en samling människor, som vänta på audiens: dels hedningar, som vilja anmäla sitt beslut att övergå till kristna läran, dels rättsökande kristianer, som föredragit att hänskjuta sina tvister till Petros i stället för den världsliga domstolen. På den öppna gården och i pelargångarne närmast intill det i bakgrunden belägna ämbetsrummet synas, vid skenet av två facklor, grupper av präster, som avvakta sin förmans befallningar: presbyterer, diakoner, besvärjare och föreläsare, inbegripna i viskande samtal om de sista nyheterna rörande avfällingen Julianus, om ryktet att Atanasios varit sedd i nejden av Aten, och framför allt om den högst viktiga underrättelse, som just samma afton kommit biskopen tillhanda från Konstantinopel. Homousianerna därstädes ha blivit gräsligt tuktade, när de med våld velat hindra flyttningen av den helige Konstantinus' kvarlevor från det förfallna kapell, vari de vilat, till en av homoiusianerna nybyggd kyrka. En presbyter viskar till de kring honom lyssnande diakonerna, att enligt vad biskop Petros själv berättat honom, hade brunnen utanför denna kyrka blivit fylld med kättarlik, och kättarblod hade översvämmat rännstenarna i stadsdelen däromkring. Ett förebud till vad komma måste även i Aten—så tänkte inom sig alla.

Vi inträda i ämbetsrummet, en avlång sal, i mitten upptagen av ett stort bord, vid vilket två präster, biskopens sekreterare, äro sysselsatta, den ene med skrivning, den andre med räkning av penningar. Lutad mot bordet, med blicken riktad mot bakgrunden av rummet står en yngling, knappt hunnen ur gossåren, iklädd en föreläsares prästerliga skrud. De, på vilka hans stora, feberglänsande ögon äro fästa, och vilkas samtal han uppmärksamt följer, äro två högvuxna, vördnadsbjudande män av för övrigt mycket olika utseende: den ene är Petros, biskopen av Aten, den andre Krysanteus, den hedniske filosofen.

Den nya smaken, den kristianska, har åt det biskopliga ämbetsrummet givit en prydlighet, värdig dess bestämmelse. Det upplyses av tvenne phari: skålformiga, på gjutna pelare vilande lampor, men det trånga fönstrets höjd över golvet ger det även vid lampskenet ett dystert utseende. Väggarna, målade med azurblått, äro genom meandrar och arabesker delade i fält, som innehålla vart sin kristliga symbol. Fisken, som i den fornkristna symbolikens minnesmärken sällan saknas, är målad i guld över dörrfältet.[10] I de övriga fälten ser man Lammet med korset; evangelisternas tecken: Ängeln, Lejonet, Oxen och Örnen; andens Duva, försynens Öga, vaksamhetens Tupp, fasthetens Klippa, fridens Oljeblad, segerns Palm, uppståndelsens Fenix, med flera dels egna, dels från antiken hämtade symboler. I bakgrunden hänger en målning: Kristus som Orfeus, med frygisk mössa och lyra på armen, spelande, medan lejon och tigrar vila vid hans fot och

---

10 På grekiska språket bildas ordet Fisk av begynnelsebokstäverna till de särskilda orden i formeln: Jesus Kristus Guds Son Frälsare.

brokiga fåglar lyssna i trädet, varunder han sitter.

Under tavlan, på det med mosaik inlagda bordet, mot vilket Petros nu under samtalet med Krysanteus stöder sin knutna hand, står en i elfenben skuren bild: Kristus som ung herde i kort tunika, smekande det återfunna lammet. Tunikan är överhöljd med ädelstenar. Den unga konst, som alstrat dessa båda verk, är ännu bunden vid antika motiv; hennes hela egendomlighet ligger i teknikens råhet och grannlåtssträvandet. Orörd av en ny folkande är hon i själva verket ännu den gamla konsten, men i allra djupaste förfall.

I motsatta ändan av salen står ett gyllene kors och i grannskapet av detta en för tillfället öppen kassakista.

De båda vid arbetsbordet sittande prästerna läto icke störa sig i sina sysselsättningar. Tukten förbjöd dem att med ett ögonkast yppa sitt deltagande för samtalet, som hölls i en särdeles avmätt och kylig ton. Men deras öron voro spända, och de förlorade icke ett ord av vad de ville höra.

- Du har några dagar varit borta från Aten, sade biskopen till Krysanteus.

- Ja ... Och du har tillkännagivit, att du önskade ett samtal. Vad vill du mig?

- Du återkom just i rätt tid för att få del av ett edikt, varom den förste bland stadens valda ämbetsmän är skyldig att taga kännedom.

- Och det är du, som har att meddela mig det?

- Ja.

- Du måtte då göra det å prokonsulns vägnar, ty hitintills har det varit han, genom vilken kejsaren kungjort staden Aten sin vilja.

Petros besvarade icke denna anmärkning, utan vände sig till den penningräknande presbytern.—Är räkningen slutad? frågade han.

- Slutad, högärevördige fader, svarade denne, i det han tillsnörde pungen, i vilken han nedlagt de räknade silvermynten.

- Klemens, min älskade son, fortfor biskopen vänd till den unge föreläsaren, tag denna summa och utdela henne till de väntande arma bröderna. Jag vet, att de helst emottaga allmosan ur dina händer. Tillsäg på samma gång de rättsökande, att de återvända i morgon vid vanlig tid, och de nådesökande, att de nu hava företräde.

Gossen i prästdräkt spratt till som ur djupa tankar, då han hörde sitt namn. Hans blick hade oavvänt varit riktad på Krysanteus' ansikte. Det var första gången han såg den atenske ärkehedningen, om vilken biskopen så ofta, än med harm, än med ömkan, talat till honom. Men bilden, som Klemens, på grund av biskopens ord, hade i fantasien målat av den bekante filosofen, överensstämde icke med verkligheten. Klemens ville tvinga sig upptäcka något hårt, övermodigt och självkärt eller demoniskt hos honom. Det var i detta arbete han nu stördes.

Då Petros vände sig bort från Krysanteus, hade denne vid ett ögonkast över salen varsnat den unge prästen. Klemens var blek och spenslig, men hans anletsdrag strålade av serafisk renhet, som trängde till den skönhetsälskande atenarens hjärta och fyllde det med deltagande. Det förekom honom som en grym lek av ödet, att en så späd och älsklig varelse redan var iklädd en dräkt, som dömde honom att avsäga sig själens självständighet och hjärtats naturligaste böjelser.

Klemens hade nyss avlägsnat sig genom dörren till aulan, när denna utifrån öppnades av väktaren för en liten hop män och kvinnor. De voro nådesökande, det vill säga hedningar, som äskade upptagas i den kristna församlingens gemenskap. Det var svårt att av deras yttre gissa, vilka bland dessa människor drivits hit av hjärtats behov och vilka av världsliga skäl. De syntes alla tillhöra den olyckligaste samhällsklassen.

Mitt i hopen visade sig en man, som bar mantel över sin tunika, en trasig mantel, men som talade om bättre dagar. Hans lätta, fria åtbörder skilde honom ytterligare från de andre, som tysta och vördnadsfulla stannade vid dörren. Denne man var siste ättlingen av en atensk släkt, som räknade sina anor från Ifikrates. Han hade i utsvävningar förstört sitt fäderneaarv. Han tog två steg framåt i salen och ämnade just med vanlig oblyghet omtala sitt ärende, då han hastigt varseblev Krysanteus. Denne hade han minst av alla väntat att träffa här. Mötet var honom mycket obehagligt och nära att bringa honom ur fattningen. Men han fann sig hastigt nog, kastade en blick av låtsad förvåning över salen och utbrast:

- Vid Zeus! detta var ett löjligt misstag, en Odyssé i smått! Du måste ursäkta mig, min biskop, jag söker icke dig, utan din granne, min förträfflige vän antikvarien.

Med dessa ord svängde han om på hälen, hälsade med oförskämd förtrolighet Krysanteus och lämnade salen.

Petros vände sig nu till de nådesökande och sade med eftertryck i tonen:

- Barn, I haven hitkommit för att räddas ur det hedniska mörkret och tillfångataga ert förnuft under Kristi lydnad?

De tillfrågade bejakade frågan med bugningar.

- Väl, uppgiven edra namn och bostäder för denne broder presbyter. I mottagen av honom skriftliga intyg, som, uppvisade för prokonsulariske skattmästaren, förskaffa eder nya högtidsklädningar. Iklädda denna dräkt infinnen I eder nästa Guds vilodag i vår storkyrka, för att undfå handpåläggningen till nytt liv, varefter I ägen att hos nämnde skattmästare på samma intyg uppbära var och en tio guldstycken. Presbyter Gregorius, lämna dem intygen och inskärp vad jag sade dem!

Med dessa ord vände sig Petros från de nådesökande för att fortsätta samtalet med Krysanteus. Att emottaga och avfärda avfälliga hedningar var för biskoparne vid denna tid en alldaglig förrättning, som icke krävde vidare omständigheter.

- Du ser, sade Petros, som nu, så strömma dagligen nya hopar till korsets fana. Din och de dinas vishet förmår ej svalka törstiga själar, som trängta till en brunn med levande vatten. Människonaturen, säger Tertullianus, är av naturen kristen: se där upphovet till deras trängtan, driften som tvingar dem hit.

- Jag önskar, att så vore.

- Verkligen?

- Emedan det skulle utplåna det föraktliga, om än icke det sorgliga i skådespelet, vartill du synes hava inbjudit mig.

- Vi bryta den råa malmen, lika gott med vilket verktyg, men till att förädla den.

- Dock till saken! Du talade om ett edikt, som vidkomme staden Aten.

- Se här!

Petros tog en på bordet liggande elfenbenstavla och räckte henne till arkonten. Medan denne läste, voro biskopens ögon fästa på hans anletsdrag och iakttogo den smärtsamma häpnad, som de uppenbarade. Krysanteus återlämnade tavlan. Hans ansikte uttryckte en harm och en smärta, som han ej vårdade sig att kväva.

- Ediktet, sade han, skulle således skänka er, kristianer, krigsgudens tempel, ett av de skönaste i Aten, uppfyllt av minnen från våra ärofulla tider. Dock, det är ej första gången sådant händer. Utfäster ej kejsaren belöning åt sådana städer, som riva de byggnader, man upprest åt de gudomliga makterna, åt heroerna och människosläktets välgörare? Och vad som skänkes eder, det förstören I, för att av det ärligas spillror hopsätta ett lappverk, värdigt, det är sant, den tyggelse, som I där innesluten—dessa benrangel och köttslarvor av helgon, dessa dödens vämjeliga lämningar, dem I kyssen och tillbedjen.

- Herre, miskunda dig! Vilken hädelse! suckade den ene av sekreterarne, medan den andre korsade sig. Den unge Klemens, som under samtalet återvänt, reste sig upp ur sin lutande ställning, hans kinder överdrogos av harmens rodnad, och han undertryckte med möda ett ord av vrede, som redan svävade på hans läppar.

Men Petros smålog och sade:

- Om det kan lända dig till tröst, må du veta, att detta tempel icke kommer att rivas. Jag hoppas, att det skall kunna brukas, sedan vi endast skrapat och rökt dess väggar, stänkt murarne med vigvatten och avlägsnat allt, som påminner om den onde ande, I där han dyrkat.

- Men, sade Krysanteus med en axelryckning, under ediktet såg jag ett namn, som jag ej är skyldig hörsamhet. Vem är denne Makedonios, som vågar bortgiva vad han icke äger? Templet med sina skatter, historiska minnesmärken och konstverk tillhör staden Aten. Våra fäder hava byggt det, och deras efterkommande allt intill denna dag riktat och vårdat det. Huru vill då en av edra präster, en för Aten alldeles okänd främling, frånröva oss vår egendom?

- I morgon taga vi det i ägo, svarade Petros.

- Det återstår oss då endast att klaga hos kejsaren.

- Som icke skall höra er.

- Jag vet det, sade Krysanteus med en djup suck, och ådrorna i hans panna svällde av blodet från hans sammanpressade hjärta.

- Och för övrigt, fortfor Petros, läs detta!

Han framtog en annan, med gyllentyg omvecklad elfenbenstavla, vars ram smyckades av råa basreliefer, föreställande kapplöpningar och dylikt, kring namnen på årets konsuler, Taurus och Fulgentius, och räckte henne till Krysanteus. Sedan denne genomögnat tavlan, sade han:

- Jag ser, att kejserliga regeringen ger sin helgd åt den besynnerliga gåvan.

- Och, som nämnt, i morgon tager jag henne i besittning. Du finner henne besynnerlig. Det är i din mun ett milt uttryck. Du menar mer. Men du och de dina, I han icke makt att göra motstånd. Filistéernas välde är brutet.

Krysanteus' tanke flög till Julianus. Filistéernas välde var ännu icke brutet. Den sista striden återstod.

Det var som om Petros hade anat denna tanke, ty då Krysanteus frågade: —Har du något vidare att säga mig? inföll han:

- Jag har i dag fått nyheter om Julianus. Vill du höra dem?

Han ledsagade denna fråga med en segerblick, som kom den annars så starke mannen att rysa av hemlig förskräckelse. Samma känsla som griper vandraren, då han, i vila vid vägkanten, känner en kall slingrande orm under sin hand, avtvang Krysanteus ett instinktmässigt nej. Han ordnade sin mantel, hälsade biskopen och de övrige i rummet varande och gick mot dörren.

- Farväl, filosof! Tänk på din ringhet inför Gud och din själs salighet! utbrast nu den unge föreläsaren, vars ögon under tiden varit häftade på Krysanteus' anletsdrag.

Denne stannade och mönstrade ynglingen med en sträng blick, som dock hastigt vart mild och vänlig, när han i föreläsarens vackra ansikte upptäckte icke hån, icke övermod, utan nitets uppriktighet. Klemens' ögon voro så klara och allvarliga.—Välmeningen ger värdighet åt dina unga läppar, sade Krysanteus, då han gick.

Utkommen i aulan och tagande sin väg emellan prästerna, som där väntade, kände han sig hastigt omfamnad av någon, som han vid fackelskenet igenkände vara ingen mindre person än prokonsuln över Akaja.

- Ah, vad ser jag? utbrast denne;—min egen Krysanteus! Du har då återkommit till vårt goda Aten! Jag har i dessa dagar allestädes sökt min arkont och ingenstädes funnit honom. Välkommen! Trefalt välkommen! Jag ser, fortfor han viskande, du har varit hos biskopen. Även jag är kallad till honom. Kallad— du förstår mig? Prokonsuln över Akaja löper på order av en präst. Men varför icke finna sig i tidsomständigheterna, när kejsaren vill så ha det? Kärleken till vår heliga kyrka gör underverk, min vän ... men det förstår du icke, och jag förlåter dig denna svaghet. Du begriper icke teologien, du. Omnia vincit amor et nos cedamus amori!

Och prokonsuln svävade hän mot dörren till ämbetsrummet, som ostiarien slog upp på vid gavel för hans lysande och ädla person.

Biskopen drog sig med sin höge gäst tillbaka till ett av sina enskilda rum, vars slösande prakt ville likasom rättfärdiga sig med de heliga former hon iklätt sig: golvets av skimrande stenar sammansatta mosaikverk föreställde Gideon, som nedbryter avgudens altaren, de med guldfransade purpurdynor prydda stolarne och vilosofforna voro inlagda med heliga symboler i elfenben och silver, de massiva silvervaserna och kandelabrarne voro idel änglar och tabernakel, fälten emellan väggpilastrarne prålade med bilder av apostlarne.

Samtalet började därmed, att biskopen klagade över den osäkerhet, som rådde på landsvägarna i Akaja. Det hade nämligen under den senare tiden ofta hänt, att budbärare, skickade från honom till Konstantinopel och Korint, hade överfallits på vägen och berövats sina brev. Detta, antydde biskopen, lände Akajas styresman till föga heder.

Annæus Domitius ursäktade sig med tidernas allmänna osäkerhet.

Tillståndet i Akaja vore dock bättre än i de flesta andra provinser. Till följd av Julianus' uppror hade ju större delen av de trupper, över vilka prokonsuln förfogat, dragits till Konstantinopel. De övriga voro fördelade på sådana punkter, som ovillkorligt krävde besättningar: Korint, Aten, Argos, Sparta och nu senast även Delfi, det arma Delfi, som hemsöktes av de där till Hellas väderdrivna, i Parnassens otillgängliga klyftor innästlade donatistbanden. Vad skulle då prokonsuln göra?

Annæus Domitius förteg, att de till biskopen skickade, förkomna breven hamnat i hans, Annæus', förvar. De skrivelser, han tid efter annan emottog från kejserliga styrelsen, kunde, det visste han, för ingen del, vad pålitlighet vidkom, mäta sig med de förtroliga brev, som biskoparne med sina egna budbärare, vanligtvis underordnade präster, tillsände varandra. I breven från Makedonios till Petros fick Annæus Domitius de bästa underrättelserna om upprorets ställning, om ränkerna vid hovet och de stämplingar, som där gjordes för och mot hans egen person.

Prokonsulns utskickade hade emellertid icke lyckats få i sitt våld ett brev från samme Makedonios, vilket just samma dag hade överlämnats till Petros. Detta brev innehöll åtskilligt, som prokonsuln genom sina enskilda källor redan kände, men också åtskilligt, varom han icke hade en aning. Det var skrivet med chiffer och meddelade Petros bland annat följande:

- »Kejsarens hälsa, så skriver till mig Eusebios, visar sig ytterst vacklande. Sedan han flera dagar hållit sig innestängd i sitt palats, under vilken tid han endast lät sig se av Apodemius och Eusebius, kammarherren, men till och med vägrade emottaga vår Eusebios, biskopen av Nikomedia—vilket, i förbigående sagt, väckte yttersta oro hos de rättrogne och ingav de ständigt lurande atanasianerna de djärvaste förhoppningar—är han nu äntligen tillgänglig för sina vänner, men visar sig, till deras häpnad, plågad av förskräckliga syner och talar, som om han vore gripen av yrsel. Den fromme fursten, vars själ annars var försänkt i heliga betraktelser och djupsinniga undersökningar i de gudomliga mysterierna, lider nu av en underlig föreställning, att han förföljes av den delfiske Apollon. Eusebios har sökt besvärja denne djävul, men tyvärr utan framgång. Må Herren bevara det allra heligaste majestätets dyrbara liv! Hans bortgång kan varda en förfärlig olycka, vår och sanningens undergång, om vi ej träffa åtgärder att för varje händelse trygga vår ställning. ——Atanasios' anhängare glöda av hat och raseri; med otålighet avbida de ögonblicket, då Konstantius, vårt stöd, skall falla bort.——Ännu, om också blott för några dagar, äga vi maktens svärd i våra händer.——Du vet, vad som skett här i Konstantinopel.——Denna tuktan var sträng, men icke tillräcklig. ——Ett allmänt bud utgår till de våra att var i sin stad må göra vad han kan, medan tid är.»

Makedonios hade icke undertecknat brevet, ty det var högmålsbrott att skriva om kejsarens hälsa, om man skildrade henne som klen.

Medan prokonsuln klagade över den brist på trupper, som hindrade honom att med tillbörlig kraft upprätthålla ordningen i Akaja, frågade honom Petros, huru stor besättningen för ögonblicket vore i Aten.

- Sju hundra man legionärer och femtio man av jovianska gardet, upplyste Annæus Domitius.

- En obetydlig styrka för en sådan stad, anmärkte biskopen. Legionärernas befälhavare, Pylades, är ju rättrogen kristian?
- Ja.
- Och trupperna för övrigt pålitliga?
- Ja, min biskop.
- Anföraren för jovianerna är emellertid hedning, eller huru?
- Ja. Ammianus Marcellinus är ohjälplig hedning, men präktig soldat.
- Gott. Det betyder för närvarande mindre, att han är hedning. Finnas bland trupperna atanasianer?
- Åtminstone icke inom befälet. De homousianer, som tillhörde detta, äro avlägsnade. För övrigt, min Petros, hava väl tuktade trupper, sådana som dessa, ingen annan tro än sin befälhavares. Beklagansvärt eller icke, är det en sanning.
- Omständigheterna nödga mig måhända att kräva den världsliga maktens hjälp. Jag önskar, att samtliga trupperna ställas till mitt förfogande.
- Du har rättighet att fordra det. Skall det ske redan i afton?
- Nej. Det är tids nog till i morgon.
- Vågar jag fråga dig om orsaken?
- Du skall i god tid få veta den.
- Jag önskar då blott ett skriftligt intyg, att du begärt förfogande över de kejserliga trupperna i Aten.

Petros skrev detta intyg genast, och Annæus Domitius stoppade det i sin gördel.

Prokonsulns anlete uttryckte hemlig glädje. Han anade vad som förestod och hade fått en ingivelse, huru han med begagnande av de kommande händelserna skulle oskadd slippa ur den klämma, vari regeringsskrivelsen med avseende på Krysanteus hade försatt honom.

Staden måste inom några dagar varda skådeplatsen för blodiga, förskräckliga uppträden. Under sådana kan mycket tima omärkt. Prokonsuln insåg, att det gällde atanasianerna, men en och annan hedning kunde ju av misstag eller ovarsamhet även råka med i spelet. Vid sådana tillfällen lössläppas ju alla lidelser. Allra minst kunde Annæus Domitius, sedan han ställt hela besättningen till biskopens förfogande, hindra en rovlysten skara plundra den rike Krysanteus' hus, eller en fanatisk hop angripa den hatade Krysanteus' person. Annæus Domitius ämnade för övrigt i god tid skudda stoftet av sina fötter och förflytta sig med sin sköna Eusebia till Korint, dit viktiga, ouppskjutliga statsfrågor naturligtvis kallade honom. Komme sedan vad komma ville, så visste Annæus Domitius, att ingen regering skulle misstycka, om han försummade att begagna sig av rättigheten att taga en död mans huvud, om också ingen skulle belöna honom för att han underlåtit det.

Medan Annæus Domitius välvde dessa tankar, överflyttade Petros samtalet just på den person, som var deras föremål. Han frågade i viskande ton, ty han kände sina presbyterers och diakoners uppövade hörsel—han frågade, om prokonsuln fått befallning från hovet att taga huvudet av arkonten.

Annæus Domitius svarade på denna fråga med nej, i det han smålog och lekte med sin halskedja.

En suck lättade Petros' barm, ty biskopen hade verkligen fruktat tillvaron av en sådan befallning.

- Dess bättre, sade han. Man anser honom vid hovet som ivrig anhängare av Julianus, och som farlig genom inflytande och rikedom. Jag har av rent medlidande lagt mig ut till hans förmån hos eusebierna och Apodemius. Mannen har ju sina goda sidor....

- Utan tvivel.

- Och måhända ha mina föreställningar burit frukt. Men det är likväl ovisst, om icke en sådan befallning kan anlända ännu i afton, i morgon, när som man minst väntar den. Oss emellan sagt (Petros sänkte åter sin röst till viskning), det är farligt att vara rik i våra dagar. Hovets eunucker ... du förstår mig?

Annæus smålog och nickade bifall. Han tänkte ej blott på hovets eunucker, utan ock på dess biskopar. Därefter betraktade han sina fylliga vador och svor i tysthet en ed över sin alipilarius[11], ty hans skarpa öga upptäckte på högra skenbenet ett hårstrå, som undgått den ifrågavarande slavens uppmärksamhet.

- Men det, fortfor Petros, vartill jag nu vill komma, är en bön till dig, min lysande och ädle herre, och tillika en uppmaning, given av själaherden till ett av fåren i hans hjord. Innan du kröker ett hår på Krysanteus' huvud, niåste du därom underrätta mig. Jag ber dig därom såsom ett högsta prov på din vänskap, besvär dig därom i namn av den heliga allmänneliga kyrkan, som skulle lida en svår, en oersättlig förlust, om du förgäter den bön jag härmed lägger dig på hjärtat och minnet.

Prokonsuln bedyrade, att han skulle vara mycket lycklig, om han i en så ringa sak kunde ådagalägga den oändliga vördnad och tillgivenhet han hyste för biskopen av Aten.

Sedan Petros därefter förevisat den skrivelse från kejserliga ministrarne, som berättigade kristianerna att taga krigsgudens tempel i sin ägo, och prokonsuln lovat att träffa alla anordningar, som denna åtgärd krävde, var samtalet ändat.

Annæus Domitius avlägsnade sig, lyckligt döljande den djupa harm han kände över att en sådan skrivelse meddelats biskopen i första hand och icke honom.

- Dessa präster, tänkte han, i det han trädde ut på gatan Kerameikos, skola slutligen växa själve kejsaren över huvudet.

SJUNDE KAPITLET.

Petros.

Sekreteraren och de uppvaktande prästerna hade avlägsnat sig. Månen, som gått upp över Lykabettos, göt sin glans på den västra pelarraden i den övergivna aulan.

Petros var ensam i sin studiekammare, genom vars enda glugglika fönster månljuset inströmmade, i kamp med skenet från en lampa, som stod på ett

---

11 Slav, vars göra var att utrycka hårstrån.

tungt, i bucklig form arbetat bord, och vars strålar med en skärm voro så riktade, att de föllo på en där bredvid uppslagen bok.

I grannskapet av bordet stod ett i samma stil arbetat skåp, som tjänade till underlag åt ett bokfack med några band och papyrusrullar.

På väggen mitt emot bokfacket hängde en karta över jorden, ritad i enlighet med Ptolemäos' åsikt om landens och havens läge. På denna karta hade biskopen med fina, men tydliga bläckstreck utmärkt gränserna för de kristna moderkyrkornas områden: man såg, huru österlandet var delat mellan Konstantinopels, Korints, Antiokias, Jerusalems och Alexandrias patriarkat, huru dessa trängdes med varandra på sin sida av jorden, medan återstoden bildade ett ofantligt helt, som omfattade Italien, Afrika, Mauretanien, Hispanien, Gallien och Britannien, med sin medelpunkt i Rom.

Roms blotta namn var ännu en makt. Skygg för de frihetsminnen, som spökade där, hade den förste kristne kejsaren flyttat hovet till den nya huvudstad han anlagt vid Bosporen. Han hade slösat världens skatter för att giva denna sin skapelse en glans och storhet, som kunde tävla med, om möjligt överträffa den gamla Tiberstadens. Han hade avhänt tusen städer deras konstverk, för att därmed smycka denna enda. Han hade kallat sin stad Nya Roma, för att det nya med namnet skulle ärva det gamlas majestät och dyrkan.

Men i folkets ögon var och förblev det gamla Rom världens huvudstad, och i trots av Konstantinus' ansträngningar vilade det nyas värdighet ytterst på intet annat än den lösa sägen, att hälften av de gamla senatorliga och patriciska släkterna hade ditflyttat och bosatt sig inom dess murar. Så stor är minnets, namnets och vanans makt.

I sin egenskap av biskopssäte ökades för övrigt det gamlas betydelse just av imperatorns frånvaro och hovets avlägsenhet.

Då Petros framför kartan ritade dessa linjer, ledsagades handen av en tanke, som länge varit klar för hans medvetande: att icke Konstantinopel, icke Alexandria eller något annat av de österländska patriarkaten, utan att Rom vore kallat till utgångspunkten och härskarsätet för det prästvälde, som nu, likt en ofantlig polyp, med dagligen mångfaldigade, allt längre växande armar grep omkring jorden från skytiska stepperna till världshavet.

Troddes det icke allmänt, att de stora apostlarne Petrus och Paulus hade lidit martyrdöden i Rom? Hade icke Petrus grundat den kristna församlingen där, och betraktades han ej som hennes förste biskop?

Var ej den Simon, som Kristus givit detta namn, klippmannen, på vilken han skulle bygga sin församling? Var det ej han, till vilken mästaren sagt: »Föd mina får!» och åt vilken ensam han gav himmelrikets nycklar för att visa, huru kyrkan och prästadömet skulle finna en medelpunkt—för att åskådliggöra kyrkans och biskopliga maktens enhet?

Hade ej redan Cyprianus martyren kallat Rom Petrus' katedral och till kristenheten framställt den ödesdigra frågan: »Vem kan ännu mena att förbliva en lem i Kristus' kyrka, om han lösrycker sig från Petrus' biskopsdöme, på vilket kyrkan är byggd?»

Biskopen av Aten stannade nu, såsom hundra gånger förr under sina nattliga betraktelser, framför Ptolemäos' karta och upprepade i tanken dessa frågor. Och han fortfor:

- Redan Irenæus erkänner Roms företräde framför andra biskopstolar. Den stolte Viktor, den djärve Stefanus hava längesedan sökt göra det gällande. Och vad mer är: det har ingått i föreställningssättet hos de ofantliga människomassor, som bygga i det stora västerlandet. De blicka redan med helig vördnad till Roms biskop. På folkets föreställningssätt vilar den makt, som tyglar det. Vad mer, om österlandet, det splittrade, förslavade, förnekar romerske biskopens övervälde? Tyvärr, vi hava en uslare herre, en världslig furste, som påtvingar oss sina växlande meningar och stämplar till öppen lögn vad våra kyrkomöten skriva under sina påbud:»Ingivna av den Helige Ande». Tyvärr, de hava länge varit ingivna av Konstantius' ande. Vi måste nöja oss med den tröst, att det åtminstone i vissa fall är en av de våra, den oskattbare Eusebios, som i sin ordning inverkar på honom. Men var, om ej i Rom, kan uppväxa den makt, som skall rädda kyrkan ur neslig träldom under en jordisk furste och lägga den världsliga makten, där hon bör vara—om hon ens bör finnas—: vid kyrkans fötter?

Vi erkänna, att den Helige Andes kraft är genom handpåläggningen fortplantad inom kyrkan intill våra dagar. I denna lära ligger grundstenen till Roms storhet, ty Andens kraft kan icke skiljas från Kristus' ämbete, som med himmelrikets nycklar överlämnats till Roms förste biskop och genom honom med handpåläggningen överflyttats från efterträdare till efterträdare. De romerska biskoparnes oavbrutna följd bildar då pulsådern, varifrån den Helige Andes kraft som ett livande blod inströmmar i den kyrkliga lekamens alla delar, genom otaliga kanaler och förgreningar: från Roms kyrkofurste till de av honom vigda biskoparne, från dem till prästerskapets lägre ordningar, och från dem till folkens massor. Så vandrar denna magiska ström från hand till huvud för att vattna de yttersta ängder. Och fördenskull är han, som skiljer sig från kyrkans lekamen, lik en avhuggen lem. Han utesluter sig från delaktigheten i det gudomliga livet och frälsningens nåd. Han kan icke tillägna sig denna nåd genom tron på återlösaren. Nåden vinnes genom föreningen med kyrkan, Treenighetens kropp.

Sublima lära om kyrkan och bekännelsens enhet!

Du uppväxer ur ett ringa, i skriften knappt synligt senapskorn till ett väldigt träd, som skall skugga jorden. Du är djärvare än någon människotanke, och ingen mänsklig klokhet har mäktat uppfinna något jämförligt. De medel, som de listigaste av människors barn upptäckte för att skapa ett välde över sina likar, äro mot dig intet. I ditt sköte bär du en väldighet, för vilken jordens folk och konungar skola knäböja. Den makt, du kan förläna, skall sträcka sig ej endast till ägodelar, liv och kroppar, utan till själarna. Du skall klippa själva tankens vingar och förvandla den fria örnen till en struts, som tam och betslad ledes på den väg, han får vandra. Du skall fatta trådarna till människornas allra egnaste känslor—skrämma när du vill, trösta när du vill. På din vink skall broder väpna sig mot broder, modern förneka sitt barn och barnet sin moder, brudgum och brud bortvända sig från varandra och dölja sin smärtas tårar såsom pressade av en brottslig känsla. På din vink skola krigets och hatets flammor slockna, fiende försona sig med fiende, härskaren ödmjuka sig för slaven, frid råda över jorden

...

Din tankeföljd är bildad av diamantlänkar, mot vilka filosofernas slutledningar äro spindelväv. Med nödvändighetens oemotståndliga makt skall du tvinga dig på världen och lägga henne i din kedja. Och den, som skakar kedjan, han är dödens, han skall utplånas ur Israel, för honom stänges det mänskliga samfundets och salighetens port, för honom tändas helvetets eviga lågor. Det fattas dig endast ett: en man som kan begagna dig. Jag känner två, som skulle kunna det. Den ene är Atanasios, den järnhårde, oböjlige, underbare, sluge, förfärlige gubben, de rättrognes dödsfiende och kätteriets ende, men oomkullstötlige pelare, den nye Proteus, som alltid densamme visar sig i tusen skepnader, den biltoge, bannlyste, av vagnar och ryttare förföljde, som uppträder, då man minst anar det, och försvinner, innan man sansat sig nog för att gripa honom, som lurar Konstantinopel utanför kejsarens dörr, då man efterjagar honom i Gallien, som efterspanas i Rom, medan han döljer sig bland munkarne i Egyptens ödemarker, och uppenbarar sig måhända här Aten, medan Georgios darrar vid ryktet, att han gömmer sig i Alexandria.

Lyckligtvis har Atanasios aldrig fäst sin blick på Rom. Hans strid gäller det biskopsdöme, som han så ofta ägt och mist: Alexandria. Han har ej fått ögonen öppnade för Roms betydelse. Besynnerligt nog!

Besynnerligt nog och lyckligtvis! Ty den andre mannen, som i Atanasios annars skulle få en övermäktig medtävlare, är jag själv!

Petros lämnade sin ställning framför kartan, kastade sig i en karmstol och försjönk i tankar på sin storslagna framtidsplan.

Han hade även denna dag tagit ett steg emot sitt djärva mål. Med summor, försträckta av kejserliga skattkammaren i och för det nu som ivrigast drivna omvändelseverket bland göterna, hade han utrustat två missionärer, två till blind lydnad uppfostrade, för homoiusion fantiserade unga präster, och sänt dem, icke till barbarerna, utan till Rom för att förkunna homoiusion och utbreda Petros' rykte inom romerska församlingen.

Den bok, som uppslagen på hans bord lystes av lampan, var Tertullianus' avhandling De Carne Christi. Han läste henne, kanske mindre av vetgirighet, än för att inhämta västerländska kyrkans språk, latinet, och av denne mästare i en hård, nästan vild, men kraftig och hänförande framställning lära rätta sättet att begagna en nödvändig hävstång för den plan, vilken retade hans ärelystnad och berusade hans inbillning, men tillika framstod för honom som en gudomlig frälsningtanke, som han vore kallad att i sin mån verkliggöra till människosläktets räddning ur timlig och evig nöd. Uppriktigheten, varmed han trodde på denna tanke, eldnitet, varmed den uppfyllde honom, vore de vikter, som han i självrannsakelsens ögonblick kastade i den ena vågskålen och vilka då syntes mer än uppväga de själviska bevekelsegrunder och de endast ur ändamålets synpunkt ursäktliga medel, som tyngde den andra.

Denna inre sofistik hade i förflutna tider kostat Petros mången sömnlös natt. Ihärdigare och häftigare hade han kämpat med sig själv än måhända de flesta göra. Men fastare och oryggligare än de flesta hade han ock efter kampens slut intagit och förskansat sig i den ställning, som utgången anvisade honom.

Månljuset, som inströmmade genom fönstret, föll nu på hans ansikte och väckte honom till tankar på ärenden, som till tiden lågo honom närmare. Han ringde, och en man i prästerlig dräkt, som tycktes hava bidat detta tecken, inställde sig genast.

Den inträdande var en undersätsig, bredaxlad karl, men så korthalsad, att det underligt formade svartlockiga huvudet tycktes omedelbart fäst mellan skuldrorna. Den mycket låga pannan bildade en vitgul strimma mellan två jämnlöpande linjer: hårfästet och de breda, sammanvuxna ögonbrynen. Som mannen bar huvudet något framlutat, voro hans små svarta ögon riktade uppåt, när han måste se på en samtalande. Detta gav hans anlete ett uttryck, som en välvillig granskare kunde tyda som fromhetens och ödmjukhetens.

Mannen var Petros' närmaste förtrogne, presbytern Eufemios.

Förtroligheten dem emellan var verkligen mycket stor, men kom dock aldrig Eufemios, den äldste presbytern, att glömma, att Petros var hans förman. Eufemios satte sig icke, innan biskopen pekat på en stol och framställt en fråga, som han då i ödmjuk ton, med korta, tydliga, liksom räknade ord besvarade.

- Du har i dag varit hos änkan Apollonia? frågade biskopen.

- Jag kom för en halv timme sedan från hennes sjukbädd.

- Hon dör välberedd?

- Ja.

- Och hennes testamente?

- Är skrivet och undertecknat i laga form.

- Och du har nu lämnat henne ensam med arvingarne?

- Gregorios avlöste mig och sitter vid hennes säng. Hon skall icke ett ögonblick vara ensam … Förmodligen slocknar hon i morgon.

- Gud vare hennes själ nådig! Hon var alltid en from kvinna. Hon emotser med lugn och glädje sin upplösning.

- Ja, lovad vare Gud!

- Och testamentet?

- Det skall i morgon vara i dina händer.

- Och dess innehåll?

- Ack, högärevördige fader, hon har varken förgätit kyrkan eller dig, hennes biktfader, ej heller sina släktingars naturliga anspråk. Hon har till och med ihågkommit mig, den fromma ädla kvinnan, med en gåva, den dyrbaraste och värderikaste av alla….

Biskopen stannade. En mörk skugga for över hans panna, och han fäste en ljungande blick på presbytern.

- Dig? sade han med dämpad röst. Nåväl, jag lyckönskar dig hjärtligt.

- Ja, svarade Eufemios ödmjukt, och hans ögon blickade fromt, men stadigt, under de breda ögonbrynen, i biskopens ansikte. Jag är i sanning icke värdig en sådan lycka, men då Herren låtit mig henne vederfaras, så emottager jag henne med innerligaste glädje och tacksamhet.

Biskopens blick var fortfarande riktad på presbytern, då han i torr ton sade:—Redogör för testamentets enskilda punkter!

- Apollonia skänker till kyrkan sitt hus i staden, en tomt vid Piræiska gatan och sin lantgård utanför Melitiska porten, i få ord: hela sin fasta egendom.

- Den fromma, förträffliga kvinnan! Detta skall tusenfaldigt vedergällas henne där ovan. Men fortsätt!

- Till dig, sin herde och biktfader, skänker hon sina reda penningar, samt allt sitt guld och silver....

- Jag är ovärdig en sådan godhet, sade biskopen, medan han gick fram och åter över golvet,—men förbigå detta och fortsätt!

- Släktingarne, som äro en gammal syster, en ogift brordotter och en femårig brorson, äro ihågkomna med hennes övriga lösegendom: möbler, bohag och en slavinna.

- Och du själv? inföll biskopen icke utan otålighet i tonen, i det han ånyo stannade framför Eufemios och mätte honom med ett granskande ögonkast.

Det vore omöjligt att skildra uttrycket i den korthalsade presbyterns ansikte, där han i detta ögonblick satt med armarne lagda i skötet, huvudet sänkt och de besynnerliga ögonen uppåtriktade, mellan ögonhåren fästa på Petros. Dessa ögon sköto en blixt—om av harm eller glädje är svårt att säga. Han suckade och svarade:

- Ack, min älskade biskop, din ringe tjänare blyges över sin ovärdighet. Jag kunde icke ana en sådan lycka. Men jag skulle känna dig illa, om jag kunde tro dig vara i stånd att misstänka, det jag genom övertalning eller andra medel tubbat den goda änkan att till kyrkans eller ditt förfång, men till min egen förman....

- Gott, gott! inföll biskopen;—vad skänker dig änkans testamente?

Med en ny suck svarade den korthalsade och slog ned ögonen:

- Den ädla Apollonia har för de ringa, men hjärtliga omsorger, varmed jag omgivit hennes sjukbädd, gjort mig till ägare av hennes yppersta skatt—tre i en kristallflaska förvarade skäggstrån av martyren, den helige Polykarpos.

- Avundsvärde! utbrast biskopen, medan ett löje, som han ej kunde tillbakahålla, spelade kring hans läppar.

- Ja, jag är i sanning avundsvärd, instämde Eufemios och tuggade på sina naglar.

- Jag skulle vilja byta med dig, fortfor biskopen, om ej det punktliga uppfyllandet av den fromma Apollonias testamente vore oss en helig plikt.

- Nej, nej, jag byter icke. Du får ej fordra för mycket av mig, o fader! Jag byter icke.

- Men nu till något annat, sade biskopen med klarnat anlete, medan han gick upp och ned i det trånga avlånga rummet. Du skulle i dag på förmiddagen uppsöka juden Baruk.

- Jag fann honom hemma.

- Och du förmådde honom meddela, vad vi vilja veta?

- Ja, efter någon svårighet.

- Jag inskärpte, huru du skulle gå till väga, och känner för övrigt ditt skarpsinne. Huru mycket är Karmides skyldig honom?

Eufemios framtog under sin kåpa ett papper, som han räckte biskopen. Denne genomögnade det och utbrast:

- Han är en förfärlig slösare. Detta kan icke fortfara länge.

- Jag sade detsamma till Baruk.

- Med vad verkan?

- Då jag påpekade möjligheten, att de säkerheter, han erhållit, torde vara otillräckliga att trygga honom emot förluster, vart han likblek.
- Såå?
- Han kommer att ansätta Karmides mycket hårt.
- Du är förvissad därom?
- Ja.
- Förträffligt, min gode Eufemios. Har Karmides varit synlig i den där resande vällustfilosofen Atenagoras' sällskap?
- Ja, han och några andra av Atens förtappade unga hedningar hava varit sedda, när de nattetid eller fram emot morgonen lämnat Atenagoras' hus.
- Det är gott. Denne Atenagoras är en såningsman och hans väg igenom landen en fåra, i vilken förtvivlan och samvetskval uppväxa. Men skörden, så vill Gud, ger ofta den renaste säd i kristendomens lada. Må han fördenskull fortsätta sin verksamhet! Herren vänder det onda till gott.
- Tyvärr har även prokonsuln varit synlig i Atenagoras'....
- Vi lämna prokonsuln åsido, min son. Han har sina fel, likasom sina stora förtjänster. Återvändom till Karmides! Har du inhämtat flera av de underrättelser, jag äskat om denne olycklige yngling?
- Obetydligt, min fader.
- Låt höra!
- Alkmene talar stundom med den vackre slavgossen han köpte ...
- Jag vet ... till ett fabelaktigt pris. Hela Aten har talat därom. Men vidare! Vad har Alkmene fått veta av gossen?
- Endast det att hans herre är förfärligt dyster, när han är ensam. Han dricker då rusande viner och föraktar att blanda dem med vatten. Det är dagar, på vilka han stänger sig inne och ej låter sig ses av någon annan än sin kammarslav.

Han ruvar då på sorgliga tankar och dricker oupphörligt. Men annars skyr han ensamheten och tillbringar dagarne i vilda sällskap, från vilka han vanligen hemför de vanfrejdade tärnorna Myro och Praxinoa. De styra och ställa som härskarinnor i hans hus, befalla slavarne, tillställa fester, vända upp och ned på allt och begå de värsta dårskaper. Jag ryser vid blotta tanken på ett sådant liv, min fader.

- Du må väl göra det ... Du nämnde nyss den unga flickan, som är kammartjänarinna hos Krysanteus' dotter. Vad är det hon heter?
- Alkmene.
- Du har i dag träffat henne?
- Ja. Hon yttrade samvetsbetänkligheter över att hon måste dölja sin tro och foga sig efter de hedniska bruken i sin husbondes hus.
- Du lugnade henne med den försäkran, att hon uppoffrar sig för ett gott ändamål?
- Ja, och jag lovade henne absolution av dig själv.
- Hon skall få den. Vad hade hon denna gång att säga dig?
- Föga.
- Ingenting om deras hemlighetsfulla frånvaro från Aten?
- Alkmene har sökt utfråga sin härskarinna om denna sak. Det synes

endast ha varit en förlustelseresa.

- Bland de gäster, som besöka Krysanteus' hus, finns ännu ingen, som är företrädesvis gynnad av Hermione?

- Nej. Hermione synes mena allvar, då hon anförtrodde Alkmene, att hon ville leva uteslutande för sin fader.

- Och med hänseende till Karmides?

- Krysanteus har förbjudit honom sin tröskel.

- Det är en gammal historia....

- Och Hermione har förbjudit Alkmene att nämna hans namn.

- Det betyder mer, mumlade biskopen, men är, om jag dömer rätt, ett gott tecken. En sådan kvinna glömmer icke lätt. De hava från barndomen älskat varandra ... och Karmides, om han vill, är oemotståndlig. Eufemios, tillade han högt, denna Alkmene synes vara oduglig för sin plats.

- Nej, inföll Eufemios med bestämdhet, hon är ovanligt klok och förslagen.

- Och har likväl icke förmått att vinna sin härskarinnas fulla förtroende?

- Jag skall giva henne nya förhållningsregler....

- Och just med hänseende till Karmides!

- Ja, min fader.

- Ha de aldrig upptäckt något spår efter den späde gossen, Hermiones broder, som för sexton år sedan försvann ur deras hus?

- Förmodligen icke. Krysanteus sörjer honom ännu. Han är, berättar Alkmene, föremål för de böner, som fader och dotter varje kväll uppsända till sina vanmäktiga gudar, och Hermione glömmer aldrig omtala för Alkmene, när hon om natten drömt om sin broder. Ty det är för henne en ljuvlig dröm.

- Alkmene berättar detta?

- Ja, det är hennes ord.

Du har sedan i morse icke varit hos Teodoros?

- Nej, icke sedan jag bar maten till honom.

- Hans halsstarrighet inger mig de djupaste bekymmer. Jag hoppas dock, att det medel, vi nu använda, skall bryta den.

- Han var ännu i morse full av hädelse, min fader.

- Sedan dess hava femton timmar förflutit. De timmarne hava varit honom långa. Han torde hava besinnat sig. När du i morgon bittida besöker honom i fängelset, så ställ vattenkrukan utanför gallerdörren, så att han kan se henne utan att nå henne. Gud göre mig det och det, om jag ej skall kväsa upprorsanden i denne vanartige son!

- Amen! mumlade Eufemios.

- Kvällen är långt framskriden. Gå till vila, min vän. Men tillsäg dessförinnan Klemens, att jag är färdig.

- Skall ske. Jag önskar dig en god natt, min fader!

Den korthalsade försvann genom en dörr, som förde ut till peristylen.

ÅTTONDE KAPITLET.

Pelarhelgonet.

En stund därefter skredo två skepnader, höljda i kåpor, över aulan och trädde genom vestibulen ut på gatan Kerameikos. De voro biskopen och den unge föreläsaren.

Den långa gatan utmynnade i söder till torget och ändade i norr vid Dipylon eller dubbelporten, utanför vilken den förnämsta begravningsplatsen, Atens Père-Lachaise, var belägen. Genom dubbelportens vänstra valv trädde man ut på den så kallade heliga vägen, som förde till Eleusis; genom det högra valvet såg man den raka, av almar och plataner skuggade väg, som förde till Akademia och de platonska filosofernas lustgårdar.

Gatan livades ännu av vandrare, som utlockats av den milda luften och det härliga månskenet. Först på andra sidan om Teseustemplet glesnade deras vimmel, och längre bort stördes nattens tystnad blott av vapenklangen och stegen av en förbigående patrull. Petros och Klemens valde det högra portvalvet, gingo förbi den vaktande legionären och togo, sedan de vandrat ett stycke av den mörka alléen, sin väg till höger genom en gallerport av järn, som förde in till gravfältet.

Klemens korsade sig och läste en bön, när han trampade detta av kristianerna skydda ställe. Det var dock en härlig ort, full av skönhet och höga minnen. Här vilade Hellas' och mänsklighetens största män och de tusen sinom tusen ynglingar, som det forna Aten hade uppammat i skönhet och glädje till en tidig hjältedöd. Tempellika vårdar och avbrutna pelare reste sig över lagerträdens och cypressernas dunkla grupper, som skuggade enkla minnesstenar eller till hälften dolde tysta grottor, där urnor och bildstoder skymtade. Kerameikos' likfält var Atens historia, mejslad marmor.

Dess nuvarande förfall, dess ovårdade skick, det över gångarne växande ogräset, de lutande vårdarne med sina utplånade inskrifter, de stympade basrelieferna och fallna stoderna talade ock med hävdernas tunga. Bakom stadsmuren, som på ena sidan gränsade till platsen, skådade från fjärran ned på gravfältet det höga Akropolis med Pallas Atenas jättestod, de kyklopiska murarne och templens uppstigande pelarrader, försilvrade av månen. Levde i dem en ande, han förnam då vad ett människohjärta kan känna vid återblicken på det förflutna, när det sörjer en skönhet, som gått förlorad, en kraft, som är död.

- Fader, sade Klemens, medan han vid sidan av Petros påskyndade sin gång, de döde, som vila här, voro hedningar, men bland dem fanns ju likväl mången, som sökte rätta stigar?

- Visserligen, svarade Petros, de hade den naturliga lagen inskriven i sina hjärtan.

- Och tror du ej, frågade Klemens och kastade en vemodig blick på marmorvårdarne, som skymtade mellan lövmassor, tror du ej, att Försonarens död skall räknas även dem till rättfärdighet?

- Jag tror det, svarade biskopen. Då Kristus efter döden nedsteg till underjorden, predikade han där förlossning för hedningarnes själar.

- O Guds godhet! Han förskjuter intet av sina barn. De förtappade få återvända till hans faderssköte.

Ynglingen suckade djupt och tystnade. Petros sade:

- Min son, du tänker måhända i detta ögonblick på din jordiske fader, den okände, som gav dig livet.

- Ja, du själv väckte den tanken, när du i afton lät mig skriva mitt testamente.

- Du undrar utan tvivel, att jag manade dig därtill.

- Ja, vad har jag att bortgiva? Jag kommer ju med tomma händer från Antiokia, där din faderliga godhet öppnade mig utväg att genom studier bereda mig till mitt heliga kall. Det jag äger har jag ju av dig. Du upptog mig, när jag var ett hjälplöst, övergivet, åt hungersnöden utsatt barn. O, min arma, arma moder!

Klemens överväldigades av tanken på denna moder, som han icke kände, denna kvinna, som varit i stånd att begå det onaturligaste och rysligaste brott: att förskjuta sitt späda, hjälplösa barn. Han stannade och brast i gråt.

Biskopen fattade hans hand och sade: Min älskade Klemens, sök att råda över dina känslor! Tänk ej mer på henne! Hon förtjänar det icke. Själva tigrinnan älskar sin avföda och försvarar den i döden.

- Tala icke så, min fader, bad den unge föreläsaren och uppslog sina tårfulla ögon. Jag känner icke världen och människornas hjärtan, men jag förstår likväl, att min moder måste varit mycket olycklig, innan ett så rysligt beslut fick rot i hennes själ. Tror du ej, att hon göt tårar, då hon lämnade mig? Ack, hon gjorde det! Hon var förvildad i den stunden och visste icke vad hon gjorde. Jag tror, jag är viss därom, att hon sedan, snart nog, återvände till det rum, där hon utsatt mig, och förtvivlade, när hon icke återfann mig.

- Tro det, Klemens! Du gör rätt däri. Det torde verkligen hava förhållit sig så, anmärkte biskopen tröstande.

- O, att jag finge återse henne, tänkte Klemens och avtorkade sina tårar, jag skulle icke förebrå henne, nej! Men hon skulle säkert glädja sig, att hennes son lever, att Gud miskundat sig över honom och henne.

Biskopen fortfor:

- Jag lät dig uppsätta detta testamente, emedan det är möjligt, att din börd uppdagas. Guds vägar äro underbara. Vem vet, om du ej är arving till stora rikedomar?

Klemens smålog sorgset över denna djärva gissning.

- Tänk dig denna möjlighet! Testamentet är och skall förbliva i dina egna händer. Du äger att tillintetgöra det, ifall du ger vika för frestelserna av en oväntad rikedom och ångrar att hava ställt honom för kyrkans bästa till mitt förfogande. Jag talar nu endast om möjligheter, min son; men den som brinner av kärlek till kyrkan, han hoppas även på det omöjliga och har syn för allt, som kan gagna henne.

- Ack, varför redogöra för dina bevekelsegrunder? Du är lika god, som du är klok och förutseende. Detta vet jag, och det är nog.

- Och jag tänkte, fortfor biskopen milt, jag tänkte på din längtan att skiljas hädan. Din kroppshydda är svag, älskade barn. Du är icke kallad att leva länge i denna värld.

- Jag hoppas det och tänker därpå med glädje.
- Väl den, som får sätta sig vid Herrens fötter, medan de andres lott äro hushållssorgerna! Men även dessa äro nödvändiga. Kyrkan tarvar ordnare och försvarare. Jag trår som du från dessa mångfaldiga göromål, dessa tvister och strider, till den stilla betraktelsen, det tåliga bidandet. Men striden är mitt kall, så länge min arm kan föra svärdet, ty sanningens fiender äro många och farliga.

De hade under samtalet fortsatt sin gång. De lämnade gravfältet genom en port, motsatt den, genom vilken de inträtt.

Framför dem låg nu i månens klara sken en slätt, som till höger hade en rad kullar, över vilka stadsmuren slingrade sin ofantliga gråvita gördel. Bakgrunden stängdes av olivklädda höjder, och ur deras skuggor framträdde en å, som kom från andra sidan om Lykabettos, sakta slingrade emellan höga vass, enstaka pilar och cypressgrupper, och bruten återkastade månens bild, tills hon på sin väg till floden Kefissos dolde sig bakom den långa, mörka, i fjärran svinnande rad av åldriga träd, som tecknade vägen till Akademia.

Från mitten av detta fält reste sig en ensam pelare. Ovanpå honom skönjdes ett rörligt föremål, likt en människoskepnad.

Det rörliga föremålet var i själva verket en människa—en gubbe med kal hjässa och grått, böljande skägg. Han lutade med böjda knän över djupet och höll i handen en lina, likasom ville han mäta avståndet till marken.

Det var likväl icke hans uppsåt. Vid pelarens fot stodo tre kvinnor, av vilka de två försökte undanskuffa varandra, medan båda i tävlan sträckte upp korgarne, som de buro, för att fästa dem vid en järnkrok, varmed linans nedhängande ända var utrustad.

- Fromme Simon, ropade den ena upp till gubben, det är endast ett bröd och....
- Ur vägen med dig, utbrast den andra; att du, som är en kätterska, bara vågar bjuda den helige, rättrogne Simon ...

En ny knuff från den förra avbröt detta inpass.

- Gode Simon, det är jag, Tabita, Batyllos' hustru, olivhandlarens, som så ofta kommer till dig....
- Det är bara ett bröd och några droppar vin....
- Det är gift, hon bjuder dig, Simon! Jag är Anastasia, den rättrogna Anastasia ... Ur vägen med dig, orm!...
- Lama ragschu gojim! hördes gubbens röst, vresig och mullrande. Fördömda pladdrerskor! Vad gören I där?

Nu kom den tredje kvinnan sin vän till hjälp och ryckte korgen från Tabita. Anastasia fick tid att fästa sin vid linan, som i detsamma drogs i höjden.

- Se så, utbrast Anastasia segerstolt till Tabita, som skyndade att taga upp sin lilla vinflaska, som under striden fallit ur korgen ned gräset, se så, vad fick du för din möda? Du har burit ugglor till Aten och hö till Megara. Har du icke, så säg!

Gubben uppe på pelaren tömde den upphissade korgen och kastade honom ned till hans ägarinna.

- Flygen härifrån, I snattrande skator, ropade han med arg och skrovlig röst ned till de grälande kvinnorna, annars … annars….

- Kom, sade Anastasias väninna och fattade hennes arm; vi skola icke störa honom längre. Han vredgas, och du vet, att han då talar förfärliga ord.

Gubbens hotelse verkade så mycket, att de stridande efter ett par ytterligare, mycket korta, men mustiga utgjutelser åtskildes. Anastasia tog sin tomma korg på armen och återvände med sin ledsagerska till staden, varvid hon gjorde en lång omväg, för att undvika de hedniska gravarna. Tabita med sin fulla korg styrde nedslagen sina steg mot olivkullarne i slättens bakgrund, mellan vilka Batyllos', hennes mans, torftiga boning var fäst.

För omkring fyra år tillbaka hade Petros blivit biskop i Aten. Kort därefter hade han från ett hedniskt tempel låtit bortföra och uppresa en pelare på ett fält utanför stadsmuren, man visste ej för vilket ändamål. Men två ynglingar, som vandrade ut till Akademia för att där åhöra Krysanteus, överraskades en morgon vid åsynen av en rörlig skepnad på den ensamma pelaren. Förvånade gingo de närmare och funno, att det var en gubbe, som knäböjde, reste sig och knäböjde åter, med ansiktet vänt emot den nyss uppgångna solen. Han fortfor på detta sätt, så länge de betraktade honom. I stället för att fortsätta vandringen till Akademia, ilade ynglingarne tillbaka till staden och omtalade vad de sett. Ryktet spred sig med otrolig hast bland de nyfikna och livliga stadsboarne, och under hela dagen strömmade de, kristianer och hedningar blandade om varandra, genom dubbelporten för att taga den nya företeelsen i skärskådande. Man trängdes för att icke komma för sent; slätten fylldes av en brokig blandning fotvandrare, åkande, ryttare och bärstolar, av borgare, främlingar, soldater, barn och kvinnor. Men brådskan var överflödig. Ännu vid middagstiden var den långskäggiga, hiskligt fula, okända varelsen på sin besynnerliga plats och fortsatte med korta mellanskov sina enformiga kroppsrörelser. Han tycktes ej ha öga för de tusen, som vimlade kring pelaren och åsågo honom med blandade känslor av nyfikenhet, beundran, avsky och rädsla. Men hans ansikte var nu vänt mot söder, varifrån middagssolen sände sina brännande strålar.

Vem var han? De vidskeplige bland hedningarne tvivlade, att han var människa; de togo honom för ett förfärligt järtecken, som bådade gräsliga olyckor, en skengestalt, som visade sig för att snart försvinna. Men nyckeln till gåtan vart snart funnen, då emot aftonen stadens kristianska prästerskap, anfört av biskopen, med kors och fanor tågade ut till pelaren, ordnade sig kring den, sjöng psalmer, knäföll och i korus bad om den okändes välsignelse. Solen var då i nedgående, och gubbens anlete vänt emot väster; hans kala hjässa tycktes äga heliotropens längtan och törsta efter det sjunkande eldklotets sista stråle. Först när det var försvunnet bakom Ägales klippor, såg han ned på de församlade. Hans ögon stirrade blodsprängda, hans skägg föll ned som en lång, tovig hängmossa över kapitälen. Han utsträckte sina armar och mumlade: Jag välsignar er!

Mannen på pelaren var en kristiansk asket, ett bland dessa vidunder av självplågeri, som en missförstådd kristendom alstrat i tävlan med Indiens förintelselärande religioner—en bland dessa själar, som, splittrade in i hjärtroten av motsatsen emellan det andligas och världsligas krav, strävade att vinna andens fullkomlighet genom att mörda sin natur—måhända en bland dem, som, medan de ville utrota sina sinnliga böjelser, tillika funno sin enda räddning i kroppsliga kval emot ett skuldtyngt samvetes förtärande flammor, och som uppmuntrades att fortgå på denna bana, att mångfaldiga sina plågor, att uppfinna det otänkbara för att öka dem, emedan de hänfördes av den beundrande mängdens dyrkan, av helgonglorian i detta livet och hoppet om högre salighet, om onämnbara fröjder och ofattlig vällust i det tillkommande.

Simon pelarhelgonet—så kallades han—var nu vida känd i den kristna världen. Man vallfärdade från öster- och västerlandet för att se honom och undfå hans välsignelse. Glansen av hans helgongloria ökades genom en upplysning av Petros, att han, pelarmannen, var en bekännare, en av de få ännu levande, som vid den sista förföljelsen under kejsar Maximinus hade hjältemodigt lidit för sin tro. Varifrån han kommit visste för övrigt ingen, om icke biskopen.

Men fyra år, det visste alla, hade Simon tillbragt däruppe på pelarens kapitäl, å ett rum av några fots omkrets, med bråddjup runt omkring, och dagligen, från solens uppgång till dess nedgång, med vissa uppehåll förnyat sina knäböjningar. Det sades, att han knäböjde tusen gånger om dagen. Fyra somrars sol hade där tömt sin eld på hans hjässa, fyra vintrars snöstormar där rasat omkring honom. Hans dräkt var en björnpäls och ett rep som gördel; hans enda bohag linan, varmed han upphissade den föda stadens fromma kvinnor buro till honom. Han var den kristianska befolkningens stolthet; de båda stora fientliga trosflockarne, homousianerna och homoiusianerna, stredo om äran att räkna honom i sina leder; båda betraktade honom som Atens yppersta märkvärdighet och prydnad. Hedningarne däremot avskydde pelarmannen, sedan han upphört vara föremål för deras nyfikenhet. De offrade ju blommor och rökverk åt livets och glädjens gudamakter och kransade de sköna bilder, som konsten skänkt av dessa. Kristianerna däremot knäböjde för sina helgons benrangel. Fördenskull föreföll det hedningarne helt naturligt, att kristianerna skulle ägna en varmare dyrkan åt denne smutsige, fule, förryckte gubbe, som likväl hade det företräde framför benranglen och mumierna, att han var en levande avgud.

De hedningar, vilkas religiösa känsla och skönhetssinne icke nödgade dem avsky honom, åsågo honom med samma likgiltighet som tritonen, som i århundraden svängt sin väderfana på Vindarnes torn vid torget i Aten. De tycktes båda, pelarhelgonet och bronstritonen, vara av samma ämne, lika känslolösa för solglöd och stormar, lika rotfasta på sin trånga höjd.

Men om Simon var känslolös för naturens krafter, var han det måhända icke för den dyrkan, som ägnades honom, ty sådana dagar, på vilka många främlingar infunnit sig för att begapa honom, visade han sig blid emot de fromma kvinnor, som kommo med bröd, vin och vatten; hade han däremot under dagens lopp varit föga uppmärksammad, undfägnade han dem om aftonen, efter solens nedgång, ty först då talade han, med förvirrade ord och hemska hotelser.

Natten förbehöll Simon åt sig själv. Han tarvade dess timmar för att samla styrka till den följande dagens mödor. Sedan han närmare midnatt sjungit sin aftonpsalm, fick ingen nalkas hans pelare. Han tycktes blygas över sitt beroende av den naturlag, som bjuder vila växla med rörelse, sömn med vaka. Men sov han, så var det fågelns lätta sömn, ty han väcktes av den enslige nattvandrarens steg och var alltid färdig att slunga rysliga förutsägelser efter honom. Att om natten vandra över pelarfältet skydde därför både hedningar och kristianer.

Sedan de tre kvinnorna avlägsnat sig, hörde biskopen och föreläsaren, medan de nalkades pelaren, huru helgonet, som nu hade satt sig att spisa sin aftonmat, upphov ett underligt kraxande ljud, som besvarades från en liten lund på andra sidan ån. I nästa ögonblick sågs en stor, svart fågel höja sig över lunden, rikta sin flykt mot pelaren och med flaxande vingar sväva däromkring, likasom hade han velat, men icke vågat sänka sig ned.

- Kom då, korpen min! hördes helgonets skrovliga röst. Kom och ät din kvällsvard! Så kom då, kom då, korpen min, korpen min!

Korpen besvarade dessa ord med ett sorgset och misstänksamt kraxande, men fortfor att flaxa kring pelaren, medan helgonet följde honom med handen, i vilken han förmodligen lagt några brödsmulor.

- Var då icke rädd! Jag är icke ond på dig längre. Jag skall icke vrida halsen av dig. Så kom då, kom då!

Tonen, vari dessa försäkringar gåvos, tycktes inverka på korpen. Han slog ned på kanten av kapitälen, men hoppade baklänges, rörde vingarne och uppstämde några hesa ljud, då Simon utsträckte handen för att fånga honom. Hans misstankar voro ännu icke alldeles övervunna. Men sedan Simon avstått från försöket och vänt sig bort, för att fortsätta sin måltid, återvann fågeln småningom förtroende till sin herres uppsåt. Han kom närmare, hoppade slutligen i Simons knä och lät honom fritt stryka sig över den kolsvarta, glänsande ryggen, medan han med mycken glupskhet deltog i helgonets måltid.

- Du har varit borta hela dagen, suttit arg och trumpen där borta i träden, sade Simon i vänligt förebrående ton. Jag agade dig nog strängt i går, det gjorde jag, men så är du så dum och oläraktig, att jag ibland blir rasande och vill vrida halsen av dig. Två långa år i skolan, och ännu har du icke lärt dig namnet Elpenike!

Simons korp var nästan lika ryktbar som helgonet själv. Kristianerna trodde sig veta, att han var mer än hundra år gammal, och man omtalade, att en dag, då Simon förgätits av de fromma kvinnorna, som bodde i grannskapet av dubbelporten, hade korpen tillfört honom föda, liksom det fordom timade med Elias, den store profeten.

Kanske var han verkligen en gammal enstöring, en Metusalem i sitt långlivade släkte, som överlevat de sina och främmande för den yngre korpvärlden tillbragt åren i klipporna och lundarne vid Kefissos, ensam och sörjande, till dess han slutligen fann en ny sällskapare av ett annat släkte, fann en vän, som i mycket liknade honom själv, och till vilken han småningom drogs genom detta medkänslans band, denna blida, outrannsakliga makt, som giver varje hjärta, även det ensammaste, kyligaste och mest förtorkade, ett föremål, varpå det kan utgjuta den ömhet, varav det ännu är mäktigt.

Det förtroliga samspråk pelarmannen förde med sin korp avbröts, när hans skarpa öra uppfångade ljudet av nalkandes steg på gräsmattan. Han hade suttit med ansiktet riktat mot olivdungarne i tavlans bakgrund. Nu vände han sig om och lade sig på magen, och hans kala huvud med det lurviga skägget stack fram emellan kapitälens lövverk, som ett hiskligt vilddjurs, spanande genom ett busksnår. Korpen hade flyttat sig till hans axel.

Simon var harmsen över att störas i sin måltid. Han hade väl ännu icke sjungit sin aftonpsalm, men det började lida långt in på natten, och han ville vara ensam. Därför röt han redan på avstånd mot de kommande:

- Gån bort, gån bort! Gån, säger jag!

Men när de likväl nalkades, gnistrade hans ögon, och han började i en ton av gäckeri:

- Kommen, mina barn! Kommen och hören! Varför skall örat vara fäst vid huvudet? Slit av örat, dumma människa, och spika det på ditt bröst ….

Dessa ord utgjorde inledningen till en av de förvirrade straffpredikningar, med vilka han plägade skrämma ensliga vandrare, som nalkades pelaren i olämplig tid. Men Simon hann ej fortsätta, ty han avbröts av en välkänd röst, som ropade:

- Fader Simon, du skall icke vredgas. Det är jag, Petros, som kommer.

- Ah, det är du, Petros, biskopen … biskopen! Ah!

- Jag har uppfyllt din önskan och för min unge Klemens till dig.

- Vem är Klemens?

- Du vet det, fader.

- Klemens? Nej.

- Klemens, min unge fosterson, om vilken jag en gång talade med dig, och som du önskade få se.

- Ah! Nu vet jag.

- Han kommer för att bedja om din välsignelse.

Pelarmannen låg kvar en stund i den ställning, han intagit, och fäste sin blick på biskopens unge följeslage, som nu hade dragit tillbaka kåpan och visade blottat sitt av långa, ljusbruna lockar omsvallade huvud. Därefter reste sig Simon på knä, förde handen eftertänksamt till sitt skägg, såg sig omkring med spejande blickar i alla väderstreck och fattade sin lina, vars ena ända han lade flera varv kring ett av kapitälens utskjutande blad.

Korpen, som nu var sömnig, oroades av denna rörelse, flaxade, lyfte sig och flög med tunga vingslag till närmaste punkten av den halvförfallna stadsmuren, där han satte sig i skuggan av en myrtenbuske och stack huvudet under vingen.

Vid den tystnad, som rådde, förnummos från avstånd melodiska toner, och på ån, som lyste i månens sken likt smältande silver, närmade sig en båt.

I nästa ögonblick fattade helgonet med bägge händerna linan, sköt sig ut från kapitälen och gled ned till marken.

Han stod, eller rättare, han satt nu nedhukad bredvid pelaren framför biskopen och föreläsaren, vars vördnad för helgonet, när han såg det så nära för sina ögon, borde hava blandats med fasa. Solen hade bränt och vindarne torkat denna varelse till ett benrangel, överdraget av ett svartbrunt skinn, där ådrorna lågo som strängar och rörde sig som hopsnodda maskar, medan de genomströmmades av den ringa blodmassa, som ännu spred liv i de ohyggliga formerna. Ögonen lågo djupt i sina hålor, och ringarne kring deras stenar lyste med brunröd glans. Helgonet satt i en halvt knäböjande ställning, med benen under sig, framlutad, stödd på de långa hårvuxna armarne, som lämnades bara av björnpälsen.

Petros vidrörde vördnadsfullt hans skägg och knän, samt viskade därvid i hans öra:

- Fader, vakta din tunga!

I Simons ögon blandades den vilda glansen med ett uttryck av klokhet och hemligt förstånd. Han nickade och riktade sin blick på Klemens.

- Kom till mig! Räds icke! sade han med omisskännlig ömhet i sin ton.

Klemens lydde. Han nalkades med den djupaste vördnad, böjde sitt huvud och sade:

- Din välsignelse, gode fader!

Månen lyste i denna stund på två varandra närmade anleten: ynglingens sköna och ljuvligt rena, gubbens vidunderligt fula och skräckinjagande ... de närmade sig varandra, liksom för att tydligare visa det omätliga avstånd, som kan finnas mellan individuella daningar inom samma släkte, ty de voro så skilda, så motsatta, som det typiskt mänskliga skiljer sig från det urartade, det som i förlusten av sitt mänskliga varder förskräckligare än det rysligaste, djurvärlden har att uppvisa ... och likväl—vem skulle ana detta?—var det den änglalike ynglingens uppriktiga, varma, innerliga längtan att varda, vad han var, den ohyggliga, vidunderliga skepnaden, som satt framför honom och lade sin ena hand på hans lockar, medan den andras skrumpna, med långa naglar väpnade fingrar foro över hans kind.

För Klemens försvann det rysliga i uppenbarelsen för det heliga, som han inlade i henne. För honom var denne gubbe skön.

Under detta uppträde kände sig Petros orolig. Han fruktade, att pelarmannen skulle säga något, som han icke borde. Han skyndade därför att avbryta det med följande ord:

- Fromme fader, jag har nu tillfredsställt din önskan att se min unge, högt älskade son. Och han har även undfått vad han efterlängtade: din välsignelse. Det är tid att lämna dig i ro.

Pelarmannen stödde sig med ena handen mot marken; den andra förde han till sina ögon, likasom hade han bländats av månens klarhet.

- Klemens, sade biskopen, jag har några förtroliga ord att säga den helige. Gå förut och vänta mig vid stadsporten.

Van att lyda, hälsade den unge prästen det gamla helgonet ett vördnadsfullt farväl och avlägsnade sig över fältet.

En stund förflöt under tystnad, medan Simon förde handen över sina ögon. Han avlägsnade från dem en främling, som sedan länge icke hade visat sig där—en tår, pressad av ömma känslor. Därefter sade han, i det han såg sig omkring:

- Varför gick Filippos?

- Nämn icke detta namn, min fader! bad Petros med oro, ehuru ingen kunde höra dem. Jag vågade icke låta honom stanna kvar, ty du förmår ej vakta din tunga.

- Du har rätt, sade gubben och lade båda händerna på sin hjässa. När jag har knäböjt länge, blir jag så besynnerlig här uppe. Det susar och brusar i min

hjärna. Men låt mig få återse honom! Jag skall nog akta mig. Han heter nu icke Filippos, utan Klemens; han är icke längre Elpenikes son ... visst icke!
... O, fortfor han till sig själv, vad han liknar henne! Elpenike i bröllopsskrud med myrtenkrans på sina lockar! Elpenike i gravskrud med sellerikrans omkring sin panna! Elpenike i gravskrud ... Elpenike!

Simons järnbröst höjdes av en djup suck, som liknade en dödsrossling; han vände sig och lutade mot den kalla pelaren sitt rysliga ansikte, sin brännande panna, sin kind, som vittnade det nya undret av en tår.

- Lugna dig, fader! sade Petros, som först nu varsnade helgonets upprörda tillstånd. Hör du ej? Här nalkas människor. Det kommer en båt på ån. Låt ingen se, att du har lämnat ditt tillhåll där uppe!

Petros' påminnelser understöddes av en cittras toner, som ledsagade en livlig, klar, melodisk sång, stundom avbruten av skratt och glada, samtalande röster. Båten, varifrån dessa ljud förnummos, närmade sig med sakta och jämna årslag i det silvrade vattnet.

Biskopens ord voro fullkomligt ägnade att återkalla Simon till sans, ty de talade till hans asketiska ärelystnad. Han rätade sig upp, sände en skarp och hastig blick bort emot ån, fattade linan, jämkade henne till den skuggade sidan av pelaren och klättrade med en apas vighet upp till kapitälen. Uppkommen dit, intog han sitt vanliga läge, stack huvudet ut mellan kapitälens lövverk och sade i förtrolig, angelägen ton:

- De kunna icke hava sett mig, Petros.
- Nej, du må vara lugn.
- Petros, Filippos är kristian?
- Ja visst.
- Filippos är ju döpt? Filippos är ju präst?
- Ja.
- Härligt, härligt! Så ville jag hava det. Lilla lamm, som vi frälste ur vargens klor! Lilla lamm, som vi buro hem till den rätte herden! Petros, låt mig få återse det lilla lammet! Var icke rädd! Jag skall vakta min tunga. Låt honom komma före solnedgången; du vet, att jag icke talar före solnedgången.
- Jag skall varje afton hitsända Klemens med bröd och vin.
- Petros, du är en god son. Min tusenfaldiga välsignelse över dig, min gode Petros! Men hur är det? Är det den förhatlige, som låter ringa klockorna i staden?
- Krysanteus? Du menar honom?
- Ja. Äro icke han och hedningarne ånyo herrar i staden?
- Vad säger du? Den högste hindre, att en sådan tid någonsin återkomme!
- Eller firen I nu varje natt martyrernas fest?
- Vad har ingivit dig denna tro, min fader?
- Han I ej i de två sista nätterna samlats där borta? sade Simon och utsträckte armen mot olivdungarne. Har jag icke hört de trognes psalmer ljuda, såsom komme de ur jordens sköte? Det är ju som fordom, då vi förföljdes för vår tro och firade Herrens fest i kulor och gravkamrar. Härliga tid!

Och pelarhelgonet började sjunga en av dessa psalmer—i början med sakta röst, som om han velat härma de ljud, om vilka han talat —sedan med allt starkare stämma, som om han velat överrösta de glada tonerna från den allt mer och mer sig närmande båten:

Guds namn är känt i Judaland, förhärligat i Israel, han Sion till sin borg har valt, i Salem står hans helga tjäll. Han krossar bågar, spjut och svärd, de stolte digna till hans fot, och bävande den hela värld förstummas för hans vredes hot.

Se Rövarbergen! På sin grund de svikta för hans ögas blink, och krigarskaror domnande nedlägga vapen på hans vink, se vagnen stannar med sitt spann, och dött är stridstrumpetens ljud och sänkt i dvala häst och man vid blott en vink av Jakobs Gud.

Petros' ansikte uttryckte den största spänning vid den upptäckt, han trodde sig hava gjort i helgonets ord om den nattliga gudstjänsten. Men som han visste, att det skulle båta till intet att äska vidare upplysningar av Simon, och då han dessutom kände, att denne, så snart han fördjupat sig i sina älsklingspsalmer, icke ville störas, beslöt han att i tysthet avlägsna sig, så mycket mer som Klemens väntade honom vid stadsporten och natten var långt framskriden.

Han vandrade med långsamma steg över slätten, på vilken hans skepnad, höljd i den vida kåpan, kastade en fantastisk jätteskugga. Det gick i Aten en sägen, att någon hade sett en skugga på marken såsom av en människa—men utan att en sådan eller något annat rörligt föremål kunde upptäckas—långsamt över fälten närma sig dubbelporten och där försvinna. Måhända hade berättarens inbillning skapat denna syn av ingenting annat än skuggan från ett förbi månen seglande moln; eller kanske hade den dova, obestämda, tryckande fruktan, som lik en tung luft vilade på befolkningen, givit sig uttryck i denna sägen. Men var och en, som i detta ögonblick sett den enslige vandraren skrida över det skydda pelarfältet, kunde gripits av en liknande aning och känt, att en olycksande, lekamliggjord i detta väsen, närmade sig den slumrande staden.

Sången, cittraspelet och det muntra sorl, som nyss förnummits, hade överröstats av Simons starka, andaktsfulla sång och plötsligt tystnat, och endast de jämna årslagen hördes, medan båten gled fram på sin ljusa, lugna, slingrande bana mellan pilar och cypresser. Det glada lag, som var samlat inom relingen, hade upphört att skratta och sjunga och lyssnade nu för omväxlings skull till pelarmannens sång.

Båtens förstäv var prydd med rosor, blomsterkedjor hängde kring hans sidor; två gossar, fagra som Hylas och Ganymedes, förde årorna, Praxinoa, den förtjusande hetären, satt som härskarinna över rodret. Olympiodoros, den gudomlige men av en otacksam eller minneslö eftervärld förgätne skalden, låg vårdslöst utsträckt på svällande dynor med huvudet i Praxinoas knä och svärmade, småleende, lycklig och halvrusig, bland månen, stjärnorna och de vita strömolnen. Palladios, sångaren, som nyss hade tystnat, satt där bredvid med ena armen kring sin cittra och den andra kring livet på en femtonårig, svartögd, syrisk dansarinna, lyssnande med ironisk förtjusning till pelarhelgonets sträva sång. Karmides, insvept i en veckrik mantel, låg i samma behagliga ställning som hans vän Olympiodoros, men i stället för att välja ett lika hult örngott i Myros knä, hade han med armbågen stödd emot relingen lutat sig över vattnet och roade sig med att skåda månens bild där nere i djupet och doppa fingerspetsarne i den svala böljan. Myro hade tagit kransen från hans huvud för att fläta violer i rosorna och kastade allt emellanåt, liksom det övriga sällskapet, en blick bort till pelaren och småskrattade eller försökte småskratta, alldeles som det övriga sällskapet, åt den underliga, skrovliga sången, som likväl skar igenom märg och ben, allvarlig som han var, och i de känslor, de tankar, han väckte och uttalade, så avbrytande mot den sorglösa omgivningen, den tysta nejden, den milda himmelen, den sköna natten med dess trolska ljus.

Ty Simon sjöng om något, som är jämmerfullt och förkrossat, om en varelse i skapelsen, som icke delar hennes harmoni, vars ben smäkta, vars lemmar brinna av syndmedvetandets tärande eld, som ryter i sitt hjärtas ångest, seende att synderna likt stormande vågor slå tillsammans över hennes huvud.

Simon sjöng om en sträng och förskräcklig Gud, vars vrede ingen kan stilla, som försätter bergen, rör jorden, så att hennes pelare darra, talar till solen, att hon ej går upp, och förseglar stjärnorna; som sänder sina änglar med vredens skålar över världen att omstörta hedningarnes stad, det stora Babel, det glada, av silke, guld och scharlakan skinande, så att ljus och ljusstake icke mer skall lysa där, bruds och brudgums röst aldrig mer varda hörd därinne ...

När denna sång tystnat, ljöd ånyo från den blomsterprydda båten cittrans toner, som ledsagade följande dityramb:

Gossar och flickor! härlig är livets rosiga morgon. Luftiga, ljuva, mysande timmar sväva i lätta, flyktiga rader över dess nejds e— lysiska vår. Snabba, o snabba äro de sköna himmelska väsen, flyende hän mot strålande fjärran; medan er egen glättiga kor föres av ödet bort till ett motsatt mörknande fjärran. Skynden, o skynden, flickor och gossar, skynden att bryta luftiga kedjan, ilen att slå i njutningens bojor dessa olympiskt leende, ljuva, flyktiga barn! Hän ur vår ena dallrande vågskål plockar beständigt moiran, den grymma, fröjdernas gyllne, räknade vikter, kastar i andra sjunkande vågen slappade sinnens, mattade krafters, mödors och sorgers tyngande bly. Hastigt som facklan fångas och flyr från hand och till hand i panateneiska nattliga festen, måsten I lämna ungdomens evigt brinnande fackla till de bakom er ilande yngre rosiga släkten, medan I själva sjunken i ålderns svartnande skuggor, sjunken i gravens tigande natt. Kindens som ängens blommor förblekna. Svallande lockar glesna som lundars höstliga kronor. Strålande blickar slockna som festers tynande lampor. Skynden, o skynden, gossar och flickor, flickor och gossar, skynden att tömma fröjdernas nektar! Kransa pokalen, slut till ditt ännu svärmande hjärta, flicka, din gosse, gosse, din mö!

* * * * *

Petros hade återvänt till sitt palats och önskat god natt åt den unge föreläsaren, som väntat honom vid stadsporten och nu gått till sitt sovrum i peristylen.

Petros var åter ensam i sin studiekammare. Ehuru han under hela den förflutna dagen varit i sträng verksamhet, kände han icke behov av vila. Han sökte fängsla sin uppmärksamhet vid Tertullianus' bok, som låg uppslagen på bordet, och hans blick föll på följande ord, dessa märkvärdiga, vilt kraftiga paradoxer, i vilka Tron har skrivit sin frihets- och självständighetsförklaring mot Vetandet:

»Guds Son är korsfäst. Det är skymfligt och därför ingenting att blygas
för.»

»Guds Son är död. Det är orimligt och just fördenskull troligt.»

»Och begraven stod han upp ifrån de döde. Det är visst, emedan det är
omöjligt.»[12]

Men de enade krafterna av den läsandes vilja och den lästes eldiga
vältalighet voro icke i stånd att tillbakatränga de tankar, som biskopen hemfört i
sin själ. Han lämnade boken och vandrade länge av och an i rummet.

Innan han äntligen gick till sin sängkammare, hade han öppnat det under
bokfacket stående skåpet, framtagit en liten flaska av silver och en större av glas,
gjutit några droppar av den förra, som innehöll en dvaldryck, i den senare, som
innehöll ett lätt, oskyldigt vin, och därefter ställt de båda flaskorna tillbaka på sin
plats och läst skåpet.

Efter tre till fyra timmars sömn var han åter vaken för sina tankar. Han
lämnade bädden i morgongryningen, just vid den tid, då Eufemios, den
korthalsade presbytern, krokig och höljd i sin kåpa, med en lampa och en
nyckelknippa i ena handen och ett lerkrus i den andra, gick över en liten mörk
gård bakom peristylen och stannade framför en källardörr, som han med en stor
nyckel, sedan han ställt lampan på en bänk, öppnade.

Palatsets gamle nattväktare, som på en gång var kyrkobetjänt och
biskoplig tjänare, satt insvept till näsan i en grov kappa på samma bänk,
funderande bredvid sitt timglas och sin hornlykta. Han dök med munnen upp ur
kappan, vände sig till Eufemios och sade:

- Broder, det har varit en ledsam natt. Jag har hört där nedifrån hans
suckar och kvidande, och det var mig rysligt svårt att icke ge honom vatten. Vad
har han då gjort?

- Han förnekar kyrkan, svarade Eufemios, i det han återtog lampan och
gick ned för källartrappan.

NIONDE KAPITLET.

Filosofens hem.

Nedanför Akropolis' östra sluttning sträckte sig från norr till söder den
vackra Tripodgatan, vars västra husrad, börjande vid Prytanernas palats och
slutande vid Perikles' Odeion, var en oavbruten kedja av monumentala
byggnader, medan den östra utgjordes av enskilda hus, uppförda i lätt stil och
endast en eller två våningar höga, för att ej genom sin storlek minska intrycket av
de förra, vilka, liksom hellenernas offentliga byggnader i allmänhet, utmärkte sig
mer för ädla former än kolossalitet.

Av Tripodgatans praktverk återstår än i dag en rund, tornartad, av
korintiska halvpelare omgiven byggnad med sirligt bjälklag, mejslad fris, som

---

12 »Crucifixus est Dei filius; non pudet, quia pudendum est. Et mortuus est Dei
filius; prorsus credibile est, quia ineptum est. Et sepultus resurrexit; certum est,
quia impossibile est.»

framställer Dionysos' äventyr med rövare, samt välvt tak, som överst prydes av en akant med yppiga, behagfullt fallande blad. En inskrift upplyser, att byggnaden skall föreviga äran av atenaren Lysikrates' och hans stams, den akamantiskas, seger i en tragisk kortävlan.

Denna smakfulla minnesvård av en seger i skönhetens värld har under senare århundraden stått inklämd mellan de dystra, smutsiga murarne av ett kapucinkloster—liknande där ett leende barndomsminne, som fortlever i en grubblande, mörk och sluten själ. Munkarne hava nyttjat honom till gisselrum och fängelse. Ödet leker, som en konstnär, med färgbrytningar.

Mitt emot denna minnesvård, vid andra sidan av gatan, låg Krysanteus' hus. Endast två våningar högt, hade det stor utsträckning och inneslöt, utom aulan och fruntimmersgården, en icke obetydlig trädgård. Fattade man den förgyllda bronsring, som prydde porten, och med en knackning tillkännagav sin önskan att slippa in, öppnades den snart av en gammal fryntlig tjänare, och man inträdde i en lång, skum förstugugång, som dag och natt upplystes av en lampa. När den motsatta, vanligen stängda dörren öppnades, tedde sig en överraskande vacker, av himmelens klarhet övergjuten tavla. Man stod då i den öppna aulan, vars joniska pelare av pentelisk marmor tecknade sina vita, luftiga rader mot en bakgrund i klar, mörkröd färgton och uppburo ett genombrutet, kring övre våningen gående galleri. Aulan, i vars mitt stod ett altar med ständigt brinnande rökverk, omgavs på tre sidor av pelargången. Bakom den förde dörrar till rum av olika slag: besökrum, gästrum, sovkammare, badrum o.s.v. Den fjärde sidan— den gent emot ingången—upptogs av två större rum: konstkabinettet och biblioteket, båda stängda endast med violettfärgade täckelser, som vanligen voro tillbakadragna, så att man såg deras i harmoniskt spel av klara färger hållna väggmålningar och mosaikgolv. Dessa rum åtskildes av en bred, mitt emot förstugudörren belägen öppning, varigenom utsikten förlängdes över fruntimmersgården, med dess vattenkonst, omgiven av blomstervaser, och öppnade sig till trädgården, där genomblicken ändade med en skuggig gång av lummiga träd, glesare här och där, för att låta solskenet falla på en bildstod eller bryta sig i pärlregnet från en sorlande springbrunn.

Dagen efter den, på vilken Klemens i biskopens sällskap hade besökt det ryktbara pelarhelgonet, och vid tionde timmen[13] hände, att portklappen på Krysanteus' hus skramlade med ovanlig häftighet. Den gamle portvakten såg ut genom sin lilla fönsterglugg och upptäckte, att den, som förorsakade bullret, var en ålderstigen man i tarvlig dräkt. Portvakten i Krysanteus' hus var i många stycken olik sina ämbetsbröder. Först och främst var han icke eunuck, utan lycklig familjefader med hustru och många barn; för det andra var han av sin herre förmanad att visa sig lika hövlig mot alla slags besökande, och för det tredje hade han icke lynne att antaga det snäsiga skick, som, om vi få tro de gamla komedierna, var ett stående drag hos den tidens portvaktare. Men särdeles förkärlek och ytterlig vördnad hyste han för alla, som buro skägg och filosofmantel—ty hans älskade herre, ehuru han icke bar filosofmantel, var ju

---

13 Omkring kl. 5 efter romerska räknesättet, som vid denna tid, tillika med många andra romerska bruk, gjort sig gällande i Grekland.

filosof—och med den gubbe, som nu höll i portklappen, var just förhållandet, att han var både skäggig och filosofmantlad, ehuru manteln var av grövsta slaget. Vår portvakt skyndade således att öppna.

- Vem söker du? frågade han.
- Går jag rätt? Jag söker Krysanteus, arkonten.
- Detta är Krysanteus' hus. Men han är icke hemma.
- När hemväntas han?
- Därpå kan jag icke giva dig säkert svar. Men har du tid att invänta honom, så är du välkommen över hans tröskel.
- Jag tackar dig.
- Jag tycker mig se, att du är främling i staden ... kanske långväga resande?
- Så är det.
- Måhända gammal vän till min herre? fortfor portvakten, som av välmening blottställde sig för att synas nyfiken.
- Nej, svarade främlingen. Jag känner honom endast av ryktet.
- Ja, vem gör icke det? sade portvakten med stolthet. Men du är alltid välkommen. Min herre är glad att se främmande filosofer i sitt hus.

Under samtalet hade portvakten stängt dörren till gatan och ledsagat främlingen till motsatta dörren. Han öppnade denna, bjöd gästen stiga in i aulan, vinkade en ung slav, vilken tjänstgjorde som atriensis, och återvände till sin portkammare.

Okos, den unge slaven, portvaktarens son, en yngling med glad uppsyn och städat skick, underrättade främlingen, att det torde dröja något länge, innan hans herre hemkomme; det vore därför hans, Okos', skyldighet att visa gästen, var han skulle finna badrummet, om han ville bada, biblioteket, om han ville läsa, ett avskilt gästrum, om han vore trött och föredroge ett sådant framför vilosofforna i aulan.

Främlingen valde biblioteket. Han visades dit, betraktade en stund de sköna målningarna, skakade därvid på huvudet, tog en pappersrulle och slog sig ned i en bekväm vilosoffa för att läsa. Några ögonblick därefter inträdde en gosse, Okos' yngre bror, och ställde bredvid gästen ett litet runt bord med frukter, konfityrer och krystallflaskor, den ena med vin, den andra med vatten, nyss hämtat i trädgårdskällan. Sedan detta skett, gick gossen, men återvände snart med friska, välluktande blommor, som han utbytte mot andra, ännu icke vissnade, i en blomstervas under draperiet vid ingången till rummet. Sedan han på sådant, i detta hus vanligt sätt sörjt för den okände, mycket tarvlige främlingens trevnad, avlägsnade han sig.

När portvaktaren öppnade för den obekante, hade han icke iakttagit, att denne, medan han knackade, utbytte en förtrolig blick med den gamle olivhandlaren Batyllos, som stod på gatan ett stycke därifrån, med häpnad tydligen målad i sitt ansikte, och att icke långt ifrån Batyllos stodo två män, den ene präst, som viskade sinsemellan och mönstrade främlingen med skarpa blickar.

Dessa båda hade utanför Prytanernas palats råkat möta främlingen samt därefter vänt om och följt honom på kort avstånd. Främlingen, som var en skarpsynt man, hade märkt, att han var föremål för deras iakttagelser, men utan att visa något tecken till oro helt lugnt fortsatt sin väg, till dess han stannade utanför Krysanteus' hus.

Den ene av de båda var en kejserlig agent—ett slags brevpost och tillika spanare—som föregående dag hade anlänt till staden med brev till prokonsuln.

- Bah, fortsatte agenten sitt samtal med prästmannen, i det de avlägsnade sig nedåt gatan, du säger, att du sett honom två gånger; jag säger, att jag sett honom hundra gånger. Om denne gubbe är Atanasios, så får du skära näsan av mig, till rättvist straff för att hon vädrat så galet. Det är för löjligt! Till vilken stad jag nu kommer, i Europa, Asien eller Afrika, har man nyss sett Atanasios. Man behöver bara vara okänd på stället och ha några skrynklor i synen för att genast vara Atanasios, han och ingen annan. Det är med honom som med Jerusalems skomakare, som bönderna påstå sig se i var gammal trashank, som stryker genom deras by.

- Nå nå, anmärkte Eufemios, jag sade icke, att han är Atanasios, utan att han är snarlik honom. Det skadar icke att ha ögonen med sig.

- Ögonen? Ja, dem glömmer jag aldrig hemma, lika litet som öronen, var viss därom, ärevördige presbyter! Och mina ögon sade mig, att denne gubbe är en duvunge mot Atanasios.

- Men du vet, att det finns vissa medel, som kunna förställa ... föryngra utseendet. Man färgar håret med lixivium, man....

- Hör på! inföll agenten och stannade. Syna mig noga! Hur gammal tror du mig vara?

- Omkring femtio år, gissade Eufemios.

- Min vän, jag är i dag verkligen femtio år gammal. I morgon är jag kanske sjuttio, i övermorgon tjugu. Men annars är jag född för trettio år sedan. Du bär hö till Megara, om du vill lära mig, att det finns en sådan konst.

- Vid änglaskarorna! Du förvånar mig, min vän. Den konsten vore värd att inhämta. Min bäste vän, jag släpper dig icke, förrän du ger mig någon undervisning däri. För övrigt tvivlar jag icke, att du har alldeles rätt i avseende på gubben. Det slöt jag strax därav, att han gick in i ärkehedningens hus. Därtill skulle dock Atanasios visst aldrig förmå sig, om än han icke tvekar att gömma sig i filosofmantel och låta skägget växa. Mannen är utan tvivel filosof, en av de hundske, att döma av den grova manteln. Men nu vidkommande den märkvärdiga konsten, så....

- Är hon för dig alldeles överflödig, anmärkte agenten skrattande, ty bara du ej glömmer att taga halsen med dig, när du går ut, är du tillräckligt oigenkännlig. Ha ha ha! Förlåt mig! Jag vill icke såra dig. När man av naturen är kvick, komma sådana infall av sig själva.

Vi övergiva de båda samtalande, prästen och den hemlige atanasianen, samt återvända till filosofens hus. Men nu stanna vi ej i aulan, där vi lämnade den hemlighetsfulle främlingen, utan fortsätta vår väg till fruntimmersgården.

Liksom aulan, omgavs den av joniska pelare, som buro en med bildstoder smyckad altan, till vilken man utträdde från övre våningen. Oavsett vissa mellanrum för fri förbindelse, var altanen uppfylld med praktväxter och överdragen med ett fint, från gården omärkligt nät, varinom fladdrade sångfåglar och andra, på vilkas metallglänsande fjädrar naturen slösat sina bjärtaste färger. Marken eller rättare golvet—ty dessa gårdar voro under årets flesta månader boningsrum med himmelen till tak—var rutformigt lagt med svarta och vitgula stenar, utom i mitten, där springbrunnen, omgiven av en gräsmatta, fällde sina strålar i en marmorbassäng bland lekande flockar av kupidoner och delfiner. I grannskapet av springbrunnen finna vi Krysanteus' dotter, Hermione, och några hennes väninnor.

Aftonen är vacker. Himmelen välver hög och skyfri över denna täcka, från stadsbullret avskilda vrå, där blommor dofta och fågelsång blandas med sorlet av kaskader. Solen skiner ännu på den östra pelarraden och vattenkonstens högsta krökning: värmen är sådan, att svalkan i springbrunnens grannskap behagar, utan att man åtrår den fulla skugga, som den västra pelargången bjuder. Ett bord med de lätta läckerheter, på vilka grekiska köksonsten var så uppfinningsrik, och några långa divanlika soffor, med bolstrar överdragna av ett mörkgrönt, sammetslikt, silverbroderat tyg, äro ställda mellan blomstervaserna nära bassängen. Här vila de unga kvinnorna under glatt och förtroligt samtal, medan Alkmene, Hermiones Hebe-lika kammarflicka, svävar mellan blommorna och vattnar dem från en urna, som hon alltemellanåt fyller under springbrunnens strålar.

Den rena himmelen, den ädla pelarbyggnaden, stoderna och vaserna, den spelande vattenkonsten, och i denna omgivning den vackra gruppen av unga kvinnor, klädda i de enklaste, kyskaste och mest smakfulla dräkter, som någonsin omfladdrat de kvinnliga behagen, bildade en tavla av klara linjer, lugn skönhet, ideal poesi, egen för antiken.

Den gammalhelleniska dräkten hade ånyo kommit i bruk bland de förnämare atenarne. Forntidens minnen voro dem nu kärare än någonsin, som vanligt i tider, då en lössläppt oförsonlig kamp emellan olika världsåskådningar framkallar de yttersta motsatser vid sidan av varandra. Hermione var klädd i en snövit kiton av egyptiskt sindon, fäst med en agraff över vänstra skuldran och försedd med långa överstycken, som från halsen nedföllo över barmen och ryggen och nästan dolde det ljusblå, guldstickade bälte, som hopdrog kitonen kring midjan, varifrån han fotsid, i rika naturliga veck nedföll över de sandalprydda fötterna. Ärmarna på denna klädning voro mycket vida, från axlarna uppskurna och glest sammanhållna med små guldspännen, så att stundom blott en strimma, stundom hela rundningen av de ädelt formade armarne med deras marmorfasta, bländande, i blekt rosenrött skiftande hull vart synlig. För ökad bekvämlighet vid iklädandet var kitonen uppskuren även under vänstra ärmen ned till midjan, men här fäst med en tät rad agraffer. En gles purpurgarnering omgav den nedersta fållen och höjde intrycket av veckens plastiska fall.

Hermiones rika, mörkbruna hår var icke benat, utan naturligt ordnat, som på ett lockigt gossehuvud, och sammanhållet av ett enkelt, diademlikt band, men delade sig under detta mitt över pannan i långa våglinjer, som nalkades de fint penslade ögonbrynen och slutade med små skruvformiga lockar, medan håret baktill nedföll i ett svall av långa, glänsande böljor över hals och skuldror.

Av de övriga närvarande damerna voro de två klädda som Hermione, men buro över den vita kitonen en annan kortare, som hos den ena var saffran-, hos den andra ametistfärgad.

Den tredje var en vacker brunett i romersk klädsel: den unga Julia, maka till Krysanteus' vän, jovianske gardestribunen Ammianus Marcellinus, som gjort sitt namn odödligt genom en värdefull historia över sin tid.

Julia var född i Galliens huvudstad Parisii, vars namn då ännu icke hade så världshistorisk klang som nu. Hon hade vistats där, ännu sedan den unge cesarn Julianus ditflyttat med sitt anspråkslösa hov. Hon kunde förtälja och gjorde det gärna om den isande förskräckelse, som de allemanniska barbarernas anstormande hade väckt i Gallien; om det allmänna jublet över landets räddning genom Julianus' hjältemod, om den välmåga, trevnad och trygd, som nu under hans rättvisa, kraftiga och välvilliga styrelse lyckliggjorde det nyss så lidande, utarmade landet. Med ett ord: Ammianus Marcellinus' maka beundrade Julianus, och denna beundran var emellan henne och Hermione den första väckelsen till en vänskap, som vart innerligare, ju mer de lärde känna varandra, och ytterligare stärktes av gemensam vördnad för den gamla tron, gemensam kärlek till visdom och skönhet.

Ismene och Berenike voro infödda atenskor och Hermiones barndomsvänner, ännu, liksom hon, fria från Hymens band—Berenike en mörklockig flicka med själfulla drag och lugn värdighet i sina later, Ismene en blond, leende och självsvåldig sextonåring, vars ansikte var den klaraste spegel för en glättig, känslig och av nycker styrd innesstämning, och vars hållning och åtbörder förenade med mycken livlighet mycken täckhet och oskyldig håg att behaga.

- Vad tyckte du om den lilla visan, min Julia? frågade Ismene, i det hon lade bort lyran och lyfte sina små fötter upp i den svällande soffan, mot vars gröna grund sandalernas pärlor glittrade. Har du hört henne förr?

- Nej, svarade Julia; hennes melodi är enkel, men oförgätligt vacker. Jag sluter därav, att hon är mycket gammal.

- Du dömer riktigt, sade Hermione, hon är ett skott ur Simonides' vinstock.

- Och om jag sjungit henne i min mormors mormors tid, inföll Ismene, så skulle man utskrattat mig för att jag kunde tycka om en så urmodig visa. Ser du, i min mormors mormors tid, då hade världen smak! Då buro damerna en hårklädsel hög som Vindarnes torn, och männen muscher, som gjorde dem alldeles oemotståndliga … Fy, Alkmene! Ser du icke, att en fjäril sitter i den där blomman? Tror du, att en blomma törstar, så länge hon kysses av en så vacker liten beundrare? Vänta, tills han flugit! Han flyger snart, ty fjärilar äro ombytliga och trolösa, Alkmene, men att dränka dem fördenskull vore alla fall ett för hårt straff. Det är deras natur att vara trolösa … begriper du icke det, enfaldiga flicka?

- Julia, sade Hermione, nu är ordningen hos dig att föreläsa det nya stycke, som du översatt till vårt språk, av din romerske Ovidius. Sången om Pyramus och Tisbe var så vacker, att vi längta att höra mer av samme skald….

- Och dina verser äro så felfria och lediga, som om helleniskan vore ditt modersmål, inföll Berenike.

- Jag ville endast övertyga er, sade Julia, att vi romare icke alldeles gagnlöst gått i skola hos er, hellener. Vi lyckas stundom härma er rätt väl. Se här, fortfor Julia och lämnade Hermione en liten sirlig handskrift, här är mitt försök. Denna gång rör sången den stackars Narkissos. Du skall uppläsa den, Hermione; jag vågar det icke själv, ty då jag sist uppläste sången om Pyramus och Tisbe, hände ju, att Ismene, just då hennes ögon tårades över de olyckliga älskandes öde, slog till ett skratt, när jag med romersk brytning uttalade ett av era svåra helleniska ord.

- Ack, goda Julia, förlåt mig, men det ljöd så löjligt, sade Ismene och började ånyo ofrivilligt skratta vid blotta minnet av detta tillfälle. Motsatsen hade varit så lustig mellan skaldestyckets rörande innehåll och Julias själfulla föredrag samt det felaktigt uttalade ordet.

- Den egenkäre Narkissos! fortfor Ismene. Denna gång skall jag varken skratta eller gråta. Varken Ovidius eller du, Julia, skall med all er konst kunna avlocka mig tårar över en narr, som vart kär i sig själv.

- Säg icke så, sade Berenike, det var ju en förvillelse, varmed Eros straffade honom för hans hårdhet mot den stackars Eko. Men vem kan älska den, som man icke kan älska? Alla olyckliga förtjäna medlidande, antingen de själva vållat sitt öde eller icke. Ja, jag tror, att de förre äro olyckligare och fördenskull förtjänta av än större deltagande.

- Du har rätt, goda Berenike ... men gråta över Narkissos, se det gör jag aldrig, sade Ismene, fläktande med sin solfjäder.

- Måhända, sade Julia, ligger även i denna myt en djupare mening än den att endast framställa egenkärleken. Döm icke Narkissos alltför hastigt, Ismene!

- Kanske finner han i Hermione en vältalig sakförare, inföll Berenike. Jag är mycket nyfiken att höra din förklaring över denna myt, min Hermione. När du tolkar våra sagor, äro de mig icke allenast sköna, utan heliga.

- Ack, mina tolkningar äro endast försök, svarade Hermione, som framkallas av min övertygelse, att dessa sagor äro skrudar kring höga sanningar, på samma sätt som våra gudabilder försinnliga den osynlige guden och hans krafter. Dessa bilder äro icke endast trä och sten. Myten om Eros och Psyke är icke en vanlig kärlekshistoria. Det är mig omöjligt att läsa den eller andra utan att ana symboliskt uttryckta sanningar. De genomskimra dem, som pärlan skimrar från bottnen av en källa, som själen genomskimrar människogestalten.

- Men, sade Ismene, är det icke skalderna, som diktat dessa vackra saker för sig och andra?

- Detsamma säga kristianerna, anmärkte Julia.

- Kristianerna? utbrast Ismene, fläktande åter med sin solfjäder.

- De säga det, fortfor Julia, emedan de tro, att endast de äro hugnade med gudomlig uppenbarelse. Men min Ammianus, som studerat deras skrifter, berättar mig, att de själva icke tveka att tillgripa samma symboliska uppfattningssätt som vi, när de vilja bringa de gamla judiska sägner, som de tillägnat sig, i sammanhang med sin lära. De se symboler, som skulle hava avseende på dem, i hebréernas uttåg från Egypten, i en kopparorm, som hebréerna uppsatte på ett kors i öknen, i daggdroppar, som föllo på ett fårskinn, som en hebreisk krigare för något ändamål hade utbrett på marken, ja även i en sång, som en judisk konung skrev till en av sina hustrur. Men skillnaden är den, att kristianernas tolkningssätt är mycket godtyckligare än våra filosofers och Hermiones, och att de judiska sägnerna alls icke bära någon symbolisk prägel, såsom våra, utan vilja vara rena historiska berättelser.

- Men även kristianernas tolkningssätt kan vara giltigt, sade Hermione, ty jag föreställer mig, att de gudomliga sanningarna symbolisera sig i historiska händelser, likasom i skaldernas ingivelser. Du, Ismene, frågade nyss, om det ej är skalderna, som diktat våra myter för att roa sig och andra....

- Ja, jag gjorde det—och nu skall du förklara mig den saken, Hermione.

- Jag tror, att många av våra skalder haft ett högre syftemål än att roa: att de diktat i pytiskt skalderus, att myterna äro äldre än de, och att de endast givit dem klarare linjer, livligare färger. Men även när skalden skrivit endast för att roa, endast med avseende på skönheten, icke på sanningen, utesluter detta icke möjligheten, att sanningen, honom omedvetet, infinner sig och tager sin boning i de former han skapat, såsom livsgnistan infann sig i Pygmalions bildstod. Skalden förhåller sig då till sitt verk som en moder till det barn, hon givit livet. Modern är barnets upphov, men det är icke hon som bildat tankelagarne för dess själ; hon är omedveten om dess anlag, känner icke arten av den ande, som lever i den späde. Ja, jag tror, att det är omöjligt att bilda något skönt, utan att däruti ovillkorligt döljer sig som kärne något sant, varav det sköna är återskenet. Den sanne konstnärens hand föres ej av honom, utan av en högre makt, och vad som synes vara en nyck av hans fantasi, är en lag i den gudomliga naturen. Därom påmindes jag i går genom en berättelse av min faders vän, matematikern Diofantos....

- Diofantos? Den underlige, tankspridde gubben? inföll Ismene.

- Ja, han.

- Det lär vara en riktig trollkarl, sade Ismene. De säga, att han räknar ut, huru solen, månen och stjärnorna skola gå, och att icke ens den minsta lilla stjärna kan smyga sig till att gå på annat sätt, än den där flintskallige gubben föreskriver henne. Han lär vara en ordentlig tyrann mot stjärnorna.

- Vad sade Diofantos? frågade Julia och Berenike.

- Han omtalade, att han mätt kapitälvolutans snäcklinjer på templet vid Ilissos. Denna voluta är av sin konstnär tecknad på fri hand utan annat mönster än det hans inbillningskraft skapat. Nåväl, hon liknar ända till fullkomlighet den skönaste av alla havssnäckor, som man funnit vid kuster fjärran från våra. Samma svängning av kroklinjen, samma avstånd mellan svängarna. Diofantos, som använder sin räknekonst både på himmelens och havsdjupets under, berättade, att alla snäckhus äro bildade efter två olika matematiska lagar, av vilka den ena danar för människoögat vackrare linjer än den andra. Han förtalde om samma sak mycket annat, som ökar dess märkvärdighet, men som jag ej fullständigt uppfattade, emedan det var så matematiskt ... Men nu, fortfor Hermione, är det tid att komma till Julias översättning av Ovidius.

Medan Hermione på okonstlat och intagande sätt uppläste myten om Narkissos i Ovidius' skaldeverk »Förvandlingarna», hade den främling, som i avvaktan på Krysanteus' hemkomst tillbragt en stund i biblioteket, inträngt i fruntimmersgården och närmat sig de unga kvinnorna, lockad, som det tycktes, av de praktfulla blommor, som stodo i deras grannskap vid springbrunnen, ty han stannade framför dessa och syntes med välbehag njuta av deras doft och färger.

Inledningen till den myt, som Julia hade översatt och Hermione nu uppläste, omtalar, att Narkissos var son av flodguden Kefissos och den mörklockiga nymfen Leriope, och att spåmannen Teiresias, tillfrågad om hans framtid, hade förutsagt, att han skulle uppnå hög ålder endast i det fall, att han aldrig lärde känna sig själv. Narkissos växte upp till en så vacker yngling, att alla, som sågo honom, förälskade sig i hans skönhet, men själv hade han endast sinne för jaktens nöjen och kringsvärmade dagligen i de aoniska skogarne på spår efter grenhornade hjortar. Bland andra, som brunno för den likgiltige jägaren, var nymfen Eko. Lönligen smög hon efter honom, varhelst han gick bland klippor och i skogar, och alltmer uppflammade hennes låga, likasom facklans svavel

Fattar med oemotståndligt begär den närmade elden;

men tyvärr, hon förmådde icke ens meddela honom vad hon kände, ty av en förtörnad gudamakt var hon drabbad med det straff, att hon endast kunde eftersäga de sista orden av vad andra talat. Förgäves grep hon de tillfällen, då även denna ringa förmåga kunnat lända henne till godo. Ropade Narkissos till sin jaktvän: kom! upprepade hon med smäktande röst samma kom!—men till honom. Som nämnt, det var förgäves. Mött med förakt, smög hon till de grottuppfyllda bergen, höljde sig med trädens löv och tvinade, tärd av sin kärlek, bort, så att endast rösten återstod av hennes väsen. Sedan dess är hon icke synlig mer, men hörd av alla. Hämnden väntade Narkissos. Han var endast sexton år, när den händelse timade, som sannade Teiresias' spådom. Hörom Ovidius!

Silverklar och skinande ren där flödar en källa. Aldrig av herdar hon än var grumlad, aldrig av getters fjällgräsmättade flock eller andra hjordar, och aldrig rörd av en fågel, ettskogens djur eller fallande grenar. Närmast hon kransas av gräs, som näres av smekande bölja, hägnas av trän, som ej lida en glimt av ljummande solglöd. Matt av hetta och törst kom gossen att vila på stället, lockad av ängdens och källans behag och tröttad av jakten. Men då han söker en svalkande dryck, han finner en annan brännande törst, förförd av sin bild i speglande källa, kär i ett livlöst hopp, förväxlande väsen och skugga. Tjust han beundrar sig själv: förstenad i blick och i hållning vilar han där och liknar en bild av pariske marmorn skådar ett stjärnepar—sina egna strålande ögon, skådar ett hår, dionysiskt rikt och värdigt Apollon, fjunfri kind och retande mun och skinande axlar, lemmar med glans av snö, som genomskimras av purpur. Narkissos var förtrollad av sin egen spegelbild. Hungerns, sömnens krav förmådde icke lösslita honom från denna syn. Han klagar för skogarne:

Skogar, o sägen mig, vem har drahbbats av grymmare kärlek? Vem? I veten I, som givit så många en fristad. I, som levat i seklernas lopp, o kunnen I minnas, fingen I vittna förr en sådan tärande längtan? O, jag ser och är tjust— vad jag ser, vad tjuser mitt öga, finner jag aldrig ändå: så hårt är älskaren dårad. Och, för att öka min glöd, ej havets vidder ha skilt oss icke stigar och fjäll, ej murar med bommade portar, endast det tunnaste bryn! Själv trängtar gossen till famntag, ty så ofta jag räckt mot böljan kyssande läppar, lika ofta jag sett hur hans läppar tråna till mina. ————— När jag dig öppnar min famn, din räcker du villigt till mötes: ler jag, ler du som jag, och jag märkte nog även, att tårar skymde din blick, då jag grät, och att vinkar du gäldat med vinkar. Och så vitt jag förstått av de älskliga läpparnes dragning, viskar du svarande ord, som aldrig hinna mitt öra. O, jag vet: jag är han! Min bild ej gäckar mig längre. Tänd av begär till mig själv jag på en gång brinner och bränner. Vad, är det jag som skall be eller bes och varom skall jag bedja? Det jag vill äga är mitt; mina skatter göra mig nödställd. Smärtan tärer min kraft. Jag känner, ej äro av livet många stunder igen, i ålderns morgon jag slocknar; likväl är döden ej tung, ty kvalen stillas av döden. O, att du älskade dock finge dröja längre i världen! Nu i en enda själ vi dö förenade båda.

De tårar, den olycklige gjuter, grumla vattnet, och bilden synes med tynande drag. Då

Under sin vånda han lossar sin dräkt och låter den falla, slår sitt blottade bröst med händer vita som marmor. Rodnande matt hans skakade barm då höjer sin livfärg, liknande trädets frukt, som delvis rodnar och delvis skiftar i glänsande vitt, eller liknande druvan, som bidar mognadens tid och stänkes alltmer av skimrande purpur. När han nu detta ser i den åter klarnade vågen, längre han härdar ej ut; lik rimfrost, mötande solens värmande sken, eller lik det gula vaxet, som sakta smälter vid lindrig eld, så tynar han bort i sin kärlek.

Eko, den föraktade, sörjer honom dock. Hon upprepar sorgset det farväl, han säger till bilden i källan, innan Trött han lutar sitt huvud ned i det saftiga gräset, lycker de ögon till, som tjusats av ägarens fägring. Ännu sedan sitt rum han fått i skuggornas boning, speglar han sig i den stygiska våg. Najader, hans systrar, sörja och klaga hans död och offra hans skördade lockar. Nymfers, dryaders klagande rop gentagas av Eko. Bål de nu reda och komma med hår och skakade facklor; då var svunnet hans lik—de finna en blomma i stället, guldgul blomma med vita blad mitt inne i kalken.

Ättlingarne av denna blomma kallas än i dag efter den yngling, vars död gav henne tillvaro, narcisser.

Efter några ögonblicks tystnad sade Julia:

- Nåväl, Ismene, nu är ordningen först hos dig att yppa de tankar, som dikten väckt i din själ.

- Mina tankar? genmälde Ismene, skakande sina lockar med djupsinnigt utseende. Jo, vet du, jag har välvt många, rätt aktningsvärda tankar om just den stackars Narkissos. Först och främst ångrar jag, att jag kallat honom narr, ty en narr dör ej av kärlek—icke ens till sig själv. För det andra beklagar jag Ekos sorgliga öde. Hon gentog klagoropen kring den döde, som förskjutit henne; hon gentog dem helt visst med smärtsammare ton än hon förnummit dem. Hon kände intet agg, ingen bitterhet, endast kärlek, kärlek in i sista stunden, den goda, olyckliga Eko. Men för det tredje bör detta lära en flicka att icke slösa sina känslor på ett kallt och likgiltigt föremål, utan spara dem åt ett tacksammare, som känner sin skyldighet att med suckar och slavtjänst söka vinna dem … Eko, är det icke sant? ropade Ismene bort emot aulan.

- Sant! upprepade genljudet från aulans pelargång. Ismene klappade händerna av förtjusning och fortfor:

- För det fjärde uppstod hela olyckan därav, att Narkissos levde i en tid, som icke ägde andra speglar än källornas. Hade Narkissos, liksom jag, speglat sig dagligen alltifrån barnskorna, så hade han nog vant sig vid en småningom tilltagande hygglighet och älskvärdhet ... Jag kan icke neka, att jag tycker mycket om att spegla mig, tillade Ismene och intog ett bekvämt läge i divanen med båda armarne över huvudet och blicken på springbrunnens spelande strålar.

- Ismene, sade Berenike, har ej haft mindre än fyra tankar väckta av Julias verser....

- Ja, inföll Ismene, var icke det mycket det?

- Ovanligt mycket, svarade Berenike skrattande; i främsta rummet är jag skyldig medgiva det, jag som icke haft en enda tillräckligt klar, att jag skulle kunna uttala honom. Ack, jag måste vara mycket tanklös och inskränkt, ty när jag hör en berättelse, som denna, så lever jag på hennes yta, fäster mig så vid gestalterna, deras gärningar och lidanden, lever så i färgspelet, rörelserna, formerna, att jag ej kan skåda andemeningen, ehuru jag känner, att en sådan finnes, att det är hon, som inifrån gjuter liv i företeelserna, sprider rodnad eller blekhet på deras kinder, skapar omkring dem naturen, vari de uppträda, och leder dem med nödvändighet efter sina lagar. Men vad jag ej kan, det förmår du, min Hermione. Dina förklaringar över våra myter hava varit mig ljuvliga drycker, älskade vän, i vilka jag insupit djupare vördnad för våra fäders lära.

Hermione svarade:

- Mina utläggningar äro kanske ofta villfarande; det är endast aningen om det högre och andligas närvaro i de sinnliga formerna, på vilken jag icke själv tvivlar. Och om jag någon gång

träffar en sanning, är hon lik den närmast under skalet liggande hylsan, varifrån det ännu är långt till kärnen. O, I skullen höra min faders föreläsningar i Akademia, fortfor Hermione med glänsande ögon och lyft panna. Honom skullen I höra! Vad är kvinnan i tankens värld emot mannen? Det kan vara henne möjligt att med en bråd aning finna en sanning, till vilken han kan hinna endast med svåra mödor, djupa tankeslut; men genom dessa mödor, endast genom dem, är det vunna en egendom åt vetandet, en bevisad sanning, i stället för ett sant hugskott. Mina tankar äro hugskott, ingenting annat. Jag är rik på hugskott, och dina verser, min Julia, hava framkallat ett nytt.

Narkissos, så tyder jag denna myt, är människoanden. En flodgud var Narkissos' fader, och en källnymf hans moder. Floden och källan tillhöra jorden, men spegla himmelen. Så är människoanden född och ammad i naturens sköte, men tillika ett återsken av det gudomliga. Spåmannen Teiresias förutsade Narkissos en lång och lugn levnad endast i det fall, att han icke lärde känna sig själv. Så förkunnade även Gud, enligt en av hebréernas heliga sägner, det nyskapade människosläktet, att det skulle förlora sitt elysium, om det smakade kunskapens frukt och lärde skillnaden mellan gott och ont. Människoanden, så antyda myterna, så lära filosoferna, levde i början naturdriftens oskyldiga liv; människan var fullkomlig som planta och djur, lycklig som de, omgiven som de av naturens modersvård, som i en oupphörlig krets ledde henne till nöjet, när hon kände längtan därefter, till vilan, när hon njutit, till behovet, när hon vilat ut. Myten syftar härpå, när hon säger, att Narkissos växte upp skön och älskad av alla naturgudomligheter. Detta var ett tillstånd av lycksalighet. Men människan var danad till en annan än den. Hon bar inom sig en kraft, som en gång skulle göra henne myndig och förflytta henne ur oskuldens naturliv, den lägre fullkomlighetens fridfulla elysium, ur okunnighetens och träldomens lugn, till ett högre tillstånd, fullt av ofullkomlighet, mödor och sorger, på det att under strid med sig och världen hon skulle, såsom fri och förnuftig varelse, bana sig väg tillbaka till det oskuldens tillstånd, vilket hon lämnade som ett ofritt naturting, ett högt begåvat djur. Hon är kallad att lyda sedelagen, såsom hon förut lydde driften. Hon är förjagad ur natur-oskuldens elysium, för att över törniga ängder med blödande fötter nå himmelen, den sedliga oskuldens elysium. Myten syftar på denna i människan groende, oroliga frihetskraft, när det heter, att Narkissos, sedan han växt upp, vart en jägare och strövade i skogarne, kall för naturgudomligheterna, som älskade honom. Framför dem alla nämner myten nymfen Eko, emedan naturen i förhållande till människoanden är osjälvständig; hon liksom upprepar våra sista ord, emedan hon färgas av vårt eget lynnes art: synes oss ljus, när vi själva äro lyckliga, mulen, när vårt eget sinne är skumt, förskräcklig i sin åska, sina stormar, sina dystra nejder, när vi rädas dem, sublim i samma företeelser, när vi beundra dem, oregelbunden och hemlighetsfull, när vi icke lära oss förstå henne, regelbunden och upplysande, när vi upplysa oss om hennes lagar. Narkissos törstande, det är människoandens trängtan efter kunskap och ljus. Narkissos nedlutad över källan, det är människan, i vars själ idéernas värld uppenbaras. Källan, som ingen herde, inga hjordar, inga fallande grenar grumla, är visheten. Spegelbilden är idealet i sin gudomliga, ovanskliga skönhet, uppenbarat för den dödliges blick. Det bär hans egna drag, emedan det gudomliga icke kan försinnligas annorlunda än som mänskligt ... emedan det gudomliga är inneboende i det mänskliga, är just den inre människan, som genom kamp och strider skall utvecklas. Anden ser sig själv, skådar sig och gripes av oändlig smärta och oändlig glädje, ty han upptäcker huru högt hans mål är, huru fullkomlig han kunde och borde vara. Idealet är honom så nära, men ändå ofattligt; han möter verklighetens kalla bölja, när han vill kyssa och famna det. Han finner det icke, förrän den himmelska trånaden förtärt allt jordiskt i hans väsen. Då äger han det—hos Gud. Han är borta—hos honom—och dryaderna, som samla sig att klaga kring den döde, finna icke honom, utan en blomma, symbolen av hans återvunna oskuld.

Hermiones röst var böjlig och välklingande; intrycket förhöjdes genom den sällsynta, ljuvliga harmonien av lugn och värme. Tankarnes anstormande mängd, fantasiens ökade kraft, hjärtats livligare slag hade icke påskyndat ordens gång; de utvecklades som en gyllene kedja, länk vid länk, inför de lyssnande vännerna. Hon var hänförande i denna stund, filosofens dotter; allvaret vilade på hennes panna, själens hänförelse tände en högre, andligare glans i de tankfulla ögonen och göt en purpur, lik aftonrodnadens återsken på ett isfält, över de rundade, men bleka kinderna; hennes mun smålog, hennes åtbörder voro lugna som hennes ord, den ädlaste blygsamhet förmälde sig med den omedvetna höghet och värdigheten i hennes härligt formade växt, varav den antika dräkt hon bar var ett kyskt, förklingande eko.

När hon slutat var det tyst över gården. Alkmene hade avlägsnat sig, fåglarne hade upphört att sjunga, endast springbrunnen sorlade som vanligt. Men tystnaden bröts av en okänd röst. Främlingen i den grova filosofmanteln stod framför de unga kvinnorna.

TIONDE KAPITLET.

Filosofens hem. (Forts.)

De sågo hans åldriga, fårade anlete och hörde honom säga:
- Förlåten min djärvhet, I unga kvinnor och du, Hermione, filosofens dotter, som jag igenkänt på dina ord. Jag är en främling, som nyss i aulan väntade på din fader, men frestades så mycket av springbrunnens svalka och de sköna blommorna, att jag vågade intränga hit ... Min djärvhet ökades, då jag såg, att även här är han nu borta, den avundsjuka porten, som för ej så längesedan överallt skilde kvinnornas gård från männens. Förhållandet mellan de starke och de täcka artar sig friare, hjärtligare, jämlikare, såvitt jag får döma av mina egna rön ... och uppmuntrad härav vågar jag det ännu djärvare steget att upplysa er, att jag lyssnat och gärna vill inblanda mig i ert samtal.
- Du förekommer då vår önskan. Atens kvinnor vörda ännu filosofmanteln. Sitt ner i vår krets.
- Gubbar äro pratsjuka. Haven undseende med dem! Det följer med åldern, fortfor den okände skämtande. Men nu, utan långa inledningar, till saken. Jag vill tala om Narkissos, även jag. Hermiones tolkning av myten om honom har överraskat mig. Jag har läst den myten hundra gånger, utan att ana en sådan mening. Men samma tolkning har nu ingivit mig själv en annan närliggande, som, ärligt sagt, överraskar mig än mera. Svara mig, Hermione, var ej flodguden Kefissos den stackars ynglingens fader?
- Jo.
- Floden, som rinner ur hans urna ... jag menar Kefissos själv ... var flyter han?
- Här vid Aten....
- Min far har just ett lanthus vid Kefissos, inföll Ismene. Du är välkommen dit ut, min filosof.
- Jag tackar dig. Men till saken. Du medgiver således, Hermione, att Narkissos på sätt och vis kan kallas atenare?
- Jag medgiver det gärna.
- När myten med sådan tydlighet angiver hans födelseort, ligger däri måhända en vink, att vi ej böra se i honom en symbol för någonting alltför vidsträckt och allmänt. Att giva honom en inskränktare betydelse kan åtminstone vara skäl att försöka. Du, Hermione, gjorde honom till människan i allmänhet, till märkesmannen för vårt släkte; jag åter gjorde honom helt enkelt till atenare. Det förra var kanske för mycket; det senare är bestämt för litet. Låt oss gå en medelväg och göra honom till hellen! Vi ha rätt därtill, ty Aten har alltid varit Hellas' hjärta.
- Antaget! sade Hermione. Narkissos föreställer hellenen!
- Gott. Hellenen är, liksom Narkissos, naturens älsklingsbarn ...

- Han har åtminstone fordom varit det …
- Lika mycket! Fortsättom nu, då vi äro fullkomligt ense! Narkissos är den hellenska anden, den hellenska åskådningen av livet och världen. Eko är, som du själv tydde det, naturen. Eko har råkat i ogunst hos en gudamakt och saknar nu den fullständiga talförmågan. Detta betyder, att naturen är en fallen, en fördärvad natur, avhänd sin ursprungliga elyseiska skönhet … ty skönhet är naturens tunga, varmed hon talar till människoögat. Ekos älskling låter henne icke pålägga sig några fjättrar; han är hård emot henne, bryr sig ej om hennes suckar, tårar och vrede. Så höjde sig även den hellenska anden med segerkraft ur den träldom, vari naturen höll de andra folken fångna: dessa fenicier, som offrade sina barn åt vreda naturmakter, dessa egyptier, som dyrkade krokodiler, kattor, oxar och hundar, dessa perser, som ännu knäböja för elden. Har du ännu något att anmärka mot min tolkning? Hermione, du eller någon av dina vänner?
- Fortsätt, bad Hermione. Vi skola sedan framställa våra anmärkningar.
- Nåväl. Narkissos var sexton år, när han trånade bort vid källan. Säger icke myten så, du unga skaldinna? frågade gubben Ammianus Marcellinus' maka.
Julia jakade till frågan.
- Antagom, att dessa sexton år betyda sexton århundraden, och låt se, huru detta stämmer … Javäl, det passar förvånande väl, ty så lång är den tid, som förflutit från trojanska kriget intill nu. Trojanska krigets tidevarv kan med skäl kallas det, i vilket Hellas föddes, hellenerna samlade sig till ett folk, och den hellenska anden antog sin egendomliga prägel. Icke så?
- Dina sammanställningar äro skarpsinniga, sade Hermione och betraktade den gamle med ökad uppmärksamhet.
- Den blinde och dock så fjärrskådande Teiresias, fortfor den filosofmantlade främlingen, hade förutsagt, att Narkissos skulle varda olycklig och dö, om han lärde känna sig själv. Huru tillämpa detta på vår Narkissos? Påminnen I er, unga kvinnor, vad som stod och kanske ännu står att läsa över ingången till den delfiske Apollons tempel? Där stod: KÄNN DIG SJÄLV!
- Den inskriften finnes där ännu, upplyste Hermione …
- Och den inskriften, inföll gubben, var således Hellas' dödsdom.
- Slutsatsen är från din utgångspunkt riktig, sade Hermione, och en lätt rysning genomilade henne.
Julia, Berenike, själva Ismene undgingo icke intrycket av den okändes sist anförda ord. De ögnade honom med förvåning, och Berenike sade tvekande:
- Jag ber dig förklara ditt påstående, ty jag fattar det icke.
- Efter förmåga vill jag villfara din önskan.
Hellenerna voro i sin blomstringstid ett folk av glada, lyckliga och älskliga barn, som, utan att oroas av något tvivel, överlämnade sig åt ett föreställningssätt, som gav liv och personlighet åt varje livlöst ting i naturen. För dem voro bergen stelnade titaner, havsvågorna blåslöjade mör, de mörka skogarne hemvist för Pan och flöjtblåsande satyrer, varje källa hade sin najad, varje träd sin dryad, varje grotta var nymfernas boning; blomman på marken, fågeln i lunden, stjärnan på himmelen hade sin saga, som de viskande förtalde, och deras öden voro ju mänskliga öden, i vilka hjärtat måste deltaga. Men medan

de lyckliga, glada barnen—barnen, som segrade vid Maraton och Salamis—lekte i sin sköna värld och trodde henne evig, hade en okänd hand längesedan skrivit domen över henne i de delfiska orden: Känn dig själv! liksom redan på det nyfödda barnets änne står i osynlig skrift den lagen: du skall dö! Den glada leken hade fortfarit länge, då det på Atens gator hördes en röst, som upprepade detta: Känn dig själv! Det delfiska budet hade tagit mandom och kallades Sokrates. Filosofien—icke denna lekande barnfilosofi, som undrade, om världen uppstått genom eld eller fuktighet—utan en helt manlig och allvarsam filosofi ropade till de lyssnande barnen:»Låt ej gäcka dig av dina föreställningar! Lär känna dig själv! Undersök din tankes lagar! Du själv är världens mått. Allena det, som överensstämmer med dem, allena det, som är förnuftigt, är verkligt!»—Vart togo de nu vägen, najaderna, som hällt sin urna över dalen, dryaderna, som blomsterstrött honom? De flydde, och blommorna och stjärnorna tystnade, bergen voro berg, vågorna ett oroligt vatten, ingenting annat. Än mer: det man vördade som rätt vart befunnet orätt, plägsedens heliga band vart en dumhet, en förrostad olidlig boja, den yttre lagens diamantskrift utplånad, ty den enskilde hade funnit lagen i sig, och själva Olympen instörtade, begravande under sina spillror onyttiga gudar—onyttiga, ty förnuftet hade funnit dem löjliga, oheliga, overkliga. Allt var försvunnet, utom människan själv och filosofiens källa, vari hon speglade sig. Som Narkissos vilade hellenen vid denna källa, åskådande sin mänsklighet, men lycklig? Nej! Olycklig, trånande, förtvivlad! Han vilar där ännu, slående sitt bröst, famnande den kalla böljan, blickande nedåt, nedåt, ständigt nedåt, medan omkring honom har uppblomstrat en annan skapelse, över honom öppnats en annan, evig, strålande Olymp, och han hör ej rösten från himmelen, som manar honom: Blicka uppåt, uppåt! Från skenbilden till den verklige! Du älskar den sköna, fullkomliga människan. Väl, här är Jag—Jag Själv, icke min bild! Du mejslade aningsfullt dina gudar till likhet med människan. Jag har gjort mer: Jag, den Evige, har nedstigit till jorden i en människas skepelse. Vad du anat och önskat är ju uppfyllt. Kom till mitt bröst! Jag är sann Gud och sann människa. Jag är Världens Skapare, den Urgamle, Outgrundlige, och se —Jag är även din broder, din älskade broder. Jag har burit ett dödligt, lidande hjärta, som mätt med klappning tidens slag, i min eviga barm —och detta för att göra dig förtrolig med din Gud, hemvand i hans famn, som barnet i sin faders. Kom, min älskling och förstfödde! Räds ej! Dina skulder äro avtvagna med mitt blod. Jag är icke ett rysligt Öde. Jag är din fader, broder och förlossare!

Den okände filosofen hade under dessa ord, uttalade med eldig hänförelse, stigit upp, hans gestalt, annars böjd av åren, hade rätat sig och hans röst ljöd, honom omedvetet, stark och väldig, som om han predikat för tusenden.

- Men nej, fortfor han i sorgsen ton, Narkissos är döv för den himmelska rösten, han är förtrollad av en ljugande bild, han är fängslad av en lögn. Ve den förhärdade, som icke lyssnar till en bedjande Gud! Snart är hans sista stund kommen, och hans dom förkunnad. Myten säger, att han, nedförd i de underjordiskas boning, ännu speglar sig i den stygiska vågen. Myten säger sant. Hans straff varder evigt. Evig trånad, evig smärta. Ve, ve den olycklige! …

Den okände hade knappt uttalat denna förskräckliga varning, förrän han svepte manteln omkring sig, lämnade de häpna kvinnorna och gick bort genom aulan. I det ögonblick han skred genom ingången, som förenade aulan med fruntimmersgården, inträdde två i lysande dräkter klädda män, som närmade sig gruppen vid springbrunnen, sällade sig till den och gåvo det förstummade samtalet en ny riktning.

Den ene av dessa besökande var Julias make, gardestribunen Ammianus Marcellinus, den andre prokonsuln över Akaja, Annæus Domitius.

Vid skymningen hade den krets, som var samlad kring Hermione, upplöst sig och lämnat henne. Hermione var ensam i sin lilla kammare. Hon väntade sin faders hemkomst. Emellertid förflöt timme efter timme. Himmelens stjärnor blickade, medan de skredo förbi, mellan altandörrens gardiner in till den i vemodigt drömmande försjunkna flickan. Det finns en känslostämning, som icke lämnar rum åt klara tankar, men vari själen känner sig själv mer hel och hållen, emedan denna stämning är förorsakad av hennes samlade intryck. Hermione var länge försänkt i en sådan. Människosjälen är en aldrig vilande konstnär: stunder som denna äro hennes musik; när hon alstrar klara bilder, för hon mejseln eller penseln. Ur Hermiones obestämda drömmar uppsteg slutligen minnet av en händelse, som av allt vad hon på senare tiden rönt hade kvarlämnat det djupaste intrycket, nämligen vistelsen i det delfiska templet under den stormiga natten. Den uppbrutna dörren till sanktuariet och de på golvet spridda papperen hade vittnat, att de uppenbarelser hon haft denna natt icke alla voro av profetisk art eller foster av inbillningskraften. Hermione skådade upp till stjärnorna och enade tanken på deras klarhet och oföränderlighet, på himmelens lugna höghet, med tanken på det skiftande, oroliga, gåtfulla skugglivet i jordens dalar. Hon tänkte vidare på de skimrande, men hemlighetsfulla tavlor, som extasen hade upprullat för hennes inre öga. Filippos, det var hans bild, hans andra jag, som hon skådat gungande på älven, som var tidens älv, som förde honom med rastlös fart, med nödvändighetens oemotståndliga strömdrag till evighetens fjärran. Sådan hon såg honom då, hade hon sett honom i sina drömmar; sådan såg hon honom i sin moders anletsdrag, som, räddade av penseln, förskönade det rum, där Hermione nu överlämnade sig åt sina tankar. Filippos hade ilat före sin fader och syster att finna sin moder—det var den tydning Krysanteus funnit för denna tavlas symbolik.

Svaret på den andra fråga, som Krysanteus förelagt oraklet, eller rättare sin dotter, detta svar dolde sig under vecken av en på marken liggande purpurmantel. Om ej denna syn avbrutits genom den besynnerliga uppenbarelse ur verklighetens värld, för vilken tempeldörren inslogs, så hade måhända en vindstöt, svepande över den solbrända öknen, bortfört manteln och visat dragen av den slagne, som vilade under honom, eller hade Hermione själv med darrande hand lyft en flik för att se Konstantius' för henne obekanta anlete, eller värsta fall de välkända, älskade dragen av Julianus. Nu var denna uppenbarelse föga mindre gåtfull än framtiden, som skulle belysas. Men den heta sandöknen, de i fjärran bortsprängande ryttarne med sina höga mössor och över skuldran hängande bågar? Dessa ryttare, hade Krysanteus sagt, liknade inga andra än Persiens krigare. Öknen skulle kanske återfinnas i det härjade gränslandet mellan Roms och Xerxes' nyuppståndna rike. Konstantius var just stadd på härfärd mot perserna, när underrättelsen om Julianus' uppror kallade honom tillbaka till hans trons räddning. Skulle då ej denna syn, som tydde på död och nederlag, snarast vara en tillämpning på Konstantius? Krysanteus och Hermione trodde det, emedan de ville hoppas det.

Om betydelsen av de syner, som hon uppbesvurit ur djupet av sin själs omedvetenhet, hade han och hon samtalat, medan de vandrade tempelvägen tillbaka, och sedan ofta. Krysanteus hade med allvar och spänning lyssnat till Hermiones redogörelse för dem. Det var icke vidskeplighet, utan följdriktighet i hans sätt att tänka, som verkade detta. Det må synas underligt för oss, söner av fäder, som givit luftpumpen, elektriska apparaten, kemiska ugnen och romboidiska nätet rum bland himmelens stjärnbilder. Vi frukta vidskepelsen till den grad, att vi uppfyllas av fördom emot allt, som ligger utanför de dagliga rönens gräns, och vi skulle kalla den klaraste filosofi mystik, om hon med allvar ledde oss in i det översinnligas värld och stängde porten efter sig. I allmänhet nöja vi oss med några maximer, tjänliga, det är sant, att frälsa oss från ett återfall i andens mörker, men odugliga att föra oss fram på ljusets väg. Vi anse oss hava gjort nog för vår självständighet, när vi icke sälja vår själ åt den tro, som räckes oss i barndomen. Men det är pendelns självständighet, som svänger mellan två ytterligheter, mellan Voltaire och Cagliostro. Vi äro långt ifrån att likna dessa hellenska filosofer, vilka övade sitt tänkande, som atleten sina lemmar, tryggade sig till förnuftet, som han till sina muskler, och med fast fot, med kraftsvällande armar och cestusomlindade händer stodo färdiga att segra eller falla för människoandens självständighet och förnuftets rätt. Funno de i denna självständighet ingen tillfredsställelse för sin religiösa känsla, räcktes dem då av en medlidsam hand en fångrustning, för att tjäna som harnesk, de tillbakastötte henne, föredrogo att hopplöst strida med fria lemmar och föllo som hjältar. Funno de däremot en sådan tillfredsställelse inom sig själva, hade deras tankar givit dem nyckeln till himmelen, så gingo de därin med barnets genius, fröjdade sig åt härligheterna i den ljusa salen, talade med andarne andarnes språk och frågade ej efter, om världen därutanför begrepe dem eller icke eller toge deras umgänge med de osynlige som en gäckande lek med tomma skuggor.

I de syner, Hermione haft i det delfiska templet, hade bilden av Karmides inblandat sig. Hermione undrade ej häröver, ty hon tänkte ofta mot sin vilja på denne yngling. Kärlek till honom eller rättare till den Karmides, som icke mer fanns, den ofördärvade, till dygd och visdom strävande, låg ännu i hennes hjärta. Kväva den hade hon hitintills icke kunnat; i vissa stunder ville hon det ej. Ättling av en förmögen, med Krysanteus närskyld familj, hade Karmides redan i sin barndom förlorat sina föräldrar och därefter upptagits i Krysanteus' hus. Hermione och han hade uppväxt tillsammans. Krysanteus, som förlorat sin ende son, hälsade i sin späde frände en ny, överflyttade på honom en faders hela ömhet och fäste de största förhoppningar vid ett barn, som naturen så rikt begåvat med skönhet och livligt förstånd. Det var för dessa hellener en ofattlig motsägelse, om icke ett skönt yttre skulle hölja rika själsanlag, som det endast vore konsten att utveckla. De ville icke skilja emellan skönhet och sanning, ville icke veta av någon klyfta mellan natur och ande. Platon, deras främste tänkare, var en idealt skön man; Sofokles, deras störste tragöd, likaledes. Deras filosofer omgåvo sig helst med sköna ynglingar och bedrogo sig sällan i valet. Sokrates, ehuru själv ytterligt ful, hyllade samma åsikt och medgav med hänvisning på sin satyrnäsa, att naturen hade nedlagt frön till många laster i hans själ. Men han tillade, att filosofien hade förbättrat honom. Hellenerna medgåvo anden härskarerätten över naturen; de sågo, att den sköne kunde förfulas genom lasten, att den fule kunde förskönas genom dygden. För Sokrates' lärjungar, som älskade honom till svärmeri, försvann hans satyrnäsa, när han talade om dygden, och de slutade med att finna honom skön, emedan någonting gudomligt så ofta genomskimrade hans anletsdrag.

Hermione var en hellenisk kvinna, och varje föremål, som omgivit henne från barndomen, själva den luft, hon andades, hade utvecklat hennes medfödda kärlek till det sköna i alla dess uppenbarelser. Förgäves predikade ej blott kristianerna, utan även mången hellenisk vishetslärare de dagarne om naturens fördärv och sinnlighetens dödande; hon lyssnade väl till dessa läror, och idéernas värld, som Krysanteus öppnat för sin dotters ögon, var även för henne den enda fullkomliga och eftersträvansvärda; men att fatta denna andra som syndig och föraktlig förmådde hon icke. Hon älskade himmelens stjärnor och skyar, jordens berg, källor och skogar, blommor och fåglar; hon förtjustes av konstens skapelser, och varje klart barnaöga var henne en klar vederläggning av den sats, att människosjälen vore ett vredens barn och från förstone platt fördärvad. Ett ytterligare bevis kravde hon icke, men ägde många sådana i de vise, hvilkas levnad varit en fortgående förkovring i dygden, i de kärleksfulle, som lidit för att göra andra lyckliga, i de hjältar, som offrat sig för det sköna och sanna. I allt detta såg hon det gudomliga uppenbarat i det synliga. Hon såg det gudomliga i varje ädelt bildad form, hörde det i varje välljudande röst. Spegeln hade lärt henne, att hon själv hade ett intagande yttre. Varför dölja detta för sig själv eller andra? Hon kunde det icke, även om hon velat det. Hon var glad och tacksam för denna Guds och naturens gåva och fann i dess ägo en vink att varda den värdig genom sin själs förädling.

Att missvårda denna skönhet, avklippa sina rika lockar eller hölja sin gestalt i en vanprydande dräkt, som mången kristiansk svärmerska gjorde, skulle för henne varit en hädelse. Och från den stund—den oförgätliga—då kärleken vart medveten i hennes barm, då de båda fostersyskonen och lekkamraterna utan rodnad, utan förlägenhet, i lydnad för sina oskyldiga hjärtans maning, yppade sin blyga låga och skänkte varandra den lugna, obeskrivliga salighet, som ligger i den första kärlekens ömsesidighet—från denna stund betraktade sig Hermione icke längre som ensam ägare av sin fägring; den var en skatt, som hon förvarade åt dess rätte herre, den ädle och dygdige yngling, åt vilken hon skänkt sitt hjärta.

I de första dagarne, det första året av denna kärleks tillvaro, huru ofta uttalade de icke för varandra sin glädje över skönhetens gåva, som de ömsesidigt funno hos varandra! Om själarnas samklang, om den ömsesidiga högaktningen —detta kalla ord, denna styva högtidsmantel, vari mannen nalkas kvinnan och kvinnan mannen, för att komplimentera och taga varandra i ägo—om sådant talade de aldrig; sympatien, aktningen fanns hos båda, men de tarvade dem ej till täckelse kring sin ögonlust, sin skönhetskänsla, ty i dessa funno de ingenting att blygas för. Och hur skulle Hermione hava kommit på en sådan tanke, hon, som icke kunde höra ett välklingande ord, utan att se det lekamliggjort i sköna former, hon, för vilken till och med den torra logikens slutledningar förvandlade sig till vingade piltar, lekande med blomsterkedjor, och som aldrig hörde ordet Idé, utan att tänka sig en himmelsk, strålande ungmö!

Karmides hade varit henne dubbelt dyrbar genom hennes kärlek och de förhoppningar, som hennes fader fäst vid honom. Liksom hon vårdade sina blommor, ansade dem, flyttade dem från solskenet till skuggan, från skuggan till solskenet, så hade Krysanteus bemödat sig att undanrödja alla hinder för utvecklingen av en natur, som i sitt frö redan lovade mycket. Han hade övat sin skyddslings tankekraft och lemmar, hade sökt elda honom genom höga föredömen, hade velat stålsätta hans själ mot kommande lidanden, liksom emot kommande lockelser, men göra henne mjuk och känslig för alla goda intryck, öppen som ett språkrör för den gudomliga rösten i det inre—han hade med Karmides förknippat tanken på den platonska lärans framtid, i honom hoppats en efterträdare på Akademias lärostol, en ny kämpe, sedan han själv gått bort, för skönhetens religion och förnuftets frihet.

Karmides hade i början motsvarat hoppet. När hans myndighetsår var inne, trolovade han Hermione och företog därefter med Krysanteus' bifall en resa genom Syrien, Egypten och Italien. När han återkommit till Aten, syntes han till lynne och böjelse alldeles förändrad. Han fann sig icke väl i Krysanteus' grannskap. Mot Hermione var han ombytlig och underlig; än visade han sig dyster och hemlighetsfull; än utbrast han i kärleksbetygelser, som förskräckte henne, emedan de buro prägeln av vildhet och onaturlighet; än, och detta oftast, mötte han henne med ett slags galanteri, som måhända skulle ha förefallit Neapels skönheter behagligt, men som förödmjukade Hermione. Det beställsamma ryktet frambar till hennes öra det ena äventyret efter det andra, vari Karmides spelat hjälten. I början trodde hon dem icke; men han själv gjorde allt för att taga henne ur den villfarelse, varmed hon ännu sökte fasthålla sin dröm om ren kärlek och jordisk lycka, sin tro på Karmides' ädla natur och höga kallelse. Krysanteus använde förgäves sin människokännedom och en av ömhet ingiven vältalighet för att återföra fostersonen, den förre lärjungen, till den väg han lämnat. Förhållandet mellan dem vart allt kyligare. Hermione såg sin faders smärta och kände sin egen djupare. Kristianerna pekade på Karmides som ett prov på en hednisk filosofs förmåga att uppfostra människor. Han omgav sig med de mest utsvävande ynglingar i Aten, var föremål för sina liktänkande vänners och de atenska hetärernas beundran eller beräkningar, men alla andras förakt. Den sista gången han visade sig i Krysanteus' hus, var denne frånvarande. Han fann Hermione ensam. Hon förebrådde honom under tårar all den smärta, han förorsakade henne och hennes fader. Han svarade med skämt och lämnade henne. Kort därefter inlät sig Karmides i ett nytt äventyr, som omtalades mer än hans föregående, emedan den andra medspelande var den sköna Eusebia, Annæus Domitius' maka. Annæus upptog saken med ett lugn, så orubbligt, att det verkligen understödde kristianernas välvilliga tydning, att allt inskränkte sig till ett omvändelseförsök, som den fromma Eusebia i sin ängslan för ynglingens salighet hade företagit sig. Men när ryktet i en mindre förmånlig upplaga hann till Hermione, återsände hon, dödligt sårad i sina känslor, trolovningsringen till

Karmides.

Att kunna älska mer än en gång föreföll Hermione som en orimlighet.
Även nu, då hon ville glömma Karmides, var hon övertygad, att hjärtats drift och
den första kärleken aldrig kunna svika. Hon gav honom förlorad endast för livet.
Hon trodde på ett framtida tillstånd, då två själar, som från början varit ett, när
de vilade i Guds tankes sköte, ånyo skola förena sig, sedan de renats från de fel
och villfarelser, som på jorden stötte dem från varandra. Denna tro, som hon
närde med läsningen av Platons skrifter och som kanske varje människa en gång
i livet har omfattat, gav henne tröst, fast blandad med vemod, då hon lyssnade
till sin naturliga längtan att förenas med en älskad man och fortplanta den
gudomliga gnista, varav hon själv genom en mans och en kvinnas kärlek blivit
delaktig.

Skön och älskvärd som hon var, och arving till en ovanlig rikedom, hade
Hermione talrika tillbedjare; men de giftermålsanbud, som de djärvare vågat
framställa, hade hon tillbakavisat. Hon förlikte sig med tanken att leva ogift. Lik
sagans pil, som läkte de sår, han själv givit, är kärleken ensam i stånd att läka
kärlekens sår. Hermione hade mycket att älska. Hon älskade naturen och
filosofien; hon älskade att utbreda sällhet till alla i sitt grannskap; hon älskade
framförallt sin fader, vars strävanden och ensamma ställning som kämpe för en
sjunkande bildning, en undertryckt religion hon förstod och delade. Badande i
de friska vågorna av denna kärlek, bibehöll hennes själ sin klarhet, kraft och
hälsa; hon var i harmoni med sig själv, fast ackorderna klingade vemod.

Kort före skymningen hade Klemens av biskop Petros skickats till Simon
pelarhelgonet med ett bröd och en flaska vin. Flaskan var den, som Petros
föregående afton så omsorgsfullt inläst. Den natt, som följde härpå, sjöng Simon
ej sin aftonpsalm.

Krysanteus återvände först vid midnattstiden. Han hade då sett, huru
krigsgudens tempel togs i besittning av det kristianska prästerskapet. Petros hade
funnit för gott att uppskjuta detta till en timme, då man ej hade att vänta onödigt
uppseende och folkskockning. En avdelning soldater, förd av tribunen Pylades,
hade följt prästerna och uppställt sig framför templet. En ämbetsman läste från
trappan den kejserliga kungörelse, som skänkte templet till kristianerna; några
nattvandrare, vilkas väg tillfälligtvis fört dem över torget och som stannat,
förvånade över uppträdet, fingo föreställa det atenska folket, till vilket
kungörelsen var riktad. Läsningen ändade som vanligt med uppmaning till ropet:
leve kejsaren! Soldaterna instämde pliktskyldigst, prästerna hjärtligt, atenska
folkets tillfälliga ombud tvunget eller av vana. En gammal borgare, vars mun teg,
men vars hjärta kanske ropade: leve Julianus! vart av en fanatisk soldat
nedstucken. Den gamle mannen hade gått ut för att skaffa läkarehjälp åt en
insjuknad dotter. Han hann, förrän han dog, anförtro Krysanteus ej blott sitt
ärende, utan ock sitt brödlösa hem; denne ilade bort att skaffa hjälp. Därefter
uppspikades kungörelsen på tempeldörren, krigsgudens bild och altare
omstörtades och utkastades, målningarna sönderhackades, tempelskatten togs i
beslag, arkivet med sina historiska årsböcker uppbrändes, varefter det heliga
korset, fridens och försoningens symbol, ställdes framför ingången, just i

blodpölen bredvid den mördade.

Detta skedde vid skenet av lampor och facklor, som voro tända i portikerna och kring torgets bildstoder. Däruppe på Akropolis avtecknade sig vishetsgudinnans jättestod mot den stjärnströdda natthimmelen. Kanske hov sig i detta ögonblick hennes kopparbarm.

ELFTE KAPITLET.

Rakel.

Aten med sin livliga hamnstad Piræus hade lockat en ansenlig mängd av de civilisationens nomader, de handelns beduiner, som kalla sig Israels barn. De hade redan längesedan förlorat sitt lilla fädernesland och redan hunnit i all fred och ro taga sin lott i det stora, det av astronomerna Tellus, det av vanligt folk jordklotet kallade. Bland hebréerna i Aten var Baruk en aktad man, ty han vandrade ostraffligt efter fädernas stadgar, var miskundsam mot sitt folks fattige och icke sällan även mot gojims arma barn, och framförallt: han var rik, mycket rik. Han ägde skepp, vilkas master voro cedrar från Libanon, vilkas roder voro av ek från Basan eller nejden däromkring, och han skulle gärna, för att i allo rätta sig efter profeten Ezekiel, givit dem segel av egyptiskt linne och soltält, färgade med purpur från Elisaöarna, om ej han funnit detta vara ett för långt drivet slöseri. Med dessa skepp införde han indiska och egyptiska musliner, som voro de atenska hetärernas förtjusning, rökelser från Saba och Rema, färgade ylletyger och spannmål från Syrien, tenn och bly från västern, slavar ej blott från Tuba och Mosoch, titan från världens alla nejder. Varorna utbytte han mot andra, som han med samma skepp utförde: oliver, fikon, vax, hästar, vapen, böcker och konstsaker. Baruk visste på pricken, hvad en Platon, en Homeros i handskrift var värd, ehuru han aldrig hade läst dem; han förstod med kännarens blick att uppskatta värdet—penningvärdet—av bildstoder och målningar, med vilka han skulle betraktat som en dödssynd att pryda sitt hus. Helgon- och gudabilder, kors och amuletter rullade genom hans händer; men han tvättade dessa omsorgsfullt, sedan han vidrört sådana ting, läste sina böner och smålog åt de oskyldiga guldkorn, som den oheliga strömmen kvarlämnat mellan hans fingrar.

Han drev dessutom en indräktig handel med penningar och lånade gärna, mot goda säkerheter och ej särdeles omänsklig ränta, åt Javans[14] lättsinniga söner, de där fördömt vackra och skamlöst glada, åt fördärvets Gehinom[15] oundvikligt bestämda atenska ynglingarne, som med så oförskämda blickar förföljde hans dotter, den svartlockiga Rakel, när hon sedesamt mellan far och mor vandrade till synagogan.

-Rakel, lyft då icke på slöjan så där! hände vid sådana tillfällen, att den gamla Ester sade.

- Kära moder, hände det, att Rakel svarade, den här slöjan vill ju alldeles

---

14 Javan i bibeln hellenernas stamfar.

15 Helvetet.

kväva mig. Jag kan knappt draga andan.

- Jag skall göra ett lufthål i henne med första bästa kniv, sade gamle Baruk. Hon är av tyg från Damaskus och har, vänner emellan, ett värde av 50 guldstycken, men hålet skall dit ändå, det lovar jag.

Rakel hade ännu icke fyllt sitt sjuttonde år. Hon var en vacker flicka med fylliga former, svarta lockar, en något stor, men välformad näsa och de eldigaste ögon, som någonsin tänts under orientens sol. Det fanns väl knappt en yngling av Abrahams släkte i hela Aten, Piræus inräknat, som icke svärmade för Rakel och det ansenliga arv, som en gång skulle tillfalla henne. Men vem som helst var icke värdig den rike Baruks vackra dotter. Det visste såväl Baruk som Ester. När de fördenskull bortlovade sin dotter, var det till ingen obetydligare person än rabbi Jonas, den atenska synagogans stolthet, en ännu ung, men mycket lärd man, som ej blott kunde lagens böcker utantill, utan även hade studerat den helleniska filosofien och skrivit långa med kabbalistiska funderingar späckade kommentarier till sin landsman Filons djupsinniga verk.

Föräldrarne hade vid detta val icke gjort sig mödan att rådfråga sin dotters tycke. Sådant var icke brukligt hos deras folk, och för övrigt kunde väl Rakel ej vara annat än nöjd med en man av så utomordentlig lärdom, så stor vältalighet i synagogan och därtill av så ansedd släkt som rabbi Jonas.

De anade icke, att Rakels hjärta redan var fångat av en annan, och denne —o ve!—var en av Javans oomskurna söner, som icke hade en droppe av Abrahams blod i sina ådror och icke kunde läsa en bokstav i de heliga rullarne.

Det är aftonen efter den, på vilken den okände filosofen besökt Krysanteus' hus.

Dagen är hebréernas sabbat. Baruk och Ester ha gått till synagogan. Rakel hade föreburit något skäl för att få stanna hemma. Hon försakar därmed nöjet och uppbyggelsen att höra, huru sinnrikt rabbi Jonas utlägger profeten Daniel. Hon försakar tillfället att se sin trolovade, just i det ögonblick när han är vacker: när framför altaret hans mörka, vemodiga ögon livas, hans av studier fårade panna klarnar och hans av samma ihärdiga studier krökta skepnad rätar sig vid korens sång: »Hur sköna äro dina tjäll, o Jakob, och dina boningar, o Israel!» och vid den församlade menighetens rop: »Hör, Israel! Adonaj vår Gud är den ende Gud!» Då genomströmmas han av fädernas anda och deras bragders minnen; då uppbygger han i tanken Jerusalems grusade tempel och samlar sitt folk, var och en under sin vinstock. Då förgäter sig hans blick, som annars gärna irrar upp till kvinnornas läktare för att bakom en av slöjorna ana dragen av flickan, som han älskar, Baruks dotter.

Rabbi Jonas har ett blekt och fint ansikte, som dock i Rakels tycke är fult. Han har ett skägg, likt manen på en kappadokisk häst, långt, svart och glänsande, som Rakel finner avskyvärt. Han sitter ofta hos Baruk och talar så djupsinniga saker om den attikiserande Moses[16] och den verklige Moses, den platoniserande Filon och den filoniserande Platon, att Baruk stryker sitt grå skägg och sin kaftan av lutter förvåning; men Rakel gäspar vid detta tal och finner det odrägligt. Han är i sin älskades närvaro blyg—som en blyg älskare, och han

---

16 Platon.

förvirras av hennes strålande ögon. Därför tycker Rakel, att han är en tölp. Ty ack! Rakel har ett manligt ideal, vid jämförelse med vilket alla andra män förefalla henne som misslyckade försök av Vår Herre att skapa någonting drägligt i karlväg. Huru fult ljuder ej namnet Jonas i hennes öra, huru vackert Karmides! Jonas har aldrig ingnidit sina lemmar med olja, aldrig tumlat i palestrans sand, aldrig suttit på en hästrygg; därför är hans egen rygg krökt, hans gång tung, hans rörelser i den styva kaftanen utan behag. Och Karmides däremot! Han bär osynliga Hermesvingar på sina fötter, hans spänstiga lemmar, omsvävade av den vita kitonen och den tyriska manteln, vilja lyfta honom från jorden. Jonas' blyga, vemodiga blick, vad är den, om den än blickade i evighet, emot ett enda ögonkast av Karmides, ett av dessa djärva, stolta ögonkast, som på en gång skrämma en eldig flicka och tjusa henne? Rakel har hört av sin fader, att Karmides är slösare; hon har sett honom många gånger ej blott på vägen till synagogan, utan ock i sin faders hus, dit han kommit för att låna penningar. Rakel är förtjust över hans slöseri, som gör honom tusenfaldigt älskligare i hennes ögon. Hon är van att se varje litet mynt vänt två gånger, hör dagligen ända till leda upprepas Syraks tänkespråk om sparsamheten. Karmides, som leende strör omkring sig denna metall, som de andre uppgräva med sina fingrar ur modden, vad månde denne Karmides vara, om icke ett ovanligt, ett övermänskligt väsen? Och vad nu lärdomen vidkommer, för vilken Baruk och Ester så ytterligt vörda rabbi Jonas, så är ju Karmides ofantligt mycket lärdare! Det har Karmides själv med ädel uppriktighet försäkrat henne. Skulle hon då icke tro det? Och fastän han är så utomordentligt lärd, är han likväl glad, talar så fullkomligt fattliga, förtjusande saker och sjunger till lyran sprittande visor.

Skulle Rakel i något ögonblick glömma Karmides, finnes i Baruks hus en gammal tjänarinna, som gärna återför hennes tankar till detta föremål. Även hon, tjänarinnan, har sina skäl att beundra Karmides' slöseri. Av det guld, han sår, har något även fallit i hennes hand, och till tack härför har hon åtagit sig att vara budbärarinnan och förmedlerskan emellan honom och Rakel.

Det är en vink av henne, som förmått Rakel att i afton stanna hemma.

Rakel har stigit upp på altanen av sin faders hus. Där är hennes älsklingsställe under så vackra aftnar som denna. Man har därifrån en vidsträckt utsikt över den östra och norra delen av staden. Västerut mötes däremot ögat av de närlägna husens tak och murar, men emellan dessa skymta delar av den branta gata, som från Skambonide leder ned till Kerameikos. Det är den gatan, som man vandrar till och från synagogan. En så uppmärksam utkik som Baruks gamla tjänarinna kan således se det vördnadsvärda paret, när det nalkas, och i tid varsko sin unga härskarinna.

Huset har två ingångar. Den ena större, som vetter åt gatan, är försedd med en järnbeslagen port, som Baruk varsamt stänger, när han går ut. Den andra är en liten dörr i baksidan av huset. Den kan endast öppnas inifrån, och den leder ut till en sluttande, med klipphällar strödd, gräsvuxen plats, som utgör högsta punkten av Skambonides kulle. Denna dörr är av tjänarinnan öppnad, och därifrån leder en trappa upp till altanen.

Rakel lutar sig mot bröstvärnet och ser ut över staden. Himmelen är klar, och friska fläktar komma från havet. Rakel är orolig, hennes hjärta klappar nästan lika häftigt, som då hon bidade det första hemliga mötet med Karmides. Sedan dess har hon ofta träffat honom, just häruppe, under månljusa nätter, sedan föräldrarne och husets få tjänare gått till vila; och genom vanan och övertygelsen om det oskyldiga i sådana möten har varje fruktan, varje betänklighet hos henne försvunnit.

Karmides har kommit för att med skämt och joller lätta hennes sinne, när det är tyngt av hemmets enformighet och det instängda liv, hon måste föra; han har stämt hennes cittra och lärt henne att framlocka små melodier därur; han har talat om det glada och brokiga livet därnere i staden, dit hon aldrig får styra sin kosa utan att hava fader Baruk vid ena sidan och moder Ester vid andra; han har härmat rabbi Jonas' gång, åtbörder och sätt att tala, så att Rakel varit färdig att kikna av skratt; han har lindat hennes långa, svarta lockar kring sina fingrar och kallat dem de skönaste ringar, dyrbarare än de gyllene, med diamanter sirade. Han har försäkrat, vad som föreföll Rakel i början alldeles otroligt, att han ej kunde leva, om han ej emellanåt finge se och tala med henne. Hon måste dock tro hans ord, ty han var ju så utomordentligt vis, hade kastat så djupa blickar in i naturen och kände bäst själv de hemliga villkoren för sin tillvaro. Nu kände även Rakel någonting liknande, ty hon fann sig numera aldrig rätt lycklig utan i hans grannskap, under inflytelsen av hans ögons makt.

Den fruktan, som nu kom Rakels hjärta att klappa med oroliga slag, var en, som spreds med luften över de tusen husen och templen mellan Skambonides, Museions, Akropolis' och Kolyttos' kullar. Baruk hade hela dagen synbarligen plågats av en ängslig sinnesstämning. Vid middagstiden hade han under någon förevändning avlägsnat tjänstefolket ur huset och nedburit sin dyrbarare egendom, guld, silver, penningar och viktiga papper till ett lönligt förvaringsrum under husets källare. På flickans frågor om orsaken till detta varsamhetsmått hade han sökt giva lugnande svar. Men av sin mor och tjänstefolket hade Rakel sport, att under den förflutna natten åtskilligt tilldragit sig, som lät dem motse oroligheters utbrott i staden.

Där Rakel nu stod, lutad emot altanens bröstvärn, seende ut över staden, som bestrålades av den nedgående solen eller vilade i de långa skuggor, som kastades av kullarne, längtade hon efter Karmides och fruktade nästan, att han ej skulle komma. Det föreföll henne, som om Karmides måste hava lämnat staden, eftersom den icke längre var det glada, livliga Aten, utan genombävades av rädda aningar. Hon kände, att hans närvaro, åsynen av hans glada anlete, på vars panna hon aldrig upptäckt en skugga, vore det enda, som kunde förjaga hennes ängslan.

Hur glad vart hon därför icke, då på toppen av Skambonide visade sig en gestalt, som var hans! Han såg upp till altanen och vinkade till Rakel. I bakdörren stod den gamla tjänarinnan och gav honom det tecken, som lät förstå, att marken var fri. Strax därefter hördes hans lätta steg i trappan. Rakel vände sig om; han stod framför henne, glad och leende, och räckte henne en bukett av de utsöktaste blommor. Icke ett spår av bekymmer kunde upptäckas i hans väsen. Han kom just nu från badet och syntes strålande av hälsa och ungdom. Rakel hade aldrig sett honom vackrare än nu.

- Du kom då äntligen, utbrast hon och kände sig färdig att med systerlig hängivenhet kasta sig hans armar.

- Jag försummar icke ett enda av de sällsynta ögonblick, då jag får träffa Rakel, svarade Karmides. Visdomen och Rakel äro mina gudinnor. Jag offrar åt den ena de stunder, som den andra icke kan förunna mig. Äro dina föräldrar i synagogan, mitt barn?

- Ja, svarade Rakel och synade förtjust de vackra blommorna, som Karmides givit henne.

- Synagogan är en ypperlig inrättning. Jag tycker om människor, som vörda sin Gud. Men jag kan med skäl anmärka, att er gudstjänst är alltför kort. Den borde räcka hela natten. När komma dina föräldrar hem?

- Ack, i afton dröjer det icke länge.

- Begagna då ögonblicken för vår gudstjänst, sade Karmides. Han fattade flickans hand och drog henne med lätt våld ned på en soffa vid sin sida. Mina andaktsstunder äro de, när jag skådar i dina ögon.

- Fy, du talar som en hedning, vilket du också är ... Men säg mig, Karmides, du är ju även filosof?

- Vilken fråga! sade Karmides skrattande. Visst är jag filosof, och en av de allra främste till och med.

- Ja, du är mycket lärd, det vet jag, men är du också mycket dygdig?

- Naturligtvis. Lärdom och dygd äro tvillingbarn, som aldrig åtskiljas.

- Det gläder mig höra, ty i går sade Jonas till min fader, att visa och dygdiga hedningar, sådana som ...

- Karmides?

- Nej, det sade han icke, utan sådana som ... som ... Platon tror jag, att han hette ... väl kunna räknas till det utvalda folket, fast de aldrig ätit påskalammet.

- Däri hade den lustige Jonas rätt, min Rakel.

- Och vad jag var glad däröver, ty jag tänkte genast: då bör även Karmides räknas till mitt folk, och han är icke längre en främling för en dotter av Israel.

- Hör blott på! Du filosoferar ju förträffligt, även du. Det vore en underlig Gud, som endast skulle tycka om de kaftanklädda, långskäggiga och kroknäsiga mäklare, som kalla sig judar. Han skulle då ha en helt annan smak än du.

Rakel rodnade. Karmides tog buketten och fäste den vid hennes barm.

- Ser du, fortfor Karmides, i det han pekade på solen, vars halva skiva redan sänkt sig i havet, samma sol för våra ögon, samma åtrå till sällhet i våra hjärtan, huru kunna vi då kalla varandra främlingar?

- Samma himmel och där uppe över stjärnorna samme Gud, sade Rakel med en djup blick på Karmides. Den kväll, jag gav dig den lilla ringen, som ... som du icke bär på ditt finger ... Karmides, var har du ringen?

- Här, på mitt hjärta, svarade Karmides och drog honom upp ur sin barm.

- Ack, förlåt mig! Jag ville övertyga mig, att du hade förvarat honom, fortfor flickan med glädjestrålande ansikte. Men jag ville säga dig, att samma kväll drömde jag, att vi alltid finge vara tillsammans. Mina föräldrar omfamnade dig och kallade dig son. Jonas var även närvarande. Han var icke svartsjuk alls;

94

han bara talade och talade med dig om den där Platon och andra besynnerliga saker. Och du visste att svara honom på allt vad han ville veta. Det märktes tydligt, att du var lärdare än han,

 - Din dröm skall sannas. Det kommer en tid, då vi alltid skola vara tillsammans.

  - Tror du det?

  - Beror det ej av oss själva! Se havet, Rakel! Det lyser purpurfärgat, och guldkantade skyar spegla sig däri. Längtar du icke att sväva över dess yta, buren av ett skepp, tusenfaldigt vackrare än något av din faders? Jag skall föra dig till en ö, som jag upptäckt där borta i väster, långt, långt bakom synranden. De kalla henne Lycksalighetens. Hon är en lämning av det i havet sjunkna Paradiset. Där skola vi bo, jag och du.

  - O, vad säger du? utbrast Rakel, vars barnsliga obekantskap med världen gav Karmides tillfälle att obesvärat giva luft åt sina hugskott. Men, tillade Rakel betänksamt, icke kan jag lämna fader och moder kvar här i Aten.

  - De skola följa oss, Rakel. På Lycksalighetens ö finnas omätliga förråd av den gula metall, som är din faders lust. Han följer oss dit, samlar en skeppslast guld och återvänder som den rikaste människa på jorden för att återuppbygga ert tempel. Vad säger du härom?

  - Ack, det är ju härligt! Jag måste underrätta min fader ... jag måste säga honom vad du ämnar göra.

  - Nej, nej, icke nu. Min plan måste hemlighållas, liksom våra möten. Hör du det!

  - Nå, som du vill.

  Rakel hade i sin älsklings närvaro alldeles förgätit den fruktan, som bemäktigat sig henne. Först nu, då talet föll på att lämna Aten, påminde hon sig, att staden i närvarande stund hade något oroväckande, och hon anförtrodde Karmides sina obestämda farhågor.

  I själva verket var denna afton besynnerlig även i det avseende, att det väldiga sorl, som annars uppsteg nedifrån staden mot Skambonides topp, var så gott som förstummat. Det rådde en ovanlig tystnad, endast avbruten genom bullret av någon genom gatorna rullande ensam vagn eller ett och annat hammarslag från verkstäderna i grannhället.

  Ett skarpt öra skulle likväl just i detta ögonblick kunnat uppfånga ett genom avståndet nästan förtonat sorl av röster, som kom från norr och nalkades mer och mer.

  - Bah, sade Karmides till svar på Rakels frågor, vad har du att frukta? I hebréer kunnen, liksom de olympiska gudarne från sina moln, i god ro förlusta er åt de andres strider. Vad han I att göra med bilddyrkare och kristianer?

  - Men det är ju förskräckligt! Du tror då verkligen, att det kommer till strid, till blodsutgjutelse ... och här, här i Aten, kanske utanför min faders port? frågade Rakel bleknande. Men vad har då hänt? Vad är det, som uppretar dem mot varandra?

  - Kristianerna ha i natt frånstulit den gamla lärans anhängare ett tempel och lagt beslag på tempelskatten ...

  - Men varför, varför göra de så illa? utbrast Rakel.

- Varför? Alla kunna icke vara mäklare här i världen, men alla vilja ha guld. De som ej bli mäklare som judarne, varda rövare som kristianerna. Det är förklaringen. Må packet slåss! De mina känner jag. De äro för fega att våga sina liv. Kristianerna kunna fråntaga dem allt, till och med livet, men av omtanke för sitt liv skulle de icke våga försvara det. Men kristianerna själva, min Rakel, de äro män! Eller rättare: de äro vilddjur ... modigare än lejon, blodtörstigare än tigrar. Amfiteaterns spel äro förbjudna. Vi sakna dem ej, ty vi ha kristianerna. Vi taga plats på åskådarebänken och klappa händerna, när de sönderslita varandra. Vi ha ett präktigt skådespel att vänta.

- O Gud, huru du nu talar, Karmides! Jag nästan förskräckes för dig.

- Lugna dig, flicka! Jag är icke farlig. När jag ej kan avvända åskan eller näpsa stormen, fattar jag mitt beslut: jag fröjdas åt deras höghet. Men hör vidare vad som hänt i natt, som utbreder förfäran i staden! Det rådande kristianska partiet har upptäckt, att det undertryckta hållit hemlig gudstjänst i ett kalkstensbrott i grannskapet av den ohygglige Pelar-Simons fält. De överraskades mitt under sina böner, soldaterna nedrusade i deras underjordiska kyrka, tillfångatogo så många, som ej kunde smyga undan, bundo dem och släpade dem i fängelse. Man säger, att de undertrycktes kämpe, en präst med ett av de där långa namnen, som kristianerna påhittat ... Atanasios heter han ... var närvarande och just predikade, när händelsen timade, men att han i mörkret och villervallan lyckats komma undan. De fängslade voro vid pass femtio: de fleste tillhöra packet, men åtskilliga äro ansedda män och medborgare av Aten. Lagen dömer dem till döden. Du kan begripa, vilken uppståndelse detta väckt bland deras trosbröder, vänner och fränder. Förskoning ha de fängslade ej att vänta. Sorg, häpnad och raseri hos de mång tusen, som kalla sig homousianer. Man tror, att de skola väpna sig för att med våld frigöra de fångne. Det rådande partiets anförare, biskopen av Aten, önskar ingenting hellre, ty han har trupperna till sitt förfogande och vill nyttja tillfället för att krossa motståndarne med ett slag. Se där i korthet mina nyheter, du min svartögda flicka. Vad din blekhet förskönar dig! Jag frestas att skrämma dig alltid för att alltid se dig sådan. Men var lugn! Karmides är ju hos dig. Här, här i min famn, fruktar du här?

Karmides hade utan motstånd tryckt den darrande flickan till sitt bröst och lekte med hennes mörka lockar.

- Jag skulle icke vara rädd, om du alltid vore här. Men du kommer ju och går. Du är borta, då kanske ... Nej, jag törs ej tänka på ett sådant ögonblick.

- Jag skall vara osynlig i ditt grannskap och synlig måtto stå vid din sida, om en fara hotar. Men nu icke ett ord mer om rädsla och fara! Se upp mot himmelen! Där börja stjärnorna tändas. Var är din cittra, barn?

Cittran låg på en bänk. Han tog och stämde henne och sjöng till hennes ackorder en täck, levnadsglad visa. Rakel lyssnade och log. Han började i annan tonart en sång om kärlek, kärleksmärta, trohet i döden. Rakels blick var tårad, när han lade cittran bort.

- Vad? Tårar? Älskade lilla toka! sade han. Dina ögon hava värmt min själ, men tårarne göra dem till solar, som förbränna henne. Blunda, eller du bländar mig! Blunda, österländska flicka!

Och när Rakel lydde, lade han armarne kring hennes hals och tryckte på hennes läppar en brännande kyss.

Det var den första. Karmides gick stundom långsamt mot sitt mål. Han var en Proteus—olika hos olika kvinnor. En flicka, sådan som Rakel, var för hans övermättade sinnen dock ännu en retelse, dess större, ju mer hennes enfald avbröt mot hans vanliga väninnors världskännedom. Alldagliga byten tog han med storm. Hos Eusebia, den blaserade romarinnan, var det han och icke hon, som spelade blyg, behagsjuk, nyckfull, oerfaren, och ehuru Eusebia genomblickade det, voro båda för kloka att bannlysa en mask, av vilken båda hade samma nöje.

Rakel älskade honom. Han var allt för henne. Vem undrar då, att hon kände sällhet i denna kyss? Men hon öppnade ögonen och rodnade upp till pannan. Hennes blick bad om förskoning från förnyad sällhet; men den djärve var obeveklig. Han rövade kyss efter kyss.

Rakel hörde ej, huru det avlägsna sorl, som förnams från norr, kom närmare, huru det allt tydligare blandades med bullret av en folkmassas tramp, det dova, brusande ljud ett sådant månghövdat, tusenfotat vidunder åstadkommer, när det framtränger genom en stads trånga gator och vid varje gränd, varje öppning det stryker förbi, sväller ut och rycker med sig allt.

Men slutligen urskildes i detta förvirrade larm rop, genomträngande och vilda, vittnande, att det månghövdade vidundret var retat, att det sökte fiender, och att dessa fiender måste darra för en annalkande hämnd.

Nu släppte Karmides Rakels hand. Ropen hade trängt till hans öra. Han anade deras betydelse. Han steg upp och lyssnade. Även Rakel hörde den kommande orkanens brus. Hon grep efter Karmides' hand och tryckte sig darrande intill honom.

Under den förskräckelse, som fattade henne, flög hennes första tanke till föräldrarne.

- O Gud, mina arma föräldrar! De äro ute. Vad kan icke hända dem! Huru skall jag rädda dem ur faran? Jag måste ut. Jag vill skynda till synagogan. Karmides, följ mig! Jag är icke rädd, när du följer mig. Kom!

I detta ögonblick dök den gamla tjänarinnans förfärade ansikte upp över altantrappan.

- De komma! ropade hon.
- Vilka? Vilka?
- Dina föräldrar. De äro redan utanför porten.
- Lovad vare Gud! De äro räddade.
- Farväl, min Rakel, sade Karmides hastigt. Frukta intet! Jag skall vara i ditt grannskap.

Rakel hade knappt mod att släppa Karmides' hand. Man hörde, huru den tunga porten till gatan gnisslade på gångjärnen. Ingen tid var att förlora. Karmides ilade ned för trappan och genom bakdörren ut i det fria. Rakels blick följde honom, då han med skyndsamma steg gick över den hällströdda toppen av kullen och försvann där bakom. Hon skyndade ned att möta sina föräldrar. Hon såg den gamla Ester stödd på rabbi Jonas' arm. Hennes fader lyfte de tunga bommarne, med vilka porten invändigt var försedd, lade dem i kors över varandra och fäste dem vid deras järnhakar.

Baruk och Ester ledsagades ej endast av rabbi Jonas. Sju eller åtta unga, kraftiga israeliter följde dem för att stanna i huset, medan stormen rasade genom staden. De skulle vara husets besättning. Baruk, som handlade med vapen, var rustad med en hel arsenal. I det stängda, bommade huset ville de med svärd i hand avvakta händelsernas gång.

TOLFTE KAPITLET.

Början till ett sorgespel.

- Från det ena nöjet till det andra! Prisad vare Olympen, som ännu strör rosor över jorden!

Så tänkte Karmides, då han vandrade ned för den del av Skambonide, som sluttade åt Kerameikos. Han vidgick tacksamt, att den stund han tillbragt hos Rakel varit en stund av njutning, det vill säga en skugga av lycka—visserligen blott en skugga, men han nöjde sig härmed, ty han hade längesedan givit verkligheten förlorad.

Han sökte nu en annan förströelse. Från Kerameikos skallade vilda rop, förnummos tusentals larmande röster. Det var förmodligen inledningskoren till en storartad tragedi. Karmides älskade tragedier och skyndade att förvissa sig om rum bland åskådarne.

Som vi veta, var skymningen inne och stjärnorna började tända sig på himmelen. En sådan halvdager är gynnsam för sådana skådespel, liksom en mulen himmel ökar intrycket av ett götiskt tempel. Han döljer sådana små enskildheter som de små människorna, och låter de stora massorna, som äro de på denna bana uppträdande skådespelarne, försmälta till sublima individer.

Karmides stannade ett ögonblick, innan han hunnit den punkt, där de trånga gränder vidtogo, som på denna sida klättrade upp emot kullen. Utsikten härifrån behärskade vissa, av tak och murar avbrutna delar av gatan Kerameikos ända hän emot Areopagens kulle. Alla dessa delar höljdes av en böljande massa, som tycktes vara ett enda jättedjur, sakta, mödosamt och krampartat slingrande fram likt en sårad orm. Två bloss, som lyste i spetsen, voro vidundrets ögon. Men liksom ryktet enligt skaldernas skildring, så var denna jättekropp i hela sin längd betäckt med en man av tungor, icke talande, icke viskande, utan rytande av raseri.

Karmides skyndade vidare. Han kom in i en trång gränd, som mynnade ut till huvudgatan. Medan denna tyngdes av ett övermått av liv, var den förra ödslig, som utdöd. Portarne bommade, fönsterluckorna stängda, ingen människa att se.

Karmides såg sig nu vid själva randen av den förbivältrande, svällande folkströmmen. Ett steg till, och han hade varit bortryckt med dess böljor. Han såg ansikten dyka upp och försvinna, ansikten förvridna av dyster vrede.

- Hämnd, hämnd! Död åt kättarne! Död åt giftblandarne! Död åt atanasianerna!

Dessa rop, blandade med andra av samma slag, skallade i hans öron. Han misstog sig således icke. Förhänget hade fallit, korsången börjat, korsången, som inledde det länge väntade och förberedda sorgespelet.

Karmides hade ingen lust att låta sig bortrycka av den virvlande strömmen. Man uppoffrar ogärna sin vilja och det fria bruket av sina lemmar, när man ej genomtränges av den ande, som sammansmälter den trängande och skuffande massan till ett helt. Karmides ville välja en lämpligare åskådareplats. Han lämnade Kerameikos och vandrade de folktomma sidogatorna hän till torget, sedan han övertygat sig, att strömmen brusade åt det hållet. Han anlände före den till torget. Det var tomt och övergivet av alla, utom bildstodernas tysta rader. De tycktes liksom med hemsk fruktan vänta den annalkande skaran. Karmides steg upp på målningsgalleriets marmortrappa och intog en bekväm plats vid hörnpelaren. Tätt förbi den måste tåget stryka fram; den var bestämd till vågbrytare mot floden. Karmides kunde se allt på nära håll.

Facklorna, som lyste i spetsen, närmade sig. Rymden mellan Pnyx och Areopagen uppfylldes av, och torgets pelargångar återkastade de vilda, ursinniga ropen:

- Död åt kättarne, atanasianerna, giftblandarne!

Folkströmmens första böljor hade hunnit fram. De slungade ett skum av människor upp på målningsgalleriets trappa, där Karmides stod i skydd av sin pelare; de utbredde sig hastigt som ett översvämmande vatten över torget. Facklornas röda sken lyste på en bår, som vilade icke på skuldrorna, utan på de uppsträckta armarne av ivriga bärare, som, när de tröttnade, ögonblickligt ersattes av andra. Så lämnar på havet våg åt våg att bära det seglande skeppet. På båren låg en varelse, knappt lik en människa, ty det var Simon pelarhelgonet eller hans jordiska hydda. Kroppen var naken. Björnpälsen låg sammanrullad under hans huvud, som var vänt emot den följande hopen, så att de rysliga anletsdragen, de slutna ögonen i lodrät riktning kunde lysas av facklorna och ses av mängden. Närmast kring båren gingo några präster med nedfällda kåpor och blottade huvuden. Två av dem buro facklorna. Bredvid den ene sågs Eufemios. De tego, ty den lösen de från början utdelat återskallade nu i de vilda ropen, som genom själva sin styrka vunno övertygandets kraft hos de fanatiserade tusentalen. Prästerna tego, men närmade facklorna intill den dödes ansikte för att åter och åter visa det så tydligt som möjligt. Och för var gång skallade med ökad styrka ropen:

- Död åt atanasianerna! Giftblandarne! Kättarne!

Massan hade äntligen hunnit förbi. Karmides sällade sig till de siste i eftertruppen.

- Medborgare, vad har hänt? frågade han sin närmaste granne. Vad är det som försätter folket i raseri?

- De ha mördat Simon bekännaren och helgonet, svarade mannen. Har du öron och förnimmer ej vad folket ropar?

- Jag hör, att det ropar giftblandare och kättare. Det är således någon atanasian, som förgivit den helige?

- Någon atanasian? Nej, de ha gjort det alla. Alla atanasianer äro medbrottsliga i detta mord. De kunde icke tåla, att de rättrogne ägde en broder så helig som Simon. De fruktade hans förböner hos Gud och martyrerna. Homousianerna äro giftblandare av gammalt. Gåvo ej Atanasios och hans vänner gift åt Arios samma morgon, då han skulle undfå den heliga nattvarden i Konstantinopels storkyrka? Ha de ej vid flera tillfällen förgiftat nattvardsvinet för de rättrogne? Kan du då tvivla, att det är samma kättare, som mördat vår Simon? Död åt kättarne! Död åt giftblandarne! Hämnd, hämnd!

Mannen instämde i de outröttligt skallande ropen. Karmides avlägsnade sig för att ej bortföras av de nya hopar, som oupphörligt slöto sig till massan. Tåget gick tvärs över torget, vältrade in på en gata, som följde Akropolis' södra sluttning, och banade sig under förfärlig trängsel väg genom porten, som utmärkte gränsen mellan det gamla Aten, »Teseus' stad», och det nya, »Hadrianus' stad». Sedan det förstärkt sig med homoiusianerna, som bodde i dessa trakter, styrde det, i spåren av sina ledare, kosan mot kristianernas storkyrka, belägen på en öppen plats vid gatan, som slutade vid Diomeiska porten och förde till det gamla gymnasiet Kynosarges.

Kyrkan var upplyst, portarne uppslagna på vid gavel.

En stark avdelning soldater stod i kyrkans grannskap. Hon var inom några ögonblick överfull av människor. Men dessa utgjorde dock endast ett fåtal av den väldiga mängden. Den övriga delen uppfyllde platsen utanför och de tillgränsande gatorna. Biskop Petros i spetsen för sina underordnade präster hade vid huvuddörren emottagit båren, som nu nedsattes i det av mångarmade kandelabrar upplysta koret, medan tempelvalven syntes lyftas av massans ursinniga rop. Mitt under dem uppstämdes en psalm av prästerna, som knäböjde kring helgonets lik. Den fromma sången kunde endast förnimmas av de närmast stående. Men dessa instämde, och han utbredde sig mer och mer, växte i styrka och trängde äntligen, buren av tusen röster, till mängden där utanför templet. Och nu förenade sig alla röster i sången. Raseriet hade fått rytm och melodi. Det övergår då lätt till lugn, men, vid tillfällen som detta, till ett lugn av förfärlig art, vådligare än dess föregångare, emedan det är mäktigt av ordning.

Också lyssnade alla, när psalmen slutat, till Petros' kraftiga röst, som ljöd över folket.

- Gån hem i frid och avvakten morgondagen, då Herren skall bevisa sin härliga kraft!

Maningen upprepades av prästerna i hopen och gick som en fältherres rop igenom massan.

Klemens hade denna afton icke fått ledsaga biskopen till kyrkan; han var ålagd att stanna hemma. Utom honom funnos i biskopliga palatset endast portvaktaren och en fånge, densamme, om vilken är talat under namnet Teodoros.

En timme före det ovan skildrade uppträdets början hade biskopen begivit sig till storkyrkan. Klemens tillbragte denna timme med att läsa en bok, som hans fosterfar förärat honom, om den kristliga lydnaden.

»Du måste till alla delar försaka dig själv. Din egen vilja är din djävul. Det var den egna viljan, som åstadkom våra första föräldrars fall och gjorde vårt släkte till ett syndigt, fördärvat släkte. Du har ingen värre fiende än dig själv. Lär dig då lyda, lär dig offra din vilja under en annans. Då Gud den Allsmäktige tog en tjänares skepelse, kan du då icke underkasta dig att tjäna en människa och vara en människas träl? Lär ödmjuka dig, du mull och aska! Tig och lid, så varder dig hulpet! Var tacksam, att du icke är din egen, utan har jordiska herrar, ty det är dig tryggare att lyda än ansvara för dig själv.»

Så talade boken till den unge föreläsaren. Och här var säden icke spilld på hälleberget. Vem undrar, att Konstantinus gynnade en lära av detta slag? De vansläktade sönerna av antikens republikaner betraktade despotismen som en olycka och hörsamheten mot fursten som en hård nödvändighet; kristianerna sågo i despotismen en helig sak och i den blinda lydnaden en dygd.

Vad den unge föreläsaren vidkommer, framstodo för honom dessa satser i ett högre ljus, som kom icke från dem, utan från hans egen till himmelsk renhet trängtande själ.

När det skymde i hans lilla kammare, gick han ut i aulan och fortsatte där sin ivriga, andaktsfulla läsning. Men när stjärnorna började genomskimra etern, måste han lägga pergamentet bort, ty dess bokstäver läto icke mer urskilja sig. Det var med dem som med människorna. De betydde föga, om icke i förening med varandra, men när de miste även denna självständighet, när skymningen kom, som förflyktigade deras egendomlighet och gjorde den ena lik den andra, då var även anden borta, som nyss talade utur dem.

Först nu kom Klemens ihåg, att tiden var inne, då han skulle tillföra Simon pelarhelgonet ett bröd och ett mått vin, ty detta var honom sedan gårdagen ålagt som daglig skyldighet. Ja, tiden var icke blott inne; den kära läsningen hade kommit honom att förgäta den rätta stunden. Ledsen över sin ofrivilliga försummelse iklädde han sig kåpan och gick att hämta korgen, som palatsets köksmästare ställt i ordning för hans räkning. Det var i detta ögonblick larmet från den folkskara, vars tåg vi skildrat, nådde hans öra. Klemens aktade ej därpå; han tänkte allena på att uppfylla sitt åliggande. Men larmet nalkades hastigt, ty Simons bår, som nyss skridit genom dubbelporten, hade ännu icke hunnit samla kring sig en större hop, än den breda Kerameikos gav rymlig väg. Portvaktaren hade emellertid öppnat dörren till vestibulen och stod nu utanför tröskeln, lyssnande förundrad och stirrande på blossen, som kommo närmare.

- Vänta, sade han till Klemens, vänta, tills vi få se, vad detta betyder. Det låter som ett upplopp. Hör de förskräckliga ropen! Det är som ett annalkande oväder. Låt det stryka förbi, innan du går!

Tåget framträngde nu emellan Teseus' tempel och det biskopliga palatset. Klemens urskilde allt tydligare ropen: De ha mördat honom! Död åt giftblandarne, atanasianerna!

Ett par minuter därefter hade spetsen av skaran hunnit fram. Klemens igenkände i fackelbärarne två äldre ämbetsbröder; han såg båren och, när den hunnit förbi, varelsen, som låg därpå. Han igenkände Simon.

Onödigt att spörja vad som hänt. Klemens såg mängdens ursinniga åtbörder och hörde deras vilda rop: Kättarne ha mördat honom! Död åt giftblandarne!

Klemens kände sig frestad att sälla sig till prästerna kring båren. Detta hade varit att bryta mot biskopens bud, men han skulle förgätit sin plikt under inflytelsen av det på en gång rysliga och eggande skådespelet. Delade han ej de känslor, som genombävade denna massa? Simon den helige, för vilken han hyste en avgudisk vördnad, Simon, som lagt sin hand på hans huvud och välsignat honom, Simon mördad av dessa kättare, dessa Guds, kejsarens och de rättrognes fiender, som det vore en plikt och en ära att utrota från jorden! Blodet började koka i ynglingens ådror, han övermannades av den allmänna jäsningen, ropen ljödo som oemotståndliga maningar, han ville varda en droppe i virvlarne av denna brusande flod. Portvaktaren, som nyss stått vid hans sida, hade gripits av svindeln och försvunnit i massan. Förstärkningar tillströmmade från alla portar och gränder. Men då Klemens nedsatt korgen för att blanda sig med hopen, fattades han av en tanke, som förlamade hans beslut. Vid de förnyade ropen: giftblandare, kom han att tänka, att det var han, Klemens, som föregående afton burit föda och dryck till Simon. För Simon fanns det blott en måltid: aftonvarden. Det visste Klemens. Han visste däremot icke, att Simon, uttömd av det oupphörliga knäböjandet, då spisade med vargens hunger och slukade allt, som hans fromma beundrare tillförde honom. Den förgiftade maten kunde således vara räckt av någon annan, som infunnit sig efter Klemens. Men av en sådan förmodan var Klemens nu icke mäktig. Han var rov för en hemsk, isande aning. Han tyckte, att de hotande ropen gällde honom, att otaliga, blodtörstiga ögon voro fästa på honom. Han stod som förstenad, tills hopen hunnit förbi.

Han tog korgen och ilade tillbaka in i aulan. Så länge hopens skri ännu nådde hans öra, förmådde han ej samla sina tankar för att söka grunder mot rädslan. Orolig gick han vidare och kom in på palatsets bakgård. Fången, som försmäktade där i en källare, hade knappt förnummit ljuden av hans steg, förrän han lade ansiktet intill källargluggens galler och frågade:

- Vem är det som kommer?

- Det är jag, Klemens.

- Klemens, säg mig, vad som föregår i staden? Rop av tusen röster ha trängt hit ned. Jag hör dem ännu. Vad betyder det?

- Teodoros, det har hänt något gruvligt. Jag kan knappt förtälja det. Jag darrar själv.

- Medan du lugnar dig, så hämta mig något vatten, Klemens. Min törst är starkare än min nyfikenhet. Man har alldeles glömt bort mig i dag.

- Teodoros, jag törs icke. Petros har förbjudit oss att giva dig vatten.

- Jag fick dock några droppar av Eufemios går afton. Bröt han mot biskopens bud? Jag skulle icke tro det, ty jag känner Eufemios.

- Nej, biskopen har bestämt ett dagligt mått för att läska din tunga. Du skall icke tro, att han vill låta dig dö av törst. Han vill endast övervinna din hårdnackenhet. Han sörjer över ditt avfall, Teodoros.

- Du hör ju, att Eufemios har förgätit mig. Vid Gud, som lever i himmelen, man har under denna långa dag icke givit mig en droppe vatten. Och maten, som räckes mig, är salt. Hungern har tvungit mig att smaka den. Skynda dig, Klemens!

- Jag vågar icke, sade Klemens suckande.

- Gosse, jag lider den rike mannens kval i skärselden. Ve ditt unga, hårdnade hjärta!

Teodoros lämnade gluggen. Han kastade sig på sin halmbädd och lade, som förut, sin förtorkade tunga intill den kalla källarmuren.

Tystnaden, som följde på fångens ord, verkade överväldigande på den

unge föreläsaren. Teodoros hade stillatigande överlämnat sig åt sina kval. Klemens hörde en suck, som de avnödgade honom. Mer förmådde han icke. Han skyndade till aulan och in i Eufemios' kammare, tog nyckelknippan och kruset, som han fann därinne, fyllde det med vatten och ilade tillbaka till fängelset. Han öppnade den yttre dörren, steg ned för några trappor och stod framför en inre dörr.

- Klemens, är det du? sade fången inifrån.
- Ja, jag kommer med vatten. Här, här!
- Lovad vare Gud, som rörde ditt hjärta! Tryck på en rigel där nere, och dörren öppnar sig!

Klemens trevade och fann rigeln. Han drog den tillbaka. I samma ögonblick gick dörren upp, och fången skönjdes i mörkret framför honom. Han hade, utan att leta, funnit vattenkärlet, som den törstande antilopen vädrar en källa i öknen. Klemens hörde, hur han drack i långa, djupa drag.

- Härliga Guds gåva! Jag anar nu, vad livsens vatten är för anden. Broder Klemens, jag skall aldrig glömma honom, som räckte mig denna dryck. Broder, du har varit mycket olydig, mycket felaktig, ty du har överskridit det stadgade måttet och läskat ej min tunga allena, utan hela min varelse. Huru gammal är du?

- Aderton år.

- Jag vill icke se dig, när du är så gammal som Eufemios. Du var nog från början en rak och vacker planta; skada att du skall varda ett krokigt träd. Men här är kolmörkt ... låt oss gå upp och se, vad som händer i staden. Vill du följa mig?

- Vad gör du? utbrast Klemens och fattade Teodoros' arm. Broder, minns du ej, att du är fånge? Vill du lämna fängelset? Vill du fly?

- Om fången vill fly? Vilken fråga! sade Teodoros och fortsatte sin väg uppför trappan.

- I himlens namn ... broder ... kom ihåg, att det är Petros' vilja ... kom ihåg, att du gör mig olycklig ... jag ville räcka dig en dryck vatten ... och du vedergäller mig på detta sätt!

- Du misstager dig, Klemens. När du hastade efter vatten till den försmäktande, var det icke i hopp om vedergällning....

- Men du gör mig olycklig.

- Bah, jag skulle misskänna dig, om du är olycklig för denna aftons skull, när vi ett år härefter mötas. Släpp min arm, broder! Petros' vilja är starkare än dina muskler, men det är min vilja, som skall kämpa mot Petros' vilja och alla andra liknande viljor. Se, min Klemens, huru lätt jag övervinner dig.

Teodoros lyfte Klemens på sina armar och bar honom uppför trappan. Därefter ställde han sin börda åter på egna fötter.

- Jag skulle vilja bära dig vidare, långt härifrån; men bättre vore, att du följde mig frivilligt. Ack, att du en dag ville göra det! Nu farväl, min broder!

Teodoros gick utan att hindras av någon.

Utkommen på gatan mötte honom en vagn, ledsagad av två fackelbärare till häst.

- Plats för prokonsuln av Akaja! ropades av fackelbärarne till de mötande hoparne. När vagnen hunnit dubbelporten, svarades på den vaktande legionärens rop:

- Prokonsuln av Akaja.

Folket fick således veta, att prokonsuln lämnat staden. Biskop Petros och Krysanteus arkonten hade särskilt underrättats, att han av ett viktigt ärende kallats till Korintos.

Innan prokonsuln lämnade Aten, hade han emellertid i biskopens närvaro förhört de i kalkstensbrottet vid pelarfältet fångade atanasianerna och funnit dem skyldiga till det brott, för vilket de åtalats, nämligen hemlig gudstjänst i enlighet med deras bruk och lära. Deras dödsdom var undertecknad.

När Karmides fram emot midnatten styrde kosan hem, väntade utanför hans dörr en slav, som höll vid tygeln en ridhäst, prokonsulns kappadokiske Akilleus. Slaven räckte Karmides ett brev, som han läste vid skenet från vestibulens lampa. Det hade följande lydelse:

»Annæus till Karmides. Måtte det blida ödet foga, att detta brev råkar i sin ägares hand och vänligt emottages av honom! Den gode Lysis ber dig vara välkommen till sin villa. Din säng står bäddad med svällande kuddar. De skönaste drömmar, som någonsin genom elfenbensporten gått ut att fröjda en sovande värld, äro kallade att infinna sig vid din bädd. När morgonstjärnan slår upp ögat, skall hon finna samlade Karmides och Olympiodoros och Demonax och Palladios och Myro och Praxinoa, alla friska, strålande och glada, samlade kring den arme Annæus Domitius som en skyddsvakt mot de bekymmer, som peka på hans prokonsulariska insignier och anse sig hava rätt att suga hans blod.»

TRETTONDE KAPITLET.

Sorgespelet.

Den homoiusianska befolkningen hade under natten svärmat kring gatorna och hopvis ledsagat de spridda truppavdelningar, som ännu mot morgonen genomströvade stadsdelarne för att uppsöka och fängsla de förnämsta medlemmarne av kättarekyrkan.

Många bland dessa hade emellertid redan lämnat sina hus, och vid morgongryningen stodo mer än tusen anhängare av nicænska mötet och Atanasios under vapen i förstaden Piræus. Så många som kunnat undkomma dit hade samlat sig där med kvinnor och barn. De befäste sig nu i ett av de oländigaste och bergigaste kvarteren av hamnstaden. En hop sjömän från de i hamnen liggande alexandrinska skeppen hade förenat sig med dem. Här var atanasianernas huvudstyrka.

Av de i Kolyttos boende atanasianerna hade en annan, till talet vida mindre skara samlat sig på toppen av den kulle, som givit detta kvarter sitt namn. Kullen bildade en labyrint av trånga gator, som slingrade mellan höga, ruskiga hus. De trupper, som, förstärkta av folkhopar, under natten inträngt i denna stadsdel, hade emottagits med stenkast från tak och fönster och med oförrättat ärende dragit sig tillbaka.

Vid morgongryningen förnyade homoiusianerna sitt angrepp på denna skara. Petros hade sänt hundra legionärer emot den; dessa bildade endast kärnan av anfallsmakten, som för övrigt utgjordes av ett fanatiskt slödder.

104

Samma rop, som hörts den föregående kvällen, var även här de stormandes härskri. Död åt kättarne! Död åt giftblandarne! De angripne svarade med ropen: Död åt kättarne! Ned med lögnkristianerna!

Å ömse sidor kämpade kvinnor och barn vid sidan av männen. Å ömse sidor vordo de fångar, som gjordes, utan skillnad till ålder och kön, i ordets egentliga bemärkelse slitna i stycken.

Atanasianernas förtvivlan uppvog deras underlägsna antal. Legionärerna veko gång efter annan. Men den homoiusianska pöbeln framstormade vildare efter varje lidet nederlag.

Solen gick upp för att snart dölja sig bakom moln. Morgonhimmelen var blygrå, och det regnade med korta uppehåll.

Vid denna timme hade en stillhet inträtt i striden. Homoiusianerna nedburo sina döde och sårade och förde dem genom huvudgatorna. Deras åsyn göt ny olja på raseriet. De gräsligaste hämndeskri skallade. Man beredde sig till nytt angrepp. Gatläggningen upprevs; kvinnor och barn fyllde korgar eller, i brist av sådana, sina kitoner och mantlar med stenar.

- Fram! ljöd massans skri till den glesnade soldathopen, som, lutad mot spjuten eller förbindande sina sår, stod i mynningen till en av gränderna.

- Varför dröjen I?—Vilka fega uslingar!—Vi borde stena dem, skreko kvinnorna.

Soldaterna avvaktade förstärkning. En centurion hade ilat till biskopen för att begära friskt manskap. Snart utbredde sig också ett rykte, att palatinerna voro i antågande. Hopen lugnade sig nu. Man ville bida ankomsten av dessa fruktade krigare. De, som voro förlagda till Aten, utgjorde väl endast en handfull män, men de voro gamla utvalda soldater, till största delen högväxta barbarer: göter och allemanner.

När de äntligen visade sig, framryckande från torget i sluten trupp, vars spjut och hjälmar syntes högt över de omgivande hoparne, hälsades de med väldiga bifallsrop. De fördes av en centurion. Deras högste befälhavare, tribunen Ammianus Marcellinus, hade för dagen med biskopens samtycke nedlagt sitt befäl.

Under tiden hade de belägrade atanasianerna rustat sig att mottaga ett nytt angrepp. Kring kullens topp voro högar av sten och tegel uppstaplade; de hitintills vapenlöse voro försedda med järnstörar, lösbrutna från portarne, med stakar, köksknivar och vad helst de kunnat överkomma, dugligt att kasta, slå eller sticka med.

Solen blickade fram mellan molnen, medan alla gränder, som ledde upp till kullen, fylldes av de mörka, böljande massor, som bakom palatinerna och legionärerna skyndade att förnya striden. Atanasianerna hade uppstämt en av sina krigspsalmer, densamma som Simon en gång hörde från kalkstensbrottet mellan olivkullarne. Män, kvinnor och barn sjöngo:

Se Rövarbergen! På sin grund de svikta för hans ögas blink, och krigarskaror domnande nedlägga vapen på hans vink, se vagnen stannar med sitt spann, och dött är stridstrumpetens ljud och sänkt i dvala häst och man vid blott en vink av Jakobs Gud.

Psalmens sista toner förklingade under det allmänna härskri, som uppgavs av de stormande. Anfallet skedde från alla sidor av ett tal så stort, att ett öga överfarande massan måste vänta att i nästa ögonblick se atanasianernas lilla skara nedtrampad, kvävd under dess fötter. Och likväl hejdades för en stund de framvältrande hoparne genom det mördande stenregn, varmed de mottogos. Men blott för en stund, ty om de främste tvekade, återstod dem likväl intet annat än rusa fram eller kasta sig ned och låta trampa sig under den efterföljande, oemotståndligt påträngande mängden.

Kretsen, som omgav de belägrade, vart därför allt trängre, likt en holme som översvämmas av den stigande sjön.

Palatinerna, som icke ett ögonblick låtit hejda sig av stenregnet, ehuru det försatte flera ur stridbart skick, hade redan hunnit fram.

Allt motstånd var hopplöst. Atanasianerna sågo döden och martyrkronan för ögonen. Föräldrarne omfamnade sina barn, männen sina hustrur. Somliga skyndade emot angriparne för att dö i kamp mellan slagna fiender. De andre kvarstannade bland de sina för att gemensamt med dem emottaga döden. Barnen gömde sina ansikten i mödrarnas sköte. Några sammanknäppte händerna till bön; andra hånade sina fiender med ropen: kättare, lögnkristianer! En gubbe uppstämde sången om martyrkronan, om deras härlighet, som äro kallade att vittna vid lammets tron.

Striden ändade med homoiusianernas fullständiga seger. Men många av de högvuxna barbarer, som buro palatinernas vapenklädsel, föllo för slagen av påkar och järnstörar eller dogo en harmligare död under oväpnade händer.

När striden var lyktad, fortfor mördandet, så länge en livsgnista fanns att släcka hos de övervunne. Deras kroppar krossades eller sönderslitos. Deras huvuden avskuros och fästes som segertecken på spjut och stänger.

Därefter ljöd i den blod- och segerdruckna hopen ropet:

- Till Piræus!

Ropet upprepades av tusen röster.

Sjungande och skrålande, med de ohyggliga troféerna i spetsen, tågade massan ned för kullen och tog vägen till Piræus.

Petros, som med det homoiusianska prästerskapet hade valt sitt högkvarter i storkyrkan, emottog underrättelsen om den seger, som hans hjord tillkämpat sig på Kolyttos, just medan han sände två centurior soldater till Piræus att öppna angreppet på kättarnes där samlade huvudstyrka.

Palatinerna skulle understödja detta angrepp.

Ehuru orkanen sålunda avlägsnade sig från den egentliga staden, var det dock långt ifrån att gatorna där hade sitt vanliga, lugna utseende. De genomströvades av hopar, mellan vilka man såg familjer, tillhörande den förmögnare befolkningen, som lämnade staden för sina lantgårdar, eller som togo sin tillflykt till Akropolis, på vars kulle en ansenlig hop av den gamla lärans vänner vid middagstiden var samlad.

Hedningarnes läge var fruktansvärt vid sådana tillfällen. De voro ett utanför stående, men av de båda kristianska flockarne lika hatat eller föraktat parti. Den minsta anledning kunde rikta emot dem samma raseri, varmed kristianerna sönderslito varandra inbördes.

Medan de nu sökte sin väg bland de kringsvärmande hoparne och bevittnade de blodiga uppträden, vari dessa voro skådespelarne, måste de vara döva för de hånande rop, som följde dem, och tåligt underkasta sig den misshandel, som de ej kunde undvika.

Ropet: till Piræus! fortplantades emellertid från gata till gata av dem, som hemburo de på Kolyttos fallna eller sårade homoiusianerna, och lockade allt flera stridslystne att skynda efter den avtågande huvudstyrkan. Andra fortforo att kringströva i den egentliga staden, i avvaktan på klockringningen, som skulle förkunna gudstjänstens början i storkyrkan. På den öppna platsen framför henne hade alltifrån morgongryningen stått en sammanpackad skara, som för den krigiska delen av skådespelet icke hade förgätit den andra uppbyggligare, och hellre ville försaka den förra än gå miste om den senare. Ett rykte gick, att de i kalkstensbrottet fångade, till döden dömda atanasianerna skulle föras till den heliga nattvarden. Man ville skåda detta, man ville höra Petros, och framförallt man ville än en gång se den helige, den av kättarne mördade Simon. Hans jordiska kvarlevor voro nedsatta framför altaret i koret. Krymplingar och sjuklingar ville vidröra dem, för att återvinna sin hälsa; andra väntade, att något underverk genom dem skulle ske, såsom skett hade mångenstädes i Egypten och Asien vid andra martyrers; alla hoppades kunna tillägna sig en relik av den helige: några strån av hans skägg, en nagel från hans händer, ett stycke av den björnhud, som i livstiden skylt hans kropp.

Medan denna skara väntar på den stora kyrkoportens öppnande—den andra porten har hela natten varit öppen, men vaktas av soldater, som icke insläppa andra än biskopens budbärare—tilldrager sig följande i grannskapet av Akarnaniska porten.

Den gamle Batyllos, olivhandlaren, hade, medan hans hustru Tabita var borta från hyddan för att mjölka getterna, tagit sin korg på armen och gått in till staden. Gubben var i dag försänkt i ett slags själsrus vid minnet av det, som han under natten upplevat. Atanasios hade varit under hans tak. Alexandrias rättmätige biskop, den trampade sanningens förkämpe, den förtryckta kyrkans hjälte, han som förföljdes av en värld, Atanasios hade gästat hans hus, suttit vid hans bord, brutit hans bröd, druckit hans vin. Han hade talat till Batyllos som till en jämlike, och de båda gråhuvudena hade funnit sig vara årsbarn med varandra. Men vilken skillnad likväl i krafter! I trots av de grå lockarne, det skrynklade ansiktet hade Batyllos tyckt sig se en yngling, och han tillskrev detta Guds andes kraft, som korat Atanasios för sitt stora verk och genomströmmade honom med liv ur livets källa. De hade vid lampan samtalat om den förföljda rättroende församlingens tillstånd i Aten. Batyllos hade fått uppräkna de fastare i tron bland männen, Tabita dem bland kvinnorna, och förtälja huru de i löndom samlades för att höra det oförfalskade ordet, huru de levde med varandra i endräkt och fördragsamhet. Vid många av de namn, som nämndes, hade Atanasios visat, att han kände deras ägare; han måste således hava ett minne, som omfattade hundratusentals vänner, spridda i alla städer över jorden. Därefter hade Atanasios förtalt, vad han själv upplevat under de två dagar, han vistats i det frejdade Aten. Han hade vid sin ankomst till staden icke vilat, förrän han hunnit upp på Pnyx' kulle och just till den plats, där aposteln Paulus måste hava stått, när han talade till Perikles' folk om den okände guden; han hade genom strövat alla gator och gränder, besökt både hedningar och kristianer i deras hus. Han hade bland målningar, blommor och vaser funnit en skön filosofinna och givit henne en vink om nasarensk filosofi. Och oaktat allt var han likväl icke trött. Han visste, att hans bröder skulle samlas i kalkstensbrottet, och han ville överraska dem med sin närvaro, tala till dem och mana dem till ståndaktighet. När tiden var inne, hade han med Batyllos och Tabita gått till de i grannskapet samlade bröderna och systrarna. Kalkstensbrottet låg, som vi veta, nära Batyllos' boning. Vad sedan hänt förekom Batyllos nästan som en dröm. Han hade alltid känt sig underbart fattad av dessa möten, dessa förbjudna, livsfarliga, lönliga, nattliga, men aldrig så djupt som den gången. Han påminde sig det svagt upplysta valvet, de i dess halvmörker som skuggor skymtande människorna, de med dämpade röster uppstämda psalmerna, det sorl av förvåning, som ledsagade främlingen, när han visade sig på talarens rum, den himmelska vältalighet, som strömmade från hans läppar och kom sorlet att förstummas, tills häpnaden och aningen gåvo sig luft i den från mun till mun flygande viskningen: Atanasios! Han påminde sig, huru denna tavla hastigt skiftade, huru män med svärd och hjälmar inträngde i församlingen, huru lamporna släcktes och ökade förvirringen med ogenomträngligt mörker, huru i trängseln en hand fattade hans arm och förde honom ut ur valvet, tills han stod bland sina egna olivträd under den öppna, stjärnströdda himmelen, upptäckande i den man, som så underbart räddat honom och sig själv, Atanasios.

Det förekom Batyllos som en försynens skickelse, att Atanasios hade visat sig bland de trogne i Aten, just då förföljelsen brast lös. De tarvade att tröstas, styrkas, uppeldas för att uthärda henne. Hans många vänners fängslande, pelarhelgonets död, upploppet, som rasade i staden, sällade sina intryck till de förra i gubbens själ. Han var i ett drömlikt tillstånd, vari hänförelse, lugn och värme blandade sig med obestämd längtan.

Kommen ett stycke innanför den Akarnaniska porten, mötte honom en hop män och kvinnor.

- Där är Batyllos. Han kommer, som om han vore kallad, hördes en röst i hopen.

- Där är han! Där är han!

Hopen uppgav ett vilt glädjeskri vid åsynen av den gamle.

- Olivhandlaren och giftblandaren!

- Det var han, som räckte Simon den förgiftade maten.

- Nej, ropade en kvinna, det var icke han ... han bara tillredde den ... men det var Tabita, hans hustru, som lämnade den till Simon. Jag såg det själv.

- Hören I? Anastasia har själv sett det!

- Jag såg det själv, säger jag, skrek samma kvinnliga röst.

- Död åt kättaren! Vi skola slita giftblandaren i stycken!

- Håll, gott folk, hördes en karlröst, låt det vara kvinnornas ensak! Låt kvinnorna också göra något till Guds och homoiusions ära! Det är just en lämplig motståndare för dem, den här.

- Bra, bra! Fram med kvinnorna! Det blir ett lustigt skådespel.

- En mot en! skrek en trasig furie, som tidigare på morgonen hade verksamt deltagit i striden på Kolyttos. En kan göra't. Men ned med tummarne, när han fått nog! Hör ni det!

- Ja, bara vi se hans pekfinger i luften.[17] Men akta dig själv! Gapa icke, ty han kan slunga en förgiftad oliv i halsen på dig.

Det plumpa skämtet hälsades med skrattsalvor.

Furien, som hade uppvecklat sin tunik, för att visa sina magra armar, som hon färgat i blodet av de fallna kättarne på Kolyttos, steg fram ur hopen, slängde av fötterna sina spikslagna träsandaler och tog den ena i hand som vapen.

- Giv akt! skrek hon, i det hon närmade sig Batyllos. Det är icke dig jag vill åt, utan dina oliver.

Denna anspelning på ett bland kämpande gladiatorer hävdvunnet skämt lönades med nya skrattsalvor.

Batyllos hade nedsatt korgen vid sina fötter. Han stirrade med sina skumma ögon på hopen, som slagit ring om honom, hans läppar rörde sig och gåvo väg åt orden:

- Bröder i Kristo! Jag är oskyldig i det brott, varom I talen. Varken jag eller min hustru har förgivit Simon.

- Nu står du icke på talarestolen, ropade det kvinnliga vidundret. Giv akt! första hugget är mitt.

- Håll! utbrast en karl, skyndade fram och fattade furiens arm. Låt honom tala ut! Du har icke förgivit den helige, säger du. Svär det vid Gud!

- Vid Gud den Allsmäktige!

- Och vid den enfödde Sonen, av lika väsen med Fadern ...

- Nej, nej, vid Sonen, som är av samma eviga gudomsväsen. Jag svär det vid honom.

Dessa ord, det förföljda kristianska partiets lösen, väckte en storm av ursinniga rop i hopen:

- Där hör ni det: Slå ner kättaren! Slå ner honom, Kyriaka!

Kyriaka, så kallade sig furien, svängde den tunga sandalen i luften och träffade i nästa ögonblick Batyllos' huvud, så att blodet färgade hans grå lockar och rann nedför hans panna.

Batyllos vacklade mot trappan till närmaste hus. Ett nytt slag sträckte honom till marken. I trots av Kyriakas gensagor, som ville behålla bytet för sig, rusade nu hopen, som sett blod, från alla sidor fram för att sönderslita den anfallne, som, där han låg, hade knäppt händerna över bröstet och med försvinnande medvetande bad Stefanos' bön för sina mördare.

Under uppträdet hade en man, som var klädd i kristianernas prästkåpa, med hastande steg närmat sig. Han hade hört de vilda skriken och anat, att något gruvligt förehades. Nu stod han vid sidan av den fallne, hans stämma ljöd över sorlet, hans armar stötte de ursinnigaste tillbaka. Hans bråda, kraftiga uppträdande och dräkten, som han bar, lyckades verkligen att vända hopens ögon från offret på honom.

---

17 Vid de romerska amfiteaterspelen var det brukligt, att en gladiator, som dukat under, med uppsträckt pekfinger bad om folkets nåd. Ville åskådarne, att han skulle skonas, nedhöllo de tummen; i motsatt fall uppräckte de den.

Skaran igenkände i den nykomne en medlem av det homoiusianska prästerskapet, medtävlaren till Petros i kraftig vältalighet. Man igenkände, oaktat den bleknade hyn och de avmagrade dragen, Teodoros.

- Jag ser, vad som är å färde, sade han, i det han upplyfte den sårade på trappan, avkastade sin kåpa och lade henne under hans huvud. I viljen mörda denne man. Vad har han gjort?

Den ögonblickliga tystnad, som följde på spörsmålet, bröts av en röst, som svarade ur hopen:

- Han har förgivit den helige Simon. Han är kättare och giftblandare. Han skall dö!

- Ja, ja! skreks i korus.

- Du vill väl icke försvara en kättare och giftblandare, hördes en annan röst. Det vore underligt av en rättrogen präst.

- Här skipa vi endast rättvisa, sade en karl, som steg fram ur hopen. Vi ha beslutit, att han skall dö. Dig vilja vi intet ont, men om du hindrar oss, så svara för dig själv!

- Hindra er? inföll Teodoros och ställde sig framför den sårade, så att han skyddade honom mot den påträngande hopen. Icke vill jag hindra er, då I endast viljen utöva rättvisa. Långt därifrån! Jag har alltid älskat rättvisan och deltager gärna i allt, som påbjudes av henne. Men rättvisan kräver ordning. Ingen får dömas ohörd. Var är nu domstolen?

- Här, svarades i hopen. Här äro vi själva domare.

- Gott. Domarne äro här, den anklagade där. Men var äro den kärande och vittnena?

- Här!

- Vad sägen I? Skulle domarne tillika vara anklagare och vittnen? Var detta eder rättvisa? Nej, mina vänner, sådant är icke rättvisa; det är mord, och Guds lag säger: du skall icke dräpa.

- Bah, vi ha nog vittnen, inföll en av männen. Var är Anastasia, som med egna ögon såg, när den giftblandarens hustru räckte Simon den förgiftade födan? Stig fram, Anastasia! Vi skola visa, att folket icke dömer ohördan.

- Rätt, Artemon, sade Teodoros. Du skall visa, att du och de andre icke döma ohördan, det var så du sade?

- Ja.

- Att I icke viljen fläcka edra händer med oskyldigt blod?

- Ja.

- Att I ären kristna och icke vilddjur ... det är ju så?

- Ja.

- Stig fram, Anastasia! ropades i hopen. Fram med dig! Övertyga prästen...

- Så att det blir slut med pratet, inföll Kyriaka med gäll stämma.

Anastasia, änkan från Dipylon, steg tvekande fram.

- Du är således vittnet? frågade Teodoros, i det han fäste sin skarpa blick på Anastasia.

- Ja.

- Vad såg du då? Tala sanning, ty på dina ord vilar den armes liv! Se honom och säg, om du vill ha hans blod över ditt huvud!

Batyllos hade öppnat ögonen. Hans medvetande började återkomma.

- Och innan du säger något, så än en fråga, fortfor Teodoros, på vars avmagrade kinder en livlig rodnad hade uppstigit. Har du barn?
- Ja, jag har en son...
- Som du älskar? Är det icke så?
- Jo.
- För vars lycka åtminstone någon gång ditt modershjärta bett till Gud!

- Ja, jag beder varje afton för mitt barn, svarade Anastasia med svävande röst, som yppade ett vaknande av ömmare känslor.

- Minns då, vad den Evige säger:»Jag är en stark hämnare, som straffar fädernas missgärning på barnen intill tredje och fjärde led.» Tala nu! Vad har du sett, som ger dig rätt att kalla denne man giftblandare?

- Jag har sett, svarade Anastasia tvekande, att hans hustru någon gång burit mat till Simon.

- När såg du det sist?
- I solnedgången dagen före Simons död.
- Och du såg även, att maten var förgiftad?
- Det kunde jag ju icke se.
- Är detta allt vad du har att vittna?

Anastasia teg.

- Säger ditt samvete, att detta vittnesbörd är tillräckligt för att döma den anklagade skyldig? Se honom! Se honom, den åldrige mannen, som väntar liv eller död av dina ord! Tänk på din son och svara nu på min fråga!

Anastasia fortfor att tiga. Hon tvekade, hon kämpade med sig själv. Men när hon i hopen bakom sig förnam nya, otåliga, hotande rop och fruktade, att det blodtörstiga packet skulle rusa fram och sönderslita offret ... när hon såg mordlystnadens föremål, som med halvt medvetslös blick stirrade i hennes ansikte, då kunde hon icke längre motstå intrycket av Teodoros' ord och sin egen bättre natur.

- Nej, nej, jag kan icke taga hans blod på mitt samvete. Jag tror, att han är oskyldig ... jag kan ingenting vittna ... Han är oskyldig ... Jag tror det ... hören, I vänner, jag tror, att han är oskyldig ... och ingen får taga hans liv, innan han tagit mitt.

Detta ropade Anastasia. Hennes samvete och hennes kvinnliga känslor voro väckta. Svindeln, som drivit henne att förena sig med de blodtörstiga hoparne, var svunnen. Hon såg nu allt som med andra, klarare ögon. Hon kastade sig ned vid sidan av den sårade och fattade hans hand.

Segern började luta till Teodoros' sida. Det gällde att gripa ögonblicket för att vinna den.

- Artemon, sade han, du, som icke vill döma någon ohördan, som ej vill sudla samvete och händer med oskyldigt blod, se, vittnet trycker den anklagades hand och vill med sitt liv värna hans. Vad säger du om detta vittnesmål?

- Jag trodde, att hon sett mer, svarade karlen. Det är nog möjligt, att Batyllos är oskyldig. Också har jag icke rört honom med ett finger.

Artemon var icke den ende i hopen, hos vilken eftertanke och en mänskligare sinnesstämning började få inträde. Men där funnos andra, hos vilka förföljelseraseriets svindel dränkte alla tankar, alla känslor i blodtörstens, och åter andra, som voro mäktiga av åtminstone denna tankegång: Det är omöjligt, att de blodsdomar, som vi i dag fullbordat, skulle vara orättfärdiga; det är omöjligt, ty det vore förskräckligt. Vi ha gjort oss skyldiga till så många grymheter; vi ha mördat barn i deras mödrars famn; vi ha icke skonat ålderns grå hår. Om samvetet en gång skulle tillräkna oss allt detta ... nej, det vore för mycket ... vi måste ha handlat rättfärdigt ... och vad vi gjort har ju skett i Herrens namn, för den rena läran, för bekännelsens enhet.

Det var dessa, som i Teodoros började rädas sitt eget samvete. De ville tysta honom, och om de själva, sedan detta mått av eftertanke börjat vakna, icke längre skulle mäktat bära hand på den sårade gubben, så funnos andra, som icke skulle tveka att med ett nytt bloddop styrka rättfärdigheten av deras förehavande.

Fördenskull invände de, i det de trängde in på Teodoros:

- Men han är kättare. Det är nog för att förtjäna döden. Lagen själv dömer kättare till döden, när de sammanträda till gudstjänst. Femtio atanasianer skola ju i dag enligt lagens dom dö under bilan. Skarprättaren för sig och vi för oss. I dag skipar folket rättvisa. Här äro vi alla vittnen. Han är känd av alla som en hårdnackad kättare. Han svor nyss, att Sonen är av samma väsen med Fadern. Det är nog. Gå undan, präst! Svara för dig själv, ifall du hindrar oss!

- I haven då beslutit, att han skall dö? sade Teodoros med en röst, som darrade av rörelse. I som bekännen Kristi namn, I haven då intet medlidande?

- Han är kättare!

- Se, han liknar en, som ligger på vägen, slagen av rövare. Kristianer, jag talar icke till er. Jag ropar till Gud, att en samaritan, en hedning måtte vandra här förbi! Hans ögon skola skymmas av tårar, han skall icke fråga om den olycklige är en kättare, utan endast se, att han är en nödställd broder; han skall förbinda de sår, som I slagit, och bära den arme på skuldrorna till sitt hus ...

- Prästen pratar omkull er, karlar, inföll Kyriaka med skarp röst. Hören I? Han påstår, att vi äro sämre än hedningar och samaritaner. Skola vi tåla sådant? Han påstår, att blodet, som du har på handen där, Timoteos, är oskyldigt blod; att blodet, som stänkt dig i synen, Alexios, är oskyldigt blod; att blodet, som färgat de här armarne (Kyriaka sträckte sina armar i luften), är oskyldigt blod. Och ändå var det på Kolyttos, vänner, där hundratals rättrogne ihjälslogos af kättarne! Sen I, vänner, sen här ... (Kyriaka drog ned tuniken kring sin knotiga hals) ... sen I, att jag är blodig på min hals? Sen I såren där? Det är märken från Kolyttos, det är märken av oskyldiga kättaretänder, av en liten fördjävlat oskyldig kättarunges tänder, som ville bita halsen av mig, när jag i Guds och homoiusions namn avfärdade hans kätterska till mor. På Kolyttos, vänner, ha de oskyldiga kättarne mördat edra fäder och söner. På Kolyttos stredo kejsarens egna soldater mot de oskyldiga kättarne och bortburo efter stridens slut de oskyldiga kättarehuvudena på kejsarens egna lansar. Kejsaren måtte vara en stor brottsling, som förföljer oskyldiga, och I måtten vara idel uslingar, sämre än samaritaner, hedningar och hundar, eller också är denne präst en lögnpräst, en hemlig atanasian, som förtjänar döden. Ären I fega, karlar? Skola käringarna fram i spetsen för er? Bort med honom! Slå ned honom! Han förnekar bekännelsens enhet, ty han försvarar kättarne! Bekännelsens enhet, den enda allmänneliga kyrkan, vänner! Bort med prästen, slå ned lögnprästen! Hennes ord hade återtänt fanatismen. De ursinnigaste i hopen rusade fram för att kasta sig över sitt offer. De fattade i Anastasia, som skylde gubben med sin kropp, och sökte rycka henne bort. Andra rusade emot Teodoros och stötte honom tillbaka; men kraftig och beslutsam som han var, återvann han gång efter annan sin post, avvärjde de slag, som voro måttade åt Batyllos, och kämpade som för sitt eget liv, ensam mot en övermakt av människolika vilddjur.

Nu sprängde en ryttare, klädd som kejserlig kurir, över gatan. Han kom från Akarnaniska porten. Folket hörde icke hans rop att giva rum. Han drev på hästen in i massan. Hästen stegrade sig. Ryttaren svor och utdelade slag till höger och vänster med fästet av sitt svärd. Uppmärksamheten riktades på honom. Teodoros nyttjade ögonblicket. Dörren till det hus, vid vars trappa detta uppträde förefallit, var stängd, men icke läst. Hon sprang upp för en stöt av hans hand. Teodoros fattade Batyllos under armarne och drog honom in i förstugan. Anastasias passiva motstånd och Artemons tvetydiga uppförande, som, medan han fattade tag i Batyllos, knuffade undan de närstående, underlättade denna handling. När ryttaren kommit förbi, voro prästen och kättaren försvunna och dörren bommad bakom dem.

Klockorna i storkyrkan började ringa. De kallade till gudstjänsten. Hopen, som annars skulle stormat huset, hade att välja. De vildaste, med Kyriaka i spetsen, försökte bryta upp dörren, medan det stora flertalet skingrade sig och ilade bort för att icke komma för sent. Än ett gagnlöst lopp mot dörren, och med några förbannelser skyndade de övrige åt samma håll.

Gudstjänsten förenade så många homoiusianer, som storkyrkan kunde rymma. Men det var endast ett ringa antal i jämförelse med de massor, som voro i rörelse. Vid samma tid, som det nyss skildrade uppträdet vid Akarnaniska porten ägde rum, hade den regelbundna väpnade styrkan, understödd av en talrik folkmassa, gjort ett angrepp på de i Piræus förskansade atanasianerna. Det tillbakaslogs så kraftigt, att anföraren, för att med utsikt på framgång våga ett nytt, äskade förstärkning av en centuria bland de fyra, som under tribunen Pylades' befäl voro uppställda i grannskapet av storkyrkan och ännu icke deltagit i striden. Pylades avsände den begärda centurian, men med order att icke förnya angreppet. Man borde inskränka sig till att omringa det av atanasianerna innehavda kvarteret, för att hindra dem mottaga förstärkningar, som kunde göra dem vådliga och sätta dem i stånd att ifrån försvar gå över till anfall. Denna avvaktande hållning borde man iakttaga till inemot aftonen. Det var nämligen biskopens uppsåt att ordna homoiusianernas massor och väpna dem ur arsenalerna. Han ville i egen person och följd av sitt prästerskap företaga ett avgörande angrepp på kättarne med de rättrognes hela samlade och ordnade styrka.

Till följd av denna order vart den stridslystna massa, som från staden strömmade till Piræus, avtackad. Sedan hon lugnats med utsikt på aftonens bardalekar, återvände hon till staden, förstärkt med avskummet i Piræus, och med sina rysliga troféer från Kolyttos i spetsen. Det var en vridrig åsyn skaran företedde, där hon vältrade fram emellan de gamla, halvförfallna murar, som förenade Aten med dess hamnstad. Psalmer och slagdängor skrålades om varandra, och högt över oväsendet ljödo de outtröttliga ropen: Död at giftblandarne!

Men bland dessa rop förnummos nu för första gången andra, i början höjda av några få röster, därefter av flera, slutligen tävlande i styrka med de förra:

- Död åt de hedniska hundarne, avgudadyrkarne!
- Ned med kristendomens fiender! Hämnd på ärkehedningen! Krysanteus har smädat Kristus! Hämnd på ärkehedningen!

Uppträden, som förefőllo under tåget till staden, läto ana, att nya elementer hade förenat sig med de förut verksamma. Massan började plundra. Köpmansbodarna, som funnos i de långa portikerna å ömse sidor vägen, uppbrötos och tömdes.

Piræiska gatan utmynnade till torget. I dag låg en tung och mulen himmel över denna sköna, minnesrika plats. Pelarrader och stoder syntes längta efter den förintelse, som är fullständig, när formen är stoft och stoftet spritt av himmelens vindar.

De voro nu ingenting annat än spöken från en förgången tid och ägde ingenting gemensamt med människovarelser liknande dem, som bildade de nu annalkande mörka, oroliga vågorna.

Zenons lärjungar hade, som vanligt, samlats i målningsgalleriets pelargång. Mitt under de stormar, som brusade genom världen och skakade hennes hörnstenar, under den förskräckliga kampen mellan massor, som offrat mänsklighetens gudagivna gåvor, förnuft och vilja, på altaret åt den avgud, som nämndes Tron, den döpte Molok, som kallades Bekännelsen, för att sedan viljelösa drivas hit och dit av egna och andras rysliga lidelser—mitt under detta såg man kring en gammal Stoas filosof några män och ynglingar samlade för att lyssna till ord om sedlig självbestämmelse, om viljans seger över jordiska böjelser och jordisk fruktan, om människosjälens kraft att genom sig själv förädlas och genom dygden varda en spegelbild av Guds andes lugn och harmoni.

Det var denna lära, som fläktade storhet genom hedendomen, som fyllde Plutarkos' hjältegalleri med en rikedom av härliga män, en rikedom, samlad endast från tvänne Medelhavsländer, och likväl sådan, att det första årtusendet av kristlig odling, omfattande talrika folk, synes nästan som ett missväxtår på stora människor i jämförelse med honom.

Medan det homoiusianska packet drog förbi, genljöd torget av mångfaldiga rop, och bland dem:—Död åt avgudadyrkarne, hedningarne, kristendomens fiender! Torgets stoder överhöljdes med stenregn; man såg här och där de mörka hoparne kräla upp på fotställen, såg stoderna, som de buro, krossas under slag av klubbor och stänger; men eget nog, de hedniska männen i målningsgalleriet vordo icke föremål för raseriet, man åtnöjde sig med att slunga skymford till dem. Deras lugn kunde väl icke vara mäktigt nog att göra intryck på den mordlystna skaran; men det fanns till och med hos pöbeln en ärvd vördnad, en skygg aktning för järnmännen i Stoa.

Hoparne delade sig åt alla de gator, som ledde från torget. Den starkaste drog till Tripodgatan, till Krysanteus' hus.

En man, som länge vandrat av och an utanför Perikles' Odeion, avlägsnade sig därifrån vid hopens annalkande. Han hastade till Pylades och underrättade honom om vad han sett och hört. Kort därefter satt samme man till häst och sprängde bort genom dubbelporten.

Han var minst det tionde budet, som Pylades denna förmiddag sänt till Lysis' villa.

Pylades hade börjat sin bana som frigiven son till en av Annæus Domitius' slavar. Sedan han valt krigarståndet, hade han under Annæus' skydd stigit tämligen hastigt till den värdighet han nu innehade. Hans skaplynne, som lämpade sig för tidsförhållandena och förstod begagna dem, lovade honom en lysande bana. Han hade emellertid förknippat sitt öde med Annæus Domitius', tills det som ett moget äpple skulle falla från moderstädet, som utvecklat det. Mognadstiden var ännu icke kommen. Pylades hyste djärva förhoppningar om Annæus Domitius' framtid och nästan omätliga om sin egen. För närvarande var han ett verktyg, på vars duglighet och trohet prokonsuln kunde lita.

Den kejserlige kurir, vars ankomst till Aten vi bevittnat, hade ridit till Annæus Domitius' palats, men lika hastigt lämnat det, ledsagad av prokonsulns förtrogne kammarslav till häst. Han hade inkommit genom Akarnaniska porten och lämnade några minuter därefter Aten genom dubbelporten.

FJORTONDE KAPITLET.

En orgie.

I nöden prövas vännen. Karmides hade bestått det prov, som prokonsuln underkastat hans vänskap.

Han, Karmides, hade verkligen satt sig upp på kappadokiern Akilleus och mitt i natten ridit ut till Lysis' villa för att hugsvala den bekymrade.

Vid framkomsten rådde i villan den djupaste tystnad. Sömnens hulda genius förde där sin vallmospira. Gästerna slumrade, envar inom sin dörr, i den långa aulans pelargång. Till och med den djupt bekymrade njöt en efterlängtad ro. Det hade varit grymt att störa honom. Karmides lät visa sig till den för honom bestämda sängkammaren, och snart var även han försänkt i drömmar. Han drömde om Rakel och Hermione, om blodiga gatstrider, om olyckliga tärningkast, om fordringsägare och självmord.

Morgonstjärnan slog upp ögat, och i köksvärlden rådde den livligaste verksamhet. Vid pass två timmar därefter vaknade Karmides vid tonerna av en ljuv musik. Med den blandade sig Praxinoas stämma; hon grälade på slavinnan, som friserade hennes hår. Medan Karmides lyssnade till dessa ljud och förbannade de usla drömmar Annæus Domitius hade beställt för sin gästs räkning, infunno sig slavar, som buro honom i badet. Badet var yppigt, vattnet lagom varmt och mängt med ljuva parfymer, frottörerna mästare i sitt slag, som borde kunnat återgiva en gubbes lemmar ungdomens spänstighet. Karmides kände sig föryngrad under deras händer och mäktig av alla möjliga epikureiska vapendater. Från badet bars han till ett rum, där konstnärer av olika slag väntade honom, konstnärer av rakkniven, friserkammen och toalettpenseln. Han teg och förtrodde sig lugnt åt sitt ödes blida makter. Samtliga artisterna utförde sin sak väl. Rakkniven fördes av den lättaste hand, lockarne uppmjukades med ambrosia och ordnades à la Foibos Apollon, toalettpenseln gjorde strecket, som höjer ögats glans, varefter Karmides ifördes kitonen och sandalerna och visades till samlingsrummet.

Här väntades han av de andra gästerna, som var för sig undergått samma behandling. De kunde således icke vara annat än morgonfriska. Också var hugsvalelsen redan i full gång. Karmides hörde på avstånd skratt och glada röster.

Ett samkväm, som började så tidigt på morgonen, var någonting ovanligt och retande. Samtliga de närvarande uppträdde i morgontoaletter, bland vilka damernas utmärkte sig för genomskinlighet. Damerna voro av två slag: de ständiga och de tillfälliga. De ständiga voro Myro och Praxinoa; de tillfälliga voro två unga syriska slavar, som den kvinliga kitonen och de efter senaste damemodet friserade lockarne klädde väl. Mellan dessa olika slags damer visade sig under samtalets gång intet spår till avundsjuka, men många av stark dragningskraft och växande förtrolighet. Och när inga missljud från detta håll störde glättigheten, varifrån skulle de då komma?

Vi veta, att dagen var mulen, men även om morgonsolen skinit med sin klaraste glans, skulle svårligen en stråle funnit väg genom de tjocka tapeterna för salens fönster. Rummet upplystes av lampors festliga sken.

Ej heller fanns, sedan två till tre timmar förflutit, någon i sällskapet, om icke Annæus Domitius, som påminde sig, att det var full dager därute. Därtill bidrogo ej endast lamporna, utan än mer de ljuva, förrädiska viner, varmed man flitigt fyllde de kransade bägarne.

Samtalet fortgick naturligtvis allt livligare, allt mer sprittande. Karmides hade öppnat det med en gäspning, det sista spåret av en orolig natt; Olympiodoros med en poetisk utgjutelse över morgonen och morgonrodnaden, företrädesvis den, som strålade på de fyra damernas kinder.

Annæus Domitius, den av statsgöromålen nedböjde, var icke otacksam för sina gästers bemödande att förströ hans sinne. Hans glättighet växte med de övriges. Vi vilja anmärka, att Annæus Domitius bland nyktra människor var prokonsul, patricier och romare; själve hans förtrogne unge vän Karmides påminde sig blott ur dimman av grundliga rus en faunartad Annæus Domitius. Men en sådan fanns och väntade blott på tjänligt tillfälle och lämplig omgivning för att avkasta masken och framträda i hela sin befängdhet. Under hovmannen dolde sig en naturmänniska, som, när hon släpptes lös, gav sig luft i den tokigaste, mest otyglade munterhet.

Emellertid voro de bud, som Pylades avsände till villan, emottagna av en slav, och chiffertavlorna, de medförde, överlämnade till prokonsuln, som läste dem, utplånade det skrivna med sin stylus, drack och skämtade, utan att deras innehåll syntes kvarlämna en allvarsam tanke på hans feta, skinande och leende ansikte.

Han drack, kredensade pokalerna åt Myro och Praxinoa, skrattade, berättade kärlekshistorier och skämtade plumpare, ju större verkan vinet och munterheten visade sig ha utövat på hans gästers livsandar.

Rodnaden, som färgade hans kinder, steg småningom över hans panna och övergöt den kala hjässan med varm cinnoberglans. Hans huvud liknade en mogen, svällande druva. Men detta förebud till faunens snara framträdande röjde sig icke, innan de andra gästerna börjat tillåta sig friheter i ord och gärning, för vilka lamporna borde slocknat, om de ägt den ringaste känsla av blygsamhet.

Musiken, som utfördes av osynliga konstnärer, tycktes följa ingivelserna från den ande, som livade sällskapet. I början ljuv och smäktande, vart den allt livligare. Myro, Praxinoa och de syriska slavarne, som voro dansare till yrket, fattades av rytmen, sprungo upp och kringsvävade varandra i dansar, som förmälde bajadärens luftiga rörelser med backantens vilda lust.

De unga männen, som vilade på sina soffor och åsågo dansen, kunde icke motstå begäret att deltaga. Genom en hemlighet, som endast prokonsuln och festens osynliga tjänsteandar kände, var musiken beroende av hans vilja. Hon spelade upp Kalabis, hellenernas cancan, en dans, som atenarne sällan dansade, utom vid tillfällen sådana som detta. Annæus Domitius, som avkastat rosenkransen från sin kala hjässa och påsatt en yvig murgrönskrans, förenade sig med de övrige. Han figurerade mot Praxinoa. Silenen var färdig. Hans väldiga mage syntes, i stället för att vara en börda, tjänstgöra som en luftfylld blåsa hos simmaren. Han rörde sig på hälarne och var outtömlig på barocka åtbörder, som han förstod att para med en vighet, ett tillgjort allvar och en strävan till behagfulla rörelser, som i sin helhet väckte den ursinnigaste munterhet och upplöste det hela i ett samfällt skallande skratt. Dansen kom ett ögonblick att stanna. Annæus Domitius påtog en min av komisk förargelse; han låtsade vara stött, kastade sig i en soffa, torkade sin svettiga hjässa och inskränkte sig till att som åskådare njuta av dansens fortsättning.

Under allt detta hade hans tankar endast tillfälligtvis varit frånvarande från Aten och de händelser, som där föreföllo. De bud, som Pylades skickade, satte honom i stånd att steg för steg följa deras utveckling. Ju längre det led på förmiddagen, dess mödosammare, i trots av vinet och sällskapet, vart det för Annæus Domitius att tygla sin otålighet, som började övergå till verklig oro, och detta ehuru han visste, att Pylades ställt allt på bästa möjliga sätt.

Emellertid hade Pylades' sista brev innehållit dessa lugnande ord: »Biskopen har gillat mitt förslag att låta vapnen vila i Piræus till aftonen. Pöbeln står således till vårt förfogande. De våra äro blandade i massan, och det kan ej fela, att hon snart tågar tillbaka till staden. Krysanteus är i sitt hus, som han öppnat till fristad för en mängd atanasianer. Detta blir en ny orsak till vad som i alla händelser skall ske.»

Dessa ord voro, som nämnt, lugnande för Annæus Domitius. Men han fruktade ännu, att det förberedda slaget skulle måttas för sent, och för sent vore det, när Petros efter gudstjänsten finge lediga händer och kunde utskicka sina präster som självskrivna ledare av hopen. Dessa skulle otvivelaktigt avvärja faran från Krysanteus och rikta pöbelns raseri åt andra håll.

Efter dansens nöjen kommo bordets. Villans arkimagirus[18] hade utvecklat

---

18 Mästerkock.

en förmåga, som bidrog att hålla sällskapets stämning på höjdpunkten. Själva tärningarna, som under desserten framhades, slogos ur brädet av det ystra glammet. Gästerna betjänades av utvalda slavgossar, vilkas långa lockar Olympiodoros föredrog framför servetten, när han mellan rätterna torkade sina med parfymerat vatten övergjutna händer. Konversationen var icke blott yster utan gudlös. Förgäves påminde Annæus Domitius med en anstrykning av allvar, att han var katekumen, att man borde skona hans religiösa känsla och teologiska övertygelse; man skrattade åt kristianernas trehövdade gud, liksom åt den gamle giktbrutne Zeus. Det var ett hån utan gränser, och hade Olympen ännu ägt en ljungeld, måste de vilda hädelserna nedkallat honom över sällskapets huvuden.

Man grinade åt den dumma tron på själens odödlighet och prisade den visa lära, som bjuder att leva, så länge man lever. Man var nio vid bordet; man ropade på den tionde, på benrangelsmannen. Och benrangelsmannen, som var redo, emedan han, där gästerna så fordrade, aldrig borde saknas i ett välförsett och gästfritt hus, benrangelsmannen infördes och fick säte mellan gästerna, på en av de svällande vilosofforna kring bordet. Man kransade honom, man förde bägaren till hans mun och hånade honom, emedan han icke kunde dricka.

Härunder inträdde taffeltäckaren, viskade något i sin herres öra och gick.

Annæus Domitius steg upp, tog en slev och slog henne kraftigt emot den stora, mitt på bordet bland dessertens läckerheter stående bålen, till dess han med denna infernaliska ringning slutligen lyckats tilltvinga sig sällskapets öra.

Han lade bort murgrönskransen, tog en min av allvar och värdighet och sade:

- Barn, jag nämnde nyss ett ord om teologisk övertygelse. Det ordet var allvarligt, alltför allvarligt för att ej varda en förbisedd främling bland de skalkaktiga, vingade kupidoner, som fladdra från edra läppar. Jag älskar glädjen, mina barn, men glömmen ej, att jag är katekumen! Själv påminnes jag härom genom ankomsten av denne magre, lugne, tigande, högtidlige gäst, vars köttlösa panna I kransat med ängens rosor, till vars mun, som döden förseglat och förruttnelsen åter öppnat, I fört den fradgande pokalen. Han tiger och talar dock med tveggehanda tungomål. Till er, världens barn, säger han: njuten, medan tid är, ty I skolen en gång vara lika hålögda, köttlösa, kalla och stumma som jag. Till mig är hans språk ett annat. De tomma ögongroparna hava blickar, som fråga mig: vad gör du här? Mina barn, denna fråga, riktad till en katekumen, är förebrående och hotande. Hon förskräcker mig väl icke, men hon nödgar mig gå. Jag vördar glädjen och erkänner nöjets konungsliga rättigheter. Jag erkänner dem, även när det rasar som tyrann. Jag erkänner dem, men lämnar, lik Petus, rådkammaren, tills det åter för sin spira med sansad hand. Hellre än att göra uppror avlägsnar jag mig. Därmed fredar jag tillika min katekumeniska känsla och min teologiska övertygelse. Jag går för att återvända, när samtalet, som nu synes mig male præcinctum, illa gördlat, ordnat sin kiton i blygsammare veck. Det är på detta sätt jag löser det stora problem, som jag gjort till uppgift för en levnads forskning, huru nämligen förena levnadsglädjen med katekumenens plikter, huru iakttaga de skyldigheter, som åläggas mig av min tro, samma tro, som det höga och heliga majestätet, Konstantius Augustus, min kejsare och herre, så varmt bekänner, och som därför bör stå högt över varje inkast—huru, säger jag, förena dessa skyldigheter med njutningen av ett sådant förtjusande umgänge som edert.

Annaus Domitius hade talat ut. Han tömde sin bägare och avlägsnade sig.

- Vid Dionysos, en härlig förevändning för att gå och intaga ett vomitiv![19] utbrast Karmides.

- Där ha vi orsaken. Gissat! Riktigt! ropade de andre.

- Älskliga Myro, fortfor Karmides, när han talade om en illa gördlad kiton, så anspelade han väl icke på din?

- Nej, han anspelade på Praxinoas, inföll Olympiodoros; Praxinoa, du förstår alls icke konsten att ordna din kiton; jag vill nu genast lära dig både de mycket blygsamma och mindre blygsamma vecken, så att du hädanefter kan skilja mellan båda slagen samt undgå att såra såväl en katekumenisk känsla som en teologisk övertygelse.

- Praxinoa, inföll Karmides, tag icke Olympiodoros till lärare! Hans konst att ordna en kiton är förmodligen icke större än hans konst att dikta ett epigram. Häng en kiton över vår vän, benrangelsmannen, och låt honom förevisa de mer och mindre blygsamma vecken på denne!

- Hu, vilket skämt! utbrast Myro. Palladios, giv mig bägaren och låt mig nedskölja det i vin.

- Se här! Din skål, väninna! Karmides, vad lider tiden?

- Tiden? Vem talar om tiden här? Överlämna det ordet åt människorna. Det passar icke för oss odödliga gudar.

Fast står evigt Olympen, där gudarne äga sin lugna hemborg. Av stormar den ej omskakas; av skurar ej sköljes; aldrig av snö den skyles; beständigt en ljusare luftkrets välver omkring den, och klart omflyter dess hjässa ett skimmer. Där förlusta sig dag från dag lycksalige gudar[20].

- Mina vänner, fortfor Karmides, sträckande sig i sin soffa, låt oss komma överens därom, att vi äro gudar och lyckligare än gudar. Till slut beror alltsammans på överenskommelse. Varför skulle vi då icke göra oss lyckliga och odödliga?

- Överenskommet! En skål för vår odödlighet!

- I vår egenskap av gudar äro vi ingalunda nyfikna, mina vänner. Annars skulle vi måhända fråga: huru ser det ut vid denna timme i Aten? Men jag förmodar, att ingen av oss faller så platt ifrån Olympen ned på den usla jorden. Således: en skål för Aten! Må det försvinna från jorden!

- Och taga våra fordringsägare med sig!

- Aten! Vad är Aten? En skål för jorden! Må hon sedan sönderfalla i atomer! Må hon försvinna under våra fötter!

- Myro, här är plats på soffan vid min sida! Lägg dig här, medan jorden försvinner under oss. Beklagligtvis, Myro, är det egentligen icke du, som jag önskar i min famn, när jag nu svävar etern över en förintad värld. Men det

---

19 Ett bland romerska rumlare vanligt medel, varmed de satte sig i skick att förnya dryckeslaget.

20 Homeros.

betyder föga: i mörkret försvinna alla skiljaktigheter. Ut med lamporna!

- Jag frågar än en gång, vad tiden lider, stammade Palladios, rusig som de andre, ty då jag nu är gud, vill jag vara en ordentlig gud med goda borgerliga husvanor, som släcker min lampa vid midnattstiden, aldrig förr och sällan senare. Vad lider tiden, frågar jag?

- Det lider över midnatten.

- Nåväl, ut med lamporna! Var är Praxinoa?

-Inga närgångna frågor! svarade Olympiodoros. Men benrangelsmannen finns på sin plats, Palladios. Midnattstiden är förliden. Jag är sömnig. Ut med lamporna!

-Nej, nej, vi skola dansa. Varför har musiken tystnat? Spela upp Kalabis, Kalabis!

- Vem begär Kalabis?

- Benrangelsmannen.

- Giv mig en friskare krans!

- Tag benrangelsmannens!

- Kalabis! Jag figurerar mot min unge syrier. Kalabis!

- Fyll min bägare!

- Tag benrangelsmannens!

- Slavar, ut med lamporna!

- Slavar, spelen upp Kalabis!

- Ut med lamporna!

- Kalabis, Kalabis!

Sedan ropen och det allt oredigare samtalet fortgått en stund på detta sätt, återvände Annæus Domitius till sina gäster. Han hade i aulan väntats av den kejserlige kuriren. Det brev, som denne medfört, bar prokonsuln av Akaja nu i sin gördel. Det låg i detta ögonblick i hans anlete och väsen något, som förut icke varit synligt där, något alldeles motsatt den nyss försvunne silenen.

- Mina vänner, sade han, ödet var starkare än min skyddsvakt. Min ämbetsplikt kallar mig till Aten, där ett förskräckligt upplopp sköljer gatorna med blod ...

- Bah, låt kristianerna sönderslita varandra! avbröt honom en av gästerna.

- Varandra? Ja, varandra och er! Staden genljuder nu av ropet: död åt avgudadyrkarne!

- Bah, låt dem ropa!

- Låt Aten brinna!

- Låt dem i fred slå ihjäl våra fordringsägare! Vad vidkommer det dig?

- De ropa väl även: död åt judarne, som korsfäst vår Gud!

- Död åt judarne! Död åt hela människosläktet!

- Ut med lamporna!

- Kalabis, Kalabis, I slavar!

Den ende i sällskapet, som lyssnade till prokonsuln, var Karmides. Han sprang upp från sin soffa och utbrast:

- En häst och en mantel: jag följer dig till staden!

- Vänner, ropade Annæus Domitius över sorlet, för prokonsuln över Akaja går det icke an att låta Aten brinna, om han kan släcka branden, vore det även med sitt blod. Aten, det härliga, minnesrika! Aten, vetenskapens och konstens amma! Aten, kejsarens ögonsten! Mina gäster, jag måste lämna er … kommen efter till staden … där skola vi fortsätta festen. Här återstå endast två skålar. Upp och fatten bägaren! Upp, du slöa, likgiltiga, fördärvade ungdom! Upp envar, som ännu älskar fädernas minnen! Bägarne, bägarne! En skål för de gamla, evigt unga gudar!

- Hör på katekumenen!
- Tyst, här finns ingen katekumen! ropade Annæus Domitius. Gudarnes skål!

Han tömde sin bägare. De rusiga gästerna följde föredömet. Karmides betraktade Annæus Domitius med förvåning. Han kände denne och anade plötsligt av hans uppförande, hans hållning, tonen i hans röst, att något utomordentligt hänt eller förestod.

- Sista skålen, men den främsta av alla! ropade Annæus Domitius, i det han fattade den väldiga, mitt på bordet stående bålen. I botten, tömmen den i botten för världens herre, Roms kejsare, Julianus Augustus!

En dödstystnad uppstod. Karmides fattade Annæus Domitius i armen och viskade:

- Vet du, vad du säger? Eller vad har hänt?
- Tyst, tyst! Han är rusig. Han talar huvudet av oss! Förbannelse! Slavarne ha hört hans rop. Vi äro förlorade.

Gästerna hade plötsligt blivit nyktra. De viskade och betraktade varandra med förskräckta blickar.

- Vad? utbrast Annæus Domitius. Vad betyder denna tystnad? Står jag bland rebeller? Jag svär vid Julianus' namn att lägga samtliga edra huvuden för mina fötter, och det före solnedgången, om I neken att dricka skålen för vår rättmätige kejsare, sanctissima majestas, dominus Augustus Julianus, Imperator, pontifex maximus, pater patriæ, restitutor orbis!

Han förde bålen till sina läppar och slängde den i golvet. I samma ögonblick öppnades dörren, en röst sade:

- Din häst är framme.
- Här ditt svärd och din regnkappa.

Kammarslaven fäste svärdet vid sin herres gördel och manteln över hans skuldror.

Annæus Domitius ilade ut, besteg sin Akilleus och red bort.

På vägen mötte honom det sista bud, som Pylades avsänt. Prokonsuln höll in sin häst och genomögnade brevtavlan, som innehöll följande ord:

»En talrik folkmassa närmar sig Tripodgatan, då jag skriver detta. Man ropar, att Krysanteus smädat Kristus.»

Annæus Domitius manade på sin häst.

- Förbannelse över Pylades! Tio tusen lansar i pöbeln! Om jag skulle komma för sent för att rädda Krysanteus! O, min Akilleus, om du nu hade vingar! Min fördömda fetma! Här gäller rida till sig konsulatet eller knäcka halsen på försöket.

Då Annæus Domitius red in på Tripodgatan, var hon uppfylld av människor.

Men dessa iakttogo en stillhet, som förvånade honom. Vad betydde det? Hade han kommit för sent?

Däruppe på översta sluttningen av Akropolis stod en skara bävande åskådare, Krysanteus' trosvänner. Annæus Domitius förbannade deras feghet; de hade måhända, utan att röra sig från stället, sett hans hus stormat, honom själv och hans dotter, den av hedningarne älskade Hermione, sönderslitna av fanatiska kristianer. Och ändå skulle ett plötsligt angrepp av en beslutsam skara, nedstormande från denna höjd, hava krossat den sammanpackade hopen på gatan där nedanför.

Prokonsuln hade dragit kåpan tillbaka för att vara igenkännlig för massan. När han banat sig väg ett stycke genom hopen och närmat sig arkontens hus, där trängseln var starkast, såg han framför porten en man till häst, omgiven av soldater, vilkas spjut och hjälmar syntes över hopen. Ryttaren var Pylades.

- Giv rum för prokonsuln av Akaja! Vad är å färde? Vad betyder denna folkskockning? Giv rum i kejsarens namn!

Annæus Domitius ropade detta och lyfte över sitt huvud en brevtavla, på vars skulpterade och förgyllda ram man igenkände ett kejserligt dekret eller en regeringsskrivelse.

- Leve Annæus Domitius! skreks i hopen, ty prokonsuln föreställde homoiusian och hade alltid bemödat sig om mängdens gunst. Leve prokonsuln av Akaja! Leve homoiusion!

Dessa rop efterträddes omedelbart av andra, som höjdes längre bort på gatan:

- Ut med kättarne! Död åt hedningarne!

Den tystnad massan iakttagit vid prokonsulns ankomst hade endast varit tillfällig. Man hade lyssnat till en präst, som just i det ögonblicket slutat att tala till folket. Prästen hade nu försvunnit genom dörren till Krysanteus' hus.

- Annæus Domitius! mumlade Pylades, när han på avstånd upptäckte honom. Han här? Vad betyder detta?

Men när tribunen strax därefter tillika upptäckte vad det var, som prokonsuln lyft i handen, fattades han av en aning.

Han red prokonsuln till mötes genom hopen, som i dennes närmaste omgivning hade tystnat vid åsynen av den vördnadsbjudande tavlan, förkunnaren av Guds smordes vilja, medan på längre avstånd ropet: ut med kättarne! fortfor och vart starkare.

- Pylades, utbrast prokonsuln i viskande ton, fattande tribunens arm, vad har hänt? Kommer jag för sent? Vad har man företagit mot Krysanteus?

- Lysande och ädle herre, ni kommer tvärtom för bittida ...

- Fort, svara mig, lever han?

- Vår plan är i sista stunden fördröjd ...

- Fördröjd? Vilken plan är fördröjd?

- Ammianus Marcellinus hör massans rop, förstår dess uppsåt, ilar till kyrkan, underrättar genom en diakon Petros ...

- Förbannelse över dina långa omsvep! Jag begriper icke ett ord av vad du säger. Lever han ännu, frågar jag!

- Petros sände mig hit att skydda hans hus, jag kommer, medan hopen gör min av att storma det, en präst ledsagar mig, prästen talar till folket och lyckas åvägabringa underhandlingar, folket fordrar till en början de i huset varande kättarnes utlämnande, underhandlingen fortgår i detta ögonblick ... och vi äro här för att till sista man försvara arkontens liv ...

- Prisad vare min lyckliga stjärna! Den ädle Krysanteus!

- Ah! mumlade Pylades bleknande, jag börjar förstå ...

- Underhandlingarna äro slutade, fortfor Annæus Domitius med höjd röst. Vad betyder detta oväsen, dessa rop, denna folksamling? Vad har hänt under min frånvaro? Är ett upplopp å färde? Vågar man störa lugnet, kränka lagarne, förakta kejsarens majestät?

- Lysande och ädle herre!

- Jag överlämnade, därtill pliktig, förfogandet över trupperna åt biskopen av Aten. Har han brukat dem till att störa i stället för att upprätthålla ordningen? Nåväl, det är prokonsuln av Akaja, som i sista hand är ansvarig för lagarnes helgd och upprätthållandet av kejsarens myndighet. Jag återtager mitt befäl. Hopen skall avlägsna sig eller sprängas med våld. Ordningen skall återställas med ämbetsmännens, truppernas och alla goda medborgares bistånd. Var äro trupperna?

- Större delen i Piræus....

- Vad djävulen göra de i Piræus? Och de övrige?...

- Uppställda vid storkyrkan....

- Vad djävulen göra de vid storkyrkan? Icke en enda man behövs vid storkyrkan. Du hitkallar genast hela den vid storkyrkan uppställda styrkan, du tystar ropen, påminner folket om upprorslagen och tuktar de uppstudsige. Pylades, fortfor Annæus Domitius med sänkt röst, det är i dag du grundlägger din framtid....

- Ah ... Jag anar....

- Tyst!

- Jag avsänder genast en centurion för att hitkalla förstärkning.

- Och jag går att tala med arkonten av Aten....

Prokonsuln steg av sin häst och lämnade tyglarne åt en soldat. I detta ögonblick visade sig prästen. Han tycktes bekymrad. Så snart han fick sikte på prokonsuln, ljusnade hans ansikte, och han utbrast:

- Du kommer, som om du vore skickad av Herrans ängel, ädle herre! Som du hör, fordra de rättrogne, att arkonten skall utlämna kättarne, som fått tillflykt i hans hus. Det svar han givit är mig svårt att frambära. Han vill utlämna kättarne, men endast till världslig och laga myndighet, och sedan folket avlägsnat sig....

Prokonsuln avbröt honom tvärt.

- Är du underhandlaren mellan Krysanteus och dessa människor....

- Ja; min högvördige fader biskopen har....

- Underhandlaren mellan arkonten av Aten och dessa skrikhalsar?

- Mellan honom och de rättrogne, min lysande herre.

- Mellan en laglig myndighet och en uppstudsig folkhop? Jag svär vid Gud

123

och kejsaren, att du skall hängas med första bästa rep som folkuppviglare och orostiftare, om du icke genast drager hädan och lagar, att packet följer dig.

Under detta samtal fortforo ropen: Ut med kättarne! Leve prokonsuln! Död åt hedningarne!

Prästen stod slagen med häpnad och följde med ögonen Annæus Domitius, medan denne genom vestibulen gick in i aulan.

Aulan företedde ingalunda den anblick av förvirring, som man under sådana omständigheter kunnat vänta. Under portiken, som skyddade mot det fallande regnet, befann sig kring Hermione ett talrikt sällskap: filosofer och retorer, som tillhörde högskolan i Aten, de flesta lärjungarne i Akademia, krigstribunen Ammianus Marcellinus och några av Atens anseddaste medborgare tillika med deras familjer.

Åt de förföljda kristianer, som funnit tillflykt hos Krysanteus, var husets övre våning upplåten. Husets samtliga tjänare och tjänarinnor voro samlade på fruntimmersgården.

Annæus Domitius' ankomst väckte stor och angenäm överraskning. Än mer det sätt, varpå han uppträdde. Krysanteus, som gått honom till mötes, slöt han med hjärtlighet i sina armar. Därefter hälsade han sällskapet, skyndade till Hermione och förde hennes hand till sina läppar.

- Och vi, som trodde dig vara i Korintos! utbrast Krysanteus.

- Mina ädla vänner, jag skulle också varit där, om ej en aning ... jag må väl säga: en ingivelse från gudarna ... kallat mig tillbaka till Aten. Jag kommer i en olycklig, eller rättare, i en lycklig stund. Vårt annars så lugna, glada och sköna Aten är, som jag funnit, i händerna på brottsliga uppviglare, vilda trosgalningar. Varen lugna, mina vänner! Inom en timme skall ordningen vara återställd. Till dig, Krysanteus, kan jag icke nog varmt frambära min tacksamhet för den fristad, du öppnat åt sådana medborgare och kejsarens undersåtar, som annars skulle fallit offer för det teologiska raseriet. Tiden är ond, den teologiska smittan går som en farsot genom världen; men vi åkalla icke de gudomliga makterna förgäves om hjälp i nöden. Mina vänner, jag bär till eder en underrättelse av stor vikt. Det har behagat Försynen att hädankalla det heliga majestätet, vår kejsare och herre, Konstantius Augustus, till gudarnes och cesarernas himmel. Fäderneslandet har en ny fader. I dag är Roms och världens härskare Julianus.

Allmän tystnad följde dessa ord. Yttrade någon timme förut, av vilka läppar som helst, skulle de varit högförrädiska och medfört döden. De ljödo djärva, förfärliga även nu, från Annæus Domitius' läppar, även här bland människor, åt vilkas innersta önskningar de gåvo verklighet - som av dem hade att vänta liv och räddning undan en överhängande fara—som i den händelse, de förkunnade, sågo mer än sin egen lycka: en borgen för romerska rikets fred, mänsklighetens välgång, sanningens seger. Det var, som om varje enskilt hjärta i denna församling känt med hjärtat i hävdernas barm betydelsen av detta skifte. Men när den första häpnaden var överstånden, skyndade man, envar på sitt sätt, att giva luft åt en känsla, som ej förmådde uttrycka sig i ord. Krysanteus och hans dotter gjorde det sinsemellan med en blick, en handtryckning; andra omfamnade varandra, andra jublade högt.

Prokonsuln sade till Krysanteus:

- Jag äskar nu ditt verksamma biträde till ordningens återställande. Du är icke förgäves atenarnes arkont. Låt oss genast skrida till verket! Dina trosbröder äro ju till betydligt antal samlade på Akropolis?

- Ja. Vill du, att vi väpna dem?

- Du uttalade min tanke.

- Jag ansvarar för deras värdiga och sansade uppförande. De hava oförrätter att hämnas, men skola överlämna hämnden åt gudarne och Julianus.

- De skola följa dig, sin ledare ... det är nog. Det passar just förträffligt, att det finns en vapensamling i Pallas Atenas' tempel ...

- Och att jag har nyckeln till opistodomen, där vapnen förvaras. Jag står till ditt förfogande. Skall jag genast gå dit upp?

- Vi följa varandra. Jag borde i dag endast vara din skugga, tillade prokonsuln leende och med en anspelning på Konstantius' hovmäns gyckel över Julianus, ty det är ju du, som lärt vår kejsare krigskonsten i Akademias trädgårdar. Du har heder av din lärjunge. Germaniens skogar, frankernas och allemannernas konungar veta det ... Frukta icke, tillade han till Hermione, som höll sin faders hand och lyssnade till de ännu fortfarande ropen därutanför, frukta icke, min ädla Hermione. Vi gå att tysta skrikhalsarne. Ammianus Marcellinus, följ oss till Akropolis, innan du återtager befälet över palatinerna!

Annæus Domitius lämnade aulan med Krysanteus och Ammianus Marcellinus.

Mängden trängdes, skuffades och ropade, ännu som förut, utanför porten. Hennes otålighet växte. Man tyckte, att underhandlingen drog för mycket ut på tiden. Prästen, som hitintills lett den, hade, för att helskinnad komma ur leken, försäkrat att prokonsuln numera övertagit saken, samt hade därefter smugit bort. Pylades och hans soldater vaktade porten, och pöbeln hade ännu icke antagit en hotande hållning mot den väpnade styrkan.

Emellertid förstärktes massan varje ögonblick av nya hopar, som dragit igenom de närgränsande kvarteren under plundring och blodsutgjutelse. En, som förgäves sökt inkomma i den överfyllda storkyrkan, anfördes av den ohyggliga Kyriaka, furien från Kolyttos.

Åsynen av Krysanteus vid Annæus Domitius' sida verkade några ögonblicks tystnad. Man undrade, vad detta skulle betyda. Under tiden bytte prokonsuln några ord med Pylades. Soldaterna öppnade dem väg tvärs över gatan. Ropet: leve prokonsuln! blandades med ropet: död åt ärkehedningen! Man hade icke många steg att gå för att hinna sluttningen av Akropolis. På denna sida ledde en brant stig till höjden. De hunno den utan fara. Det kostade prokonsuln endast några svettdroppar.

Några minuter därefter hörde homoiusianerna, som trängdes på Tripodgatan, ett jubel från Akropolis. Ropet: Julianus Augustus, hävt av tusen röster, mäns, kvinnors och barns, föll med blytyngd över massan därnere. I samma ögonblick visade sig i gatans mynning de första leden av de från storkyrkan anryckande legionärerna. De upptogo gatans hela bredd. Folkmassan trängdes tillbaka eller upp i portikerna. Pylades ordnade trupperna i en lång linje. På sluttningen av Akropolis sågos väpnade skaror rycka ned. Den outtröttlige prokonsuln visade sig åter, besteg sin kappadokiska häst, red till mitten av fronten, utsträckte sin hand med den kejserliga brevtavlan och talade till soldaterna:

- Romare! Vår herre och kejsare Konstantius har gått till sina fäder. Hans ende överlevande frände, den höge, bragdrike Julianus, som våra stridskamrater de galliska legionerna utropat till kejsare, är vårt rikes ende rättmätige härskare, enhälligt hyllad av romerska senaten, folket och legionerna. Han står i dag i Nya Roma, Konstantinus' stad, omgiven av västerlandets alla härskaror, omgiven av ett glädjedrucket folk. Stridsmän, instämmen i världens allmänna jubel! Hyllen Julianus Augustus! Dominus Julianus Augustus!

Pylades steg av sin häst och böjde knä. Centurionerna och soldaterna följde hans föredöme. Man höjde svärd och sköldar i luften. Utefter linjen skallade ropet: Dominus Julianus Augustus!

De från Akropolis nedtågande skarorna instämde jublande. Därefter kom ordningen till kristianerna. De behövde endast sansa sig något, få en klar uppfattning av ställningen och siktas från de vildaste troskämparne och blodsmännen, som självmant smögo bort—för att, även de, av alla krafter förena sig i hyllningsropet. All överhet är ju av Gud, och överheten bär icke svärdet förgäves.

Törsten efter kättareblod hade med ens försvunnit. Skövlingslystnaden och det enskilda hatet, klädda i den rättrogna teologiens mantel, funno för gott att smyga undan och gömma sig, varhelst de kunde. Den nyss så ursinniga hopen var skingrad som agnar för vinden. Några skyndade till sina hem, instängde sig i sina rum och bådo till Gud för den rätta läran, som nu hotades av en förskräcklig framtid. Andra—och de voro vida flera—förundrade sig över sig själva och förmådde icke begripa, att det lilla »i», som skiljer homoiusion från homousion, nyss kunnat förefalla dem så stort och viktigt. Nu var det för deras ögon minskat till en omärklig prick; ja, vid närmare besinnande tyckte nu en och annan, att den gamla läran och kristendomen ingalunda vore så skiljaktiga—att klyftan mellan bägge ingalunda vore bredare, än att man kunde ha en fot på vardera sidan och i denna ställning avvakta framtiden. Men de fleste bävade för efterräkningar. De mördade atanasianernas blod ropade ur jorden, och antingen deras trosfränder eller den kejserliga makten bleve deras hämnare, måste hämnden varda förskräcklig. De blodiga troféerna från Kolyttos hade fallit ur segrarnes händer och lågo nu strödda på gatorna. De som färgat händerna i kättarblod skyndade att omsorgsfullt tvätta dem. Allteftersom underrättelsen om Konstantius' död och Julianus' fredliga tronbestigning utbredde sig över staden, bortsopade hon de kringströvande homoiusianska hoparna; och de patruller av legionärer eller väpnade medborgare, som snart genomtågade alla gator, funno intet motstånd, inga oordningar att dämpa.

Så snart Annæus Domitius ordnat truppfördelningen över staden, begav han sig, följd av Pylades i spetsen för en centuria soldater, till storkyrkan.

FEMTONDE KAPITLET.

En uppståndelse från de döda.

De i storkyrkan samlade homoiusianerna hade ingen aning om vad som timat i staden. Händelser kunna inträffa, så ödesdigra och likväl så ögonblickliga, att det som nyss var medelpunkten i dagens liv i nästa stund är utanför hans omkrets och står utlevat bland nya förhållanden. Storkyrkan hade samlat en massa trosvarma, andäktiga eller nyfikna homoiusianer, och de känslor, som fört dem dit, hade ingalunda svalnat under tempelvalvet. Vad man sett och hört, vad man ännu såg och hörde, hade tvärtom uppdrivit känslorna till svindlande höjd.

Då man inträtt genom kyrkans huvudport, befann man sig i det mellersta långskeppet, som bildades av väldiga, från antika tempel tagna kolonner, förenade av valvbågar och stigande mot ett tak av tre kupoler. Över sidoskeppen voro kvinnornas läktare. I bakgrunden det upphöjda koret med altaret. Framför detta under den mellersta kupolen, där mittskeppet och tvärskeppet korsade varandra, ett skrank med två stolar, den ena för föreläsaren av evangeliet, den andra för predikanten. Skymning rådde i hela det vidsträckta rummet med undantag av koret, genom vars höga fönster en ljusmassa strömmade över katafalken, varpå Simon pelarhelgonet vilade.

Kring katafalken uppstego välluktande skyar ur rökelsekar och omgåvo helgonet, medan de sakta höjde sig mot korets kupol.

Skeppens mosaikgolv, läktarne, pelarnes baser, fönsterfördjupningarna, väggutsprången upptogos av människor. Endast koret och rummet närmast skranket voro fria från trängsel. De voro förbehållna prästerskapet i och för de heliga ceremonierna.

Ej långt från skranket, mitt emot predikstolen, hade man ställt de kättare, som voro livdömda för hemlig gudstjänst. Där voro män och kvinnor, gamla och unga, förmögna medborgare och fattiga slavar. Deras armar voro bakbundna, och soldater vaktade dem.

Man hade åt kättarne utsett denna plats, emedan det var till dem predikanten ämnade rikta sitt tal, och för att de ständigt skulle se framför sig honom, som de sades hava mördat.

Deras avrättning skulle äga rum efter gudstjänstens slut.

Mellan denna grupp och det på katafalken vilande liket voro församlingens blickar delade. När rökelseskyarna glesnade och avslöjade Simons bleka ansikte, förekom det de rättrogne, som om hans läppar ville öppna sig för att styrka anklagelsen, som om hans drag förvrede sig för att skrämma mördarne. Man väntade ett underverk. Det viskades, att Petros ville åkalla himmelen, att ett sådant måtte ske till vittnesbörd om homoiusions sanning och till kättarnes omvändelse i den avgörande stunden.

Hymnen och bönerna, med vilka gudstjänsten öppnats, voro slutade. Klemens, den unge föreläsaren, hade med darrande röst uppläst ett messianskt kapitel ur Daniel och ett stycke ur evangeliet. Därefter hade biskopen trätt upp på predikstolen.

Han avhandlade först försoningsläran, sådan hon den tiden uppfattades av båda de stora kristna lägren. Genom våra första föräldrars fall hade döden och djävulen fått makt över världen. Människosläktet hade hemfallit under satan och hans änglar och dyrkade dem i de hedniska gudarne. Gud i sin vishet hade förutsett detta, innan världen skapades, och i sin barmhärtighet utsett en människosläktets förlossare. Detta Guds råd var för djävulen okänt. Kristus nedsteg till jorden i en tjänares skepelse, underkastade sig döden för att med ett blodoffer försona Gud, underkastade sig djävulen för att med sin rättfärdiga och syndfria själ lösköpa de syndiga människorna. Men då han nedsteg till underjorden, var det endast för att predika hedningarnes själar förlossning. Djävulen fann sig sviken, överlistad. Han hade förgripit sig på en fullkomligt rättfärdig ande, på Guds egen son. Härigenom fick Jesus makt över honom och kunde återtaga de under hans välde stående människorna. Djävulen var därmed övervunnen och Adams barn förlossade.

Biskopen övergick till en framställning av Kristus' person. Av aposteln Paulus' brev hämtade han bevis för homoiusions oomkullstötliga sanning, till vars ytterligare styrkande han icke tvekade att bruka slutledningskonsten, enär förståndet är en god gåva, när man blott använder det i den för tillfället rådande lärans tjänst och icke missbrukar det till försvar för andra meningar.

Den tillvägabragta försoningen, förkunnade Petros vidare, är öppen för envar, men blott i den rättrogna kyrkans famn, för den som genom tron tillägnar sig Guds sons rättfärdighet. Djävulen är icke längre världens enväldige furste, men han är ännu en mäktig konung, som fortfarande kämpar mot den i kyrkan förkroppsligade treenigheten. Och han strider med framgång. De heliga skrifterna vittna klart, att hans rike mot tidens fullbordan ånyo skall vara det starkare, tills Kristus återkommer, störtar det, håller domen över onda och goda, över rättrogna och kättare, samt grundlägger det tusenåriga riket.

I denna kamp väpnar sig djävulen med det mänskliga förståndet, vari han inblåser en villoande, som lockar människan att utträda ur kyrkans mäktiga trollkrets. Utanför denna hemfaller hon åt honom. Och tiden måtte vara nära sin fullbordan, ty kätteriet utbreder sig med gräslig hast över jorden. Antikrist är redan kommen. Skapelseboken vittnar, att de fallna Guds söner, de onda andarne, närmat sig människornas döttrar. Antikrist är son av djävulen med en jordisk kvinna. Han går omkring på jorden, infinner sig vid kyrkomötena, kläder sig i prästerlig skrud och kallar sig med ett kristligt namn Atanasios.

Predikanten avbröts i början ofta av brusande bifallsrop och handklappningar. Men dessa förstummades under talets fortsättning, ty Petros' röst vart så genomträngande, hans vältalighet så överväldigande, som om han lånat ljungeldens sken och gravens mörker till den tavla, han målade för menigheten av antikrists framfart och de yttersta tidernas förvillelser. Åhörarne bävade. Tusen bleka, skrämda anleten voro vända mot talaren. Hans mun var brännpunkten för de tusendes blickar. Vid de uppehåll han gjorde rådde en hemsk stumhet, som i naturen efter ett åskslag, och människorna där nere i skeppens, där uppe i galleriernas halvskymning syntes förstenade.

Klemens, som var i talarens grannskap, hade kastat sig på knä. Hans tårfyllda ögon voro fästa på de bundna atanasianerna, med blickar, som varkunnade sig över deras fall och anropade dem att omvända sig.

Petros vände sig därefter till de närvarande atanasianerna. Han uppmanade dem att avsvärja djävulen och den kätterska villfarelse, denne ingivit dem. Han bad dem besinna, att deras öde inom kort skulle vara avgjort för evigt, att döden väntade dem utanför kyrkans murar. Han fattade timglaset vid sin sida och påminde dem, att deras snart var utrunnet—att det sedan vore för sent. Han pekade på den rysliga skepnad, som vilade framför altaret på den svartklädda katafalken, på honom som de mördat—och vid hans ande, som nu med alla änglar, helgon och blodvittnen kring lammets tron förkunnade Guds ära och homoiusions sanning, besvor han dem att återvända till den enda saliggörande läran.

Medan han talade så, mumlade de bundna kättarne till varandra:—Mod, mod! Var stark i tron! Förlossningen nalkas!

- Hustru, bäva icke, viskade en man till kvinnan vid sin sida. Se på honom! På honom vid hörnpelaren! Ingen rädsla i hans åsyn! Han skall bevittna vår seger.

Vid en av hörnpelarne till tvärskeppet stod en man, vars ögon oavvänt varit fästa på de bundne. De hade i honom igenkänt den främmande predikant, som uppträtt i kalkstensbrottet—Atanasios. När Petros talade, var det icke till honom de lyssnade. Från Atanasios' läppar strömmade ord, ohörbara för alla andra, men ej för dem. De lyssnade till honom.

Och när Petros uppmanade dem att med hög röst förklara sin övergång till homoiusion, svarade de med hög röst ett samfällt nej.

Detta nej efterträddes av ett dovt sorl från menigheten, ett sorl av häpnad över deras hårdnackenhet.

Efter någon tystnad sade Petros med sorgsen och allvarlig stämma:

- Herren skall icke tillåta, att hans lära smädas. Han håller stjärnorna i sin hand, himmelen och jorden äro honom underdåniga, naturens makter äro hans trälar, han råder över döden som över livet. Med under har han uppenbarat sig för våra fäder, och den kraft, som återtände livet hos änkans son i Nain, som uppväckte Lasarus och gjorde tecken genom apostlarnes händer, strömmar ovansklig med den Helige Ande genom hans kyrka.—Kristtrogne, bestormen Gud med böner om ett under, att de förvillades själar må återföras från förtappelsens väg! Bedjen, att jag, hans ringe tjänare, må varda verktyget, som uppenbarar hans härlighet! Bedjen, såsom Elias, då han räckte sig trenne gånger över den döde pilten och ropade: Herre, låt hans själ återkomma i hans kropp! Bedjen, som han, och vi skola, så visst som Elias, varda bönhörda!

Petros lutade sig ned och församlingen med honom. Det var dödstyst i kyrkan. Även de livdömde bådo—bådo, att den döde måtte resa sig upp för att ådagalägga deras oskuld och deras förföljda läras sanning.

När äntligen Petros steg upp, var detta tecknet till hela församlingen att upplyfta sina huvuden. Man avvaktade med tillbakahållen andedräkt vad komma skulle.

Prästerna, iklädda sina högtidsskrudar, samlade sig kring Petros och tågade mot altaret. De ordnade sig kring katafalken. Den äldste presbytern frambar ett kors och ställde det vid likets fötter. Biskopen hade tagit plats vid dess huvud.

Från läktaren över huvudingången uppstämdes av osynliga sångare en högtidlig, sakta tonande hymn.

Petros korsade armarne över sitt bröst och syntes bedja. Därefter lade han sin ena hand på den dödes panna, den andra på hans hjärta, upplyfte sina ögon mot höjden och sade:

- Herre allsmäktige! Låt i dag din allmakt uppenbara sig till ditt namns ära och till vittnesbörd för din sanning! Herre allsmäktige, låt vår tro icke komma på skam!

- Amen, amen! instämde församlingen.

Efter dessa ord lutade sig Petros ned över den döde och ropade med hög röst:

- I den heliga Treenighetens namn besvärjer jag din ande att åter liva denna hydda, som han lämnat! I den heliga Treenighetens namn besvärjer jag din ande att åter tala genom denna förstummade mun! I namn av honom, som bräckte dödens udd och sprängde gravens port, besvärjer jag dig, Simon—vakna!

Sedan Petros uttalat dessa ord, drog han sig några steg tillbaka. De övriga prästerna fördelade sig åt ömse sidor. Sången från galleriet hade tystnat. Man bidade med andlös spänning vad komma skulle.

Mellan rökelsekarens skyflikar sågs den dödes orörliga anlete. Vid detta voro åskådarnes blickar naglade. Man tyckte sig se vad inbillningskraften föregycklade: än det ena, än det andra tecknet till återvändande liv—en rörelse av ögonlocken, en ryckning i munnen under det långa över bröstet liggande skägget—men i nästa ögonblick var villan borta.

Han låg där orörlig, med stelnade drag. Den mäktiga Döden trotsade de trognes brinnande böner. Förstörelsens makt ville icke släppa sitt byte; hon ställde den lag, hon fått ifrån tidens upphov, mot bönens kraft, och skapelsens Herre syntes tveka.

Dock, nu förvridas den dödes anletsdrag på ett sätt, som borde väcka fasa, om ej det våldsamma muskelspelet osvikligt bådat bönhörelsen, livets återvändande i de stelnade lemmarne, det väntade underverket till trons och sanningens seger. Den slappa ansiktshuden ömsom spännes, ömsom fördjupar sina fåror; ögonen öppna sig med en glasartad blick, vari död och omedvetenhet ännu råda, men som hastigt genomskimras som av en eldslåga, det nytända livets återsken. Över kyrkan breder sig, i trots av ymnig rökelse, en lukt av bränt kött, en stinkande lukt, som alla känna och alla tillskriva andedräkten av Dödens flyende onde ängel. Simons armar röra sig på bårtäcket, hans huvud vänder sig, han reser sig upp, ser sig omkring, för handen till sina ögon, lik en, som vaknat ur en dröm, och hans läppar röra sig.

Men talar han, höres det icke, ty kyrkan skälver av församlingens jubelrop.

Petros stiger fram till den återuppväckte och lägger sitt öra till hans mun. Därefter fatta prästerna katafalken, lyfta den på sina skuldror och bära den med Simon till ett för prästerskapet avskilt rum.

Petros uppmanar församlingen att tacka och lova Herren. Han sjunker på knä och leder församlingens böner. En segerhymn uppstämmes: jubelsången om Kristus' seger över döden.

När psalmen ändat, förkunnar Petros vad den återväckte viskat i hans öra:

han hade vittnat om homoiusions sanning med ord, som en gång kunna höras, men icke mer återgivas, burna från lammets tron av ett till jorden återkommet blodvittnes ande.

Från hopen av de bundna kättarne hördes en röst, som ropade:—Du ljuger. Herren skall straffa dig.

På dem hade underverket gjort ett lika djupt skakande intryck som på den homoiusianska menigheten. Men de tillskrevo det sina böner, och de voro övertygade, att Simons läppar hade vittnat om sanningen av deras lära. De å sin sida tillämpade på Petros allt vad denne sagt om Atanasios och funno det icke underligt, att en kättare, som vrängde Mosen och profeterna, ej heller skulle tveka att vränga utsagor från döda, som uppstigit ur graven.

Atanasios' och nicænska kyrkomötets anhängare, de bundne och livdömde, som kallades kättare, läto således icke beveka sig att övergiva sin tro. De voro redo att dö för henne. Med en sådan död följde ju martyrkronan, det bästa av det eftersträvansvärda, det, för vilket så mången med hänförelse kastat sig i dödens armar.

Petros, uppbäraren av den härskande kyrkans rättigheter och plikter, hade således fruktlöst använt övertygandets vapen. Det återstod att nyttja våld. Kättarne skulle före sin avrättning emottaga den heliga nattvarden, och detta måste, för deras själars frälsning, ske efter det homoiusianska ritualet.

I långa, högtidliga toner ljöd genom kyrkan sången om Guds lamm, som borttager världens synder. Petros och den äldste presbytern trädde inom altarrunden. Hostian helgades. Det heliga bordet väntade sina gäster.

Och dessa framfördes, några i sänder, med bakbundna händer av soldaterna. De strävade emot, de sökte slita sina band för att försvara sig, och när det icke lyckades, kastade de sig till golvet för att låta släpa sig till altarrunden. Deras förtvivlan gav sig luft i genomskärande rop, som blandades med den hjärtgripande sången:—O Guds lamm, som borttager världens synder!

Framsläpade till altarrunden, upplyftes de av soldaterna. Petros bjöd dem knäböja. De lydde icke. Soldaterna måste böja deras knän med våld och trycka dem ned mot altarringen.

När Petros räckte dem hostian, mötte henne sammanpressade läppar, hopbitna tänder. Personligheten tillgrep det sista medlet att spärra sitt heliga område mot yttre våld.

Men emot detta medel fanns ett motmedel, nyligen uppfunnet och redan flitigt använt, senast av patriarken Makedonios i Konstantinopel.

Ett verktyg frambars, varmed de motspänstiges munnar uppbändes och hostian nedsköts deras svalg.

Den förste, som underkastades detta våld, kände sina läppar knappt befriade från det ohyggliga verktyget, förrän han försökte utspotta hostian. Men när det icke lyckades, slog han sitt huvud mot stengolvet och utbrast i jämmerrop.

Under detta skådespel tonade genom valven alltjämt sången om Guds lamm, som borttager världens synder.

Bland prästerna, som stodo i koret, visade sig en orolig rörelse. Man såg i deras grupp en man, vars ankomst överraskat dem, och som nu, i trots av försöken att kvarhålla honom, skyndade fram till altaret. Mannen var Teodoros. Hans ansikte var översköljt av tårar, men då han nu höjde sin röst, ljöd den kraftig av harm och smärta.

Kommunionen avstannade. Innan Petros hunnit sansa sig, hade Teodoros talat. I namn av Jesus Kristus och i namn av en lära, som vill helga människan, men ej döda det oförytterligaste i hennes väsen, bjöd han Petros att lossa de fångnes band, befallde han biskop och församling att nedkasta sig i stoftet och åkalla om förbarmande den Gud, vars vrede de samkade över sig, eller ville han, Teodoros, väpna sig med Elias' ande och kraft till att nedkalla eld från himmelen över deras huvuden.

Medan han utsände dessa vingade ord hördes vapenskrammel från kyrkans tvärskepp, och innan Petros hunnit giva tecken att gripa den oförvägne talaren, voro den häpna, uppskakade församlingens ögon fästa på en hjälmklädd, spjutbärande skara, som inträngde i koret och omringade altaret.

I spetsen för soldaterna sågs prokonsuln av Akaja.

Petros vart högeligen överraskad vid denna anblick. Han avbröt förrättningen vid altarringen och gick Annæus Domitius till möte.

- Du här, min son? Vad har föranlett din så oväntade återkomst? frågade biskopen bleknande, men utan att förlora fattningen.

- Jag har återkallats hit av det förfärliga upplopp, som började här efter min avresa. Jag frågar dig, Petros, vem har anstiftat det?

- Jag vet ej av något upplopp, endast av en straffdom, som mordlystna kättare själva nedkallat över sina huvuden. Men här är det icke i sin ordning, att du frågar och jag svarar. Jag vill veta, vad som gör, att du infinner dig här med alla dessa. Här måste timat någonting utomordentligt. Min son, har du haft underrättelser från Konstantinopel eller Antiokia?

- Ja, min biskop, från båda hållen. Men detta rum synes mig icke vara stället att vidlyftigt avhandla sådana ärenden.

- Du har rätt. Säg i korthet dina nyheter!

- De äro av den art, att de böra meddelas både dig och församlingen. Om du fördenskull tillåter mig tala till folket ...

- Här? Nej, min son. Vad tänker du på? Vad du har att meddela församlingen måste här ske genom min mun.

- Nåväl, säg församlingen, att kejsaren, bedrövad över de lidelser och teologiska meningsskillnader, som sönderslita världen, beslutit sätta en damm emot kyrkostridernas raseri; att han påbjudit världen en allmän trosfrihet och befallt, att envar, vare sig patriark, biskop, presbyter eller lekman, som hädanefter av teologiska eller andra skäl förgriper sig på någon, skall straffas som gemen förbrytare. Säg församlingen, att kejsaren vid hårt vite förbjuder ordet kättare, och att du genast måste lösa de band, varmed dessa olycklige äro bundna, emedan prokonsuln av Akaja är närvarande för att i annat fall ... jag säger det med ledsnad ... för att i annat fall binda dig själv.

- Håll, inföll Petros, det språk du förer låter främmande i din mun. Så talar icke en rättrogen till sin herde. Vad än hänt ... och jag anar det värsta ... så äro inom dessa murar jag biskopen och du katekumenen. Gå, ställ dig bland åhörarne! Där är ditt rum. Utanför kyrkans port är du prokonsul av Akaja, men icke här. Här vore din rätta plats bakom de döpte. Har kejsaren påbjudit trosfrihet, så är denne kejsare icke Konstantius, utan en annan. Men trosfriheten bjuder, att ingen gudstjänst må störas, ingen helgedom skändas. Vad du har att förkunna må således ske efter gudstjänstens slut. Då vilja vi även se, om världen i själva verket så förändrat sig, att en ämbetsman ostraffat kan trampa lagen under fötterna, kan tillägna sig ett befäl över kejsarens trupper, vartill han icke har rätt, och lösa fångar, vilka han själv förhört, funnit skyldiga och dömt till döden.

- Min Petros, du bör märka, att här icke är tid att tala, utan att handla, inföll Annæus Domitius och skyndade att med återställande hand ingripa i det kaos, vari omgivningen hotade att upplösa sig.

Prokonsulns och den väpnade styrkans ankomst hade liksom förorsakats av Teodoros' böner. Själv var han därom övertygad, och medan de händer, som fattat i honom för att rycka honom bort, släppte honom vid sina ägares överraskning över soldaternas inryckande i koret, utsträckte han själv sin arm och pekade på dessa som inseglet på sin bönhörelse och Guds beslut att sätta gräns för de rysliga gärningar, som skedde i Hans namn. Bland de församlade homoiusianerna uppstod den största förvirring. Många stodo slagna av häpnad; andra trängde sig fram för att höra vad som var å färde—vad prokonsulns ankomst och uppträdande betydde; andra åter stormade fram emot Teodoros, som med djärva händer börjat lösa en fånges band. Legionärerna försökte hålla menigheten tillbaka. Det uppstod handgripligheter mellan dem och massan, som hotade övergå till blodiga uppträden. Kyrkan genljöd av förvirrade rop.

Det var i detta ögonblick prokonsuln av Akaja steg fram i mitten av koret och bjöd tystnad.

Prästernas och soldaternas förenade ansträngningar och massans egen nyfikenhet understödde honom.

När det var någorlunda tyst i kyrkan, uttalade Annæus Domitius den besvärjelseformel, som ensam mäktade åtminstone för stunden dämpa stormen.

Han förkunnade, att kejsar Konstantius gått till sina fäder, och att hans frände cesar Julianus av senaten, folket och legionerna utropats till kejsare och herre över romerska riket. Han förkunnade, att den nye kejsarens första ord varit samvetsfrihet, hans första befallning, med tusen bud avfärdad till romerska världens alla landsändar, att varje undersåte, medborgare eller slav, som bure bojor för sin tros skull, skulle frigöras, samt att envar, som hädanefter i trons namn vågade störa ordningen och den personliga säkerheten, skulle slås i bojor och som gemen förbrytare överlämnas åt rättvisan.

Dessa ord mottogos först med överraskningens tystnad, därefter, från de avlägsnare delarne av kyrkan, där ingen kunde utpeka majestätsförbrytaren bland de andre, med ett tjut av harm och missnöje.

Tjutet upprepades, när soldaterna på Annæus Domitius' vink lösgjorde de fångna atanasianerna, som, när de kände sig befriade, föllo i varandras armar och tackade Gud.

- Tysta din församling, befallde Annæus Domitius Petros, eller är du deras medbrottsling. Är det på detta sätt man hyllar kejsaren?

Biskopen steg upp i predikstolen, uppmanade till tystnad och höll till följd av den oväntade underrättelse, som anlänt, ett tal till församlingen över språket:

Given kejsaren vad kejsaren tillhörer och Gud vad Gud tillhörer.

Hans ord voro som alltid vältaliga och under de närvarande omständigheterna djärva. Han upphöjde den avlidne kejsarens egenskaper och höga förtjänster om den rättrogna kyrkan. Han beklagade, att detta mäktiga svärd av döden var ryckt ifrån den stridande församlingen, och tvekade ej förutsäga, att den tid, som nu inbrutit, måste varda en hård tid, en prövningens tid; men han manade sina åhörare att trofast hålla sig till det sanna ordet och under motgången trösta på den Gud, som i dag så mäktigt uppenbarat sig för deras jordiska ögon.

- Vad menar han med denna uppenbarelse? sporde prokonsuln de närstående, och man skyndade upplysa, att biskopen i dag hade uppväckt Simon helgonet ifrån de döda.

Annæus Domitius ville se den döde och uppväckte.

Eufemios upplyste honom, att Simon nyss blivit buren till det biskopliga palatset.

På de soldater, som följt prokonsuln, hade denna nyhet, som genast spred sig ibland dem, gjort djupt intryck. Men Annæus Domitius, som tvivlade på allt och tvivlade på intet, alltefter lynne och omständigheter, var i dag icke öppen för den bevisande kraften av ett underverk. Det endast retade hans nyfikenhet. Han beslöt att från kyrkan begiva sig till biskopliga palatset för att se den uppståndne. Med en närmare skildring av undrets förlopp skulle han utan tvivel fägnas av sin fromma Eusebia, som nu intog hedersrummet där ovan på galleriet och säkerligen var mycket överraskad av sin Annæus' bråda uppträdande i storkyrkan.

- Bah, sade han till en av sina centurioner, Apollonios av Tyana och Simon Magus hava också uppväckt döda. Det är en konst, som nu för tiden odlas med framgång. Att i våra dagar dö och ej varda uppväckt är en ogynnsam tillfällighet, ett dåligt tärningkast, caniculæ och ingenting annat.[21]

Under tiden hade mannen, som atanasianerna sett vid hörnpelaren till tvärskeppet, och vars åsyn stärkt de livdömdes mod, trängt sig genom hopen, som skilde honom från koret, och närmat sig prokonsuln. Han ådrog sig genast Annæus Domitius' uppmärksamhet genom den tysta, men synliga hyllning, som dessa ägnade honom.

Mannen växlade några ord med prokonsuln av Akaja, och när han kort därefter vid Annæus Domitius' sida, omgiven av sina trosfränder lämnade kyrkan, hade det namn, han yppat sig äga, flugit genom soldaternas leder, meddelat sig prästerna, fortplantat sig till menigheten, så att alla ögon voro fästa på honom och ett sorl av röster ledsagade honom, vilka uttalade namnet Atanasios.

---

21 Underverk av sådant slag som det här skildrade vet historien tyvärr att omtala alltför många inom kristna kyrkan. Kyrkofadern Augustinus uttalade sina bekymmer däröver, att prästerskapet på hans tid för flitigt visade sin förmåga att uppväcka döda, och uppmanade det att därmed upphöra, emedan sådana underverks ändamål att vittna för den rätta läran mot kätteri och hedendom redan vore vunnet.

SEXTONDE KAPITLET.

Under den nye kejsaren.

Aftonen av den dag, då ovan skildrade händelser inträffat, emottog Krysanteus ett handbrev från kejsar Julianus, vilket åtföljdes av en offentlig skrivelse från denne till folket och rådet i Aten.

Genom anslag, fästa på tempeldörrarna och stamhjältarnes stoder, kallades atenarne följande dag till allmän folkförsamling för att höra kejsarens skrivelse uppläsas. Pnyx, samma kulle, där atenska folket under sin storhetstid överlade om krig och fred, om sin inre politik, om belöningar och straff, om skådespel och fester, bevittnade ånyo en folkförsamling. Flera tusen medborgare infunno sig högtidsklädda; Annæus Domitius i spetsen för de kejserliga ämbetsmännen anlände till stället i högtidligt festtåg; ett rökoffer till de himmelska makterna förrättades inför folket av en kransad, purpurklädd offerpräst; den nye kejsaren hyllades, varefter Krysanteus uppträdde på Demostenes' talarestol och föreläste Julianus' brev till folket och rådet i Aten.

Detta brev, ett vältalighetsprov, värdigt de stora och snillrika folkledarne i demokratiens dagar, redogjorde för de omständigheter, som nödgat Julianus gripa till vapen emot Konstantius. Julianus hänsköt till atenska folkets omdöme, om det i hans gärningar och bevekelsegrunder kunde finna något tadelvärt. Denna ödmjuka hemställan åsyftade icke att smickra atenarnes fåfänga. För Julianus var det en hjärtesak att finna sina handlingar gillade av folkets samvete, och för honom, som var hellen till sin natur och svärmade för den hellenska forntidens ideal, var Aten ännu den viktigaste staden i hans rike, emedan det var de lysande minnenas stad, den gamla lärans och filosofiens bålverk.

När det kejserliga brevet var föredraget, uppläste prokonsuln av Akaja den nye kejsarens första edikt, vilket förkunnade allmän trosfrihet som den grundsats regeringen antagit och folket borde följa. Därefter uppträdde Krysanteus och, sedan han talat, flera andra filosofer och retorer, som med hänförelse skildrade den nya och lyckligare tidsålder, vilken bådades av Julianus' tronbestigning, samt uppmanade folket att genom samma dygder, som prydde deras fäder, förtjäna sin lycka och göra henne varaktig.

Sedan man därefter överenskommit om de festligheter, med vilka styrelseskiftet skulle firas, upplöstes folkförsamlingen. Jublet och hänförelsen fortplantades genom staden av de högtidsklädda skaror, som drogo ned från Pnyx.

Kungörelsen om trosfrihet innehöll emellertid en punkt, som måste synas åtminstone de fanatiske bland kristianerna olidlig. Kungörelsen förbjöd orden kättare och avgudadyrkare och stadgade tillika, att de, som våldsamt förfore mot olika tänkande, skulle straffas som gemena förbrytare. Den gamla lärans bekännare fingo tillstånd eller rättare befallning att öppna sina tempel; de tryckande pålagor och tvångslagar, som Konstantius' tyranniska nit och hans gunstlingars girighet underkastat dem, upphävdes. Alla genom Konstantius landsförvista eller avsatta biskopar och präster fingo med sina församlingars medgivande återtaga sina ämbeten.

Några dagar därefter reste på Julianus' inbjudning Krysanteus och hans dotter till Konstantinopel. Prokonsuln av Akaja ledsagade dem. Samma dag de anlände till det nya Roma mönstrade kejsaren de österländska legioner, som voro samlade där. Dessa soldater voro till största delen kristianer. Det var med deras vapen Konstantius hade ämnat omintetgöra den gamla lärans sista självräddningsförsök. Nu fingo Julianus' atenska gäster bevittna ett skådespel av eget slag. Julianus hade uppstigit på en präktig tron, omgiven av Roms och republikens fornåldriga vartecken. I grannskapet av tronen stodo två åt gudarne helgade altaren, på vilka soldaterna, såvida de funne det förenligt med sin övertygelse, borde under defileringen offra några rökelsekorn. De fleste gjorde det; de voro endast få, som avhöllo sig därifrån, ehuru detta offer var liktydigt med en offentlig övergång till den gamla läran. De galliska legionerna hade redan förut avsvurit korsets fana och upprest de gamla baneren, på vilka stod tecknat: Romerska Senaten och Folket. De kejserliga ämbetsmännen följde i massa legionernas föredöme. Det var ett skådespel, som å ena sidan kunde glädja den gamla lärans vänner, men å andra sidan måste uppfylla dem med förtvivlan om människonaturen och avsky för tidens uselhet. Kristendomen syntes vilja vika utan våld. Det var som om människosläktet avkastade en mask. De trosstarke drogo sig undan i enslighet, och solen sken på människosvärmar, i vilka de, som fasthöllo sina fäders lära av from övertygelse eller av omtanke för den hotade odlingen eller av kärlek till den republikanska frihetens skugga, försvunno i mängden av de lycksökare, som omfattat samma lära för att vinna kejsarens ynnest och enskilda fördelar.

Legionernas avfall var ej det enda för kristna kyrkan nedsättande skådespel, som Krysanteus och Hermione åsågo i Konstantinopel. Julianus hade inbjudit till sitt palats ledarne för de olika kristna meningsflockar, som funnos i huvudstaden och omgivningen, för att övertala dem till enighet eller åtminstone beveka dem att leva i fred och försonlighet med varandra. Samlingen var talrik: man såg präster av det nyss rådande homoiusianska partiet, präster av de nyss med eld och svärd förföljda, sinsemellan lika fientliga homousianska, novatianska och övriga bekännelserna. Om det var Julianus' uppsåt att förlusta sig och sina gäster med åsynen av de kristna prästernas fördärv och ilska, vann han sitt mål. Det kejserliga majestätet kunde lika litet som blygseln för ett ovärdigt uppförande inför hedniska filosofers ögon hålla ordningen vid makt. Mötets medlemmar överskreko varandra, okvädade varandra med de grövsta skymford, anklagade varandra för de gräsligaste brott. Julianus ropade flera gånger förgäves:

- Hören mig då, I kristianska präster! Våra fiender Germaniens barbarer, frankerna och allemannerna hava ju hört mig!

Julianus och Krysanteus hade dagliga förtroliga sammankomster, på vilka de överlade om bästa sättet att rena den gamla läran, bringa henne i överensstämmelse med tidens krav och till klarhet i henne utveckla de grundsatser, av vilka de hoppades en människosläktets förbättring. Att dessa grundsatser redan funnes i henne och att de voro tillfyllestgörande för människans lycka, därom kände sig båda övertygade. Julianus, som vid sin tronbestigning hade vägrat emottaga titeln dominus eller enväldshärskare och redan börjat omgiva makten med alla den forna frihetens symboler, drömde om den romerska republikens återställande och hoppades att genom ändamålsenlig uppfostran av det uppväxande släktet kunna åstadkomma inom romerska världen, vad Moses med den fyrtioåriga vandringen i öknen ville åstadkomma inom Israel: trälandens förträngande av ett fritt, friskt och ädelt folkmedvetande. Krysanteus delade hans hänförelse. De uppgjorde, till vinnande av detta mål, planer, vilkas djärvhet och genomgripande syftning borde stängt dem varje utsikt till förverkligande, om ej de litat på himmelens bistånd, sina avsikters renhet och den ofantliga makt, som vilade i händerna på en romersk imperator. Julianus var endast trettio år gammal, full av kraft, klokhet, snille och hängivenhet. Vad skulle icke Krysanteus kunna vänta av honom?

Att tillgripa våldsamma medel, därifrån avstodo de både av grundsats och klokhet. De händelser, mitt i vilka de levde, hade lärt Julianus, att det världsliga svärdet lika litet kan utrota villfarelsen som sanningen. Han ville måhända även framställa för världen ett föredöme av mildhet, utövad av den gamla lärans bekännare, vid sidan av de rysliga grymheter, till vilka kristianerna under sitt väldes dagar gjort sig skyldiga.

Julianus hade beslutit att för alla romerska rikets provinser utse män, som genom ungdomens uppfostran skulle medverka till de stora mål han åsyftade. Han valde i samråd med Krysanteus de präster och filosofer, som för dessa ändamål syntes lämpligast. Krysanteus själv fick befallning att verka i Akaja, och han emottog med glädje förtroendet. Då han återvände till Aten, medförde han till dess myndigheter ett kejserligt påbud, som samtidigt spreds i rikets övriga provinser. I detta påbud uttalade Julianus till en början sina planer i avseende på den gamla lärans prästerskap. Han påbjöd, att i varje stad prästerna skulle, utan avseende på stånd eller förmögenhet, väljas bland sådana medborgare, som utmärkt sig framför de övrige genom vishet och människokärlek. Deras heliga förrättningar kräva både kroppslig och andlig renhet, och då de lämna templen för att återtaga det vanliga livets omsorger, böra de sträva att även i statsborgerliga dygder föregå sina medborgare med efterdömen. Prästens studier böra överensstämma med hans kall. Känner han sig dragen till epikuréernas eller tvivlarnes grundsatser, bör han nedlägga sitt ämbete; i annat fall bör han dess flitigare studera Pytagoras', Platons och stoikernas filosofi, emedan dessa lära, att världen styres av en himmelsk försyn, som är källan till varje timlig välsignelse och bereder människosjälen ett kommande tillstånd av straff eller belöning. Påbudet stadgade, att präster, som vore ovärdiga sitt kall, skulle avsättas.

I samma kungörelse förklarade Julianus, att han ville dela med kristianerna den ära de förvärvat, då de ordnat barmhärtighet och välgörenhet i stort. Särskilt påminde han atenarne, att deras fäder voro de förste, som inrättade allmänna sjuk- och försörjningshus för fattiga, och han uppmanade dem att återuppliva detta deras fäders bruk i enlighet med tidens krav.

Slutligen förordnade han, att de allegoriska förklaringar, som filosoferna gjort av de gamla gudasagorna, skulle samlas och nyttjas som allmän skolbok vid ungdomens undervisning, och invigningen i de eleusinska hemligheterna kostnadsfritt stå öppen för fattiga medborgare och slavar.

Till förfallna tempels återuppbyggande och nyas uppförande i de helleniska städerna anslog Julianus stora penningsummor. Han befallde tillika, att kristianerna på egen bekostnad skulle återuppbygga eller laga sådana tempel, som de förstört eller skadat för den gamla lärans anhängare.

Judarne, som under den föregående styrelsen varit på mångahanda sätt förföljda, ställdes särskilt under kejsarens hägn. Han gav dem tillstånd att återvända till Jerusalem och beslöt att med penningar ur romerska statskassan återuppföra Jerusalems tempel i dess forna härlighet.

Sedan han ordnat rikets förvaltning och tryggat dess lugn mot trosflockarnes inbördes hat, lämnade han Konstantinopel för att draga i härnad mot romerska rikets gamle fiende Persien, som under hans företrädares styrelse härjat och intagit romerska gränsland.

På återresan från Konstantinopel besökte Krysanteus med sin dotter det gamla orakeltemplet i Delfi. Det var Julianus' avsikt, att det skulle återfå sin forna prakt och den pytiska orakeltjänsten återställas; han hade åt Krysanteus anförtrott utförandet av denna plan. Vintern hade nu avlövat den åldriga, åt Apollon helgade lunden och bäddat drivor i dalen. Krysanteus och Hermione funno templet öde. Dess siste präst, den gamle Herakleon, vars hus Krysanteus och hans dotter en gång gästat, var död; hans tjänarinna hade flyttat till den närbelägna staden. När Krysanteus och Hermione lämnade templet—Hermione fördjupad i minnena från den natt hon där upplevat—varsnade de en man, som långsamt steg uppför den ena av dalens branta väggar och försvann bakom en klippa. Han bar hjälm på huvudet, svärd vid sidan, men var i trots av den stränga kölden endast skyld av ett djurskinn kring midjan. Anländ till staden, hörde Krysanteus där, att det rövarband, som innästlat sig i Parnassens klyftor, ännu fortfor att härja i omgivningen.

Stadsboarne trodde sig veta, att fridstörarne tillhörde den kristna sekt, som kallades donatister, mot vilka Konstantius påbjudit utrotningskrig, och som under mångåriga förföljelser hade urartat till ytterlig vildhet. Flyktande från sina nedbrända byar till ödemarker eller otillgängliga bergstrakter, hade de där ordnat sig till rövarband, som oroade de afrikanska provinserna och även andra nejder på andra sidan Medelhavet, till vilka spridda hopar lyckats komma undan.

Vad de donatister vidkom, som oroade nejden kring Delfi, hade dessa från början endast utgjort ett litet antal, men småningom ökats med rymda slavar och soldater samt missdådare av varjehanda slag. Icke nog härmed. Bland de enslígt boende herdarne och åkerbrukarne i de parnassiska dälderna hade de vunnit många anhängare åt sin tro, och dessa med sina familjer hade icke tvekat att lämna lugnet och torftigheten i sina hyddor för att med trosfränderna dela deras vilda levnadssätt.

Krysanteus beslöt att uppsöka dessa donatister. Stadsboarne avrådde honom från det vådliga företaget, men han stod fast i sitt uppsåt. Hermione ville följa honom; han gav henne lov därtill. Ledsagade av vägvisare, som kände bergstrakten, begåvo de sig ditin. Det dröjde icke länge, innan de möttes och anhöllos av några i lumpor klädda, men välväpnade karlar, som, förvånade över deras djärvhet, nalkats dem, icke för att plundra, utan för att fråga dem om deras ärende och om meningen med deras resa.

Krysanteus meddelade dem, vad de hitintills icke vetat, att kejsar Konstantius avlidit och makten övergått i händerna på Julianus, en man tillgiven ingen av de kristna bekännelserna, utan den gamla läran, samt att han, Krysanteus, uppsökte dem i kejsarens namn, för att kungöra dem den allmänna trosfördragsamhet och fria religionsutövning, som nu var påbjuden i romerska riket. De väpnade männen lyssnade misstroget till Krysanteus' ord, men villforo hans önskan att visas till bandets stamhåll, där han kunde få tala med dess samlade medlemmar.

Donatisterna hade valt sitt tillhåll i en svårtillgänglig, mot stormarne skyddad klyfta, vars söndersplittrade väggar bjödo dem naturliga bostäder, som de, så långt sig göra låtit, hade förbättrat med sammanfogade trädstammar. I dessa boningar, otillräckliga värn mot vinterkölden och snöyran, dvaldes mer än fyra hundra män, och även många kvinnor och barn. Den lilla karavanens ankomst väckte stor förvåning och samlade folket omkring sig. De halvnakna männen, de i trasor höljda kvinnorna och barnen buro alla prägeln av vildhet och gruvliga försakelser. Det enda de ägde i överflöd voro vapen och dessa av mångfaldiga slag, från den spikslagna klubban—alla donatisters älsklingsvapen, som de givit namnet Gideon eller Israeliten—till de hjälmar, spjut, svärd och sköldar, vilka de hemfört som segerbyte efter slagna legionärer.

Krysanteus upprepade, att han kom i den nye kejsarens namn, för att förkunna dem tillgift för vad de brutit mot den lagliga ordningen, samt skydd för deras personer och religiösa övertygelse, ifall de ville återvända i samhällets sköte. För att underlätta denna återgång tillförsäkrade han dem en tillräcklig jordsträcka i sydligaste delen av Attika, där bostäder även voro upplåtna åt många av deras i religionen liktänkande, men fredligare sinnade bröder, novatianerna.

Intilldess att förberedelserna till denna bosättning träffats, lovade Krysanteus, att deras menighet skulle förses med allt vad till livets underhåll hon tarvade, emot det högtidliga löfte från deras sida, att de icke vidare skulle oroa nejden med strövtåg.

Efter lång överläggning mellan donatisternas präster och äldste tillkännagåvo de, att de lyssnat till kejsarens anbud och tacksamt emottoge det. Dock ville de ännu icke giva något bindande löfte, innan de rönt, huru världen utanför deras berg i själva verket hade artat sig. För detta ändamål hade en av deras äldste tillbjudit sig att följa Krysanteus, för att sedan återvända till de sina och meddela dem vad han sett. Krysanteus gav detta förslag sitt bifall och återvände till Delfi, ledsagad av donatisternas ombud, en trasig, långskäggig, vilt blickande gubbe.

Av Delfis innevånare emottogs underrättelsen om den lyckade underhandlingen med glädje, ty donatisterna hade varit dem ett svårt plågoris. Dessas ombud återvände snart till sina berg för att styrka sanningen av Krysanteus' utsaga. Krysanteus överenskom med Delfis myndigheter om tillförsel av nödvändighetsvaror till donatisterna, och tre av deras äldste åtföljde honom på resan till Aten för att själva lägga hand vid förberedelserna till den nya bosättningen.

I Aten mottogos Krysanteus och hans dotter med jubel och festligheter.

Annæus Domitius, som, efter att hava rönt flera prov på kejsarens ynnest (ehuru konsulatet visserligen uteblev), ilat tillbaka till Aten, hade på en allmän folkförsamling föreslagit och utan motstånd genomdrivit, att en bildstod skulle uppresas åt kejsarens vän och lärare, Atens förste medborgare.

Krysanteus sammankallade församlingen och meddelade henne kejsarens reformatoriska avsikter. De hänförda medborgarne lovade att av alla krafter samverka till uppnående av det stora gemensamma målet. Den gamla lärans prästerskap rensades, och de utmärktaste medborgare tävlade att intaga de härigenom uppkomna lediga ämbetena; offertjänsterna inrättades med förnyad prakt, skolor byggdes för alla klassers barn, barmhärtighetsstiftelser bildades, det stora flertalet bemödade sig att återgå till en enklare och strängare levnadsordning, själva ungdomen syntes livad av en sedligare ande, övergav med några få undantag sina yppiga och bullrande nöjen och skyndade till gymnasiernas härdande lekar och filosofernas lärosalar. Allt syntes båda, att en ny och bättre tid var kommen.

ANDRA BOKEN.

FÖRSTA KAPITLET.

Ett år därefter.

- Alexander, sade Karmides till sin unge kammarslav, jag reser bort och torde icke återkomma så snart. När, vet jag icke själv. Om därför juden Baruk infinner sig i morgon för att föra dig bort, så bryt detta brev och visa honom det.

Alexander såg förundrad ut, ty hans herre hade under dagens lopp icke nämnt ett ord om någon resa, ej heller voro förberedelser för en sådan träffade. Men än mer än han undrade förskräcktes han av den oförmodade utsikten, att Baruk skulle komma och föra honom bort. Vad betydde detta? Hade hans herre, som hitintills visat sig så god mot Alexander och nöjd med hans tjänster, nu plötsligt ledsnat vid honom och sålt honom till Baruk, den rike köpmannen, som med sina fartyg utförde slavar till alla delar av jorden, ja, även till barbarerna, där, såsom man trodde, deras öde var att slaktas på blodtörstiga gudars altaren?

- Du ser ledsen ut, min gosse. Var icke rädd, du! Giv mig en bägare vin och gå sedan att sova!

- Herre, frågade Alexander med försagd röst, har du sålt mig till Baruk?

- Huru kan du komma på ett sådant infall? Nå, för att lugna dig, må du då veta, att brevet, jag räckte dig, är ditt frihetsbrev. Du är fri, min gosse, fri som fågeln under himmelen. Du är icke slav längre. Förstår du mig?

Alexanders ansikte ljusnade.

- Fri? O, vad säger du? Skulle detta vara mitt frihetsbrev? utbrast han, i det han vände och synade brevet. Är det möjligt?

- Det är visst.

Alexander fattade Karmides' hand och kysste den.

- Det är bra, sade Karmides och drog sin hand tillbaka. Men du glömmer bägaren. Skynda dig!

- Fri! upprepade slavgossen med förtjusning. Men varmed har jag förtjänt denna godhet? O, min herre, huru skall jag vedergälla dig ...

- Bägaren! Skynda dig! ropade Karmides.

Alexander hade svårt att hämma utbrottet av sin tacksamhetskänsla. Men på en förnyad vink av Karmides ilade han ut för att återvända med den fyllda bägaren i hand.

Karmides tömde den.

Alexander frågade tvekande:

- Får jag icke följa dig på din resa?

- Nej, det är onödigt. Jag behöver dig icke.

- Vart ämnar du?

- Ingen nyfikenhet! Gå din väg!

- Men fastän jag är fri, tillåter du mig väl att stanna i ditt hus och vara dig nära? vågade Alexander tillägga, i det hans tillgivenhet speglades i hans ansikte.

- Lämna mig i ro för dina frågor! ... Dock, fortfor Karmides, sedan han varseblivit Alexanders sorgsna utseende, stanna, jag vill säga dig något. Omständigheterna bjuda, att vi måste skiljas, min vän. I morgon är Baruk ägare till detta lanthus. Jag reser i natt från Aten, och det kan hända, att du icke mer får återse din forne herre. Det var fördenskull jag gav dig friheten. Det är nu din egen sak, huru du skall nyttja din frihet för att slå dig fram igenom världen. Följ din natur och fatta lyckan, när du kan, i lockarne! Se där mitt råd, lätt att giva, men svårare till sin senare del att följa. Men däri består just levnadskonsten, Alexander. Jag har märkt, att du är vetgirig, att du hänger över mina böcker, att det finns en grammatiker i dig, om än icke en filosof. Gå i morgon till Krysanteus' hus. Begär att få tala med hans dotter, Hermione. Säg henne, att du varit Karmides' kammarslav, säg henne, att du varit icke alldeles likgiltig för hans hjärta, men att du nu saknar både boja och bröd. Du kan skriva. Bed Hermione utverka dig en plats bland hennes faders bokavskrivare. Ditt ansikte är hos sådana människor som Krysanteus och Hermione ett anbefallningsbrev; de skola fägna sig åt din önskan. Krysanteus skall förelägga dig något verk, som, medan du avskriver det, kan inviga dig i hans vetenskap, ifall du tänker, medan du skriver. Han skall ordna det så, att du kan bilda din själ genom samma arbete, varmed du förtjänar ditt bröd. Och märker han, att du begagnat dig av detta tillfälle, så skall han från avskrivare göra dig till sin lärjunge, föra dig ut till Akademia och giva dig rum bland patricier och söner av romerska senatorer. Därmed är ju din lycka gjord, Alexander. Du varder, vad kejsar Julianus är, en lärjunge av Krysanteus. Du blir knäkamrat med kejsaren, min gosse, och du varder filosof, full av moln och idéer, av dimmor och begrepp. Nu har jag icke mer att säga dig, om icke det, att du frambär min mantel och tänder lampan i bokrummet. Fy, inga tårar, Alexander! Du är ful, när du gråter. Gå din väg!

En stund efter att Alexander hade avlägsnat sig, gick Karmides till det lilla bokrummet invid sängkammaren. Hans ansikte var blekt och bar stämpeln av dyster beslutsamhet. Sedan han funnit den rulle, efter vilken han sökt, flyttade han lampan till en soffa, lade sig och öppnade boken, men glömde att läsa och försjönk i sina egna tankar.

- Dock, jag måste skriva till henne ... endast några rader ... för att rättfärdiga mig ... befria mig från varje ytterligare tanke på henne.

Han steg upp igen, lämnade boken och satte sig att skriva:

»Karmides hälsar Rakel för sista gången. Jag tog det steg, vartill min plikt manade mig, och varav vi båda hoppades fastare knutna de band, som förenat oss. Du vet nu utan tvivel, att jag gjorde det förgäves. När jag i dag hos din fader anhöll om din hand, förstummades han av harm och förvåning. 'Du, hedningen, du, den lättsinnige, liderlige, utarmade Karmides!' Det var hans svar. Jag behövde ingen utläggning av det; jag behövde endast se den blick, varmed han ledsagade det. Tyvärr, min Rakel, har din fader rätt. Oss emellan är en skiljemur, som ej kan överstigas. Må ödet städse vara dig vänligt! Vad mig vidkommer, har jag varit vis nog att göra mig utledsen på samma gång som utarmad. Vad bekymrar det mig, om jag icke har ett guldmynt att köpa ett nöje för, då jag ej ens vill hava alla världens nöjen till skänks? Livet är mig en utpressad orange, vars skal jag kastar bort. Jag går till ett land, där man lika litet besväras av glädje som av smärta, lika litet av fruktan som av förhoppningar, förmodligen icke heller av tankar. Men kan man tänka där och minnas det förflutna, så torde det hända, att jag någon gång vill blanda det gudomliga lugnet, som njutes där, med en tanke på dig.»

- Gott, tänkte Karmides, nu är den saken avfärdad. Vad har jag kunnat göra mer för den arma flickan, än jag gjort? Har jag icke, för att lyckliggöra henne med en säll villfarelse, hycklat för henne en lidelse, som längesedan slocknat? Det var en olycklig stund, då jag förvirrades av hennes mörka ögon. Hon har gjort mig mer bryderi än alla andra kvinnor tillsammans. Hennes ömhet, hennes svartsjuka, hennes fruktan för framtiden, hennes olyckliga känslighet, som iklätt sig tusen former för att plåga mig, allt detta har jag burit med ett tålamod utan like.

Hon älskar mig! I denna stund gör det mig gott att vila vid den tanken. Även Alexanders tårar behagade mig. Jag är då verkligen älskad av två människor! Min bortgång skall således förorsaka smärta hos två varelser! En tröst för människonaturen!

Att försvinna ur världen och efterlämna ett tomt intet av känslor, det är en avskyvärd tanke. Det tomma intet framför mig och bakom mig, och mellan dessa svalg en ohygglig dödsryckning! Nej, nej, åtminstone något bakom mig!

Jag hoppades en tid att med Rakel vinna en vacker andel av hennes faders rikedomar. Vad hade då skett? Jag hade rest till Bajæ, för att med havssältan återställa mina livsandar. Jag hade åter börjat njuta —en liten tid och mer av vana än av ungdomslust—hade därefter hemfallit åt läkaren och besvurit honom odödliggöra en usel tillvaro.

Epikuros' lära är den sämsta, som en människohjärna frambragt. Jag avskyr denna fega lära att njuta måttligt för att njuta länge. De söka nöjet, men gå att uppblanda det med en stadigvarande fruktan för överdriftens följder—och därför finna de icke vad de söka. De blanda gudarnes vin med människonaturens uslaste drägg, som är feghet. En sådan blandning var mig vämjelig. Jag sökte njutningen oblandad och gick min bana utan att se till höger eller vänster.

Andra akten av livet är härlig. Den första är intetsägande, den tredje tråkig, den fjärde neslig. Jag har alltid avskytt ålderdomen. Författarens välvilja yppar sig, på bekostnad av hans snille, däri att femte och sista akten kan inskjutas i stycket varhelst man behagar.—

Dessa betraktelser återförde Karmides' tankar till boken, som han öppnat. Det var en avhandling om döden. På sådana verk var den helleniska bokvärlden rik. Tröstegrunder mot döden utgjorde för filosoferna av vissa skolor en viktig avdelning av deras sedelära.

Som en resande höves ville Karmides i förväg veta något om det land, dit han beslutit färdas.

Författaren uppställde först den fråga, om det för människans lycka är bättre att omsorgsfullt undfly varje tanke på döden eller i tid vänja sig därvid för att icke gripas av fasa och mista sin jämvikt, när den oundviklige nalkas. Han kallade döden med de mildaste smeknamn—en ljuv drömlös slummer, sömnens broder, ett återvändande i moder Jordens sköte, en av den goda Naturen själv föranstaltad upplösning av vår kropp och dess beståndsdelars blandning med vänliga element—och han undrade däröver, att mången hade föredragit det förra medlet framför det senare. Det lugn, de därigenom hoppas vinna, hotas ju varje ögonblick, ty naturen öppnar för våra ögon gravar i tusental, oräkneliga varelser med liv och känsla omkomma varje ögonblick. Vilken förskräcklig ångest måste ej gripa den, som till och med i sitt friska tillstånd, med oförsvagade nerver ej lärde fördraga tanken på döden, när han slutligen angripes av en sjukdom, när denna sjukdom gör framsteg, när läkaren tvekar, när läkaren överger honom! Endast fega och tanklösa människor kunna fördenskull välja ett medel, så otillförlitligt och farligt, till sitt lugns bevarande. Dock medgav författaren, att även för jordens ädlaste och tappraste stammar, hellenerna och romarne, var döden ett skräckord, av lagen förbjudet att nämnas vid offerhögtidligheterna och andra festliga sammankomster, av höviskheten utvisat från enskilda sällskapskretsar.

Detta, fortfor författaren, visar hvilka djupa rötter avskyn för döden likväl äger i människonaturen. Denna avsky måste övervinnas, såvida icke själens klarhet skall grumlas av de alldagligaste händelser. Fördenskull överensstämde författaren med alla hellenska filosofer däri, att en människa, som älskar sitt lugn, bör så tidigt som möjligt vänja sig vid dödstanken och undersöka, vad döden egentligen är. Han påminde om Epikuros, som under en plågsam sjukdom och nära sin upplösning skrev till en vän, att hans själs glädje motväger kroppens plågor, och att hans sista dag även är hans lyckligaste. Mången hämtar i tron på själens odödlighet och fröjder i ett kommande liv ett mod, som icke låter nedslå sig. Författaren ansåg dock ovärdigt för den vise att hämta styrka från något, som möjligen är en villa. Man bör finna styrka i sig själv. Är det icke, frågade han, tillräckligt tröstande att hava levat och i sin levnad hava uträttat något nyttigt, och att med denna återblick på det förflutna förmäla den lyckliggörande föreställningen att förenas med jorden, som alstrar och närer allt gott och skönt, att genom sin lekamens upplösning ännu efter döden varda nyttig för de likar, som man i livstiden älskat?

Författaren uppräknade och skildrade en mängd fall, som kunna göra människan, i trots av hennes inrotade avsky för döden, likgiltig mot honom, ja, fientlig mot sitt eget liv. Bland dessa uteglömde han icke de vällustingar, som tömt fröjdernas bägare till dräggen. Många av dem hade av fruktan för döden rusat i hans armar och föredragit förintelsen framför förintelsetanken.

Denna skildring var gjord med en styrka, som kunde komma håren att resa sig på läsarens huvud och förflytta honom bland de skildrades antal.

Författaren uppehöll sig länge vid föreställningen om förintelsen. Hans iakttagelser överensstämde med Plutarkos' åsikt däri, att rädslan för döden hos de flesta människor uppstår icke så mycket genom tanken på de plågor, som ledsaga dödskampen, ej heller genom Tartarens eller helvetets skräckbilder, som just genom tanken på förintelsen. »Må mina händer och fötter förlamas, må bölder hölja min kropp, må mina kval komma tänderna att hacka och gnissla; blott livet återstår mig, är jag nöjd, om ock jag hängde naglad vid korset,» säger Mæcenas. Och många människor tänka som han. Människoanden, liksom hela naturen, fasar för det tomma. Han kan förlika sig med, ja, till och med eftersträva ett tillstånd av oföränderlighet, oavbrutet lugn, otillgänglighet för sorg och glädje, hopp och fruktan; men ett sådant tillstånd är ännu icke förintelse. Det kläder sig i skepnaden av en ljuv, drömlös sömn, som i sitt djup äger möjligheten av återuppvaknande och under den domnade ytan gömmer en känsla av behaglig vila. Men där varje möjlighet till förändring är borta tillika med det, som skulle vara mäktigt av förändring, där icke ens ett tillstånd gives, där fantasien neddyker i en gränslös tomhet, fåfängt famlande i evigt mörker efter några atomer, varmed hon kunde forma sig en bild av det ofattliga, där gapar förintelsen.

Karmides kastade boken ifrån sig och steg upp. Hans själsliv hade under den förflutna tiden varit som en mekanism, driven av yttre tryck: han var förslappad, ödelagd, hopplös, det var allt vad han kände om sig själv, och han ville icke leva, emedan den framtid, som väntade honom, vore tom på allt utom försakelser. Att nedsjunka till samhällsdräggen, sedan han lyst i yppiga kretsar och varit en stjärna bland den njutningslystna ungdomen, att kringsmyga i en trasig mantel, ett mål för löje eller medlidande av dem, på vilka han bortslösat sin rikedom, att följd av föraktet vandra en förtidig bräcklighet, en neslig ålderdom till möte, detta hade målat sig med hemska färger för hans inbillning. Han kunde undgå detta öde genom frivillig död. Den hade han länge motsett som slutet på sin bana. Frivillig död ingick i hans filosofi, och han hade icke funnit någon svårighet att försona sig med tanken därpå. Självmordet hade tvärtom förekommit honom som ett lämpligt slututpträde i livets lustspel, höjande verkan av det hela. Att slockna mitt i styrkan av sin glans, att lämna världen, medan han ännu bländade henne och syntes henne avundsvärd och lycklig, att ungdomlig, vacker, frisk och föremål för kvinnors ömhet slita sig ur nöjets famn och ila i gravens, det vore ju den enda död, som kunde anstå en Karmides!

Vidare hade Karmides icke tänkt över döden. Han emotsåg den som en nödvändighet och ville begagna till och med denna nödvändighet på ett sätt, som smickrade hans högmod. Dock, när hans timliga välfärd hotade som en lutande byggnad att sammanstörta över honom, hade han från dag till dag uppskjutit sitt beslut. Nu var dock den sista dagen inne. Överlevde han även den, så hade han även överlevat sig själv, och döden, fördröjd med några timmar, skulle varda lika neslig, som om den väntade honom efter en lång bana av förakt och elände.

Han hade fördenskull i en kall och lugn sinnesstämning beslutit, att den nu stundande natten skulle varda den sista.

Men i detta ögonblick, när han kastade boken ifrån sig, kände han vad han hitintills icke känt—tvekan. Människonaturens fasa för förintelsen, så kraftigt och psykologiskt sant skildrad i den okände författarens arbete, hade gripit även honom.

Han gick några slag över golvet, fåfängt kämpande mot en rysning, som genomilade hans lemmar. Därefter lämnade han rummet, kastade manteln över sig och skyndade ut.

Svarta och förvirrade välvde tankarne i hans hjärna. Han var icke i stånd att råda över och ordna dem för att med lugn överväga sin ställning och med förståndsgrunder kämpa mot självbevarelsedriftens ansträngningar.

I detta tillstånd vandrade han framåt, utan att se, vart han gick. Först i grannskapet av staden fick han öga för sin omgivning. Han såg dubbelporten och hörde från gatan Kerameikos sorlet av de talrika lustvandrande, som njöto den svala stjärnsmyckade nattens klarhet.

Han stannade, ty i denna sinnesstämning fördrog han icke att se eller ses. Bakom honom låg begravningsplatsen. Han vände om och gick dit.

I porten hejdades han av två mötande män. Som han gick förbi, lade den ene av dem sin hand på hans arm och uttalade hans namn.

Obehagligt överraskad, stannade Karmides, mönstrade mannen och igenkände Petros, homoiusianernas biskop.

- Klemens, sade denne till ynglingen, som följde honom, gå före mig till staden. Jag skall snart vara efter dig hemma.

Biskopen och föreläsaren kommo från pelarfältet, sedan de till Simon helgonet burit hans aftonmåltid. Simon hade efter sin uppväckelse ånyo bestigit pelaren och levde nu sitt sedvanliga liv, om möjligt än mer beskådad och beundrad än förr.

- Vad kan du hava att säga mig? frågade Karmides.
- Mycket, svarade Petros, om du har tid att höra mig.
- Det är vad jag icke har ...
- Man kan säga mycket på få minuter. Vart ämnar du dig? Jag kan följa och under vägen meddela, vad jag vill säga.
- Vill du icke uppskjuta samtalet till en annan gång?
- Det kunde då vara för sent ...
- Däri har du rätt. Nåväl, det är mig likgiltigt vart vi gå.
- Låt oss då välja första bästa ställe, där vi ostört kunna samtala.

Vi hava ett sådant här i grannskapet.

De satte sig på en bänk, som skuggades av cypresser.

- Vad har du att säga? frågade Karmides.
- Något, som torde förefalla dig underligt och vågat, svarade Petros. Vi känna varandra så föga, och likväl får du höra, att jag vill inblanda mig i förhållanden, som synas röra mig alls icke och dig helt nära...
- Det är gott. Låt endast höra vad det är.
- Min vän, jag har flera nätter drömt om dig, sist förliden natt, och då så livligt, att jag i dag känt en oemotståndlig önskan att samtala med dig. Jag skulle uppsökt dig, ifall jag icke mött dig här. Vad tror du i allmänhet om drömmar?
- Petros, jag har i afton ingen lust att filosofera. I korthet sagt: hos mig äro de ingivelser från magen, hos dig förmodligen från himmelen. Vad drömde du?
- Jag har tre nätter efter varandra sett dig stå vid randen av en avgrund, och jag frälste dig från att falla däruti.
- Och det var detta du ville förtälja mig?
- Nej, jag vill även säga dig, att jag tror på vissa slags drömmar. Det finns drömmar, som själva bära ett oemotståndligt vittnesbörd om sin sanning. Jag är i denna stund övertygad, att Försynen utsett mig till sitt redskap att rädda dig från ofärd.

Karmides vart uppmärksam. Petros fortfor:

- Jag har frågat mig själv: vilken är den olycka, som hotar Karmides? Och huru skall jag kunna hjälpa honom? Det är ju så mycket, som skiljer oss åt, som nekar mig hans förtroende. Våra banor hava hitintills aldrig sammanträffat, min åskådning av livet är en helt annan än hans, vår världserfarenhet så himmelsvitt olika. Han skulle icke förstå mig, om jag talade till honom ur djupet av mitt hjärta; han skulle kanske icke ens vilja höra mig. Då jag frågade, vilken den olycka kan vara, av vilken Karmides hotas, så fann jag intet annat svar än detta: hans olycka är det, som han själv betraktar som sin lycka, och du skall förgäves kunna ändra en åsikt, vilken så att säga är grundad i hans blod, hans ungdom, de gåvor och företräden, varmed naturen utrustat honom, och som inbjuda honom till nöjen, njutningar, sinnesrus. Du förmår här intet; endast tiden kan uträtta något. Den dag skall väl en gång komma, då han med vedervilja stöter njutningens bägare tillbaka, om även räckt av den skönaste hand. Han skall då självmant sansa sig. Du kan ännu ingenting uträtta … Men drömmen återkom. Du var redo att kasta dig i bråddjupet; du gick ej med lyckta ögon till dess rand; du gick med öppna, du såg det, ditt ansikte var mörkt och dystert, som det är nu, och likväl, när jag fattade dig i armen, stannade du villigt, och jag kunde utan svårighet föra dig ur farans grannskap. Sådan var min sista dröm.

- Jag, som tror på drömmar, fortfor Petros, emedan våra heliga böcker giva mig skäl därtill, och emedan mångfaldiga rön giva stöd åt denna tro—jag kände mig av detta övertygad såväl därom, att faran, som hotar dig, står omedelbart för dörren och att du själv känner hennes tillvaro, som även därom, att jag verkligen kan rädda dig, och att du villigt skall skänka mig det förtroende, som för detta ändamål är nödvändigt. Har jag misstagit mig?

- Förmodligen.

- Jag tror det icke. Du är i denna stund olycklig, Karmides …

- Bah!

- Och du tränger till en hjälpare. Tiden är redan inne, då njutningens bägare äcklar dig …

- Däri har du rätt …

- Nåväl, se där en början till det förtroende jag önskar vinna. Jag behöver knappt veta mer, ty därmed har du sagt, att du står på en vändpunkt av ditt liv, att du vill börja en annan bana, värdigare de härliga gåvor, varmed Försynen utrustat dig, och som, rätt använda, böra bereda dig en framtid av lycka och ära …

- Du kommer mig att le …

- Du tvivlar på en sådan framtid och känner likväl vedervilja för det liv du fört allthitintills. Men detta är ju förtvivlan?

- Än sedan?

- Du, som har ungdomens dårskaper bakom dig och det bästa av livet framför dig! Är din hälsa förstörd? Din unga natur skall återvinna henne. Är din förmögenhet förstörd? Du skall förvärva en ny. Eller har din förtvivlan en djupare rot? Karmides, det gives en osviklig läkedom för själen, liksom det gives en sjukdom, som förer till den verkliga hälsan, till det sanna livet. O, vore ditt onda av detta slag! Jag skulle taga din hand och föra dig till läkaren. Kanske är det ock så —och jag skulle lyckönska mig därtill—fastän du själv icke riktat

147

blicken inåt, i din egen barm. Kanske grumlas din självprövning av tankar på jordiska ting, av fruktan för din timliga välfärd. Denna fruktan skall förjagas. Förr hör du mig icke, och jag undrar ej däröver, ty att predika för en drunknande är en galenskap. Man drager honom först ur djupet och predikar sedan. Således, är din egendom för slösad, rädes du fordringsägare, fattigdom och förödmjukelse, så giv mig ditt förtroende. Jag skall möjligen kunna hjälpa dig.

- Du?

- Jag.

- Om du nu gissat rätt, skulle du kunna avvända ett slag, som väntar mig med nästa uppgående sol?

- Det är icke omöjligt.

- Jag vet, att du är en utomordentlig man, en Apollonios av Tyana bland de kristne, att du uppväckt en död och gjort andra underting. Jag vore därför nästan frestad tro på möjligheten av din förmåga även i detta fall ...

- Ah, jämför icke vad som ej bör jämföras! Hållom oss till ämnet! Antag, att Baruk är din fordringsägare, att du behöver anstånd ...

- Petros, hur vet du detta?

- Bah, jag vet mer, mycket mer. Antag, sade jag, att du behöver anstånd av honom. Du kan då lugn gå hem att sova. Jag lovar, att Baruk skall hava tålamod.

- Petros, är detta ditt allvar? Kan du hålla vad du lovar?

- Jag kan lova och hålla mer. Det beror av dig själv och det förtroende du visar mig.

- Men vad är din avsikt med allt detta? Vilka äro dina bevekelsegrunder? ... Dock, jag lämnar dessa frågor åsido. De må vara vilka som helst. Mitt läge är förtvivlat, jag bekänner det ... och räddar du mig så, som jag vill räddas ...

- Så att allt sker i tysthet, så att din stolthet icke såras ...

- Säg högmod eller stolthet ... orden göra ingenting till saken ... då lägger jag mitt öde i dina händer, och du må göra med mig vad du vill ... ehuru jag omöjligen inser, i vilken mån jag skulle kunna visa dig min tacksamhet med återtjänster.

- Jag kräver inga sådana ... endast ditt förtroende. Med detta förtroende skall jag nå det övriga, och vad jag vill nå, är din lycka. Till att börja med: vill du besöka mig i morgon efter skymningen, då jag återvänt från mitt arbete? Du har måhända sett mig släpa sten till Afrodites tempel. Det är nu mitt dagliga göromål, och jag delar med glädje mina förtryckta trosbröders mödor. Då Israel var mäktigt, störtade vi avgudarnes altaren; vi måste nu återuppbygga dem, men, som vi hoppas, för att en gång nedriva samma våra händers verk. Du har nu att besöka mig icke i biskopliga palatset, som är förvandlat till ett fattighus, utan i en koja på Skambonide. Vem helst du spörjer skall kunna visa dig till min anspråkslösa bostad. Vi skola då i morgon vidare överlägga.

ANDRA KAPITLET.

Petros och Baruk.

En befallning hade utgått från kejsar Julianus, att de kristne på egen bekostnad skulle återuppbygga de tempel, som de under föregående kejsare hade nedrivit för den gamla lärans bekännare.

I Aten bar detta påbud stränga följder, ty icke allenast Petros, utan även hans företrädare på biskopsstolen hade varit ivriga nedbrytare av de gamla gudars altaren, därutinnan understödda av den kejserliga makten, som dels stadfäst sådant våld, dels låtit det vara ostraffat.

I och med Konstantius' död hade även de rika bäckar sinat, som från statens skattkammare strömmat i de rättrogna biskoparnes kassakistor.

I Aten voro kristianerna visserligen talrika, men den stora mängden av dem tillhörde här den fattigaste befolkningen, och de voro för övrigt söndrade i två läger, av vilka det under Konstantius förtryckta var det större. Det senare partiet hade genom sin biskop—ty även det ägde nu rätt att hava en biskop— hos Krysanteus och prokonsuln av Akaja klagat över att det måste plikta för våldsamheter, till vilka det var oskyldigt. Atanasianerna hade icke nedrivit några tempel; varför skulle de då drabbas av följderna utav gärningar, som icke de, utan deras motståndare homoiusianerna hade förövat?

Man hade funnit deras klagomål rättsgilla och befriat dem från deltagande i tempelbyggandet. Hela bördan hade sålunda fallit på homoiusianerna, som dessutom glesnat genom talrika avfall.

Den stränghet, varmed Krysanteus övervakade och påskyndade arbetet, gjorde bördan dubbelt tryckande.

Under denna tid av lidanden och svårigheter för den homoiusianska menigheten hade Petros visat sig värdig den plats, till vilken församlingen upphöjt honom. Han hade utan att knota utrymt det förra biskopliga palatset, som var en byggnad tillhörig staden Aten, och inflyttat med Klemens i ett litet hus på Skambonide. Han deltog outtröttligt i arbetena, ordnade dagsverksskyldigheten mellan sin församlings medlemmar och var städse färdig att med sin egen person träda i stället för dem, som av sjukdom eller andra omständigheter hindrades fullgöra sitt åliggande. Man såg honom nu dagligen i hopen av arbetande män, kvinnor och barn släpa sten till Afrodites tempel. Hans underordnade prästerskap livades av hans föredöme och följde det.

Morgonen efter sitt samtal med Karmides besökte Petros Baruk.

Den gamle israeliten hade under de senaste dagarne gjort storartade förberedelser för en resa till Jerusalem. Alltifrån kejsar Fladrianus' tid hade judarne varit förbjudna att vistas i denna sin forna huvudstad. Själva dess vördnadsvärda namn var utplånat och ersatt av ett romerskt. Nu var allt förändrat. Kejsar Julianus hade icke allenast upphävt detta förbud, utan lik en annan Cyrus uppmanat judarne återvända till sitt gamla fädernesland. Han hade beslutit att på det heliga berget Moria uppbygga ett tempel, som skulle varda den nya medelpunkten för Jehovas dyrkare, i prakt tävlande med Salomos och Herodes den stores.

En allmän hänförelse hade fattat judarne. Templets återuppbyggande och det på nytt födda Israels förening kring dess heliga murar hade under deras förtryck och smälek aldrig upphört att vara deras hopp. Nu syntes det nära sitt förverkligande. Till de stora summor, som Julianus av statsmedel anslagit åt företaget, kommo de frivilliga bidrag, som judarne lämnade. De rike avstodo en del av sina rikedomar, de fattige lämnade sin skärv. Från Gallien, Britannien, Medelhavets öar och Afrika strömmade judarne till Palestina, de fleste icke för att bosätta sig där, men alla för att själva få lägga hand vid företaget. Hänförelsen var icke minst i Aten. Brev från Jerusalem till synagogan i Aten förmälde, att grundvalarne redan börjat resa sig, att gubbar, kvinnor och barn deltogo i arbetet, som förrättades under hymner och jubel, att många rika, som tävlade med de fattigaste i outtröttlighet, nyttjade spadar och hävstänger av silver och icke ansågo purpur- och silvermantlar för goda att i dem bortbära gruset.

Det var ibland de kristne en allmän övertygelse, att Jerusalems tempel aldrig mer skulle resa sig, emedan förstörelsedomen för evigt var avkunnad över den mosaiska lagen. Måhända var innersta bevekelsegrunden hos Julianus, då han så nitiskt omfattade tanken att åter uppbygga samma tempel, ingen annan än den att komma en slik övertygelse på skam och med sin kejserliga allmakt nedslå de profetior, på vilka kristianerna stödde sin tro. Judarne, som länge varit behandlade med övermod och förakt, hämtade även ur denna synpunkt ett skäl att uppbjuda alla krafter till det stora företagets snara förverkligande.

Den gamle Baruk ansåg sig icke hava gjort tillfyllest, då han lämnade en stor penningsumma som tillskott till tempelbyggnaden. Han ville, även han, lekamligen lägga hand därvid; han ville åtminstone hava framburit en sten till de andra, och han prisade sina fäders Gud för lyckan att hava upplevat den tid, som äntligen skulle se Israels hopp uppfyllt. Nu utrustade han två skepp, som skulle föra honom och en mängd av hans trosfränder, rabbi Jonas inräknad, till det heliga landet. Då han samtalade med rabbi Jonas, uppbyggde honom denne icke längre med Platon och Filon; deras ord och tankar välvde sig kring templet, resan och den ljusa utsikten för Israels framtid.

Under många år hade Baruk använt en del av sin lediga tid till den fromma sysselsättningen att avskriva lagens heliga böcker. Vilken omsorg han hade nedlagt på varje bokstav! Huru sirliga de måste vara och huru fullkomligt liknande bokstäverna i den äldre handskrift, som låg framför honom! Det kunde ju finnas—och enligt vad rabbi Jonas försäkrade fanns det verkligen—en hemlig mening i den godtyckliga avvikelse från den vanliga formen eller i den ovanliga storlek, som vissa av dessa otaliga bokstäver ägde. Fördenskull var det av vikt, att varje avskrift fullkomligt liknade sin urskrift. Det var således ett mödosamt arbete, men dess mer förtjänstfullt, när det äntligen var fullbordat. Och fullbordat var det nu till icke ringa glädje för den fromme köpmannen. De voro färdiga, samtliga rullarne, och lindade kring gyllne stavar, vilkas ändar pryddes med juvelknappar av ofantligt värde. Han hade ursprungligen bestämt dem för synagogan i Aten; men nu hade en äregirigare tanke uppstigit i hans själ. Han ville skänka dem till det nya templet, och han fruktade blott, att deras avskrivares ringa anseende bland de skriftlärde skulle göra honom ovärdig en sådan ära.

Det var emellertid ingalunda Baruks avsikt att en längre tid stanna i Jerusalem, än mindre att bosätta sig där. Han ville endast återse Davids stad, göra sin bön på Moria, bevittna verksamheten vid tempelbyggandet och frambära sin sten till detta och därefter återvända med en handfull mull av dess heliga jord, varpå hans huvud skulle vila, när han gått till sina fäder. Hans maka, den ålderstigna Ester, var för sjuklig att äventyra en resa över havet; hon och

Rakel skulle därför stanna hemma och avbida hans återkomst, då han för dem ville förtälja allt vad han sett och rönt, så noggrant, som om de skådat det med egna ögon.

Baruk hade ålagt Ester att under hans frånvaro noga vaka över Rakels uppförande, vilket vore så mycket mer av nöden, som även rabbi Jonas, hennes trolovade, skulle följa tåget.

Mitt under dessa förberedelser hade Baruk blivit överraskad av Karmides' frieri till hans dotter. Den gamle mannen, som kände sin gäldenärs gränslösa lättsinne, ville i början uppfatta anbudet som ett närgånget gyckel och tillbakavisade det som sådant med mycken värdighet; men när Karmides, för att giva kraft åt sina ord, antydde, att böjelsen var ömsesidig, att Rakel älskade honom, vart gubben ej endast vred, utan häpen och förskräckt.

Han behövde några ögonblick för att samla sig.

Men sedan det skett, avfärdade han ynglingens frieri i ordalag av skenbart lugn, men fulla av det djupaste förakt, övergick därefter till penningfrågan och förklarade, att som han till sin förestående resa hade av nöden de summor han lånat Karmides, så ämnade han omedelbart indriva de förfallna lånen och i nödfall begagna hela den makt, vilken som fordringsägare tillkom honom över hans gäldenär.

Karmides, som icke ville lämna slagfältet övervunnen, svarade härpå med en antydan, som kom blodet i Baruks ådror att isas och i nästa ögonblick, när Karmides redan avlägsnat sig, att sjuda som lava.

Baruk avvaktade under plågande oro ett tillfälle att mellan fyra ögon förhöra sin dotter om hennes förhållande till den unge hedningen. Han ville icke med en förtidig upptäckt av någonting ännu outrett förorsaka den gamla Ester sorg och åstadkomma uppseende i huset.

När äntligen detta tillfälle yppat sig, föll den bävande flickan till sin faders fötter och bekände, att hon älskade Karmides. Baruk kvävde sin förskräckelse vid denna upptäckt och sökte varsamt utleta, på vad sätt bekantskapen mellan henne och den lättsinnige ynglingen uppstått, och huru långt den hitintills utvecklat sig. Han bemödade sig att vinna Rakels förtroende och gjorde våldsamma ansträngningar för att synas lugn, men Rakel hörde, hur hans röst darrade—hon hade icke mod att bekänna allt.

Hon hade ofta sett Karmides och även växlat några ord med honom, när han infann sig i huset för att söka Baruk. Likaledes hade hon ofta mött honom, då hon gick till synagogan. Hon medgav, att hon då besvarat hans blickar och hälsningar, ja, hon hade flera gånger samtalat med honom från altanen av huset. Karmides hade vackra månskensaftnar infunnit sig under denna, medförande en cittra, spelande på henne och talande på ett sätt, som intog Rakels hjärta. Han hade äntligen förklarat, att han älskade henne och att han icke kunde leva utan hennes kärlek. Då hade Rakel tröstat honom därmed, att även hon älskade honom.

Detta var allt vad Rakel vågade tillstå. Hon gjorde det stammande, rodnande av blygsel, alltsomoftast döljande sitt ansikte i händerna, rädd att möta sin faders ögon. Själv hade hon icke klart begrepp om det förskräckliga i det, som hon förteg, men hennes jungfruliga känsla vägrade att låta ett ord därom komma över hennes läppar, och hon anade, att en upptäckt skulle krossa hennes faders hjärta.

En sten föll ifrån Baruks bröst. Han upplyfte sin dotter, bad henne lugna sig och förklarade, att han skulle glömma hennes felsteg, om hon hädanefter toge sig nogsamt till vara och komme i håg, vad hon vore skyldig sig själv, sina föräldrar, sin trolovade, sina fäders tro och sitt namns ära. Dessa plikter voro heliga; bröte hon dem, så skulle hon föra sin faders grå hår med sorg i graven. Han bad henne väpna sig med tanken härpå; då skulle hon lätteligen övervinna böjelsen för en yngling, som icke blott var hedning, utan även en stor slösare, en lastbar, fördärvad och samvetslös människa.

Baruk hoppades, att dessa skäl skulle verka, och tröstade för övrigt på sin faderliga myndighet. Rakel hade varit nära att falla i en avgrund, men lyckligtvis var hennes ära, så tänkte den gamle, ännu ofläckad. Således ännu ingenting förlorat. Förföraren hade dårat henne med sitt vackra utseende, sina skenfagra ord, men Rakels böjelse för honom kunde ännu icke hava djupa rötter. Den skulle snart försvinna, sedan hon insett, att en oöverstiglig skiljemur stod mellan henne och honom.

Emellertid hotade upptäckten av detta förhållande att störa Baruks resplaner och blandade sig obehagligt med hans hänförelse för Jerusalem och tempelbyggnaden. Skulle han våga resa och lämna Rakel ensam under den sjukliga Esters vård?

Det var under dessa funderingar, morgonen efter Karmides' besök, han överraskades av att se Petros, den kristianske biskopen, träda över tröskeln. Baruk hade vid flera tillfällen stått inför dennes domstol och med ytterlig ödmjukhet i ord och åthävor talat för sin rätt emot krångliga kristianska gäldenärer, som i hopp om ett gynnsammare utslag vädjat från den världsliga domstolen till sin själaherde. Petros hade vid dessa tillfällen iakttagit en rättvisa, för vilken Baruk kände sig dess mer tacksam, som hon vid de kristna biskoparnes domstol icke hörde till regeln, när fordringsägaren var jude.

Nu var ödmjukheten borta både i ord och åthävor, och Baruk stod hövlig, men rak inför den kristne prästen, vars domsrätt var upphävd, vars makt var bruten.

Biskopen önskade ett hemligt samtal. Mäklaren beviljade det. Petros började tala om Karmides. Baruk visste, att Petros hyste deltagande för dennes person och penningärenden; varför, det kände han icke och hade aldrig brytt sig med att grubbla däröver.

- Jag vet, sade Petros, att du står redo att vidtaga stränga åtgärder för att indriva dina fordringar av den lättsinnige ynglingen ...

- Alldeles.

- Jag undrar icke häröver. Det är din rätt, och de fleste skulle i din ställning göra detsamma. Medgivas måste även, att Karmides är den, som minst av alla förtjänar undseende, ifall undseende över huvud står i en fordringsägares ordbok.

- Det står icke i min åtminstone, genmälde Baruk. Ordet barmhärtighet står där väl, men jag behandlar aldrig penningsaker som barmhärtighetsverk och aldrig barmhärtighetsverk som penningsaker.

- Riktigt. Jag inser, att köpmännen måste skilja emellan så olika ting. Också var det icke min mening att taga din barmhärtighet i anspråk för Karmides' räkning. Han skulle dessutom vara för högmodig att emottaga den, fastän stränghet, tillämpad av dig i detta ögonblick, måste tillintetgöra hela hans framtid.

- Det är illa det, men nu ämnar jag verkligen vara sträng, så sträng som möjligt.

- Jag ser saken från samma förståndiga sida som du, fortfor Petros, men skillnaden är, att jag just i denna samma sak ser något längre än du.

- Vad menar du?

- Jag menar, att om du fullföljer ditt uppsåt mot Karmides, så återfår du på långt när icke allt vad du lånat honom ...

- Bah, det vet jag, inföll Baruk med en axelryckning; den vissheten har förorsakat mig en sömnlös natt, men nu skall jag finna mig i mitt öde.

- Och du sätter honom ur stånd att för framtiden gottgöra dig.

- Du kommer mig att le. När skulle han någonsin varda i stånd därtill? Du talar om hans framtid som om något stort och lysande. Jag vill icke ge en slant för den. Må var och en be den allsmäktige bevara sig för en sådan framtid! Man tarvar icke spådomsande för att se, varthän den lutar.

- Men om du misstager dig? Om Karmides en dag är den rikaste man i Aten?

- Han skulle då ärva, menar du? Jag har skaffat mig noggrann underrättelse om hans släkt och hans utsikter åt det hållet. Tyvärr, de äro, icke heller de, värda så mycket som en slant. Han har ärvt en gång för alla. Ödet vill icke ösa mer guldstoft i det sållet.

- Här är icke fråga om arv, utan om giftermål.

- Om giftermål? inföll Baruk överraskad. Om giftermål och rik hemgift? Är det så du menar?

- Just så.

- Hm, det skulle då förmodligen vara med mina penningar i hemgift han ville gälda sina skulder till mig, tänkte Baruk. Min biskop, tilllade han högt och i betänksam ton, vem skulle då den rika arvtagerskan vara, till vilken Karmides friar?

- Han friar, såvitt jag vet, ännu icke till någon.

- Då vet jag mer än du, tänkte Baruk. Men, sade han högt, jag förstår dig icke. Karmides, säger du, friar icke till någon, och likväl förespeglar du mig ett rikt giftermål, som han skall ingå.

- Han kommer inom år och dag att gifta sig med den rikaste mannens dotter i Aten.

- Den rikaste mannens dotter i Aten? upprepade Baruk förvånad. Du måste då mena Krysanteus och hans dotter, Hermione?

- Ja.

- Huru vet du det?

- Jag kan endast upprepa vad jag sade.

- Det måtte då vara genom spådomskonsten du kommit till denna blick in i framtiden, sade Baruk allvarligt, ty han var övertygad, att den kristne biskopen,

153

som kunnat uppväcka en död människa, stod i förtroligaste förbindelse med onda demoniska makter. Baruk delade sina landsmäns vidskepelse, som vid denna tid var om möjligt större än vidskepelsen bland kristianer och hedningar.

- Emellertid, fortfor Baruk, bär din förutsägelse alla tecken av osannolikhet. Jag vet, att Karmides och Hermione varit trolovade, men hans lättsinniga levnadssätt har gjort deras förbindelse om intet. Ryktet har länge ordat om att Krysanteus förbjudit honom sitt hus, och därtill kommer vad jag nyligen hört sägas, att Krysanteus ville hava honom utvisad från Aten, emedan han förleder ungdomen med dåliga föredömen.

- Allt detta uppväges av den enda visshet, att Hermione älskar honom.

- Är det verkligen så? Nog vet jag bäst, att unga kvinnor låta dåra sig av en vacker yta, men jag trodde dock, att Hermione utgjorde ett undantag från sitt kön...

- Du skall påminna dig, att Hermione och Karmides uppvuxit tillsammans, att de voro bestämda för varandra från de första ungdomsåren. Du bör vidare ihågkomma, att Hermione, sedan trolovningen upphävdes, tillbakavisat alla friareanbud. Antyder ej det, att hon älskar honom ännu, ehuru han visat sig ovärdig hennes kärlek? Och om detta ej kan övertyga dig, så vill jag i förtroende säga, att ännu helt nyligen har hennes mun icke förnekat hennes hjärtas böjelse.

- Du säger något! Det tyckes vid närmare påseende verkligen troligt. Men hennes fader skall aldrig samtycka ...

- Hennes fader skall samtycka till allt vad hon önskar. Den största svårigheten ligger hos Karmides själv. Allt kommer att bero av hans uppförande, ty först genom ett förbättrat levnadssätt kan han hoppas återvinna Hermiones aktning.

- Riktigt. Men här stöta vi ju på en omöjlighet!

- Nej, ingen omöjlighet, men en skenbar svårighet. Du känner ynglingarnes art. De måste rasa ut. Ju dåraktigare de levat, dess grundligare är ofta deras förändring till stadga.

- Sådant händer visserligen. Men ... Karmides stadgad! Det förefaller mig omöjligt.

- Jag känner Karmides bättre än du. Jag ansvarar, att en sådan förändring skall ske, såvida icke du omöjliggör det. Hans ödes trådar ligga i bådas våra händer. Han har vandrat vägen till fördärvets avgrund och står nu vid dess rand. Vad han hitintills icke velat se, gapar nu vid hans fötter, och han ser det. Om han icke redan återvänt, så är orsaken hos dig, ty du står bakom honom, en envåldsherre över ögonblicket, och det är du, som skall nedstörta honom eller lämna honom återvägen öppen. Krossar du hans högmod, så är han förlorad. Alla ana, att han är utfattig, men ingen vet det, ty han har intill denna dag förstått att dölja sitt läge under ett levnadssätt, som måste locka till den tro, att Indiens rikedomar stå honom till buds. Under allt detta är han uppfylld av ångest och färdig till vilket förtvivlat företag som helst. Störtar du honom, kan du icke beräkna följderna; lämnar du honom vägen fri, så skall han ila till en framtid, vars famn står honom öppen och tillbjuder honom lugn och med lugnet allt, som han kan eftersträva. Om han i besittning av en ny rikedom skall återfalla i sitt förra levnadssätt, det är något, som vidkommer ingendera av oss båda. Det är nog för mig, att Hermione varder hans maka ... det är mitt mål ... och för dig bör det vara nog, att han till sista obolen gäldar dig sin skuld. Det är du själv, som skall sätta honom i stånd därtill. Lämna honom i ro, och han skall om ett halvt år härefter för andra gången vara trolovad med den rike Krysanteus' dotter, om ett år härefter vara hennes make och arvinge till hela hans förmögenhet.

Baruk hade uppmärksamt lyssnat till Petros' föreställningar. Ehuru den gamle mäklaren alltsedan gårdagens uppträde med Karmides och upptäckten av förhållandet till Rakel kände för honom ett häftigt uppspirat hat, så att han vore färdig lyckönska sig till Karmides' oförmåga att betala, emedan detta gåve honom tillfälle utkräva hämnd; så förnam han likväl nu en böjelse att se saken ur annan synpunkt. Han hade att välja: å ena sidan förlora en betydlig summa penningar på en slösaktig son av de föraktliga gojim, att bära harmen av en misslyckad beräkning; å den andra att återfå hela huvudstolen med de fastställda räntorna—trettio till fyrtiofem för hundra! Det låg för honom en stor retelse i att genom klokhet, förutseende och tålamod återställa en som ohjälpligt förlorad ansedd sak och förvandla den väntade svåra förlusten till en lysande vinst, och det så mycket mer, som det alltid varit hans stolthet att förelysa de yngre köpmännen bland sina landsmän med en omtanke, ett förutseende och en förmåga att nyttja omständigheterna, som hitintills alltid gjort lyckan till hans ledsagare. Hans yngre yrkesbröder menade redan, att han skulle förlora på Karmides; han skulle nu sannolikt kunna visa dem, att han hade sett längre än de —att han även i avseende på Karmides vetat, vad han gjorde, när de trodde honom handla som allra blindast och oförsiktigast.

Men Baruk hade ett annat, för ögonblicket än vältaligare skäl att giva sitt samtycke till Petros' begäran. Han trodde Karmides vara i stånd till vilket förtvivlat företag som helst. Hans fruktan för sin dotters trygghet var ju så stark, att han, då biskopen steg över hans tröskel, just frågade sig, om han skulle töras lämna Aten och anträda den efterlängtade resan till Jerusalem eller icke. Vore det nu sant vad Petros berättat honom—och något skäl att tvivla hade han icke—så var en utväg funnen, och hjälpen hade kommit i rätta ögonblicket liksom från himmelen. Karmides skulle utan tvivel upphöra att lägga sina krokar för Rakel, så snart han fått en vink om den vida större lycka, som väntade honom och vore lättare att vinna på annat håll. Baruks lilla oskyldiga lamm skulle stå skyddat för den glupske vargens anslag, medan denne, iklädd skepnaden av en ruelsefull och botfärdig syndare, ginge att gripa ett annat rov. Detta var ju alldeles förträffligt.

Och om Rakels böjelse verkligen vore djupare än blott ett flyktigt tycke, så skulle hon övervinna den, om icke förr, när hennes luftslott ramlat, när hon funnit, att Karmides' kärleksförklaringar vore idel munväder, och att han genast efter sitt frieri till henne riktade sina planer på Hermione. Hennes ögon skulle åtminstone öppnas, när underrättelsen nådde hennes öra, att samme Karmides, som hon älskade, var trolovad med Hermione.

På grund av dessa skäl dröjde det icke länge, innan Baruk fattat sitt beslut. Han lovade Petros att åtminstone under ett halvt års förlopp icke oroa Karmides. Ja, han antydde, att han icke vore obenägen att försträcka Karmides ett och annat lån, så snart det börjat visa sig säkra tecken till en sådan sakernas

155

gång som Petros förespeglat.—

Aftonen av samma dag, på vilken biskopen besökt mäklaren, satt han åter efter ändat dagsverke i sin koja på Skambonide, en kammare, vars bohag var av torftigt slag och upplystes av en vanlig krukmakarlampa. Det enda i hans omgivning, som påminde om det förra biskopliga palatset, voro böckerna och Kristusbilden, men även denne var nu avhänd sina ädelstenar. Biskopen delade sin anspråkslösa bostad med sin fosterson, den unge Klemens. De hade nyss förtärt sin tarvliga aftonmåltid, som tillretts dem av deras värdinna, en from änka av den homoiusianska bekännelsen. Petros, vilande på en soffa invid lampan, öppnade sin Tertullianus. Klemens, färdig att gå ut, iklädde sig sin kåpa.

- Hälsa min son Eufemios, sade Petros, och låten icke förleda er att syssla för länge i natt med avskriften av den helige Johannes' uppenbarelse. Du har arbetat i dag på det hedniska templet och måste vara trött, min Klemens.

- Jag är icke mycket trött, men jag är uppfylld av bitterhet, min fader. Det är förskräckligt, att vi kristianer skola uppföra tempel åt hedniska avgudar. Vi bygga ju hus åt de onda makterna, åt djävlarne!

- Kejsaren vill det, Klemens. Vi måste.

- Nej, man måste mer lyda Gud än människor. Vi borde neka att göra det och hellre låta kejsaren döda oss.

- Min son, vi underkasta oss, emedan våra förmän vilja det, och vi kunna göra det, emedan vi äro övertygade om seger. De byggnader vi uppföra varda icke tempel åt avgudarne, utan kyrkor.

- Ah, däri har du rätt, sade Klemens med ljusnande anletsdrag. Om vi endast fasthålla det hoppet, kunna vi arbeta under välsignelser i stället för förbannelser. Det är sant; denna byggnad skall en gång, när vi fått en kristen kejsare, varda kyrka. Och detta kan ju hända snart nog, om det är sant, vad Eufemios sagt mig, att många av de våra omgiva avfällingen Julianus och endast avvakta ett gynnsamt tillfälle att förskaffa honom till avgrunden.

- Har Eufemios sagt det?

- Ja.

- Sådana ord äro mycket ovisa. Jag skall varna Eufemios för att tala så. Du får icke lyssna till slika ord och än mindre upprepa dem.

- Men vore det då orätt att döda en avfälling, som förföljer oss och vill utrota församlingen från jorden?

- Klemens, jag har märkt, att du på senare tider ofta framkastar frågor, med vilka du aldrig borde sysselsätta dina tankar. Akta dig, ty har man en gång börjat fråga, så stannar man sällan, förrän man ifrågasätter det heligaste.

- Bevare mig Gud för detta!

- Bevare dig Gud för lösa, kringirrande tankar! Du har dina plikter att tänka på och de böcker, som jag sätter i din hand. De svara på alla spörsmål, som äro nödiga och tillåtna. Bevaka din själ och gå icke därutöver! Har du under de senare dagarne sett Teodoros?

- Ja, nästan dagligen, fader. Han tyckes uppsöka mig och följa mina steg.

- Nåväl?

- Jag undviker honom.

- Du får icke lyssna till vad han säger.

- Jag har sagt honom det.
- Du gjorde orätt även däri, ty jag har förbjudit dig att svara med ett enda ord.
- Förlåt mig, fader. Jag sade honom endast, att jag varken vill eller får lyssna till honom, och jag bad honom hädanefter lämna mig i fred.
- I Teodoros ser du ett bevis, min son, vartill högmodet och frågvisheten leda. Han missaktade mina råd, litade på sitt förnuft och läste de heliga skrifterna icke med ödmjuk ande, icke med vördnad för kyrkans fäders meningar och mötenas av Gud ingivna tolkning, utan i tröstan på sin egen vishet. Och följden var hans själs fördärv. Hans villfarelser äro värre än själva atanasianernas. Han förnekar mötenas rätt att giva regeln för skrifternas ordaförstånd, han förnekar kyrkans och det av Kristus instiktade prästaståndet, han ordar, liksom flera kättare före honom, om de kristnes allmänna prästerskap, och under allt detta smickrar han hedningarne, emedan de äro mäktiga, han umgås med filosofer och besöker dagligen Krysanteus' hus.
- Jag har glömt omtala, fader, vad som dag hände mig under arbetet, sade Klemens. Krysanteus infann sig, såsom han plägar göra ...
- Ja, han njuter av att se våra mödor, sade Petros. Må vi unna honom denna korta fröjd!
- Han infann sig, den förhatlige, och han följdes i dag av sin dotter. Men vad hon dock ser god, mild och allvarlig ut, min fader!
- Du betraktade henne således noga?
- Nej, svarade Klemens rodnande. Du har ålagt mig att vända blicken bort från unga kvinnor, och jag gjorde det även nu ...
- Nåväl?
- Men hon kom själv till mig och talade till mig ...
En skymt av oro for över Petros' ansikte vid dessa ord. Han lade bort rullen och reste sig upp.
- Du stod således i hennes grannskap? inföll han.
- Nej, det ställe, jag hade under arbetet, var tämligen långt från gatan, men hon gick emellan våra bröder fram till mig, och hon lade sin hand på min axel, när jag vände mig bort.
- Ah, du har då åter brutit mot mina befallningar! Har jag icke sagt dig, Klemens, att du skall hava ditt ansikte höljt av kåpan, när du är ute?
- Fader, jag var ju sysselsatt med arbetet!
- Det är sant. Jag glömde det.
- Solen stod högt på himmelen, ty det var vid middagstiden, och vi försmäktade alla under trälandet i den svåra hettan. Jag bar endast min korta arbetskiton, när detta hände, och likväl badade jag i svett, ty jag hade ansträngt mig mycket för att föregå bröderna med lydnad för arbetsföreståndaren ...
- Det var rätt, min Klemens. Men vad ville dig Hermione? Vad sade hon dig?
- Hon frågade mig, vad jag heter—huru gammal jag är ...
- Ah!
- Var jag är född och vilka mina föräldrar äro ...
- Och du? Vad svarade du?

- Jag svarade, att jag heter Klemens, att biskop Petros är min fader, och när hon kallade mig gosse, upplyste jag henne, att jag är präst.

- Vidare!

- Hon log åt denna rättelse, men jag sade henne allvarligt, att hon borde omvända sig och tänka på sin själs välfärd. Därefter vände jag mig bort och gick ifrån henne.

- Var detta allt?

- Ja.

- Lovad vare Gud! tänkte Petros. Detta bör lära mig att hädanefter vara omtänksammare. Jag skall icke vidare tillåta, att Klemens deltager i arbetet.— Min son, sade han högt, du stannar hos Eufemios i natt. Men uppehåll dig icke allt för länge med avskrivningen, ty du skall sova och hämta krafter ...

Klemens önskade biskopen en god natt och avlägsnade sig.

Medan han vandrade nedför Skambonide, gick han förbi en kvinna, som, då hon såg honom, vände om och tilltalade honom med tveksam röst:

- Jag ser av din kåpa, att du är kristen präst. Tillhör du den homoiusianska bekännelsen? Förlåt mig, att jag uppehåller dig med denna fråga!

Klemens stannade. Han såg framför sig en ung flicka av vackert utseende, klädd som slavinna i ett förmöget hus.

- Jag igenkänner dig nu, sade flickan, som syntes mycket bekymrad. Du är föreläsaren Klemens. Huru lyckligt, att jag mötte dig! Min avsikt var att söka biskopen, men jag har tveksamt vandrat denna gata flera gånger och alltid vänt om vid hans dörr. Jag dristade ej gå in, men icke heller har jag vågat gå hem, förrän jag fått tala med honom eller dig. Huru väl, att jag träffade dig!

- Vad vill du mig?

- O, jag är mycket olycklig, klagade den unga slavinnan. Jag har en sträng husmoder, och jag råkade i afton, medan hon var frånvarande, att sönderslå hennes dyrbaraste toalettask. Hon plägar straffa mig hårt för den minsta förseelse ... och på detta konstverk satte hon så stort värde. Jag tordes icke avvakta hennes hemkomst utan skyndade bort ... och törs nu icke återvända, utan att du följer med mig hem och utverkar mig hennes förlåtelse. O, vägra icke detta, frommaste broder! Min härskarinna är så sträng, ja, hon är grym, när hon är vredgad; men annars är hon god och gudfruktig och nitisk i den rätta läran ... och om du, som är präst, följde mig hem, så skulle hon nog på din bön förlåta mig.

Flickan fattade hans hand. Klemens drog den förskräckt tillbaka; han hade ännu aldrig varit en kvinna så nära. Men han kände medömkan med den stackars slavinnan och ansåg för sin plikt att villfara hennes bön.

- Är din härskarinnas bostad avlägsen? frågade han.

- Nej, gode broder.

- Jag följer dig.

- Jag blir dig evigt tacksam.

Flickan förde Klemens tvärs över gatan Kerameikos och in i en gränd, där hon stannade utanför bakporten till prokonsulns palats.

Porten ledde till fruntimmersgården. De inträdde, utan att någon portvakt visade sig. Slavinnan bad Klemens vänta på gården och försvann genom en dörr i portiken. Hon återkom och förde Klemens genom en korridor, i vars ände var en dörr, på vilken hon pekade viskande:— Här! Stig in! Min härskarinna är hemma.

Klemens öppnade dörren och såg sig i en guldglänsande, av vällukter uppfylld budoar. På en soffa därinne vilade en kvinna, klädd i en lätt dräkt av spetsar. Skenbart överraskad av besöket, reste hon sig upp och åsåg honom med förvånade blickar.

Klemens igenkände Annæus Domitius' maka, den sköna Eusebia, och det mod, varmed hans ärende väpnat honom, efterträddes av förvirring. Han stod blyg och försagd inför denna sköna kvinna, som med största undran i sin ton frågade honom:

- Är det du, unge föreläsare? Vad för dig hit vid denna sena timme?

TREDJE KAPITLET.

Teodoros.

Krysanteus ägde i grannskapet av hamnstaden Piræus en lantgård, där Hermione ofta tillbragte sommarens vackra dagar.

Huvudbyggnaden låg på en kulle; utsikten öppnade sig åt ena sidan över havet och den livliga hamnen, åt den andra över en bördig, av vingårdar och olivdungar omgiven däld. Kullens sydliga sluttning nedsteg i avsatser, prydda av trädgårdskonsten och skuggade av åldriga träd.

I en lövsal på en av dessa avsatser satt en afton Hermione. Hennes vänner Ismene och Berenike hade nyss lämnat henne. Hon hade därefter gått hit, där hon gärna njöt ensamhetens stunder, emedan denna plats varit älskad av Elpenike, hennes moder, och påminde Hermione om barndomslekarne med fosterbrodern, om de ljuvaste dagarne av hennes första och enda kärlek. Hon hade medtagit ett verk av Platon—hans Fädon—men minnenas makt och aftonens fridfulla skönhet fängslade flickans tankar och sinnen, så att hon glömde att öppna boken.

Havet glänste i den sjunkande solens prakt. Två fartyg sågos lämna hamnen och med utbredda segel styra mot synranden. Det var de båda Jerusalemsfararne, som Baruk utrustat. Larmet av den livliga verksamheten i Piræus blandade sig, mildrat genom avståndet, med fågelsången i trädens kronor och tonerna av en flöjt, som uppstego från dalen på andra sidan kullen.

Då solens skiva närmade sig synranden, stördes Hermiones ensamhet genom ankomsten av en man, som var klädd i kåpa, sådan som de kristna prästerna brukade. Den förtrolighet, var med han närmade sig Krysanteus' dotter och satte sig helt nära henne, visade, att han icke var en främling på stället.

- Teodoros, sade hon. Välkommen.

- Jag anade, att jag skulle finna dig här, sade den unge prästen, och styrde fördenskull hit, innan jag ville söka dig däruppe i byggnaden. Den vackra aftonen och hågen att tvista med dig hava lockat mig ut från staden. Jag kan hälsa dig från din fader. Jag såg honom på Pnyx, där folket är samlat för att verkställa det nya valet till arkont. Det står i denna stund en het drabbning däruppe, och måhända avgöres just i detta ögonblick segern.

- Tvivlar du då, att min fader skulle varda återvald? frågade Hermione.

- Han har en mäktig hjälp i kejsarens gunst. Det är fördenskull sannolikt, att Krysanteus segrar.

- Vad säger du? Skulle han hava kejsarens gunst av nöden till seger? Jag vet att min fader på den senare tiden förvärvat många fiender bland atenarne; men den stora mängden måste väl dock vara honom tillgiven.

- Jag vill gärna tro det, men är likväl oviss därom.

- Men en sådan otacksamhet vore omöjlig, utbrast Hermione. Han uppoffrar ju allt för dem. Om de blott visste, vilka bekymmer han uthärdar för deras skull, huru varmt han önskar deras välgång, huru han lever endast för den höga sak, som Julianus och tidens ädlaste män vilja förverkliga, o, då skulle de icke kunna annat än älska honom. Har du märkt, Teodoros, att min faders hår börjat gråna? Det är icke av ålder, du, utan av omsorger och rastlösa tankar. Min arme, älskade fader!

- Ja, om detta förtjänar hat, vad är det då, som förtjänar tacksamhet och kärlek? sade Teodoros. Men du får icke tyda mina ord till det värsta, Hermione. Med sin kännedom om tiden och människolynnet måste Krysanteus från början hava förutsett det motstånd han nu röner. Förtjusningstiden kunde icke vara långvarig. Det går an att måla idealer och ställa dem för människornas ögon; alla skola hänföras, ty alla igenkänna mer eller mindre klart urbilden av sin egen mänsklighet; men att söka förverkliga dem, Hermione, att med kraftig och skonslös hand gripa in i verkligheten för att omskapa den till något sannare och skönare, det framkallar alla tröghetens, vanans och ondskans makter till förtvivlat motstånd. Det uppstår då en strid, som icke ändar, förrän idealets kämpe har segrat eller dukat under. Det sista är det vanliga, Hermione, ja, det ligger i tingens natur och Guds världsordning, att så skall vara. Ty idealets kämpe är, även han, en människa, full av fel och misstag, och med det sanna, varför han kämpar, blanda sig villfarelser, som göra motståndet rättsgillt. Vad, om Julianus och Krysanteus i mycket hava orätt? Om de skulle vilja återföra en tid, som är död och bör vara det, en tid, som genom avståndet hägrar för deras ögon med en glans, som han i själva verket aldrig ägde? Vad om deras strävanden skulle motverka i stället för främja människosläktets sanna väl?

- Det låter icke tänka sig, sade Hermione, ty förnuftet och sanningen hava i alla tider till sitt inre väsen varit desamma och skola alltid förbliva det.

- Visserligen. Ingen tid har varit förnuftlös och osann. Men du, liksom jag, är övertygad om en Guds uppenbarelse i världens gång och människosläktets öden. Vari skulle då denna uppenbarelse bestå, om ej däri, att hans härlighet och fullkomlighet under olika skiftningar allt klarare framstode för de varelser, som äro skapade till hans avbilder? I viljen återkalla en förfluten tid. Det är fruktlöst, Hermione. I viljen åter uppliva tron och vördnaden för de gamla gudarne. Det är omöjligt, att detta företag skall lyckas. Det är förtvivlat, ty det bär en osanning inom sig. Ack, därutinnan ligger er svaghet. Varför skolen I inblanda denna fallna gudavärld i er kamp för sedernas bättring, för tankens rätt och den borgerliga friheten? Vad har Zeus, den otrogne äkta mannen, att göra

med sedligheten eller förnuftet, han, den avundsamme, som fängslade
Prometeus vid klippan, emedan denne med eldens gåva vart människosläktets
välgörare? Vad hava de förgudade tyrannerna, som I givit säte Olympen, vad
hava de att göra med frihetsandan och människovärdet? Dessa brottsliga,
lastbara gudar, förtjäna de sina rökoffer och altaren? Äro de gudar, till vilka man
kan sätta sitt hopp i livet och i döden? Det är sant: I viljen avtvå dessa
vanställande fläckar från deras anleten. I fördömen som hädare de skalder, som
förtalat dem. Men sedan I utplånat dessa drag, vad återstår dem då av deras
egendomlighet? Intet. De varda blotta opersonliga krafter, utströmmade från
den ende evige Guden.

- Så anse vi dem även, invände Hermione. Våra filosofer säga, att
dyrkandet av flera gudar uppstått genom människornas svaghet, som fördelat
fullkomlighetens egenskaper på många.

- Men varför förneken I då den Gud, som låtit sig uppenbaras för edra
filosofers slutledningar? Emedan han är ofattlig för mängden, skolen I svara. Ja,
han är i sanning ofattlig, om han, såsom många av edra filosofer förmenat,
endast är den outgrundliga, på alla egenskaper tomma enheten i tingen, ett
väsen, som ej bryr sig om människornas öden; men är han en god, allvis och
kärleksrik försyn, så är han icke blott fattlig för den enfaldigaste, utan just den,
efter vilken de okunnigaste hjärtan i alla tider längtat.

- I, upplysta hedningar, fortfor Teodoros, ären stolta aristokrater; I talen
om en tro för de utvalda andarne, de visa och tankekraftiga; om en annan för
den stora hopen. I viljen hava kärnen för er och kasta skalet till mängden. Mot
denna uppfattning har samma hop själv förklarat sig, och denna motförklaring är
kristendomen. I villen icke omstörta altarna, I villen icke rubba de enfaldiges tro,
icke skingra deras villor, som, efter vad I trodden, gjorde dem lyckliga. Ibland er
funnos även sådana, som för statens, för ordningens skull ville befästa den gamla
vidskepelsen, förutan vilken de förmenade, att allt skulle sammanfalla i grus.
Som om en lögn vore det starka band, som sammanhölle världen! Då
förkunnades ur folkets lägsta kretsar, ur fiskarhyddor och verkstäder, samma
ofattliga sanningar, som I haden lagt hand på för egen räkning. Detta
överraskade tvivelsutan de vise. Det var en omvälvning, och så demokratisk,
Hermione, så frihetssyftande hon kunde vara. Hon förkunnade en gud för alla,
en vishet för alla. Hon förkunnade, att den höge och låge, imperatorn och
slaven, äro bröder, barn av samme fader, delaktiga i samma arvedel. Bort med
romaren, hellenen och barbaren! Vi äro alla människor. Bort med herren och
slaven! Vi äro alla skapade till frihet, till den sanna friheten, som vinnes i segerrik
kamp, med Guds hjälp, mot våra tyranniska onda böjelser! Bort med den högsta
och svåröverstigligaste av alla skiljemurar mellan människor—skiljemuren mellan
rättfärdiga och förtappade! Ingen är mer så rättfärdig inför Gud, att han icke är
en syndare; ingen så fallen, att han ej kan upprättas! Bort med självbelåtenheten
liksom med förtvivlan! Den självbelåtnes högmod skall ödmjukas, och den
ödmjukes förtröstan höjas, ty i himmelen är större glädje över en botfärdig
syndare än över alla rättfärdiga inom havets gördel! Detta, Hermione, är
kristendomens lära, de sanningar, som förkunnades av Jesus av Nasaret. Säg mig,
finner du ingen skillnad mellan honom och undergöraren Apollonios? Han

uppväckte döda, Apollonios, och förrättade underverk, som liknade Jesu; men vad voro dessa mot nasarenens största underverk, som är hans levnad och lära? Hava edra cesarer, som I upphöjt till gudar, större rätt till detta namn än nasarenen? I förskräckens över våra ord, då vi säga, att Gud var i Kristus och försonade världen, och likväl har ert eget förnuft uppenbarat er nödvändigheten av Guds mandoms anammelse, och edra myter, bland vilka många hava rätt att kallas profetior, antyda det, förebåda det. Talas ej i edra mysterier om en gud, Dionysos Zagreus, den högste gudens älsklingsson, som nedsteg till jorden, kämpade med de onda makterna, led en smärtsam jordisk död och genom denna död, varifrån han uppstod, vart människosläktets förlossare? Vem är denne Dionysos Zagreus, om icke en dröm, som edra fäder drömt om den kommande Kristus? De skaror, som vallfärdade till Eleusis, tror du, att de fördes endast av trängtan efter högre kunskap i gudomliga ting! Nej, de visste väl, att invigningen icke förvandlade någon till djupsinnig filosof. De hastade dit i övertygelsen att finna räddning för sina själar. Också har i våra dagar, sedan Julianus åter öppnat mysteriernas tempel, mången nyinvigd förvånats att höra där i mörker och löndom förkunnas samma läror, som kristendomen predikat i klara dagen, men enklare och renare, och mången har ifrån Eleusis återvänt med längtan att utbyta den drömde Dionysos mot den verklige. Prometeus sjunger, fastnaglad vid klippan, om de gamla gudarnes fall och en högre världsordning. Edra myter uttala klart och tydligt på mångfaldiga ställen sin egen otillräcklighet och, liksom judarnes heliga böcker, förebåda den kommande Messias. De nyplatonska filosoferna lära ju även från filosofiens ståndpunkt Guds människovardande. Även de tala om ordet, genom vilket allt är skapat; även de tala om tro, hopp och kärlek som fromhetens grundval. Men när de för övrigt lära, att Guds tankar äro ting och verkligheter, är det ej då en oriktig slutsats, att de uppfatta Guds mandomsanammelse endast som en filosofisk tanke, icke som en verklighet, lekamliggjord i en människa? Ack, en filosofisk tanke är icke tillräcklig att återgiva den förtvivlade själen lugn och salighet.

Tänk dig, Hermione, en mördare, som med fasa vaknar ur sin vredes rus och ser det blodiga offret vid sina fötter. Han har utfört ett odåd, som ej kan gottgöras. Hans ånger, hans förtvivlan, hans huvud, om än frivilligt lagt under lagens svärd, återgiva icke den slagne hans liv. Tänk dig, vad som är än rysligare, en själamördare, en förförare, som, insatt till vårdare av ett välartat och lovande barn, fördärvar dess natur, utvecklar dess onda anlag, nedstörtar det i sinnlighetens dy och slutligen ser sin skyddsling omkomma däri. Tänk dig honom väckt till inseende av sin gärnings ryslighet. Då följer en ånger, som ingen filosofisk tanke kan avvända från förtvivlan och evigt fördärv. Tarvas ej för dem den fulla vissheten om en personlig förlossare, som även för deras skull, för att även deras synder skola förlåtas, burit Guds vrede och lagens förbannelse? Det steg, Hermione, som leder från din tro till min, är således steget från tanken till den levande verkligheten, från den slöjade sanningen till den avslöjade och uppenbarade.

Samtalet fortfor länge i denna riktning. Det var icke första gången Teodoros talade med Hermione om kristendomen. Han hade länge gripit varje tillfälle, som yppade sig därtill, och sådana tillbjödo sig många, ty Teodoros var, ehuru kristian och präst, en nästan daglig gäst i Krysanteus' hus. Det hade emellan dem båda uppstått en vänskap, som, grundad på ömsesidig aktning, icke stördes av olika trosmeningar. Dessa hade icke hindrat Teodoros att bjuda sin hjälp åt Krysanteus, när han i enlighet med kejsarens avsikter började inrätta fattighus och sjukhus i Aten och övriga städer i Akaja. Teodoros syntes icke fråga efter sina trosfränders omdöme i detta avseende; han vart ärkehedningens ivrigaste medhjälpare i allt vad han ansåg gott och nyttigt, och bar med lugn de tillvitelser för kätteri och avfall, som kristianerna allmänt gjorde honom. Han besökte de nyinrättade skolorna och tvekade ej att infinna sig i filosofernas föreläsningssalar, där han dock för mången var en besvärlig gäst, ty han inskränkte sig icke till att höra, utan uppsteg själv i sin ordning på talarestolen till försvar för den kristna läran, förvånande de bildade åhörarne med åsynen av en kristen präst, som lugnt lyssnade till motståndarnes tankar och varmt men fridsamt utvecklade sina egna. Även till Akademia gick han ofta för att offentligt tvista med Krysanteus och hans lärjungar. Vart han där den ena dagen besegrad —ty här fann han sina mästare i dialektiken—så återvände han den andra dagen med nya bevisningsgrunder; han bidrog alltid att liva samtalet och tankeutbytet; han saknades slutligen, när han uteblev, och de unga akademikerna började betrakta honom såsom en medlem av deras krets, en kristen platoniker.

Verkade han med allt detta ingen omvändelse, så avtvang han likväl aktning för kristendomen och utströdde kanhända många frön, som först i framtiden skulle uppspira.

I Akademias trädgårdar, liksom i sina enskilda samtal med Hermione, bemödade han sig, tvärtemot kristianernas föreställningssätt, att visa, det den gamla och den nya läran icke stode som fiender emot varandra, icke som ett djävulens och mörkrets rike emot Guds och ljusets, utan som en senare utveckling till en föregående, som mannaåldern till ynglingaåldern, som en profetia till sin uppfyllelse. Han gav den gamla bildningen all hennes ära och medgav så mycket hellre förnuftets rätt, som, enligt hans åsikt, Guds enhet och försoningens nödvändighet kommit till uppenbarelse även i detta. Men bredvid förnuftets filosofi talade han även om den religiösa känslans, och gav henne företrädesrätten och emellan olika meningar den avgörande rösten, emedan hon stöder sig på den oförvillade driften, som träffar sanningen hastigare och säkrare än all slutledningskonst.

Han bad de unga filosoferna läsa kristendomens heliga urkunder, och de skulle finna, att medan dessa skrifter med klarhet uttala de grundsanningar, på vilka allena mänskligheten kan bygga ett tempel, värdigt Herren, så lämna de dock i alla andra avseenden det friaste svängrum för tankens verksamhet och sporra honom till letande i de gudomliga tingen, i stället för att binda och fjättra honom.

Detsamma föreställde han i afton Hermione, och han framtog under sin mantel en bokrulle och lade den i hennes hand. Det var Johannes' evangelium. Han avtvang Hermione med enträgna böner det löfte att icke fördomsfullt lägga denna bok åsido, utan läsa och pröva henne. De skulle därefter vidare samtala om innehållet.

Då Hermione invände, att man av frukten måste döma trädet, samt att den senaste tidens rön på ett förskräckligt sätt visat, att kristendomens målsmän strävade att utbreda den mest oerhörda andliga och världsliga träldom, och att de kristnes inbördes förhållande, långt ifrån att framställa en tavla av kärlek och fördragsamhet, varit ett, som överginge vilddjurens i hat, grymhet och blodtörst; då svarade Teodoros, att dessa sorgliga företeelser härflöte ur en helt annan källa än kristendomen, att hierarki, kyrkomöten och dogmofelbarhet hade med kristendomen ingenting gemensamt, utan tvärtom vore hans största och farligaste fiender. Förvillelsen hade uppkommit, emedan man ville tillämpa filosofiens stränga begreppsbestämningar på tron. Men ur de blodiga och förskräckliga striderna, som alstrats härigenom, skulle en gång insikten av denna förvillelse dess klarare framträda. Teodoros kallade partikampen med dess olyckor för kristendomens födselsmärtor; han bad Hermione endast läsa urkunderna, och hon skulle då inse, att Jesu lära ej är roten till de kristnes fel och världens olyckor, utan roten till glädje och salighet i de enskildes hjärtan.

När Hermione förebrådde de kristne deras förakt för människans skönhetsdrift och det raseri, varmed de förstörde konstens verk, svarade Teodoros, att då skönhetsdriften är av skaparen inplantad i människorna, så måste den en gång komma till verksamhet även hos kristianerna.—Förtäljer ej, sade han, Tukydides, att atenarne vid en mäktig fiendes annalkande kullstörtade sina pelare och minnesvårdar för att använda dem till skansar? De gjorde det, utan att någon fördenskull har förebrått dem barbari. Kristianerna kunna icke hata konsten, utan endast de tillfälliga former, vari hon ännu uppenbarar sig för deras blickar. Hermione, fortfor Teodoros och pekade på den nedgående solen, som purpurfärgade hav och himmel, naturen, mitt i vilken vi leva, är ju en återglans av Guds skönhet. Vart vi vända våra blickar, omgivas vi av skönhet. Människan är sänkt i ett hav av skönhet, och hon måste blunda, om hon ej vill överväldigas. Tror du då, att skönheten är något förgängligt, att spegeln, som själen håller mot naturen, kan någonsin släppas och krossas som en vanlig spegel? Nej, spegeln är själen själv, skönhetsdriften är oförgänglig, och förstördes än allt vad konsten hitintills frambragt, skall ur förstörelsen ett nytt och högre framgå.

Då Teodoros slutade sitt samtal med Hermione, var skymningen inne. Emedan det var ovisst, vid vilken tid Krysanteus skulle återvända från staden, kunde han icke avvakta dennes ankomst; han önskade Hermione en god natt och gav sig på väg till Piræus, otålig att få höra utgången av arkontvalet.

Underrättelsen om folkförsamlingens beslut hade redan hunnit sprida sig i hamnstaden.

- Medborgare, sade Teodoros till den förste han mötte på gatan. Du har förmodligen övervarit folkförsamlingen?

- Ja.

- Vem är den nye arkonten?

- Krysanteus är återvald, svarade mannen harmset.

- Ah, det var en utgång, som jag knappt förmodat.

- Ej heller jag.

- På vem röstade du, min vän?

- På Krysanteus.

- Och likväl tillhör du det andra lägret, såvida jag icke misstager mig.
- Du misstager dig. Jag räknar mig till hans anhängare, ehuru jag har mycket att anmärka emot honom. Han uppför sig som envåldsherre över det fria folket i Aten. Han tynger oss med pålagor, oerhörda intill denna tid. Vi medborgare skola underhålla alla sjuka och fattiga i staden. Vi skola underhålla skolor ej blott för våra egna barn, utan ock för våra slavars. Har man någonsin hört slikt? Det är en himmelsskriande orättvisa, Teodoros, och jag undrar, att vi icke, hellre än att tåla sådant, flytta ut i någon ödemark.
- Och i trots av dessa klagomål över Krysanteus gav du honom i dag din röst, säger du.
- Ja, han fick nästan alla de närvarandes röster; men icke vill jag säga, att valet fördenskull är lagligt.
- Vad menar du?
- Då vi skulle skrida till hemlig omröstning, uppsteg Karmides ...
- Karmides, var han närvarande? inföll Teodoros förundrad.
- Ja, för första gången, och förmodligen endast för att roa sig och tillställa oreda. Nog av, han steg upp, talade till folket och föreslog öppen omröstning i stället för hemlig.
- Nåväl?
- Krysanteus' lilla anhang ropade ja. De andre tego. Man tog naturligtvis tystnaden för samtycke. Den öppna omröstningen började. Du kall nu lätt föreställa dig utgången.
- Nej. Varför skulle icke den öppna omröstningen hava samma påföljd som en hemlig?
Borgaren log medlidsamt åt denna enfaldiga fråga.
- Du begriper väl, sade han, att ingen just vill öppet bryta med Krysanteus, som är rik och mäktig och har kejsaren bakom sig. Med hemlig omröstning skulle Krysanteus ej haft hundra bland tusen för sig; nu hade han icke tio bland tusen mot sig. Sådan är världen, min vän.
- Väl, prisen er lyckliga, att vad som skett har skett! Krysanteus är eder ädlaste och bäste medborgare. Den bildstod, som man för ett år sedan reste åt honom, bär inskriften »Åt Atens förste medborgare». Om han redan då förtjänte detta namn, så förtjänar han det nu tusenfalt.
- Bah! Smicker! sade mannen med en axelryckning, varefter han hälsade Teodoros och fortsatte sin väg.
       * * * * *
Vid pass en timme sedan Teodoros lämnat lantgården, anlände Krysanteus dit från staden. Hermione hörde med glädje, att valet på lysande sätt utfallit till hans förmån. Teodoros' farhågor hade således icke sannat sig! Atenarne hade icke visat sig otacksamma. Men på Krysanteus' panna låg dock en skymt av dysterhet och smärta. Han anade, att valets utgång berott av det förslag, som Karmides framställde. Han hade på senare tider rönt många bevis på medborgarnes likgiltighet, hade ofta mött åtminstone tröghetens motstånd; han började märka, att han stod så gott som ensam och att hans verk icke hade fast grundval i folkets tänkesätt. Men han ville icke förtvivla om sitt mål. Han hoppades på det unga släkte, som var kallat att uppväxa under de

samhällsformer Julianus skapat, under inflytelsen av den ande, som utströmmade från honom. Och liksom i förkänsla av att Julianus' bana ej skulle varda lång, ockrade Krysanteus med minuterna och arbetade med feberaktig otålighet. Det var fördenskull han icke ville lämna makten ur sina händer; han kunde som enskild medborgare verka mycket, men icke detsamma som nu.

Först när han satt bredvid sin älskade Hermione, försvann det dystra molnet från hans panna, medan hon spelade på sin cittra och sjöng ett stycke, som varit Elpenikes älsklingssång. Vid aftonmåltiden infann sig Okos, den unge slaven, portvaktarens son, med ett nyss anlänt brev. Det var från Ammianus Marcellinus, som nu följde Julianus i kriget mot perserna. Krysanteus uppläste och Hermione lyssnade med strålande ögon till den skildring, som Ammianus lämnade över Julianus' bragder. De tävlade med Alexanders, om icke överträffade dem. Den romerska krigsärans mest lysande dagar hade återvänt: kejsarens föredöme hade förvandlat varje romersk krigare till hjälte. Perserna hade förlorat drabbning efter drabbning. De hade kallat floderna till sin hjälp, genombrutit dammarne och låtit vattnet översvämma det vidsträckta slättland, varpå legionerna framtågade. Men även detta hinder övervanns av soldaternas ihärdighet, som livades av anförarens ande. Han tågade till fots i spetsen för hären, uppmuntrade de modfällde och deltog med egen hand i arbetena. Vattenmassorna voro återförda inom sina bräddar och hela skogar nedhuggna till lagning av de utskurna vägarne. Hären nalkades den persiska huvudstaden. Perisabor, den andra i ordningen av Persiens städer, väl befäst och värnat av talrikt manskap, var stormat och intaget. Efter Perisabor hade ordningen kommit till Maogamalka, Persiens starkaste fästning, belägen endast två mil från huvudstaden. Staden försvarades, skrev Ammianus, av sexton torn, djupa löpgravar och dubbla murar och hade i alla tider ansetts ointaglig. Men Julianus lät gräva en mina under murarne, och medan belägringstornen framrullades och kastmaskinerna slungade sina stenblock, hade en utvald skara genom den underjordiska gången inträngt i staden, vars besättning sträckte vapen eller grep till flykten. Nu stod romerska hären i huvudstadens omedelbara grannskap.

Den glädje, varmed Ammianus' brev uppfyllde Krysanteus och hans dotter, blandades med oro och farhågor, när han skildrade den oförvägenhet, varmed Julianus blottställde sin egen person. Han tycktes även i detta avseende hava tagit Alexander till sin förebild. Vid Perisabor hade Julianus lett stormningen mot den ena av fästningsportarne; då soldaterna arbetade på att spränga den, hade fienderna från murens tinnar riktat ett regn av kastspjut och stenar mot den purpurklädde anföraren. Vid Maogamalka hade två perser framrusat från ett bakhåll för att nedgöra honom. Julianus avvände med sin sköld deras förtvivlade hugg, dödade med egen hand den ene fienden och tvang den andre fly, innan de romerska soldater, som arbetade i grannskapet, hunnit ila till undsättning. Ammianus anförde flera liknande drag och klagade, att knappt någon dag förflöt, då ej kejsaren blottställde sig för faror, ur vilka han liksom endast genom underverk räddades.

Då Hermione gick till sin sovkammare, där hennes kammarflicka Alkmene väntade för att biträda henne vid avklädseln, sken den uppgående månen emellan slingerväxterna utanför det öppnade fönstret så lockande in i det lilla rummet, och nattvinden medförde så ljuva vällukter, att Hermione, lyssnande till Alkmenes skildring av nattens skönhet, gav vika för sin lust att tillbringa än en stund i det fria, innan hon ginge till vila. Alkmene band kappan över sin härskarinnas skuldror och gjorde sig i ordning att ledsaga henne; men Hermione sade, att hon ville vara ensam. Följd av kammarflickans ögon, styrde hon kosan till sitt ensliga älsklingsställe.

FJÄRDE KAPITLET.

Mötet.

Då Hermione var ensam, sjönk hon på knä och bad, med blicken riktad mot den stjärnströdda himmelen, att den vishet och allmakt, som skapat de otaliga himmelska ljusen och leder dem i sina banor, måtte hägna undan krigets faror Julianus och förläna honom en lång, lyckosam och välsignelserik levnad som rikets kejsare och fader.

Nattens lugna skönhet, det tindrande himlavalvet, det stilla, vidsträckta havet, de för lätta sommarfläktar susande lundarne ingåvo den bedjande flickan känslan av det högsta väsendets närvaro omkring henne och i hennes egen själ.

Kunde i denna natur, så uppfylld av skönhet, så härligt skipad av sin store byggmästare, kunde i henne finnas ett rum för blinda, regellösa makter, gjorde sig ej samma kärlek och förutseende vishet gällande även i människosläktets liv och öden? De sälla känslor, som med bönen genomströmmade Hermione, upplöste denna fråga i en lyckliggörande och lugnande övertygelse. Vårt släktes öden ledas av Gud; det sanna och goda skall segra över osanning och ondska; den högsta lott, vartill en dödlig kan koras, är ett rum bland stridsmännen för den goda saken; hans strid är aldrig gagnlös, han vinner, även när han dukar under, och han segrar även genom sin död.

Det var Julianus' bild, kring vilken Hermione samlade dessa tankar. Men bilden vek, utan att hon visste huru, för en annan, som plötsligt stod för hennes andes öga. Det var en skön man, i vars anlete strålade en överjordisk mildhet och renhet, vars ögon, fästa i Hermiones själ, syntes i sin blick hava samlat och förmänskligat det högsta väsendets ofattliga kärlek. Han bar, lik Apollon, en krans om sin panna, men kransen var icke vriden av lager, utan av törne, och bloddroppar sipprade på hans vita änne. Han framräckte sina händer—även de blödde ur djupa sår, men han log och sade:—Se, även jag har segrat genom min död.

Huru uppsteg denna bild i hennes fantasi? Hermione igenkände nasarenen, om vilken Teodoros talat med så innerlig hänförelse, och för vilken han redan förmått ingiva henne ej blott den vördnad hon måste känna för en stor teurg, en av himmelen älskad människa, utan även en högre känsla, i vars värme hon anade och fruktade en gryende kärlek.

Hon fruktade den, ty det kristna namnet var henne förhatligt. Hon hade från barndomen lärt och genom sin egen kännedom av världen nödgats förknippa med detsamma föreställningarna om det fula, låga, grymma och dumma. De två kejsare, som hitintills burit det kristna namnet, hade varit lömska, menediga män, som rasat mot sin egen släkt, liksom mot sina undersåtar. De kristna prästerna predikade emot förnuft och frihet; det kristna livet förekom henne som en svängning mellan vild hängivelse åt vällust och laster och en lika otyglad hängivelse åt köttets dödande genom avskyvärt självplågeri. I båda fallen framstod det fula i hela sin vederstygglighet, parande sig hos den stora hopen med kärlek till smuts och lumpor. Läran om naturens förfall var henne en lögn, då hon såg naturens skönhet; föreställningen om ett i grunden fördärvat människoväsen förekom henne lika ovärdig som farlig, och Hermione betraktade som en frukt av denna lära de gruvliga missljud, den brist på självbehärskning, det åt ytterligheter hemfallna, åt fanatism och alla slags lidelser överlämnade liv, varpå den kristna kyrkan framvisade så talrika prov— skärande motsatser till de lugna, harmoniska bilder av förädlad mänsklighet, som den hellenska filosofien hade danat, och för vilka Julianus var ett så härligt mönster.

Men den Kristus, om vilken Teodoros predikade för Hermione, var ju en helt annan än den ande, som uttalade sig i kristianernas liv, åskådningssätt och inbördes strider. Han var ju det skönaste och fullkomligaste väsen i människoskepnad. Hans lära var ju den enklaste och likväl den mest upphöjda, som en människas läppar uttalat. Hans gudamänsklighet förekom ju även Hermione som en förnuftsnödvändighet, och det budskap han förkunnat, det kall han med sin död fullbordat, som det högsta bevis på gudomlig vishet och kärlek.

Vad skulle hon då tro, vad skulle hon då göra? Umgänget med Teodoros hade sått tvekan i hennes själ. Hon kände det djupt i detta ögonblick, sedan bönens hänförelse försvunnit. Hon lutade pannan i sin hand och tänkte på sin fader, på hans gråsprängda lockar, på den strid, där han kämpade i första ledet. Skulle Krysanteus' dotter kunna svika honom? Denna fråga förskräckte henne. Skulle hon då undfly umgänget med Teodoros? Nej, detta innebure ett erkännande, att hon vore den svagare, det vore ju ett brott mot sanningen, som bjuder att lyssna till varje skäl och behjärta dem, som icke kunna vederläggas. Men hon beslöt att nästa gång vara bättre rustad till försvar. Dess klarare skulle då sanningen framträda ur de motsatta meningarnas strid. Hermione skulle åhöra sin faders föreläsningar och väpna sig med alla de skäl, som den snillrike kejsaren nedlagt i sin nyligen fullbordade skrift emot den kristna läran. Dessa skäl ville hon då införliva i sin egen tankebyggnad. De skulle återgiva denna byggnad jämvikt och sätta Hermione i stånd att utan fruktan lyssna till den kristne ynglingen, för vilken hon kände en varm, systerlig tillgivenhet.

Dessa tankar efterträddes av andra. Hermione var aldrig ensam, utan att minnena inställde sig av brodern och av älskaren, som hon båda förlorat, men som hon båda hoppades återfinna i ett annat liv.

Huru överraskad, ja bestört hon vart i första ögonblicket, då hon bland kristianerna, som arbetade på Afrodites tempel, upptäckte en yngling, vars anletsdrag så liknade Elpenikes, hennes moders, och den bild, som hennes inbillningskraft hade skapat av Filippos! Först sedan hon närmare betraktat den unge prästen, försvann i någon mån denna likhet och på samma gång en villa, hänförande och tillika smärtsam. Hon kunde dock icke glömma den unge föreläsaren, och om ej hennes senaste samtal med Teodoros tagit den riktning det fick, så hade hon redan nu av honom utletat den unge Klemens' levnadsomständigheter.

Krysanteus hade meddelat henne, att Karmides deltog i folkförsamlingen och röstade för honom. Detta överraskade Hermione. Vad skulle det betyda? Hon visste, att Karmides och hans lättsinniga vänner smädade Krysanteus' strävanden, liksom de hånade allt, som låg utanför gränsen av deras eget vilda, njutningslystna liv. Vore det möjligt, att Karmides förändrats? Ack, sedan denna förmodan inställt sig, ville hon icke övergiva den, huru osannolik den var.

Ljuden av annalkande steg nådde Hermione och störde hennes betraktelser, då de voro på väg att övergå i vemodigt svärmeri. Hon trodde, att det var Alkmene, och steg upp för att möta henne.

Men i samma stund visade sig framför ingången till lövsalen en manlig skepnad, höljd i en mörk mantel. Månskenet föll på hans bleka, men vackra ansikte. Hermione igenkände Karmides.

Hon förvirrades vid denna oväntade uppenbarelse av föremålet för sina tankar. Även Karmides syntes överraskad. Det uppstod en kort tystnad, som bröts då Karmides i en ton, som klingade allvarligt och vördnadsfullt, sade:

- Hermione, var icke förskräckt. En tillfällighet har fört mig hit, och jag anade ej ett sådant möte vid denna sena timme. Jag skulle annars hava hållit mig fjärran från denna nejd. Men då ödet nu så fogat, att jag råkat dig ... törs jag då nalkas dig? Vågar jag bedja dig stanna och höra några ord från Karmides' läppar?

Det låg ej blott i Karmides' ton utan även i hans drag ett uttryck, som Hermione trodde för alltid försvunnet därifrån, och som påminde henne om den forne Karmides. Hälsans rosor hade vissnat på hans kinder, och hans blick var dyster, men i trots härav liknade han i denna stund sig själv, sådan han var, då Krysanteus ännu kallade honom sin älskade lärjunge. Han syntes densamme, men uppstigen från en långvarig sjukdom.

Hermione besegrade sin förvirring och sade:
- Jag vill höra dig, Karmides.

Och då efter dessa ord ånyo en tystnad uppstod, varunder Karmides syntes tveka, vad han skulle göra eller säga, tillade Hermione, i det hon satte sig och anvisade honom en plats i sitt grannskap: Din ankomst överraskade mig i första ögonblicket, ty jag väntade dig icke, och det är nu så längesedan vi sågo varandra. Den vackra natten har lockat mig att tillbringa timmen, fastän långt framskriden, i det fria. Och samma vackra natt har lockat dig att styra kosan till ett ställe, där du ser havet lyst av månen, och där du kan påminna dig så många barndomshändelser. Är det icke så?

- Jag vet icke, om natten är vacker eller ej, sade Karmides, i det han satte sig mitt emot Hermione och kastade manteln tillbaka. Jag har intet öga för naturen. Jag ser, att månen skiner, jag finner natten tyst och nejden lugn, det är allt. Men barndomsminnena ... du nämnde dem. Det var måhända de, som förde mig hit. Jag vet det icke själv, men jag vet, att dessa minnen ha börjat plåga mig ... Låt mig tala fritt om mig själv, Hermione! Dölj din motvilja och hör vad jag säger! Jag skall sedan lämna dig och undvika ditt grannskap.

Jag vill fråga dig: hava de rätt att plåga mig, minnena av min barndom, av din faders godhet och din egen kärlek? Har jag förfelat min bestämmelse och förslösat min lycka? Har jag varit otacksam emot din fader? Har jag förorsakat dig själv smärta? Du finner vad det är, som jag frågar mig själv. Hör nu även de inkast jag gör emot sådana frågor. Din fader uppfostrade mig till att älska vishet och skönhet. Han ingav mig trängtan till bådadera. Jag ville vara vis, jag ville begripa Gud och världen och mig själv, jag ville inrätta min vandel efter hans eget mönster, och jag var lycklig i min inbillning att kunna göra det. Men jag rönte omsider, att jag icke är skapad till dykare i filosofiens bottenlösa hav; ligger sanningen där förborgad, så skulle hon åtminstone icke kunna upphämtas av mig. Det var en upptäckt, som avkylde min iver och nedstämde mitt hopp. Jag skulle blivit en ömklig platonsk filosof, men jag ville vara något helt och fullständigt. Krysanteus lärde mig älska det sköna. Tyvärr var det endast med dina drag, Hermione, jag kunde tänka mig något skönt. Jag älskade dig och yppade det i en olycklig stund. Din genkärlek gjorde mig lycklig för en kort tid ... som är den enda sälla tiden i min levnad. Men det dröjde icke länge, innan jag insåg, att vi ej äro skapade för varandra. Jag insåg mer och mer, att du är mig överlägsen ej endast på hjärtats, utan även på tankens vägnar. Min kärlek blandade sig med beundran, min beundran med förödmjukelse. Jag är egenkär och högmodig; men vore jag intetdera, vore jag den ödmjukaste bland människovarelser, skulle jag likväl icke vilja äga till maka en kvinna, som överträffade mig i allt, och i vars ögon jag ägde intet, som kunde förläna mig ett företräde framför henne eller avtvinga henne aktning. Känslan av din överlägsenhet gjorde mig olycklig, Hermione, utan att avkyla min kärlek. Vad jag då ännu ägde och som förlänade mig värde i mina egna ögon, var det sedliga ideal, som din faders läror för mig uppenbarat, och hågen att i min egen levnad förverkliga det. Detta ideal står ännu för min blick, men hågen att förverkliga det försvann, när jag insåg, att det för mig var oupphinneligt och även här min kraft otillräcklig. Om jag ännu i gosseåren älskade det för dess egen skull, så hyllade jag det som varmblodig yngling endast för din skull, Hermione, för att vara utan fläck och tadel inför dig. Men sedan viljan en gång dukat under i striden mot lockelserna, vad återstod mig då? Att tillfredsställa min ärelystnad genom att spela en roll i statslivet? Ack, Hermione, därtill fordrades, att ett statsliv i våra dagar skulle finnas. Att själv vara härskare skulle kanske behagat mig, men att vara en härskares verktyg, därtill kände jag ingen böjelse. Men det öppnade sig för mig en annan bana, rosenströdd och lätt att gå. På henne kunde jag nå en viss fullkomlighet och överglänsa mina likar. Därom vart jag snart nog övertygad genom en närmare kännedom om världen. Jag har nu vandrat denna bana till dess mål. Hon ändar i en ödemark. Ett oändligt avstånd skiljer oss ifrån varandra, Hermione. Den smärta jag förorsakat dig bör längesedan vara läkt. Du kan därför överväga med lugn vad jag nu för dig framlagt ur mitt inre liv. Du finner, att jag försöker rättfärdiga mig och lägga en del av min börda på ödets skuldror. Har jag orätt däri, så måste din dom falla mycket sträng. Men huru ditt förstånd än dömer, så vädjar jag till ditt hjärta, Hermione, ty av ditt hjärta hoppas din fosterbroder förlåtelse och glömska.

Hermione svarade:

- Behöver du min förlåtelse, så skiljas vi icke av ett oändligt avstånd. Jag giver dig henne gärna.

- Du säger detta i så kall ton, Hermione, sade Karmides. Din förlåtelse kyler mitt hjärta stället för att värma det.

- Vad önskar du mer än förlåtelse och glömska?

- Nej, inföll Karmides livligt, jag borde önska ingenting eller allt. Jag borde fordra, att du älskade mig i trots av allt vad jag gjort för att släcka din kärlek, att du avsade dig din själs överlägsenhet och vorde den svaga kvinnan, som icke kunde skilja sitt hjärta även från den ovärdigaste, när hon en gång lärt älska honom. Sådana kvinnor givas, Hermione, men icke för mig. Var skall jag finna henne, som vill fatta min hand och följa mig, vart jag går, till lycka eller fördärv, till höghet eller elände, till salighet eller eviga plågor?

Karmides' ord buro vittnesbörd om en strid, som sönderslet hans inre. Hans anlete sade Hermione detsamma. Hon betraktade det och uppfylldes av vemodiga känslor. Dessa bleka drag voro outplånligt fästa i hennes själ. Han var olycklig, han ångrade sig, och han skulle vända om på sin väg, om en hjälpande hand räcktes honom av den han älskade. Och i kampen mellan sin stolthet och förtvivlan hade han uttalat en fordran, som var trotsig, men förrådde, att i djupet av hans väsen vilade ännu hans första kärlek.

Hermione kände sig djupt upprörd. Skulle hon stöta honom tillbaka? Hon hade då handlat efter ingivelsen av kvinnlig stolthet, som här om någonsin haft rätt, men hon hade förnekat sitt hjärta, som kände kärlek, ömhet, medlidande och glädje över möjligheten, att Karmides' ånger och själsstrid vore vägen till hans upprättelse.

Hon svarade honom:

- Bed gudarne om en sådan maka, Karmides.

- Jag vill icke bedja om det omöjliga, sade Karmides. De kunna icke skänka mig henne.

- Gör dig endast värdig deras gåva, och hon skall icke utebliva. Gud ser, att du är olycklig, Karmides, och han, som är världens hjärta, skall giva dig vad ditt eget hjärta äskar.

- Tror du det, Hermione? sade Karmides. Tror du, att upprättelse och hopp ännu givas för mig?

Han dolde ansiktet i sina händer. Med vilka beräkningar han än infunnit sig—i denna stund var han uppriktig och följde de överväldigande känslor, som uppsprungit ur hans bättre natur. Det var i själva verket medvetandet av underlägsenhet och ovärdighet, som hade avlägsnat honom från Hermione, sedan han första gången dukat under för njutningslystnaden och sitt blods förförelser. Han hade därefter dövat sin ungdomskärlek i vilda orgier, men aldrig besegrat den. Kärleken uppträdde med ny styrka, sedan Petros med en vink, att Hermione ännu icke förgätit honom, undanröjt försöken av hans högmod att inför sig själv förneka tillvaron av en obesvarad och hopplös böjelse. Och nu hade kärleken uppflammat i full låga i Hermiones grannskap, vid åsynen av hennes sköna, milda och lugna anletsdrag.

Karmides kände en len hand, som fattade hans och förde den ifrån hans panna.

Han såg upp. Hermione stod framför honom, och hennes ögon skimrade av en fuktig glans.

Karmides blickade djupt in i dessa ögon. Han ville övertyga sig, att vad han såg icke var synvilla. Då hon sakta drog sin hand tillbaka, skyndade han att fasthålla den.

- Karmides, sade hon, prisade vare gudarne! Jag har återfunnit dig.

- Hermione!

Karmides' ögon skymdes av en tår, men det ljuva leende, som låg över flickans anlete, återstrålades av hans eget. Det rådde en tystnad, som ingen ville störa. De betraktade varandra och kände i detta ögonblick endast den långa, smärtsamma skilsmässan, den sälla, oväntade återföreningen.

- Min älskade broder, sade Hermione slutligen, du skall nu glömma dina sorger och vara lycklig.

- Ack, mina sorger! Säg: mina förvillelser, Hermione!

- Och du skall med glad tillit bedja gudarne om den maka, som ditt hjärta önskar, som avsäger sig allt för att följa dig i lycka och olycka, till höghet eller ringhet. Jag vill även bedja gudarne om denna gåva, den bästa av alla, åt min återfunne Karmides.

- O, gör det, Hermione. Dig skola gudarne höra.

- Jag vill omtala för min fader detta möte ...

- Ack, din fader hatar mig, och han har skäl därtill ...

- Nej, jag skall visa, att han icke hatar dig. Jag vill omtala för honom vårt möte, och det skall icke dröja länge, innan han uppsöker dig och återför dig till det bo, från vilket du flög bort.

- När får jag återse dig?

- Snart och hädanefter ofta, Karmides.

- Kanske i morgon?

- Jag vet det icke. Jag vill tala med min fader. Vi skola nästa gång mötas öppet för hans ansikte ...

- Det torde dröja länge, Hermione, men nu behöver jag ditt grannskap. Och om din fader vägrar, vad skall då ske? Äro vi då ånyo skilda? Det kan ju hända, att han bannlyser mig ifrån din närhet, att han icke ens vill höra talas om Karmides.

- Han skall icke göra det.

- Men om, upprepade Karmides ... huru skall jag då åter få tillfälle att se dig? Jag har så mycket att säga dig ... och det är mig svårt att lämna dig, då jag är osäker, om ej det är för alltid.

Den oro, som yppade sig i dessa ord, och tonen, varmed de uttalades, smekte Hermiones öra.

- Vi skola i varje händelse återse varandra, sade hon. Detta ställe är min älsklingsplats och timmen vid solnedgången är min älsklingstimme. Du vet således, var du har att söka mig ... Se, Karmides, vad månen stigit högt på himmelen, medan vi talat med varandra! Alkmene, som väntar mig, måste vara mycket sömnig. Kanske är hon nu på väg att uppsöka mig. God natt, Karmides! Märk denna afton med en vit sten och dröm i natt dina barndomsdrömmar!

Karmides tryckte Hermiones hand till sitt bröst. De bytte ännu en vältalig, men obeskrivlig blick. Han släppte långsamt hennes hand, vände sig om och gick. Hermione såg honom försvinna mellan trädens skuggor. Hon lämnade lövsalen och riktade sina steg till villan, medan hennes barm vidgades av sälla känslor och hennes öga glädjedrucket och tacksamt höjde sig till stjärnvalvet över det omätliga tempel, vari försoningen med hennes älskade nu var firad.

Alkmene väntade troget i sovkammaren sin härskarinna. Den unga kammarflickan syntes halvslumra bredvid lampan, med armbågen stödd mot nattduksbordet, när Hermione inträdde. Men när hon uppslog sina ögon, betraktade hon förstulet forskande sin härskarinnas anletsdrag och hade icke svårt att upptäcka deras strålande uttryck.

- Han har således lyckats, tänkte hon. Det var ju det jag sade biskopen.

Under avklädningen samtalade Hermione glättigare och förtroligare än vanligt med kammarflickan.

- Men säg mig, Alkmene, sade hon, varför låter du den gode Okos gå och sucka förgäves? Tror du icke, att jag upptäckt det? Du är icke så kallsinnig för honom, som du låtsar, Alkmene.

- Vad du talar, min härskarinna! sade flickan rodnande, i det hon löste diademet från Hermiones lockar.

- Okos är en god yngling, Alkmene. Min fader och jag värdera honom mycket.

- Jag tror, att Okos endast gycklar med mig, genmälde kammarflickan. Icke skall man tro vart ord en sådan säger. Då vore man ofta narrad.

- Ack, du enfaldiga! Ser du då icke, att du pinar honom med din låtsade kallsinnighet? Fy att hyckla så! Men du är på långt när icke så enfaldig som du låtsar. Eller vill du, att jag skall säga Okos, att Alkmene väl är road av hans ömhet, men icke kan besvara den?

- Nej, vid allt i världen, min härskarinna! Detta får du icke säga honom.

Hermione talade om den vackra arrendegården nere i dalen, som Krysanteus utsett åt Okos och hans fader, Medes, den gamle portvaktaren, som nu efter så mångårig frivillig tjänstgöring borde finna det trevligt att öppna och stänga en egen dörr och sola sig på egen tröskel.

Alkmene åter talade om sin härskarinnas vackra lockar, som det vore en glädje att ordna, och om hennes skönhet, som i afton var mer bländande än vanligt.

Hermione lyssnade denna gång med tålamod, ja synbart behag till hennes ord.

- Jag tänker på Eusebia, sade Alkmene, och undrar över hennes blindhet. Hon vill vara skönare än du, Hermione, och hon är avundsjuk på dig, det vet jag.

- Huru vet du det?

- Jag talar ofta med hennes första kammarslavinna. Eusebia vill alltid veta, huru du var klädd, när du senast visade dig på Kerameikos. Och när man sagt henne det, så utropar hon: Huru smaklösa dessa atenskor äro! Och likväl efterapar hon din hårklädsel och varje veck på din kiton. Det förargar henne, att hon icke kunnat införa de romerska klädseltyckena i Aten. Ack, jag måste skratta, när jag tänker på de första dagarne hon tillbragte i vår stad. Hon ville förvåna atenarne, det är visst och sant. Och nog väckte hon uppseende, där hon kom i sin vidunderliga blommiga sidenkiton, stödjande sig på två slavinnor och

173

företrädd av en slav, som anmälde: Här är en ojämn sten i din väg ... här går gatan uppför ... här går gatan nedför ... liksom hon själv hade varit blind och icke kunnat se ett steg framför sig.

- Jag minnes allt det där, Alkmene.
- Det var idel högmod av henne, min härskarinna.
- Nej, så var det icke, Alkmene. Eusebia är van vid de romerska sederna. Damerna bruka så i Rom.
- Men det är ju fult och löjligt.
- Det nekar jag icke. Endast vanan kan försona med sådana bruk.
- Men var det icke högmod, när Ismene hälsade henne på gatan, och Eusebia icke själv besvarade denna hälsning, utan lät sin slavinna göra det?
- Även det bruket är övligt i Rom.
- Ismene fann det så löjligt, att hon icke kunde låta bli att vända sig till Berenike och skratta ... ty Ismene har mycket lätt för att skratta, som du vet. Men Eusebia såg det och kunde sedan aldrig tåla Ismene.
- Jag har hört sägas det.
- Men vet du, varför Eusebia lade bort sina blommiga kläder? Jo, då skolgossarne sågo henne på gatan, pekade de på henne och ropade till varandra: Ser du, våren är redan kommen.
- De atenska skolgossarne brås i elakhet på sina fäder ... Väl, Alkmene, jag behöver dig icke mer. Gå nu till vila, min sömniga flicka.
- Jag önskar dig ljuva drömmar, min härskarinna.
- Jag önskar dig detsamma.

Alkmene avlägsnade sig. Hermione var snart därefter förflyttad till de glada drömmarnes rike.

FEMTE KAPITLET.

Skeptikern.

- Vad slags filosof jag är? Var det så du frågade, gamle hedervärde portvakt? Jag bekänner mig till den djupsinnigaste av alla skolor. Jag är tvivlare ... I behöven icke veta mer. Och som jag tvivlar, att den här bägaren vin är tillräcklig att släcka min törst, tvivlar jag även, att du, min käre Okos ... Okos var det ju du hette? ... skulle hava någonting emot att genast fylla den, då jag nu åter tömmer den. Skål, mina vänner! ... Krysanteus' vin är gott. Se där den tomma bägaren, Okos. Ila, unge Ganymedes, att brädda honom ånyo. Det är icke var dag, som I fån äran att se en filosof som förtrolig medlem av er för övrigt aktningsvärda krets. Fågelsteken är god, min käre kock, men jag tvivlar, att du kan tillaga en trana så bra som kocken hos min vän och lärjunge antikvarien. Låt icke såra dig av min anmärkning, aktningsvärde kock. Jag påstår det icke med bestämdhet, ty över huvud låter ingenting med bestämdhet säga sig. Jag endast tvivlar, förstår du.

Den, som talade så, var ättlingen av Ifikrates, samme unge man, som en gång infann sig hos Petros som nådesökande, men då, vid det oförmodade mötet med Krysanteus, hastigt påminde sig, att han gått vilse och egentligen ärnade sig till sin vän antikvarien, biskopens granne.

Den unge mannen, känd under namnet Kimon, bar nu en grov mantel med filosofiskt snitt och hade under ett års tid försakat rakstugan, så att han, som naturen förlänat med god skäggväxt, numera pryddes av ett vördnadsbjudande skägg. Dessa tecken antyda, att han tagit sitt parti och utbytt funderingarna på katekumenskapet och dopet mot funderingarna i vetenskapernas vetenskap. Han hade nu avgjort slagit sig på filosofien och, som vi höra, på den skeptiska.

Naturen och vänskapen hade gemensamt understött den gode Kimons framsteg i filosofien—naturen, vilken, som nämnt, begåvat honom med stark skäggväxt, och vänskapen, som i antikvariens person förlänat honom den grova, men hela manteln. Man må dock icke misstänka, att det endast var skägget och manteln, som gjorde Kimon till tänkare. Han var även hemma i logiken; det var just i ett ögonblick av lutter förvåning över Kimons färdighet att göra de mest utomordentliga hornslut och krokodilslut, som antikvarien hänfördes till sin frikostighet. Manteln och skägget voro endast de yttre kännetecknen, som han anlagt för att vinna den aktning, varpå hans personlighet gjorde anspråk.

Kimon var emellertid blygsam nog eller också avundsjuk nog om sin visdom, för att icke uppträda i de offentliga lärosalarne. Han umgicks ej heller med sina bröder inom vetenskapen, antingen för det att han ringaktade dem, eller för att de icke ville erkänna honom. Men om lärosalarne saknade hans ljus, infann han sig dess flitigare i matsalarne hos hederliga, förmögna hantverkare, som höllo någorlunda gott bord och brukade drägliga viner. Hos sådana värdar ställde han ingalunda sitt ljus under skäppan. Han förvånade dem med djupsinnigt tal och klyftiga syllogismer; och voro de otillgängliga för logiken, så avtvang han dem vördnad genom att tala om sin lysande börd och förtroliga vänskap med kejsar Julianus. Kejsaren, försäkrade han, var i allmänhet vän av filosofer, men företrädesvis av filosofen Kimon. Kejsaren hade bjudit Kimon ett palats i Konstantinopel och hundra tusen guldmynt, men Kimon hade avslagit gåvan, emedan han älskade fattigdomen av grundsats och icke ville lämna sina goda vänner i Aten.

Kimons umgänge var dock ej helt och hållet inskränkt till den krets i samhället, som utgjordes av välmående hantverkare. Höjd över alla fördomar nedlät han sig å ena sidan, då han nämligen var mycket hungrig, ända till slavarne, företrädesvis kockarne i förmögna hus; å andra sidan var det icke sällsynt, att han sågs som gäst hos de unga epikuréerna, ja till och med hos prokonsuln Annæus Domitius, vid dennes förtroliga symposier, när ingen bättre snyltgäst fanns att tillgå, på vilken sällskapet kunde uttömma sin lust för gyckel och upptåg.

Vid sådana tillfällen visade Kimon prov på en sann filosofs själsstyrka. Det skämt, varför han då var föremål, rubbade aldrig hans lugn, än mindre hans hunger och törst.

Kimon älskade icke blott vandrandet i de folkvimlande portikerna och pelargångarne i staden, utan även utflykter i den fria naturen. I dag hade han, med hamnstaden till utgångspunkt, företagit en lustfärd i grannskapet av Krysanteus' förtjusande villa, då han överraskades av ett regnväder, som gav honom anledning att söka skydd under dess tak. Han skulle dock sannolikt föredragit att uthärda ovädret under öppen himmel, om han ej vetat, att både Krysanteus och Hermione voro frånvarande. De hade begivit sig till staden, där Krysanteus skulle hålla ett offentligt föredrag över religionen. Han och hans lärjungar hade nämligen överenskommit att i den gamla lärans utövning införa samma bruk, som gjort och ännu gjorde den kristna läran så viktiga tjänster: offentliga religionstal.

Kimon fann hos villans husfolk det vänliga emottagande, varuppå han räknat. Filosofmanteln gjorde sin vederbörliga verkan på den gamle Medes och de andra tjänarne. Kimon frågade efter Krysanteus, och man upplyste honom om vad han redan visste, att Krysanteus var i staden. Hans önskan att finna hägn mot ovädret, och hans antydan, att en fotvandrande filosof kunde tarva något att förfriska sig med, funno villiga öron. Man skyndade att duka ett bord under en av pelargångarne, och den förtrolighet, varmed gästen behandlade sin omgivning, hans språksamhet och det goda lynne, som han ådagalade, sedan han åtskilliga gånger tömt och låtit ifylla bägaren, hade samlat flera av slavarne och slavinnorna omkring honom.

Det var nu tämligen långt lidet emot aftonen. Himmelen var överdragen av moln, som jagades av blåsten från havet, och regnet fortfor att falla i strida strömmar.

- Det finnes således, frågade gamle Medes vetgirigt, filosofer, som kalla sig tvivlare?

- Ja visst. De äro de djupsinnigaste av alla filosofer, svarade Kimon, tuggande på en bit fågel.

- Då måtte min herre Krysanteus tillhöra den skolan, sade gubben, eftersom de äro de klokaste.

- Nej, upplyste Kimon, din herre är visserligen mycket vis, mycket djupsinnig, hunnen mycket långt i vetenskapen, men till vår skola hör han icke.

- Såå. Men varpå tvivlen I då egentligen?

- Vi tvivla på allt, min gubbe, till och med därpå, att vi tvivla.

- Vid Zeus, det var besynnerligt, anmärkte Medes.

- Min vän, det låter besynnerligt för dina ofilosofiska öron, sade Kimon, blickande efter Okos, som dröjde med bägaren, men i själva verket är det mycket naturligt, och den enda ståndpunkt, som är värdig den sanne vise. Jag vill försöka att göra det där begripligt för dig, ehuru jag för detta ändamål måste uppoffra grundligheten för tydligheten. Begriper du till exempel, att du icke skulle se, om du icke hade ögon?

- Ja, svarade Medes, det begriper jag nog, jag som är litet skumögd på ålderdomen.

- Och att du icke skulle kunna höra, om du icke hade öron?

- Ja, det förstår jag även.

- Och att du icke kunde lukta, smaka och genom beröring känna, ifall du icke hade näsa, gom och känsliga lemmar?

- Även det begriper jag. Jag känner nog, att jag har lemmar, jag som har gikt i vänstra benet.

- Nåväl, då bör du även inse, att det är de fem sinnena—synen, hörseln, smaken, lukten och känseln—som uteslutande giva oss kunskap om att det finnes en värld omkring oss.

- Hm, ja.

- Men om sinnena ofta gäcka oss, böra vi icke då tvivla på deras vittnesbörd?

- Vad menar du?

- Händer det icke ofta, att man ser orätt?

- Jo. När man är skumögd, som jag, så ...

- Vore du klarögd som örnen, skulle det likväl hända dig, min gubbe. Ögonen ljuga oupphörligt. De komma oss att tro, att det gives en rymd. De inbilla oss, att det gives vila och rörelse och olika hastigheter. Även det är lögn. Ty om vi rådfråga förnuftets slutledningar, så komma vi till den övertygelse, att själve Akilleus, så snabbfotad han var, aldrig skulle upphunnit en långsamt krypande sköldpadda, sedan hon en gång fått ett litet försprång.

- Hm, det var högst underligt, anmärkte Medes. Skämtar du icke nu med vår okunnighet, min filosof?

- Nej, vid Zeus och Pallas Atena! Jag skämtar icke, försäkrade Kimon, i det han började angripa en pastej. Förnuftet motsäger vad sinnena vittna. Påstode jag nu för min del, att sinnena äro lögnaktiga, så kan en annan med samma rätt påstå, att det tvärtom är förnuftets slutledningar, som äro falska ...

- Ja, vet du, det vill jag hellre tro, förklarade Medes. Ty om jag och min son Okos sprunge kapp, så är jag fullt övertygad, att Okos skulle springa förbi mig. Och att jag ibland vilar och ibland rör mig, det är säkert, min filosof.

- Avbryt mig icke, sade Kimon. Jag vill göra den här saken tydligare för dig. Du måste dock medge, att man ofta ser galet, hör galet o. s. v.?

- Ja, det vill jag medgiva.

- Sinnena giva således åtminstone osäkra vittnesbörd, om ock de stundom vittna sant?

- Javäl.

- Då du nu medgiver, att sinnena äro opålitliga, och du likaledes å andra sidan påstår, att förnuftets slutledningar äro än opålitligare, så vill jag då fråga dig, vad det är, som är pålitligt?

- Hm, det vet jag icke.

- Nåväl, du måste då även medgiva, att vi måste tvivla på allt, eftersom de opålitliga sinnena och det opålitliga förnuftet äro våra enda kunskapskällor.

- Men icke kan jag tvivla, att jag har gikt i vänstra benet? invände Medes. Det känner jag, vid Zeus, emot alla väderskiften. Fråga Okos, om icke min gikt i dag förutsade, att det skulle regna.

- Vad är gikten, min vän? frågade Kimon.

- Vad gikten är? Det är någonting, som sticker i mitt vänstra ben, så att jag ibland är färdig att jämra mig som ett barn.

- Vad är det då som sticker?

- Vad det är som sticker, det vet jag icke.

- Nåväl, bör man icke tvivla på vad man icke vet, då man, enligt vad jag nyss bevisade, måste tvivla på vad man tror sig veta?

- Hm, min filosof ... men gikten är kvar alla fall, om jag tvivlar eller ej.

- Du sade, att din gikt håller sig i vänstra benet. Icke så?
- Jo visst. Kan du måhända giva mig ett läkemedel emot den?
- Det bästa av alla läkemedel, min vän, ty jag vill lära dig att tvivla på giktens tillvaro. Varav vet du, att du har ben, min vän?
- Ha, ha, ha! Förlåt, min filosof! Men nu måste jag skratta åt dig. Huru skulle jag kunna gå, om icke jag hade ben!
- Jag antydde nyss, att all rörelse är skenbar. Dina bens tillvaro bevisas således ingalunda därav, att du inbillar dig gå. Men, invänder du, jag ser ju mina ben, och jag känner mina ben. Härtill svarar jag med en förnyad påminnelse därom, att synen och känseln, liksom de övriga sinnena, giva opålitliga vittnesbörd. För övrigt ser du icke, att benen äro dina; du ser endast ett par ben, som tyckas vara överallt, där du själv inbillar dig vara; du känner icke, att benen äro dina, utan känseln låter dig blott röna, att det finnes ett par ben, de må nu vara dina eller icke dina. Således skall du först bevisa, att det verkligheten gives ett visst par ben, som du kallar dina, och för det andra, att dessa ben verkligen äro dina. För den förra frågan äger du inga andra vittnesbörd än de opålitliga sinnena men även om vi i detta fall godkänna dem, så äger du i den senare frågan intet annat vittnesbörd än en inrotad och möjligen alldeles falsk inbillnings. Men godkänna vi även detta vittnesbörd, så återstår att bevisa tillvaron av ett höger och ett vänster—ty det var i vänstra benet du sade dig hava gikten. Du skall giva mig en definition på begreppet höger och en annan på begreppet vänster. Kan du detta, så återstår ännu att bevisa, att dessa begrepp hava någon grund i verkligheten. Men detta låter sig icke göra, lika litet som det låter bevisa sig, att det gives en mångfald i tingen. Den djupsinnige Parmenides lärde, att allt är ett och detta ena är evigt och oförgängligt, oföränderligt och gränslöst. Till denna åsikt kom han genom tänkandet; men som även tänkandet är osäkert, så är det väl möjligt, att det gives en mångfald, och från denna synpunkt kan man väl antaga, att det finnes höger och vänster, att du har ben, Medes, att dessa ben äro två, det ena ett högerben, det andra ett vänsterben; men det är och förbliver endast ett antagande, en osäker och tvivelaktig mening, som du gör bäst uti att alldeles lämna åsido, enär denna oförnuftiga, på intet grundade mening endast omakar och plågar dig med en inbillad känsla av ett något eller ett intet, som du kallar gikten. Skål, min vän!

Den djupsinnige Kimon tömde bägaren, som Okos ställt framför honom, och företog därefter ett nytt angrepp på kvarlevorna av den välsmakliga pastejen.

- Hm, det där går över min fattning, mumlade Medes. Det var en underlig filosofi. Men, sade han högt, om du tvivlar att jag har gikt i benen, så tvivlar du väl även, att du i denna stund spisar pastej, och det kan vara dig likgiltigt, om jag borttager honom mitt för din näsa.

Gamle Medes ryckte fatet med pastejen till sig och var icke litet stolt över detta slags motbevis, när han såg, huru överraskad Kimon vart häröver och vilka snåla ögon han skickade efter fatet.

- Min vän, sade Kimon efter ett ögonblicks tystnad, jag tvivlar visserligen, att jag åt pastej, innan du på sätt som skett störde mig därutinnan; men det är en stor skillnad emellan att tvivla och förneka. Jag förnekar det ingalunda. Och om det för övrigt var en inbillning, så var det dock en angenäm inbillning, av vilken jag med största nöje låter gäcka mig. Jag ber dig fördenskull, Medes, besinna, om du handlar rätt och passande, då du avhänder en vän till din herre en ljuvlig villfarelse, varpå han som gäst i Krysanteus' hus äger heliga anspråk.

Detta skäl bevekte Medes att åter ställa pastejen framför den skeptiske Kimon, som skyndade med förnyad iver att fördjupa sig i sin angenäma villfarelse.

Nu tog även Okos till ordet för att understödja sin fader, Medes.

- Min bäste filosof, sade han, antag, att jag ränner huvudet i väggen, så att jag känner, att skallen vill spricka. Vore det också en inbillning, det?

- Visserligen, svarade Kimon; du ränner ett inbillat huvud emot ett inbillat något, som du kallar vägg, och förnimmer genom denna inbillning en smärtsam känsla, som i sin ordning ej heller är annat än inbillning.

- Vid Dionysos, det vore högst besynnerligt, om det skulle vara så, som du säger. Men om jag stöter huvudet så hårt i väggen, att jag dör?

- Gör icke det, sade Kimon, ty då gör du illa mot dig själv. Med allt vad jag här sagt dig, min Okos, har jag endast velat visa, att man måste tvivla på allt, men förneka intet. Det är möjligt, fastän osäkert, att du verkligen äger ett huvud, och att det finnes något, som kan kallas vägg, och att du kan företaga en rörelse, varmed du krossar det ena mot det andra. Allt det där är möjligt, och då inträder ett tillstånd, som kallas döden, vilket, om inbillat eller verkligt, dock avskys av varje förståndig människa.

Medes, som tyckte, att filosofen nu började tala begripligt, frågade, om även Kimon avskydde döden.

- Ja, min gubbe, det må icke förvåna dig. Allt levande skyr förintelsen.

- Förintelsen? Vad talar du om förintelse? Icke förintas man genom döden? genmälde Medes och fäste sina skumma ögon med ett uttryck av fruktan på den vise Kimons läppar.

- Om vi lämna den filosofiska ståndpunkten och ställa oss på den vanliga, som låter antaga, att det gives något, som kallas liv, så måste jag säga dig, min vän, att döden enligt mitt och de flesta vises förmenande icke är annat än en fullständig förintelse.

Kimon hade nu slutat sin måltid och utsträckte sig bekvämt på sin soffa, i kretsen av de till samtalet lyssnande slavarne.

Dessa, som i början skrattat och funnit sig roade av hans åsikter, började nu, då samtalet fick en allvarsammare vändning och ingick på en fråga, som rörde dem alla, att samla sig närmare omkring honom för att uppmärksamt åhöra, vad hans vishet månde uppenbara dem.

Regnet fortfor att falla, och skymningen hade tilltagit. En av slavarne tände en lampa och ställde henne i skygd av en pelare under portiken, där gruppen var samlad.

- Mina vänner, sade Kimon, själen liknar den där lampan, vars låga fläktar för draget. Släckes hon ej i förtid av vinden, så slocknar hon en gång av sig själv, då hennes olja är förtärd. Du, gamle Medes, tillade Kimon, synes icke ha mycken olja kvar i din lampa.

Denna anmärkning berörde Medes obehagligt. Gubben var ännu långt ifrån levnadsmätt.

- Äh, svarade han, du har icke mätt mitt oljemått. Och vad min ålder vidkommer, så är jag ännu icke sjuttio år. Jag kan få se många ynglingar rusa i graven före mig.

- Det vissa är, att du i graven åtminstone glömmer din gikt, sade Kimon.

- Tack skall du ha. Men jag behåller hellre min gikt och lever.

- Jag trodde, att man vid dina år skulle vara utledsen vid att leva.

- Bah, ju mer man får, dess mer vill man ha; och ju mindre man har kvar, dess kärare är det lilla man äger. Det borde du veta, som är filosof.

- Du torde ha rätt, Medes. Men säg mig, varför är du rädd att dö? Fruktar du den trehövdade hunden?

- Bah, den ene portvakten får väl vara hövlig mot den andre. Kerberos är jag icke rädd för.

- Eller fruktar du färden över den stygiska älven? Man säger, att gamle Karons båt nu lär vara läck och murken.

- Åh, skuggorna, som han överskeppar, besväras ej av fetma. Båten kan vara god nog för sådan last, och sedan man dött här uppe, lär man icke drunkna där nere.

- Bra sagt, anmärkte Kimon. Men du, Okos, vad säger du om döden och underjorden?

- Jag? Jag är ung och behöver icke tänka på sådant. För övrigt lär det nog vara ohyggligt där nere i underjorden. Jag längtar icke dit.

- Jag undrar icke däröver. Vad måste icke förestå slaven, när den lott, som i underjorden väntar hjältar och halvgudar, är så ömklig? Påminnen I er, vad Akilleus' skugga sade till Odysseus?

- Nej, vad sade hon?

- Homeros återgiver det på följande sätt:

»Ädle Odysseus, nämn ej ett ord till tröst för min bortgång! Hellre som dagsverkskarl på åkern ville jag träla hos en behövande man, som själv knappt äger sin bärgning, än att behärska som drott de dödes förbleknade skaror.»——

- Tänken er nu, fortfor Kimon, ett sådant tillstånd oföränderligt och evigt, icke mildrat av skiftet emellan sömn och vaka, och I måsten medgiva, att odödligheten är ingenting att fika efter. Bättre är då att emotse förintelse.

- Förintelse? Nej, jag vill hellre vara skuggan av en slav i underjorden än förintas, sade Medes. Hu, det är ohyggligt att tänka på förintelse ...

- Ja, helst i kväll, då det är mörkt och ruskigt, tillade en av åhörarne.

- För övrigt, sade Medes, har jag mer än en gång talat med min herre om döden. Han säger icke, att människan förintas, och han skildrar icke underjorden som gruvlig. Fromma och redliga själar, säger han, komma till ett ställe, skönare än jorden, för att njuta ett lyckligare liv än detta. Du må ursäkta, min filosof, att jag tror min herre mer än dig.

Kimon smålog medlidsamt och skakade på huvudet.

- Han säger det för att trösta dig, min gubbe, och mildra din fruktan för döden. Krysanteus är en ädel man, och jag kan omöjligt tillskriva honom annat än ädla bevekelsegrunder. Helt annat är förhållandet med många av hans likar och med de statskloke, som också vilja upprätthålla tron på skuggvärlden, emedan hon är en mäktig tygel på den okunniga massan. Men tror du, att Krysanteus själv är viss om vad han säger i detta avseende? Visst icke, min vän. Dödens port öppnar sig inåt och vrider sig lätt på sina gångjärn för de inträdande; men utåt öppnar han sig icke, och någon skugga har ännu aldrig återkommit från Hades till jorden. Av en sådan har Krysanteus således icke hämtat den förmodan, varmed han velat lugna dig. Av filosofien har han väl det icke heller, ty, som du hör, det gives många filosofer, som druckit bottenvattnet ur vishetens brunn, men hysa tvivel på odödligheten. Däremot gives det gamla sagor, hopspunna i forntiden, som förtälja oss om ett Hades och om själarnes tillstånd där, om Kerberos och Karon, om Lete, varur man dricker glömska, om de tre domarne, som med stränghet nagelfara de avlidnes levnad på jorden, och annat mer, som måste förekomma varje förståndig människa löjligt. Platon talar väl även åtskilligt om de dödes boningar, av vilka en skall vara mycket härlig; men hon lär icke upplåtas åt sådana som dig, Medes, utan endast åt oss filosofer, som gjort oss henne värdiga genom en levnad, ägnad åt letandet i tingens hemligheter. Men allt det där är endast gissningar, osannolika förmodanden. Någon visshet gives icke.

- Ingen visshet, säger du?

Alls ingen, hederlige Medes.

-Ingenstädes någon visshet?

Ingenstädes.

- Jag skall tala med Hermione, sade Medes. Hon torde likväl någonstädes hava funnit en visshet.

- Bah, gå då lika gärna till kristianerna, sade Kimon.

- Till kristianerna? Varför till dem?

- Emedan de äro de ende som äro fullkornligt vissa om sanningen av det allra orimligaste.

- Kunna de även giva oss visshet om odödlighet och ett annat liv? frågade Medes, som icke uppfattade Kimons ironi.

-Det är för dem en småsak.

- I sanning, tänkte Medes för sig själv, det kunde dock vara skäl att höra vad de ha att säga ... ty förintas, det vill jag icke.

Den gamle slaven ryste inom sig och stirrade först på de jagande skyarna, sedan på den bakom pelaren flämtande lampan.

Kimon, som fann, att hans ord gjorde intryck, fortsatte med nöje det började samtalet, så mycket mer som regnet ännu avhöll honom från att bryta upp och återvända till staden.

Han började nu tala om gudarne, vilkas tillvaro han till sina åhörares förskräckelse nekade. Världen, upplyste han, har tillkommit ur ett ursprungligt kaos genom atomernas tillfälliga föreningar. De ingingo naturligtvis otaligt många sådana, innan slumpen fogade, att en så skön och ändamålsenlig byggnad kom till stånd. Han hämtade en jämförelse från tärningsspelet för att förtydliga detta, och sade:

- Om jag i en viss ordning uppskriver tjugu tärningkast och därefter tager tärningen i hand, för att kasta den så länge, tills samma kast i samma ordning utan avbrott av andra i verkligheten förekommit, så skulle jag därtill förmodligen tarva längre tid än tio släkten kunna leva. Den världsbildande slumpen, som spelade tärning med atomerna, har haft en gränslös tid för att lösa en än svårare uppgift, men då man betänker, att hans spel fortgått genom svarta evigheter, så må man icke undra, att även denna sammanställning av tärningkast, som kallas världen, äntligen skulle infinna sig. Förstån I mig, vänner? Tron I, att gudar styra molnen, som driva där uppe på himmelen, att de hava tyglar på vinden, som nu blåser från havet, och kunna, när de vilja, hämma hans fart? Tron I, att det kräves gudar, för att dimman skall uppstiga ur jorden och havet och samla sig till moln och åter nedfalla som regn? Naturen följer sina egna blinda lagar, gudarne äro alldeles onödiga, och jag … är törstig och fryser. Det är kallt i afton. Okos, din herres vin är gott och värmande. Bringa mig än en bägare för att styrka mig till vandringen. Jag måste återvända till staden, oaktat det fördömda regnet, som faller Olympen och människor till trots.

Sedan Kimon fått vad han åstundade, svepte han sig i sin mantel, tackade för den visade gästvänligheten och gick, sedan han lovat att vid tillfälle återkomma och då ytterligare inviga dem i sin filosofis hemligheter.

Hos flertalet av dem, som åhört honom, och framförallt hos gamle Medes kvarlämnade han en dyster, av oro genomträngd sinnesstämning.

Det hade hitintills aldrig fallit Medes in att tvivla på gudars tillvaro och själens odödlighet. Han älskade livet, men hade icke ryst för tanken på döden, som skulle föra honom till ett bättre land, där han finge återse sin bortgångna maka och sina käraste vänner. Han hade på sin höjd hyst små betänkligheter för den trekäftade Kerberos, den trumpne Karon och den stränge domaren Radamantos, betänkligheter, som kommo honom att önska den nödvändiga resan så långt som möjligt uppskjuten. Skulle nu alltsammans vara dikt? Skulle han aldrig återse de hädangångne, som han älskade? Skulle det vitnade skägget vara— icke tecken till mognaden för ett kommande liv—utan förebudet till en fullständig förintelse, ett slocknande som lampans, sedan oljan är förtärd? Denna tanke ingav Medes ångest.

Hade solen skinit på himmelen och naturen visat ett glatt anlete, medan Kimon talade, skulle hans ord måhända icke gjort det intryck som nu, då de understöddes av skymningen, molnens mörka skridande skaror och regnets vemodiga sorl. Medes längtade efter Hermiones hemkomst, ty han ville meddela henne sina bekymmer och hoppades med visshet, att hon, filosofens dotter, skulle skingra dem med några ord av sin vishet. Han längtade att komma i grannskapet av hennes lugna väsen, under inflytelsen ej endast av hennes ord, utan ock av hennes ögon, som ensamma för sig föreföllo Medes som bevis på odödligheten.

Han verkställde samma afton sitt beslut. Hermione var färdig att gå till vila, när den gamle portvakten knackade på dörren till hennes sovkammare och frågade, om han finge stiga in, emedan han hade något viktigt att spörja henne, vilket han ej kunde uppskjuta till morgondagen.

Hermione lät honom komma. Den gamle slaven tog förtroligt plats bredvid sin härskarinna och fattade hennes hand. Han hade gungat Hermione på sina knän, då hon var liten, och var van att av henne behandlas ej blott med vänlighet, utan med den vördnad, varpå ett silvervitt skägg, trohet och redlig vandel ha anspråk.

- Min goda härskarinna, sade Medes, jag prisar gudarne, att jag nu får tala med dig. Jag skulle annars fått en sömnlös natt.

- Vad är det då, som oroar dig, min gamle vän? frågade Hermione.

- Jag har i afton börjat grubbla, sade Medes, och det på ting, som jag icke fattar.

- Nåväl? sade Hermione.

- Ack, min härskarinna, det är en helt allvarlig sak. Jag vill veta, om det finnes gudar och om själen dör med kroppen eller om hon fortlever efter döden.

- Huru? Tvivlar du därpå?

- Visserligen icke. Jag har aldrig tvivlat därpå ... förrän nu i afton ...

- Och varför i afton?

Medes omtalade det besök, som Kimon avlagt i villan, och det samtal han haft med denne.

Medes tillade, att han sedan det samtalet känt sig orolig i sin själ, och hans ärende var nu att söka lugn hos Hermione.

Han var övertygad, att Hermione, som inhämtat så mycket av sin faders visdom, nog skulle vara i stånd att förjaga de tvivel, Kimon ingivit honom.

- Oroa dig icke, Medes, sade Hermione. Låt mig höra Kimons skäl, och jag lovar dig att vederlägga dem.

- Hans skäl? Ja, vet du, min härskarinna, om han hade några sådana, så har jag nu alldeles förgätit dem. Men han pekade på lampan och sade, att såsom hon slocknar, så slocknar också själen. Och vad gudarne vidkommer, förnekade han dem och sade, att världen tillkommit genom ett lyckat tärningkast. Kan du vederlägga sådana påståenden?

- Det har ingen svårighet, Medes, om du nu vill hålla din uppmärksamhet spänd för att fatta, vad jag säger ...

- Onödigt, min goda Hermione. Så snart du säger, att du kan vederlägga Kimon, så tror jag dina ord mer än min egen uppfattning. Själen slocknar således icke som lampan, utan fortlever även efter kroppens död ... det är ju så?

- Ja, svarade Hermione, och hon sökte nu på så klart och tydligt sätt som möjligt framställa de bevis, som Platon lämnat för själens odödlighet.

Hon gjorde detta, i det hon för Medes omtalade och efter hans fattningsgåva förenklade innehållet av Platons bok om den döende Sokrates. Den gamle slaven lyssnade med ansträngd uppmärksamhet. Han förstod väl icke mycket av själva de teoretiska bevisen, men dess livligare och djupare fattade han bilden av Sokrates själv. Han såg filosofen timmen före hans död i fängelset, omgiven av sanningssökande unga vänner, som kommit för att höra och uppfylla sin älskade lärares sista önskningar och omgiva honom i hans dödsstund; men vilkas klagan och tårar hämmas genom hans egen lugna, lyckliga stämning och giva rum för en aningsfull känsla av en närvarande högre värld, en obeskrivlig blandning av fröjd och smärta, en till döden bedrövad segerviss och segerglad hänförelse. Det är under inflytelsen av denna sinnesstämning, medan fångvaktaren river giftet varmed dödsbägaren skall tillredas, som Sokrates inleder samtalet med sina vänner om själens odödlighet, ber dem framställa sina inkast och tvivelsmål och upptager dem till genmäle. Och när samtalet är ändat, går han lugnt att bada, hör sig för om vad han bör göra för att underlätta giftets verkningar, tager farväl av hustru, barn och vänner, inkallar fångvaktaren, som gråtande räcker honom bägaren, och han tömmer den utan motvilja, sedan han bett till gudarne om en lycklig färd till den andra världen. Han förebrår milt sina vänner de tårar de nu icke längre kunna återhålla, och ber, innan hans ögon brista, sin lärjunge Kiton offra å hans vägnar åt hälsans gud det offer, som tillfrisknade sjuklingar hade att ägna honom.

Hermione tillade:

- Du finner, Medes, att Sokrates löste sin uppgift ej blott genom förståndsskärpa och forskning, utan även genom sin levnad och död. Med mogen vishet förenade han en innerlig fromhet; han var redan i denna värld genom sin rena sedliga vilja och sin till sanningen riktade vandel en medborgare i den högre och delaktig av odödligheten. Om du icke lugnas av de bevis, som nu äro anförda, så tänk på Sokrates själv, och denna tanke skall ur din själ förjaga varje oroande tvivel. Rädsla för döden höves icke ett så vördnadsbjudande silverskägg som ditt, min gamle vän.

- Däruti har du rätt, min härskarinna, sade Medes, i det han avtorkade de tårar, som skildringen av Sokrates' död hade framkallat i hans ögon. Jag tackar dig, Hermione. Du har nu återgivit mig lugn. Den där Kimon måtte icke vara filosof, utan en skramla och pratmakare. Nu begriper jag icke, att jag ett ögonblick kunde förvirras av hans ord, så enfaldig jag annars är. Det är besynnerligt, att du, unga flicka, som jag gungat på mina knän, skall vara visare än den här gubben med det långa skägget.

Från Hermione gick Medes till sin son Okos, som redan låg i sin bästa sömn; men gubben skakade honom så länge, tills han vaknat, och detta för att meddela honom, att Kimon var en skramla och en pratmakare, och att Hermione vederlagt allt vad Kimon hade sagt.

- Det är väl det, min far. Men jag är ung och behöver icke tänka på sådant, svarade Okos och vände sig på andra sidan för att somna igen.

Medes njöt under natten en ostörd sömn, utan att vidare oroas av grubbel. Även den följande dagen var han lugn och tänkte icke på Kimon. Men efter någon tid återvände minnet av samtalet med denne, och Medes började åter fråga sig, om han ej möjligen hade rätt. De bevis, som Hermione anfört, begrep han väl icke; men han ansåg det möjligt, att de icke voro tillfyllestgörande; mänskliga förståndet är ju svagt och låter lätt förleda sig att antaga det önskvärda som verkligt. Själve Sokrates kunde ju vara offer för en villa. Medes hade glömt att fråga Hermione, om filosoferna, vidkommande odödligheten, ägde fullständig visshet eller endast kommit till ett mått av sannolikhet. Medes kände inom sig, att han icke kunde nöja sig därmed, utan måste hava just den fullständiga vissheten, en visshet så ovedersäglig, som om en gud uppenbarat sig och givit honom den.

En vacker dag vände han sig till sin herre med det spörsmål, om själens odödlighet är viss eller endast sannolik.

- Min vän, svarade Krysanteus, är ej sannolikheten nog för dig, så förvandla henne till visshet genom tro. En förnuftig tro är gudarne behaglig; det är ett vågstycke att vinna henne, men att våga i denna sak är en manlig gärning.

184

- Men varför, frågade Medes, giva oss ej gudarne full visshet om det, som är nödvändigt för vår lycka?

- Svara du på en annan fråga, sade Krysanteus. Vad synes dig om en tjänare, som fullgör sin skyldighet endast av fruktan för straff eller hopp om belöning?

- Så göra nog de flesta tjänare, min herre.

- Varför det?

- Emedan de icke älska sina herrar.

- Om de älskade dem, skulle de då fullgöra sin plikt av kärlek, i stället för av fruktan?

- Visserligen.

- Är ej Gud en herre, som människorna, hans tjänare, kunna älska?

- Jo visst.

- Nåväl, han har då även rätt att kräva, att vi lyda honom av kärlek, men ej av fruktan eller hopp om belöning. För en jordisk herre kan det vara nog, när tjänaren gör sitt arbete, han må göra det med vilket hjärtelag som helst. Världens herre däremot varder varken rik eller fattig genom människornas dagsverken. Det arbete, som gäller inför honom, är hjärtats rening och själens förädling. Men detta främjas icke, utan hämmas genom beräkningar på ett kommande liv. Vi måste leva som om vi vore förgängliga väsen, görande det goda för dess egen skull. Mannen, som tvivlar på odödligheten, men fullgör det goda, emedan han fått insikt om dess gudomlighet, är behagligare för gudarne, än den som tror på odödligheten och drives till samma handlingar av hopp eller fruktan.

Krysanteus' ord behagade icke Medes. Han hade hoppats vinna den fullkomliga visheten genom sin herre.

- Det är således likväl möjligt, att jag slocknar som lampan, när jag en gång dör.

Denna tanke föresvävade Medes oupphörligt. Han påminde sig vad Kimon sagt om kristianerna. För dem skulle det ju vara en småsak att giva fullkomlig visshet om själens odödlighet. Medes började tänka på att söka ett hemligt samtal med Teodoros eller någon annan i sin läras mysterier invigd kristian, helst biskop Petros, som ju uppväckt Simon pelarmannen från de döda. Medes avhölls från detta steg endast av tanken på sin herre, som det utan tvivel skulle misshaga. Men slutligen kunde Medes icke längre bära sin oro. Han beslöt att vid första lägliga tillfälle uppsöka Petros.

Detta tillfälle bjöd sig snart igenom Alkmene, som knappt upptäckt orsaken till den gamle portvaktens grubbel, förrän hon, som from, fast hemlig kristinna, varsamt begagnade sig härav för att vinna en anhängare åt kristendomen.

Det dröjde icke heller länge, innan Medes hade kvävt sina betänkligheter. Han följde en afton Alkmene till biskop Petros, ej för att varda kristen, men för att vinna den där fullkomliga visheten, efter vilken han längtade.

Men Medes övertygades här, att visheten och kristendomen vore oskiljaktigt enade. Tron på den korsfäste var villkoret för odödligheten. »Vilken som tror på mig, han skall leva, om han än död bleve.»

Petros var vältalig och eldad av nit att fullborda den gamle slavens omvändelse. Så obetydlig än denne proselyt kunde synas, att vinna honom vore dock att tillkämpa sig en seger över Krysanteus, att under kyrkans träldomstillstånd förödmjuka den övermodige fienden, införa kristendomen i hans eget hus och därmed giva ett handgripligt bevis på lärans oemotståndliga, lik en naturmakt verkande kraft.

Medes själv behövde blott en gång höra Petros för att längta att höra honom oftare. Så snart tillfälle kom, förnyade han sitt besök hos den kristne biskopen. De läror, i vilka han invigdes, voro så höga och gripande och likväl så klara, att han tyckte sig förstå alltsammans.

Och vad odödligheten vidkommer, så var det ju Gud själv som talat dessa ord:»Vilken som tror på mig, han skall leva, om han än död bleve.» Vad vore filosofernas bevis och det mänskliga tänkandets omogna frukter emot en sådan utsaga?

Den gamle Medes kristnades och hans namn infördes i katekumenernas bok.

Biskopen uppmanade honom att tills vidare följa Alkmenes föredöme och dölja sin tro. Han försökte det, men förmådde det i längden icke, ty denna tro uppfyllde nu hela hans själ och utgjorde hans lycka. Han förmådde ej heller hyckla inför sin älskade herre—lika litet som underkasta sig de husliga bruk, som stodo i förbindelse med den gamla läran. Medes yppade en dag för sin herre, att han övergått till kristendomen.

Krysanteus överraskades smärtsamt av denna upptäckt. Företeelsen var likväl ingalunda enstaka. Han hade under dessa dagar bevittnat, att många av de i eleusinska mysterierna invigde hade, i stället för att stärkas i sin tro, omfattat kristendomen. De talrika avfall från denna lära, vilka åtföljt Julianus' tronbestigning, syntes endast hava rensat henne från en mängd ogräs, och de ersattes genom ett tillopp av nya, varma och uppriktiga proselyter. Sedan hennes yttre makt var bruten, syntes hennes inre hava mångfaldigats.

Den unge Okos följde snart sin fader och vann härmed Alkmenes hand. Krysanteus skänkte det nya paret den förut omtalade gården i dalen under villan. De flyttade dit tillika med den gamle portvaktaren. Filosofens hus var sålunda rensat från den inträngde fienden. Men skilsmässan var smärtsam å ömse sidor. Medes trivdes icke på sin egen tröskel. Han gick nästan dagligen till villan och satte sig på sin forna plats, som nu var intagen av en annan portvaktare. Den gamle trotjänarens ögon voro ofta tårade, när Krysanteus visade sig och med en kall hälsning gick förbi honom. Ack, han har fråndragit mig sitt hjärta, tänkte gubben. Hermione var dock mot Medes densamma som alltid. Men striden emellan den nyförvärvade lyckan och den bittra skilsmässan var för tung för den åldrige. Vid pass två månader efter flyttningen var han icke mer bland de levandes antal.

De religionsföredrag, som Krysanteus och hans vänner, i likhet med de kristna prästerna, börjat hålla, fingo talrika åhörare, icke minst inom den klass, för vilken de särskilt voro ämnade: den fattigare och okunnigare. Här lämnade han åsido alla spekulativa forskningar och framställde den praktiska sidan av sin lära som ett färdigt och fulländat religionssystem. Han förkunnade en enda allsmäktig gud, vars enhet bryter sig, som solljuset i regnbågen, till den mångfald av gudamakter, åt vilka fäderna uppbyggt altaren och tempel. Han talade om religionen som människans strävan till Gud och till utbildande av sin egen högre natur, som även han, i likhet med alla bildade hedningar, fattade som Guds beläte[1]. Detta förverkligas genom sanning, skönhet och frihet. Religionen är icke blott människosjälens självförsänkning i Gud, utan ock en strävan att i den yttre världen utföra Guds avsikter. För den fromma människan är därför hela livet en religionsövning, som i sig innefattar filosofien, konsten, arbetet och statslivet.

[1] Så kallar Ovidius människan »en bild av allting styrande gudar», en varelse född av »gudomlig säd».

Han talade även om människosläktets avfall och nödvändigheten av en försoning. Men denna försoning har icke, som de kristne säga, inträffat i en viss tidpunkt, utan börjat tillika med den förste syndarens allvarliga ånger och fullbordats genom den hos släktet klarnade bilden av idealmänniskan.

Krysanteus' föredrag upptogos med stort bifall av hans egna vänner och lärjungar. Men den stora mängden av de bildade hedningarne nedsatte dem av hätskhet mot hans person, och emedan tonen nu en gång för alla var emot Krysanteus.

Men den folkklass, för vilken hans religionstal huvudsakligen voro avsedda, förblev kall och oemottaglig. De förstodo honom icke. Deras religiösa behov, om de hade något sådant, tillfredsställdes ej. De övrige tillbakastöttes av den sedliga strängheten, som han krävde. Hans mödor buro frukter, motsatta dem han hoppats. I fall han ett ögonblick svävat i okunnighet härom, så fanns Teodoros vid hans sida, och denne var för sanningens skull obarmhärtig nog att taga fjällen från hans ögon.

När därtill kom det oupphörligt växande missnöjet och motståndet, som Krysanteus från sina medborgare rönte vid försöken att genomdriva sina förbättringsplaner, så var hans ställning mitt under den gamla världsåskådningens skenbara övervikt ingalunda lycklig. Han dolde sitt vemod och kvävde sin misströstan under en rastlös verksamhet, men det var med inre bävan han emottog varje brev från krigsskådeplatsen, ty han var uppfylld av fruktan för Julianus' av faror omringade, av fientliga svärd och lejda dolkar hotade liv. Och på detta hängde likväl allt!

Han anade ännu icke, huru hans dotter, Hermione, huru även hon, hans stolthet, glädje och enda förtroliga vän, utstod inre strider för att icke bortföras av denna osynliga makt, till kamp mot vilken han hade ägnat sitt livs verksamhet. Det var hon, som i de mörka ögonblicken jagade molnen från hans panna och göt olja på hans hopp. Skulle även hon en dag övergiva honom?

Han anade icke, att Filippos levde, att Filippos var kristen präst, uppfostrad i och genomträngd av de grundsatser, som filosofen föraktade: den blinda trons och den blinda lydnadens, och att denne son, vars minne han nästan avgudade, bar avsky för sin okände fader.

Han anade lika litet, att Karmides, för vilken han nu åter öppnat sin faderliga famn, och vars ändrade levnadssätt berett honom den enda oblandade glädje han på länge känt—att Karmides var döpt och genom denna handling med oupplösliga band förenad med kristna kyrkan.

187

En numera obetydlig man, som om dagen släpade sten till Afrodites tempel och om aftonen vilade i en usel koja på Skambonide, samlade så småningom hans ödes trådar i sin hand.
Detta anade han minst av allt.

SJÄTTE KAPITLET.

Karmides och Rakel.

En afton emot skymningen satt Karmides, samtalande med prokonsuln Annæus Domitius, i aulan till sitt hus.

- Och nu till slut, sade prokonsuln, några ord om våra gemensamma vänner. Jag har förlorat flera av dessa älskvärda och glada uppenbarelser ur sikte, sedan jag lämnade Aten och återvände till mitt Korintos. Således, min vän, huru mår ... vem skall jag giva främsta rummet? ...

- Olympiodoros?

- Bah, Olympiodoros! Låt oss icke tala om honom. Han är oförbätterlig ...

- Ja, han fortsätter att dikta dåliga epigrammer ...

- Och fortsätter med sitt dåliga levnadssätt, sade Annæus Domitius; jag vet det. Jag träffade honom ännu i dag. Han är, som jag säger, oförbätterlig. Tänk blott, han har nu hopskrivit en ny nidvisa mot den stackars Zeus. Vilken gudlöshet! han uppläste henne för mig. Jag kunde icke annat än ogilla henne och varna författaren. Därefter inbjöd han mig till en vaktelfäktning. Jag föll i snaran, ty köttet är svagt, min Karmides. Jag fann, tyvärr försent, att vaktelfäktningen endast var förspelet till en ungkarlstillställning av det där slaget, som du vet, att jag avskyr. Jag gick från denna tillställning hit. Jag behöver icke säga dig, huru det tillgick, ej heller vilka som utgjorde sällskapets kärna ... Olympiodoros, Palladios, Atenagoras och de där övriga outtröttliga veteranerna, nöjets argyraspider, kring vilka jag till min förtvivlan såg, att ett yngre släkte av hoppfulla eller hopplösa epikuréer bildat sig. Man klagade att du liksom jag har svikit vårt gamla fälttecken; men man var rättvis nog att medgiva de talande skälen för ett sådant förräderi. Trefalt lycklige Karmides, som en dag skall hemföra den rika Hermione som brud! Men på tal om brudar, min vän, kan du gissa var Praxinoa uppehåller sig?

- Nej, jag har aldrig brytt min hjärna med att efterleta det.

- Som du vet, utvisades hon genom Krysanteus från Aten. Huru förvånad vart jag icke, när jag för några dagar sedan, vid ett besök i Afrodites ryktbara tempel i vårt Korintos, upptäckte henne bland prästinnorna där! Hon är ännu retande ... naturligtvis icke för mig, som är en trogen äkta man och fått blicken öppen för det oförgängliga ... men jag tillåter mig här döma föremålet från dess egen ståndpunkt. Och på tal om våra minnen ... var hava vi den stackars Myro? Även hon synes försvunnen från skådeplatsen. De arma flickornas liv är som dagsländans. Men vart taga de vägen?

- Är det om Myro du talar? sade Karmides med ett uttryck av tankspriddhet. Förlåt mig ... mina tankar, jag vet icke av vilken anledning, irrade till den gamla fabeln om vargen, som omvände sig och vart ärlig, sedan han förlorat tänderna. Myro har gått sina medsystrars av ödet utstakade bana, men något hastigare än de. En sjukdom rövade hennes behag. Olympiodoros, som företrädesvis var hennes vän, upplyste henne en dag, att hon var ful och ingav honom leda. Hon gick då, vart, det vet jag icke. Hon finnes icke mer på de sollysta höjderna. Måhända dväljes hon någonstädes i det mörka djupet. Låt oss icke tala mer därom. Hur befinner sig din sköna maka, Eusebia?

- Ypperligt, så länge jag tillåter henne vistas här i Aten. Hon är tyvärr ohjälpligt fången i kristianernas villfarelser och skulle dö, om hon icke en gång i veckan finge höra den skurken Petros' straffpredikningar. Jag har icke velat hindra henne att efter behag tillfredsställa sin nyck. Det är min plikt att göra allt för hennes lycka.

- Du gör klokt däri. Den fromma Eusebia kan varda en mäktig förespråkerska för avfällingen Annæus, om ödet skulle foga, att en kristen kejsare....

- Tyst, min vän! Inga högförrädiska, förskräckliga förutsättningar!

- Och på hennes förbön er torde det vara möjligt, att prefekturen över Egypten, som Julianus lovat dig, icke ginge dig ur händerna....

- Ditt politiska djupsinne är stort, men strö ej så visa ord för vindarne! Låt oss tala om annat! Ser du, min vän, att jag har magrat?

- Nej, vid Zeus, det är mig omöjligt att upptäcka.

- Eller kanske rättare, jag har icke vidare utvecklat mina former. Jag arbetar som en slav emot mitt eget kött. Och kan du gissa av vilken orsak? För att bibehålla den rörlighet, som fordras för en krigare. Julianus' lagrar väcka min avund. De unna mig ingen nattro. Jag måste, även jag, vinna lagerkransar och murkronor.

- Gånge ditt hopp i uppfyllelse! Må du varda lyckligare än Augustus och dygdigare än Trajanus! När ämnar du dig till lägret?

- Ack, vid Herakles, det torde ännu dröja ett år. Kriget mot perserna behagar mig icke. Jag föredrager de frankiska och allemanniska barbarerna, och hoppas till gudarne, att de ånyo skola börja röra sig. Medan jag lever mina dagar det fredliga Akaja, hotar Pylades, min skyddsling, att växa mig över huvudet. Han är nu illustris och clarissimus liksom jag och anför en avdelning av kejsarens rytteri. En vacker dag skall denne uppkomling se sin välgörare över axlarna, så vida jag icke skjuter i höjden lika fort, som han själv. Det är tid att börja växa, fortfor prokonsuln och förde handen över sin kala hjässa. Man skördar ingen ära i fredens värv. Man förbises och glömmes, när man ägnar sig åt en så simpel sak som provinsen Akajas förkovran och utveckling. Själva gudarne, för vilka jag uppoffrat så mycket ...

- Du menar din katekumeniska övertygelse ...

- Javäl.

- Och dina teologiska studier ...

- Alldeles ...

- Och vad som är än mer: hekatomber av de fetaste slaktoxar ... du har näst kejsaren och Krysanteus varit den frikostigaste offraren i romerska riket ...

- Alldeles, alldeles, och likväl förgäta mig dessa otacksamma gudar! De hava utverkat mig ett handbrev från kejsaren, visserligen mycket smickrande för min fåfänga … men … nog av, jag vill ha krig och skörda lagrar.

- Du har rätt. Du behöver kriget. Freden kastar inga kejsarmantlar på vägen. Vad är prefekturen över Egypten mot imperatorns purpur? Det är legionerna, som i våra dagar utgöra både senaten och folket.

- Vad menar du?

- Du är rik, min Annæus …

- Åh, icke över hövan …

- Och frikostig …

- Du smickrar mig.

- Nej, vid Zeus, jag menar, att du är frikostig, där frikostigheten understödjer dina avsikter. Rikedom och frikostighet äro egenskaper, som alltid vinna soldatens hjärta och nu hava dess större utsikt att göra det, som Julianus ingalunda bortskämt sina härar med överdrivna skänker. Låt oss fortgå i uppräknandet av dina bättre egenskaper. Du har ett vinnande sätt att vara, en egen förmåga att göra dig omtyckt av hopen …

- Gott. Än vidare?

- Du är dygdig med de dygdige, fräck med de fräcke, patricisk bland patricier och plebejisk bland plebejer …

- Karmides, du överdriver mina förtjänster, sade prokonsuln blygsamt.

- Nej, nej, jag överdriver icke. Du är homousian och homoiusian efter omständigheterna, du erkänner många gudar, en enda gud eller ingen, allteftersom förhållandena bjuda …

- Karmides, du strör rosor för mina fötter …

- Du är skarpsinnig, förutseende, förslagen, världserfaren, listig, verksam, outtröttlig, lugn och kallblodig …

- Håll, jag dignar under bördan av så många egenskaper, min vän. Öka dem icke, jag besvärjer dig! Lägg icke sten på börda, Karmides!

- Jag tror till och med, att du är tapper och har fältherreförmåga. Eller vad säger du själv?

- Häri överensstämmer min övertygelse med din.

- Nå, vad fattas dig då, min Annæus, för att en gång vara ägare över din Karmides' och alla övriga romerska medborgares huvuden?

- Vad menar du?

- Att du, en patricier och Senekas ättelägg, med gammalt romerskt blod i dina ådror, bör kunna vinna samma lycka, som kommit söner av illyriska bönder och arabiska rövare till del.

- Karmides, du talar i gåtor. Jag fattar icke ett ord av vad du säger.

- Jag förutser möjligheten, att diademet skall pryda dina lockar.

- Mina lockar? Elake vän! Mina lockar äro offrade på statens och en gagnlös teologis altaren. Mitt huvud är kalt som Julius Cesars.

- Gör då som han! Diademet är eftersträvansvärt, om ej för annat, så emedan det döljer en skallig hjässa.

- Jag börjar förstå dig och måste varna dig. Ditt tungomål närmar sig högförrädarens. Julianus, min vän, är yngre än jag. Låt oss icke spela okloka och narraktiga inför varandra!

190

- Perserna äro goda skyttar och kristianerna vana giftblandare. Det kringlöper spådomar, som icke lova kejsaren lång levnad.
- Styr din tunga! Gudarne hägne kejsarens liv! Om du fortfar med detta gudlösa tal, måste jag bryta upp och försaka den enkla måltid, varpå jag gjorde räkning för att i afton njuta ditt sällskap. Skymningen är inne, och jag återvänder först i morgon till Korintos. Jag har dessutom till dig ett särskilt ärende, som jag icke får förgäta. Du känner min svaghet för Eusebia. Eusebia har bland andra nycker även den att vilja omgiva sig med vackra ansikten. Hon har sett din unge Alexander och uppmanat mig att köpa honom. Vad är ditt pris?
- Jag säljer honom icke.
- Bah, du säger det endast för att göra mig ivrigare. Vid bordet torde dock ditt hjärta uppmjukas. Vi skola till dess uppskjuta underhandlingen om saken. Du har förmodligen avsagt dig spelets nöjen?
- Ja.
- Jag kunde vänta detta av Krysanteus' blivande svärson och Hermiones trolovade. Vi skulle under andra förhållanden rafflat om slaven. Märkvärdiga öde! Vad vi båda äro förvandlade! Vi äro nu stadgade och sedliga människor. Mig själv tillräknar jag detta ingalunda som förtjänst, ty jag är fyratio år och därutöver … min mognadstid är inne. Jag anmärker det blott som ett förvånande bevis på två enskilda människors förmåga att omskapa världen och ingjuta en bättre anda. Sådan kejsaren, sådant hans folk. Och vilken trogen väktare kejsaren äger i Krysanteus! Han sätter oss i skola och vakar med riset i handen över vårt uppförande. Den ädle Krysanteus, jag kan icke nog rosa honom. Tanken på honom har alldeles kvävt min sinnliga natur. Jag studerar nu min Platon på fristunderna mellan ämbetsgöromålen och våndas mycket för att varda delaktig av den gudomliga extasen. Du kan gärna framkasta en antydan härom till Krysanteus, när du nästa gång träffar honom. Jag vill, att han skall känna sin prokonsul av Akaja i botten. Huru är det? Brevväxlar Krysanteus lika flitigt, i trots av vapenbrak och härtåg, med kejsaren?
- Ja, min vän.
- Dess bättre.
Medan samtalet fortgick i denna ton, anmälde Alexander, att bordet var färdigt. Detta företedde en så rörande enkelhet, att prokonsuln misstänkte, att Karmides ville skämta med den stränghet i levnadssätt, som hans vän nu hycklade. Annæus Domitius höll emellertid god min, förrättade med from uppsyn den övliga libationen åt vinguden, talade om nyttan att i tid vänja sig vid fältlivets omak och beslöt inom sig att inbjuda Karmides till Korint för att där uppvakta honom med en supé av samma asketiska slag.
Efter måltidens slut lämnade Annæus Domitius Karmides och gick som en ordentlig äkta man till sin Eusebia för att supera för andra gången i sällskap med henne.
När prokonsuln hade avlägsnat sig, iklädde sig Karmides manteln och lämnade sitt hus.
Kvällhimmelen var stjärnklar, utom i väster, där en svart molnslöja hängde över synranden.
Karmides vandrade ett stycke nedåt Piralska gatan och därefter genom ett

av de i »Långa Murarne» anbragta portvalven till ett ensligt, av bäcken Ilissos vattnat och av åldriga träd skuggat fält.

- Jag kommer något sent till mötesplatsen, tänkte han, men jag tvivlar icke, att jag ännu skall finna henne på det överenskomna stället. Det artar sig till regn. Dess bättre. Det skall förkorta mötet. O I gudar, given detta en lycklig utgång för både mig och henne!

Med denna bön styrde han kosan till en grupp pilar, som växte vid bäckens rand. Här stannade han och såg sig omkring.

- Skulle hon hava avlägsnat sig? tänkte han,då han ingenting såg, och allt var tyst omkring honom. Sårades hon av mitt dröjsmål eller förskräcktes hon för mörkret och ensligheten? Dess bättre! Men nej, jag får icke låta behaga mig, att det nödvändiga uppskjutes, hur oangenämt det än må vara. Är hon nu borta, så måste jag i morgon söka ett annat tillfälle till förklaring. Vad som skall ske, bör ske snart. Hon underhåller en oupphörlig oro i min själ. Detta tillstånd måste brytas. Karmides ropade med dämpad röst Rakels namn.

I nästa ögonblick hörde han ett prasslande i sitt grannskap och upptäckte en skepnad i skuggan av pilträden.

Det var Rakel.

Karmides kände, då han fattade flickans hand, att hon darrade.

- Har du väntat mig länge? frågade han.

- Jag vet icke, svarade Rakel, men det är väl, att det är du. Jag satt i mina tankar, då jag såg din gestalt. Jag tyckte i mörkret, att det var min fader.

- Du fryser, Rakel, sade Karmides. Jag känner, att du darrar. Låt mig svepa min mantel kring dig.

- Nej, nattvindens köld är behaglig. Den kommer icke ifrån ett kallt och otroget hjärta. För övrigt vad bryr du dig om att jag är sjuk, att jag snart skall dö?

- Rakel, huru kan du fråga mig så?

- Det är du ... du Karmides ... som ger mig döden. Äro mina ord då hårda och orättvisa?

- Rakel, du är upprörd och betänker icke vad du säger. Samla dina tankar och låt oss tala med lugn! Vi mötas nu för sista gången. Låt oss då nyttja tillfället för att skiljas som sig bör: lugnade, tröstade, stärkta i en ömsesidig, varm och varaktig vänskap. Sätt dig här vid min sida! Låt oss tala om de lyckliga stunder vi skänkt varandra och om den hårda nödvändighet, som bjuder oss skiljas. Förmår du icke detta, och synes dig denna nödvändighet ännu som en grym makt, så lägg ditt huvud till min barm som till en broders, klaga för sista gången över ett öde, som är oundvikligt, och lyssna till din förstvalde vän, som vill intala dig mod och styrka. Varför drager du din hand tillbaka, min Rakel? Vill du därmed uttala en anklagelse mot Karmides, så är det du, som gör dig skyldig till hårdhet och orättvisa. Är jag brottslig, så är det endast min kärlek, som gjort mig därtill. Säg mig, Rakel, är det jag, som uppbyggt den oöverstigliga skiljemuren mellan dig och mig? Ack, jag anade icke hans tillvaro. Jag skulle annars aldrig yppat min låga, aldrig sökt vinna din genkärlek. Skall du anklaga någon, så måste det vara din fader; han föraktade och försköt mig som en främling för hans folk. Då jag begärde din hand, tillbakavisade han mig på skymfligt och upprörande sätt. Jag är svag nog att harmas ännu, när jag ihågkommer detta ögonblick. Han kunde i mindre hårda och hånande ordalag uttalat domen över vår kärlek. Men i grunden hade han likväl rätt, ty det gives ärvda tänkesätt och plägseder, som äro heliga och som man måste vörda. Du, Rakel, som är ett barn av Israel och en from mans dotter, borde veta det.

- Jag vet, sade Rakel. Jag vet, att vi måste skiljas. Den ton, vari du talar, övertygar mig bäst därom.

- Må vi då försona oss med vårt öde och finna vår tröst i ett troget uppfyllande av nödvändiga plikter. Det var om dessa jag ville, att vi skulle talat med varandra. Du är dotter av ett folk, som är spritt kring världen och vars enda styrka ligger i dess trohet mot ärvda stadgar och kärlek till det gemensamma namnet. Du har föräldrar, vilkas hopp du är och vilkas sällhet du bör bereda genom lydnad och ömhet. Och om de krav de ställa på din lydnad äro hårda, så lyd likväl! Din gud skall belöna dig och skänka dig en ny och högre lycka för den, som du offrar på den barnsliga undergivenhetens altar.

- Jag tror detsamma, men jag har ingenting mer att offra och ingen lycka mer att begära.

- Säg icke så, Rakel!

- Låt oss icke tala mer därom, fortfor Rakel. Jag har dock ännu något, varom jag kan bedja mina fäders Gud, och det är om döden. Jag har givit dig allt, Karmides, utom detta usla liv. Det är allt vad jag äger kvar. Tag även det, om det kan vara dig till någon glädje. För mig är det nu endast en börda. Då jag gick hit, så ägde jag ännu en förhoppning. Jag var svag nog att i vissa ögonblick inbilla mig, att det kalla sätt, varpå du besvarade mina brev, var hycklat; att du ville plåga mig för att se min svartsjuka, att du var grym emot mig, emedan du älskade mig. Jag ville understundom icke tro vad alla sade mig, att du älskar Krysanteus' dotter och går att trolova dig med henne. Jag påminde mig, att du hade lovat mig evig kärlek, och ville icke låta övertyga mig, att jag skulle svikas av honom, som jag en gång gav mitt hjärta, emedan han var olycklig och behövde det. Jag avvaktade tillfällen att närmare betrakta denna Hermione, om vilken man talade så mycket, och som jag kände mig böjd att hata. Ja, hon är skön och värd att älskas av dig, Karmides; men jag sade mig till tröst, att mina ögon äro mer strålande än hennes, och att mina lockar och icke hennes äga den färg, som du föredrager. Hon syntes mig så kall och marmorartad, och jag visste, att du älskade en värme och hängivenhet, sådan som min. Det var då endast hennes vishet, jag fruktade; men när jag påminde mig, vad du sagt, att du älskar min enfald, emedan du själv var vis, så lugnade jag mig även då … åtminstone för ögonblicket, ty jag har varit gruvligt plågad under denna tid av tvivel, svartsjuka och bedrövelse. Jag har tillbragt mina nätter med gråtande och dagen med väntande. Jag har suttit där uppe på altanen med ögonen riktade på kullen, bakom vilken jag så mången gång i forna dagar såg dig framträda och vinka mig … Men varför talar jag nu om detta? Jag inser nu, liksom du, nödvändigheten att vi skiljas. Du älskar Hermione och icke mig. Det tjänar då till intet att tala om mina sorger eller överhopa dig med förebråelser. Och eftersom vi nu mötas för sista gången, så återlämnar jag den ring du gav mig, Karmides. Se där!

Rakel lade ringen i hans hand och tystnade, ty tårarne, som hon icke längre kunde bekämpa, hotade att kväva hennes röst.

- Rakel, sade Karmides, dina fäders gud må skåda i mitt hjärta och döma det! Har jag handlat orätt emot dig, så må han straffa mig, såsom den hämnande rättvisan fordrar! Och om jag synes hård emot dig, så må han utrannsaka, om icke mina handlingar ledas av mina önskningar för din lycka. Vad skulle jag göra, sedan din fader visat mig tillbaka och utplånat varje hopp om ditt ägande? Huru borde jag handla, sedan jag börjat inse, att heliga plikter mot ditt folk, din tro och dina föräldrar ålägga dig att ur din själ avlägsna varje tanke på Karmides? Rakel, du skall glömma mig och åter vara lycklig. En tid skall komma, då din faders och ditt eget val bestämmer åt dig en make, som är värdig att äga ditt hjärta. Vi skola då måhända återse varandra och påminna oss det förflutna endast som en dröm, blandad av bitterhet och ljuvhet ...
- Det är nog, nog, inföll Rakel. Tala icke så! Du är en usel tröstare, och dina ord, i stället för att lugna mig, bringa min själ i uppror. Jag kunde säga dig något, som skulle isa ditt blod, men när jag icke längre äger ditt hjärta, försmår jag ditt medlidande och vill icke tala till ditt samvete.

Karmides bleknade vid dessa ord, vilkas betydelse han anade. Men han vågade icke framställa någon fråga, vars besvarande kunde sannat hans aning. Han teg och lät Rakel fortfara:
- Låt oss därför skiljas. Vi hava intet mer att säga varandra. Farväl, Karmides! Vårt sista möte är slutat.
- Giv mig din hand och låt mig föra dig härifrån, sade Karmides, då Rakel förblev där hon satt.
- Nej, Karmides, lämna mig! Jag vill vara ensam med mina tankar, innan jag återvänder till mitt hem.

Hon vände sig bort och lade slöjan över sitt ansikte.
- Det börjar regna, sade Karmides. Natten är mulen och kylig. Jag får icke lämna dig här. Låt mig ledsaga dig åtminstone till Piræiska gatan.

Rakel svarade honom icke.
- Skola vi skiljas på detta sätt? sade Karmides i bedjande ton. Vår skilsmässa är nödvändig, men varför göra henne till ett dystert och nedtryckande minne? Säg dock till avsked ett ord av försoning!
- Må Gud miskunda sig över oss båda!
- Tack, min Rakel. Jag uppfattar dessa ord som ett tecken av ditt hjärtas återvändande frid och styrka ... Men att lämna dig här, ensam under en dyster natt! Vill du icke följa mig? Har du ej i grannskapet en tjänarinna, som väntar för att ledsaga dig hem?
- Gå du, Karmides, till din vila och sov lugnt, eller till Hermione och jollra med henne! Jag vill vara här, och återstår mig än en önskan, så är det att få vara ensam med mig själv, för att samla mina tankar, ty jag går härifrån till offeraltaret.
- Vad menar du? Skall du icke återvända till din moders hus?
- Joväl, så ofta dess dörr vill öppna sig för hennes dotter. Det skall komma nätter, mörkare än denna, när tröskeln skall säga: drag tillbaka din fot, och dörren skall säga: jag känner dig icke.
- Rakel, sade Karmides, i det han lutade sig ned och fattade hennes hand. Mitt sista innerliga farväl! Min önskan om ett lyckligt återseende, då såren äro

194

läkta och våra gemensamma minnen luttrats från sin bitterhet!

- Må Gud bevara dig för ett återseende! Det skulle grumla din lycka, sade Rakel med rösten av en sierska.

Karmides svepte manteln omkring sig och lämnade sitt offer. Hon satt orörlig vid bäckens strand i grannskapet av pilgruppen, så länge Karmides ännu kunde skönja henne genom nattens mörker. Regnet föll nu i strida strömmar, och vinden suckade i den gamla förfallna muren, som skilde den öde platsen från Piræiska gatan.

Då hon var ensam, gav hon luft åt den djupa förtvivlan, som, tillbakahållen under samtalet med Karmides, hade givit henne en skenbar styrka och hämmat hennes tårar. Hon vred sina händer, kallade sig en övergiven änka, kastade sig till jorden, ryckte slöjan från sitt huvud och strödde sand sitt hår.

Mellan dessa utbrott vankade hon fram och åter vid bäckens strand med krampaktigt sammanknutna händer och de upplösta lockarne fallande som ett sorgedok över det bleka, avmagrade ansiktet, tills hon stannade och tryckte händerna mot sin barm. Hon kände under sitt hjärta en rörelse, vars betydelse hon anade. Hon hade under de sistförflutna dagarne mer än en gång rönt samma känsla.

Hennes krafter sveko. Hon skyndade att sätta sig på den våta marken och luta sig emot en av de gamla pilarna, innan medvetandet övergav henne.

SJUNDE KAPITLET.

Klemens och Eusebia.

Vi lämnade Klemens i en äventyrlig belägenhet hos den sköna Eusebia. Han hade kommit, dels för att utverka hennes förlåtelse åt den arma slavinnan, som sönderslagit den dyrbara toalettasken, dels för att hålla en straffpredikan över den grymhet, hon, Eusebia, understundom utövade mot sina tjänarinnor, en grymhet i högsta mån ovärdig en from och kristlig husmoder.

Men åsynen av den sköna kvinnan och hennes fråga, vad han ville här vid denna sena timme, bragte, med den undran, som däri låg uttryckt, Klemens helt och hållet ur fattningen. Han började förstå, att han av sitt nit och sin godhjärtenhet låtit förleda sig till ett mycket opassande steg. Han stannade vid dörren, blyg och förlägen, och framstammade slutligen en osammanhängande ursäkt.

Eusebia var ädelmodig nog att själv bryta denna förlägenhet. Hon intog åter sin bekväma plats i den purpurklädda soffan och bad sin fromme vördnadsvärde broder lämna dörren och säga sitt ärende, som utan tvivel vore viktigt, eftersom det icke låtit sig uppskjuta till morgondagen.

Därefter och utan att avvakta någon förklaring av Klemens började hon fråga efter biskopens hälsa, rosade högligen hans senaste predikan och utgöt sig i bitter klagan över den trogna församlingens nuvarande betryck.

Under tiden återvann Klemens sin fattning, och när Eusebias tal föll på det sistnämnda ämnet, som var hans eget älsklingstema och det ständiga föremålet för hans tankar, fick han mod och lust att deltaga i samtalet och instämde hjärtligt såväl i den fromma Eusebias bittra klagan över det närvarande som i hennes otvetydigt uttalade hopp om ett snart skifte i världens tillstånd.

Han kunde nu detta, utan att bländas av det lilla guldskimrande gemakets prakt eller förvirras av Eusebias strålande ögon, som sköto blixtar ömsom av harm eller glädje och ledsagades av ett växlande tonfall i hennes välklingande röst alltefter samtalets gång och naturen av det ämne, som vart dess föremål.

Först sedan detta samspråk varat tämligen länge, tycktes Eusebia minnas, att Klemens kommit i något särskilt ärende, och hon frågade nu i glättig ton, vad som föranlett det sena besöket av en så ung, men vördnadsvärd man.

Klemens omtalade nu sitt möte med den unga slavinnan och hennes fruktan att återvända hem med anledning av den sönderslagna asken, och han bad Eusebia förlåta henne det fel, vartill hon av oaktsamhet och icke av ont uppsåt gjort sig skyldig.

Den andra delen av sitt ärende, nämligen det att straffa Eusebia för hennes hårdhet mot slavinnorna, beslöt Klemens att alldeles utelämna, ty under sitt samtal med prokonsulns maka hade han börjat övertyga sig, att denna grymhet endast vore förtal, ty den vore ju omöjlig hos en så from, skön och välvillig kvinna.

Klemens hade således funnit, att Eusebia, utom fromhetens och välviljans oskattbara egenskaper, även ägde skönhetens.

Men huru överraskad vart han ej över den förvandling, som Eusebias väsen tycktes undergå, så snart han nämnde den stackars slavinnan ochden sönderslagna asken!

Vreden målade sig så tydligt i samma anletsdrag, där Klemens nyss läst fromhet och välvilja. Hon tycktes knappt hava tålamod nog att höra honom till punkt, och när han talat ut, steg hon upp och stampade med den lilla foten i golvet.

Hon frågade den unge föreläsaren i häftig ton, huru han kunde våga att taga en vårdslös och uppstudig slavinna i försvar mot hennes egen husmoder, samt förklarade, att hennes fel skulle på det strängaste straffas, henne själv till skräck och det övriga husfolket till varnagel.

När den första överraskningen var överstånden, lät Klernens icke avväpna sig av Eusebias vrede. Det förundrade och smärtade honom, att en kvinna, så känd för sin fromhet och kärlek till det gudomliga ordet, kunde lämna herraväldet över sin själ åt en otyglad vrede, då saken gällde, icke teologiska spörsmål och den rena läran, utan en obetydlig toalettsak.

Han uttryckte i milda, men öppna ordalag sin förvåning häröver och föreställde Eusebia, att om det vore en naturlig och förlåtlig svaghet att i det första ögonblicket giva vreden rum, så vore det likväl ovärdigt en kristen att framhärda i ett beslut, som föreskrivits av kärlekens och fördragsamhetens huvudfiende.

Men Eusebia syntes icke hågad lyssna till dessa föreställningar. Hon riktade nu sin harm även mot Klemens. Hon påminde honom om sin höga rang i samhället och hans egen anspråkslösa ställning; hon ville icke emottaga förmaningar av en oerfaren gosse; hon skulle klaga för biskop Petros över hans opassande uppförande, såvida icke Klemens genast ville erkänna sitt fel och bedja henne om förlåtelse.

Under detta utbrott av sin vrede visste dock Eusebia hålla sig inom en gräns, där harmen ännu låter para sig med behag och förföriskt väsen. Hon liknade i Klemens' ögon icke en furie, utan en stolt och bjudande kejsarinna. Klemens, vars bleka kinder överdrogos av stark rodnad, bemannade sig i medvetandet att äga rätten på sin sida. Han svarade, att ifall biskopen underrättades om detta uppträde tillika med dess orsak, så skulle det smärta honom mycket, icke för Klemens' skull, utan för Eusebias egen, emedan de goda tankar han hyste om hennes fromma och kristliga vandel därigenom skulle lida avbräck.

Klemens föreställde henne, att ingen samhällsställning kan höja människan över det gudomliga ordet, och att ordets helighet ingalunda minskas genom ungdomen hos den, som förkunnar det.

Han frågade henne, om det vore sant, att hon, under sådana utbrott av vrede, som han nu bevittnat, gjorde sig skyldig till grymhet emot sina slavinnor.

Och då Eusebia icke svarade på denna fråga med annat än ett trotsigt leende, kastade den unge föreläsaren alla betänkligheter över bord och började en väldig straffpredikan, som ingalunda saknade vältalighet, emedan orden ingåvos honom av ett brinnande nit att både näpsa och förbättra Eusebia.

Eusebia syntes i början göra våld på sig för att icke avbryta honom. Det trotsiga leendet satt länge kvar på hennes läppar. Men småningom var det försvunnet och hade lämnat rum för allvar och uppmärksamhet. Hennes ögon voro oavvänt riktade på den unge föreläsaren, vars djärvhet och hänförelse gjorde honom vackrare i hennes ögon. Det var något nytt och retande att emottaga förmaningar av en oerfaren gosse.

Det är möjligt, ehuru ovisst, att hennes deltagande för straffpredikanten slutligen gav vika för själva straffpredikningens styrka. Klemens hade, utan att veta det, tillägnat sig mycket av Petros' kraftiga vältalighet; men när hans billiga förtrytelse äntligen urladdat sig, övergick bestraffningen i milda föreställningar, så varma, känsliga och bevekande, att de icke kunde annat än göra intryck på Eusebia, vars fromhet var ett fikande efter känslorus, och som i ångern, botgöringen och upprättelsen hade upptäckt vällustiga efterkänningar av synden, ljuvare än själva syndandet.

När Klemens' röst vart osäker och alltmer darrande av den rörelse, som han förnam i sitt hjärta, så meddelade denna ton sin dallring åt samma känslosträng i Eusebias; och vare sig att hon känt sig väckt av hans förmaningar eller icke, verkade ensamt medkänslans makt och sinnenas lust därhän, att tårar framträngde under hennes ögonfransar, som nu slöjade de nyss så djärvt blickande ögonen.

Hastigt steg hon upp, kastade sig till Klemens' fötter, fattade hans hand och förde den till de tårdränkta ögonen.

Därefter följde med bruten röst en bekännelse, att hon hade varit en grym härskarinna, en stor synderska. Hon bad Klemens förlåta hennes högmodiga uppförande och lovade högtidligt bot och bättring.

Klemens rördes av denna plötsliga ödmjukhet, och även hans ögon tårades, på samma gång som han kände innerlig glädje över denna väckelse, vars medel han varit.

Eusebia reste sig upp, men Klemens' hand, som hon fattat, höll hon ännu emellan sina, då hon återvände till soffan och överväldigad av sinnesrörelse nedsjönk där.

- Min syster, sade Klemens, jag vill bedja, att denna din väckelse måtte bära varaktiga frukter och skapa en sinnesförändring, som övervinner ditt häftiga lynnes frestelser.

- Gör det, älskade broder, viskade Eusebia.

Hon lutade snyftande sitt riklockiga huvud helt nära intill hans barm och tryckte, i övermåttet av sin rörelse, hans hand till sitt hjärta.

Klemens kände, huru Eusebias bröst höjde och sänkte sig för stormen därinom.

Hans ömhet och deltagande förmäldes med en känsla, som han ej förstod. Också lät han utan motstånd sin hand kvarhållas, och då Eusebia ånyo viskade:—Älskade broder! ljöd det som den ljuvaste musik i hans öra.

När Eusebia hunnit dämpa sin känsla, förmådde hon honom med lindrigt våld att taga plats soffan vid hennes sida.

Hon ville bikta för sin broder, för honom upptäcka all den hårdhet och orättvisa, vartill hon gjort sig skyldig mot sina tjänare och tjänarinnor, för att genom en uppriktig ånger vinna hans försäkran om förlåtelse.

Och sedan Klemens åhört hennes bekännelse och tillförsäkrat henne syndaförlåtelsen, hade hon än en bön till den unge föreläsaren.

Denna bön framställde hon djupt rodnande och med synbar förlägenhet.

Hon önskade, att detta möte, detta uppträde skulle förbliva en hemlighet för biskopen. Han var ju i allmänhet så sträng, och hon ville för ingenting i världen, att de goda tankar han hyste om henne skulle minskas därigenom, att han finge kunskap om hennes häftiga lynne och hårdhet mot slavinnorna.

Hon hade många gånger biktat för biskopen och bekänt för honom alla andra synder och svagheter, men icke denna. Uraktlåtenheten, det försäkrade hon, hade dock ingen annan grund än hennes svaga förstånd, som hitintills icke kunnat inse, att hårdhet emot människor, födda till slaveri och av försynen utsedda att lyda andra, kunde innebära något orätt och straffvärt.

Eusebia tillade ödmjukt, att denna brist på urskillning, denna oförmåga att uppfatta visade, huru väl hon behövde en vän och rådgivare vid sin sida, och hon besvor Klemens, för vilken hon nu lagt sitt hjärta i dagen, att icke övergiva henne, utan vara denne hennes trogne vän.

Klemens kunde möjligen ursäktat sig med sin ungdom, som gjorde honom mindre lämplig för ett sådant kall; men han hade nyss vunnit en seger, som ingav honom förtroende till kraften av sina ord, han kände dessutom ett så innerligt deltagande för Eusebia och ville nu icke lämna henne utan ledning vind för våg, sedan han en gång riktat hennes led emot en god hamn.

Han samtyckte blygsamt till hennes önskan.

- Ack, kom då snart och ofta, min älskade broder, fortfor Eusebia. Jag har så mycket att säga dig och så många sorger att yppa, som nu kännas dubbelt tyngre, emedan jag måste sluta dem inom mig själv. Betrakta mig som din syster —som om vi hade ej endast samme himmelske, utan även samme jordiske fader.

Du skall vara min förtrogne och höra varje svaghet, varje syndig tanke, som uppstår i min själ. Det är en sådan öm och förtrogen biktfader jag efterlängtat och funnit i dig. Ack, kom ofta och snart till din syster, älskade Klemens!

Huru länge Eusebia hade avvaktat detta ögonblick, då hon öppet och utan förlägenhet kunde uttala dessa ord: älskade Klemens!

Hon hade ofta upprepat dem i hemlighet för sig själv—i sin budoar, på torget, då hon mellan palankingardinerna spejade efter den unge föreläsaren i något mötande prästtåg, i kyrkan, där hon från sin läktare betraktade honom, när han uppläste söndagens evangelium. Det låg också mycken ömhet och halvförborgad segerglädje i tonen, varmed de yttrades.

Eusebias uppsåt var i hennes egna ögon det oskyldigaste på jorden. Hennes böjelse för Klemens skulle vara av rent platonisk natur, en andlig kärlek alldeles omängd med jordiska beståndsdelar. Hon önskade den lyckan att kunna väcka en genkärlek av samma slag hos ynglingen, helst blandad med en oskyldig tillsats av svärmeri, liksom hos henne själv. Om under utvecklingen av detta ömsesidiga ideala förhållande svärmeriet skulle blandas med en matt gryning av andra känslor, så ville Eusebia ingalunda fälla en sträng dom varken över sig eller Klemens; hon medgav tvärtom för sig själv, att hon önskade något sådant, ty det vore eldprovet för renheten av hennes böjelse. Hon skulle då, för att öva sin själsstyrka, medgiva dessa känslor ett visst spelrum—låta dem med frihet ur sitt kaos dana sig till bilder, halvt himmelska, halvt jordiska, låta dem framträda och närma sig i all sin förföriska skönhet, men endast för att nedsjunka och upplösas för trollkraften av hennes vilja. Danade de sig åter, så finge de åter nalkas, men för att lida samma tillintetgörelse. Det vore en stridslek, nyttig och tillika så ljuvligt lockande, utan att i någon mån vara farlig, när hon blott någorlunda vakade över sig. Ty umgänget mellan henne och Klemens skulle ju i sig själv vara av religiös natur, vara en övning i fromhet och en förening i bönen.

Men komme det en gång därhän, att de båda kände sig halvt besegrade och ömsesidigt upptäckte varandras svaghet; huru rörande vore icke denna upptäckt, huru kraftigt de då skulle understödja varandra i den gemensamma kampen mot samma böjelse, huru varmt de skulle bedja vid varandras sida!

I förkänslan av en sådan möjlighet sänkte sig redan nu Eusebias blick med det eldigaste deltagande, den mest flammande syskonömhet i Klemens' stora, vemodiga ögon.

Denne satt tyst vid hennes sida, upptagen med en önskan, varöver han själv förundrade sig. Han kunde icke begripa varför—men han önskade, att Eusebia ånyo skulle fatta hans hand och trycka den lika hårt som förut till sitt hjärta.

Ett viktigt steg till den ömma förbindelsen var redan taget. Ingen, icke ens Petros, för vilken Klemens ansåg som en plikt att yppa alla sina tankar och handlingar, skulle få kunskap om detta möte. Kammarslavinnan, som varit ett verktyg för dess åstadkommande, skulle åläggas tystnad. Det fanns således redan en hemlighet emellan Eusebia och Klemens, och denna hemlighet måste utsträckas även till deras förestående sammankomster. Eusebia bad honom återvända snart och ofta, ty hon vore i starkaste behov av hans andliga hjälp, hans vänskap och förtrolighet. Men enär deras sammankomster skulle vara lönliga, så vore den sena aftontimmen den lämpligaste; först då vore Eusebia överlämnad åt sig själv och kunde njuta av ensamheten. Den bakport, varigenom Klemens denna gång inkommit, skulle då stå öppen, och som inga fönster vette åt gården, så hade han icke att frukta oinvigda blickar.

Eusebia meddelade honom detta i en ton, som klingade så systerlig, öppen och oskuldsfull. För Klemens låg i detta lönliga någonting tjusande, som han ej kunde förklara. Han fann intet skäl att svara nej, och om en aning sagt honom, att han borde göra det, så skulle han i detta ögonblick knappt varit mäktig en sådan uppoffring.

Först sedan han lämnat Eusebia, medan han var på väg genom de folktomma gatorna till sin ämbetsbroder Eufemios, mindes han, att det nu var långt skridet in på natten och att han komme nog sent till det heliga arbete, som hos denne väntat honom. Kanske hade Eufemios redan gått till vila. Men att återvända till sitt hem på Skambonide ville han dock icke, ty Petros väntade honom icke i natt, och han kände för tillfället en viss ovilja mot att för sin fosterfader redogöra för det sätt, varpå han tillbragt dessa timmar.

Men huru skulle han för Eufemios förklara sitt långa uteblivande? Och huru hädanefter finna tillfälle att uppfylla Eusebias önskan om upprepade besök? Skulle han ljuga för Petros? Nej, det vore en gruvlig synd och blotta tanken därpå en förbrytelse.

Sedan han länge överlagt med sig själv, stannade han vid det beslut att öppet säga sin fosterfar, att han genom en tillfällighet kommit i beröring med en person, vars själstillstånd fordrade hans besök och umgänge. Vem denna person vore och övriga härmed sammanhängande omständigheter utgjorde en hemlighet, som han ville bedja sin fosterfader vörda, emedan den vore lämnad honom, Klemens, så gott som under biktens insegel.

När Klemens anlände till Eufemios' bostad, låg den korthalsade presbytern i djupaste sömn. Klemens fann »S:t Johannes' uppenbarelse» uppslagen på bordet och där bredvid den ännu endast halvfärdiga, av Eufemios och Klemens gemensamt förfärdigade avskriften. Vid en blick däri såg den unge föreläsaren, att hans svartlockige vän icke skrivit en bokstav under hans frånvaro. Däremot såg Klemens åtskilliga papyruslappar, på vilka Eufemios flitigt övat sig i den ädla punkteringskonsten. Vad Eufemios med tillhjälp av de insikter han förvärvat i denna egna art av spådomskonst egentligen ville avlocka framtidens sfinx, det visste Klemens icke, ej heller tänkte han däröver. Utan att väcka Eufemios satte han sig att skriva, till dess sömnen slutligen överväldigade honom och han gick till vila.

Eufemios fann större nöje i punkteringskonsten än i avskrivningen av böcker. Han hade tillbragt sin afton på ett nöjsamt sätt och ingalunda varit otålig över Klemens' dröjsmål.

Följande morgon, då de vaknade och hälsade varandra, frågade Eufemios ej heller efter orsaken till detta. Klemens slapp redogöra för den föregående aftonen. Eufemios steg upp, klädde sig i sin arbetsdräkt och gick till arbetet på Afrodites tempel, ty i dag var ordningen hos honom att deltaga däri.

Klemens tillbragte en stor del av dagen ensam i Eufemios' lilla kammare. Eusebias bild stod livliga drag för den unge föreläsarens ögon. Hans inbillningskraft sysslade oupphörligt med densamma, och han genomgick i tankarne gång efter annan hela det uppträde, som förefallit mellan henne och honom. Vad hon var vacker i utbrottet både av sin vrede och sina tårar! Vad hennes barm hävde sig, då hon lade Klemens' hand på sitt hjärta! Och det var han, som ödmjukat hennes hårda sinnelag och kommit henne att besinna sig!

Han påminde sig vidare vad hon sagt, att hon var olycklig genom hemliga sorger, som nedtyngde henne, emedan hon icke delade dem med någon förtrogen. Han beklagade den stackars kvinnan och föresatte sig att för henne vara den vän, som hon behövde för sin lycka. Skulle han redan i afton kunna förnya sitt besök och smyga till det hemliga mötet? Han tänkte sig den lilla bakporten, som om nätterna skulle stå öppen, den tysta gården han hade att överskrida, den mörka förstugugången och den lilla guldskimrande budoaren med sin sköna, ångerfulla ägarinna. Om blott ett tillfälle yppade sig, skulle han icke försumma att smyga dit. Hans broderplikt mot syster Eusebia krävde ju detta.

Under dessa tankar hade timmarne skridit med en hast, som förvånade honom. Han måste avbryta sina angenäma betraktelser för att skynda till sin fosterfader, biskopen, inställa sig hos honom och emottaga hans befallningar.

När Klemens hunnit till kojan på Skambonide, var Petros ute; men han hemkom vid middagstiden, och medan de intogo sin tarvliga måltid, sade han Klemens, att denne hädanefter icke skulle deltaga i arbetet på Afrodites tempel, men finge tillbringa sin afton efter behag med avskrivning av uppenbarelseboken eller någon annan nyttig sysselsättning.

Den förra befallningen förvånade Klemens mycket, men han var van att aldrig fråga efter biskopens bevekelsegrunder. Om ett »varför?» någon gång stal sig väg över Klemens' läppar, så vart svaret ofta blott en genomträngande blick, mer sällan en redogörelse, vars ton då tillika gjorde den till en tillrättavisning.

Däremot behagade det Klemens dess mer, att aftonen ställdes till hans fria förfogande. Han återvände till Eufemios' kammare och tillbragte det återstående av dagen med fantiserande över Eusebia och grubbel över den helige Johannes' syner. Eusebia och mystiken kämpade om företrädet till hans uppmärksamhet; den förra fick dock ännu, ehuru efter starkt motstånd, vika för den senare, men segern var icke fullständig, innan Klemens hunnit sänka sig mycket djupt i det religiösa begrundande, det hav av gissningar, vari han ville finna nyckeln till uppenbarelsebokens hemligheter. Att den i henne skildrade striden mellan sanningen och antikrist, som skall föregå världsbranden och det nya Jerusalems grundläggning, hade avseende på händelserna i hans tid, och att Julianus vore samme antikrist, därom var han övertygad. Dess ovissare fann han sig om allt det övriga, och dess mer brann hans håg att intränga i gåtan. Vad skulle det märkvärdiga talet 666 innebära? I detta var förmodligen nyckelstenen, som sammanhöll den mystiska byggnadens dunkla valv. Eufemios hade låtit honom förstå, att man med den kabbalistiska konstens tillhjälp sannolikt skulle kunna lösa uppenbarelsebokens gåta och avslöja dess innersta hemligheter. Klemens kände fördenskull stark åtrå att lära denna vetenskap. Men biskopen hade förbjudit honom det, emedan den konsten vore farlig, lätt att missbruka och tvetydig till sitt ursprung. Det fanns, hade biskopen upplyst honom, en gudomlig kabbala, som Adam fick lära i paradiset och med vars tillhjälp han gav djuren och tingen de namn, som motsvara deras väsen och egenskaper; men det fanns ock en kabbala, uppfunnen av djävulen och genom honom spridd bland människorna. Ingen kabbalist kunde med visshet avgöra, om hans konst vore den himmelska eller den djävulska, ty båda funnos och båda övades, den senare förmodligen vida mer än den förra. Under sådana förhållanden vore det klokast att alldeles avhålla sig från densamma; Petros ålade Klemens det som plikt.

Denna uppoffring var för Klemens den tyngsta, som han hitintills hemburit åt sin lydnad. Han var av naturen fallen för mysticismen, och de åsikter, i vilka han var uppfostrad, hade utvecklat detta anlag. Förnuftets dödande var ju honom en plikt, vars uppfyllande utgjorde det enda villkoret för hans räddning undan de kätterska villfarelser, med vilka djävulen fångar så många själar. Hans fromma sinne, berövat förnuftets ledning, hans rika känsloliv, stängt inom sig själv för att ej smittas av det oheliga yttre livet, hans livliga fantasi, uppjagad genom en världsåskådning, som fyllde naturen med demoniska makter, måste ovillkorligt leda honom in på denna farliga väg, som går igenom mörka ängder, där vansinnet lurar likt en tiger, färdigt att hugga sina klor i vandrarens hjärna. Vad Klemens ej fick nå med den förbjudna kabbalan, hoppades han vinna med ett annat, i alla händelser tillåtet medel: bönen. Det var efter ivriga böner om upplysning för sitt mörka förstånd, han gjorde de barnsliga försöken att tolka skriftens förborgade mening. Avskrivningen gick under sådana förhållanden mycket långsamt framåt. Han stannade vid varje punkt för att begrunda den, söka sammanhanget med det föregående och det efterföljande. Med lutat huvud och sammanknäppta händer satt han försjunken i dimmiga tankar, gripande i töcknet för att forma det till varaktiga gestalter. När så hans huvud värkte av de fruktlösa ansträngningarna, tog han ånyo sin tillflykt till brinnande böner, eller överväldigades han av sin inbillning och levde en stund i prakten av de tavlor, som skildra kristendomens sista strid, världens förstöring och yttersta domen.

Huru skakande måste icke dessa bilder inverka på hans sinne, när han trodde sig leva mitt i den tid, som de skildrade, när han i varje dag emotsåg den högtidliga och förfärliga, då det sista inseglet skall brytas och domen förkunnas över världen!

Bland dessa bilder uppdök ånyo Eusebias. Kvinnan, som flydde för draken, hade fått hennes drag. Klemens vaknade ur sina drömmar. Skymningen var redan inne. Det var tid att begiva sig till henne. Klemens drog kåpan över huvudet och gick.

Bakporten till prokonsulus palats var öppen. Föreläsaren hann obemärkt och utan alla äventyr Eusebias budoar.

Hon tycktes hava väntat honom. Glädjen strålade tydligt i hennes ögon, när Klemens inträdde; hon hälsade honom förtroligt välkommen.

Eusebia var i afton svartklädd, och ett milt vemodigt allvar låg över hennes anlete. Den blyghet Klemens kände i hennes grannskap försvann inom kort för det öppna, hjärtliga och ödmjuka sätt, varpå hon emottog honom. Själva det ämne, vilket liksom av sig själv vart föremålet för deras samtal, var ägnat att väcka ömsesidig förtrolighet och närma dem varandra. Eusebia omtalade för

Klemens sin barndomshistoria, som företedde många rörande drag.

Hon var född i rikedomens och överflödets sköte, men hade likväl prövat åtskilliga motgångar, som kunde taga ett känsligt hjärtas medlidande i anspråk. Hon uppehöll sig isynnerhet vid sina späda barndomsår och talade med hänförelse om sin fromma moder, som tidigt hade bortryckts av döden, lämnande henne, det stackars lammet, så gott som värnlös åt den onda världen. Det var minnet av denna moder, försäkrade Eusebia, som upprätthållit henne i striden mot världens frestelser och styrkt henne i den rena läran.

Därefter kom ordningen till Klemens att tala om sin barndom. När Eusebia hörde (vad hon förut redan visste), att han var ett hittebarn, upptaget som fosterson av biskop Petros, fuktades hennes ögon, och hon förde sin juvelgnistrande hand med innerligt deltagande genom Klemens' lockar och smekte systerligt hans bleka kind.

Klemens yppade för Eusebia, huru varmt han längtade att lära känna sina föräldrar, ifall de ännu vore vid liv. Man hade sagt honom, att hans moder måste varit en grym kvinna. Han ville icke tro det. Måhända var hon alldeles oskyldig; måhända hade man stulit honom, medan hon sov; eller hade hon dött, då hon gav honom livet, omgiven av främmande människor, vilkas elände kvävde medlidandet för hennes barn.

Genom samtal sådana som dessa växte förtroligheten mellan Klemens och Eusebia hastigt. Han hade hitintills icke funnit det svårt att uppfylla det stränga bud, som hans levnadsregler ålade honom: att sky och fly blotta åsynen av en kvinna, såvida icke kristlig barmhärtighet eller hans plikt som präst nödgade honom nalkas henne. Ett sådant tillfälle hade nu fört honom i Eusebias grannskap. Han kunde, utan att göra sig förebråelser, sitta vid Eusebias sida och låta henne trycka hans hand. Hans önskan att äga en syster—hitintills den enda längtan, som hans inbillningskraft förenat med en kvinna—var uppfylld. Huru lycklig han kände sig häröver! Vilka hitintills icke anade känslor, som detta väckte till liv i hans barm! Han hade aldrig föreställt sig syskonkänslan så skön.

Medan samtalet fortgick, släppte Eusebia liksom tillfälligtvis hans hand. Det var då nästan, som om han förlorat henne, fastän hon satt vid hans sida. Klemens fattade den tillbakadragna handen och tryckte den emellan sina.

Tillfällen att förnya besöken hos Eusebia tillbjödo sig för Klemens lättare än han väntat, och han lät intet enda slippa sig ur händerna. Varken Petros eller Eufemios tycktes ana något. Med Klemens hade en förändring inträffat. Nyss skulle han stämplat som ett brott emot de heligaste plikter att äga en hemlighet för sin fosterfader; nu fägnade det honom, att denne icke framställde någon fråga, vars besvarande skulle nödgat honom till åtminstone en antydan om sitt förhållande till Eusebia. Hemligheten, som omgav det, ökade dess behag. Men något sådant beräknade Klemens icke. Måhända fanns hos honom en aning, att biskopen skulle ogillat hans förtrolighet med Annæus Domitius' maka; men själv övertalade sig Klemens, att hans enda bevekelsegrund var ren och oklanderlig.

Eusebia gjorde allvar av sin föresats att välja Klemens till sin biktfader. Han var ju en from yngling, som icke eftersträvade något högre än helgonglorian, hon däremot en stor synderska; vad betydde då de tio år, som biktbarnet var äldre än biktfadern? Denna skillnad i ålder var också alldeles försvunnen ur Klemens' tankar. Eusebias ungdomliga utseende, hennes barnsliga sätt att vara, den vördnad hon visade honom, de råd, som hon utbad sig i andligt avseende, de upplysningar hon önskade i de mörka punkterna av den rätta läran verkade därhän, att Klemens tyckte sig vara äldre än hon och betraktade henne som en yngre syster.

Bland de sorger, som tryckte hennes hjärta, rörde den första, som hon yppade för Klemens, hennes make, prokonsuln av Akaja. Hans återfall i den hedniska villfarelsen hade uppfyllt henne med djupaste smärta. Vad skulle hon göra för hans själs räddning? Hon kunde nu knappt vistas under samma tak med honom, ty han iakttog med ytterlig stränghet alla av de hedniska fäderna ärvda religiösa bruk. Husgudarne hade återfått sin plats i hans aula, och rökverk brann ständigt på deras altare. Vid festerna för Apollon voro dörrposter och pelare lagerprydda, och vid varje måltid bägarne kransade. Han deltog i offerhögtidligheterna och spisade av offerköttet. Han svor vid de hedniska makterna. Med ett ord: han var fullständig hedning.

Det var Krysanteus, sade Eusebia, som huvudsakligast medverkat till prokonsulns avfall. Umgänget med denne filosof och med hans dotter, Hermione, hade småningom fördärvat den stackars Annaæus och fört honom till den avgrund, vari han nu var fallen. Eusebia omtalade detta under tårar. Klemens kände sin bitterhet emot Krysanteus uppflamma med ökad styrka, när han hörde detta.

Det första förtroendet, som Eusebia skänkte Klemens, följdes snart av andra, som rörde henne än närmare. Det hände stundom, att han träffade henne i ett mycket upprört tillstånd. Hon hade då under dagens lopp givit vika för sitt häftiga lynne och var nu offer för en ånger, som nästan gränsade till förtvivlan. Klemens måste uppbjuda allt för att trösta henne. Vid andra tillfällen överraskade han henne, knäböjande under ivrig bön och klädd i botgörerskans enkla dräkt. Ofta bad hon att få bikta, och bikten vart steg för steg djupare. Hon yppade icke blott de handlingar, i vilka hon fruktade, att något felsteg dolde sig, utan småningom även varjehanda känslor, som rört sig i hennes barm och dem hon misstänkte vara av syndig art. Klemens förvirrades och över-väldigades av dessa meddelanden. Det låg något tjusande i att så hava ett kvinnohjärta öppnat för sitt öga. Det var en hel ny värld, vari han fick blicka in, en rikedom av företeelser, som vordo hans egendom. Och denna värld ägde sin mystik, om möjligt mer fängslande än den som S:t Johannes upprullat för hans syn. Han visste icke förklara de känslor han rönte: det var något outsägligt och hitintills aldrig anat, när Eusebia sålunda biktade för honom. Hon gjorde det i en ton av barnslig okunnighet om rätta halten av det, som hon yppade, och likväl klädde sig hennes bekännelser i en mystisk dräkt, liksom om språket icke ägt ord för att med klarhet uttrycka dem. I denna dräkt fingo de också ohindrat inträde i Klemens' själ; varje yttring i den varmblodiga kvinnans sinnliga liv vandrade sålunda anständigt slöjad in i den nittonårige biktfaderns barm, utan att denne anade vilka de gäster voro, som han emottog.

Ett av de samtalsämnen, på vilka Eusebia gärna inlät sig med Klemens, rörde det från världen tillbakadragna liv, som under de senast förflutna årtiondena blivit så allmänt bland fromma människor och varförutan en fullkomlig helighet icke vore att vinna. Klemens svärmade för detta levnadssätt. Hans beslut var att välja det, så snart han därtill fått tillåtelse av sin fosterfader. Han ville draga till en öken och leva där som ensling. Religionen fordrar ju hela människan. Hon kräver att vi skola försaka allt för henne. Världens omsorger draga oss från Gud. Vad är då rättare än att fly dem? Kunde Maria tillika vara Marta, eller Marta tillika Maria? Klemens framställde dessa sina tankar, och Eusebia syntes av dem lika intagen som han själv. Vad hade hon att söka i världen? Hade icke hennes make så gott som övergivit henne? Hon hade således rönt nog av världens bitterhet, men dess förförelser återstode, och hon vore en svag kvinna, som räddes striden. Vad vore då bättre även för henne än att söka ödemarkens ensamhet, där intet stör den fromma själens vila i Gud?

Klemens gillade hennes ord och gjorde allt för att stadga hennes beslut. De överenskommo att samtidigt draga sig från världen. De skulle som bror och syster åtföljas till ödemarken. Eusebia målade med hänförelse det liv de skulle föra i helig tillbakadragenhet, och Klemens lyssnade med iver, men icke utan en viss granskning, ty han rättade och förbättrade de drag i tavlan, som icke överensstämde med hans egen inbillning.

- Vi skola, sade Eusebia, uppsöka en dal, fjärran från alla människoboningar, där dag efter dag förflyter, utan att ett människoöga skall skåda oss.

- Nej, hellre en öken, sade Klemens. De egyptiska munkarne bo i en öken. Och där skymmes icke solen bakom berg, när hon går upp. Hennes första stråle lyser utan hinder ett oöverskådligt, förtorkat och ödsligt fält. Det är då som vi knäböjande skola hälsa den nya dagen välkommen. Hennes sista stråle slocknar över samma fält, Det är då vi skola gå till vila.

- Vi skola hjälpa varandra, sade Eusebia, när vi inreda våra grottor och anlägga våra små trädgårdar.

- Ja, och vi skola bo helt nära varandra.

- Nej, icke helt nära varandra, genmälde Eusebia, det går icke an, Klemens.

- Du har rätt, medgav den unge föreläsaren med en suck, som Eusebia förstod bättre än han själv. Men vi få icke förgäta att välja våra bostäder i grannskapet av en källa. Källorna äro få i öknen, och vi skulle åtskiljas milsvitt, om vi icke valde en och samma.

- Du har rätt. Vi skola välja våra grottor så, att källan är på samma avstånd från dem båda. Där skola vi mötas en gång om dagen, när vi hämta vatten. Vi skola då hälsa varandra, bedja tillsammans och skiljas för att nästa dag än en gång återse varandra vid samma tid och på samma ställe.

- Men om någondera förgäves väntar den andre, sade Klemens, då är det ett tecken, att brodern eller systern är sjuk ...

- Eller död, sade Eusebia. O, måtte detta icke ske! Vi skola bedja att få dö på samma dag, så att den ene icke har att sakna och sörja den andre.

Efter samtal av samma upphyggliga slag var Klemens' känslosvärmeri stegrat till det yttersta. Deras sammankomster plägade ända med gemensamma böner. Så hände det en afton, sedan en mystisk bikt, ett svärmiskt samtal och läsningen av glödande kärlekssånger till Kristus och Maria följt varandra, att

Eusebia och Klemens nedsjönko bön vid sidan av varandra och att, i övermåttet av deras känslorus, deras läppar möttes, Klemens visste icke huru, i en kyss. De rodnade båda, men de framviskade orden broder och syster vittnade ju så tydligt, att det var syskonkyssen, den bland kristianerna övliga, oskyldiga och tillåtna, det sköna tecknet av andlig kärlek.

Men denna syskonkyss hade det egna, att han rusade Klemens. Det måste legat något av det starka, men ljuva vinets natur i honom, eller någonting än mäktigare, ty hans verkan ville icke upphöra, utan stegrades genom minnet och inbillningskraften. När Klemens nästa gång besökte Eusebia, var hans blick lik en svärmisk älskares, och han längtade efter den hänryckningens stund, då andakten och de översvallande känslorna ånyo med kraften hos en naturmakt skulle nödga dem till den ögonblickliga, ljuva föreningen.

Och ju oftare de förnyade sina gemensamma andaktsstunder, dess kortare tid lät detta hänryckningens ögonblick vänta sig. Det var som om övningen medverkat att framkalla det. Slutligen infann det sig före bönen och liksom invigde denna. Klemens stod knappt i Eusebias budoar, förrän hon emottog honom med en omfamning nog varm för att vara systerlig, och som han återgäldade med den fulla livligheten av en lidelse, vars väsen han missförstod och på vilken han fördenskull icke lade tyglar.

Klemens var försänkt i ett hav av hänförelse. S:t Johannes var nu alldeles undanträngd av Eusebia, och avskrivningen av hans uppenbarelse fortgick på de timmar, som däråt ägnades, vida hastigare än förut, ty Klemens grubblade icke mer över varje ord, som han med pennan överflyttade. Den yttre världen var så gott som försvunnen för hans öga; den var uppgången i Eusebia, och Eusebia syntes honom icke som någonting yttre, utan som en del av honom själv. Klemens hade nu äntligen hunnit den punkt, vartill han strävat; världen med dess frestelser fanns för honom icke mera. Så tycktes honom, och minst av allt skulle han anat, att sinnligheten, som han ville döda, nu genomträngt hela hans liv, att hon rådde över varje rörelse i hans själ, varje bloddroppe i hans ådror.

Klemens hade förut sörjt över att han icke kunde fasthålla och föreviga den lyftning i själen, som bön och betraktelse förläna. När andaktens tillstånd slappades, ansåg han det som ett återfall från himmelen till jorden, från Gud till världen. Och dessa återfall hade på senare tider inträffat oftare än förr, han visste icke varför, ehuru det med lätthet lät förklara sig därav, att den ständiga sysselsättningen med samma bilder och föreställningar, samma återkommande andaktsövningar slutligen förslöa själen och göra henne mindre emottaglig för deras intryck. Nu däremot var förhållandet ett annat. Klemens levde i en stadigvarande hänförelse; andaktens ögonblick var fasthållet och förevigat. Hans fromhet hade funnit ett nytt och mäktigt retelsemedel. De hymner till Maria, vilka redan tidigt uppstämdes inom kristna kyrkan, vordo hans käraste läsning — dessa jämte Visornas Visa av Salomo, i vilken han kunde spegla sina egna känslor och återfinna sin egen erfarenhet påtryckt en himmelsk prägel. För Klemens, som förut avlägsnat ifrån sig allt, som kunde påminna om kvinnans tillvaro, framstod nu universum, det synliga och osynliga, med kvinnliga drag. Jorden var Eusebia och himmelen var Maria. Hymnerna kallade Maria treenighetens hjärta. Det är till hjärtat bönen syftar, hon må riktas till en människa eller en gud. Vad under då, om allt, från skaparen till hans härskaror, försvann för Klemens och vart till den heliga ungmön?

Men de anletsdrag, under vilka han föreställde sig henne, voro Eusebias, ty något skönare än dessa, sådana de nu voro för hans blickar, kunde han icke framtrolla.

Eusebia skänkte honom en afton sin bild, målad på elfenben och icke större än han kunde bära den på sitt bröst. Där fick bilden sin plats. Men när han var ensam, framtogs målningen och var föremål för omättligt åskådande. När han bad, så var det med ögonen på den, ty det var ju icke endast Eusebias, utan även Marias bild.

ÅTTONDE KAPITLET.

Krysanteus återfinner sin son.

Två månader hade förflutit från Klemens' första besök hos Eusebia.

Det var en het augustidag. Kristianernas arbete på Afrodites tempel fortgick ännu. Byggnaden var nära sin fulländning och glänste med praktfulla pelarrader i solens sken.

Arbetet hade i dag varit plågsamt till följd av den tryckande värmen. Och i dag var det på samma gång den strängaste av alla uppsyningsmän, som vakat över det. Denne man var icke hedning, utan kristian, men kristian av den homousianska bekännelsen. Han hade förlorat fränder i den förföljelse, som homoiusianerna anställde i Aten vid tiden för Julianus' tronbestigning. Måhända var det minnet härav som ökade skärpan i hans röst och hade satt den knöliga käppen i hans hand. Nog av, denna käpp användes flitigt som uppfostringsmedel på arbetarne, när dessa, badande i svett och utmattade av mödor, förrättade sina göromål med mindre raskhet och iver än han fordrade, och hans fordringar voro utan hov och mått.

Nu, i den hetaste timmen av middagsstunden, var en hvilostund medgiven de trälande, och man såg dem söka skuggiga ställen för att intaga sin måltid.

Biskop Petros hade i dag, som ofta, frivilligt infunnit sig vid arbetet. Klädd i en grov tunika inställde han sig på varje punkt, där det tyngsta arbetet förrättades och uppsyningsmannens käpp syntes svängande i luften. Hans ovanliga kroppsstyrka förvånade pådrivaren, och ivern, varmed han använde den för att spara de sina lidanden, skulle hava rört honom till mildhet, om ej hjälparen tillika hade varit den förhatligaste av alla homoiusianer: deras egen biskop.

Under vilostunden drog sig biskopen tillbaka till den nyuppförda skuggiga tempelportiken. Här vandrade han av och an i djupa tankar. Han hade dagen förut genom en från västerlandet kommen präst fått underrättelser från Rom. Biskopen där var, när budbäraren lämnade världsstaden, sängliggande av sjukdom. Man kunde icke förmoda, att den ålderstigne mannen skulle leva länge, och ränker spunnos redan av dem, som hoppades varda hans efterträdare. Den homoiusianska församlingen i Rom hade vunnit en ansenlig tillväxt under senare tider. Den atenske biskopens namn var känt och älskat ibland dem, och de skulle vid ett förestående val utan tvivel giva honom sina röster.

Men de romerska homoiusianernas antal var, jämfört med homousianernas, ännu ett vida underlägset. Konstantius' död hade minskat omvändelserna från de senares bekännelse till de förres. Petros hade inga utsikter att denna gång få sitt val genomdrivet. Men han var en kraftfull man, och sannolikt hade han ännu en lång tid att leva. Om en homoinsiansk kejsare ånyo komme på tronen, skulle allt ändras till Petrus' fördel. Hans namn var redan känt i Rom. Det gällde nu att outtröttligt fortsätta den en gång började omvändelseverksamheten därstädes. De penningemedel han därtill ägde voro icke stora; men den nästan vilda tillgivenhet, varmed han uppbars av sina anhängare, vore en dess mäktigare rörelsekraft. Han ville ingalunda förtvivla om framgången. Han kunde icke tillfredsställas med mindre än apostelns stol, och när han vunnit den, skulle han också samla tyglarne på världen i sina händer.

Allt vilade i sista hand på längden av Julianus' styrelse. Men Petros kunde icke föreställa sig annat än att denna snart skulle vara till ända. Om ej den hedniske kejsaren förlorade sitt liv i någon av de faror, som omgåvo honom i kriget, och för vilka han oupphörligt utsatte sig, så måste han förr eller senare falla för någon lönmördare. Det fanns, det visste Petros, kristianer i hans egen livvakt, som traktade efter hans liv. En skicklig giftblandare hade nyligen fått anställning i det kejserliga köket. Detta visste Petros även genom sina vänner i Antiokia. Tyvärr spisade Julianus av sina soldaters enkla kost och medförde inga särskilda kockar på sitt fälttåg. Men när han en gång återvänt från kriget, skulle det väl någon gång hända den besynnerlige mannen, som parade krigarens försakelser med filosofens, att han ville smaka en efter konstens regler tillagad kejserlig måltid. Då vore ögonblicket kommet för den nyanställde kocken att förvärva sig himmelens och jordens gunst. Lyckades han undanröja kejsaren, skulle hans namn i tysthet välsignas; upptäcktes och straffades förehavandet, så var han av patriarken i Konstantinopel tillförsäkrad ett rum ihelgonens strålande krets. En särskild dag i året skulle då uppkallas efter martyren, och denne i alla tider vara föremål för fromma kristianers dyrkan.

Men misslyckades alla dessa anslag mot antikrist, så hade Petros beslutit att se till vad han själv kunde uträtta. Han tänkte på sin fosterson, den svärmiske ynglingen. Han kunde sätta dolken i Klemens' händer. Denne skulle utan tvekan offra sig för kyrkans sak. Men denna tanke tillbakavisade Petros genast, ty han fäste helt andra förhoppningar vid Klemens' person. Det fanns däremot andra och icke så få, både präster och lekmän bland biskopens underordnade, som kunde användas för samma heliga sak. Nog av, Julianus' regering skulle omöjligen räcka länge. Om det icke täcktes Gud själv att omedelbart sätta gräns för hans farliga levnad, så skulle det ske medelbart genom någon rättrogen. Detta vore otvivelaktigt.

Var det med ångest och bävan som Petros skådade dessa sina tankar i anletet? Nej, den strid, vars utgång avgjorde riktningen av hans levnadsbana, hade längesedan utkämpats. Hennes mål var givet. Den svindlande höjden kunde icke hinnas, om han skådade ned i de avgrunder, mellan vilka han måste söka sin väg. Han såg mot detta mål med religiös hänryckning och kände icke som en förnedring, utan som ett ödmjukt hemburet offer, då han tillspillogav sin sedliga människa att slaktas på sin Guds altare. Var Judit, hon som med smekningar och kyssar rusade Herrens fiende, hon som lindade mjuka armar kring den hals, som hon i nästa ögonblick avskar—var hon dock värd att prisas som en Israels hjältinna; så kunde han, Petros, kyrkans stridsman, bära sitt huvud högt, ty vilka medel han än valde, ett var visst: han hade aldrig hycklat vänskap för sina fiender, aldrig smekt det huvud, som han ville avhugga.

Petros hade under förföljelserna i Aten träffat åtgärder för att avvända varje fara från Krysanteus. Denna ömhet för filosofens liv hade sin grund i de planer, som biskopen byggde på sin unge fosterson. Klemens var Krysanteus' ende son och skulle en dag lagligen erkännas som sådan. Frågan gällde endast, när detta borde ske. Den glädje, som då väntade Krysanteus genom återfinnandet av den som förlorad ansedde och ännu saknade Filippos, måste få en stark bismak av bitterhet genom upptäckten, att denne son var kristian och präst. Ja, om Petros kände Krysanteus, så måste bitterheten och smärtan komma att vida överväga glädjen. Det vore ett slag, som skulle träffa hans högmod hårdare än något annat. För Klemens' religiösa tro fruktade Petros intet av denna upptäckt. Hans själ var fastvuxen i den strängaste rättrogenhet, och intet umgänge med fadern och systern, inga föredömen, inga läror, inga böner, inga hotelser skulle kunna rycka henne ur sin moderjord. Petros skulle alltid mäkta upprätthålla sitt välde över Klemens.

Petros tvivlade ej, att Krysanteus, i trots av sin avsky för allt, som bar kristna namnet, skulle erkänna Klemens som sin försvunne son, Filippos, sedan han sett de intyg, som ådagalade dennes härkomst. Men ett vore att erkänna honom som son, ett annat att insätta honom till arving av sin ofantliga förmögenhet. Skulle Krysanteus även detta? Petros betvivlade det på goda grunder. Det vore att lämna det väldiga vapen, som han rastlöst nyttjade mot den gamla bildningens och lärans fiender—att lämna det just i händerna på samma fiender för att vändas emot hans egen sak. De slitningar, som ovillkorligt måste uppstå mellan far och son, kunde även bidraga att försvaga, ja kanske kväva faderskänslan. Och vid sidan av en sådan son stod ju en dotter, som hitintills ensam ägt anspråk på arvet—som ägde sin faders hela kärlek och förtjänte den. Petros hade hört ett rykte, att Krysanteus gjort ett arvsförordnande, i vilket han bestämt hälften av sin förmögenhet till Hermione, den andra hälften till den filosofiska skolan i Akademia. Detta rykte var även till sin senare punkt sannolikt, ty det hade från gamla tider varit ett bruk bland rika atenare att göra arvsförordnanden till förmån för denna skola, och Krysanteus hade dess större skäl därtill, som han var hennes stödjepelare, räknade sig som en Platons efterträdare på hennes lärostol och i Akademia såg den mäktigaste upprätthållaren av den gamla läran, bildningen och filosofien. Vad borde nu Petros göra? För honom var det av största vikt, att Klemens ärvde Krysanteus' förmögenhet, ty från Klemens' händer skulle den inom kort vandra över i Petros' egna, och väl i besittning av densamma skulle ingen makt på jorden kunna utestänga honom från biskopsstolen i Rom, sedan rikets spira övergått i den väntade homoiusianske kejsarens händer.

Sedan en så lycklig tronförändring timat—och hon måste enligt Petros' åsikt tima—så vore utsikten till en för honom lycklig lösning av arvsfrågan given. Ty Krysanteus måtte insätta Klemens till sin arving eller icke—om blott han erkänt denne som sin son, så skulle en homoiusiansk kejsare icke tveka att i varje fall tillkänna hans förmögenhet åt den unge prästen, genom vilken den förr eller senare skulle övergå i kristna kyrkans omedelbara eller medelbara ägo.

Klemens skulle förmodligen icke leva länge. Hans kroppshydda var svag, hans själsstämning antydde en tidig bortgång, hans böjelse för mysticismen bidrog att tära hans livs olja, de oundvikliga tvisterna med fadern, de stridiga känslor, åt vilka hans ställning till denne måste prisgiva honom, skulle påskynda hans död. Därefter vore det tid för Petros att framvisa det arvsförordnande Klemens skrivit och givit honom i händerna, och vilket visserligen insatte kyrkan till hans arving, men Petros, hans fosterfader, till den frie förvaltaren av huvudstolen.

Det fanns ännu vid denna tid en gammal lag, enligt vilken döttrar icke fingo ärva. Denna lag var alltför sträng för att ej i tidens längd varda förgäten, åtminstone allt mindre tillämpad. Men för Petros var det nog, att lagen fanns; för tillämpningen på Hermione ville han själv sörja. Men om Krysanteus till hennes förmån hade träffat någon särskild åtgärd, så var Petros övertygad, att han skulle taga den tillbaka eller inskränka den, sedan han fått göra den överraskande upptäckt, att även hans dotters make vore kristian.

Petros hade ämnat bereda Krysanteus denna överraskning på själva hans dotters bröllopsdag, som nu icke vore avlägsen, ty trolovningen emellan Karmides och Hermione var redan firad.

Karmides, sade biskopen till sig själv, var ett redskap, med vilket Herren genom Petros skulle ytterligare straffa ärkehedningen och hans dotter. Hermione älskade honom, och Krysanteus skulle icke kunna göra deras förening om intet, sedan äktenskapets oupplösliga band en gång knutits. Men huru olycklig denna förening måste varda, sedan Karmides funnit sig sviken i sin egentliga avsikt med densamma: att återuppbygga sin förstörda ekonomiska ställning!

Hans böjelse för Hermione måste kallna och lämna rum för den ovilja, som är naturlig frukt av en dylik misslyckad beräkning. Hans håg för utsvävningar skulle däremot vakna, om Petros kände sin Karmides rätt. Huru skulle den stolta Hermione kunna uthärda bördan av ett sådant äktenskap? Hennes själ måste otvivelaktigt böjas eller brytas.

I förra fallet—böjd till jorden, hopplös och lidande—skulle hon icke länge kunna tillbakavisa den enda hugsvalelse, som finnes för ett sådant tillstånd. Hon skulle icke kunna motstå Petros' vältalighet. Hon skulle lyssna till evangelium och omvända sig.

Då tillhörde Krysanteus' dotter, liksom hans son, den kristna kyrkan. Kristendomens hätske fiende vore förödmjukad. Han skulle stå som ett träd med skalad bark och brutna grenar.

I senare fallet skulle Hermione, som en av stormen bruten blomma, hastigt vissna och dö.

I båda händelserna hade biskopens beräkningar på Krysanteus' förmögenhet ingenting från hennes sida att frukta.

Petros hyste blott en enda farhåga—att Krysanteus skulle dö, innan

Filippos framdragits ur mörkret och erkänts för hans son.

Petros hade talande personliga skäl att dölja Klemens' börd, så länge Julianus var romerska rikets kejsare och makten låg i händerna på det hedniska partiet.

Först när purpurn smyckade en man, vars fromma sinne visste att underordna den världsliga rättvisan under kyrkans och lärans heliga fördelar, vore det rådligt att taga det viktiga steget. Ty under nuvarande omständigheter vore det i sanning icke blott möjligt, utan troligt, att Petros genom en förtidig upptäckt av förhållandet skulle, i trots av sitt ämbete, anklagas och dömas som förlupen slav och barnatjuv.

Ty en domare, vars förstånd var omtöcknat av hedniskt mörker, skulle naturligtvis icke fästa ringaste avseende vid den omständigheten, att barnet stals i den ädla avsikten att frälsa dess själ från förtappelsen.

Än mindre skulle han förmå inse, att om avsikten till och med varit en annan och vida mindre ädel—om hon helt enkelt varit en beräkning på Krysanteus' förmögenhet—hon likväl borde vara tillräcklig att rättfärdiga den anklagade, när denne härmed åsyftat ej blott sin egen, utan även den heliga, allmänneliga kyrkans fördel.

Man kan härav föreställa sig, huru livligt Petros längtade efter den dag, som skulle medföra underrättelsen om Julianus' död.

Petros upptogs av dessa tankar, medan han vandrade fram och åter i tempelportiken.

Han lät sig icke störas av uppsyningsmannens klocka, när denne gav tecknet, att arbetarnes vilostund var ute. Som självvilligt deltagande i sina trosbröders mödor stod det honom fritt att infinna sig vid arbetet, när det behagade honom.

Hans betraktelse avbröts först en god stund därefter, när han vid en tillfällig blick utåt gatan varseblev Krysanteus och Hermione, som nalkades stället.

I samma ögonblick hörde han från andra sidan av portiken, där arbetarne voro sysselsatta, ett rop och sorl av röster. Han lämnade portiken för att se vad som var å färde.

Den förste, som mötte hans blick, var Klemens, som förmodligen ditkommit för att söka honom. Föreläsarens kinder voro överdragna av vredens rodnad och hans hållning sådan, som om han hade utmanat någon till strid. Alla de närvarandes blickar voro riktade på honom eller den ett stycke från honom varande uppsyningsmannen, som fört båda händerna till sitt huvud, från vilket blodet rann ur ett sår utför hans ansikte.

Klemens, som kommit för att träffa sin fosterfader, hade vid sin ankomst blivit vittne till ett nytt drag av uppsyningsmannens grymhet och i ett utbrott av sin harm gripit en sten och slungat honom mot kättarens huvud.

- Fly! Fort härifrån! ropade de närmast stående homoiusianerna till den unge prästen.

Andra samlade sig kring den sårade uppsyningsmannen.

- Klemens, vad har du gjort? utbrast Petros förfärad. Skynda härifrån ... till Eufemios, och dölj dig hos honom.

Men Klemens hade icke sans nog att lyda biskopens uppmaning. Med vreden blandade sig förvirring över hans egen handling. Petros fattade hans arm och ville, begagnande sig av den allmänna häpenheten, skyndsamt föra honom undan, då en man, som från något avstånd bevittnade uppträdet, ilade fram och förekom hans avsikt. Det var Kimon, den skeptiske filosofen. Han fattade med ena handen i Klemens' mantel, med den andra i biskopens tunika och sökte fasthålla dem, i det han ropade:

- Nej, nej, lugnen er, mina vänner! Varför han I så bråttom? Rörelsen är måhända skenbar, och det tjänar då till intet att fjäska.

Och då Petros med en kraftig stöt befriade sig och Klemens från Kimons tag, så att denne tumlade till marken, ropade han med hela styrkan av sina lungor:

- Mördare, rövare! Hjälp, hjälp! Alla goda medborgare hit!

Uppsyningsmannen, som nu hunnit sansa sig, hade skyndat fram och gripit ett fast tag i den unge brottslingen, för att hindra honom komma undan. Lustvandrande medborgare, som av ropen lockats till stället, förenade sig med honom. Petros insåg omöjligheten att rädda Klemens. Han släppte gossens arm, och då han varsnade Krysanteus och Hermione, som nu hunnit fram, drog han sig tillbaka till tempelportiken för att därifrån bevittna uppträdets vidare utveckling.

Uppsyningsmannens blodiga ansikte sade Krysanteus genast, att något våld var förövat. Han lämnade Hermione, som stannade på avstånd, och skyndade in i hopen för att underrätta sig om förhållandet. Uppsyningsmannen hade träffats av en sten; Kimon och flera med honom hade sett, att den unge kristianske prästen slungat den med tydlig avsikt att träffa ett visst mål. Kimon, som i egenskap av vittne gjorde sig mycket viktig, förklarade på det bestämdaste, att olyckan icke uppstått av våda, utan med uppsåt. Det röjdes så otvetydigt av brottslingens utseende och rörelse, då han upptog stenen och kastade den. Dock tillade Kimon, att han här talade ur rent sinnlig synpunkt. För egen del tvivlade han, att någon sten funnes i hela världen, och, om han funnes, att han kunde kastas, ty all rörelse vore ju möjligen endast ett gäckande sken.

Krysanteus vände sig bort från Kimon utan att lyssna till hans prat. Han överraskades synbarligen, när han fann, vem den anklagade var.

Man torde påminna sig Hermiones beslut att genom Teodoros skaffa sig underrättelse om Klemens' framfarna öden. Men Teodoros hade kort efter det möte vi skildrat mellan honom och Hermione lämnat Aten för att besöka det av Krysanteus i Sunions bergiga trakter grundade novatian- och donatist-nybygget. Först dagen före den, som nu var inne, hade Teodoros återkommit till Aten och då skyndat till Krysanteus för att meddela honom glädjande underrättelser om nybyggets blomstrande och lyckliga tillstånd. Hermione, som under sin nya lycka icke förgätit den unge föreläsaren, hade då av Teodoros begärt de upplysningar denne kunde lämna om hans tidigare levnad. Teodoros visste i detta avseende endast, att Klemens var ett hittebarn, som i sin spädaste ålder fått Petros till fosterfader.

Men denna upplysning var tillräcklig för att styrka Hermiones aning. i högsta måtto överraskad av densamma ilade hon till sin fader och meddelade honom vad hon anat och vad hon nu hört av Teodoros.

Detta hände om aftonen, och följande dag hade Krysanteus och hans dotter från sin lantgård utanför Piræus begivit sig till staden för att söka Klemens.

De kommo just nu från Skambonide, där de uppletat den homoiusianske biskopens bostad, men utan att finna honom eller Klemens hemma.

De hade därefter gått till Afrodites tempel, i hopp att finna båda eller endera av dem bland de kristianer, som användes till byggnadsarbetet.

Sedan Krysanteus övertygat sig, att det sår, som Klemens tillfogat uppsyningsmannen, icke var farligt, vände han sig till den förre och frågade:

- Är du saker till det, varför man anklagar dig?

- Ja, svarade Klemens stolt. Det var jag, som kastade stenen. Han är kättare den där, och jag såg, att han misshandlade en rättrogen.

- Om så är, så skall han avsättas och straffas, sade Krysanteus. Du borde vänt dig till mig och åtalat honom. I stället har du utövat en självhämnd, som gör dig hemfallen under lagen. Betänk, unge präst, huru lätt det kunnat hända, att du dödat honom. Du kunde i detta ögonblick stått för mina ögon som mördare.

- Än sedan? inföll Klemens. Tror du, att jag skulle blygts för det? Då jag slungade stenen, så var det min avsikt att döda honom. Gör nu med mig vad du vill. Jag är icke rädd för dig.

- Olycklige, sade Krysanteus bleknande och med en blick på de kringstående, som hörde denna farliga bekännelse; ditt förstånd är förvirrat. Dina ord kunna icke tillräknas dig ... Mina vänner, fortfor han till åhörarne, denne gosse vet icke vad han säger.

- Jag vet det alltför väl, I egyptier, som förtrycken Israel. I tvingen oss, liksom fordom, att släpa sten åt Farao. Edra arbetsföreståndare misshandla oss. Men de, som lägga sin hand på Herrens folk, äro saker till döden. Moses dödade en egyptisk man, som misshandlade en av hans folk. Det var samme Moses, som gav oss den heliga lagen. Och då han sade: du skall icke dräpa, så ställde han visserligen ingen kättare och otrogen i skygd av detta bud, ty annars skulle han dömt sig själv. Emellan er och oss är krig på liv och död. I skolen utrota oss eller vi eder. Men vår sak är Herrens och segern ligger i Herrens hand ...

- Var är din fosterfader? frågade Krysanteus, avbrytande Klemens' vilda ordsvall.

- Menar du Petros, som de kalla sin biskop? inföll Kimon.

- Ja.

- Nåväl, för att tala ur filosofisk synpunkt och med åsidosättande av mina giltiga tvivel om rummets, tidens och rörelsens verklighet—han var här nyss, och jag vill upplysa dig, min Krysanteus, att han är icke mindre skyldig än den här pojken. Tänk dig blott: han vågade slå en fri medborgare av Aten till marken, när denne, brinnande av iver för lag och rätt, hindrade den unge brottslingen fly. Av den saken skall bli en särskild rättegång, så sant som jag heter Kimon. För övrigt kommer han här själv. Han skall icke kunna neka, ty dessa mina vänner äro vittnen till hans uppförande.

Petros framträdde nu med lugn hållning, hälsade Krysanteus och sade:

- Denne yngling är min fosterson. Han har gjort sig skyldig till en överilad och farlig gärning. Jag kom till stället nyss efter att det skett. Vad vill du göra med honom? Skall du draga honom inför domstolen, eller vill du tillåta mig försona den slagne och straffa min felaktige son på det sätt, vartill min egenskap av hans förman och min faderliga myndighet förplikta mig? Jag vill försäkra dig, att kyrkans tukt är strängare än den världsliga lagen. Han skall fördenskull icke varda onäpst, om du, miskundande dig över hans ungdom, överlämnar honom i mina händer.

- I dina händer? Du som uppfostrat denne yngling i så farliga grundsatser?

- Min arkont, det är hårt att ställa läraren till ansvar för varje ord, som lärjungen fäller ...

- Tiden är i sanning inne att närmare skärskåda de läror, som I prediken i mörkret. Den fördragsamhet, som kejsaren visat er, är icke längre på sin plats, när det yppar sig, att I hyllen och utspriden en sedelära, som hotar samhället. Jag vill, att du och din fosterson skolen följa mig hem. Jag sökte dig och honom i och för ett viktigt ärende, när detta uppträde ådrog sig min uppmärksamhet. Den ena saken låter nu förena sig med den andra. De röra båda din fosterson.

Petros bleknade märkbart vid dessa ord. Men han återvann hastigt sin självbehärskning och sade lugnt:

- Jag står till ditt förfogande, varefter han vände sig till Klemens och uppmanade honom följa sig.

- Vart gå vi, fader? frågade föreläsaren, vars hela väsen uttryckte en feberaktig spänning.

- Till Krysanteus' hus.

- Varför till honom och icke till domstolen eller fängelset? Vad har jag med Krysanteus att göra? Jag vill icke träda inom hans tröskel.

- Klemens, viskade biskopen, du är i dag icke lik dig själv. Glöm ej vad du är mig skyldig! Det nalkas måhända en viktig stund. Tygla dig, och vad än må hända, så förneka icke den kärlek, som ditt hjärta hyser för din barndoms vårdare.

- Min fader, jag vill försöka vara lugn.

Krysanteus återvände till Hermione. Medan de lämnade stället och styrde kosan till Tripodgatan, omtalade han för henne vad som förefallit utanför templet och den del, som Klemens haft i detta uppträde.

Petros och Klemens följde dem på något avstånd, omgivna av en hop nyfikna bland dem, som varit vittne till den ovan skildrade tilldragelsen.

Petros fortfor, i det han fattade Klemens' hand:

- Det torde förestå oss något helt annat, än du väntar, Klemens. Jag menar nu icke straffet för din överilade handling. Detta är jämförelsevis en obetydlighet ...

- Var lugn, jag hyser icke den minsta fruktan ...

- Men det är möjligt, att din tillgivenhet för mig går den hårdaste prövning till mötes. Jag besvär dig fördenskull: var stark, min son! Låt icke överväldiga dig!

- Ah, hur kan du tvivla på styrkan av min tillgivenhet och vördnad? Var finnes en makt på jorden, som kunde rubba dem?

214

- Och likväl säger jag dig, Klemens, att det är möjligt, att jag ett ögonblick skall stå inför dina ögon som en skuldbelastad man, som en fiende till din lycka ...

- Det är omöjligt, fader.

- Låt mig hoppas det. Jag går då, vad än må hända, till seger i stället för nederlag.

När man anlänt till Krysanteus' hus vid Tripodgatan, gick Hermione på sin faders önskan till sin kammare för att där avvakta utgången av samtalet.

Klemens kvarlämnades i aulan. Krysanteus bjöd Petros följa sig till ett avskilt rum i husets övre våning.

Petros hade under tiden fattat sitt beslut. Ifall saken, på vilken Krysanteus antytt, verkligen vore den, som biskopen förutsatte, så gällde det att icke häpna för den ogynnsamma skickelsen, utan att tvinga henne att övergå på Petros' sida.

När de båda männen sågo sig ensamma i Krysanteus' arbetsrum, var Petros den förste, som tog till ordet.

- Jag inträder ogärna i ditt hus, min arkont. Åsynen av dina bilder och böcker höves lika litet mina ögon, som mina grova sandaler detta vackra golv. Men då jag icke avtager dem i kyrkan, så må du ursäkta, att jag ej heller avkläder mig dem hos dig.

- Se här, sade Krysanteus och pekade på en dörr som förde ut till balkongen. Låt oss taga plats härute. Där lider du ej av någon syn, som kan störa din uppmärksamhet på mina ord, och där skall dagens klara ljus falla på ditt anlete.

- Frukta icke. Jag är i mörkret densamme som i den klaraste dager, sade Petros, i det han följde Krysanteus till balkongen. Det är ju tvenne ärenden, rörande min son Klemens, om vilka vi hava att samtala. Det ena känner och beklagar jag. Det andra känner jag icke. Vill du hava några upplysningar om honom, så står jag till din tjänst. Jag känner honom från hans första barndom och är färdig att meddela dig allt vad jag vet.

- Det är gott, sade Krysanteus med en genomträngande blick, som biskopen med lugn uthärdade. Jag har hört sägas, att Klemens är ett hittebarn. Förhåller det sig så?

- Ja.

- Huru kom han i dina händer?

- Genom den, som funnit och upptagit honom.

- Du vet måhända, att jag själv förlorat en son. Det är nu omkring sjutton år sedan han försvann, jag vet icke huru, men tillika med honom försvunno två slavar, som voro far och son, ur mitt hus. Dessa människor voro kristianer, och det är sannolikt, att de rövat honom. Du kan därav fatta det deltagande jag hyste för din fosterson alltifrån den dag, då jag fick veta, att han var ett hittebarn, och det så mycket mer, som han, att döma av utseendet, har samma ålder, som min olycklige Filippos skulle haft, om han ännu levde.

- Jag fattar fullkomligt detta deltagande, sade Petros, och jag beklagar din olycka, men anser, att hon uteslutande faller på dig och icke på din son, om det är sant, att han bortrövades av kristianer. Detta talat från min synpunkt, Krysanteus. Däremot skulle jag ansett honom mycket olycklig, om han förblivit i din vård och av dig uppfostrats till en fiende av den gudomliga uppenbarelsen. Om den tanken kan trösta dig, att de bortfört honom i ädelt uppsåt och att de ägnat honom den ömmaste vård, varav de varit mäktiga, så låt mig övertyga dig, att så skett, ty jag känner mina trosbröder.

- Dina ord styrka sannolikheten, att de båda slavarne bortfört min son ...
- Detta är även min övertygelse.
- Olycksaliga lära, som förvirrar de enklaste rättsbegrepp, upplöser familjebanden och splittrar världen! Men lämnom våra olika åsikter åsido! Jag önskar utförligare upplysningar om Klemens, ty en aning, måhända vilseförande, men naturlig i mitt läge, vill intala mig ingenting mindre än att han är min son.
- Du säger något! ... Huru märkvärdigt, att denna tanke icke längesedan uppstått även hos mig! Men antalet hittebarn är ännu i våra dagar så stort, att vi vid närmare eftersinnande icke må undra däröver. Konstantius förbjöd det rysliga bruket att utsätta barn. Det fortfar dock ännu; men märk väl, Krysanteus, vi kristianer göra oss aldrig skyldiga till detta nesliga brott emot Gud och naturen.
- Huru gammal var din fosterson, när du emottog honom av hans förste vårdare?
- Han syntes vara omkring tre år gammal.
- Vem var den man, av vilken du emottog honom?
- En slav från Aten.
- O,I barmhärtige gudar! Skulle då denne Klemens verkligen vara min son, Filippos! ... Petros, fortfor Krysanteus, omtala allt vad du vet om denne man och dölj intet. Den till utseendet obetydligaste småsak kan föra oss på de rätta spåren, kan styrka eller omintetgöra den sannolikhet du givit mig.
- Tyvärr, min arkont, du fordrar mer än jag kan uppfylla. Den ifrågavarande mannen låg på sin dödssäng, när han anförtrodde Klemens åt min vård, och vad han meddelade mig var föga och skedde under biktens insegel, som icke får brytas.
- Var vistades du då?
- I Antiokia, där jag studerade vår heliga teologi.
- Och mannen var en slav från Aten?
- Ja.
- Och han yppade, att barnet, som han anförtrodde dig, var ett hittebarn?
- Han sade något mer, som jag ej får omtala. Nog av, han hade räddat den späda varelsen från att drunkna ... förmodligen i den gamla lärans dy.
- Du har således icke några vidare upplysningar att meddela mig?
- Jo, ännu en omständighet, som måhända är av större vikt än alla de förvirrade upplysningar, som den döende slaven lämnade mig.
- Nåväl?
- Som ett minne från Klemens' barndom, och viktigt, emedan det kan bidraga att avslöja hans börd, har jag förvarat en duk, som ursprungligen synes hava varit ett vaggtäcke. Det är av dyrbart ämne och visar i mitten ett konstmässigt vävt Medusahuvud. Kan du minnas, att din son ägde något sådant?
- Var förvarar du detta täcke?
- I mitt hem.

- Gott. Vi skola se det. Vad du nu sagt vill skingra mitt sista tvivel, att jag i Klemens återfunnit min son, Filippos. Den första aningen härom uppstod hos min dotter, när hon såg honom och förvånades över hans likhet med en bild av min avlidna maka, deras gemensamma moder, Elpenike.

- Elpenike? Du säger att detta var hennes namn?

- Ja.

- Elpenike, Hermogenes' dotter?

- Ja.

- Detta namn finnes invävt i duken, sade Petros. Varje tvivel är således försvunnet. Jag lyckönskar dig att hava återfunnit en son, som du så länge sörjt som förlorad.

- Ja, prisade vare gudarne, sade Krysanteus med en djup suck.

- Men på samma gång jag måste lyckönska dig, fortfor Petros, måste jag beklaga mig själv, ty vad du vinner är en förlust för mig. Det uteslutande anspråk jag ägt på hans ömhet skall hädanefter delas med dig. Blodsbandet skall uttaga sin rätt, vilket svårligen kan ske, utan att det andliga slappas, som förenar honom och mig. Jag har älskat Klemens och jag älskar honom ännu, som om han vore min egen son. Allt vad jag har kunnat göra för hans lycka har skett. Jag vet, att vi äro av mycket olika tankar om villkoren för en människas lycka, och att den väg till sällheten, på vilken jag infört Klemens och han oförvitligt vandrat vid min sida, är motsatt den, som du själv skulle anvisat honom. Men mina goda avsikter genomskina mitt handlingssätt, och dem bör du icke kunna misskänna. Jag önskar detta erkännande från dina läppar, när jag överlämnar Klemens i din hand. Det är den enda belöning, varpå jag gör anspråk för att jag åtog mig honom, då han var ett värnlöst barn, och denna skall du icke kunna vägra mig.

- Vi skola först, såvitt möjligt är, övertyga oss, att ingen villfarelse äger rum. Därefter skola vi tillse, vilken giltighet ditt anspråk äger. Jag är icke villig att genast erkänna det. Tillåter du, min biskop, att jag gör dig några frågor om dina egna levnadsomständigheter?

- Varför icke?

- Du synes vara ett tiotal år yngre än jag. Var är du född?

- I Efesos av kristliga föräldrar, svarade Petros. Min fader var en ringa hantverkare, men hans minne lever i min välsignelse. Genom träget arbete hade han samlat en liten summa, varmed han understödde mig på den heliga, men med försakelser stenlagda bana, som jag av fri böjelse valt och på vilken jag fortgått, tills jag vart vad jag är: biskop av Aten och en ringa Herrens tjänare. Se där i korthet min levnadsteckning.

Krysanteus gjorde honom några ytterligare frågor om hans faders namn och släkt, om det hantverk, varmed denne försörjde sig, när han dog o. s. v., vilka frågor biskopen besvarade, varefter Krysanteus uttryckte sin önskan, att de genast skulle gå till Petros' bostad i Skambonide, för att se det märkvärdiga vaggtäcket.

Klemens, som i aulan avvaktat samtalets slut, befalldes att följa dem. Han hade ännu icke en aning om vad frågan gällde.

När de kommit till biskopens bostad, och denne ur sina gömmor framtog den omsorgsfullt bevarade duken, undrade Klemens mycket, vad det skulle

217

betyda, och hans undran förvandlades till en orolig aning, när Krysanteus noggrant mönstrade denna lämning ifrån hans hemlighetsfulla barndom och slutligen förklarade, att han igenkände den, och att det i duken invävda namnet tryggade honom mot varje fara för misstag.

- Jag påminner mig nu, sade Petros, att Klemens i sin barndom även ägde en halsprydnad, en amulett eller något dylikt. Men jag bortkastade den, då jag såg, att figurerna på densamma hade en hednisk betydelse. De voro tre kvinnor, sysselsatta kring en slända, och skulle förmodligen föreställa de tre parcerna ...

- Även detta träffar in, utbrast Krysanteus. Min dotter äger en alldeles liknande prydnad. Det var från gamla tider ett bruk inom min släkt, att barnen fingo en sådan ... Och ju mer jag betraktar denne yngling, dess tydligare återfinner jag i hans ansikte de oförgätliga dragen av min bortgångna maka. Mitt hjärta säger mig, att det är han. O ve den man, som från början rövade honom från hans fader! Klemens, fortfor Krysanteus,—ty jag måste kalla dig vid detta namn, emedan du ännu icke känner något annat ... jag har i dag återfunnit en son, vilken jag länge sörjde som förlorad.

Den ton, vari Krysanteus uttalade dessa ord, uttryckte en innerlig ömhet, som lade tyglar på sig själv, emedan hon tvivlade på att finna gensvar. Han fattade ynglingens hand och ville trycka honom till sitt bröst; men Klemens gjorde sig lös och drog sig tillbaka med häpnad och tvivel uttryckta i sitt ansikte.

Han riktade en frågande blick på sin fosterfader, och när denne teg, utbrast han:

- Det är icke möjligt. Skulle denne man, som du lärt mig hata, vara min fader?

- Min son, sade biskopen, Gud har velat, att din börd, som hitintills varit mig själv en hemlighet, nu är uppdagad. Den stund, som du dagligen efterlängtat, är nu inne ... Förvåna dig icke, Krysanteus, över hans uppförande! Han var icke förberedd på denna upptäckt; du må således icke undra, att hans häpnad överväger hans glädje.

- Nej, fortfor Klemens efter någon tystnad, jag tror det icke. Det är ännu icke bevisat, att denne man är min fader, och innan detta är fullkomligt ådagalagt, vill jag icke erkänna honom för att vara det. Han, som förföljer min tro och förnekar den gudomliga uppenbarelsen!

- Klemens, sade biskopen, varje tvivel är undanröjt, att du i Krysanteus återfunnit honom, som gav dig livet. Men låt icke ditt mod nedslås av denna upptäckt! Omfamna honom och tacka Gud, som äntligen uppfyllt din varmaste önskan: den att lära känna dina föräldrar.

- Nej, vad har jag att göra med denne man? Du hör, jag erkänner honom icke. Jag har aldrig önskat att lära känna min fader, ty du, Petros, är min rätte fader, den ende jag kan tänka mig. Det är efter min moder jag har längtat och icke efter honom.

—Du måste tillgiva honom, Krysanteus, sade Petros. I sin första överraskning förgäter han det gudomliga budet, att en son skall hedra sin fader. Han har tid av nöden för att vänja sig vid tanken, att han är din son.

- Petros, du får icke övergiva mig, sade Klemens, eller lyssna till denne man, om han åberopar någon rättighet, som skulle skilja dig och mig från varandra. Jag är ett hittebarn, De föräldrar, som utsatte mig till att lida hungersdöden, hava icke längre anspråk på mig. Jag förnekar dem.

- Dock, inföll han, min moder skulle jag vilja återse. Jag vill säga henne, att jag lever, och fråga henne, varför hon förskjutit mig.

- Din moder, sade Krysanteus, är död. Hon dog, när du låg i vaggan.

- O, min Gud, vad säger du? Bedrager du mig icke?

- Du vill fråga, varför hon förskjutit dig. Hon tryckte dig i dödsstunden till sitt bröst. Jag lyfte dig ur vaggan och lade dig i hennes armar. Hennes sista bön var för din välgång. Dock, nog härom för denna gång. Din ädla moders minne skall en gång stå rent och strålande för dina ögon. Det är nu till dig, Petros, jag vill vända mig med en fråga. Varför har du i din fosterson inplantat, att han är ett hittebarn, utsatt av grymma föräldrar åt hungersdöden? Tarvades denna lögn för att lära honom avsky deras minne? Du gjorde ju detta emot ditt bättre vetande, enär du förmodade eller kanske med visshet kände, att din fosterson var stulen ifrån sina föräldrar?

- Min arkont, den atenske slaven sade mig, att Klemens var ett hittebarn.

- Minnes du den.atenske slavens namn?

- Nej.

- Jag skall då söka påminna dig därom. Vad var ditt eget namn, innan du kallade dig Petros?

Biskopen bleknade märkbart vid denna fråga.

Krysanteus fortfor, utan att avvakta svar:

- Vi hava utan tvivel sett varandra i forna tider och under andra förhållanden. Det finnes drag i ditt ansikte, som velat påminna mig om en person, som jag minst av allt skulle väntat att återfinna här i Aten. Likheten är väl icke stor, ty sjutton år kunna förändra mycket, och biskopskåpan var för icke längesedan mäktig att förvandla slavens skygga blick till en övermodig härskares. Det är i dag icke första gången du bär den grova arbetsdräkten, Petros. I den är du mer lik dig själv, sådan du var i din ungdom. I dag äro ock mina ögon något skarpare, och jag tror mig icke göra ett misstag, när jag påstår, att du, homoiusianernas biskop, är min förrymde slav Simmias.

- Vilken förmodan! utbrast Petros med ett leende. Jag har ju redan givit dig min levnadshistoria. Sade jag dig icke, att jag är född i Efesos av fria, ehuru fattiga föräldrar?

- Det är möjligt, att jag misstager mig. Men det är också möjligt, att du ljuger. Jag skall sända en pålitlig person till Efesos för att utrannsaka, om den man, som du uppgiver vara din fader, någonsin funnits. Tills vidare antager jag motsatsen. Simmias' fader var slav, liksom han själv, förrycktes av religionssvärmeri och en ursinnig böjelse för min maka och flydde med sin son, när jag ämnade inspärra honom på dårhuset. Lever denne din far ännu?

- Min arkont, jag kan icke svara på en sådan fråga. Din gissning är ogrundad. Hon ingiver mig på en gång harm och löje.

- Ditt löje skall dämpas, när du häktas som förrymd slav och barntjuv.

- Du skall icke våga en sådan anklagelse.

- Ur denna villfarelse skall du ännu i dag tagas.

- Det är sant, du, som är kejsarens gunstling, kan våga allt, isynnerhet mot en bekännare av Kristus. Men jag fruktar dig icke. Jag väpnar mig med min oskuld och skall inför domaren slå dig med blygsel över din otacksamhet. Det är på detta sätt du vill belöna mig för den omvårdnad jag ägnat din son.

- Oförskämde, utbrast Krysanteus, det är denna omvårdnad, som skall kosta ditt huvud. Du har stulit honom från hans fader, lärt honom hata denne, skändat hans moders minne och uppfostrat honom till en olycklig svärmare. Är det detta, som förtjänar min tacksamhet? Simmias, jag har igenkänt dig. Från detta ögonblick gör jag min rätt över dig gällande. Du är min slav. Jag för dig härifrån till fängelset för förlupna slavar, och från fängelset inför domstolen.

- Jag ber, att du betänker dig, innan du låter fängsla en romersk medborgare. Vore jag än den Simmias, om vilken du talar, så låter det likväl icke bevisa sig. Tacka dina gudar, att du återfunnit din son, och trösta dig härmed över förlusten av en slav. Simmias skall du aldrig återfinna, även om du verkställer din hotelse. Förövrigt är jag redo att följa dig till fängelset eller vart du vill föra mig. Du är envåldshärskare i Aten, och motstånd mot din vilja tjänar till intet. Men följderna av din obetänkta handling skola återfalla på ditt eget huvud. Bevekelsegrunden är mig fullkomligt klar. Jag är kristian och biskop: detta är nog för att vara brottslig i dina ögon. Du vill ej låta gå ett tillfälle ur händerna att kasta en svart skugga på en sådan mans levnadsbana, ty om även anklagelsen är obevislig, skall hon dock, som du hoppas, fästa en fläck på hans namn, en fläck, varpå förtalet kan peka och säga: se sådana äro den nya trons förkämpar och kristianernas herdar. Och än mer, du vill i min Klemens' ögon nedsätta mig till en usling, emedan du förbittras över att hans hjärta tillhör mig och är främmande för dig själv. Jag vedergäller detta därmed, att jag säger dig, Klemens, att denne man är din naturlige fader, och att du bör vörda och lyda honom som sådan—lyda honom i allt, som icke strider emot Guds bud. Jag överlämnar dig i hans händer, viss, att fastän vi skiljas, skall du i hans farliga grannskap varken förgäta den Gud, som jag lärt dig känna, eller den fosterfader, vars glädje du hitintills varit. Vill han intala dig, att jag varit hans slav, så vet jag, att slaven i dina ögon icke är en föraktlig varelse, utan en människa, frigjord i Kristus; och kan han övertyga dig, att jag stulit dig från din fader, så minns, att det skett för att rädda din själ och föra dig till en bättre fader himmelen.

Petros omfamnade den förvirrade ynglingen och fortfor till Krysanteus:
- Om du ännu icke besinnat dig, utan vill verkställa ditt uppsåt, så är jag nu färdig att följa dig. Jag hade visserligen åtskilliga ärenden att ordna, innan jag trädde inom fängelsedörren, men jag vill icke besvära dig med en bön om uppskov, som du förmodligen icke skulle bevilja.

- Nej, Simmias, svarade Krysanteus, jag skulle icke bevilja henne. Jag fruktar på goda grunder, att ditt samvete icke är så rent och din själ icke alldeles så lugn, som du vill låta påskina. Det kunde hända, att du sökte rädda dig med flykten. Väl ur min åsyn, skulle det varda svårt för kejsarens hela makt att uppspåra dig. Jag är mån om en undersökning, som sprider ljus över de minsta enskildheterna av ditt förflutna liv. Endast därigenom kan jag vinna en fullständig visshet, att jag ej gör ett misstag, då jag lagligen erkänner denne yngling för min son. Tvivel därom hava åter börjat vakna inom mig. Blodets frändskap skulle väl annars givit sig tillkänna i någon droppe av hans hjärta, när jag kallade honom min återfunne son. Undersökningen skall även bära en annan frukt—skall för kejsarens ögon avslöja den ohyggliga sedelära, som I kristianer predikan och vars grundsatser I tillämpen. Fördragsamheten med eder tro må icke sträcka sig till denna eder sedelära. Sammanhänger er tro oskiljaktigt med henne, så måste de båda utrotas. Människor, som predika barnarov, andligt självmord, förakt för medborgerliga plikter och död över alla, som icke svärja på deras egen narraktiga metafysik, må icke tålas mer än andra slags tjuvar och mördare. Vad särskilt dig vidkommer, så är det ännu icke utrett, vilken andel du haft i de blodiga förföljelser, som vid tiden för Konstantius' död rasade i vår stad och kostade tusentals människor livet. Min övertygelse är, att du var deras anstiftare, och att allt det blod, som då utgöts, kommer på ditt huvud. Även detta är en sak, som förtjänar utredas. Det var ett förhastat löfte, då kejsaren lovade glömska av det förflutna åt dessa kristianska illgärningsmän, som härjat öster- och västerlandets städer med mord och brand. Han bör åtminstone tillse, att de för framtiden göras oskadliga. Följ mig nu!

NIONDE KAPITLET.

Anden och Köttet.

Klemens ledsagade Petros, när denne fördes till fängelset, och lämnade honom först efter en varm omfamning och de livligaste försäkringar om sin tillgivenhet.

Därefter följde han sin fader till sitt nya hem. Under vägen iakttogo båda tystnad. Krysanteus var synbart nedslagen; det låg smärta och vemod i den blick, varmed han betraktade sin återfunne Filippos, som stum, dyster och motvilligt vandrade vid hans sida.

Först sedan de anlänt till huset vid Tripodgatan, och Krysanteus tillkallat Hermione och sagt honom, att hon var hans syster, ljusnade Klemens' ansikte och en öm känsla började röra sig i hans barm. Han besvarade med mycken häftighet hennes systerliga kärleksbetygelser; han betraktade med förtjusning hennes rena och ädla anletsdrag och lyssnade till de upprepade utbrotten av hennes glädje över att hava återfunnit honom.

Krysanteus lämnade de båda syskonen att tillbringa aftonen med varandra. Hermione förde Klemens till hans moder Elpenikes bild. Åsynen av denna framkallade hans tårar. Hon visade honom hans vagga och de leksaker, som tillhört honom i hans barndom, och vilka man hade förvarat som kära minnen. Hon berättade för Klemens, huru djupt hans fader sörjt hans förlust, huru de undrat och fruktat hans okända öden, och huru de äntligen kommit på hans spår. Hennes berättelser avbröts endast av ömhetsbetygelser, då hon i övermåttet av sin glädje förnyade gånger omfamnade honom, smekte honom och skådade honom djupt i ögonen. Allt detta smälte skorpan kring Klemens' hjärta, och när han om kvällen återsåg sin fader, skyndade han i dennes armar.

Krysanteus hoppades, att den känsla av blodsbandet, som sålunda vaknat i hans bröst, skulle genom den kärlek, som visades honom, stärkas och varda varaktig. Men detta hopp bleknade inom kort. Klemens påminde sig åter, att

Krysanteus var ärkehedningen, antikrists förnämsta verktyg och medhjälpare, ja, än mer—hans lärare och den som förmått honom till avfall från kristendomen, och denna tanke, som ingav Klemens fasa, kunde han så mycket mindre förjaga, som tusen föremål i hans nya hem, de vanor, som där iakttogos, och Krysanteus' dagliga verksamhet måste påminna honom därom. Krysanteus och Hermione sågo, att dessa omständigheter samverkade till att fördystra honom och göra honom otillgänglig. Krysanteus ställde fördenskull en särskild del av huset till hans förfogande, lät smycka det med alster av kristlig konst, skaffade honom homoiusianska tjänare och försåg honom med en liten boksamling av kristna författare.

I Teodoros, som ofta besökte Krysanteus' hus, hoppades denne äga en vän, vars umgänge skulle på en gång vara Klemens angenämt och hälsosamt. Men varje försök av Teodoros att närma sig den unge föreläsaren och vinna hans förtroende strandade. Klemens misstänkte i honom en förledare, som iklätt sig skepnaden av en ljusets ängel, och visste honom bestämt vara en kättare, och därtill en kättare, farligare än någon annan, ty han förnekade kyrkan som hierarkisk inrättning, förnekade den Helige Ande som en magisk, i handpåläggningen verksam kraft, förnekade prästerskapet som ett särkilt medlarestånd och hade på senare tider i Aten och dess omgivning vunnit en mängd anhängare för sin farliga lära, vilka samlat sig omkring honom och bildat en församling.

Det enda tvång, som Krysanteus ville pålägga Klemens, var det att icke pläga vidare umgänge med Petros. Men Klemens nekade att efterkomma denna befallning. Petros var hans andlige fader, som han vore skyldig kärlek och ovillkorlig lydnad.

Klemens besökte ofta biskopen i fängelset. Krysanteus kände det olycksdigra inflytande, som denne utövade på hans son, utan att likväl ana det hela dess vidd. Han befallde, att fängelsedörren icke vidare finge öppnas för ynglingen, och hoppades därigenom hava avbrutit förbindelsen mellan Petros och honom. Men detta var intet allvarligt hinder för Klemens att möta sin fosterfader. Han smög nästan varje natt till fånghuset, samtalade genom den gallrade gluggen med honom, biktade för honom och emottog hans välsignelse. Petros uppmanade Klemens att så ofta som möjligt förnya dessa besök, emedan de voro honom en borgen, att fostersonens hjärta bevarat sig rent från den farliga inflytelsen av sin omgivning. Petros förklarade, att han med undergivenhet bar sin fångenskap, och att den enda oro, som plågade honom, gällde Klemens och de faror, som i de lockande skepnaderna av faderlig och systerlig kärlek, av hednisk filosofi, jordisk rikedom och en kättersk vältalighet omgåve denne. Denna oro, försäkrade han, var förskräcklig och kunde endast stillas genom Klemens själv. Han besvor föreläsaren att noga hava akt på sina tankar och känslor. Genom de ringaste medgivanden åt lockelserna vore han förlorad, ty hade de väl fått insteg i hans själ, skulle de snart helt och hållet råda där: det vore ju svårt att övervinna en belägrande fiende, sedan muren och portarne, som skulle utestänga honom, fallit i hans händer. Klemens lämnade sällan sin andlige fader utan en påminnelse om de orden: »den som älskar fader eller moder mer än mig, han är mig icke värd.» Också drog han sig så mycket som möjligt tillbaka inom sig själv, visade sig sällan för sin fader och syster, emottog endast besök av Eufemios och andra medbröder i ämbetet, umgicks med sina böcker och sina fantasier, avskrev S:t Johannes' uppenbarelse och infann sig om kvällarne, innan han smög till Petros, i Eusebias budoar för att med henne bedja, svärma och kyssas. Om han förut saknat någon anledning till självprövning och undersökning av den känsla, som han hyste för den sköna romarinnan, så var han nu fullkomligt invaggad i säkerhet, sedan han under en bikt för Petros omtalat sitt förhållande till henne och denne gillat det, emedan det var ett band mer på hans sinne och ett föremål, som tog i anspråk den ömhet, som han möjligen annars skulle riktat på sina fränder.

De forskningar, som Krysanteus med anledning av Petros' uppgifter om sin föregående levnad lät anställa i Efesos och Antiokia, fördröjde den undersökning, som väntade fången inför domstolen. Krysanteus hoppades, att sedan Simmias var avslöjad, skulle Klemens' vördnad och undergivenhet för denna människa upphöra och bytas i avsky. Men Petros förekom honom med en frivillig bekännelse, som han gjorde för Klemens, när denne en natt infunnit sig vid gluggen till hans fängelse. Han berättade för Klemens, att han var samme Simmias, som Krysanteus misstänkte honom vara, skildrade de svåra strider han haft att utstå, då han som slav i ett hedniskt hus, i likhet med sin fader, övergick till kristendomen; skildrade vidare den glädje han kände, sedan hans beslut var stadgat och hans själ härdad mot det hån och den ovilja, som detta steg ådragit honom av hans herre, liksom av hans medtjänare; den iver, varmed han på sina från arbetet lediga stunder ägnade sig åt de heliga skrifternas läsning, och den lycksalighet, som med det nya ljuset genomstrålade hans själ och uppfyllde honom av medlidande för alla, som ej voro delaktiga av detsamma. Det var den tiden Klemens föddes. När Klemens var årsgammal och vid sin moders eller sköterskas hand visade sig ute bland slavarne, hade Petros blivit fängslad av ett för så späda barn ovanligt uttryck i hans sköna ansikte. Det låg något himmelskt i hans ögon, och han förekom Petros som en ängel. Dess odrägligare var honom den tanken, att detta barn skulle uppväxa i hednisk villfarelse och förakt för honom, som är barnens himmelske vän. Petros kämpade ett helt år mot tanken att fly med den lille Filippos ur det hedniska huset för att sålunda rädda hans själ och återgiva lammet åt den rätte herden. Han hade under denna tid gått sjuk av tvivel och oro, huruvida detta vore rätt inför Gud eller icke. Men orden:»låten barnen komma till mig» hade natt och dag genljudit i hans själ och slutligen kommit hans beslut att mogna. Vad sedan hänt, det visste Klemens. Petros hade länge irrat omkring, under oupphörliga faror att med sin dyrbara skatt gripas av de kejserliga ämbetsmännen, som efterjagade honom överallt. Hans fader hade följt honom under flykten. Det var ett underverk, att de undkommit efterspaningarna, och ett icke mindre underverk, i trots av de ömmaste omsorger, att Klemens så späd kunnat uthärda de lidanden, som de båda flyktingarne icke förmådde avvända från honom när de som oftast ledo brist på det nödvändiga.

Allt detta berättade Petros så vältaligt och rörande, att Klemens, när Petros uppmanade honom att döma över hans handlingssätt, långt ifrån att ogilla det eller känna avsky för sin rövare, tryckte hans genom gallret utsträckta hand till sina läppar, kallade honom sin störste välgörare och förklarade honom sin eviga tacksamhet. Förhållandet mellan Petros och Klemens var ömmare, bandet, som förenade dem, starkare tillknutet än någonsin.

Inom den homoiusianska menigheten väckte Petros' fängslande vild förbittring, som endast väntade på tillfälle att giva sig luft. Eufemios, den äldste presbytern, skötte under tiden hans ämbete och infann sig dagligen i fängelset för att inlämna sina redogörelser och emottaga sin förmans befallningar. Den svartlockige presbyterns hållning var ödmjukare än någonsin, då han stod inför sin biskop, och för det goda han kunde uträtta var han anspråkslös nog att giva denne äran. På lediga stunder sysselsatte han sig ännu alltid med punkteringskonsten.

Genom denna ville han utleta, huru länge Julianus skulle leva; om den kejsare, som komme på tronen efter honom, vore homousian eller homoiusian; om Petros i den rättegång, som väntade honom, skulle frikännas eller fällas, vilket senare vore detsamma som att dömas till döden; om Petros, i händelse av frikännelse, skulle varda biskop i Rom, patriark i Konstantinopel, eller på annat sätt bortryckas från sin hjord i Aten; när detta skulle ske, och vem som skulle bliva hans efterträdare, Eufemios eller någon annan—alltsammans frågor, som dagligen sysselsatte den svartlockiges tankar.

En bland Eufemios' skyldigheter som äldste presbyter var att hålla sina yngre ämbetsbröder till studier och vaka över dessas kristliga och renläriga art. Nu hade Eufemios gjort det rön, att man svårligen kan inhämta en boks innehåll grundligare, än när man åtskilliga gånger avskriver densamma. Han plägade därför till föreläsarne, besvärjarne och de övriga unga prästerna lämna till avskrivning dels de mångahanda evangelierna, såväl de allmänt erkända som de andra, dels sådana nyare skrifter, som bland den kristna kyrkans medlemmar väckt större uppseende och fördenskull kunde påräkna lätt avsättning. Med de sålunda tillkomna avskrifterna drev Eufemios för egen räkning en inbringande handel.

Vid denna tid talades mycket bland kristianerna om en bok, som kallades »Ensamhetens faror», och vars författare var eller uppgav sig vara en munk, som vistats många år i den egyptiska öknen för att fjärran från världens vimmel och lockelser tillbringa sitt liv med betraktelser och själens rening. Men under denna tid kom han till en dyrköpt kunskap därom, att man förgäves flyr till ödemarkens tomhet, när man dit medför sitt hjärta och sin inbillningskraft. I dem förborgar sig en värld, farligare än den, från vilken man dragit sig tillbaka, befolkad av samma lockelser, som denna äger, men mäktigare och oemotståndligare, emedan de här äro liksom eteriserade, befriade från den grövre materie, i förening med vilken de visa sig i den yttre världen. Ifrån att vara tillfälliga uppenbarelser, som i livets flod och i den friska verksamheten giva rum för andra, gripa de i ensamheten hela själen och göra sinnligheten till enväldshärskaren och demiurgen, som inblåser sitt liv i varje tanke och känsla. Till dessa inre fiender komma yttre, för vilka de öppna portarne. Författaren påminde om skriftens ord, att djävlarne, när de utdrivas ur de besatte, uppsöka torra och öde platser, där de dväljas under avvaktan på nya boningar. Han ville, att dessa ord skulle förstås ej endast bokstavligen, utan även bildligt, så att dessa torra och öde platser vore icke blott ödemarkerna i den yttre världen, utan även de genom ensamheten självskapade i människosjälen. Ensamheten är människans vän, tröstare och upplysare, så länge hon icke missbrukar och tröttar vännen genom enträgenhet, ty då blir samma ensamhet vår farligaste fiende. Sedan författaren genom egen erfarenhet övertygats om denna sanning, men ännu tvekade att lämna det av så många heliga män lovordade ökenlivet, hade han flyttat sin bostad till en trakt, där andra eremiter slagit sig ned. Hans närmaste granne var en kvinnlig anakoret. Han beslöt att dela tiden emellan ensligheten och ett fromt umgänge med henne. Hon var en ung kvinna, som, nedtryckt av motgångar och krossad av ett efter många förvillelser vaknat syndmedvetande, hade dragit sig undan världen. Han skildrade nu sitt förhållande till henne för att visa, huru själafienden insmyger sig i känslor, där man minst av allt anar hans närvaro, huru han kläder sig i medlidandets och syskonkärlekens dräkt, hur han strör jordiskt stoft på själva bönens vingar och blandar sitt gift i andaktens ädlaste vin. Det dröjde likväl länge, innan författaren hade kommit till inseende härav. Han svävade i fullkomlig villfarelse om sina känslors halt och stod redan vid fördärvets avgrund, då en stråle av det gudomliga ljuset föll i hans själ och uppenbarade hans rätta tillstånd. Hans enda räddning var en skyndsam flykt från ödemarken tillbaka till världens vimlande liv. Och långt ifrån att förlora sig själv, hade han nu kommit till den kunskap, att själen endast behåller sin hälsa i ett verksamt liv, som parar de religiösa plikterna med plikterna mot människor och samhälle.

Denna bok, som bland de kristne väckt mycken uppmärksamhet, men funnit vida mer klander än lovord, lämnade Eufemios en dag till Klemens att avskriva, sedan de båda hade lyckligt slutat avskriften av S: t Johannes' uppenbarelse.

Eufemios tillade, att boken innehölle många nyttiga lärdomar, men att Klemens skulle taga sig till vara för att gilla den slutsats, till vilken hennes författare kommit. Denna slutsats ägde endast giltighet för honom själv och hans likar, men icke för alla, och allra minst för dem, vilkas böner till Gud om ett nytt hjärta blivit hörda och uppfyllda.

Med den märkvärdiga boken under armen hastade Klemens till sitt hem och, väl ensam i sin kammare, öppnade han henne och fördjupade sig i läsning.

Med flyktigt öga genomilade han sidorna, tills han hunnit det kapitel, vari författaren omtalade sitt möte och sitt umgänge med den kvinnliga anakoreten.

Här mötte honom iakttagelser och betraktelser av ett slag, som fängslade hans öga vid varje ord och tvang honom till eftersinnande av varje mening.

Klemens hade hoppats att ännu samma dag hava genomläst det lilla arbetet för att, efter vunnen kännedom om innehållet, redan följande dag börja avskrivningen.

Nu förflöt aftonen och natten ända till morgongryningen under fortsatt läsning och eftersinnande av det lästa, och Klemens hade ännu icke hunnit slutet av boken. Han genomläste gång efter annan det ifrågavarande kapitlet. Vad som föregick detta var för honom betydelselöst, och vad som efterföljde det retade ej mer hans vetgirighet. Han upptäckte till sin utomordentliga överraskning den mest slående likhet mellan sitt förhållande till Eusebia å ena sidan och de båda anakoreternas å den andra. Vad de senare upplevat med varandra, det hade även Klemens med Eusebia, dels redan i verkligheten, dels och ännu mer i de bilder, som de skapat av sitt tilltänkta ökenliv. Dessa bikter, böner, andaktsstunder, gemensamma tårar över syndaeländet och gemensamma fröjder över den tillbjudna nåden, dessa känslorus, denna mystiska trånad, som förde kind till kind och mun till mun, medan sinnet frossade i känslor, ditintills icke erfarna och sålunda utan tvivel flutna ur syskonkärlekens och den gemensamma andaktens rena källa—allt detta liknade till sina minsta drag vad Klemens själv upplevat. Klemens läste denna framställning med största uppbyggelse och fägnad, emedan han däri såg ett vittnesbörd, att hans eget tillstånd med dess skiftande känslor icke var någonting för honom särskilt, utan låg inom den kristliga erfarenhetens allmänna område. Författaren berättade ännu utan att gilla, utan att klandra eller varna och lät icke ana vad komma skulle. Hans skildring bar prägeln av samma genom bristande självkännedom framkallade säkerhet, i vilken han den tiden var invaggad.

Men huru häpnade icke Klemens, när författaren började ett nytt stycke med ett plötsligt uppdagande därav, att det tillstånd han ditintills skildrat var ett verk icke av Gud, utan av lögnaren från begynnelsen, att den himmel, vari han dvalts, var det allra nedersta helvetet, av den listige fienden upputsat med färger, som för det gäckade ögat härmade himmelens glans, och uppfyllt av andar, som dolde sin vedervärdighet bakom änglamasker. Hade denna upptäckt redan i berättelsens början \rarit antydd, skulle Klemens sannolikt icke velat igenkänna sig själv i skildringen; han skulle letat efter främmande drag och intalat sig, att hans erfarenhet var en annan. Men nu var likheten redan erkänd, och han kunde icke tillbakataga denna bekännelse. Han häpnade och intogs av fasa. Dess viktigare vart det honom nu att se de skäl, med vilka författaren rättfärdigade sin stränga förkastelsedom. Måhända hade han orätt. Dock, han utvecklade sina skäl på ett klart och övertygande sätt. Han sönderlade de olika erfarenheterna ur sitt känsloliv och framvisade överallt en bottenfällning av sinnlighetens slagg. Han förfor därunder lika lugnt som skonslöst. Han var synbarligen en man, som kastat en blick in i sig själv och där, så vitt sig göra låter, genomskådat den allmänna människonaturen. Han var tillika en sanningsälskande man, som icke ville lämna sig själv eller andra, vilka liknade honom, en trasa kvar av den strålande klädning, som den självbedragne draperar kring sin nakenhet. Och med sanningskärleken förmälde han en djärvhet, som utan tvivel lände hans egen bok till men hos läsaren, ty han vågade sluta henne med några frågor, besynnerliga nog och syftande åt ett håll, vilket nästan lät misstänka hedniska eller åtminstone kätterska avsikter med hela verket. Han frågade först, vad religionen är, om hon består i de antagna lärosatserna, eller om hon ens är till sitt väsen beroende av dem. Utöva de olika åsikterna om personernas förhållande i treenigheten eller om de två naturernas förhållande i Kristus ett väsentligt och omskapande inflytande på religionen? Dessa olika åsikter hava tänt världen i lågor och måste således vara mycket viktiga sanningar eller villfarelser; men är det fromma livet i Gud beroende av det sätt, varpå de en gång avgöras? Om icke, så måste man medgiva, att lärosatserna och deras omfattande av tron äro ingalunda detsamma som det fromma livet i Gud, och att det senare icke ens kan sägas stå i ovillkorligt beroende av det förra.

Är således detta liv ett liv av lösande och söndrande tankar? Eller är det ett allt sammangjutande känsloliv, vari människan förnimmer sin förening med Gud och hans skapelse, och vari alla hennes tankar och gärningar få en egen riktning, alla hennes öden och erfarenheter en egen betydelse? Om det senare antages som det riktiga och religionen således vilar på känslan, så frågas då, huru förekomma sinnlighetens inblandning i detta känsloliv?

Det var just avsikten med författarens verk att påpeka denna ständigt hotande fara. Och är hon icke större, ju mera av sinnliga beståndsdelar som inblandas i läran om den Gud, som vill dyrkas i anden och sanningen? Men kan kristendomen bestå förutan sådana beståndsdelar—förutan de frälsarens sår, i vilka den fromma kvinnans inbillning så gärna dväljes, förutan den himmelska ungmö, som ynglingen så varmt tillbedjer, förutan nådegåvornas fästande vid synliga ting och förutan en himmel med obeskrivliga fröjder?

På Klemens utövade dessa frågor icke någon verkan, som minskade det intryck han redan mottagit av boken, ty full av ångest hade han kastat henne ifrån sig, innan han hunnit slutet.

Den okände författaren hade verkligen sagt honom sanningen om hans inre liv. Men upptäckten var för Klemens förfärlig; den kom så oväntat, och han var så fången i sina oförstådda begär, att han förtvivlade om att någonsin varda befriad.

Aftonen av den följande dagen besökte han icke, såsom han annars plägade, Eusebia. Men när natten inbrutit, ilade han till sin fosterfader, biktade för honom och bad om hans råd.

Petros sökte lugna honom, emedan ett motsatt förfarande kunde utöva det olyckligaste inflytande på hans själs hälsa och rubba de planer, som biskopen byggde på sin fosterson. Utan att göra honom förebråelser, rådde han honom i milda ordalag att hädanefter undvika Eusebia och taga sin tillflykt till trägna böner och träget arbete.

Men det dröjde icke länge, innan Klemens fann dessa medel otillräckliga. Han kände i vissa stunder den starkaste frestelse att ånyo besöka Eusebia; han var en gång redan hunnen till bakporten av prokonsulns palats, när han vände om och flydde tillbaka hem; han ville åtminstone säga henne ett farväl eller med några ord besvara de små brev, som han slutligen emottog från henne, fulla av ömma förebråelser över hans uteblivande—men Petros hade befallt honom avbryta varje förbindelse med henne, och han medgav för sig själv, att detta var ingivelser av frestaren, som borde motstås.

Men det båtade föga, att Klemens undvek Eusebias grannskap. Den onde frestaren hade hans inbillningskraft i sina händer och framtrollade mitt under Klemens' böner hennes bild, om möjligt mer tjusande än någonsin. Den unge föreläsaren böjde sig mer och mer under sin ångest. Han ansåg sig utesluten från himmelens gemenskap och ohjälpligt hemfallen åt djävulen. I vissa ögonblick uppgav han striden och var färdig att gå till Eusebia, icke för att bedja med henne, utan för att omfamna hennes knän, bekänna sin olyckliga böjelse och fordra hennes genkärlek; i andra ögonblick greps han av förtvivlan över sin svaghet. Denna hopplösa strid tärde med glupskhet hans krafter; han magrade, hans ögon sjönko in i sina gropar, och hans kinder vordo askgrå. Hans fader och syster sågo med förskräckelse hans tillstånd; men när de närmade sig honom, bad han med häftighet, att de skulle lämna honom i fred, och han undvek dem varhelst han kunde. Ofta lämnade han staden och strövade hela dagen i omgivningarna. Pelarfältet var hans älsklingsställe; han kunde tillbringa hela timmar där, vandrande omkring pelaren eller vilande i en nära därintill befintlig håla, varifrån han betraktade helgonet, som ännu med samma outtröttlighet knäböjde däruppe. Simon förekom honom som den lycksaligaste bland dödlige. Han avundades honom och skulle önskat hans plats. Det måste vara något utomordentligt ljuvligt att knäböja så där, med hjässan bränd av solens strålar, tills tankar, känslor och medvetande domna. Det var ett sådant tillstånd Klemens efterlängtade, ty det skulle bjuda de makter, som stredo i hans inre, vapenvila och skänka honom åtminstone några timmars ro.

När Klemens fann varje annat medel fruktlöst, tillgrep han de yttre, som fromheten uppfunnit för att späka ett uppror ett kött. Han hungrade, tills hans krafter voro nästan uttömda, och från de måltider, varmed han då nödtvunget avbröt sin frivilliga, ständigt förnyade fasta, var varje annan föda än bröd, varje annan dryck än vatten bannlyst. Han gisslade sig dagligen, tills blodet flöt ifrån hans axlar. Men även dessa ohyggliga medel uppfyllde icke sitt ändamål. Klemens kände sin tankeförmåga slöad, sin hjärna förvirrad, men ehuru han dömde detta som ett gott tecken, så var därmed huvudsaken icke vunnen. Tvärtom, han gjorde den erfarenhet, att inbillningen, långt ifrån att kuvas, fick friare vingar, medan de övriga själsförmögenheterna domnade och lemmarne ville neka sin tjänst. Han började plågas av syner, ej blott i det sovande, utan även i det vakande tillståndet. i dessa syner symboliserade sig den strid, som rasade i hans själ. Han besöktes än av den heliga jungfrun, än av djävulen, vilken senare gäckade honom i otaliga skepelser, men oftast i den farligaste av alla—i Eusebias. Klemens stod vid randen av vansinnets avgrund.

Medan han en dag i detta tillstånd vankade kring gatorna i Aten, mötte honom en ståtlig vagn, som drogs av mulor, utstyrda med brokiga täcken och pinglande klockor, och omgavs av slavar i lysande dräkter. Det var Eusebias vagn. Hon gjorde sin vanliga förmiddagsutflykt. Klemens drog kåpan över huvudet och hastade förbi. Men Eusebia hade redan varseblivit honom. Hon förvånades över hans bleka, förstörda utseende och befallde, med en suck över alltings förgänglighet, sin kusk att påskynda färden.

Från den dagen frestades Klemens icke mer av något brev från den sköna romarinnan. Klemens hade förlorat sin fägring och därmed allt, som fängslade henne vid honom. Nyss en förtjusande vacker yngling, var han nu helt enkelt en ung präst av det där vanliga bleka, utmärglade slaget; och den enda egenskap han ännu ägde, som kunde finna nåd i hennes ögon, var hans renlärighet; men denna delade han med så många, och den var kanske för övrigt icke mycket att lita på efter den märkvärdiga upptäckten av hans börd och sedan han blivit en medlem av ärkehedningens hus.

Eusebias systerkärlek, nyss så varm och lågande, slocknade således lik en lampa för ett vinddrag. Det föll henne icke ens in att lära känna orsaken till Klemens' förvandling, om det var en dödlig sjukdom, ett grymt själslidande eller något annat. Nog av, hans anletsdrag hade förlorat sin ungdomlighet, hans ögon sin glans, hans hy sin friskhet. Av medlidande med sig själv beslöt hon glömma honom, vilket icke gjorde henne någon svårighet, då hon hade full sysselsättning med tankarne på religionen och sin själs frälsning.

En kort tid därefter lämnade Eusebia Aten. Det fanns intet skäl för henne att kvarstanna där, sedan Petros icke längre kunde uppträda på predikstolen. Eusebia återvände till Korint, provinsens huvudstad, där hennes Annæus Domitius i sin egenskap av prokonsul över Akaja levde och verkade. Hon hade föresatt sig en svår uppgift: hon ville omvända honom, återföra den arme avfällingen i den rättrogna kyrkans sköte. Hon hade svurit att med alla möjliga konster, som stå en from kvinna till buds, förbittra hans liv för att därigenom förbättra det. Med denna ädla föresats tågade hon en vacker dag, under pomp och ståt, in i den minnesrika, glänsande handelsstaden.

När Klemens erfor hennes avresa, ville han tacka Gud, som avlägsnat en farlig frestelse ur hans grannskap, men denna tacksamhet var endast tungans, ty hans känsla talade ett annat språk. Han stängde sig inne i sin kammare och fällde bittra tårar. Det hade förorsakat honom en hemlig glädje, att hon icke var långt borta, att hon andades samma luft som han, och att han kunde få se henne när han ville. Han föreställde sig, att hennes smärta över skilsmässan var djup som hans egen och ökad med ovissheten om skilsmässans orsak. Han tänkte sig hennes syskonkärlek som himmelsk och änglaren; det var endast hans egen böjelse, som varit blandad med jordiska ämnen; skulden låg ensamt hos honom, som skulle varit hennes biktfader och ledare.

Under sina vandringar drogs han omedvetet till grannskapet av det prokonsulariska palatset, men tanken, att Eusebia icke längre fanns inom dess murar, jagade honom därifrån. Han återvände till sitt hem med en odräglig känsla av tomhet, eller steg han upp på toppen av någon kulle och kastade drömmande blickar emot det fjärran, som dolde Korintos för hans syn.

Den rysliga föreställningen, att onda makter oupphörligt omgåvo honom och framtrollade de bilder, som visade sig för hans inbillning för att fasthålla hans själ i materiens orena bojor och slutligen till fullo få våld med henne, upplöstes nu understundom i slö tungsinthet, varunder han glömde sina fastor och späkningar. I detta tillstånd var han mera tillgänglig för de sina; han visade sig då åtminstone icke plågad av deras närvaro. Hermione begagnade sig härav för att närma sig honom och söka vinna hans förtroende.

Hermiones ömhet och kärleksfulla väsen gjorde ett allt märkbarare intryck på brodern och vann slutligen hans tillgivenhet. Hon lyckades förmå honom övergiva sin enslighet, lämna sin kammare och tillbringa någon av dagens timmar i hennes sällskap på den vackra platsen, där vi en gång sågo henne med sina väninnor—där springbrunnen sorlade, fåglarne sjöngo, pelargångarne bjödo svalka och himmelen välvde sig klar och ren över dem.

Klemens besegrade de fördomar, som ville stöta henne tillbaka, men han skulle icke hava förmått detta, om icke hastigt en tanke hos honom uppstigit att omvända henne till kristendomen. Detta beslut uppfriskade hans själ; det gav honom ett värdigt mål att eftersträva och avvände hans tankar från honom själv. Han skyndade till Petros för att underrätta denne om sin avsikt och vinna hans uppmuntran till företaget.

Petros kunde naturligtvis icke annat än gilla hans beslut, ehuru han ingalunda tilltrodde sin fosterson tillräckliga krafter till det värv han pålade sig. Från denna stund sökte Klemens sin systers umgänge i stället för att undvika det. Han började tala till henne om den kristna religionen, och Hermione lyssnade gärna till hans ord. Med förundran upptäckte han, att det, som han berättade, icke för henne var något nytt. Hon hade läst de kristnes heliga skrifter, hon kände Jesu levnad och kunde upprepa hans muntliga läror; det var endast utläggningen och den kristna metafysiken, varmed hon röjde någon obekantskap. Hermione såg, att Klemens talade med värme och kärlek om dessa ämnen; hon lånade honom därför gärna sitt öra och aktade sig att framställa andra motsägelser än sådana, som voro ägnade att sporra hans nit, emedan han kunde övervinna dem.

Tyvärr var Klemens' ihärdighet ingalunda så stor som hans iver. Samtalen stördes som oftast av någon tredje persons ankomst. Än visade sig Karmides, än Ismene och Berenike, än Teodoros, och för denne siste hyste Klemens samma fruktan som för den lede frestaren själv. Det var för Hermione omöjligt att förjaga denna rädsla. Då Teodoros närmade sig, avlägsnade sig den unge föreläsaren utan att svara på hans hälsning. Petros hade emellan dem båda upprest en oöverstiglig mur. Klemens misstänkte även, att Teodoros, liksom han själv, sökte vinna Hermione för kristendomen. Men den kristendom, som Teodoros förkunnade, var ju en falsk och kättersk, farligare än själva hedendomen. Klemens uppmanade Hermione att taga sig väl till vara för Teodoros. Hon lovade att göra det. Men icke lugnad över detta löfte ville Klemens, att hon skulle förvisa honom ur sitt grannskap, avbryta allt umgänge med honom. Hermione föreställde då sin broder, att man borde hysa fördragsamhet med varandra och låta envars åsikt gälla vad den kan. Hon talade med värme om Teodoros' ädla egenskaper och uttalade livligt sin önskan, att de båda unga männen skulle vara vänner.

Hermione visste icke, att denna välvilliga önskan kunde såra och förbittra Klemens. Den överspände ynglingen steg upp och lämnade henne. Och från den stunden var hans håg att med Hermione samtala i religionssaker försvunnen. Han ansåg henne, liksom sin fader, för alltid förlorad för sanningen och ljuset.

Han drog sig åter tillbaka inom sig själv och sökte den ostörda ensamheten. Snart återvände också de olyckliga tecknen av hans förra själslidande. Han började åter sina stränga fastor, började åter gissla sig.

Krysanteus, som hitintills av omtanke för sin sons själsfrid överlämnat honom åt sig själv och fritt låtit honom följa sina böjelser, kunde icke längre uthärda att vara ett overksamt vittne till ett levnadssätt, som måste störta honom i vansinnets eller dödens armar. Han beslöt att i nödfall med våld rycka honom därutur. Det visade sig emellertid snart, att böner och förmaningar voro fruktlösa. Klemens förklarade med bestämdhet, att han icke ville lyda sin fader, när dennes påbud strede mot den kristna tron.

Det vart för Krysanteus nödvändigt att bryta med alla betänkligheter. Han måste ingiva Klemens tvivel på sanningen av denna lära, som skilde deras hjärtan och syntes vara källan till hans dysterhet, hans självplågeri och fanatism.

Krysanteus nödgade Klemens åhöra, huru han angrep den kristna läran och försvarade den gamla. Klemens lyssnade i början med förakt, därefter med en uppmärksamhet, som ingavs honom av förskräckelse. Denna känsla härledde sig mindre från de angrepp fadern gjorde på enskilda satser, än från den likhet, som han uppvisade mellan kristendomens mest upphöjda läror och den nyplatonska filosofien. En sådan likhet hade Klemens förut icke anat, och det förödmjukade, det plågade honom, att hon verkligen fanns.

Han började anfäktas av tvivel på kristna lärans sanning. Samtalen med Petros motarbetade visserligen dessa tvivel, men upphävde dem icke. Hans tillstånd vart betänkligare än någonsin. Krysanteus fruktade för hans förstånd, och de läkare, som han i sina bekymmer rådfrågade, styrkte hans farhågor. De rådde honom avstå från varje omvändelseförsök och tillåta Klemens fritt umgås med sin fosterfader.

Den unge föreläsaren fick således ånyo tillträde till fången. Klemens ruvade över ett beslut att rymma från hemmet till Antiokia eller den egyptiska öknen. Petros förbjöd honom detta, men kunde icke besegra den till ytterlighet stegrade fruktan, som Klemens hyste för sin fader och varje ord från hans läppar. Klemens tillbragte nu största delen av dagen med att vandra i stadens omgivningar och att besöka fången. Hålan vid pelarfältet vart alltmer hans älsklingsställe, och de fromma kvinnorna, som gingo att bespisa den helige Simon, vandes snart att se honom där och i honom vörda en ny anakoret, som ökade ställets helighet, och som måhända en dag, när Simon kallats till himmelen, skulle intaga hans plats på pelaren.

När samma fromma kvinnor började dela icke blott sin uppmärksamhet, utan även sina korgars innehåll emellan pelarhelgonet och den unge präst, som fäst sin bostad i hålan, så vande sig även Klemens att betrakta grottan som sitt egentliga hem, och det var endast sällan han ännu visade sig i huset vid Tripodgatan. Krysanteus fann sig nödsakad att lämna honom hans frihet. Klemens var hänförd över sitt nya levnadssätt. Sommarens rosor växte vid ingången till hålan, och solen blickade varje afton ditin, förrän hon dolde sig bakom Aigales kullar. Han hade snart inrett sin boning i enlighet med en anakorets behov. En mossbädd, ett vattenkrus och ett skrin för det heliga evangeliet var allt vad han tarvade.

Atens kristianer kände icke ringa uppbyggelse över den märkvärdiga skickelse, att det var ärkehedningens son, som blivit pelarfältets nya prydnad. Liksom Simon vid början av sitt uppträdande, så var nu även Klemens föremål för innevånarnes uppmärksamhet. Särskilt visade de unga flickorna deltagande för den unge eremiten.

Det enda, som i någon mån störde Klemens' lycka, var Simon pelarhelgonets besynnerliga uppförande. Sedan denne i början mottagit sin granne med alla tecken till välbehag och om kvällarne, efter solnedgången, när det var tyst omkring dem, kallat honom till pelaren, för att tala med honom och välsigna honom, vart han småningom alltmer trumpen och började hålla förvirrade straffpredikningar och uttala förbannelser över ynglingen, lika regelbundet som han förut givit sin välsignelse.

Simon hade nämligen märkt, att han i Klemens fått en medtävlare om de besökandes vördnad. Simon var avundsjuk på sin förre älskling, Elpenikes son, och ville med sina hotelser skrämma honom bort.

Klemens tillskrev Simons uppförande en helt annan bevekelsegrund. Han trodde, att helgonets skarpa blick såg in i hans hjärta och kände dess fördärv. Men Klemens sökte förgäves att genom sträng renlevnad blidka Simon. Bekymrad häröver vände han sig till biskopen och frågade denne om råd. Petros uppmanade Klemens att med tålamod uthärda helgonets vrede, emedan Simon endast ville pröva hans ståndaktighet. Men tillika skickade Petros Eufemios med ett budskap till Simon, efter vars emottagande denne synbarligen vart lugnare och lämnade sin granne i ro.

TIONDE KAPITLET.

Hos Myro.

Baruk och hans tillämnade svårson, den lärde rabbinen, hade återkommit från Jerusalem.

Resan hade varit lycklig. De landstego i Piræus utan aning om vad som under deras frånvaro tilldragit sig i Baruks hem.

Dess rysligare var den upptäckt, som väntade dem. Den gamla Ester var död. Hon hade dukat under av sorg och blygsel över sin dotter. När Baruk trädde över tröskeln till sitt hus, kastade sig Rakel till hans fötter. Hennes ansikte var likblekt och stämplat av förtvivlan; hennes hår, som under många dagar icke varit ordnat, svallade vilt kring skuldrorna. En enda blick var tillräcklig att upplysa Baruk och Jonas om den arma flickans läge. Den gamle mannen stod som förstenad av förskräckelse. Han lyssnade, utan att säga ett ord, till Rakel, som bad om förbarmande och anklagade sig för sin moders död. Därefter utbrast han i höga jämmerrop, slet sitt hår och förbannade det ögonblick, som återgivit honom åt hans skändade härd. Rabbi Jonas, det stumma vittnet till detta uppträde, hade avlägsnat sig, utan att han märkte det.

Samma afton vart Rakel, belastad med sin fars förbannelse, för alltid bortvisad från hans ögon.

Hennes förutsägelse till Karmides, att en sådan dag skulle komma, hade således gått i fullbordan.

Vi återse Rakel i ett uselt kyffe, i ett av hamnstadens sämst beryktade kvarter.

Hon befinner sig i en kammare, vars inredning vittnar om den yttersta torftighet. Det lider mot natten. Rummet upplyses av en sömnig lampa. Rakel bär i sin famn ett barn, hennes och Karmides' son. Den lille gossen sover. Modern betraktar honom med blickar av vild ömhet.

Karmides skulle i detta ögonblick svårligen igenkänt den rike Baruks vackra och lyckliga dotter. Förtvivlan och modersglädje kämpa i hennes tärda. infallna ansikte. De insjunkna ögonen lysa av en feberaktig glans.

Nu höras steg i den branta trappan, som leder till kammaren. Dörren ryckes upp, och en kvinna, klädd i en vårdslöst sittande kiton, inträder gnolande på en visa.

- Vid Dionysos, sade Myro, ty det var hon som inträdde, bort nu med alla bekymmer! Se här vad jag i afton har skördat!

Hon kastade några silvermynt på bordet och fortfor:

- Det här räcker för tre hela dagar åt dig och mig och din gosse. När vinden blåser mot hamnen, är jag ännu icke för svag att skära lagrar. Leve kärleken!

- Tyst, viskade Rakel och pekade på det sovande barnet.

Myro, som synbarligen var något rörd av druvans safter, nedstäm de genast den högljudda tonen.

- Ah, sover han? sade hon och lutade sig över den lille. Vad han är vacker, du, och vad han liknar Karmides! Du är blind, om du icke ser, att han liknar Karmides, den förrädaren! Vad du bör vara lycklig, Rakel, som äger en sådan skatt! Leve glömskan! Bort med alla minnen! Den dag, som vi leva, är vår. Vill du sälja ungen? Topp, jag köper honom ... icke till slav, nej, nej, nej, det var icke min mening ... utan därför att jag tycker om honom och vill behålla honom. Vidkommande det, så vill jag säga, att jag i dag har beställt en vagga hos vår granne, snickaren, åt din pojke. Han behöver just en vagga ... och en sådan möbel bör icke misspryda det här rummet. En vagga skall ge det en viss anstrykning av hygglighet och anständighet, en viss fordran på aktning och erkännande.

- Du är så god emot mig, sade Rakel, medan Myro lade sig ned att tända kolen i ett fyrfat för att tillreda aftonmåltiden. Jag kan aldrig vedergälla dina välgärningar.

- Äh, det behövs icke heller. I dag äro vi rika som persiska furstinnor. Vi hava penningar, vin och ett bröd, som skall smaka ypperligt, när jag rostat det.

- När min fader stängde porten bakom sin dotter, och jag irrade omkring i natten, var det du, som förde mig under ditt tak, fortfor Rakel med en djup suck. Och från den tiden har du varit för mig den ömmaste syster. Mina fäders Gud välsigne dig, goda Myro, och låte dig, om du blir olycklig, möta ett lika barmhärtigt hjärta som ditt varit emot mig.

- Bah, jag är nöjd, när du blott med tålamod lyssnar till mina förbannelser över karlarne. Den ene är så tämligen lik den andre. Olympiodoros är, tro mig, icke ett hår bättre än Karmides. Jag känner dem båda, jag—jag som så ofta låtsade ömhet för Karmides för att göra Olympiodoros svartsjuk. Det var den tid, då jag kallades den sköna Myro, och hela Aten låg för mina fötter. Du bör veta, Rakel, att jag haft mina lysande dagar, att jag varit firad och avundad mer än någon sedan Aspasias tid. Prästinnorna vid hamnen kalla mig den avsatta drottningen. De göra det för att håna mig, de sminkade furierna, som stå där nere med sina blomsterkvastar och utbjuda dem tillika med sig själva åt förstkommande främling ... de håna mig, emedan de själva aldrig varit något bättre än de äro ... men jag är stolt över det namnet. Den avsatta drottningen! Just så. Jag kunde varit rik, om jag velat tänka på framtiden; men det ville jag icke ... och det ångrar jag nu icke heller. Jag har bott i sköna gemak, du Rakel, och låtit bära mig i gyllene bärstol av egna slavar; jag har, klädd i byssosluft, purpur och juveler, svävat från det ena nöjet till det andra. Atens vackraste, rikaste och gladaste ynglingar hava utgjort min livvakt. Men det är nu förbi ...

Myro började åter gnola på en visa, medan hon fortsatte tillredningen av aftonmåltiden.

»Seglarn har gynnande sunnanvind. Du som älskar förgäves,
vet, mig ur famnen slets hälften av livet: en vän!
Trefalt lycklig den köl och trefalt säll är den havsvåg,
fyrfalt salig den vind, vilken min älskade för!
O, om jag vore delfin, på skuldran jag bure den hulde
hän till den Rhodiska strand, glädjens och skönhetens ö.»

Måltiden var snart färdig—några skivor rostat bröd, några frukter och mitt på bordet ett lerkrus med rusgivande vin.

- Kom nu och fröjda dig åt himmelens och jordens gåvor, sade Myro. Ett offer åt Dionysos och därefter en skål för våra trolösa älskare! Måtte de evigt plågas i underjorden! Jag undrar, huru Olympiodoros, när han nedträder i skuggornas värld, skall bestå den dom, som väntar honom där. Jag skall vara före honom och anklaga honom hos de tre stränga domarne. Vad skall han säga till sitt försvar, när jag yppar, att han brutit de tusen eder, som han svurit mig? Han har intet att genmäla, ty det duger ej att ljuga. Han skall skickas till den svarte Tartaren att lida Tantalos' kval. Dock—om han svarar, att Myro hade blivit ful, att de eder han svor endast gällde den vackra Myro och icke den vederstyggliga, månne han då icke skall gå fri? Jag fruktar det. Ja, han har visserligen rätt. Mina anpråk grundade sig endast på min skönhet och förföllo med den. Men säg mig allvarligt, Rakel, är jag verkligen så gruvligt ful, som man säger?... Hm, jag pratar hit och dit, fortfor Myro, och du hör icke vad jag säger. Men skall du icke spisa, min stackars vän? Du borde vara hungrig som en varginna, du som har två att föda.

- Nej, jag kan icke spisa nu, sade Rakel. Jag är icke hungrig.

- Du har ock i dag varit ovanligt lugn. Jag har icke sett dig fälla en tår. Och däri gör du rätt. Det tjänar till intet att gråta. Tiden är en ypperlig läkare, som endast långsamt tar livet av oss. Medan han helar gamla sår, slår han nya för att hava något att syssla med. Den bästa balsam han äger är likväl vinet. Det innehåller både fröjd och glömska. Kom då och töm åtminstone en bägare. Det skall göra dig gott, Rakel.

- Nej, jag är icke törstig. Om en stund måhända ...

- Man behöver icke vara törstig för att älska vinet. Se här, sade Myro, i det hon lämnade bordet och räckte åt Rakel den fyllda bägaren. Försök blott, och jag svär, att det skall göra dig gott.

Rakel drack något för att göra sin välmenta vän till viljes. Så mycket flitigare höll sig Myro till pokalen. Hon lämnade samvetsgrant halva måltiden orörd för Rakels räkning; men vinkruset anlitade hon dess oftare, som hon var ensam därom. Det hade på senare tider blivit hennes vana att varje afton, när tillfälle därtill yppades, dricka sig rusig.

- Vet du, Rakel, fortfor den pratsamma Myro, jag har även i dag sett den lille svartmuskige karlen vandra här utanför, gata upp och gata ned. Mina ögon skulle bedraga mig mycket, om han icke är av ditt folk. I, Judar, han er egen prägel, och alla ären I, tycker jag, mycket lika varanda. En aning säger mig, att han söker ingen annan än dig. Kanske att din far har börjat ångra sin hårdhet och vill återföra dig i sitt hus eller åtminstone skicka dig någon hjälp. Om du icke så strängt förbjudit mig det, så skulle jag anhållit den lille karlen och sagt: du söker kanske Rakel, Baruks dotter. Jag skall föra dig till henne.

- Nej, Myro, jag besvär dig vid Gud i himmelen, säg icke detta, om du än en gång skulle möta honom.

- Din far är en hjärtlös snålvarg, sade Myro, på vilken det omåttligt förtärda vinet utövade en allt synbarare verkan. Att uppföra sig så emot sitt eget barn! Jag skall en dag riva ut ögonen på gamle Baruk. Borde han icke strukit sitt skägg och tackat sin Gud och prisat sig lycklig, för att du skänkt honom en så hjärtans vacker dotterson! I stället kör han dig på porten och lämnar dig att dö på gatan. Är det icke förskräckligt? Är det, icke hjärtlöst? O, hjärtat kan smälta bröstet, när man endast tänker därpå.

Myro, som under rusets inflytelse var lika lättrörd som pratsam, torkade sina ögon, som tårats.

- Säg icke ett ont ord om min fader, bad Rakel med allvarlig röst; skulden är hos mig. Mitt felsteg har dödat min moder och gjort min faders namn till en visa. Han vet icke, vart han skall fly för att dölja sin blygsel. Jag kan icke gråta som du. Jag skulle annars fälla blodtårar över min brottslighet. Må Gud miskunda sig över mig! Min börda är större, än att jag kan bära henne.

- Bah, sade Myro, är du brottslig därför att du älskat och svikits?

- Därför att jag brutit mot mina föräldrars vilja och mitt folks lag, sade Rakel. Vår Gud är en mäktig hämnare, som straffar fäders och mödrars missgärningar inpå barnen. Jag har genom min olydnad och mitt lättsinne dödat min mor. Det är rysligt, Myro. Jag ser för mina ögon den stund, då jag icke längre kunde dölja min belägenhet för henne. Hon vart dödsblek och mållös av förskräckelse. Jag fick icke nalkas hennes bädd, då hon låg sjuk. Hon dog omgiven av tjänarinnorna. Men jag ser henne ständigt för mina ögon, om dagen och om natten. Jag säger dig, Myro, att hon i natt har stått vid min säng, stum och blek och hotande. Hon pekade på den lille för att påminna mig, att min missgärning skall straffas på honom ...

- Hu, det var förskräckligt, sade Myro. Men det är väl endast en inbillning, kära Rakel. Annars vore det hemskt att vara i ditt grannskap om natten, när din moder återkommer. Vi skola låta lampan brinna intill morgonen. Jag törs icke mer vara i mörkret. Att ej din mor får ro i sin grav! Det måste då vara någonting gruvligt du har gjort, efter ditt folks föreställning, fast jag för min del tycker, att du endast älskat och blivit bedragen, stackars flicka. Men ha vi olja, Rakel? Tänk, om vi icke ha olja till lampan!

- Jag vet icke.

- Jag skall se efter, sade Myro, i det hon, nästan nykter av sin hastigt påkomna fruktan, steg upp från soffan, varpå hon nedkastat sig. Hon började leta på en hylla, belamrad med krukor och flaskor, hela och sönderslagna, men måtte icke funnit vad hon sökte, ty hon slog ihop händerna och utbrast:

- Barmhärtige gudar! Vad skall jag göra? Icke en oljedroppe kvar.

- Myro, hon söker icke dig, utan mig. Du kan sova lugnt ... O, Gud, Gud, var finner jag frid och förlåtelse? Bland människor icke. Mitt folk har förskjutit mig. Jag är utplånad ur Israel. Var barmhärtig, Herre! Jag flyr från människorna till dig. Jag lägger mig och mitt barn för dina fötter! Förskjut oss icke! Tag åtminstone den oskyldige till nåd!

- Oljan i lampan räcker ännu en timme, sade Myro till sig själv, sedan hon undersökt lampan, varefter hon ånyo vände sig till vinkruset för att ur detta hämta kraft att övervinna sin spökrädsla. Men, kära Rakel, klaga icke så där! Det låter så hemskt, och jag känner vid dessa ord någonting inom mig själv, liksom om jag också vore brottslig. Prisade vare gudarne, det är jag likväl icke. Jag är uppfostrad till hetär och har levat glatt och muntert, men aldrig brutit emot gudarnes vilja. Jag har aldrig förorsakat mina föräldrar någon sorg, ty de känna icke mig och jag icke dem. Nog bör jag kunna sova utan att frukta spöken. Men du har alldeles jagat sömnen från mina ögon, Rakel. Det blir en otrevlig natt, den här.

- Förlåt mig, Myro. Jag skall försöka att icke störa dig mer.

- Bara du icke klagar, så är det bra. Låt oss tala om någonting trevligt, fortfor Myro, i det hon lade sig på sin soffa och bredde kitonen över sig som täcke, lampan brinner ännu en timme, och sedan skall jag försöka att sova ... Jo, jag vill säga dig, Rakel, att med dig skall det snart vara bra igen. Ju häftigare sorg, dess kortare. Du är ung, du, och har framtiden för dig. Jag tänker som oftast på din framtid, jag, allt medan du klagar och sörjer över det närvarande. Vänta blott, rosorna skola återkomma på dina kinder och elden i dina ögon. Du skall åter varda vacker och väcka männens beundran. Det beror av dig själv att göra din lycka. Tänk dig blott, att bo i präktiga rum, att hava juveler och de skönaste kläder, att äga slavar och slavinnor, vara eftersökt och avundad, att ila från nöje till nöje och se de förnäma ynglingarne vid sina fötter! Du kan bliva den andra Myro, den nya drottningen, som härskar med Lais' och Frynes spira. Det kan du, endast du själv vill. Och med en sådan framtid för dina ögon, huru kan du då vara dyster och förtvivlad? Lita på mig! Jag skall förhjälpa dig till din tron och visa, huru du skall besegra dina medtävlarinnor. Jag känner alla de hemligheter, med vilka skönheten förhöjes, och alla de konster, som göra henne oemotståndlig. Det är något, som jag fått studera alltifrån barndomen, och som jag grundligt innehade, när jag var fjorton år gammal. Och sedan dess må du tro, att jag försökt min konst. Praxinoa var ingenting emot mig. Du blir drottningen, och jag förbehåller mig att få vara drottningens rådgivarinna. Det första vi skola göra, blir att flytta från detta usla kyffe till någon vacker boning vid Kerameikos. Det andra blir att skaffa dig vackra kläder, att hyra en palankin och leja några tjänare. Allt det vill jag åtaga mig. Jag behöver endast gå till en köpman, som gör affärer av det slaget, visa dig för honom och upphöja dina egenskaper ... det skall dun tro, att jag även förstår mig på sådant ... jag har hjälpt mer än en flicka fram i världen ... och han skall förskjuta oss allt vad vi till en början ha nödigt. Jag gläder mig i tankarne åt din framtid, Rakel. Slå bort sorgerna, min flicka! Leve vinet och kärleken!

Myro förde kruset till sin mun och putsade därefter lampan, som hon ställt bredvid sin huvudgärd.

Det var icke första gången Rakel hörde Myro tala på detta sätt, och var gång hade dennas ord ingivit henne förskräckelse och ökat den känsla av förnedring, varunder hon dignade.

Men i detta ögonblick gjorde Myros framtidsskildring icke det vanliga intrycket på Rakel. Baruks olyckliga dotter förnam den i sitt öra, men hennes tankar voro på annat håll.

Myro iakttog ej den hemska blicken i hennes stora, mörka ögon, emedan de långa ögonhåren kastade sin skugga däröver. Rakel satt bredvid sitt sovande barn och tryckte händerna mot sitt bröst. Hennes läppar mumlade mekaniskt en bön, som hon lärt i sin barndom. Myro hörde de ofattliga ljuden av ett främmande språk och frågade:

- Vad är det du säger? Du talar för dig själv. Slå bort dina sorgliga tankar, Rakel! De taga livet av dig, och då är det ute med alla våra förhoppningar. Ack, den förrädaren Karmides! Det är han, som förorsakat din olycka. Och nu glömmer han dig och går att fira sitt bröllop med en annan. Sade jag dig, att jag i dag har sett Karmides?

Rakel, som vid detta namn spratt upp ur sina tankar, fäste sin blick på Myro och frågade med matt röst:

—Vad var det du sade om Karmides?

- Att jag har sett honom i dag på gatan, svarade Myro, glad att hava ett samtalsämne, som vann Rakels uppmärksamhet. Må gudarne straffa den trolöse uslingen! Han tyckes icke hava något samvete. Han såg så glad och lycklig ut, där han gick vid sidan av Hermione.

- Han såg lycklig ut, säger du, och han gick vid sidan av Hermione?
- Ja.
- När skall deras bröllop firas?
- Om några dagar. Hela staden talar därom.
- Ser du dem ofta i varandras sällskap?
- Nästan dagligen, sade Myro, när de vandra till eller ifrån den vackra lantgården, som Krysanteus äger ovanför hamnen.
- O, vad de måtte vara lyckliga! suckade Rakel.
- Ja, men jag hoppas, att deras lycka ej skall räcka länge, inföll Myro. Jag hatar Karmides, liksom jag hatar Olympiodoros. Jag har ofta känt stark lust att gå till Hermione och säga henne vem Karmides är, ty jag känner honom bättre än någon; men jag fruktar att möta honom, ty om han finge se, huru ful jag nu är … o, det är förskräckligt att hava förlorat sin skönhet, Rakel. Jag blygs att visa mig för Karmides; jag döljer mig, när jag på avstånd ser honom på gatan. Om han anade vad som blivit av Myro! O, jag tror, att jag hellre ville dö! De avundsamma gudarne, som berövat mig det bästa jag ägde, det enda varpå jag satte värde! Nu vill jag också hata gudarne. Av dem har jag intet mer att hoppas eller frukta … blott de avvända spökelser och sådant från min bädd, ty sömnen är nu min bästa vän, och jag har alltid varit rädd för spöken. Men varför lägger du dig icke, Rakel? Vet du, jag börjar nu bli sömnig.

Sömnigheten hindrade icke Myro att än en stund fortsätta samtalet eller rättare monologen.

- Du är envis, Rakel. Annars skulle du länge sedan följt mitt råd, då jag sade dig, att du skulle taga din gosse på armen och gå till Hermione och säga henne, att han är Karmides' son. Hon skulle då frågat dig om dina levnadsöden, och du hade omtalat allt vad du lidit. Vad tror du, att Hermione då hade gjort?

För min del är jag övertygad, att hon skulle sagt: det är du, som har rättighet till Karmides' hand. Jag skall visa honom från mina ögon. Men du vill det icke, Rakel, och däri gör du orätt.

- De äro lyckliga, de älska varandra. Jag är förgäten av honom. Dina ord äro frestelser, Myro. Jag känner mig ofta hågad att följa ditt råd. Men blygseln håller mig tillbaka. Jag kan det icke.

- Svartsjukan är en gruvlig plåga, Rakel. Tacka din Gud, att hon icke hemsökt dig. Hon förvandlar hjärtat till ett ormbo, varur tusen giftiga gaddar framsticka och sarga vårt inre.

- Jag vet det, sade Rakel till sig själv.

Myros av vinet livade tunga började äntligen förlamas. Sedan hon pratat än en stund och allt oredigare, tystnade hon, och hennes andedrag vittnade snart, att hon sjunkit i djup sömn.

Då tog Rakel barnet i sina armar och steg upp. Den lille gossen vaknade och började kvida, men tystnade åter, sedan hon lagt honom vid sitt bröst. Hon lindade honom omsorgsfullt i den nu urblekta slöjan, som Baruk en gång skänkt sin dotter för att därmed lysa i synagogan, gick mot dörren, stannade där, kastade än en blick omkring den usla kammaren och sade, i det hon betraktade den sovande Myro:

- Farväl, goda olyckliga syster! Rakel tackar dig för din välvilja och ömhet. Måtte Gud för ditt hjärtas skull visa dig barmhärtighet!

Med dessa ord lämnade Rakel kammaren och steg utför den trånga trappan ned till en gata, som förde till hamnen.

Det vidsträckta, av tempel, portiker och förrådshus omgivna hamntorget låg tyst och folktomt under det stjärngnistrande himlavalvet. Man hörde endast böljorna, som skvalpade mot kajen och fartygen.

Rakel lyssnade till dessa suckande och likväl friska toner. De förekommo henne som en maning att icke tveka, en vänlig viskning från havet, att dess famn stode öppen för att vyssa olyckliga hjärtan till ro.

Hon ställde sina steg åt det håll, varifrån den manande sången nådde hennes öra. Utan att vara sedd av någon, stod hon snart på en av de breda marmortrappor, som förde till vattenbrynet. Hon lutade sig ned, och en bölja stänkte sitt skum på hennes panna. Det kändes friskt och upplivande.

Barnet, som hon bar i sina armar, vart oroligt och började gråta. Rakel tystade den lille med kyssar och smekande ord. Därefter löste hon slöjan, vari han var lindad, och knöt den kring sig själv och honom för att de icke skulle skiljas i den vida grav, där hon sökte ro för samvetskvalen, svartsjukan och förnedringen.

Tryckande underpanten av sin olyckliga kärlek hårt intill sin barm, gick hon med slutna ögon mot randen av trappan.

I detta ögonblick förnam en sjöman, som höll vakt på det närmast liggande fartyget, ljudet av en tung kropp, som föll i vattnet. Skymningen hindrade honom se vad det var, och när han icke hörde något rop om hjälp, ägnade han icke vidare uppmärksamhet däråt, utan överlämnade sig åt sina tankar på den förestående resan och hemmet, som han ägde på fjärran kust.

ELFTE KAPITLET.

Likhuset.

Då Myro följande dagen vaknade, fann hon sig ensam i sin kammare. Undrande vart Rakel med sitt barn gått, men ännu utan att ana någon olycka, rustade sig Myro att göra sin toalett för dagen. Detta skedde med mycken omsorg och med tillhjälp av en liten metallspegel, en kam och två sminkburkar.

Den arma Myro måste emellertid för sig själv medgiva, att omsorgen var så gott som förspilld. Hon betraktade sig suckande i spegeln. Den sjukdom, som hon genomgått, hade skövlat de rika lockar och den friska hy, som förr varit hennes stolthet. Håret var betänkligt glesnat, och Myro hade icke ens råd att anskaffa sig falska lockar. Ansiktet var uppsvällt genom flitiga offer åt vinguden och hyn mörkgul. Detta sista fel kunde visserligen avhjälpas genom ett skickligt bruk av burkarnes innehåll—och Myro var mästarinna i toalettens konster— men hon måste likväl för hundrade gången inom sig själv medgiva, att här vore alla bemödanden så gott som fruktlösa. Konsten förmådde icke ersätta den gåva, som naturen återkrävt. Den stackars Myro suckade djupt, och när hon ögnade den urblekta kiton, som hon i dag utvalt, och som var den bästa hon ägde, fällde hon tårar.

Denna sysselsättning hade upptagit en god del av Myros förmiddag, och det var först då hon stod färdig att gå ut för att försöka sin lycka för dagen, som hon åter kom att tänka på sin rumkamrat och vän.

- Men var är Rakel? Hon, som annars ej kan förmås att lämna kammaren, så lång dagen är!

Myro började känna allvarsamma farhågor med anledning av Rakels uteblivande. Hon påminde sig det ovanliga och besynnerliga lugn, som denna under föregående afton visat. Men Myro ville ännu icke lämna rum för den gruvliga tanke, som härvid uppsteg hos henne. Själv var hon, i trots av sin usla och föraktliga ställning, rädd för döden och kunde icke tilltro en varelse av sitt kön tillräckligt mod att frivilligt störta sig i det dystra Hades. Myro skyndade till sin granne, snickaren, för att höra, om denne möjligen sett hennes vän; om han visste, vid vilken tid hon gått ut och åt vilket håll hon avlägsnat sig. Snickaren, som just börjat arbetet på den vagga, som Myro ville skänka åt sin lille älskling, Rakels son, kunde icke lämna någon upplysning. Men han skakade på huvudet och menade, att det värsta hade hänt; han hade väl blott en enda gång sett den stackars judinnan, då han tillfälligtvis mötte henne i trappan, men han märkte då i hennes ögon någonting, som han först nu riktigt begrepe.

Gripen av ångest lämnade Myro denne olycklige tröstare och återvände till sin kammare för att lugna sig och överväga vad hon borde göra.

Den stackars hetären hade fattat varm tillgivenhet för sin olyckssyster. Myro hade i Rakel funnit en av ödet vida hårdare träffad varelse än hon själv var; hon hade i trots av sin egen nöd kunnat visa henne ett verksamt deltagande och bispringa henne, då hon var hjälplös och övergiven av sina närmaste. Detta var den enda rena glädje, som Myro på länge rönt; också hade hon känt sig lättare och gladare till sinnes, alltsedan Rakel kom under hennes tak, och den vård, som hon ägnat modern och barnet, hade i hennes ögon liksom minskat nesan av det yrke, som gav henne medel att öva denna barmhärtighet.

Då Myro nu försökte trösta sig över Rakels uteblivande och framleta någon lugnande och sannolik orsak därtill, rann det henne i sinnet, att hon under den föregaende kvällens samtal hade till Rakel förnyat sin uppmaning att med sitt barn gå till Hermione och hos henne göra sina anspråk på Karmides gällande. Myro sökte nu intala sig, att Rakel fogat sig efter detta råd, och att hon sålunda begivit sig till Krysanteus' lantgård utanför Piræus.

Myro beslöt att företaga en vandring till nejden av lantgården. Måhända skulle hon då möta Rakel på vägen eller på annat sätt få någon underrättelse om henne. Myro kände sig för orolig att stanna hemma och under tvivel bida sin väninnas återkomst. Dagen var dessutom vacker och inbjöd till vandring. Myro gav sig således på väg. Men ingenstädes fann hon ett spår av den försvunna. Ingen hade sett någon kvinna med ett barn på armen, med utseende och klädedräkt liknande hennes. Myro vågade slutligen gå fram till själva villan och till portvaktaren ställa samma frågor, med vilka hon anhållit alla andra, som hon mött. Men han visste icke mer än de. Nedslagen beslöt sig Myro äntligen att återvända till hamnstaden. Den väg hon valde slingrade längs havsstranden och skuggades av oljeträd och plataner. På den solglittrande vattenspegeln och icke långt från stranden sågos två av förgyllningar glänsande blomsterprydda båtar, som framdrevos med sakta årslag under sång och strängaspel. Myros skarpa öga igenkände i den ena båten Karmides och Hermione, som förtroligt sutto vid varandras sida. I den andra voro några av det förlovade parets unga vänner. Den glada, intagande synen stämde så vackert med himmelens klarhet, havets lugn och de grönskande stränderna. Men hos Myro väckte synen bittra känslor; hon tänkte på sin olyckliga vän och på sin egen föraktliga, glädjelösa lott. Hade kanske även Rakel bevittnat detta skådespel? Skulle hon kunnat uthärda denna åsyn och leva? Myro anade, att det finnes en förtvivlan, svartare än den hon själv i sina olyckligaste ögonblick hade upplevat, och mot vilken döden, långt ifrån att vara förskräcklig, är den ende hugsvalaren.

Försänkt i sådana betraktelser hade Myro stannat och såg ännu efter de sakta över vattenytan svävande båtarne, när där på vägen nalkades henne en man, som hon ofta mött på Atens gator, och om vilken hon hört mycket talas, nämligen den kristne prästen Teodoros.

Myro visste om denne man, att han till kristendomen hade omvänt några av hennes djupast sjunkna systrar, och att han hade givit dessa kvinnor håg och berett dem tillfälle att träda in på en annan och bättre levnadsbana. Hans ädla och vänliga ansikte hade alltid behagat Myro, på samma gång som hon känt en hemlig fruktan för honom och undvikit, där hon kunde, att möta hans allvarliga, genomträngande blick.

Även Teodoros igenkände kvinnan i den urblekta kitonen. Han hade sett henne strålande av glädje och hälsa, klädd i dyrbara kläder och buren av slavar i en gyllene bärstol. Hans hjärta beklagade henne icke mindre då än nu.

Hetären övertygades snart, att hon ej var okänd för honom, ty han hälsade henne med hennes namn Myro, och då han på hennes ansikte upptäckte ett spår av sinnesrörelse, stannade han och öppnade med henne ett samtal. Det sätt, varpå Teodoros under detta samtal framställde sina frågor och besvarade Myros, var sådant, att det likt en magisk nyckel öppnade hennes hjärta för honom. Medan de vandrade mot staden, omtalade Myro såväl sin egen levnadshistoria som Rakels.

När de kommit i grannskapet av långa murarne, åtskildes de, Teodoros för att gå till en sjuk medlem av sin församling, Myro för att ila hem och se, om icke Rakel under hennes frånvaro återkommit. Men dessförinnan hade Myro lovat Teodoros att följande afton infinna sig hos en ansedd och för sin välgörenhet bekant kristen matrona, vars namn och bostad hon kände. Där skulle hon åter träffa Teodoros.

Skymningen var redan inne, när Myro anlände till sin boning. Kammaren var tom och intet spår visade, att Rakel varit där under hennes frånvaro. Men en stund därefter inträdde Myros granne, den välvillige snickaren. Hans ansikte var mycket blekt, då han frågade Myro, om hon ännu visste, var Rakel och hennes barn vore.

Myro svarade, att hon förgäves hade sökt sin vän å Krysanteus' lantgård.

- Och jag, som icke sökte henne, har likväl sett henne, sade snickaren. O, det var förskräckligt! Den arma kvinnan! Jag sade det likväl förut ... jag såg det på hennes ögon. Vaggan lär nog icke bliva färdig, ty hon behövs icke mer.

- O, I gudar, vad säger du? Vad har hänt dem? Var såg du dem?

- Jag gick helt nyss över hamntorget, då jag nere vid kajen märkte en folkskockning och ville se vad som var å färde. Jag anade, att man hade upptagit någon drunknad ur vattnet, och kom genast att tänka, det försäkrar jag, på den stackars judinnan. Jag följde hopen. Kosan bar till likhuset, där man lägger drunknade människor för att de skola igenkännas av fränder eller vänner ...

- Och det var Rakel, som man nu hade funnit i vattnet? inföll Myro ångestfullt.

- Ja, ja, Rakel och hennes gosse. Där funnos redan före henne två andra lik, som lågo utsträckta på de svarta bänkarne, och som vid ljusskenet sågo hemska ut, skall du tro. Men vad var det att se emot henne? Det var just icke förskräckligt, men det var rörande, ty hon hade bundit barnet fast vid sitt bröst och hade slagit sina armar så hårt omkring det. Lovade vare gudarne, att havet icke fick behålla sitt byte! Det är dock en tröst att veta, att hennes skugga ej har att irra till eviga tider vid Stygens älv, utan kommer till sin bestämmelse och får lugn i underjorden.

Denna tröstegrund, härfluten ur en allmän föreställning, att de drunknades själar icke skulle komma till ro i Hades, innan deras lik blivit funna och överantvardade åt jorden, bidrog föga att lindra Myros smärta. Hon höljde ansiktet i sin kiton och grät bittert. När det första utbrottet av hennes sorg var överståndet, hastade hon till det omtalade likhuset. Många nyfikna voro församlade där, betraktande den drunknade kvinnan och barnet, som tycktes slumra vid hennes bröst. Man undrade vem hon var; ingen kände henne. Men alla stodo rörda omkring den sorgliga gruppen.

Myro trängde genom hopen och hade knappt varseblivit sin väninnas bleka ansikte, som ännu i döden bibehöll sin prägel av djup, oläklig smärta, förrän hon ånyo måste giva fritt lopp åt sina tårar och sin klagan.

- Myro, du känner henne. Vem var hon? Har hon frivilligt sökt döden?
Eller har hon omkommit med sitt barn genom våda?
Med dessa och dylika frågor anhölls Myro av de närvarande.

- Hon var således en hetär, sade en annan. Sådana kvinnor börja med
fröjd och ända med förtvivlan. Det är vanligt, det.

- Nej, utbrast Myro, hon var aldrig en hetär, aldrig en fallen och föraktad
kvinna som jag. Ingen må skymfa den arma med ett sådant namn. Var hon icke
olycklig nog i livet för att befrias från skam i döden? Det är Rakel, Baruks dotter,
den rike mäklarens, som I alla kännen. Viljen I vara rättvisa, så dömen icke
henne, utan Karmides, som förförde henne, och den hårde fadern, som jagade
henne ur sitt hus, medan hon bar detta barn sitt sköte.

Myro kunde icke säga mer, ty hennes röst kvävdes av snyftningar. Men
upplysningarna, som hon lämnat, gjorde starkt intryck på de närvarande, och
man hörde dem överbjuda varandra i uttryck av medlidande med den döda och
harm över dem, som förorsakat hennes olycka. Det var dock mindre den trolöse
älskaren än den grymme fadern, mot vilken deras vrede uttalade sig.

- Han skall nu få veta vad han gjort, sade Myro; jag skall uppsöka honom
och föra honom hit. Om han har hjärta för annat än sitt guld, så skall han ångra
sin hårdhet; men hans ånger har kommit för sent, och det skall vara hans eviga
straff.

Myro skyndade ut. En stor del av åskådarne följde henne för att giva luft
åt sin harm mot den rike mäklaren och bevittna det sätt, varpå han emottoge
underrättelsen om sin dotters och hennes barns död.

Hopen, förd av Myro, begav sig först till hans handelskontor. Men
göromålen voro där för dagen redan slutade, och man fann icke den man sökte.
Den outtröttliga Myro skyndade nu till Baruks bostad i kvarteret Skambonide.
Vägen dit var lång, och flertalet av hennes nyfikna följeslagar hade skilt sig från
henne, innan hon anlänt till det på toppen av denna kulle belägna huset.

Myro fann porten låst. Hon fattade portklappen och bullrade så länge,
tills det slutligen öppnades. En gammal tjänare med judiska drag visade sig och
sporde vad hon ville.

- Jag skall tala med Baruk, sade Myro och ville tränga in.

Tjänaren höll henne tillbaka, då han vid portlampans sken igenkände vem
hon var och såg hennes upprörda utseende.

- Min herre är sjuk, svarade han, och kan ej emottaga besök. Vad är ditt
ärende? Jag skall frambära det.

- Nej, det vill jag själv göra.

- Hon skall själv göra det ... Vi vilja själva göra det, upprepades av Myros
ledsagare, till icke ringa förvåning för tjänaren, som hastigt misstänkte, att något
våld åsyftades, och skyndade sig stänga och tillbomma porten. Strax därefter
öppnades en liten lucka på denna, och tjänarens röst hördes åter, sägande:

- Men vad är då å färde? I hören att min herre är sjuk, och kunnen väl
begripa, att jag icke kan insläppa en hop främmande folk på gården. Sägen ert
ärende, och jag skall frambära det.

- Är din herre icke sjukare, än att han kan stiga upp och taga manteln på, så skall han följa mig, sade Myro.

- Säg honom, utbrast en annan, att vi hava en hälsning från hans ...

- Tyst, inföll Myro, säg honom ingenting. Han skall ingenting veta, förrän han med egna ögon ser. Vi vilja tala med honom, det är nog. Bed honom komma ut. Det gäller en fråga om mycket guld och stor vinning. Säg honom det! Luckan stängdes, och man hörde tjänarens steg, då han avlägsnade sig. Det dröjde länge, innan porten åter öppnades. De som väntade där utanför tillkännagåvo sin otålighet genom förnyat buller med portklappen. Slutligen visade sig en liten kaftanklädd, svartskäggig man av dystert utseende.

- Mina vänner, vad viljen I? frågade han med mild röst, sedan han stigit ut på gatan.

- Du är icke Baruk, inföll Myro. Vi ville tala med den rike mäklaren och icke med dig.

- Baruk ligger sjuk i sin säng. Jag är hans vän och frände, rabbi Jonas, och vad I viljen säga honom, kunnen I säga mig.

- Du känner då även hans dotter, Rakel? frågade man.

- Ja, svarade rabbinen. Vad är det med henne?

- Du skall få se, sade Myro.

- Och skall omtala för Baruk vad du har sett, som om han skådat det med egna ögon ...

- Den girigbuken, den hårdhjärtade skurken, inföll en annan.

- Jag följer er, sade rabbinen. Vad har hänt den kvinna, om vilken I talen, och vart viljen I föra mig?

- Du skall snart få veta det.

Rabbi Jonas följde hopen och åhörde utan att svara ett ord de skymford, som regnade över Baruk och hela Israel. Myro hade gripit om hans hand, liksom om hon fruktat, att han skulle undkomma henne. Men han gick lugnt vid hennes sida och drog icke sin hand tillbaka.

När de anlänt till hamntorget och rabbinen märkte, att kosan ställdes till det av facklor upplysta huset för drunknade, stannade han och drog djupt efter anden. Han hade berett sig på ett sorgligt skådespel; nu gissade han vad som hänt.

Emellertid betvang han sin sinnesrörelse och följde Myro, som ropade: kom, kom!

Kort förut hade en liten båt lagt till vid kajens huvudtrappa nedanför de två marmorlejonen, som prydde hamntorget, och Karmides, som kom från Krysanteus' lantgård, stigit i land därstädes.

Vi veta, att han tillbragt aftonen i Hermiones sällskap med en lustrodd längs den med sommarens yppiga prakt smyckade havsstranden. Den angenäma färden, som förskönades av de deltagandes glättighet och musikens toner, hade dock till slut fördystrats för Karmides genom en syn, som han dock icke tillskrev verkligheten, utan sin egen inbillning.

Båtfarten hade från en liten vik, som badade foten av den sluttning, där Krysanteus' villa var byggd, blivit utsträckt till grannskapet av hamnen. När man vände kring en liten sävomkransad holme, öster om hamnen, hade Karmides, skådande ut över den solglittrande vattenytan, tyckt sig se ur böljorna uppdyka ett människohuvud, omgivet av långa, korpsvarta lockar, vars bleka anlete, när det för ett ögonblick visade sig över det genomskinliga elementet, tedde dragen av Baruks dotter. Bredvid detta huvud tyckte han sig se ett annat ... men synen försvann hastigt som den kommit, i skötet av det proteusartade havet, som alstrar så många underbara bilder.

Karmides förteg sin syn och prisade sig lycklig, att ingen mer än han haft den. Han vände sig till Hermione, som satt vid hans sida, för att med henne fortsätta det viskande samtalet om naturens skönhet, de gemensamma barndomsminnena och kärlekens lycka; men orden dogo småningom på hans tunga, och han försjönk i en tystnad, som icke var det lyckliga, drömmande svärmeriets.

Umgänget med Hermione hade icke förfelat att utöva mäktigt inflytande på Karmides. Han älskade henne nu med en kärlek, fri från alla beräkningar. Den oväntade upptäckt, som återfört den förlorade Filippos till hans faders hus, hade låtit Petros frukta, att Karmides, sviken i sitt hopp att varda den uteslutande arvingen till Krysanteus' förmögenhet, skulle begå någon handling, som kunde förråda den ursprungliga bevekelsegrunden för hans närmande till Hermione och hans lyckade försök att återknyta förbindelsen med henne. Petros' farhåga bekräftade sig icke. Karmides hade delat Hermiones glädje över broderns återfinnande och med henne beklagat hans olyckliga själstillstånd. Härtill bidrog även hans förakt för penningen; när han icke längre jagades av fordringsägare, utan tvärtom ånyo ägde penningeutlånarnes fulla förtroende, så glömde han även sina skulder och levde som förr i dagens glädje, ehuru denna numera bar en annan dräkt och ägde ett ädlare skaplynne än förr.

Hans glädje hade likväl under dessa dagar varit långt ifrån oblandad. Den stördes av en röst i hans inre. Han ville vara värdig sin lycka och kunde det icke, ty emellan honom och detta mål stodo hotande minnen och bland dessa Baruks dotters bleka, sörjande bild. Hermione kände icke det förhållande, vari han stått till denna olyckliga unga kvinna. Hon hade hört talas därom, men trodde icke ryktet, sedan Karmides med heliga eder förnekat dess sanningsenlighet. Han hade sålunda icke vågat giva henne det fullkomliga förtroende, varpå han kände, att hon ägde anspråk. Han insåg, att han handlade svekfullt. Och icke blott i detta avseende och emot henne ensam. Det fanns än en omständighet, vars vikt han för sig själv ville förringa, men som icke dess mindre i vissa ögonblick av eftertanke förfärade honom. Han var i hemlighet döpt. Han var således fäst vid den kristna kyrkan med ett band, som visserligen icke på ringaste sätt vidkom hans inre människa, men som var erkänt av lagen och föreställningssättet, och med vilket hans egen vidskepelse förknippade en magisk betydelse.

Det skulle i längden icke kunna döljas, att Karmides emottagit dopet. Hemligheten var i Petros' våld, och att han en gång skulle nyttja den för att giva Krysanteus en hård stöt, var otvivelaktigt. I den stunden skulle Karmides inför Hermione och hennes fader stå som bedragare och tillika som ett lumpet verktyg i Petros' händer.

Karmides' framtidshimmel var således icke utan moln. En känsla av ovärdighet och i vissa stunder allvarliga samvetsförebråelser tyngde honom.

En sådan var den stund, då han landsteg vid Piræiska hamnens lejontrappa för att över torget begiva sig till sitt hus.

Den hemska syn, som havet plötsligt uppenbarat honom, stod för hans ögon med fördubblad klarhet, sedan han lämnat Hermione och hennes glättiga väninnor, och kvällens skymning bredde sin slöja över allt, som kunde giva hans ögon och tankar en förströelse.

Sysselsatt med denna obehagliga bild kom hans blick att falla på likhuset, utanför vilket en hartsfackla spred sitt sken och genom vars öppna dörr man såg de nyfikne, som betraktade de döde.

Karmides kände en rysning genomila sina lemmar. Var det bleka ansikte, som uppsteg ur havet och som ännu stirrade mot honom, ett foster av hans inbillning eller var det kanske en verklighet? Likhusets svarta bänkar skulle måhända kunna svara på frågan.

Karmides stannade och riktade därefter sina steg till det sorgliga stället. Det var nyfikenhet, som drev honom; det var en hemsk aning, som han ville nedtysta, det var hans samvete, som med tvingande makt förde honom dit.

Han inträdde, men stannade vid tröskeln, ty det första, som mötte hans ögon, det var liken av Rakel och hennes barn.

Var det ånyo en synvilla? Var det fantasien, som föregycklade honom denna skepnad med Rakels anletsdrag och mörka lockar—med armarne krampaktigt knutna kring en späd varelse, vars blåbleka anlete låg tryckt till hennes bröst?

- Det är Rakel, Baruks dotter, hörde han yttras bland de närmaste åskådarne. Orden ljödo i hans öra som en anklagelse för mord, och hans dystra ansikte, hans hemska blick förklarade honom skyldig.

I detta ögonblick anlände Myro med rabbi Jonas och dem, som ledsagat henne, när hon gick att uppsöka Baruk. Karmides måste giva dem rum och avlägsna sig från dörren, när de inträdde.

Rabbi Jonas nalkades liken. Hans utseende var lugnt; endast en ryckning i läpparne antydde rörelsen i hans själ.

- Det är Baruks dotter, sade han. Var är föreståndaren, att jag må tala med honom om den dödas och hennes barns begravning?

Föreståndaren för likhuset var tillstädes. Rabbinen vände sig till honom och upptog ur gördeln sin penningpung. Detta skedde med en köld, som förvånade de närvarande och ingav Myro en harm, som ögonblickligen skulle urladdat sig, om hon ej i samma ögonblick varseblivit Karmides.

- Ah, är du här, min Karmides? utbrast hon. Är det för att fröjda dig åt ditt verk? Vilka gudar styrde din kosa hit? Var det eumeniderna eller andra? Karmides, se här är Rakel, din trolovade, och här är din son, din egen son, Karmides!

Vid namnet Karmides vände sig rabbi Jonas om. Hans ögon, nyss lugna, nu gnistrande av en tillbakahållen eld, mötte Karmides' skygga blick, då denne smög bort, ledsagad av Myros högljudda hån och de övriges tysta förbannelser.

Ordningen kom därefter till rabbi Jonas. Men Myros bitterhet upplöste sig snart i tårar; hon kastade sig ned vid Rakels läger och grät.

Sedan rabbinen, vars lugn tycktes orubbligt, överenskommit med likhusets föreståndare om begravningskostnaden och gäldat den, stack han pungen i gördeln och beredde sig att gå. Men vid åsynen av Myros tårar lade han sin hand på hennes skuldra och bad henne följa sig. Han ledsagade denna bön med en blick, som gjorde den oemotståndlig. Myro, som inbillat sig, att han hade ett hjärta av sten, att han var en förhärdad ockrare och ingenting annat, förvånades över uttrycket i hans ögon.

– Du sörjer henne, viskade rabbinen. Du måste således i livstiden hava känt henne. Jag vill, att du skall tala med mig om hennes sista dagar. Men låt oss gå ut, där vi äro ostörda. Jag var Rakels trolovade. Behöver jag säga dig mer?

Myro följde honom. Hon hade i rabbi Jonas igenkänt den lille svartmuskige karl, som ofta låtit sig se utanför det hus, där hon bodde.

Hon gissade nu, att det var medlidande eller någon annan bevekelsegrund, som så ofta hade fört rabbinen dit. Hon påminde sig även, att Rakel talat om en lärd och aktningsvärd man, som Baruk ämnat till sin dotters make, och Myros hjärta vart nu välvilligare stämt emot den rike mäklarens frände, så att hon ångrade, att hon öst så mycken bitterhet över hans huvud.

De satte sig ned på fotstället till en av hamntorgets bildstoder, och Myro förtalde för rabbinen Rakels senaste öden.

Rabbinen lyssnade stillatigande; men hans tystnad var icke köldens, det förnam Myro av en sympatisk ingivelse.

När Myro slutat sin berättelse, bad henne rabbi Jonas med något svävande röst att visa Rakel och hennes barn den sista hederstjänsten —att följande morgon, vid en tid, som rabbinen tillkännagav, följa dem från likhuset till begravningsplatsen för okända drunknade, där det var bestämt, att de skulle vila. Själv kunde han det icke utan att bryta mot sitt folks heliga lag.

Myro undrade över en sådan lag, men lovade gråtande att uppfylla hans önskan.

Därefter tryckte rabbi Jonas hennes hand med nästan våldsam styrka och avlägsnade sig.

Myro återvände till sin ensamma boning.

Nästa morgon var hon tidigt uppe för att följa sin väninna och sin lille älskling till graven. Två slavar buro den för mor och son gemensamma kistan till den ensliga, ovårdade begravningsplatsen. Hetären i sin slitna klädning följde dem. Hetärens tårar voro det enda offer, som ägnades de båda dödas skuggor.

Myro var hela dagen sorgsen. Hon hade emellertid icke glömt sitt löfte att möta Teodoros, den kristne prästen. Mot aftonen gick hon till det hus, där hon skulle finna honom.

Myro fann i detta hus samlade några män och kvinnor, alla kristianer, men av olika stånd och villkor. Hon emottogs med vänlighet av alla. Teodoros hade förberett dem på hennes ankomst. De voro samlade för att höra ordet förkunnat av Teodoros. Myro, full av blygsel och förlägenhet i dessa aktningsvärda och allvarliga människors sällskap, satte sig vid dörren på en ensam plats, fjärran från de andra åhörarne, när Teodoros uppsteg och började tala. Han talade om synden och frälsningen. Synden hade hitintills för Myro varit ett nästan okänt begrepp; men när Teodoros utredde det, så var det, som om hennes medvetande genom sig själv hade klarnat och avhöljt dragen av en sanning, som länge, fastän slöjad, stått för hennes själs öga.

Efter synden talade Teodoros om frälsningen. Han påpekade icke dess plats i någon dogmatisk lärobyggnad; han endast uppläste och utvecklade den enkla berättelsen om synderskan, som, då Jesus satt till bords i fariséen Simons hus, inträngde där, kastade sig till nasarenens fötter, vätte dem med sina tårar och torkade dem med sina lockar.—Denna kvinna, sade Teodoros, kände säkerligen, åtminstone i vissa stunder, sorg över sig själv. Måhända hade hon ett lättsinnigt lynne, som tillät henne att förjaga självförebråelsen, men hon måste dock ofta funnit sina usla fröjder förbytta i kval, känt det förfärligaste av allt, som människan kan utstå, nämligen förtvivlan under nöjets larv.

Myro tänkte på sig själv vid dessa ord.

Teodoros skildrade, huru fariséen, full av avsky, ville stöta synderskan bort, men huru Jesus, Guds son, upphöjde hennes ånger över den stoltes rättfärdighet och gav henne förlåtelse och tillförsäkrade henne frälsning genom kärleken och tron.

Myro smälte i tårar. Detta enda drag ur galiléens levnad var mäktigt att vinna hennes själ åt honom. Hon igenkände sig själv i synderskan och skulle, som hon, velat kasta sig till den gudomlige mästarens fötter, om han i synlig måtto stått för hennes ögon.

Detta var ej det enda tillfälle, då Myro i samma krets av vänliga och glada människor fick höra evangelium förkunnat av Teodoros.

Någon tid därefter hade den förra hetären, Afrodite Pandemos' prästinna, blivit en trosvarm medlem av Kristus' församling och en ärbar tjänarinna i det hus, där hon gjorde sin första outplånliga bekantskap med det glada budskapet.

Vid samma tid avled den rike mäklaren Baruk, såsom man sade, av sorg över sin dotter.

Huru förvånades man icke i Aten, när man fick veta, att Baruk hade testamenterat en ansenlig summa penningar åt hetären! Huvuddelen av sin förmögenhet hade han skänkt till tempelbyggnaden i Jerusalem, det övriga till sina fattiga trosfränder i Aten.

Det var rabbi Jonas, som meddelade Myro underrättelsen om arvsförordnandet. Hon emottog penningsumman, men överlämnade den till Teodoros för att användas till barmhärtighetsverk, sedan hon först sörjt för att en enkel vård upprestes på Rakels och hennes sons grav. Vården var en urna utan inskrift, ty det var ingen utom Myro, som ville känna dem, vilka slumrade därunder.

TOLFTE KAPITLET.

Bröllopet.

Tillrustningarna till Karmides' bröllop med Hermione voro redan började. Ännu två dagar, och man hade hunnit den, på vilken föreningen mellan de båda älskande skulle fullkomnas.

Under den senast förflutna tiden hade Hermione likväl icke känt sig lycklig. Karmides hade undergått en plötslig förvandling. Han var dyster och fåordig. Han visade sig tankspridd och kall i hennes sällskap. Huru förklara

247

detta? Hon bad om hans förtroende. Men han nekade henne det. Han försäkrade, att det var sällheten, som gjorde honom tankspridd. Och medan han försäkrade detta, vittnade dock hans väsen, att han ljög, och i hans blick låg en skygg fruktan, som om furierna skakat sitt ormgissel över hans huvud. Hermione såg sin fader kämpa med djupa bekymmer. Detta nedtryckte henne icke mindre. Själv hade hon under de senare dagarne måst röna flera bevis på den förbittring, som hos atenska folket, hedningarne såväl som de kristne, rådde mot Krysanteus. Till och med det lilla antal, som hitintills troget understött honom, hade nu med få undantag, under inflytelsen av den allmänna meningen, dragit sig tillbaka. Gymnasierna stodo tomma, och ungdomen, trotsande den hårde censorn, samlade sig som förr kring Epikuros' vansläktade lärjungar. Barmhärtighetsstiftelserna voro inrättningar, av vilka endast de vid dem anställda tjänstemännen drogo fördel. Folket knotade över de summor, som offrades på dylikt; de sjuke och fattige fruktade dem, emedan onda, måhända till en del sanna rykten voro om dem i omlopp. Bland stadens förnämligare släkter fanns knappt någon, som ej ansåg sig hava skäl att klaga över Krysanteus, emedan enskilda deras medlemmar träffats av den oblidkeliga stränghet, varmed han skötte sitt censorskall. Han hade avsatt osedliga offerpräster och anklagat och sakfällt oredliga ämbetsmän i massa. Till de lediga platserna funnos få eller inga sökande, ty de missnöjde hotade varje sådan med förföljelse. Att de avsatta prästerna kastade sig i kristna kyrkans armar var en vanlig företeelse. Denna gjorde oupphörligt proselyter ej blott ibland de ringare klasserna, utan även inom de bildade. Krysanteus' verksamhet medförde helt andra frukter än dem han åsyftade. Han var icke blind för detta. Han började i själva verket förtvivla om möjligheten att vinna seger åt den sak, vars stridsman han var.

Till dessa bekymmer sällade sig den sorg och grämelse, som Klemens ingav honom. Den offentliga rannsakningen med Petros hade nu börjat, och var gång han fördes inför domstolen, ledsagades han av folkskaror, som uttryckte sitt deltagande för honom. Klemens hade inkallats för att lämna upplysningar om sin fosterfader. I stället för att väcka någon anklagelse mot denne, hade han under de kristianska åhörarnes jubel kastat sigi biskopens armar och högtidligt tackat denne för det inflytande han tillvällat sig på hans öden. Och då Klemens hörde, att rättegången utan tvivel skulle sluta med en dödsdom över Petros, uppfylldes han av avsky mot sin fader och uppenbarade dessa känslor utan hejd i folkets åsyn. Han fortfor ännu att leva i grottan vid pelarfältet, och hans rykte för helighet steg med varje dag. De homoiusianska kvinnorna älskade att kalla honom »den helige Klemens». Uttrycket smekte den unge asketens öra. Han hade segrat i striden med sin sinnliga natur, och segerns frukt var ett själstillstånd, vari han oftare sällskapade med änglarne och den heliga jungfrun än med världens verkligheter.

Krysanteus hade gjort en utflykt till Eleusis för att se det nya tempel, som uppfördes där. Det var natt, då han, stadd på hemvägen, nalkades Aten. En av dessa bråda, häftiga och snabbt övergående stormar, som äro egna för de södra landen, hade utbrutit över den resandes huvud. Regnet föll i strida strömmar och blixtarnes vita sken lyste nejden.

Men icke långt från dubbelporten upphörde regnet, och formannen, som hitintills vandrat vid sidan av sina uppskrämda, för ljungeldarne skyggande hästar, kunde åter intaga sitt rum på vagnen framför sin herre.

De voro nu i grannskapet av pelarfältet. Medan Krysanteus tänkte på sin son, som tillbragte natten i den öppna grottan, pekade formannen mot ett svagt ljussken, som syntes från fältet, och frågade, varifrån detta kunde komma.

Krysanteus lämnade vagnen och tillsade formannen att köra vidare. Han ville besöka Klemens. Lampskenet kom från dennes grotta.

Den unge anakoreten hade förmodligen vakat under stormen, mot vilken hans usla boning endast kunde hava lämnat otillräckligt skydd.

Krysanteus ville se, huru Klemens befann sig. Kanske också, att han nu, i natten och ensamheten, sedan elementens raseri börjat lägga sig, var mer hågad att uthärda åsynen av sin fader och lyssna till hans välvilliga ord.

I denna förhoppning tog Krysanteus sin väg över den välbekanta begravningsplatsen och styrde kosan mot det från andra sidan fältet synliga ljusskenet.

Han stod snart i grannskapet av anakoretens grotta.

Lampan, ställd intill en vägg, som skyddade henne mot blåsten, upplyste hålans inre. Klemens satt på sin mossbädd. Han var icke ensam. Gent emot honom, med ryggen vänd mot grottans öppning, satt hopkrupen på marken en hisklig skepnad, i vilken Krysanteus till sin förvåning upptäckte Simon pelarhelgonet.

Simon hade under det häftigaste åskvädret lämnat pelaren och begivit sig till sin granne. De hade redan länge samtalat, och samtalet fortfor ännu, när Krysanteus stannade utanför grottan. Simon talade med hög och vredgad röst.

- Än en gång: drag hädan, sade han, vänd till Klemens. Jag känner dig, yngling. Du är son av den gamle ormen och själv en orm, som jag fostrat vid min barm. Du har hitkommit för att bestjäla mig, men akta dig, Filippos, jag har skarp syn och skarp hörsel. Tjuven skall komma på skam.

- Fader, sade Klemens med synbar ängslan, jag förstår icke dina ord. Varför vredgas du på mig? Är det därför att mitt hjärta är ont? Jag beder dagligen om ett nytt, och himmelen synes vilja höra mig, ty änglarne och Guds moder hugna mig med sin åsyn och rena mig med sitt umgänge. Har icke även du, Simon, kämpat med synden, innan du vann den helighet, som nu omstrålar dig? Hav undseende för min ungdom, fader, och låt mig vara i ditt grannskap för att uppbyggas och styrkas av ditt föredöme.

- Himmelen har själv talat, inföll helgonet. Det var mina böner, som öppnade hans mun. Åskan röt i ditt öra, att du skall draga härifrån, och blixten hotade att splittra dig, om du ännu vanhelgar detta ställe. Vad har du här att sköta?

- Jag har sagt det, vördnadsvärde Simon. Vredgas nu icke längre.

- Ah, jag känner nog ditt uppsåt. Du är hitsänd av din förbannade fader för att nödga mig dö av hunger och törst. O, jag är rysligt hungrig, klagade Simon med jämrande röst; de fromma och givmilda hava glömt den gamle för att begapa den unge. Ingen stillar nu min hunger, ingen läskar nu min tunga. Alla gå till dig. Ah, ve över dig, Filippos!

- Din anklagelse är orättvis, fader Simon. Jag nöjer mig med ett bröd, och vattnet, som jag dricker, hämtar jag själv ur källan.

- Man kallar dig den helige, fortfor Simon med väsande röst. Har du hört,
att man kallar dig den helige?

- Ja, svarade Klemens, och jag vill med Guds hjälp varda värdig att bära
detta namn.

- Men jag säger dig: gå härifrån! Nu genast skall du gå för att aldrig
återkomma. Denna natt är farlig, Filippos. Himmelen har ännu icke uttömt sina
blixtar. Akta dig för min förbannelse—och för mina klor. Med dessa händer har
jag strypt Paulos. De veta, huru de skola klämma en strupe. Akta din egen!

- 0, min Gud, vad säger du? Du talar oförnuft, Simon. Vem säger du, att
du har strypt?

- Lamaragschugojim ... det var Paulos' sista ord. Jag glömmer dem aldrig.
Han satt i tornkammaren och läste, som han plägade, i Davids psalmer, när jag
smög mig in och strypte honom. Det var en Gudi behaglig gärning, som står
inskriven vid mitt namn i livsens bok. Lamaragschugojim. Kände du Paulos?
Nej, nej, du kunde icke känna honom. Du var då ett barn. Den kätterske
patriarken hade hungrat i sex dagar, när budet kom, att han skulle dö.
Makedonios ville det, och kejsaren ville det även. Makedonios tillförsäkrade mig
himmelens salighet och lovade uppfostra min Petros till en stor man, om jag
gjorde det.

Jag är nu helgon, och min son är biskop. Jag hatade icke Paulos, men jag
hatar dig, Filippos, emedan du är en otacksam, avundsjuk, förrädisk son. Jag
säger dig än en gång: gå härifrån eller akta dig för mina klor! Känn själv, huru de
kunna klämma!

Simon hoppade fram till Klemens, utsträckte sina långa, magra armar,
och hans köttlösa, mörkbruna fingrar grepo kring Klemens' hals.

Ynglingen gjorde en våldsam ansträngning för att slita sig lös. Men
förgäves. Simons armar och fingrar voro som av järn. Han släppte icke sitt tag.
Hans ögon, lysande av vansinnets eld, tycktes kasta gnistor.

- Pojke, väste han, svär att gå härifrån ... för alltid ... eller jag stryper dig!

Fattad av dödsfasa skulle Klemens svurit den ed, som helgonet
avfordrade honom; men han kunde det icke. Han kände sig nära att kvävas.
Förskräckelsen gav honom en ögonblicklig styrka, så att han förmådde resa sig
upp från mossbädden, där han suttit under detta uppträde. Han grep med ena
handen om den ryslige gubbens långa, toviga skägg; den andra sökte
instinktmässigt fiendens ögon för att blända honom.

Simon uppgav ett skri, liknande ett sårat vilddjurs rytande. Hans händer
släppte sitt tag. Klemens hade intryckt hans ena öga. I nästa ögonblick föllo båda
under brottningen till marken.

Men Klemens' kraft var nu uttömd. Simon kastade sig över honom och
grep ånyo med de långa nagelväpnade fingrarne kring hans hals för att strypa
honom. Klemens förlorade medvetandet.

Hela detta uppträde hade endast upptagit några sekunder. I nästa
ögonblick hade Krysanteus ilat till sin sons hjälp. Med möda lyckades han befria
Klemens ur pelarmannens händer. Simon uppgav ett ursinnigt rop, när han
igenkände sin nye motståndare. Han reste sig på sina genom den oupphörliga

knäböjningen vanformade ben. Blodet rann ur hans intryckta öga; det andra tycktes spruta lågor.

Det började nu mellan Krysanteus och pelarmannen en långvarig brottning, varunder denne senare utvecklade hela styrkan hos en vansinnig, som är i raseri. Lampan nedstöttes, och de kämpande omgåvos av mörker på sin trånga valplats. Krysanteus lyckades förflytta striden från grottan till fältet där utanför, och här segrade hans från ungdomen genom gymnastiska övningar utvecklade styrka. Men segern var icke avgjord, så länge Simon ännu kunde röra sina lemmar. Hans ögonmärke under striden var motståndarens strupe, och han hade lyckats att få tag omkring denna, när Krysanteus äntligen trängde sin ryslige fiende mot stadsmuren och med en våldsam stöt krossade hans huvud.

Simon föll, ett blodigt lik, till hans fötter.

Klemens hade under striden återvunnit sitt medvetande. När Krysanteus med svettdrypande panna vände sig bort från den slagne, såg han ynglingens vita kiton fladdra för vinden utanför öppningen till grottan.

Förvirrad och skälvande av förskräckelse hade Klemens åskadat den i hans grannskap utkämpade striden mellan två i mörkret oredigt skymtande skepnader, som för hans inbillning antogo jättestorlek och vidunderliga former.

Det vilda skratt och det lamaragschugojim, som det mordiska helgonet utstötte, när det lyckats få tag om sin motståndares strupe, övertygade Klemens, att den ene av kämparne var Simon, och påminde honom, tillika med den smärta, han kände i sin hals, om det ohyggliga uppträdet i grottan och om den dödsfara, vari han nyss svävat. Fasan kom hans blod att stelna. Mörkret hindrade honom att igenkänna sin räddare, och när striden var ändad, och den ene av skepnaderna närmade sig honom, visste han icke, om det var Simon eller den andre. Hans medvetande hade klarnat, men blott ett ögonblick, för att omtöcknas av ett varaktigare mörker. Han uppgav ett rop av fasa och vacklade tillbaka, när Krysanteus fattade hans hand.

- Filippos, hördes Krysanteus' röst, det är jag, din fader. Frukta icke! Uslingen, som ville mörda dig, är straffad. Följ mig härifrån!

Klemens hörde befallningen, igenkände rösten och lydde. Han lät föra sig vid Krysanteus' hand över pelarfältet och genom Kerameikos till huset vid Tripodgatan. Men de svar han under vägen gav på sin faders frågor vittnade om själsförvirring.

Och tyvärr var denna icke av övergående slag.

Uppträdet i grottan hade givit sista stöten åt ynglingens länge vacklande förstånd. Klemens var svagsint.

Den följande dagens sol fann icke mer Simon på pelaren, varifrån han så länge hälsat hennes uppgång. Den gamle Batyllos, vandrande om morgonen över fältet, såg honom ligga med krossat huvud och blodigt ansikte bredvid stadsmuren. Han var död.

Den päls, som i livstiden utgjort helgonets dräkt, återfanns i grottan, varest den unge anakoreten plägade vistas. På Simons nakna kropp sågs över ryggen ett långt och djupt ärr, vars tillkomst ingen bryddе sig med att söka förklara. Det var märket efter det glödgade järn, varmed Petros, homoiusianernas biskop, hade förstått att uppväcka sin fader från de döda.

Ryktet om Simon pelarhelgonets ofärd spred sig med utomordentlig hast genom staden. Man uttömde sig i gissningar över hans dödssätt. Det som mest förvånade alla var, att han ej fanns liggande vid foten av sin pelare; man kunde då antagit, att han nedstörtat och fått huvudet krossat genom fallet. Nu häntydde allt på, att han under natten lämnat pelaren, och att han dukat under för någon fiende efter en våldsam kamp, varav den genom regnet uppblötta marken i grannskapet av grottan bar tydliga spår.

Det hemlighetsfulla i tilldragelsen skingrades snart. Krysanteus skyndade att underrätta myndigheterna om händelsens förlopp. Kristianerna fingo veta, att det var ärkehedningen, som hade mördat deras dyrkade helgon. De omständigheter, som rättfärdigade hans handlingssätt, ansågo de för diktade. De uppfylldes av ett raseri, som dämpade deras fruktan för överhetens svärd. När det homoiusianska prästerskapet avhämtade den döde och i högtidligt tåg förde det blodiga liket genom gatorna för att bisätta det i storkyrkan, trängdes kring båren en ursinnig massa, som gav luft åt sin vrede i vilda hotelser mot arkonten. Aten fick samma utseende som under dagarne vid Konstantius' död. Om eftermiddagen stormades det fängelse, i vilket Petros förvarades; dörrarna uppbröts, och fången fördes, mot sin egen uttalade önskan, av folkhopen till sitt hus, som han likväl strax därefter lämnade för att frivilligt överantvarda sig i rättvisans händer.

Upploppet skulle antagit ett än mer hotande utseende, om ej Krysanteus skyndat att kväva det med våld. I kraft av den myndighet, som kejsaren lämnat i hans hand, övertog han befälet över den i Aten varande krigsstyrkan och använde henne med skonslös stränghet. Legionärerna angrepo med fällda lansar de bullrande hoparne och skingrade dem. Blod utgöts på flera punkter av staden. Emot natten var lugnet återställt, och en mängd kristianer, som tillfångatagits under upploppet, inspärrades i fängelserna, för att följande dagen sakföras som upproriska emot den kejserliga makten.

Det var under sådana sorgliga förhållanden dagen inbröt, på vilken Krysanteus skulle fira sin dotters bröllop.

* * * * *

Karmides och Hermione hade samvetsgrant iakttagit de ärvda bruk och heliga handlingar, med vilka två älskandes lagliga förening firades av fäderna. De hade gemensamt offrat åt de gudomligheter, som voro äktenskapets hägnare, åt allfader Zeus, åt Hera och den jungfruliga Artemis. Hermione hade avskurit sina lockar och nedlagt dem på vishetsgudinnans altar. Dessa ceremonier förrättades, såsom vederbörligt, dagen före bröllopet.

På aftonen av bröllopsdagen trängdes väldiga folkskaror på Tripodgatan och torget nedanför Akropolis för att se brudtåget, när det från Krysanteus' hus skulle begiva sig till brudgummens vid ingången till Piræiska gatan. Båda husen voro sedan morgonen smyckade med löv och blommor av brudparets unga vänner.

Slutligen visade sig tåget. Det öppnades av en med vita hästar förspänd vagn, vari bruden åkte vid sidan av nymfagogen eller brudriddaren, en ung, ogift vän till Karmides. Vagnen följdes av en vitklädd, kransad skara, som i händerna bar facklor. Bland de sköna flickor, Hermiones vänner, som tillhörde densamma, sågos Ismene och Berenike. Ynglingarne, som parvis ledsagade flickorna, voro till större delen förnäma främlingar och lärjungar av Akademia eller tillhörde de sådana med Krysanteus eller Karmides närskylda familjer, som, i trots av den allmänna oviljan mot arkonten, av bruket nödgades deltaga i högtidligheten. Hermione var klädd i en dräkt av byssjs och purpurtyg och enligt hävdvunnet bruk slöjad. Slöjan dolde hennes bleka anlete, som annars skulle röjt oro, lidande och dystra aningar.

Tåget ledsagades av musikanter, som läto den lydiska flöjten tona i livliga, sprittande melodier.

Det hela företedde vid facklornas sken en högtidlig anblick, men likväl ingalunda så glättig som andra uppträden av samma slag.

Ynglingarne och flickorna skämtade icke med varandra, såsom annars var övligt. Från de talrika åskådarne hördes inga bifallsrop. De iakttogo djup tystnad. Inga vänner till brudparet trängde sig fram för att lyckönska det. Inga högtidsklädda gossar hade självmant infunnit sig för att strö blommor framför vagnen eller kasta blomsterkvastar på brudtärnorna.

Innan tågets sista led hade lämnat Krysanteus' hus, stördes det av något, som var och en måste anse för ett dåligt förebud.

Den svagsinte Klemens visade sig i ett av fönstren. Han hade efter det hedniska sättet kransat sig, högtiden till ära.

Han uttalade med hög röst några ord, som de närstående hedningarne måste uppfatta som en hemsk profetia, och i vilka kristianerna igenkände den helige siaren Johannes' ord:

- Med sådan hastighet skall du förkastad vara, och ljus och ljusstake skall icke mer lysa dig, och brudgums och bruds röst skall icke mer hörd vara i dig. Ve, ve över dig!

Efter dessa ord försvann det bleka ansiktet ur fönstret. Många av bröllopsgästerna hade hört dem.

När tåget anlänt utanför brudgummens hus, emottogs det av honom och några hans vänner.

Karmides, kransad och klädd i en lysande dräkt av purpurtyg, lyfte sin brud ur vagnen, räckte henne handen och förde henne över sin tröskel.

Därefter tog den egentliga festen sin början.

Festen fortfor, som vanligt, till långt inpå natten. Gästernas förstämning var i början synbar. Det olyckliga förebud, under vilket man lämnat brudens hus, tyngde på sinnena, och det viskades mellan gästerna om vad den svagsinte ynglingen sagt. Karmides var den ende, som syntes glad och lycklig. Men de ädla vinerna, som tömdes under måltiden, väckte äntligen skämtets fjärilar till liv; de utvecklade sina vingar och började fladdrande sväva över det kransade laget. Annæus Domitius, som föreställde brudgummens fader, anslog lyckligt den glättigare ton, som nu vart rådande. Och när bröllopssångerna uppstämdes och musiken manade de unga till dans och lek, var det dystra förebudet glömt, och nöjet strålade från alla ansikten, vilka icke, som brudens, voro dömda att gömma sig under slöjan.

Karmides satt bredvid Hermione och viskade, förtjust och lycklig, med henne, när utanför fönstren uppstämdes en bullrande musik. Denna avlöstes av

en dubbelkör av vackra röster, ynglingars och flickors, som sjöngo en
bröllopssång till det unga parets ära.

Det var Olympiodoros, Palladios och en mängd av den glada skara, som
plägade samlas i Epikuros' trädgårdar, vilka på detta sätt togo farväl av en vän,
som gick att utbyta den frie Eros' välde mot hans allvarsammare broder Hymens.
Sången växlade mellan ynglingarnes och flickornas körer, och båda
sjöngo gemensamt omkvädet, med vilket varje vers slutade:

Hymen, giv lycka och fröjd! Hymenäos, eja, Hymenäos!

Flickorna klagade över aftonstjärnan, den grymmaste av de oförgängliga
eldar, som efter kaos tändes på himmelens valv. Ty det är aftonstjärnan, som
rycker den blyga, darrande bruden ur hennes moders famn och överlämnar
henne åt en djärv och häftig yngling. En stad, som intages av en skonslös fiende,
är väl den mer att beklaga än hon? Så sjöngo flickorna, men uppstämde icke
förty, när de klagat ut, det livliga omkvädet:

Hymen, giv lycka och fröjd! Hymenäos, eja, Hymenäos!

Ynglingarnes kör svarade, att ett bloss med ljuvligare sken än
aftonstjärnans varken lyser för jordens dödlige eller Olympens gudar. Vad
föräldrarne fastställt helgas av henne; vad de älskande länge önskat räckes givmilt
av henne ...

Hymen, giv lycka och fröjd! Hymenäos, eja, Hymenäos!

- Systrar, började flickorna ånyo, aftonstjärnan har ryckt en vän ur vår
krets. När vi hädanefter om våren vandra i skogen och på ängarna för att plocka
doftande blommor, skola vi sakna henne, som var den älskligaste bland oss alla.
Hon är bortförd av en rövare. Onyttig var all vår vaksamhet. Aftonstjärnan
medför natten, och natten medför de lurande tjuvarne. Vad är en brudgum annat
än en tjuv, fast namnet är ett annat?

- Bröder, sjöng i sin ordning ynglingakören, vad det roar flickorna att
gäcka oss med en låtsad klagan! De efterlängta vad de säga sig frukta ...

Hymen, giv lycka och fröjd! Hymenäos, eja, Hymenäos!

Flickorna fortforo:—Älskad av alla är blomman, som växer i den väl
omgärdade trädgården, där hon varken hotas av det betande lammet eller den
ristande plogen. Vindarne smeka, solen livar, regnet fostrar henne. Gossar och
flickor eftersträva henne. Men plockad vissnar hon och eftersträvas nu av ingen.
Det är med flickan som med blomman.

Ynglingarne svarade:—Vinrankan, som oförmäld lever där hon föddes,
på det vilda fältet, lyfter sig aldrig mot himmelen och fostrar aldrig den milda
druvan. Hon böjer sig tyngd till jorden. Men förmäler hon sig med den högväxta
almen, så varder hon älsklig för odlaren och för sig själv. Det är med flickan som
med rankan ... Sjungen därför med oss:

Hymen, giv lycka och fröjd! Hymenäos, eja, Hymenäos!

Båda körerna förenade sig nu i slutversen, vars innehåll var detta:

- Leven väl och lyckliga, brud och brudgum! Lato,
ungdomsuppfostrarinnan, välsigne er med sköna barn! Kypris styrke er trogna
kärlek, och Zeus förläne er varaktigt välstånd! Soven, men glömmen icke att
vakna i morgon! Vi återkomma med morgonens stjärna ...

Hymen, giv lycka och fröjd! Hymenäos, eja, Hymenäos!

Efter sångens slut ljödo åter de lydiska flöjterna, ledsagade av lyror och cittror.

*

Bland de talrika åhörarne till den ovan skildrade serenaden voro även presbytern Eufemios och rabbinen Jonas.

Båda hade viktiga ärenden att uträtta. Eufemios kom ifrån Petros och bar i sin gördel ett brev, som tidigt följande morgon skulle överlämnas till Krysanteus.

Detta brev innehöll endast några rader. Petros lyckönskade Krysanteus och det nygifta paret och uttalade sin välsignelse över deras förening, vilket han förklarade sig göra i den kristna kyrkans namn, emedan Karmides tillhörde denna på ett oupplösligt och evigt sätt igenom döpelsens undfångna nåd.

Denna överraskande upptäckt skulle för Krysanteus inviga den kommande dagen.

Rabbi Jonas hade ett annat ärende, som måste ännu samma natt uträttas. Rabbinen bar i gördeln under sin kaftan en välslipad dolk, vars udd till yttermera visso var förgiftad.

Alltsedan Baruks död hade rabbi Jonas föga visat sig bland sina landsmän och trosvänner. Han hade icke heller uppträtt i synagogan. Man sade, att han var mycket sjuk, att han förtärdes av något invärtes lidande, och detta sannades av hans utseende. Han hade på den senaste tiden magrat mycket, och han var mer hopsjunken än någonsin.

Rabbi Jonas hade alltifrån bröllopstågets ankomst tillbragt aftonen utanför Karmides' hus.

Nu, under serenaden, hade han valt sin plats helt nära husets port. Vid hans sida stod en man med judiska drag, en frände till rabbi Jonas.

Denne man var juvelhandlare och hade under de föregående dagarne ofta varit kallad till Karmides i och för valet av de smycken, varmed den nygifte mannen på morgonen efter bröllopsnatten, enligt bruket bland de rike, skulle begåva sin unga hustru.

Juveleraren kände således husets inre och hade för övrigt genom Karmides' unge tjänare Alexander vetat förskaffa sig så noggrann beskrivning på stället, som hans vän rabbi Jonas kunde behöva till utförande av sin avsikt.

Där de båda nu stodo, fanns i portgången, helt nära dem, till vänster en trappa, som förde till en kammare i husets andra våning. Om dörren till denna kammare var låst, kunde hon utan svårighet öppnas med en lieformig hake, som rabbinen bar i sin gördel och i vars bruk han under de senare dagarne, då han varken förmådde studera eller förrätta sin tjänst, hade haft god tid att öva sig. Från kammaren, som vanligen var tom, förde en annan dörr till en kring husets gårdsida löpande balkong, varifrån hela våningen med dess olika lägenheter var tillgänglig.

Rabbinen kände mycket noga belägenheten av brudkammaren och de till denna gränsande rummen.

Om han efter fullbordat uppsåt välbehållen lyckats lämna huset, så voro alla åtgärder träffade till en skyndsam flykt ifrån Aten.

Nu avvaktade han den lämpliga timmen för sitt företag. Hans väsen bar prägeln av lugn beslutsamhet. När serenaden tystnat och större delen av det utanför huset samlade nyfikna folket avtågat med musikanterna, lämnade honom juveleraren och följde hopen. Rabbinen stannade på sin plats, lyssnade till det glada sorlet från bröllopsgästerna och räknade dem, som avlägsnade sig.

När sorlet förtonat och endast de med brudparet närmast befryndade gästerna ännu funnos kvar, gick rabbinen med tysta steg uppför den omtalade trappan.

Han hade väl beräknat sin tid. I denna stund fördes Hermione vid facklors sken till ett å ena sidan om brudkammaren beläget rum, där de sista ceremonierna skulle företagas, innan hon av sina väninnor leddes till brudbädden.

Enligt övligt bruk hade Karmides vid samma tillfälle avlägsnat sig för att i ett rum å andra sidan, under ett rököffer åt Kypris, avvakta dessa ceremoniers slut och brudtärnornas bortgång.

Karmides hade alltifrån besöket i likhuset varit förföljd av Rakels och hennes sons bleka skepnader. Om natten visade de sig vid hans läger; om dagen stodo de aldrig klarare för hans ögon, än när han var i Hermiones sällskap. Han hade fått en föreställning om de kval Orestes, jagad av eumeniderna, uthärdat; och trodde han numera på en gudamakt, så var det den, som sänder samvetskvalen.

Under denna afton hade han likväl känt sig fri från ångesten. De gudar, som gynna kärleken och äktenskapet, hade utestängt furierna från bröllopssalen. Rakels skepnad hade icke uthärdat bröllopsglädjen, utan vikit från hans sida. Hon skulle återvänt, ifall det olyckliga omen, varunder bruden lämnade sin fars hus, hade omtalats för honom. Men gästerna hade förtegat det. Det var opassande och farligt att tala om ett olyckligt förebud. Man kunde tillviska varandra, att man iakttagit det, men ingenting vidare; och det fanns väl ej någon, som förgätit att för sig själv tillägga den gamla formeln vid sådana tillfällen: »gudarne avvände olyckor!»

Karmides hade nu blott en önskan: att de sista gästerna skulle gå. Han längtade att vara ensam med sin brud. Han hörde från kammaren på andra sidan brudgemaket de unga kvinnornas glada skämt med Hermione, medan de enligt bruket tvådde hennes fötter med vatten, hämtat ur den heliga källan Kallirhoe. Han påminde sig, att han själv hade en from plägsed att uppfylla, och kastade några rökelsekorn i fyrpannan på en trefot, bedjande härunder till Kypris, kärlekens gudinna.

Kammaren, där han befann sig, hade två dörrar. Den ena, som nu stod öppen, förde till brudgemaket, den andra till den förut omtalade balkongen.

Karmides' uppmärksamhet togs ett ögonblick i anspråk av ett obetydligt buller, som hördes utanför. Han trodde, att någon av gästerna eller husets tjänare förorsakat det under gåendet över balkongen.

Orsaken var dock en annan. Det var rabbinen, som, efter att hava kastat en blick genom dörrens täta gallerverk, riglade henne utvändigt.

Strax därefter öppnades dörren mellan samma balkong och brudgemaket, men så tyst, att Karmides skulle ingenting förnummit, om ej hans blick varit riktad åt detta håll.

Brudkammaren upplystes svagt av en enda taklampa. Vid skenet av denna såg Karmides en mörk skepnad, som med ljudlösa steg överskred golvet och styrde kosan rakt emot den plats, där han stod.

Utom sig av överraskning igenkände han Rakels forne trolovade, rabbinen, som han ofta sett i Baruks hus.

Rabbinen var dock mycket förändrad och liknade snarare en hemsk andeuppenbarelse än en levande människa, under det han nalkades med tysta steg, och lampskenet föll på hans bleka ansikte, vars ögon, flammande ur djupet av sina gropar, voro oavlåtligt fästa på Karmides.

Innan denne var mäktig av ett ord, hade rabbinen kommit i hans omedelbara grannskap och stängt dörren till brudrummet bakom sig.

- Vem är du som kommer? ... Och vad vill du här?

Med dessa ord bröt hastigt den bleknande Karmides tystnaden.

- Fråga, vilka vi äro som komma, och vad vi vilja här, sade rabbinen med dämpad röst; märker du ej, att vi äro flera?

- Jag igenkänner dig. Du är Jonas, rabbinen. Men vad söker du här? Vad föranleder dig att komma på sådant sätt och vid denna timme?

- Tala icke ensamt till mig, sade Jonas. Du borde se, att jag följes av flera.

- Du talar som en vansinnig. Människa, vad vill du? Jag läser i dina ögon ett ont uppsåt.

- Jag såg din brudsäng, sade Jonas; hon lyser skönt av silver och elfenben. Men du skall aldrig vila i den. Hon är bäddad förgäves. Ack, det gives brott, som, när de skola vedergällas, göra den allsmäktige hämnaren till en nödställd gud. Alla hans vredes vikter äro som ett dun mot tyngden av en enda uslings odåd. Han kan icke tillämpa sin egen lag, som bjuder öga för öga och tand för tand. Hade du ögon så många som himlavalvets och jag släckte dem, och tänder som djupets Behemot och jag utbröte dem, så vore dina kval ett intet mot dem, som du förorsakat oss—mig och henne och dem, som gåvo henne livet. Om jag rycker dig från din bruds omfamning, kan jag likväl icke frånrycka dig hennes hjärta. Nej, jag kommer icke för att vedergälla, ty här är ingen vedergällning möjlig, utan endast för att svalka mina plågor i ditt blod, sedan jag sagt dig, att du i natt skall kyssa döden och icke Hermione.

Karmides, som nu hunnit sansa sig, och, innan rabbinen uttalat sin avsikt, gissat den, gjorde en rörelse för att kasta sig över honom och slå honom till golvet.

Rabbinen drog sig tillbaka och blottade sin dolk.

- Udden är giftig, sade han. Blott en rispa och du skall dö under plågor, gruvligare än de besattes. Usle förförare, som stal min själs utvalda, eländige son av ett förbannat och orent släkte, som vågat skända en dotter av Guds utvalda folk, sök icke dödens kalk; jag skall ändå räcka dig honom. Kunde jag endast göra det droppe för droppe och stå bredvid och åse dina kval!

Karmides uppfattade fullkomligt faran av sitt läge. Medan hans fiende talade, hade han närmat sig den dörr, som ledde till balkongen. Han sökte hastigt öppna henne för att rädda sig med flykten. Men rigeln gjorde motstånd. Flykten åt detta håll var honom avskuren. Den andra dörren betäcktes av rabbinen, som nu med lyft dolk närmade sig. I styrka och vighet ojämförligt överlägsen sin motståndare, skulle Karmides, som ingalunda saknade mod, hava försökt att vrida dolken ur hans hand; men hotelsen, att denna var förgiftad, hade gripit hans inbillningskraft och höll honom på avstånd.

I detta ögonblick hördes från brudgemaket tärnornas glada röster, när de, efter fulländade ceremonier, högtidligt förde sin vän till den blomsterprydda, av byssosskyar omsvävade brudsängen.

Rabbinens mun drog sig till ett underligt leende, som tycktes uppmana Karmides att lyssna.

Denne såg sig om efter en sista räddning. Att ropa på hjälp skulle tjäna till intet, ty här var nästa ögonblick avgörande. Hastigt fattade han om den massiva, av brons och silver gjutna trefoten för att nyttja den som sköld emot det första angreppet och som ett anfallsvapen, innan det andra hunnit göras.

Men trefotens väldiga tyngd, som utgjorde mer än en mansbörda, tillät icke, i trots av en krampartad kraftansträngning, den skyndsamhet, som här var av nöden. I nästa sekund hade Jonas genom den tunna kitonen stött dolken ända till skaftet i Karmides' bröst.

Den giftiga udden hade funnit och genomborrat hans hjärta.

Han föll, utan att uppgiva ett rop, livlös till golvet, som övergöts med hans blod.

Man hade i brudkammaren hört det dova bullret vid hans fall. I nästa ögonblick slogs dörren upp, och kvinnorna, förstummade av häpnad, sågo en svartskäggig, kaftanklädd gestalt, med ett hemskt, blodstänkt anlete, skrida dem förbi och skyndsamt försvinna genom den motsatta dörren, som ledde till balkongen.

Hermione var den första, som återvann sin fattning. Hon skyndade till kammaren, som den okände lämnat, och där hennes brudgum skulle avvakta henne.

Men vid den syn, som mötte henne här, vacklade hon tillbaka och sjönk sanslös i sina framilande väninnors armar.

Kvinnornas rop kallade Krysanteus och de få kvarvarande gästerna till stället.

Medan de samlade sig kring det blodiga liket, hade en annan serenadgivande flock av Karmides' vänner stannat utanför bröllopshuset.

Man hörde ånyo musik och sång och det hävdvunna omkvädet, som förekom i bröllopsvisor:

Hymen, giv lycka och fröjd! Hymenäos, eja, Hymenäos!

TRETTONDE KAPITLET.

Dagen därefter.

Morgonen, som följde den olyckliga bröllopsdagen, var bestämd att sanna ett rykte, som länge kringflugit från mun till mun.

Det hade nämligen viskats, att kejsaren var död. Han skulle hava stupat i en drabbning mot perserna. Ingen hade ännu vågat högt förkunna ryktet. Det hade varit högmålsbrott. Men det var likväl knappast någon, till vars öra det icke nått.

Kristianerna trodde det, emedan de länge väntat ett sådant slut på Julianus' levnad. Hedningarne trodde det icke, emedan de hade alltför mycket att frukta av dess sanningsenlighet. Ryktet var dessutom utpyntat med vidunderliga tillägg. Kristianerna ville veta, att i de flyende persernas leder hade visat sig en ryttare i ljusstrålande rustning, och att den hedniske kejsaren, medan han förföljde fienden, träffades av ett eldglänsande spjut, som slungades av denne okände kämpes hand.

Ryktet tillade, att de romerska legionerna efter Julianus' död hade till kejsare över världen utropat en simpel livdrabant, som var ivrig kristen och tillgiven den rättrogna homoiusianska bekännelsen.

Den förskräckliga, i dunkel inhöljda tilldragelse, varmed Karmides' och Hermiones bröllop ändat, hade knappt hunnit omtalas i staden och varda föremål för samspråk på torg och gator, förrän talet därom tystades genom ankomsten av en viktigare underrättelse. En kurir hade från Korintos anlänt till prokonsuln över Akaja med brev från krigsskådeplatsen. Samtidigt med denne hade en prästerlig brevbärare från patriarken Makedonios ankommit till den fängslade homoiusianske biskopen i Aten.

Vid pass en timme därefter sågs Annæus Domitius till häst framför fronten av den på torget uppställda atenska besättningen, som i närvaro av en ofantlig folkmassa hyllade den nye kejsaren, Jovianus.

Kristianernas jubel överröstade soldaternas hyllningsrop. Den nye kejsaren var kristen och homoiusian. Därom var icke längre något tvivel.

De kristianska hoparne ilade från torget till Petros' fängelse för att befria honom. Men när de anlände dit, var fängelset redan tomt. Stadens myndigheter hade kommit massan i förväg och skyndat att återgiva den nu plötsligen åter mäktige och inflytelserike mannen hans frihet.

Samma myndigheter hade även utan dröjsmål låtit öppna fängelsedörrarna för de kristianer, som häktats som deltagare i det upplopp Simon pelarhelgonets död förorsakat.

Hänförelsen bland kristianerna minskades föga av den underrättelse, som anlände samtidigt med den om Julianus' död och det nya kejsarvalet, att nämligen i trots av alla Julianus' segrar Jovianus hade slutit en neslig fred med Persien, återlämnat icke allenast alla vapentagna landsträckor, utan även de fem provinser, som redan länge varit införlivade med romerska väldet, samt till barbarerna avträtt österns fasta bålverk, den viktiga staden Nisibis, vars innevånare förgäves under knäfall och böner anropat honom om tillåtelse att få försvara sina murar. Emedan kejsaren var kristian, så rosades denna fred för att vara lika nödvändig som vis.

Samma morgon, på vilken dessa märkliga underrättelser inträffade i Pallas Atenas uråldriga stad, utlystes en folkförsamling, som hölls under stort tillopp såväl av kristianer som av den gamla lärans bekännare. Dessa senare dolde sin smärta över Julianus' död; för många mildrades dess bitterhet genom vissheten, att Krysanteus' inflytande från detta ögonblick var brutet, och att man nu finge tillfälle att hämnas den skymf hans oblidkeliga stränghet tillfogat så många av stadens ansedda familjer. Sedan man beslutit om de festligheter, med vilka Aten skulle fira Jovianus' tronbestigning, uppsteg en av Krysanteus' motståndare med anmärkningar mot det val, varigenom han stannat i sitt ämbete som förste arkont. Folkförsamlingen förklarade valet olagligt och Krysanteus avsatt från ämbetet.

Underrättelsen om detta beslut framfördes till Krysanteus, medan han delade sina omsorger mellan sin av ödets tunga hand träffade dotter, sin svagsinte son och förberedelserna till svärsonens begravning. Han emottog nyheten utan sinnesrörelse; men när budbäraren bortgått, föll en tår på hans kind, som kanhända dock mindre var utpressad av atenarnes otacksamhet än av det brev, han höll i sin hand, från Ammianus Marcellinus, vari denne bekräftade Julianus' död och redogjorde för hans sista stunder.

Den unge hjältens död var värdig hans levnad. Under en blodig drabbning, i vilken persernas ofantliga ryttareskaror och elefantlinjer länge motstodo det romerska fotfolkets angrepp, hade Julianus, som kämpade i det häftigaste stridsvimlet, sårats av ett kastspjut, som inträngde i revbenen och stannade i det inre av levern. Sedan han förgäves sökt rycka det dödande vapnet ur såret, hade han vanmäktig fallit från hästen och av sin livvakt burits ur striden.

I sitt brev till Krysanteus skildrade nu Ammianus Marcellinus som ögonvittne Julianus' sista timmar med samma rörande och högtidligt stämmande färger som han målat dem i sin historia.

När Julianus var buren till sitt tält och vaknat ur den vanmakt, vari blodförlusten sänkt honom, befallde han fram sin häst och sina vapen. Det var läkarens sorgliga plikt att underrätta honom, att hans sår var dödligt och att många timmar icke återstode honom att leva. Han emottog detta budskap med lugn. Det, som nu följde, påminde om Sokrates' sista stunder. »Vänner och vapenbröder», sade han till filosoferna och fältherrarne, som omgåvo hans bädd, »naturen återkräver av mig sitt lån, och jag återgiver det med en villig gäldenärs hela glädje. Filosofien har lärt mig, att själen ej är sant lycklig, förrän denna ädlaste del av vår varelse är frigjord från de band, som inskränka hennes krafter. Gudstron har lärt mig, att en tidig död ofta varit fromhetens lön; jag emottager som en ynnest av gudarne den skickelse, som tryggar mig mot faran att vanhedra en levnad, som hitintills sökt vara dygden och mandomen trogen. Jag hembär nu min tacksägelse till det högsta väsendet, som icke tillstatt, att jag skulle omkomma genom en tyranns grymhet eller en sammansvärjnings dolkar eller en tynande hälsas vedervärdigheter; men unnat mig att mitt under vandringen på en hedrande bana på ett lysande och ärofullt sätt förflyttas från jorden.»

Sedan Julianus med lugn röst talat så, fördelade han kvarlevorna av sin förmögenhet bland sina vänner. Bland dessa saknade han en vid sin bädd: fältherren Anatolios. Då han frågade, varför denne icke infunnit sig för att emottaga hans farväl, upplystes han, att Anatolios stupat i drabbningen. Vid detta meddelande framträngde tårar den döendes ögon; men han sansade sig snart och förebrådde milt de närvarande, att de överlämnade sig åt en ohejdad sorg över bortgången av en furste, som snart skulle förenas med himmelen.

Därefter vände sig Julianus till de närvarande filosoferna Priskus och Maximos, med vilka han underhöll ett samtal om själens odödlighet till inemot midnatten, då han uppgav sin ande.

Sådan var ett ögonvittnes skildring av Julianus' död.

Biskop Petros däremot, som några timmar efter sin frigivelse hade uppträtt på storkyrkans predikstol för att med den samlade kristianska menigheten tacka Gud för att han borttagit kristendomens fiende från jorden— Petros hade redan nu en annan berättelse färdig om samma tilldragelse. Till en början förtalte han de troende, att Julianus' död hade blivit honom, Petros, uppenbarad natten innan den timade, och detta av samma ängel, vars eldlågande spjut hade kastat avfällingen till jorden. Då hade Julianus fört handen till sitt sår och kastat av sitt blod mot himmelen, sägande med dyster harm: Galilé, du har övervunnit mig! Vidare försäkrade Petros, att avfällingen dött under de förfärligaste samvetskval, förbannande den stund, då han övergav den rena homoiusianska bekännelsen, och likväl oförmögen att med sin otrogna själ anamma frälsningen genom Kristus' förtjänst. Hans död, inskärpte Petros, var ett nytt och övertygande bevis på den ojäviga sanning, att ingen kan dö lycklig utan i kristna kyrkans armar. Till sist uppbyggde biskopen sin församling med den försäkran, att vakterna, som stått utanför kejsarens tält, hade med egna ögon sett, huru djävulen bortflugit med hans själ i sina rysliga klor.

Biskop Petros hade ytterligare ett förvånande underverk att omtala, varom sägnen medförts av de från Asien anlända kejserliga agenterna. En jordbävning, följd av en virvelvind och mäktiga eldslågor, hade kullstörtat de uppförda grundvalarne till det nya templet i Jerusalem, och eldkulor, som tid efter annan stego ur jorden, hade bortdrivit judarne, när de hårdnackat förnyade sina byggnadsförsök.

Detta försäkrade Petros, och efter honom hava Krysostomos, Ambrosius och andra kristna skriftställare försäkrat detsamma.

Menigheten var ingalunda sinnad att tvivla på Petros' ord. Det var endast Atens judar, som vågade göra svaga inkast mot deras sanningsenlighet på grund av andra färdemäns vittnesbörd, som icke visste av någon jordbävning, utan endast det, att vid underrättelsen om Julianus' död hade den kristna befolkningen rest sig och hindrat judarne fortsätta arbetet.

Förberedelserna till Karmides' begravning stördes samma afton genom Petros, som lät underrätta Krysanteus, att hans svärson som medlem av den kristna kyrkan måste jordas enligt kristianernas bruk. Petros hade dessförinnan inför prokonsuln av Akaja med vittnesbörd av tvenne präster och utdrag av förteckningen på de döpte styrkt riktigheten av sin uppgift. Han och hans underordnade prästerskap tågade till den dödes hus, tilltvungo sig liket och förde det, ledsagat av en talrik folkmassa, vid facklors sken till kristianernas kyrkogård, där det jordfästes under uttalande av det kristliga uppståndelselöftet och övriga ceremonier.

Den oväntade upptäckt, att Karmides i hemlighet varit döpt och kristen, väckte i Aten en utomordentlig överraskning, och onda tungor skyndade att ställa denna omständighet i sammanhang med hans mystiska död på själva bröllopsdagen. Så föga sannolikt det var, så viskades dock och troddes allmänt bland kristianerna, att Krysanteus var upphovsmannen till mordet på sin svärson —att sedan det på själva bröllopsdagen var upptäckt för honom, att Karmides var kristen, han, för att upplösa förbindelsen och straffa sveket, hade lejt en lönmördare, insläppt honom i sitt hus och anvisat honom det rätta ögonblicket, då mordet kunde förövas.

Redan på aftonen av den dag, då underrättelsen om Julianus' död hade hunnit till Aten, voro folkmassor i rörelse, som strömmade till det prokonsulariska palatset och med höga rop fordrade, att Krysanteus skulle häktas som Karmides' och Simon pelarhelgonets baneman.

Den svagsinte Klemens, som under dagen lämnat sitt hem, sågs, jämte en hop präster, i spetsen för massan, som ropade på hans fars död. Han deltog med vild iver i deras skri.

Medan den kristianska befolkningen på detta sätt gav sin vilja tillkänna, hade biskop Petros redan infunnit sig hos prokonsuln av Akaja och anhållit, att Krysanteus skulle fängslas såsom den där själv bekänt sig hava dödat det fromma pelarhelgonet.

Annæus Domitius fann denna anhållan i sin ordning och kunde icke vägra sitt samtycke.

Emellertid beslöt prokonsuln att till följande dagen uppskjuta häktningen för att hinna varna Krysanteus och giva honom tid att fly. I denna varning förenade sig några av arkontens överblivna vänner, som insågo i vilken fara han svävade. Men redan före dem hade Teodoros, vars egen trygghet var hotad av det homoiusianska prästerskapet, infunnit sig i sorgehuset vid Tripodgatan och övertalat Krysanteus att tänka på sin säkerhet. Teodoros ämnade samma natt begiva sig till sina vänner, de donatistiska och novatianska kristne, som genom Krysanteus' omsorg fått bostäder i Sunions bergiga trakter. Teodoros uppmanade Krysanteus att med Hermione följa honom dit. Där vore de i grannskapet av Aten och kunde återvända, när helst ett gynnsamt tillfälle yppade sig, eller fly över havet till andra världstrakter, om Sunions berg icke längre förmådde värna dem.

Flykten beslöts, och Teodoros biträdde verksamt med förberedelserna. Ännu samma natt lämnade Krysanteus och Hermione, ledsagade av Teodoros och trogna tjänare, Aten.

FJORTONDE KAPITLET.

I Sunion.

Krysanteus och Hermione tillbragte hösten och vintern av Julianus' dödsår i Sunions bergsbygd bland de novatianska och donatistiska nybyggarne.

Dessa, som i Krysanteus igenkände sin välgörare, vars omsorger de hade att tacka för sin nyuppblomstrade jordiska lycka, hade med glädje emottagit honom och hans dotter samt tillbjudit dem en fristad mellan sina berg.

Här levde nu Krysanteus och Hermione i en hydda, som nybyggarne åt dem hade uppfört vid foten av en skogvuxen klippa, nära havsstranden och i grannskapet av en liten hamn, som nybyggarne inrättat för sina fiskarbåtar.

I händelse av fara var här det gynnsammaste stället för att hastigt undkomma. En fara kunde dock svårligen närma sig den av främlingar obesökta bergstrakten, utan att i tid spåras av de med sina hjordar kring bergen strövande herdarne, som i sitt ostörda lugn och sina fredliga sysselsättningar vidhöllo mot världen utanför deras berg den misstänksamma vaksamhet, som deras förra levnadssätt gjort nödvändig och som de ännu hade skäl att iakttaga, osäkra, som de voro, om den fred, som unnades dem, vore varaktig eller endast en vapenvila.

Kort efter att underrättelsen om Jovianus' upphöjelse anlänt, hade dock en lugnande kungörelse av den nye kristianske kejsaren om oinskränkt samvets- och bekännelsefrihet offentliggjorts och även hunnit novatianernas öra.

Denna kungörelse gav dock Krysanteus intet skydd emot de anklagelser, som i Aten voro höjda mot honom för morden på Karmides och Simon pelarhelgonet. Hans enda värn var den hemlighet, som vilade över hans vistelseort och troget bevarades av hans omgivning. Det hade icke heller fallit Petros in att efterspana Krysanteus i en trakt så nära Aten.

De enda främmande ansikten, som under denna tid visat sig i Sunions bergsbygd, voro de kejserliga uppbördsmännen, och dessa avlägsnade sig, så snart de fullgjort sitt ämbetsärende, det vill säga utpressat vad av klingande mynt som i utbyte mot nybyggarnes boskap och spannmål hade förirrat sig till den avskilda landsdelen.

Hade ej förbindelsen med Aten och genom Aten med den övriga världen underhållits av Teodoros, som delade tiden mellan sin församling i Aten och sina vänner i Sunion, så skulle dessa senare i sin obemärkta tillflyktsort knappast hava nåtts av ett rykte om de tilldragelser, som runt omkring dem upprörde världen och satte hävdernas gravstickel i rörelse.

Det var således endast genom Teodoros, som Krysanteus hörde, att Jovianus avlidit, innan han ännu på sitt återtåg från Persien hade uppnått rikets huvudstad, samt att Valentinianus var av den österländska hären utropad och av senaten erkänd som kejsare.

Valentinianus hade kort efter sin upphöjelse utnämnt sin broder Valens till medkejsare samt mellan sig och honom delat romerska riket, så att denne senare var herre över österlandet och Grekland.

En kort tid efter att Teodoros hade medfört till Sunion denna nyhet, flyttade han till sina novatianska kristendomsbröder och nedslog bland dem sina bopålar, ty Aten var nu ånyo för honom en farlig vistelseort. Biskop Petros och det homoiusianska prästerskapet började uppföra sig med sin gamla ofördragsamhet och egenmäktighet, och rykten voro i omlopp, att förföljelser, gynnade av den grymme Valens, som var ivrig homoiusian, hade utbrutit flerestädes i österlandet mot olika tänkande kristna församlingar.

Skulle förföljelsen en dag även nå till dessa fredliga dalar? Deras innebyggare hade skäl att rädas det. Själva av olika åsikter om trosläran, hade de under den gemensamma nödens dagar nödgats öva sig i fördragsamhet, under vars inflytande de äntligen funnit, att det väsentliga och enda nödvändiga var för dem alla ett och samma, att allas strävan och syfte var kristendomens förverkligande i hjärtan och gärningar, samt att den första och i sanning ringaste frukten av den kristna kärlekens liv är den, att man icke mördar varandra för olikheten i mer eller mindre värdelösa metafysiska meningar.

Mitt ibland dessa stränga och allvarliga kristne tillbragte förkämpen för den gamla religionen och bildningen med sin dotter ett liv, vars milda, av stormar och lidelser ostörda lugn verkade som en balsam för deras själar.

Krysanteus önskade endast att ostört få njuta detta välgörande lugn, skulle än det hav, vars översvämmande våld han fåfängt motstått, komma att rulla sina böljor över hans glömda grav. Han ville förgäta, att världen utanför hans berg var skådeplatsen för de avskydda makternas fortsatta segertåg, och sökte nya föremål för sin outtröttliga verksamhetsdrift inom den trånga krets, som nu stod honom öppen, i lantmannens sysslor och i omsorgen för de människors väl, vilka för honom hade öppnat en tillflyktsort.

Än kärare vart honom detta lugn genom det inflytande han såg det utöva på Hermione. Djupt nedböjd och nästan krossad av sina egna och sin faders olycksöden, hade hennes själ ånyo hämtat krafter i naturens sköte, under ett arbete för livets nödtorft, som skänkte henne förströelse, och under umgänget med människor, vilkas råa yta icke kunde dölja den förädlade mänsklighet, som deras allvarliga strävan att leva i Gud hade skapat inom dem.

Att denna förädling icke var en frukt av den världsåsikt och de läror, som hennes fader hyllade och som hon själv ännu, fastän med tvekan, omfattade, det kunde avpressa henne en suck och det hindrade henne att i sin faders närvaro uttrycka glädje över företeelsen; men denna gladde henne likväl och gjorde henne lycklig, ty hon kunde ju icke annat än ställa det vunna målet över medlen att hinna det.

Genom Hermiones flit och skönhetssinne hade den lilla lantgård, där Krysanteus och hon bodde, förvandlats till ett hem, där intet vittnade om rikedom, men allt om smak och trevnad. Huset skuggades mot middagssolen av lummiga ekar och skildes från viken av en trädgård, vari ett urval av nejdens skönaste blommor prunkade vid sidan av växter, nyttiga för hushållet. Väggarna i Krysanteus' hus voro smyckade med tapeter vävda av Hermione, och till det enkla bohaget, förfärdigat av nybyggarne, sällade sig böckerna och cittraa, som påminde om huset vid Tripodgatan och genom Teodoros lyckligen ditflyttats från Aten.

Teodoros hade valt sin bostad i grannskapet av Krysanteus' hus, vid mynningen mellan två berg, varifrån utsikten öppnades över en grönskande dal, där nybyggarnes hus här och där skymtade mellan lövmassorna, och på vars sluttningar man såg deras talrika hjordar beta.

Det var en skön vårafton. Medan en del av nybyggarne var samlad hos Krysanteus för att med honom rådslå om åtskilliga ärenden, som rörde deras samhälle, hade Hermione gått att lustvandra och härunder mött Teodoros.

Deras samtal vände sig nu, som nästan alltid, när de voro tillsammans, kring religionen. Teodoros fortsatte oförtrutet sitt omvändelseverk och med dess större iver, som det gjorde synbara framsteg hos filosofens dotter. Hermiones tankar voro mer än någonsin riktade på det översinnliga, sedan hennes jordiska förhoppningar sjunkit i graven. Hon kände kravet på en kraftig, själens innersta genomströmmande hugsvalelse, men ägde den icke i sin filosofi. Hon kunde icke tänka tillbaka på det sista år hon tillbragte i sin födelsestad, utan att dessa rysliga händelser, som ryckt brudgummen ur hennes famn, återgivit henne en älskad broder vansinnig, skördat en hjälte, av vars kraft hon väntade världens räddning, samt över den älskade faderns huvud samlat så många sorger, svikna förhoppningar och faror—hon kunde icke i sitt minne återkalla dessa händelser, utan att mörka tvivel hos henneuppstodo om naturen av den makt, som styrvärlden och människornas öden, och hon kände, att livets skumma gåtor, för att vinna e lösning, som tillfredsställer hjärtat i stället för att krossa det, kräva den fasta tron på en kärleksrik fader i himmelen.

I denna sinnesstämning hade evangelium för henne blivit en bok, i jämförelse med vilken Platon och Porfyrios stodo såsom natten bredvid dagen, och läsningen av denna bok gjorde på henne ett intryck dess djupare, som ingen före dess studium inplantad mening om Kristus' väsen störde och minskade det. Vad hon tarvade, en föresyn i lidandet, fann hon här, men hon skulle icke funnit det, om Kristus varit för henne Gud själv, som medveten om sin kallelses ofelbarhet fullbordat återlösningens verk med en liten tids självpåtagna lidanden. För henne var det stora, överväldigande och ovillkorligt gripande i evangelium att se en människa, för vilken framtidens bok var förseglad, hos vilken tvivel således kunde uppstå, för vilken prövningarna voro verkliga prövningar och frestelserna verkliga frestelser, att se denna blotta människa framgå som segrare ur striden mellan det godas högsta krav och världens ingivelser, i sin renhet uppenbara Guds beläte och därmed varda människosläktets föresyn och frälsare, utrustad till detta kall icke med övermänskligt vetande i de gudomliga tingen, icke med välde över de gudomliga härskarorna, utan allena med den orubbliga tro på en sedlig världsordning och en god fader i himmelen, som varje barn av en kvinna bör och kan tillägna sig.

Kristus, den blotta människan, bär alla de lidanden, varmed samhället kan överhopa oss—han har icke en egen tröskel och icke något, varemot han kan luta sitt huvud; han går misskänd genom världen —hans egen moder och bröder begripa honom icke, hans lärjungar missförstå honom; bristen på framgång måste ingiva honom oro; hatet förföljer honom med smädelser; överheten och de bildade av hans folk eftertrakta hans liv; han svikes av de få, som följa honom, han ber förgäves vännen, som vilat vid hans bröst, att vaka med honom i Getsemane, den viljestarkaste förnekar honom och en annan säljer hans liv för trettio silverpenningar; folket, som han vill föra till Gud och friheten, ropar på hans korsfästelse och på en missdådares benådning; han hudflänges, hånas, fastspikas vid korset och dör en kvalfull död. Han lider allt detta, emedan han, i strid mot varje frestelse att leva för sin egen lycka i fred med en osedlig värld, följer samme andes maning, som talar även i våra hjärtan, men som vi oftast tysta. Och under dessa hemsökelser förnekar sig lika litet hans mod som hans tro och hans mildhet och kärlek mot dem, som förfölja honom.

Hermione lärde genom betraktande av Jesu levnad, huru man kan älska, utan att ett hjärta finnes, som svarar eller förstår den visade kärleken, och huru man kan lida för att genom lidandet varda stärkt och fullkomligad.

Hon vidgick för sig själv och inför Teodoros, att det var betraktelsen av evangelium, som mer än något annat hade upprätthållit henne under de hårda prövningar, som den sistförflutna tiden burit i sitt sköte. Men att uppkalla sig med galiléens namn och inträda som medlem i det samfund, som nämnde sig efter honom, blotta tanken härpå var henne en leda. Det samtal, som hon nu förde med Teodoros, medan de vandrade genom den av vårens givmildhet och människornas flit smyckade dalen, riktade sig åter på denna punkt. Teodoros var i många stycken av annan mening än Hermione; han uppfattade Kristus som det lekamliggjorda ordet i en hemlig, för människan icke fullt begriplig bemärkelse, han trodde på nådegåvor, förenade med sakramenten; men han medgav villigt, att frälsningen icke var bunden vid vissa dogmer, att Jesus icke var kommen för att vara föremål för spekulativa funderingar, att hans egna ord från bergspredikningen intill det tal han höll till sina lärjungar i den natt, då han förråddes, icke bära ett spår av framkastade eller lösta metafysiska gåtor, utan att han tvärtom tillbakavisar fariséer och sadducéer, när dessa framkomma med dylika spörsmål.

- Var då utan alla dogmer Kristus' efterföljare, var Teodoros' råd.

Men å andra sidan förebrådde han Hermione, att då den kristna gudstjänstens naturligaste former stötte henne tillbaka, hon likväl kunde finna sig i den gamla lärans bruk och ceremonier, ehuru dessa uppenbarligen levde något fientligt emot Guds tillbedjande i anden och sanningen. Hermione måste häri giva honom rätt; men hon ursäktade sig med undseendet för sin fader, för vilken dessa voro heliga bruk, i hans ögon sammansmälta med den världsåskådning, som erkänner förnuftet, friheten och den mänskliga värdigheten. Men då kristendomen ej endast erkänner dessa sanningar, utan framställer dem i förklarat ljus, och Hermione insåge detta, så vore samma skäl, som gällde för Krysanteus, icke gällande för Hermione. Att bekämpa den känsla, som bjöde ett sådant undseende, vore således ett ringa prov på den försakelse, som den kristna trons stiftare ålägger sina lärjungar. Ville Hermione erkänna galiléen som sin mästare ej blott med munnen, utan med hjärta och gärning, så borde hon tillkämpa sig styrka att slita det sista band, som fasthölle henne vid den gamla läran.

Denna fordran av Teodoros avpressade Hermione tårar. Hon tänkte på den smärta, som uppfyllandet av ett sådant krav skulle förorsaka Krysanteus.

Men från detta ögonblick vann hon en klarare uppfattning av sitt tillstånd och fann med visshet, att hon icke längre tillhörde Julianus' och Krysanteus' tro, att dessa myter, som hon med förkärlek tolkat och vilkas skönhet hon beundrat, voro endast slöjade—och, när de blivit avslöjade—endast bleka bilder av samma eviga sanningar, som Jesus så klart och allmänfattligt lagt i dagen för hela människosläktet och ej för några få invigde; hon fann, att hon i verkligheten var kristian, och att hon med munnen icke borde förneka honom, som hon i tänkesätt och levnad ville följa, såvitt hon förmådde.

Medan detta erkännande kom över hennes läppar, stördes samtalet av en tredje person, som plötsligt visade sig i deras grannskap. Hermione och Teodoros hade satt sig ned på en vilosoffa, danad vid foten av en kulle och skuggad av vårfriskt lövverk, som hindrat dem att se den man, som tillfälligtvis blivit vittne till deras samtal och nu fann för gott att framträda.

Han var klädd i en grov kåpa, resebälte, spikslagna sandaler och bar en väldig stav i sin hand.

Mannen var Eufemios. Hans uppträdande förorsakade Teodoros en obehaglig överraskning, varemot han själv tycktes mycket angenämt berörd av detta möte.

- Broder, vad för dig hit? frågade Teodoros, i det han skyndsamt steg upp och gick presbytern till mötes för att avvända hans uppmärksamhet från Hermione.

Eufemios tycktes icke heller hava iakttagit eller igenkänt henne. Han svarade:

- Var hälsad, Teodoros! Du förundrar dig väl att finna mig här, och själv förundrar jag mig icke mindre, att jag äntligen i denna labyrint av berg och dalar har kunnat finna rätta vägen, som ledde till min broder Teodoros. Dock är det intet underverk, som åstadkommit detta; de välvilliga herdar, som jag träffat på bergen, och folket, som jag funnit i hyddorna, hava med råd och upplysningar lett min gång, och genom dem visste jag, att jag var i grannskapet av din boning, när jag nu träffade dig här.

- Väl, följ mig till min hydda, låt mig där tvätta dina fötter och tillreda dig en måltid, sade Teodoros. Det är utan tvivel ett viktigt ärende, som satt vandringsstaven i din hand. Vi skola tala därom, sedan du förfriskat dig under mitt tak.

Eufemios mottog Teodoros' inbjudning och följde honom till hans boning.

Sedan den svartlockige presbytern där intagit en måltid med den kraftiga matlust, som en bergvandring kan giva, och därunder i välvilligaste ton framställt en tröttande mängd frågor om Teodoros' och hans församlings omständigheter, framryckte han äntligen med sitt ärende.

Han hade omgjordat sina länder och tagit staven i sin hand för att till brodern Teodoros överlämna ett budskap från hans fader Petros. Budskapet i form av ett brev framtogs ur resebältet och räcktes värden.

Petros uppmanade Teodoros i faderliga ordalag att återvända till Aten, emedan hans vistelse bland erkända kättare måste kasta ytterligare skugga på hans redan förut med skäl misstänkta renlärighet. Vore det sant, vad Petros hört, att Teodoros icke allenast begagnade sig av de novatianska och donatistiska avfällingarnes gästfrihet för att uppehålla sig ibland dem, utan ock att han beklädde prästämbetet i deras församling, så vore även den ofördelaktigaste tanke om Teodoros styrkt, och han kunde svårligen räddas från självådraget timligt och evigt fördärv. Dock ville biskopen även i detta fall lämna honom en väg till frälsning öppen, i vilken avsikt han nu hade skickat sin son Eufemios för att från Sunions berg ledsaga Teodoros till Aten. Biskopen försäkrade, att han där skulle emottagas med faderlig godhet, och att det förflutna skulle vara glömt, såvida Teodoros ångrade sitt avfall och visade sig villig att avsvärja sina villfarelser.

Biskopens brev innehöll vidare bittra klagomål över nybygget i Sunion. Dess grannskap med Aten innebure en hotelse för stadens och nejdens säkerhet, enär nybyggarne vore icke blott kättare, utan även missdådare, rövare och upprorsmän, kända från den tid de hade sitt tillhåll i Parnassos. De förbrytelser mot person och egendom, vilka vordo allt talrikare i Attika, tillskrevos av innevånarne, helt visst icke utan skäl, dessa främlingar; och man hade dessutom att klaga däröver, att de lämnade en fristad åt förrymda brottslingar och åt slavar, som lupit från sina herrar. Sådant kunde i längden icke tålas, och Petros förutsade, att den världsliga makten skulle förena sig med den andliga för att straffa de brottslige och återföra de förvillade.

Biskopen slutade sitt brev med en förnyad, beveklig uppmaning till Teodoros att vid brodern Eufemios' sida återvända till Aten.

- Nåväl, sade Eufemios, när Teodoros lade brevet ifrån sig, vad beslutar du?

- Min broder, du får i morgon ensam återvända till Aten. Jag har där ingenting att göra.

- O, min broder, betänk dig väl, innan du fattar detta beslut, suckade Eufemios. Jag försäkrar dig, att biskopen vill din lycka. Lika djupt som det grämer honom att hava förlorat dig, lika stor fröjd skulle det göra honom att se dig som den förlorade sonen återvända i hans armar. Var övertygad, att den gödda kalven i detta fall icke skall utebliva. Petros säger alltid, att du var ämnad till något stort, Teodoros, att de sällsynta nådegåvor, som Herren förlänat dig, rätt använda skulle göra dig till en pelare i hans församling. Om du följer mig, Teodoros, så går din väg emot en härlig framtid. Vad är jag väl emot dig? Eufemios, som länge varit den äldste presbytern i atenska församlingen, har intet hopp, men icke heller något anspråk eller någon åstundan att varda annat. Den som äger krafter som du är förpliktad att eftertrakta en verkningskrets, som är dem värdig—där de i full mån kunna användas. Broder, du är ämnad till biskop och skall, om du vill, inom kort vara beklädd med denna värdighet. Jag säger det icke för att underblåsa ditt högmod; jag säger det snarare för att ödmjuka dig, ty du har hitintills gjort allt för att illa använda dina gåvor och förspilla din lycka.

- Lämna detta ofruktbara samtalsämne, sade Teodoros. Jag har här i Sunion ett välsignelserikt fält, mer än tillräckligt för mina krafter. Men fastän jag således icke personligen åtföljer dig till Aten, min broder, så skall du likväl vara överbringaren av ett brev från mig till Petros. Jag måste tillbakavisa tillvitelsen, att nybyggarne göra nejden osäker. Fredligare och laglydigare människor än dem skall du ingenstädes träffa, och innan du lämnar oss, bör du med dina egna ögon övertyga dig, att deras boningar icke likna rövarekulor, utan hemvist för arbetsamma, nöjda och sedliga familjer. Att vi emottagit förrymda slavar är sant, och vi ämna icke återsända dem till deras herrar, såsom Paulus gjorde med Onesimus. Slaven, som krigsfången, må rymma varhelst han kan; rättslös inför sin herre, är han även utan plikter emot denne; men han har plikter emot sig själv och sina likar, och den första av dessa plikter är att undandraga sig träldomen. »Kan du fri varda, så bruka det hellre», säger samme Paulus.

- 0, min Gud, vilken lära du här driver, broder Teodoros, suckade Eufemios. Betänker du icke, att till och med vår heliga kyrka med tacksamhet emottager slavar i arv av fromma döende, och att hon välsignelserikt använder deras arbete till sitt jordiska godas förkovran?

- För mig, sade Teodoros, är detta ett det sämsta bevis för slaveriets rättmätighet. Du glömmer, min broder, att jag förnekar kyrkan.

- Tyvärr, det är sant, sade Eufemios med en sorgsen blick mot himmelen.

- Du synes, fortfor Teodoros, icke känna dessa donatisters uppfattning av det glada budskapet. De hava genom lidanden och förföljelser kommit till en slutföljd av den kristna läran, till vilken de måhända annars icke skulle hunnit. De förklara både envåldsmakten och slaveriet för gudlösa inrättningar.

- Och du, inföll Eufemios, du Teodoros, gillar dessa rysliga villfarelser, du delar dem, eftersom du är dessa människors lärare?

- De hava tvistat med mig och övertygat mig, svarade Teodoros. Jag skulle önska, att Petros hitkomme för att även varda övertygad.

- Jag vet, sade Eufemios, att Afrikas donatister hade skrivit på sin fana de orden: jämlikhet och broderskap. Om sådana åsikter spredes i världen, skulle hon ju upp- och nedvändas. Och kyrkan skulle förlora sina slavar ... nej, nej, det är djävulska meningar, de där, och rakt stridande mot de heliga skrifterna, ty Paulus, som du sade, återsände ju Onesimus till hans herre, Filemon. Men huru stå nu sådana meningar tillsammans med den laglydnad, som du tillskriver dina får?

- Mina får? Fåren äro icke mina. Jag känner endast en herde, som är Kristus, och själv kan jag icke göra anspråk på detta namn. Lydnaden för mänsklig ordning, broder Eufemios, är endast ofullkomlig, när hon icke parar sig med tanken på denna ordnings fullkomning, så att hon, om möjligt, varder fri från brister och en bild av den gudomliga. Våra satser om jämlikhet och broderskap vilja vi utbreda med samma milda medel, som apostlarne nyttjade till utbredande av evangeliets övriga sanningar: med vår övertygelses kraft, som verkar på andras övertygelse. Mina bröder i Sunion hava nedlagt våldets vapen, då våldet icke längre tvingar dem till självvärn ... Men nu, Eufemios, är kvällen långt skriden, och du behöver gå till vila. Vi skola i morgon fortsätta vårt samtal, medan du följer mig på ett strövtåg genom bergen för att se vår trevnad. Den allsmäktige give, att ingen fiende må komma och skövla den!

- Du har rätt. Jag är mycket trött av den besvärliga vandringen. Vem var den kvinna, min broder, med vilken jag träffade dig samtalande?

- En dotter till en av mina grannar.

- Jag såg ej hennes ansikte, men jag hörde några ord av hennes mun och fann, att hon talade en skön helleniska. Det finnes således även bildade hellener bland dessa främlingar från Afrika och Asien?

- Här finnes folk av varjehanda klasser och tungomål, svarade Teodoros, i det han förde sin gäst till en av hyddans kamrar, där han anvisade honom ett nattläger.

Teodoros använde en del av natten för att skriva brevet till Petros.

Tidigt om morgonen, medan Eufemios ännu sov, gick hans värd till Krysanteus för att varna honom och Hermione att onödigt blottställa sig för Eufemios' blickar.

FEMTONDE KAPITLET.

Kriget i Sunion.

- Julianus var visserligen en stor fältherre, sade Annæus Domitius till sin vän Olympiodoros, medan de lågo till bords i ett präktigt tält, uppslaget på en av

269

Sunions kullar i mitten av ett vidsträckt läger; onekligen var han en fältherre, som varken stod tillbaka för Alexander eller Cesar, men det fanns likväl ett huvudstycke i krigskonsten, som han ej begrep.

- Det att taga stryk av fienden, hålla god min och hava stark matlust, sade Olympiodoros.

- Du faller mig i talet, sade Annæus Domitius, jag finner mig nödsakad att tysta din tunga med en bägare av den yppersta falern ... Skål, min trogne vän, mina krigares Tyrtäos och min egen Homeros! Det var emellertid icke det stycket, varom jag ville tala, ehuru även det har sin vikt och bör vara till punkt och pricka inhämtat av en verklig fältherre. Jag menade den del av krigskonsten, som handlar om att förljuva krigets mödor med ett gott bord. Min vän, vad tycker du om sugfisken? Är han icke ypperlig?

- Gudomlig, vid Zeus, och såsen som ett konstverk, härligare än den efesiska Artemis' forna tempel.

- Olympiodoros, det är en gammal egyptisk fördom att kalla en sugfisk gudomlig. Sådana fördomar borde du hava övervunnit, sedan själva egyptierna övervunnit dem och förvandlat sig till de frommaste kristianer i världen. Jag tycker icke heller om, att du svär vid gamle Zeus. Låt gubben vara i fred—han lär nu i alla fall hava övergivit oss och flyttat till hyperboréerna. Dina hedniska eder såra mitt öra, Olympiodoros. Du förgäter, att jag numera ej endast är katekumen, utan döpt och invigd i alla min tros hemligheter. Min fromma, ädla Eusebia, som övervann mina sista tvivel och förde mig med hull och hår i sanningens armar! Jag kan icke nog prisa moirorna och Hymen ... det vill säga: icke nog förbanna moirorna och Hymen, men prisa Försynen och alla goda helgon, som skänkte mig en sådan maka. Nu, min vän, fortfor prokonsuln, då en slav inträdde med stekt fågel på ett silverfat, nu en bit fågel och än en bägare falern, därefter en anspråkslös efterrätt ... min bäste pastejbagare har sjuknat under fältlivets omak ... sedan följer du mig, då jag synar förposterna. Min hävdatecknare bör aldrig lämna min sida. Olympiodoros, jag hoppas, att du medtagit tillräckligt papyrus för att utförligt skildra mina bragder?

- Ah, sade Olympiodoros, prisa du gudarne eller, om du hellre vill, dina trasiga apostlar och helgon, att du fått en så ojämförlig historieskrivare som atenaren Olympiodoros. Se här, fortfor f. d. epigramförfattaren, numera hävdatecknaren, i det han ur bältet framtog några hoprullade pappersblad, medan du spisar din fågel—som, oss emellan sagt, är något seg—och avvaktar pastejen, vill jag uppläsa det färskaste kapitlet: det om de båda sista dagarnes krigstilldragelser. Det är en anrättning, min vän, som endast kan jämföras med gudarnes ambrosia. Njut nu med fulla drag!

- Nej, nej, icke nu, min vän. Vad du hunnit skriva är naturligtvis endast ett utkast. Sæpe vertere stylum heter det bland oss romare. Jag menar, att du ännu icke hunnit glätta ditt opus.

- Bah, till dylikt hantverksarbete nedlåter sig aldrig Olympiodoros. Hans verk äro fullkomliga från födseln och tarva icke tvättbaljan. Kurtius' färger, då han skildrar Alexanders tåg mot Persien, äro utan tvivel bleka mot de färger, med vilka jag målar Annæus Domitius' tåg mot Sunion. Forntidens hävdatecknare snarare mejslade än de målade. Det är blott vi, som förstå att åt historien förläna glansen av alla himmelens och jordens färger. Du skulle höra, huru jag skildrar dina truppers tåg, huru de ringlande stiga uppför bergen, medan deras vapen återkasta solens strålar, huru de nedstiga i dalarnes skuggor och fördela sig där, för att i skilda strålar genombryta bergpassen, och ånyo förena sig i en fruktansvärd slagordning. Vidare måste du höra och beundra, då jag skildrar den nästförflutna natten … det var en härlig natt, min vän …

- Ja, en vacker anblick, sade Annæus Domitius.

- Ack, då man ej, som Nero, har råd att uppbränna ett Rom för att se en världsstads lågor slicka natthimmelen, då äro byar och planteringar icke att förakta, anmärkte Olympiodoros. Det var en lyftande anblick att se de bål, som flammade på bergens toppar och i dalarnes djup. Också har jag på det livligaste skildrat dem i min berättelse om dina dåd.

- Anmärk dock som en trogen historieskrivare, att äran av dessa lågor icke tillkommer mig, utan biskop Petros, sade Annæus Domitius. Hade jag själv fått råda, skulle det upproriska packets byar och planteringar lämnats i fred, ty en ödemark kan icke längre skatta till kejsaren. Men jag böjer mig under den gudomliga rättvisan, för vilken alla mänskliga beräkningar böra vika. De upproriske äro kättare, och Petros vet, att Guds rätt går framför kejsarens.

- Jag lovar att anmärka det, sade Olympiodoros, i det han stack papyrusrullen i sin gördel och började undersöka desserten. Men än vackrare var den följande morgonen, då solens första stråle visade oss de upproriskes slagordning, utbredd på en bergsluttning, och bakom männens mörka linje deras kvinnor och barn i ängsliga flockar på höjderna där ovan. Jag har uppskattat de stridbara rebellerna till tjugu centurior—två tusen man.

- Vad säger du? utbrast prokonsuln. Två tusen man? Vad är du för en historieskrivare? Skriv femtio tusen man, du galning! De voro minst femtio tusen man. Kom ihåg, att Alexander övervann aldrig mindre än hundratusentals fiender i varje slaktning. Jag är blygsam och nöjer mig med femtio tusen.

- Jag skriver tio tusen, sade Olympiodoros. Kom ihåg, att historiens gudinna fordrar strängaste sanning. Du vill väl icke, att jag skall tillskarva en orimlig lögnkrönika?

- Nej, nej, sträng sanning, min vän! Skriv tio tusen! Det kan vara nog, då min egen styrka icke överstiger fyra tusen man.

- Striden, som nu började, fortfor Olympiodoros, är skildrad såsom endast ett ögonvittne förmår det.

- Därvid naturligtvis icke uteglömt fiendens hårdnackade motstånd …

- Naturligtvis icke.

- Och än mindre hans vilda flykt efter lidet nederlag, den med lik och vapen översådda valplatsen, och så vidare, sade Annæus Domitius leende, i det han fyllde Olympiodoros' bägare.

- Min vän, svarade f. d. epigramförfattaren, numera hävdatecknaren, man får icke i ett enda kapitel uttömma de tillgångar ett fälttåg har på nervskakande och målningsvärda uppträden. Jag ämnar spara den ifrågavarande vilda flykten till ett annat kapitel, sedan hon verkligen ägt rum. Jag låter denna gång fienden i god ordning draga sig tillbaka. Mer tillåter mig icke min sanningskärlek, ty i själva verket var det likväl dina trupper, som … nog av, du förstår mig.

271

- Den fördömde prästen! mumlade Annæus Domitius. Det var Petros, som genom sin inblandning i stridsplanen förorsakade nederlaget. Jag skulle annars tillintetgjort fienden, i trots av Krysanteus' skicklighet och nästan ointagliga ställning.

- Jag målar däremot en annan syn tjusande vackert, fortfor Olympiodoros självbelåtet. Och vackert, hänförande vackert var i sanning att se det präktiga, järnsmidda rytteriet rida ned i kärret, fastna där och omkomma för upprorsmännens klubbor, påkar och stenar. Ett härligare skådespel har det gamla Roms amfiteater under sina mest lysande dagar aldrig bjudit på ... det måste du medgiva, min prokonsul.

- Det är sant, sade Annæus Domitius med glänsande ögon vid minnet av detta blodiga uppträde; jag var själv nära däran att klappa händerna och ropa: bene, optime! Jag skulle måhända gjort det, om jag som du varit blott åskådare. Men tyvärr, jag är kejsarens fältherre, och det var kejsarens soldater, som omkommo. Det var återigen Petros, som befallde denna olyckliga rörelse. Jag prisar dock himmelen, att den ägde rum, ty när biskopen såg den sorgliga utgången, bad han mig om förlåtelse och kände sig träffad av den vers jag leende anförde ur Homeros:

Gott mångväldet ej är; en enda härskaren vare.

Jag hoppas att från denna stund få ensam råda.

- Det var en överraskande upptäckt, min Annæus, att anföraren för de upproriske var ingen mer och ingen mindre än vår gamle vän Krysanteus. Krysanteus i spetsen för en hop kristianska svärmare! Vid Zeus, ödet leker med människorna.

- Glöm ej, Olympiodoros, att anteckna i ditt verk, att Krysanteus varit Julianus' lärare i filosofi och krigskonst. Du kan tillägga, att Julianus erkände honom som sin mästare ej blott i den förra, utan ock i den senare. Eftervärlden bör icke underskatta mina segrar, när de vinnas mot en sådan man, som för övrigt står i spetsen för en överlägsen styrka av svärmiskt och krigsvant manskap samt försvarar sig i en bergstrakt, svårintagligare än en fästning. Men nu till något annat. Jag väntar i afton mina badslavar med åtföljande badtält till lägret ...

- Skönt, min vän.

- Och sedan vi återvänt från förposterna, torde allt vara i ordning till en förnyad bekantskap med ett någorlunda drägligt bad. O, Korintos, vad jag saknar dig och dina ypperliga termer! Skada, att man icke kan medföra dem på fälttåget ... Än en skål! För Karmides' minne!

- För Karmides! Han var på senare tider stadgad och tråkig. Men icke förty ... döden försonar allt, och helst en sådan död ... Leve i alla tider hans skugga!

- Drickom även för hans sköna änka!

- Jag har åtagit mig att trösta henne, sade Olympiodoros, så snart hon blott har kommit i våra händer. Allt beror av din seger, min ädle fältherre. Således en och samma skål för Karmides' skugga, för hans änka och för din seger, som är förspelet till min egen!

- Tyvärr, min vän, det lönar föga att trösta änkan. Hennes gyllene behag äro på väg att vinnas av en annan ...

- Vad säger du?

- Hennes myntade behag, tillika med de omyntade, som ligga i hus och trädgårdar, hava funnit en väldig friare, som är värdigare än du att njuta dem ...

- Prokonsul, tala icke i gåtor! I dag är jag Davus och icke Oedipus. Vad menar du? Vem är friaren?

- Kyrkan.—Jag förstår ej din fördömda kristianska rotvälska. Vem är kyrkan? Förbannelse över den friaren, vem han är!

- Olycklige hedning, du har således icke en aning om det högsta och märkvärdigaste, som finnes på jorden.

- Du menar antingen Olympos eller Atlas ...

- Nej, nej, jag menar kyrkan. Men för att göra klart för dig vad som menas med kyrka, fordras, att jag inlåter mig i en teologisk avhandling, som berör vår religions hemligheter. Men detta är mig icke tillåtet, min vän. Du får således icke veta, vem kyrkan är. Det är nog för dig, att det blir hon och icke Hermione, som ärver Krysanteus.

Samtalet avbröts av en centurion, som visade sig i tältluckan, emottog några order av sin befälhavare och avlägsnade sig.

Därefter fortfor Annæus Domitius i halvviskande ord:

- Jag ser, min Olympiodoros, dina fruktlösa ansträngningar att lösa min gåta. Jag vill då själv tolka henne. Krysanteus har en son ...

- Jag vet ... det svagsinta helgonet ...

- Tyst, ingen hädelse! Helgon äro aldrig svagsinta. Det är nog att säga helgonet, ifall du som en god retor vill undvika pleonasmer. Nog av, det är sonen och icke dottern, som ärver fadern ...

- Det beror av Krysanteus' testamentariska anordning, inföll den lagkloke Olympiodoros. Vill han tillförsäkra sin dotter en del av sin förmögenhet, står det honom fritt. Förövrigt har Hermione, om hon gifter sig, full arvsrätt efter sin broder helgonet, vilken sannolikt icke gifter sig och lika sannolikt inom kort utbyter det jordiska mot kristianernas elysium.

- Riktigt, anmärkte prokonsuln, men du förgäter å andra sidan, att Krysanteus har en annan arving, vars rätt går framför alla andras ...

- Och denne arving är?

- Staten, min vän, som har rätt att indraga högförrädarens egendom och redan skulle hava lagt beslag på Krysanteus', ifall icke ...

- Ah, du har rätt. Jag glömde staten och högförräderiet ...

- Ifall icke, fortfor prokonsuln, en arving med än heligare anspråk hade förmått staten att låta sina vila ...

- Och vem är denne arving? Här krälar ju som i en myrstack av arvingar.

- Kyrkan, Olympiodoros.

- Där ha vi ju åter den fördömda kyrkan!

- Var lugn! Vi lämna kyrkan å sido och tala stället om hennes målsman och rättsinnehavare i denna sak, vilken är Petros ...

- Biskopen?

- Biskopen och fältherren. Densamme ...

- Ah, då säger jag farväl åt varje förhoppning.

273

- Petros har för Makedonios' efterträdare, patriarken Eudoxos, uppvisat en handling, genom vilken Klemens, det unga helgonet, avstår den förmögenhet, han ärver av sin fader, till den heliga kyrkan, med uppdrag till Petros att för kyrkans väl förvalta samma förmögenhet. Eudoxos, som utan tvivel fått löfte om en andel i rovet, har givit kejsaren, vår nådigste herre, en vink att blunda med det öga, som bevakar statens fördel, och se saken ensidigt med det andra, som bevakar kyrkans. Nog av, kyrkan—eller rättare: Petros—blir Krysanteus' arving.

- Ah, den sluge skurken! mumlade Olympiodoros. Det är dock en sorglig tanke, att en ädel atenares ärvda förmögenhet—och vilken förmögenhet sedan! —skall övergå i händerna på en ofilosofisk och plebejisk lymmel till biskop. Vi leva i de yttersta tiderna. Deukalions flod är ånyo i stigande. Må den komma, men icke förr än Olympiodoros är stoft och aska!

De båda vännerna lämnade bordet. Den timme, som Annæus Domitius anslagit åt sin vila och vederkvickelse, var förfluten. Han iklädde sig hjälmen och harnesket, omgjordade sig med svärdet och lämnade sitt tält.

Kort därefter sågs han, omgiven av tribuner och centurioner och ledsagad av sin trogne historieskrivare, begiva sig ut att aktgiva på förposterna och fiendens ställning.

Biskop Petros följde honom.

Samma afton anlände till prokonsulns läger en betydlig förstärkning av friska trupper. Ehuru prokonsulns stridsmakt vida översteg kättarehärens styrka, var denna förstärkning likväl välkommen och nödig, emedan truppernas självförtröstan syntes minskad efter den drabbning, som de nyss lämnat, i vilken de ledo ett avgjort nederlag till följd av kättarnes vilda tapperhet och deras anförares kloka anordningar.

Prokonsuln återkom först emot natten till sitt högkvarter. Han skyndade då till sitt badtält, som under tiden anlänt till lägret med alla slavar och tillbehör, njöt därefter en timmes sömn och satt i morgongryningen åter till häst, utdelande befallningar åt sina underbefälhavare.

Vid prokonsulns sida sågs biskop Petros, ridande på en mula och omgjordad, även han, med svärdet.

Bakom biskopen och på en gångare av samma slag red som hans adjutant den svartlockige Eufemios, väl inhöljd i sin kåpa, ty morgonen var kylig, och kalla dimmor lågo över bergen.

Trupperna stodo under vapen. Deras olika avdelningar tågade, den ena efter den andra, på skilda vägar, mot det inre av bergstrakten.

Annæus Domitius hade beslutit att samma dag göra ett nytt anfall på nybyggarne.

* * * * *

Härtåget mot novatianerna och donatisterna i Sunion hade icke överraskat dem oförberedda. Föga litande på varaktigheten av den frid de hitintills njutit, hade de som en sista borgen för sin frihet bevarat de vapen, som forna förföljelser nödgat dem tillgripa, och i vilkas begagnande de under ett liv av strider vunnit en fruktansvärd skicklighet. Den homoiusianske prästens oförmodade besök i Sunion hade synts nybyggarne som ett förebud till kommande hårda öden; också var det yttre hos detta sändebud ingalunda ägnat att ingiva ljusa aningar om hans verkliga ärende. Nybyggarnes lösa misstankar, naturliga i deras läge, sannades snart av Teodoros, som i vissa yttranden av brodern Eufemios, likasom i tonen av biskop Petros' brev, spårade förebuden till en annalkande, hela nybygget hotande storm. Farhågan stegrades till visshet, när dagligen en mängd flyktingar ej blott från Attika, utan ock från det gent över Saroniska viken belägna Peloponnesos började anlända till bergen med begäran om en fristad bland nybyggarne och med tidender om de grymma trosförföljelser, som ånyo hade uppflammat över landet.

Under dessa dagar genombävades de fredliga dalarne av en oro, som kom plogen och vingårdsmannens skära att vila och riktade de vallande herdarnes ögon mot landet norrut, där bakom Hymettos' bergskedja Aten var beläget. Hyddornas innevånare framtogo sina vapen och fejade dem; deras äldste sammanträdde som oftast för att höra flyktingarnes utsagor och rådslå om vad som borde göras. Att underkasta sig den rådande kyrkan—det enda pris, vartill de skulle kunnat avvända faran - hade de ansett för en synd emot den Helige Ande. Ingen framträdde med ett sådant förslag, som endast skulle väckt förbittring hos de ivrigaste och smärta hos de andre. Det fanns icke ens någon, som tänkte på en sådan underkastelse. Det fanns blott att välja emellan att antingen utan motstånd lämna sig i fiendens våld och med bundna händer lida martyrdöden eller ock att möta fienden med vapen i hand, att med ett hårdnackat motstånd, understött av marken, söka avtvinga förföljarne rättigheten att få leva i fred, eller att falla under kamp för en sak, vilken de aktade som Guds och icke sin egen.

Den sista åsikten segrade. Nybyggarne rustade sig till förtvivlat motstånd. De krigiska lidelserna vaknade åter i många hårt prövade bröst, där de länge slumrat, och gjorde den väntade striden välkommen. Där voro bland nybyggarne hundratals män, vilkas natur var utpräglad genom en nödtvungen fältlevnad— män, som uppväxt ibland hemlösa, till strid mot samhället väpnade skaror, som uppammats i avsky mot den förtryckande kyrkan och vilkas barndomsminnen voro minnena av brända byar och dödade fränder.

Sådana män hunno snart vänja sig vid tanken, att deras fredliga värv måste lämnas, att frukterna av deras flit skulle gå förlorade, att hoppet om en av friden välsignad framtid för dem och deras barn var bedrägligt; och sedan de lämnat detta hopp, var striden deras åtrå och svärdet en helig vän, som ej fick lämna deras sida.

Nybyggarne voro således väl redo, när en morgon de herdar, som, medan de vallade sina hjordar på bergslätterna, tillika tjänstgjorde som utposter och kunskapare—när dessa herdar från skilda håll kommo ilande till de odlade dalarne och tillkännagåvo, att kejserliga legioner, fotfolk och ryttare, med fanor och standarer, vore synliga i fjärran och närmade sig Sunions berg.

Man hade i förväg underrättat Krysanteus om faran, och Teodoros hade å folkförsamlingens vägnar till honom framställt den fråga, om han ville lämna deras berg, som icke längre vore en säker tillflyktsort—två raska fiskare åtogo sig i detta fall att i en av de små farkoster, som stodo dem till buds, överföra honom och hans dotter till ön Egina eller närmaste punkt av peloponnesiska kusten— eller om han föredroge att dela gemensamma öden med sina vänner, ehuru deras sak icke vore hans.

Till svar på denna fråga hade Krysanteus, följd av Hermione, uppträtt i männens församling och förklarat, att han ville kvarstanna, emedan deras sak vore även honom helig.

Det sätt, varpå han efter denna förklaring deltog i rådslagen, befäste hans inflytande och gjorde det till en enhällig önskan hos de under vapen stående nybyggarne, att han skulle vara deras anförare och övertaga ledningen, om vilken annars oenighet kunde väckas emellan de många i deras egen krets, som ansågo sig lika värdiga och erfarna att stå i spetsen för motståndet.

* * * * *

Närmast efter kejserliga härens förtrupp sågs en skara präster i full ämbetsskrud, ridande på mulor och omgivande en vagn, på vilken man lastat en väldig dopfunt jämte andra heliga kärl och redskap.

Hären gjorde halt och slog läger, innan han ännu hunnit den vildare bergstrakten, i vars dalar han hade att söka sina fiender; och biskop Petros sände två av sina präster till nybyggarne med ett brev, vari de tillförsäkrades fred och förlåtelse på två villkor: att de omedelbarligen skulle utlämna alla brottslingar, förrymda slavar och andra flyktingar, vilka icke tillhörde nybygget, när det anlades; samt att de skulle högtidligt avsvärja sina trosvillfarelser och återvända i den rättrogna kyrkans armar.

De präster, åt vilka detta sändeskap var anförtrott, funno, när de anlände till den först bebyggda dalen, innevånarne redan stadda på tåg till den svårtillgängliga inre trakten, medförande sin flyttbara egendom. Det var ett långt tåg av väpnade män, av kvinnor och barn, av hjordar och dragare, lastade med de övergivna hemmens anspråkslösa skatter och med skördar, i förtid mejade från åkerfälten.

Mot aftonen återvände de utskickade med det svar, att nybyggarne förkastat fredsvillkoren som oantagliga.

Det var deras forne broder Teodoros, som å de upproriskes vägnar hade lämnat detta svar.

Av Krysanteus och hans dotter hade de utskickade icke sett en skymt, ej heller hade de kunnat utleta, om dessa personer verkligen funnes i trakten eller icke. Presbytern Eufemios stod emellertid fast vid den försäkran, att han under sitt besök i bergen hade sett Hermione.

Att Eufemios sett rätt, fann man sedermera, när de av prokonsuln Annæus Domitius anförda trupperna stredo sin första strid med den lilla kättarehären. Man hade igenkänt Krysanteus i en ryttare, som å de upproriskes sida utdelade befallningarna, ledde rörelserna och stundom deltog i handgemänget.

Utgången av den första striden känna vi redan. Truppernas angrepp på den av novatianerna intagna ställningen vart med stor förlust för de förre tillbakaslaget, och Annæus Domitius ansåg det klokast att draga sig något tillbaka och intaga en försvarsställning, tills en väntad förstärkning hunnit ankomma.

Genom sina spejare utrönte han emellertid, att även segervinnarne natten efter striden hade lämnat den ställning, vari han upphunnit och angripit dem, samt att de hade valt en annan längre söderut, i grannskapet av Laurions sedan länge övergivna gruvor.

I denna ställning rådde de endast över ett inskränkt område, men skyddades i ryggen av tvärbranta klippor, som stupade ned i havet, och ägde förmånen av bete för boskapen och rikliga källor, från vilka de annars kunde varda avskurna. Det var huvudsakligen den sistnämnda omständigheten, som föranlät Krysanteus att intaga denna ställning. Hans rörelse liknade emellertid ett återtåg och gav fördenskull Annæus Domitius' vän och hävdatecknare Olympiodoros ett tillfälle att i sin »historia över fälttåget mot Sunion» förtälja:

»De upproriske, som i trots av sitt överlägsna antal hade förlorat slagfältet, begagnade sig av nattens mörker för att verkställa ett skyndsamt återtåg.»

* * * * *

Nattens dimmor lågo utbredda över nybyggarnes läger. Här och där emellan klipporna voro vakteldar tända, kring vilka män och kvinnor voro samlade. De flesta kvinnorna och de späda barnen hade anvisats ett bättre skydd mot nattens kyla i lämningarna av ett tempel, helgat Pallas Atena och välkänt för seglarne, som dubblerade Sunions udde, över vars tvärbranta klippor dess pelarrader hade glänst igenom århundraden. Här tillbragte även Hermione natten.

Av de kring vakteldarne flockade krigarne sovo de fleste ut efter dagens mödor; andra sutto i viskande samtal; andra fejade sina vapen eller sönderkrossade mellan stenar säd för att därav baka morgondagens bröd.

Tystnaden, som rådde, avbröts endast av en psalm, som med dämpad röst uppstämdes av någon bland de vid eldarne vakande männen. Då och då sågs en patrull av det för natten tjänstgörande manskapet tåga förbi. Poster voro framskjutna på betydligt avstånd från alla tillgängliga sidor av lägret, och den strängaste vaksamhet iakttogs, för att ej överrumpling skulle äga rum.

Nybyggarnes vapenföra manskap—unga gossar och silverlockiga gubbar inräknade—utgjorde knappt två tusen man. Ett icke litet tal hade med sina liv köpt segern i den föregående drabbningen. Till ringare pris hade han icke kunnat vinnas. Krysanteus' anordningar vittnade om en klok beräkning att spara de sinas liv.

Krysanteus och Teodoros, jämte de män, som bildade den lilla härens krigsråd, voro samlade i högkvarteret. Detta utgjordes av en riskoja, byggd mot en klippvägg, i vars grannskap fanns en häll, som bildade ett naturligt bord och lystes av två facklor.

Man hade förberett sig på ett anfall till den följande morgonen och redan överenskommit om vad som krävdes för att möta det.

Samtalet rörde sig nu kring ett annat ämne: den fjärmare framtiden.

Man kunde än en gång övervinna angriparen—det betvivlade man icke —men vore icke krigets utgång redan nödvändigt given? Vore det i längden möjligt för en handfull folk att försvara sig emot en motståndare, som i nödfall kunde förfoga över alla det romerska världsrikets tillgångar?

Den gamle donatistprästen, med vilken Krysanteus en gång underhandlat på Parnassos, satt nu framför honom på klipphällen, och fackelskenet bröts emot det harnesk, vari han klätt sitt silverhåriga bröst. Bredvid honom stödde sig mot hällen hans israelit, den tunga spikslagna klubban—och att hans arm ännu var mäktig att föra henne, det hade den föregående striden på ett för legionärerna förskräckligt sätt vittnat.

- Vart löper nu vårt tal? sade han. Framtiden? Den är Herrens och icke vår. I morgon skola vi strida mot amalekiterna, och om vi slå dem, skola vi i övermorgon åter strida mot de oomskurne—och strida så länge ännu en hand kan föra svärdet. Vad vilja vi mer?

- Du har rätt ... vad vilja vi mer? sade en annan av de närvarande, en man, som var klädd i en fullständig palatinrustning, vunnen i den sista striden, och vars ögon lyste av den religiösa hänförelsens eld. Vi önska ju icke mer.»Är vår tid kommen, så vilja vi ärligen dö och icke låta vår ära till skam varda.»

- Men kommen ihåg, att sedan männen äro slagna, äro kvinnorna och barnen värnlösa. Baals präster skola vålddöpa våra kvinnor och lära våra barn att offra på höjderna. Våra barn och deras barn skola vara som de själve och samla sig kring flugkungens och hans djävlars altaren. Vårt utsäde skall icke bära ax åt Herren, utan varda som det andra ogräset, sått av ovännen. David, fortfor novatianen, som talade dessa ord, i det han vände sig till den gamle donatistprästen, vad skola vi göra med våra kvinnor och barn? Låt oss rådslå om detta!

- Jag vet ett råd, genmälde denne med djup röst. För gubbarne, som ännu hava kraft att föra en kniv, och för gossarne, som äro gamla nog att kunna bitas, är rum i våra leder, och de skola falla bland oss, sedan vi härligt kämpat inför Herrens ögon. Men kvinnorna skola icke vålddöpas och de späda barnen icke offra på höjderna ... nej, nej, de skola på en vink av min hand och vid ett ord av min röst kasta sig från klipporna i havet. Jag känner de mina.

- Ske Guds vilja! sade novatianen.

- Mina vänner, sade Teodoros, låt oss höra, vad Krysanteus, som är vår anförare och förenat sitt öde med vårt, har att säga i detta ämne.

- Låt oss höra dig, atenare, sade den gamle David. Du, som ännu bidar i hedningarnes förgård, men bär Herrens tecken på din panna, att du en gång skall inträda i templets heliga; du är tapper som Judas Mackabeus och rådig som han. Fördenskull hörde vi dig gärna, om än du icke vore vår frivilligt utsedde hövding. Vad tänker du?

Krysanteus, som tigande lyssnat till det föregående samtalet, sade nu:

- Ändamålet med varje strid är den kämpandes räddning. Hur mörk vår utsikt till räddning må vara, böra vi dock uppgöra en annan plan än den att tillintetgöras under fiendens svärd.

- Du har rätt, sade novatianen. Men någon annan utgång ser jag ej för mina ögon.

- Vi skola ännu vinna segrar och krossa många fiender, såsom man krossar lerkärl; men vårt öde är dock beseglat, såvida icke Herren vill rädda oss genom ett underverk, sade den palatinklädde mannen.

- Den ställning som vi nu hava intagit, fortfor Krysanteus, är ej den starkaste, som nejden bjuder oss; jag valde henne, emedan hon tillförsäkrar oss att icke omkomma av brist på vatten, och emedan den för någon tid kan giva boskapen, av vilken vi leva, tillräckligt bete. Men beslutsamma män, som icke föredraga livet framför döden, böra kunna motstå angreppen av en mindre modig, om ock vida starkare fiende. Angripas vi i morgon och lyckas vi då kraftigt tillbakavisa vår motståndare, så tror jag, att han skall unna sig själv och oss några dagars ro. Det är icke omöjligt, att vi i fjorton dagars tid kunna försvara oss i den ställning vi innehava.

- Och sedan? sade den gamle David.

- Under tiden slakta vi vår boskap och göra oss i ordning att lämna detta land.

- Vad säger du? Huru skall detta varda oss möjligt? frågade de närvarande.

- Dälderna och de mot havsvinden skyddade bergsluttningarna äro bevuxna med skog. Vi hava yxor, för att fälla den, och timmermän, som böra förstå att av de fällda stammarne sammanfoga flottar. Dessa flottar skola förses med höga bröstvärn, med mast och segel. De skola med ett ord byggas för färden över ett stormigt hav. Seglen förfärdiga vi av täcken och djurhudar. Det gives intet tarv, som uppfinningsförmågan, driven av nöden, icke skall veta tillfredsställa. Och allt detta bör kunna vara färdigt om fjorton dagar, då vi arbeta med det hopp att frälsa våra kvinnor och barn och i vår egen räddning se en räddning av den sak, för vilken vi kämpa.

- Du har rätt. Detta är ingalunda omöjligt, sade novatianen. Vi böra om fjorton dagar kunna hava dessa farkoster färdiga, tillräckligt många och stora, för att ge rum åt oss alla. Vi hava skeppsbyggare bland oss, som kunna leda arbetet. De fiskarbåtar vi äga äro byggda av dem. Ditt förslag är gott. Vi böra antaga det.

- Det är åtminstone ett medel att lugna våra kvinnor, sade den gamle donatistprästen. Låt oss försöka det. Om det lyckas eller icke, det står i Herrens hand. Jag emottager vad han vill giva oss. Skönt vore att få återvända till Afrika. Hava vi en gång kommit så långt, att flottarne äro färdiga och ingenting hindrar att stiga i dem, så röstar jag för Afrika. Det är mitt fosterland; dess öknar äro ointagligare än dessa berg; vi hasta dit och finna tusentals trosbröder, som strida och lida för den sanna kyrkan. Med dem förena vi oss. Låt detta vara sagt.

De samlade männen tillkännagåvo sitt bifall till den gamle Davids ord.

Krysanteus fortfor:

- Det närmaste landet till vår kust är ön Egina. Östanvinden, som råder vid denna årstid, skall föra oss dit eller till någon punkt av peloponnesiska kusten. Detta ingår i min plan. Vi böra där kunna skaffa oss fartyg, som äro lämpligare än flottarne för en snabb färd över havet till Afrika.

Sedan samtalet fortfarit en stund, åtskildes församlingen. Några gingo till vila, andra till sina anförtrodda poster.

Teodoros kvarstannade hos Krysanteus.

- Om Herren tillåter, sade den unge prästen, att den plan du här framlagt för våra ögon låter lyckligt utföra sig, så är det tid att du skiljer dig från oss och vandrar din egen väg. Du har viktiga ting å egna vägnar att tillvarataga. Hinna vi någonsin Afrikas kust, så bör du därifrån segla till Italien, uppsöka kejsar Valentinianus och lägga ditt öde i hans händer. Valens' broder är en ädel och rättsinnad man. Han skall lyssna till dina ord och göra dig rättvisa; jag är övertygad därom. Genom honom skall det vara dig möjligt att få en oväldig och fördomsfri undersökning av de anklagelser, som vila på ditt huvud; du skall frikännas, återinsättas i rättigheten över din förmögenhet och hava frihet att återvända till Aten.

– Ditt råd synes mig gott, och får jag leva, vill jag för Hermiones skull följa det. Men skulle jag stupa i striden, så finnes i denna riskoja ett brev till de kejserliga truppernas hövding, Annæus Domitius, vari jag påminner honom om den välvilja han städse visat mig, anförtror min värnlösa dotter åt hans vård och ber honom verkställa det beslut jag fattat med avseende på hennes framtid. Hon skall begiva sig till Alexandria, Atens medtävlarinna i vetenskapens odling. Där finnes ett sällskap av frejdade män och bildade kvinnor, Museions skyddslingar, bland vilka jag räknar många vänner. Jag är övertygad, att de skola omfatta henne med deltagande, och att om världen har någon tröst för sorger sådana som hennes, den ädlaste trösten skall bjudas i denna aktningsvärda krets. Den penningsumma, som stod till mitt förfogande, då jag lämnade Aten, och som i detta ögonblick utgör hela min förmögenhet, är stor nog för att tillförsäkra Hermione en oberoende framtid i överensstämmelse med hennes smak och levnadsvanor. Jag överlämnar henne för övrigt i den allsmäktiga Försynens vård, ty människornas planer äro bräckliga som ett förtorkat rör, min Teodoros, och det är skickelsens vanliga lek att sönderbryta dem ... Jag har ibland eder lärt mycket, fortfor Krysanteus efter någon tystnad. Det är mig icke okänt, att dina läror, Teodoros, gjort starkt intryck på Hermione. Frukta ej, att detta ingivit mig harm. Jag har förlorat min olycklige Filippos. Perikles satte med egen hand dödskransen på den siste av sina söner, sedan den ene efter den andre blivit bortryckt av pestsmittan. Jag har som han sett mitt sista hopp skördat, utan att hava knotat mot himmelen. Det höves en man att bära sitt öde. Och vad min dotter vidkommer, så må hon följa dig på den väg, som du för henne utstakat. Jag skall se det utan smärta, sedan jag i denna krets har funnit, att skillnaden mellan det som är heligt för dig och det som mig är heligt sträcker sig blott till formen och ej till anden. Kristendomen bär liksom filosofien den oförgängliga sanningen i sitt sköte. Här har jag sett den förra åstadkomma vad den senare ej förmår. Jag har sett de dystraste anleten skimra av glädje och de hårdaste av mildhet, när de lyssnat till din mästares läror. Män, som elände och förföljelser hade gjort till rövare, för vilka blodsutgjutelse var en lust och milda känslor en smälek, har jag skådat i dessa hyddor lekande som barn med sina barn och bemöta dem med den vördnadsfulla ömhet, som endast medvetandet om en odödlig varelses oändliga värde kan ingiva. Nog av, jag har funnit, att det gives en filosofi för hela människosläktet, och att de högsta sanningar, den varmaste kärlek för det sanna och goda kunna inplantas i den okunnigastes bröst. Men om detta är kristendomen, varpå jag ej tvivlar, så står hon i de förtrycktes leder vid sidan av dem, som kämpa för förnuftet, friheten och den mänskliga värdigheten. Det var fördenskull jag sade i folkförsamlingen, att eder sak är min egen. Låt oss strida och dö tillsammans! Jag vill icke dölja för dig, min Teodoros, att jag är mätt vid livet. Vår sak skall finna andra och kraftigare kämpar, om icke i dessa tider, så när århundraden skridit över våra gravar.

Krysanteus hälsade Teodoros god natt och gick att njuta några timmars vila.

Han väcktes redan före morgongryningen av ett budskap från utposterna, att de kejserliga trupperna hade satt sig i rörelse och på olika vägar närmade sig lägret. Krysanteus steg till häst. Några ögonblick därefter ljödo genom morgondimman över det vidsträckta lägret de hornstötar, som kallade det stridbara manskapet att samla sig under vapen, var centuria på sin bestämda plats.

* * * * *

När dimman mot morgonen skingrades av havsvinden, stodo båda härarne i varandras åsyn.

Nybyggarnes front utbredde sig över en tämligen stark bergsluttning, som här och där företedde enstaka grupper av otillgängliga klippor.

Deras vänstra flygel stödde sig mot havet; på den högra bildade marken en sakta sluttande plan emot den trånga däld, ovan vars andra sida de kejserliga trupperna utbredde sig.

På högra flygeln, som sålunda utgjorde den svagaste punkten i den novatiansk-donatistiska skarans ställning, var kärnen av deras stridsmakt samlad.

Deras linjer, som företedde små kolonner med vissa mellanrum, slutade på denna sida med deras ryttaretrupp, på sin höjd femtio man.

För att minska ställningens svaghet på högra flanken hade nybyggarne ditsläpat en mängd fällda träd och i denna förhuggning, som sträckte sig ända mot de otillgängliga klipporna i ryggen av ställningen, lämnat endast två dolda öppningar, genom vilka deras lilla rytteri kunde göra utfall.

Nybyggareskaran företedde i avseende på vapnen stor brokighet. Somliga buro klubbor, andra lansar, andra bågar, andra korta romerska värjor, andra åter de långa slagsvärd eller de saxdolkar, som voro brukliga bland allemanner och göter. Rytteriet var likformigast väpnat. Det hade hjälmar och harnesk.

På bergen bakom nybyggarnes fylking sågos deras kvinnor och barn i talrika skaror.

De kejserliga trupperna voro uppställda i en sluten linje över den någorlunda jämna mark, som utsträckte sig på andra sidan dälden.

När dimman lyftes av östanvinden och lik en vitgul rök rullade över Saroniska viken, övergöts den vildromantiska nejden av morgonsolens strålar, som glittrade på en skog av lansar, över vilken förgyllda örnar och fladdrande fanor höjde sig.

Det kejserliga rytteriet, som under natten haft ett svårt tåg, var i djupa massor uppställt bakom fotfolkets luckor. Nu, sedan de kejserliga truppernas fältherre överblickat fiendens ställning, ljödo trumpetstötar utefter linjen, rytteriet började röra sig, avdelning efter avdelning försvann i dalgångarne och visade sig på andra sidan om dem, tills alla pass, som mitt emot nybyggarnes högra flygel förde till dälden, voro besatta.

Medan de kejserliga trupperna företogo denna rörelse, hade nybyggarne uppstämt den gamla älskade stridspsalm, med vars toner de äldre ibland dem och framför alla de stridslystna donatisterna så mången gång under sin stormiga levnad invigt sig till kamp och död för sin tro.

Männen i fylkingen uppstämde och deras kvinnor förenade sig i sången:
Guds namn är känt i Judaland, förhärligat i Israel, han Sion till sin borg
har valt, i Salem står hans helga tjäll. Han krossar bågar, spjut och svärd, de
stolte digna till hans fot, och bävande den hela värld förstummas för hans vredes
hot.

> Se Rövarbergen! På sin grund de svikta för hans ögas blink,
> och krigarskaror domnande nedlägga vapen på hans vink,
> se vagnen stannar med sitt spann,
> och dött är stridstrumpetens ljud
> och sänkt i dvala häst och man
> vid blott en vink av Jakobs Gud.

Medan psalmens sista toner förklingade, sågs en ryttare i prästerlig dräkt,
men omgjordad med svärdet, följd av en centurion nedstiga i dälden.
Centurionen ropade, att man ville tala med nybyggarnes överhövding. I stället
för denne nedkom en annan man, väl väpnad och av krigiskt utseende. Det var
samme novatian, som vi sett deltaga i nybyggarnes krigsråd.

- Vad viljen I? ropade novatianen, medan han ännu stod på något
avstånd.

- Underhandla, svarade prästen, som var ingen annan än biskop Petros.

- Väl, sade novatianen, i det han närmade sig, vi hava då rätt fattat ert
uppsåt. Jag är sänd av vår hövding för att höra, vad I haven att säga oss.

- Vi vilja tala med den högste befälhavaren själv, och icke med en
underordnad, förklarade Petros.

- Han skall komma, då ert rytteri fått befallning att göra halt, och då er
egen högste befälhavare infunnit sig för att möta honom.

- Detta är höga anspråk av ett upprorshuvud, som, innan solen gått ned,
skall vara i mitt våld. Jag vill då tala till folket själv, och det skall höra min röst,
sade Petros, i det han åter satte sin häst i gång.

Novatianen fattade hästens tyglar och tvang honom stanna.

- Vad vill du oss? sporde han. Rid icke närmare, ty det kunde varda din
död.

- I skullen då våga att döda en underhandlare? Det vore er värdigt, I
föraktliga upprorsmän. Men ditt hot skrämmer mig icke. Jag kommer i vår herres
och kejsares, det heliga majestätets namn för att tillförsäkra förlåtelse och
glömska åt envar av eder, som i denna sista stund vill nedlägga vapen och
återvända till sitt hem för att leva i lugn och laglydnad under de
överhetspersoner och herdar, som kejsaren över er täckes tillsätta. Från denna
nåd och förlåtelse äro endast sådana som du och dina likar, det vill säga hopens
uppviglare och anförare, uteslutna. Släpp tyglarne, man, eller avhänder du dig
genom din våldsamhet underhandlarens rätt och pliktar med livet. Vi äro här två
mot en.

Novatianen släppte hästens tyglar och sade:

- Underhandlingen är då ändad. Vi förkasta ert anbud. Återvänden och
sägen er befälhavare detta.

- Det är icke med dig vi dagtinga, ej heller är det du, som bestämmer

282

svaret. Det är de förvillade själva, som skola välja mellan döden och den nåd, som endast för dem och icke för dig och dina likar är öppnad.

Under detta samtal hade den gamle donatistprästen stigit ett stycke nedför bergsluttningen och närmat sig dem. Enär Petros talade med en stämma, som hördes vitt omkring, hade David fullkomligt fattat, varom fråga var, och medan novatianen återvände från mötet, upphov gubben sin röst och ropade:

- Du falske profet! Vill du tala med folket och ej med dess hövdingar, så är du ej en underhandlare, utan en uppviglare, som bör nedslås med svärd. Men tror du, att du har att göra med klenhjärtade, så kom hit, och folket skall själv svara dig, att denna dag skall varda en grymhets dag, en väders och storms dag, en mörkers och dimmors dag, en basuners och trumpeters dag, på vilken Herren med en ringa hop av sitt överblivna folk skall göra stora under emot filistéerna. Kom upp på berget, och finner du en enda, som säger: låt oss denna gången vika och draga av igen—eller finner du en enda, som emottager skökans kalk, som du kallar nåd och förlåtelse, av dina händer, så straffe mig Herren, Herren. Ve skökan och hennes tjänare, som kalla den styggelige, slemme, bloddrypande Valens ett heligt majestät. Vi spotta åt detta majestät, som är ett smutsigt djur och vars domare äro ulvar om aftonen, vilka intet låta kvarbliva intill morgonen. Se där de hem, till vilka I bjuden vårt folk att återvända, fortfor den vitskäggige gubben och pekade med sin väldiga klubba mot de virvlande rökmolnen av brinnande bostäder. I haven tvungit det fredliga Israel att övergiva de hyddor, i vilka det var lyckligt. Kom nu upp och se, huru de fridsamme äro redo att strida för Guds ansikte. Jag skall föra dig genom fruktansvärda krigares leder, och finner du, jag säger det än en gång, en enda man, som faller ned och tillbedjer den nye Nebukadnesar eller den vederstyggliga Jisebel, som I kallen kyrkan, så må all hans smälek komma över mitt eget huvud.

Den gamle donatistprästens inbjudning övertygade Petros, att en underhandling på sådana villkor, som de här framställda, skulle tjäna till intet. Han återvände med centurionen till den kejserliga slagordningen, som i nästa ögonblick på hela linjen satte sig i rörelse.

- Pris vare gudarne, sade Olympiodoros, som var i prokonsulns följe, den fördömde prästen lyckades icke frånstjäla mig nöjet av ett präktigt skådespel och dig, min Annæus, äran av en seger. Underhandlingen har slutat med ett byte av kristianska skällsord, och i denna strid har Petros synbarligen dukat under för den munvige gubben med Heraklesklubban.

Annæus Domitius, klädd i en lätt och lysande rustning, utdelade från sin häst befallningar till tribuner och centurioner, som skyndsamt förde dem till härens olika avdelningar.

Den plats han valt tillät honom överskåda motståndarens front och tillika hans högra flygel, mot vilken det var hans avsikt att kasta sina järnsmidda ryttareskaror.

Petros hade återvänt och intagit sin plats vid sidan av Annæus Domitius. Biskopens ögon lyste av stridslust, och hans väsen uttryckte en otålighet och en härskarevilja, som blott med möda kunde tyglas. Men det var i dag prokonsulns beslut att själv befalla. Petros visste det och ville tiga och vara soldat, då han ej fick vara fältherre.

När första linjen av det kejserliga fotfolket satte sig i rörelse för att nedstiga i dälden och angripa nybyggarnes för hästfolket oåtkomliga front, syntes på deras sida en ryttare i vit mantel, kommande från den högra flygeln. Prokonsuln och biskopen igenkände i denne ryttare Krysanteus. Han hade från en höjd vid sidan av förhuggningen skaffat sig en överblick av det fientliga rytteriets ställning.

I nästa ögonblick framryckte nybyggarnes små kolonner under stridsropet: Herrens och Gideons svärd mot randen av den branta bergsluttningen för att möta det kejserliga fotfolkets angrepp.

Legionärerna uppmuntrade varandra med höga rop, medan de med skölden på rygg och svärdet i hand klättrade uppför berget. Men förrän de hunnit randen av detsamma, angrepos de med vild häftighet av nybyggarne under det förnyade härskriet: Herrens och Gideons svärd, och vordo, innan de hunnit ordna sina leder, med stor manspillan nedkastade i dälden.

De fördes fram att förnya angreppet. De gjorde det, men tveksammare, och tillbakadrevos för andra gången och förföljdes ett stycke nedför bergsluttningen, efterlämnande ett betydligt antal döde och sårade, vilkas vapen genast togos som byte av nybyggarne.

Emellertid fylldes dälden med centuria efter centuria, som nedryckte från den bergslätt, på vilken de kejserliga trupperna voro uppställda, samt företedde slutligen en tät packad massa av krigare, som genom själva påtryckningen av de efterföljande lederna pressades uppåt till ett ihärdigare och tungt vägande anfall.

Krysanteus red utefter den hotade linjen och tillsåg, att de fåtaliga försvarskrafterna voro ändamålsenligt delade på de starkare eller svagare punkterna. Han hade icke att egga sina krigares mod. De brunno av stridslust. En mängd av deras kvinnor hade ilat fram för att understödja de kämpande männen. Den fruktansvärda kolonn, som nu anryckte och vars sista leder ännu icke hade nedstigit i dälden, när de första hunnit uppför berget, hälsades, innan det kom till handkamp, med ett regn av pilar, kastspjut och stenar, som åstadkom en svår manspillan i den sammanträngda fylkingen. Nejden genljöd av de anfallandes och de anfallnes härskri—av ropet Gud och kejsaren, under vilket legionärerna stormade an, och det av Herrens och Gideons svärd, varmed nybyggarne eldade sig till striden man mot man.

Denna var snart i gång utefter hela linjen. Marken tillät ej de kejserliga trupperna att bilda slutna leder. De förste, som upphunno randen av bergsluttningen, föllo under nybyggarnes svärdshugg och klubbslag, men de fallne ersattes ögonblickligen av andra, som, om de ville eller icke, tvungos fram av den påträngande massan. Stöten, som förorsakades av denna, var fruktansvärd och skulle för en åskådare, som överblickat de ringa motståndskrafterna, synts oemotståndlig. Men stridens utgång var given, om angriparne lyckades vinna endast en fotsbredd av den jämna marken ovanför sluttningen, och nybyggarne, som insågo detta, stredo för varje tum därav som för sina liv. Ingen vek från sin plats, och drabbningen, vilken liksom vaggade på den smala bergkanten, företedde först efter de häftigaste ansträngningar från legionärernas sida en enda punkt, där nybyggarnes linje vart genombruten.

Och knappt var denna lucka uppstånden, förrän en skara av de kejserliga soldaterna genomträngde henne. Ögonblicket syntes avgörande. Nybyggarnes fältherre var frånvarande, ty striden hade nu börjat även på den högra flygeln omkring förhuggningen, och Krysanteus var på denna viktiga punkt. Men han hade förutsett ett fall som detta och uppställt en liten understödstrupp, utgörande en centuria, vars uppgift var att stärka fronten, varhelst den syntes svagast eller i fara att genombrytas.

Denna trupp av idel donatister, män, som kämpat i Afrikas sandöknar och i dälderna kring Parnassos, anfördes av den gamle David.

Donatistprästen och hans män hade med brinnande otålighet avvaktat det ögonblick, då de skulle få deltaga i kampen.

- Bröder, ropade David nu, där äro de, amoréerna och jebuséerna. Fram, I Herrens kämpar! Vi skola slå dem och jaga dem intill det stora Sidon och intill den stora slätten Mizpa österut och förgöra dem, så att icke en igenbliver. Följen mig, I utvalde ur Israel!

Och den lilla donatistskaran störtade emot den framträngande fienden med den vilda stridslustens ohejdade häftighet. Lansar rycktes ur legionärernas händer, hjälmar klövos under slagsvärdens hugg, sköldar krossades under de tunga spikklubborna. Några minuters strid, och den del av den regelbundna styrkan, som lyckats få fast fot på berget, låg trampad under donatisternas fötter eller hade i vild flykt kastat sig nedför bergranden, lämnande i segrarnes händer en fana, varpå det unga kristna korset prunkade mellan bokstäverna av den gamla vördnadsvärda inskriften: »Romerska Senaten och Folket».

Från dessa segrar ilade David och hans män till varje punkt, där nybyggarnes front tarvade stöd. Man såg den fruktansvärde gubbens bloddrypande klubba svänga i det tätaste stridsvimlet och hörde hans röst, huru han oavlåtligt manade de sina och eggade sitt eget och deras stridsraseri med ord sådana som dessa:

- Slå dem, slå dem! Förgör dem med svärdsegg, giv dem till spillo, såsom Mose, Herrens tjänare, bjudit haver! Dräp vad anda haver! Skona dem icke!

Under det kampen sålunda rasade på nybyggarnes front, hade Annæus Domitius ridit till sin vänstra flygel och tilldelat den order att angripa de upproriskes flank.

Trumpetstötar ljödo genom de på denna sida till dälden förande passen, och de ryttarskaror, som stodo till prokonsulns förfogande, sprängde i ordnade leder uppför sluttningen emot förhuggningen.

Nybyggarnes kvinnor och barn, som stodo på de otillgängliga höjderna i bakgrunden, uppgåvo ett samfällt rop av häpnad, när denne hitintills osynlige fiende plötsligt uppenbarade sig i den förfärande anblicken av ett våldsamt rytteriangrepp, mot vilket varje hinder syntes vanmäktigt.

Denna ryttarskara hade till sitt utseende intet utom fälttecknen—de gyllene örnarne—som påminde om romerska hästfolket i förflutna tider. De barbenta, med lätta harnesk, prydliga hjälmar och korta svärd utrustade ryttarne voro förvandlade till skepnader, höljda från topp till tå i en vidunderlig järndräkt. Det var dessa »järnpelare» —så kallades de—av vilka Rom numera, under krigskonstens allt större förfall, väntade sina segrar i kampen mot perser, göter och allemanner eller mot egna undersåtar. Fotfolket hade endast under Julianus' korta fältherrebana återvunnit sin betydelse för att i andra händer ånyo och för århundraden förlora den.

I dessa »järnpelare» hägrade medeltiden.

De anstormande järnböljorna bröts dock emot förhuggningen, varöver endast några få lyckades sporra sina hästar, medan andra försökte intränga genom dess trånga, slingrande öppningar. Lederna råkade i oordning. Trängsel uppstod. De enskilda ryttare, som kommit över förhuggningen eller fastnat mellan de hopvräkta trädstammarne, sågo sig lämnade utan bistånd. Några av dem lyckades komma tillbaka till de sina; andra dukade under efter en strid, i vilken deras rustningar voro ett fåfängt värn mot de halvnakna men modiga fiender, av vilka de på alla sidor funno sig omgivna.

Annæus Domitius såg med harm utgången av en rörelse, av vilken han väntat sig en kraftig verkan. När han gav befallning till densamma, hade han blivit övertalad därtill av rytteriets befälhavare, en skrytsam och övermodig göt, som försäkrat den med »järnpelarnes» egenskaper obekante prokonsuln, att han, den götiske tribunen, i spetsen för sådana krigare tagit förskansningar, svårtillgängligare än denna. Sedan Annæus Domitius givit luft åt sin harm i en ström av hedniska eder—och detta vid sidan av den rättrogne biskopen—lät han blåsa till återtåg, som verkställdes i god ordning. Ryttariet nedryckte långsamt de dalsänkningar, där det förut varit uppställt, och strax därefter gavs befallning även till det i nybyggarnes front kämpande, utmattade fotfolket att draga sig tillbaka och intaga sin förra ställning. Striden avstannade för ett ögonblick på hela linjen. De återtågande legionärerna hörde bakom sig novatianernas och donatisternas segerrop. Dessa hade efter en halvtimmes blodbad icke förlorat en handsbredd jord till den överlägsne fienden, och medan deras egna förluster voro oansenliga, var bergsluttningen under dem höljd med slagna legionärer.

Striden uppflammade dock snart ånyo. Prokonsulns kärntrupp, två centurior palatiner, hopsamlade från de i Akajas städer spridda besättningarna, skickades att storma förhuggningen och öppna den för rytteriet. En del av det övriga fotfolket drogs ifrån sin ställning gentemot nybyggarnes front för att understödja palatinernas anfall.

De kvarblivna centuriorna hade att hålla sig stilla—vilket de ock behövde efter den blodiga och envisa kamp, som de nyss utstått—såvida icke nybyggarne blottade sin front för att bispringa sin hotade flank. I detta fall skulle legionärerna begagna sig härav och med större utsikt till framgång förnya anfallet på fronten.

Krysanteus hade strängt ålagt de sina att icke lämna sina ställningar, huru nödig deras hjälp på andra hotade punkter kunde synas vara.

David hade dock svårt att finna sig i den overksamhet, vari han nu genom fiendens tillbakavikande var försatt. Vad som förbereddes på högra flygeln visste han icke. Han såg däremot, att de trötta legionärernas front på andra sidan dälden var försvagad och tydligen icke väntade något anfall—ty leden hade upplöst sig och många soldater lagt sig på marken för att vila.

David ville begagna sig härav. I spetsen för sitt manskap nedsteg han bland de svårtillgängliga klippor, som på nybyggarnes vänstra flank stängde dälden från havet, och lyckades att omärkt komma över densamma.

Han följdes av vid pass hundra man, alla stridslystna som sin anförare. Dragande förmån av markens ojämnhet för att osedd nalkas, hade truppen snart uppnått legionärernas högra flank och med häftighet angripit den oförberedde fienden.

Skaror av legionärer, stadda på vildaste flykt, förkunnade några minuter därefter, att nybyggarne gjort ett angrepp på denna sida.

Tribuner och centurioner hastade att uppställa sina trupper för att mottaga fienden. Annæus Domitius ilade själv till stället, lämnande sin vänstra flygel, där striden nu börjat omkring förhuggningen, i det palatinerna gjorde upprepade försök att taga den.

Annæus Domitius vart lika överraskad som lugnad, då han upptäckte, huru fåtalig den angripande skaran var. Hon hade emellertid tecknat sin väg med blodströmmar. Prokonsuln lät sju till åtta centurior omringa henne. Innan detta hann verkställas, hade donatisternas slagsvärd och klubbor uppstaplat högar av lik. De gingo fram i blint raseri, nedbrytande varje hinder, som de oordnade hopar, vilka de ända hitintills jagat framför sig, hade sökt ställa i deras väg. Stridsropet Herrens och Gideons svärd skallade med en styrka, som genom det allmänna larmet nådde till novatianernas front på andra sidan dälden och först nu lät dessa ana vad David och hans lilla hop företagit sig.

Först när det kejserliga fotfolket verkställt den rörelse, som prokonsuln påbjudit, och från alla sidor i djupa, ordnade leder framryckte för att innesluta och krossa den lilla skaran, fick denna öga för sin farliga ställning. På alla sidor en skog av lansar, en mur av harnesk, som närmade sig. Det gällde att genombryta en av dessa murar och genom dälden bana sig väg tillbaka, eller ock att falla till sista man.

- Vi äro omringade, ljöd det i Davids öron. Vi måste försöka slå oss igenom.

Den gamle kämpen vilade ett ögonblick på sin klubba. Hans ögon överforo de fientliga skarorna.

- Åt detta håll, mina bröder, åt detta håll, I utvalda kämpar, ropade han och pekade mot de trupper, som spärrade återvägen till dälden. Fram mot amalekiterna! Herren har i dag givit dem i vår hand. Vi skola slå och förfölja dem intill Aseka och Makkeda. Fram!

Donatisthopen, fruktansvärd ännu i trots av sitt ringa antal, följde den oförskräckte ledaren för att kasta sig mot fiendens lansar och om möjligt bryta sig väg genom hans leder. Deras avsikt gynnades av ett angrepp i truppernas rygg, som deras vapenbröder, lämnande sin starka ställning på andra sidan dälden, gjorde för att komma dem till hjälp. Ett förfärligt handgemäng uppstod. Medelpunkten i det var David. En högväxt, från hjässan till fotabjället järnsmidd centurion hade framträtt för att i tvekamp mäta sig med den fruktansvärde kämpen. Centurionen var, som många i de kejserliga truppernas led, en götisk barbar, tjänande för legopenningar, och då han utmanade David till envig, följde han ett bruk hos sitt folk.

- Vitskäggige gubbe, vart rasar du? sade han. Lägg ned din klubba och giv dig fången. Du, som ej har tänder att tugga soldatens hårda bröd, har du händer ännu att föra ett vapen?

- Son av Magog, svarade David. Du liknar dina bröder ej blott däri, att du är högväxt som Goliat, utan ock stortalig och inbilsk som han. Vad hava du och de dina att skryta över? Edra fäder hava kommit i en myckenhet som gräshopporna över Egypti land till att storma våra landsändar, och se, de äro slagna och spridda som agnar av en handfull romare. Men detta hindrar icke din tunga att skrävla. Jag skall tysta henne. Du är i dag och för alltid dödens man.

David emottog på skaftet av sin klubba det hugg barbaren riktade åt hans huvud. Svärdet gled, träffade Davids vänstra arm och avskar hennes fingrar. Men i nästa ögonblick hade den bloddrypande klubban träffat götens skuldra och inslagit hans harnesk.

Centurionens arm förlamades av slaget. Även David kände sig efter det sår han fått oförmögen att längre med kraft svänga sin klubba. De bortkastade därför på samma gång sina vapen och gingo, fradgande av raseri, varandra på livet. Oaktat sin ålder ägde David en väldig kropsstyrka. De båda kämparne omslingrade varandra efter en kort knytnävkamp med sina armar och föllo brottande till marken, varvid centurionens hjälmband brast och hans huvudbetäckning rullade bort. Då framrusade en av Davids män, som nyss i de båda kämparnes omedelbara grannskap utstått en tvekamp och segrat—han skyndade fram till sin anförares räddning och klöv med sitt svärd götens huvud, men föll själv i samma stund, nedhuggen av en legionär, i sitt offers blod. Den gamle donatistprästen, befriad från sin fiende, reste sig på sina herkuliska ben och grep ånyo efter sin klubba. Runtomkring honom stredo hans överblivna män för sina liv eller hade redan fallit mitt inne i fiendens led. Det fanns ingen, som kunde skyla sin anförare, medan han steg upp och fattade sitt vapen; genomborrad av flera lansar föll han till jorden, och de framryckande leden trampade hans lik.

Kampen mellan det lilla antalet nybyggare och de kejserliga soldaterna var på denna punkt snart slutad. Knappt ett tiotal av de förre lyckades undkomma blodbadet och rädda sig med flykten tillbaka till sin ställning på andra sidan dälden.

Men denna kunde icke längre försvaras mot de överlägsna trupperna. De män, åt vilka Krysanteus anförtrott att skydda denna linje, lågo till större delen slagna. Davids självrådighet och glömskan av Krysanteus' befallning hos de nybyggare, som ilat att bispringa honom, avgjorde dagens och hela den lilla härens öde. Annæus Domitius gav sina trupper tecken att storma höjden. Han såg, att intet allvarligt motstånd mer kunde möta dem på denna sida. Legionärerna anryckte under ropet Gud och kejsaren.

Under tiden hade striden oavbrutet rasat på nybyggarnes flank omkring förhuggningen. Palatinerna och de trupper, som understödde dem, hade gång efter annan stormat förhuggningen och tillbakadrivits. Striden fortgick ännu mellan de kejserlige, som förde ständigt friska trupper i handgemänget, och de uttröttade novatianerna. Krysanteus hade stigit av sin häst och kämpade, där faran var störst, vid nybyggarnes sida. I och omkring förhuggningen lågo högar av lik.

Ett avgörande ögonblick var nu kommet även här. Palatinerna hade, sporrade av biskop Petros, som skyndat att personligen blanda sig i striden, äntligen lyckats taga en punkt av förskansningen och uppställa sig framför densamma, medan bakom dem deras kamrater undanröjde trädstammarne för att bana väg åt rytteriet, som otåligt avvaktade tillfället att få deltaga i drabbningen.

Det lyckades dem. Tecken gavs till rytteriet att rycka an.

Krysanteus, seende den omedelbara fara, som hotade, men ännu okunnig om vad som tilldragit sig på frontlinjen, samlade alla krafter, som stodo honom till buds, att förekomma eller möta »järnpelarnes» angrepp. Innan dessa hunnit fram, hade ett förtvivlat anlopp av nybyggarnes samlade styrka kastat palatinerna över skansen. Men nästa ögonblick inträngde »järnpelarne» genom den gjorda luckan. De möttes i den smala mynningen av nybyggarnes lilla ryttaretrupp, som försvarade inträdet till ställningen. Luckan i förhuggningen spärrades snart av fallna män och hästar.

Sådant var stridens utseende, då Teodoros, som på Krysanteus' befallning skyndat till frontlinjen för att underrätta sig om dess tillstånd, återvände och tillkännagav, att linjen var nästan utan försvar, och att legionärerna just nu nedryckt i dälden för att taga den. Budskapet var knappt framfört, innan man hörde de stormandes rop.

- Slaget är förlorat, sade Krysanteus. Teodoros, skynda härifrån och frambär till Hermione min hälsning och välsignelse!

Krysanteus, som åter stigit till häst, återvände till den hopplösa striden. Dess öde var några minuter därefter avgjort. Den lilla återstoden av nybyggarne angreps från båda sidor av Annæus Domitius' hela styrka. Under ångestskri från kvinnor och barn sågs bergslätten översvämmas från ena sidan av fotfolkets djupa massor, från den andra av »järnpelarnes» skvadroner. Nybyggarnes motstånd upplöste sig i enskilda strider, en mot många. Mitt i vimlet sågs ännu en stund en ryttare i vit mantel. Annæus Domitius och Petros igenkände honom på samma gång och sporrade sina hästar emot den punkt, där han kämpade. Men innan de hunnit fram, hade ryttaren i den vita manteln försvunnit under järnböljorna, och hans blodiga häst galopperade utan herre över fältet.

Krysanteus' lik återfanns efter stridens slut. Han låg utsträckt på marken med svärdet i den knutna handen och manteln rödfärgad av blodet från hans genomborrade bröst. När Annæus Domitius vördnadsfullt nalkades sin fiendes lik, stod Petros betraktande det, och Eufemios, hans adjutant, satte sin platta fot på den sköna hjälteskepnadens bröst och sade:

- Så trampar kyrkan hedendomens hydra.

SEXTONDE KAPITLET.

Slutet.

En afton, en månad efter fälttåget i Sunion, satt presbytern Eufemios hos sin andlige fader, biskop Petros, just i samma smala, avlånga, med ett gluggfönster försedda rum i biskopliga palatset, där läsaren redan bevittnat ett samtal dem emellan.

Liksom då mätte Petros även nu kammargolvet med livliga steg, och

Eufemios hade intagit sin ödmjuka plats på en stol vid dörren.

Eufemios' låga panna bildade icke längre en vitgul, utan en brungul strimma mellan det svarta hårfästet och de lika svarta ögonbrynen; ty fälttågets sol hade brynt hans hy. Hans huvud var som alltid framåtlutat och hans små svarta ögon riktade uppåt, halvt slöjade av ögonhåren.

Petros' anlete bar en stoltare prägel än någonsin. Det lyste av segervisshet. Förmodligen var någon av hans vittomfattande förhoppningar uppfylld eller på väg att uppfyllas. Den krigiska ära han inlagt i tåget mot kättarenybygget var väl icke tillräcklig att åstadkomma en sådan verkan, ehuru hon levde på alla atenska homoiusianers läppar.

När den del av de kejserliga trupperna, som tillhörde besättningen i Aten, intågade i staden, hade man sett Petros, omgjordad med svärdet, rida på en yster häst i spetsen för tåget, som hade ett högtidligt utseende och nästan liknade ett triumftåg. Främst, som vi nämnde, Petros och vid hans sida den jovianske gardestribunen. Därefter en avdelning legionärer. Efter dem en skara män, kvinnor och barn, den sorgliga återstoden av novatianernas och donatisternas nybygge i Sunion—männen endast nio eller tio till antalet, tillfångatagna på slagfältet, höljda av sår och släpande tunga bojor; kvinnorna flera, men likväl få i jämförelse med dem, som efter stridens slut slaktats av de vilda »järnpelarne«; barnen, utgörande största delen av skaran, somliga burna av sina mödrar eller gående vid deras sida, andra åter, som genom förföljelsekriget blivit fader- och moderlösa, och dessa voro de flesta, vandrande för sig själva. Bakom fångarne hade man sett en präktigt smyckad vagn, varpå befunno sig de heliga kyrkokärlen och mitt ibland dem den väldiga dopfunten, vari man efter kättarnes nederlag hade låtit deras barn undfå döpelsens nåd. Bredvid vagnen hade man skådat den svartlockige Eufemios, ridande på en åsna och bärande det heliga korset. Tåget slutade med några centurior fotfolk.

Hermione hade icke varit synlig bland fångarne. Krysanteus' brev kom lyckligt i Annæus Domitius händer; Hermione, den enda fånge, som han förbehöll sig själv, medan han överlämnade de andre åt Petros, hade tagits under hans särskilda hägn och förts till Korintos.

Det hette emellertid nu i Aten, att Krysanteus' dotter hade återkommit till sin fädernestad, i sällskap med prokonsulns maka, den fromma Eusebia, och att den sörjande flickan bodde i det prokonsulariska palatset jämte nämnda ädla romarinna, som i sitt uppförande mot henne sades ådagalägga en systers varma deltagande.

I allmänhet talade man mycket om Hermione under dessa dagar i Aten. Det viskades bland de kristne och även bland den gamla lärans bekännare, att filosofens dotter var av Petros omvänd till kristendomen. Den utmärkte biskopen beredde sålunda sin heliga lära den ena segern efter den andra. Ärkehedningens son och dotter omvända genom Petros! Och denna senare likväl en kvinna, som ej blott från barndomen uppfostrats i hat och förakt emot kristendomen, utan även varit iklädd en rustning, som visat sig ogenomträngligare än hatet och föraktet mot den uppenbarade sanningens pilar, nämligen filosofiens.

Det gick till och med ett rykte, som utbreddes hastigt och troddes allmänt, att Hermione önskade genom dopet varda oskiljaktigt förenad med kristna kyrkan.

Den dag, när detta skulle ske, måste Atens domkyrka överfyllas av andäktiga åskådare.

Teodoros hade räddat sig med flykten, sedan han framburit Krysanteus' hälsning och välsignelse till Hermione och överlämnat det brev, som förvarats i riskojan, till en av de trogna tjänare, vilka åtföljt Krysanteus från Aten och under striden befunnit sig kring Hermiones person.

Av denne tjänare hade Annæus Domitius mottagit brevet.

Huru Teodoros flytt är svårt att säga. Måhända hade han begagnat en av de fiskarbåtar, som lågo uppdragna på stranden nedanför de klippor, som skyddat nybyggarehärens ställning. Med en av dessa små båtar kunde han, då havet var lugnt, lätt nog hava rott ett stycke förbi det fientliga lägret, därefter sökt stranden och skyndat landvägen till Aten.

Nog av, hans vänner där, och Myro bland dem, hade sett och talat med honom. Att han dolde sig för alla andras blickar var naturligt, ty det var ingalunda hans avsikt att låta fånga sig av det homoiusianska prästerskapet eller den kejserliga rättvisans hantlangare. Han hade mycket att leva för.

Sedan han där i några dagar förgäves avvaktat ett tillfälle att få tala med Krysanteus' dotter, hade han från Korintos anträtt en äventyrlig fotresa, vars mål var Italien.

Han hade fattat det djärva beslutet att träda inför västerlandets kejsares ögon, anropa hans beskydd för Hermione och utverka av hans nåd, att Krysanteus' dotter måtte insättas i rättigheten till den förmögenhet, som hennes fader bestämt åt henne i sitt arvsförordnande.

Sitt hopp om framgång grundade han på Gud och på de lovord, som för mänsklighet och rättvisa skänktes den grymme och vidskeplige Valens' ädlare broder.

Vi återvända till kammaren, där vi lämnade Petros och Eufemios samtalande.

- Saken har i själva verket en betänklig sida, försäkrade biskopen, i det han stannade och kastade en blick på den ptolemäiska kartan.

- Jag kan omöjligen inse det, min fader, förklarade Eufemios i ödmjuk ton. Då icke ens Klemens äger något anspråk på arvet, så har Hermione det än mindre. Kejsaren eller staten, vilket här är samma sak, har ju indragit upprorsmannens egendom och skänkt den till kyrkan.

- I själva verket förhåller det sig som du säger, men till formen är det annorlunda. Du vet att det redan finnes ett gudlöst parti, särdeles inom senaten, hären och ämbetsmannaklassen, som höjer sin röst emot den sed, att kyrkan emottager gåvor och förläningar. Ropet understödjes här i österlandet av homousianerna och alla andra kättare, emedan det icke är deras utan vår egen rättrogna homoiusianska församling, vilken dessa gåvor och förläningar komma till godo. I västerlandet däremot, där homousianerna äro de starkare, tiga de själve och det är våra egna rättrogna bröder, som där deltaga i ropet. Nog av, kejsar Valens, som är vår kyrkas uppriktige och nitiske vän, förmenar dock, att det ligger någon sanning i skränet. Hans samvete har fasthakat sig vid sådana missförstådda heliga utsagor som den, att Guds rike icke är av denna världen, och dylika. När fördenskull min fromme vän och vördade förman, patriarken Eudoxos, framställde vårt viktiga ärende för honom, ifrågasatte vi aldrig, att kejsaren skulle omedelbart till kyrkan avstå sin rätt, utan att han av nåd ville insätta Krysanteus' oskyldige son till ägare av hans släkts efterlämnade förmögenhet, och endast som ett bevekande skäl för denna vår bön framlade vi för kejsaren det arvsförordnande, i vilket Klemens avstår samma förmögenhet åt kyrkan. Således är Klemens här mellanhanden. Men av denna formsak hota nu Karmides' fränder att begagna sig. De anse, att systerns rätt är tryggad tillika med broderns, och vilja i nödfall vända sig till kejsaren själv för att genomdriva, att Hermione utfår sin andel av arvet.

- Vi förstå deras beräkningar, sade Eufemios. Månne de icke hoppas, att Klemens snart skall dö och Hermione sålunda varda ensam arvtagare, för att hennes rätt till slut skall övergå på fränderna till Karmides, med vilken hon, om också endast några timmar, varit förmäld?

- Utan tvivel är detta deras beräkning.

- Det är en gudlöshet utan like, anmärkte Eufemios.

- Vad som gör saken i någon mån betänklig, fortfor biskopen, är den omständighet, att Klemens är kristian och Hermione ännu står utanför den kristna församlingens gemenskap.

- Min fader, varför gör detta saken betänklg? frågade Eufemios.

- Kejsar Valens är en fiende till kristianska kättare, men visar, stor undfallenhet för den gamla lärans bekännare. Han smickrar sig tyvärr av den falska stoltheten att kunna säga, det han skipar rättvisa lika mellan rättrogna kristianer och hedningar. Jag fruktar fördenskull, att han, blott för att undgå skenet av väld, villigare skall lyssna till Karmides' släktingar, när de förfäkta Hermiones rätt.

- Ah, det är således fördenskull, som du skickar mig till Hermione för att om möjligt förmå henne offentligt övergå till kristna kyrkan?

- Ja. Själv har jag intet hopp om framgång hos Krysanteus' dotter, ty hon hatar mitt ansikte. Du är vältalig, Eufemios, och har en förmåga att insmyga dig i kvinnors gunst. Jag hoppas, att ditt försök skall krönas med framgång, så mycket mer som den ädla Eusebia försäkrar, att Hermione är mogen för nådens anammande.

- Det heter allmänt i Aten, att hon är kristen.

- Jag vet det.

- Och att hon med det snaraste skall emottaga dopet ...

- Jag vet det även. Vi må icke låta folkets tro på vår läras omvändelsekraft komma på skam. Ryktet måste sannas. Vår heliga läras anseende, kyrkans fördel och—jag säger det öppet—min egen fåfänga kräva detta.

- Du har rätt, min fader.

- Du skall finna bundsförvanter, min Eufemios, i vår fromma Eusebia, som lyckats tillvinna sig Hermiones fulla förtroende; i Klemens, min olycklige fosterson, som dagligen bestormar henne med böner, att hon skall låta döpa sig, samt framförallt i hennes egen genom sorger förkrossade sinnesstämning. Det gives ännu en omständighet, som skall bidraga att beveka henne. Den läkare, som vårdar Klemens, skall sändas till Hermione och säga henne sin tanke, att ynglingen kunde återställas till sina sinnen genom den glädje, som skulle beredas honom, om Hermione emottoge dopet. Allt detta bör göra dig segern lätt.

- Min fader, sade Eufemios betänkligt, de bundsförvanter du uppräknar äro mäktiga, men likväl torde min uppgift vara svår att lösa. Hoppas icke en hastig framgång! Jag känner genom eusebia, att Hermione avskyr kyrkan. Teodoros har ingjutit sitt gift i hennes själ. O, denne Teodoros har skadat oss mer än du anar. Hon vill icke tro, att andens nådeverkningar på våra hjärtan äro bundna vid vissa yttre handlingar. Hon betraktar nattvarden som blott en minnes- och kärleksfest och döpelsen som blotta tecknet av den rening, som hjärtat bör underkastas. Hon bekänner väl Kristus' namn, men är ännu alltjämt densamma högmodiga, på förnuftet trotsande filosofinnan som förr.

- Detta högmod måste övervinnas, sade biskopen, och skälet varför jag överlämnat denna uppgift åt dig, min Eufemios, är det, att vår framgång måste varda snar. Vi kunna annars förbra mycket. Jag väntar, att din uppgift inom åtta dagar härefter är löst ...

- Min fader ...

- Detta är yttersta tiden. Längre får saken icke uppskjutas.

- Men om det nu icke skulle lyckats mig att ...

- Så skall döpelseakten likväl äga rum.

- Ah!

- Vi få icke rygga tillbaka för en svårighet, när det gäller kyrkans väl.

- Du har rätt.

- Kyrkan skall emellertid icke glömma de trogna tjänster, som hennes son Eufemios bevisar henne, fortfor Petros. Det är sannolikt, Eufemios, att du blir min efterträdare på biskopsstolen i Aten.

- Din efterträdare, utbrast Eufemios med sorgsen överraskning. Det är således sant, det nedslående rykte, som förkunnar, att du vill lämna din hjord?

- Jag känner i min själ en stark maning att övergiva världen och gå till de fromma munkarne i Nisibis, för att bedja om ett rum bland dem.

- Du må icke göra det, inföll Eufemios livligt. Du skulle lämna din välsignelserika verksamhet, medan du är i din kraftigaste ålder och kan verka som mest i vingården! Fader, detta vore en synd!

Petros svarade icke, utan vandrade tigande genom kammaren.

- Annat vore, fortfor Eufemios, sänkande sin röst, om det är sant, vad ryktet likaledes förtäljer, att du är kallad till en vida större och för dina krafter lämpligare verksamhetskrets, nämligen till biskopsstolen, den högt ansedda, på vilken din namne aposteln Petrus själv har suttit, i världens uråldriga huvudstad.

- Ryktet är likt en gammal pladdrande kvinna, sade Petros. Vilken orimlighet, att romarne skulle föredraga en okänd österlänning framför sina egna utmärkta män! Därtill kommer, att homoiusion, som vi bekänna, i Rom ännu tyvärr är det underlägsna lägrets lösen. Huru kan du då tro, att en österlänning och homoiusian—jag talar icke om min ovärdiga person, utan om den värdigaste och bäste ibland oss—skall i dessa tider varda delaktig av en sådan ära?... Min son, vårt samtal är nu slutat. Gå att sköta dina plikter!

Eufemios steg upp, bugade djupt och avlägsnade sig.

Några timmar efter detta samtal hade Eufemios ett annat med två män, som nyss anlänt från Rom.

Biskopsstolen i Rom hade nu i omkring tre månader varit ledig. Friare till densamma funnos många. De olika meningsflockarne skyndade att samla sig kring sina huvudmän och framhålla var och en sin som den ende värdige att hålla löse- och bindenyckeln i sin hand.

Bland de föreslagne förekom även en grekisk biskop, Petros av Aten, vars namn var vida frejdat i hela kristenheten och icke minst i Rom. Vem kände icke det ryktbara pelarhelgonet, som utgjort staden Atens prydnad? Med Simons namn var namnet Petros av Aten nära förknippat. Det tillhörde den man, som genom sin böns kraft hade uppväckt Simon från de döda. Detta underverk var på ryktets vingar buret över världen.

De båda männen från Rom, vilka vi nyss nämnde, hade stämt möte med Eufemios i en trädgård utanför en av stadstullarne, och samtalet ägde rum efter solnedgången.

Till en början meddelade främlingarne Eufemios, att hans fader biskopen hade stora utsikter att varda aposteln den helige Petrus' efterträdare på den romerska biskopsstolen.

Eufemios uttalade sin hjärtliga glädje häröver och lyckönskade ej blott sin fader biskopen, vilken sålunda erhölle en honom värdig plats i ledningen av kristna kyrkan, utan även den romerska församlingen, som omöjligen kunde göra ett ypperligare val.

Eufemios tillade, att det måste vara ett andens verk, med alla kännetecken av ett gudomligt under, att tänkesättet i Rom i sådan mån var stämt till förmån för en man, som annars måste varit föremål för romerska församlingens fördomsfulla ringaktning.

- Du menar, sade den ene främlingen, att hans egenskap av homoiusian skulle göra honom omöjlig vid biskopsvalet i en församling, som strängare än alla andra håller på nicænska mötets grundsatser?

- Visserligen, svarade Eufemios, menar jag detta.

- Försynens vägar, återtog främlingen, äro underbara, och denna svårighet, som för naturliga ögon synes oövervinnelig, är av henne i själva verket undanröjd.

- Vad menar du? Huru har sådant kunnat ske?

- Bland Roms homousianer går ett rykte, att Petros av Aten ingalunda är den stränge homoiusian, som man förmenar. Detta rykte är isynnerhet inom den talrika klassen av fattiga medborgare en orubblig trossats. Han förenar, säga de, ormens list med duvans fromhet. Han bär en mask, som han skall avkasta, så snart han finner, att rätta tiden är inne och kyrkans fördel bjuder det. Vore han ej i sitt hjärta rättrogen, huru skulle då hans böner ägt kraft att uppväcka Simon pelarmannen från de döda? Så spörja varandra de fromme i världsstaden. Det är vår plikt att välja honom, säga de, på det att han må kunna avkasta sin förklädning och därmed lika mycket förödmjuka homoiusion som inför världens ögon upphöja den rättrogna nicænska bekännelsen. Jag talar som folket i Rom talar.

- Men varifrån har detta lögnaktiga rykte kunnat uppkomma? frågade

Eufemios.

- Kalla det icke lögnaktigt, sade främlingen; det är måhända ett andens medel för ett stort ändamål och som sådant heligt. Det finnes till och med skarpsinnigt folk, som tror detta rykte. Nog av, Petros är viss om segern. Ur bägge de stora lägren skola talrika röster tillfalla honom.

- Han måste dock även hava mäktiga motståndare, anmärkte Eufemios.

- Visserligen ...

- Och till dessa motståndare räknas utan tvivel kejsar Valentinianus själv och hela hans hov tillika med alla de förnäme i Rom, som följa hovets vink.

- Du misstager dig, sade främlingen.

Räknade han dem bland sina motståndare, så vore hans framgång ingalunda tryggad.

- Kejsaren och hovet skulle då även vara honom bevågna? Men detta är ju förvånande!

- Det låter dock förklara sig, sade främlingen. Försynen har velat, att din fader Petros just i dessa dagar fått ett medel i ägo, som osvikligt tillvinner honom även de kejserliga gunstlingarnes hjärtan.

- Och detta medel? frågade Eufemios bleknande.

- Är penningen.

- Ah, tänkte Eufemios, jag anade det.

Han tillade högt:

- Främling, du förtalar min fader biskopen. Han skulle icke vara i stånd att bruka detta låga och föraktliga medel för att vinna anhängare och röster ...

- Håll, inföll mannen från Rom. Du är böjd för alltför hastiga och orättvisa omdömen. Det vore icke första gången biskopsstolen i Rom köptes. Medlet är helgat genom fromma mäns föredöme. Låt oss därför icke bespotta det!

- Kan du bevisa ditt påstående? frågade Eufemios.

- Att romerska biskopsstolen mer än en gång köptes?

- Nej, det förflutna rör mig icke ... jag vill veta, om det är sant, att Petros gjort ett sådant köp.

- Köpet är ännu icke avslutat, men det underhandlas därom, sade främlingen, och till bevis för mina ord skall du genomläsa dessa brev. Låt oss gå till närmaste fackla. Hennes sken skall sanna mitt påstående.

De tre männen lämnade trädgården och begåvo sig till en i grannskapet av porten brinnande fackla.

Eufemios fick genomläsa några brev, växlade mellan Petros, vars handstil han igenkände, och en av Valentinianus' inflytelserikaste hovmän. Breven voro korta och gåtfulla, men den ene av främlingarne utgjorde en levande belysning av de mörkare punkterna, och det vart Eufemios klart, att främlingen hade rätt, och att frågan gällde en betydlig penningsumma.

- Detta, anmärkte främlingen, utgör blott en ibland de många röster, som din fader biskopen anser nödvändiga att genom penningar tillförsäkra sig. Han uppoffrar en furstlig förmögenhet för sitt ändamåls vinnande, men gör det utan tvekan, emedan han vet, att det vunna ändamålet skall återgälda det med ränta.

- En annan fråga, sade den andre främlingen, som talade en flytande grekiska, ehuru han sade sig vara från Rom, är den, varifrån Petros vill taga alla dessa penningsummor. Hans fiender misstänka, att han för sitt ändamål använder Krysanteus' till kyrkan överlämnade ofantliga förmögenhet. Detta är naturligtvis grovt förtal.

- Naturligtvis, mumlade Eufemios med likblekt utseende, naturligtvis, ty denna förmögenhet tillhör icke honom, utan kyrkan, och förvaltningsrätten tillkommer honom uttryckligen endast i hans egenskap av biskop i Aten och är således ärftlig på hans efterträdare ...

- Som blir ingen annan än du själv, inföll samme främling.

- Varav skulle du veta det? frågade Eufemios med en varsam men likväl mycket sägande blick på mannen.

- Tala fritt ut, viskade den ene främlingen till den andre; det har ingen fara. Man har icke misstagit sig på honom.

- Jag vet det genom patriarken Eudoxos i nya Roma, svarade den tillfrågade.

- Du?

- Jag kommer ifrån honom. Han bekräftar på förhand ditt val, om också endast några röster inom atenska församlingen skulle falla på dig. Eudoxos är förutseende. Han vet, att hjorden Aten skall inom kort vara utan herde. Petros överflyttar till Rom. Du är hans efterträdare. Din bekräftelse i ämbetet finnes i min ficka. Se här! Läs!

Främlingen upptog ett pergament, som Eufemios fattade med darrande händer och genomläste med giriga, granskande blickar. En svag rodnad, som uppsteg på hans kinder, vittnade om rörelsen i hans inre.

Medan han läste denna skrivelse, hade den andre främlingen avlägsnat sig. Eufemios var ensam med budbäraren från patriarken Eudoxos.

Sedan Eufemios genomläst brevet, gjorde han min av att vilja återlämna det, men främlingen sade:

- Det är patriarkens vilja, att du behåller det för att därigenom ständigt påminnas om de plikter, som från detta ögonblick åligga dig. Och nu frambär jag Eudoxos' hälsning till sin lydige son Eufemios med frid av Gudi och vår Herre Jesus Kristus.

Eufemios bugade djupt, sammanvecklade omsorgsfullt det viktiga pergamentet och stoppade det i sin gördel.

- Låt oss tala utan omsvep, fortfor främlingen. Eudoxos väntar, att du gör din skyldighet ...

- Jag har lärt att lyda.

- Jag vet det ... och han skall ingalunda gäckas i de tankar han hyser om ditt nit för kyrkan, din lydnad och klokhet.

- Vad fordrar min fader Eudoxos av sin lydige son? frågade Eufemios.

- Att du skall inse, vad som i detta ögonblick är kyrkans och den atenska församlingens gemensamma fördel ...

Eufemios teg och riktade en frågande blick på talaren, som fortfor:

- Och när du insett det, att du handlar därefter.

- Detta är min skyldighet.

- Svara ... huru långt sträcker sig denna din skyldighet?

- Så långt som mina krafter.
- Och huru långt dina krafter?
- Därhän att jag uppoffrar min övertygelse, mina känslor, mina släktförbindelser, alla enskilda plikter och mitt eget liv på lydnadens heliga altar, svarade Eufemios, härnied upprepande ordalagen av den lydnadsed han som präst hade svurit.
- Gott, sade mannen. I gärning skall du bevisa det. Vad tror du om det rykte, som understödjer Petros' sak i Rom? Lägg hjärtat på din tunga, när du svarar!
- Att han själv låtit utsprida det.
- Betvivlar du dess sanningsenlighet?
- Jag vet icke, vad jag skall svara.
- Anser du det möjligt, att Petros skulle kunna övergå till nicæanerna?
- Människan, svarade Eufemios, är i stånd till mycket. Min faders helige namne, klippan, på vilken vår kyrka är byggd, förnekade icke blott homoiusion, utan Kristus själv.
- Vår förman, patriarken Eudoxos, är av samma mening om biskopen av Aten. För Petros är makten det första och homoiusion det andra. Han skall uppoffra sanningen för makten. Han måste göra det, även mot sin vilja, om han vill kvarstanna blott en månad på Roms biskopsstol. Tiberstadens befolkning skall resa sig och förjaga honom, om hon finner, att han svikit henne. Du vet, att redan Konstantius ville hava två biskopar, en för nicæanerna, en annan för homoiusianerna i Rom. Folket svarade honom med ropet: en Gud och en biskop!
- Det är sant, sade Eufemios med en suck. Omständigheternas makt skall nödga Petros till ett avfall. Detta är en upprörande, förfärlig tanke.
- Och därmed har den rättrogna kyrkan lidit en outplånlig skymf, fortfor den utskickade.
- Ja, och våra fiender, de homousianska kättarne, skola jubla mot himmelens sky, tillade Eufemios.
- Det blir en olycka av oberäkneliga följder.
- Tyvärr, du har rätt.
- Vi måste fördenskull förekomma henne.
- Ja, vi måste förekomma henne. Men huru?
- Det gives blott ett medel. Eudoxos lägger det i dina händer med fullt förtroende till ditt nit och din lydnad.
Eufemios suckade och sänkte ögonen till jorden.
- Den rättrogna kyrkan väntar sin räddning av Eufemios, sade den utskickade. Ve honom, om han sviker sin ed!
- Vad skall jag göra? Jag sviktar under tyngden av den börda, som kyrkan lägger på min svaga skuldra. Jag älskar min fader Petros ... han har bevisat mig otaliga välgärningar.
- Ett ytterligare skäl för dig att handla beslutsamt. Kärleken må icke vara svag och klemig. Du främjar hans eviga välfärd och hindrar, att glansen av hans ärorika verksamhet fördunklas, när du förekommer detta annars oundvikliga skamliga avfall.

Eufemios teg och suckade ånyo.

- Eftervärlden, fortfor den utskickade, skall när det skett, som bör ske, äga en fläcklös, ren och strålande hågkomst av en sin störste son. Han skall högtidligt tillerkännas helgonglorian ...
- Säger du detta? inföll Eufemios livligt. Prisad vare Eudoxos, som beslutit detta! Men det är likväl endast en gärd av rättvist erkännande. Petros skall med ära hälsas i helgonens krets.
- Det beror av dig, om hans minne skall brännmärkas med avfallets vanärande stämpel eller upplysa alla kommande tider med strålarne av sin helgonglans.
- Det beror ej av mig. Jag har blott ett att göra: jag måste lyda.
- Du sade sant. Du uppfattar din plikt. Men lydnaden bör vara dig mindre tung, när du betänker, att du härigenom sparar kyrkan ett nederlag, räddar din fader biskopens själ och förhärligar hans namn.
- Lydnaden bör vara mig mindre tung, upprepade Eufemios.
- Det är således avgjort, och kyrkan kan lita på dig.
- Ske Guds vilja!
- Det nödvändiga måste ske snart.
- Jag inser det.
- Infinn dig i morgon vid denna tid på vår mötesplats. Jag har mer att säga dig om den unge Klemens' arvsförordnande. Det är din plikt att tillse, att hela denna ansenliga förmögenhet icke må förskingras i sin förste förvaltares hand till främjande av hans enskilda syften.

Eufemios teg.

- God natt, min broder! Vi återse varandra således i morgon?
- Ja.

De båda männen åtskildes. Eufemios gick till sin boning i biskopliga palatset.

Samma natt hade Petros ett långt samtal med två andra män från Rom. Aten var i dessa dagar besökt av flera resande från den stora världsstaden, och stämplingarna, som hade avseende på det förestående viktiga valet av romersk biskop, drevos lika ivrigt här som i Konstantinopel och Rom.

* * * * *

En mulen och regnig afton tre veckor efter ovan skildrade uppträde sågs prokonsuln Annæus Domitius' maka, den fromma Eusebia, med blekt och upprört utseende lämna storkyrkan, sätta sig upp i sin utanför porten väntande vagn och köra därifrån.

Skymningen var inne och gatorna till följd av det i strida skurar fallande regnet nästan folktomma.

En fjärdedels timme efter att Eusebia lämnat storkyrkan stängdes dess port, och en flock av präster, väl höljda i sina kåpor emot det fallande regnet, smögo därifrån.

En av dessa präster skilde sig från de övrige och gick med skyndsamma steg till biskopliga palatset. Under hans kåpa skulle man hava igenkänt den svartlockige Eufemios' ansikte, men blekare än vanligt och stämplat av djup oro.

När han anlänt till palatset och portvaktaren öppnat för honom, frågade han denne med en röst, som han sökte göra lugn, om läkaren under hans frånvaro besökt biskopen.

Portvaktaren jakade till frågan. Eufemios skyndade till biskopens studerkammare.

Biskop Petros hade vid middagstiden, sedan han intagit en lätt måltid och druckit en bägare vattenblandat vin, känt ett illamående, som tilltog med sådan häftighet, att han hade måst avstå ifrån att övervara den i hemlighet förberedda högtidlighet, som på aftonen skulle äga rum i storkyrkan, nämligen Hermiones döpelseakt.

När Eufemios nu inträdde i studerkammaren, satt hans fader biskopen i en med kuddar bäddad soffa, med benen insvepta i ett ylletäcke.

Petros gav vid Eufemios' inträde ett tecken till den tjänande broder, som var närvarande, att avlägsna sig.

Eufemios hade i försalen avtagit sin regndrypande kåpa och visade sig nu i den prästerliga ornat, som han burit under den högtidliga förrättningen i storkyrkan.

Eufemios' hållning var ödmjukare, hans huvud mer lutat, hans blick ostadigare än vanligt, då han nu riktade den på biskopen. Sjukdomen hade under Eufemios' korta frånvaro gjort synbara framsteg. Petros' ansiktshy var askgrå och djupa blå ringar hade tecknat sig under hans ögon; men viljans styrka präglade ännu de slappnande dragen med ett uttryck av kraft, och ögonen, ehuru de märkbart förlorat sin glans, ägde ännu den fasta, genomträngande och bjudande blicken.

- Vördade fader och förman, huru befinner du dig? frågade Eufemios i orolig ton, i det han stannade vid dörren och lade armarne i kors över sin vita, med ett gyllene kors sirade linne-tunik.

- Illa nog, svarade biskopen. Läkaren har sannat min förmodan, att det är en häftig förkylning. Jag gick i går med bara fötter på kyrkans iskalla stengolv. Där är orsaken. Men stränga herrars välde är kort. Jag hoppas att i morgon vara frisk. Huru är det med dig själv? fortfor biskopen, då han varseblev, huru blek Eufemios var. Är även du illamående?

Och utan att avvakta svaret på denna fråga tillade han med hög röst:

- Döpelseakten! Huru har den avlupit?

- Vördade fader, sade Eufemios, jag medför en nyhet, som ... jag tvekar att till dig framföra ...

- Vad har hänt? Inga omsvep! utbrast Petros. Hade hon fattat misstankar och vägrat infinna sig?

- Nej, min fader, hon misstänkte intet. Hon anlände till kyrkan i sällskap med den ädla Eusebia ...

- Nåväl, hade då objudna åskådare infunnit sig till högtidligheten? Jag sade ju, att saken skulle omgivas med hemlighet och kyrkodörrarna vara stängda, eftersom det visat sig, att hon icke godvilligt skulle underkasta sig dopet.

- Fader, vi lydde dina ord. Med undantag av den ädla Eusebia och två vittnen voro inga andra än vi präster närvarande, och Hermione hade knappt inträtt i kyrkan, förrän dörren stängdes bakom henne ...

- Nåväl, vad har hänt? utbrast Petros otåligt.

Tröga människa, giv vingar åt dina ord! Säg allt med ordning och tydlighet!

- Du vet, att mina mödor att övertyga henne om dopets verkliga natur buro inga frukter ...

- Jag vet det.

- Vi ville då lämna henne rättighet att tänka vad helst hon behagade därom och sökte endast övertala henne emottaga dopet i den församlade menighetens närvaro, med frihet för henne att anse det som blott en ceremoni.

- Jag vet det.

- Hon tillbakavisade även detta mitt förslag. Jag märkte över huvud, att hon hade förlorat allt förtroende till min person och all aktning för mina läror, sedan vi haft ett samtal om den rätta betydelsen av Kristus' sändning. Jag sökte göra för henne fattligt, att Gud igenom Kristus har gjort det för människan möjligt att lösrycka sig ur djävulens våld, och att människosläktet således före Kristus' ankomst var hemfallet åt mörkrets furste. Hon tillbakavisade denna lära med filosofisk spotskhet, förklarande det vara en ovärdig lära, hädisk både emot Gud och förnuftet. Det var under dessa dagar i hennes lynne en märkvärdig blandning av hårdnackenhet och självförtroende, ödmjukhet och vemod. Hennes ögon lyste och hennes mun smålog, liksom av hänförelse, när hon talade om Frälsaren; hon välsignade hans namn och kysste hans kors, men ville likväl icke anamma de läror, som kyrkans fäder, ingivna av den Helige Ande, uppbyggt på hans evangelisters och apostlars grund. Du vet, att jag troget följt den helige Paulus' och din egen varning att vakta mig för filosofien. Jag kunde därför icke byta ord med henne. Vad var då att göra annat än att draga mig tillbaka och överlämna den villfarande kvinnan åt den ädla Eusebias systerliga kärlek?

- Jag vet allt detta, sade Petros otåligt. Nu till saken!

- Fader, sade Eufemios, jag påminner dig om detta, icke för att fresta ditt tålamod, utan för att från mitt huvud vältra skulden för den sorgliga, jag må säga förskräckliga och alldeles oväntade utgången av våra bemödanden ...

- Vad har då hänt? utbrast Petros med oron synbart målad på sitt askgrå ansikte.

- Din opasshighet, som med Guds hjälp snart skall vara hävd, har hindrat dig att, som du önskade, själv deltaga i denna sorgliga förrättning. Vi voro på utsatt tid samlade i storkyrkan, och det dröjde icke länge innan Eusebias vagn stannade utanför portalen. Hermione ledsagade henne. Det hade kostat Eusebia mycket besvär att övertala Hermione deltaga i den föreslagna färden, och kusken körde liksom endast händelsevis till kyrkan. Regnet började just nu falla, och denna omständighet understödde Eusebia, när hon föreslog Hermione att söka skydd i den för tillfället öppna, men tomma kyrkan, där de då tillika kunde förrätta sin bön.

- Vidare, vidare! utbrast biskopen och fattade den bredvid honom stående bägaren, vari hans läkare hade tillrett åt honom en med kryddor mängd läskedryck. Men han släppte bägaren åter och sade:

- Mina fingrar äro som förlamade. Jag börjar känna samma iskyla i händerna som i mina fötter. Vad betyda dessa tecken? ... Eufemios, för bägaren till min mun!

Presbytern skyndade fram och bistod Petros; men hans hand darrade märkbart.

- Fader, huru befinner du dig? frågade han med ångest i sin röst.

- Illa ... men fortsätt, och låt mig i himlens namn få slutet på din berättelse!

- Väl, jag måste då i korthet säga dig, min fader, att sedan Eusebia och Hermione inträtt, stängdes kyrkodörren, i enlighet med din befallning. Vi präster nalkades vördnadsfullt Hermione. Jag sade det vara en Guds skickelse, att hon anlänt till kyrkan just nu, då vi uppstått ifrån en bön, i vilken vi gemensamt anropade Gud, att Hermione, som redan bekände Kristus för sin herre, måtte få hjärtat öppet för åtrån till den närmare förening med honom och hans kyrka, som genom döpelsen vinnes. Hermione vart synbart förvirrad, så mycket mer som Klemens var närvarande och med sin sorgsna tystnad förebrådde henne denna tvekan. Eusebia omfamnade Hermione och besvor henne att lyssna till våra ord. Och likväl, min fader, framhärdade hon i sin vägran ...

- Och sedan?

- Vi måste då anlita det yttersta medel, som stod oss till buds. Vi förde henne med ömt våld till dopfunten, och ceremonien tog sin början. Hon bad och klagade i sin blindhet, men vi bemannade oss däremot, och när hon började ropa högt om hjälp, måste vi tysta henne med en duk, som stoppades i hennes mun. Den heliga förrättningen skulle därefter utan hinder hava försiggått, om icke den olycklige Klemens hade stört den. I sitt förvirrade själstillstånd hade han givit rum för en känsla av medlidande med den gensträviga. Han ville befria henne, utan tvivel inbillande sig, att det vederfors henne något ont. Vi voro nödsakade att skaffa honom ur kyrkan. Därefter, min fader, fulländades förrättningen, och Hermione emottog dopet i Fadrens, Sonens och den Helige Andes namn. Vem anade, att den onde ande, som i dopet besvärjes, skulle så hastigt åter överväldiga den döptas själ och locka henne till ett fasansfullt självmord!

- Självmord! Vad säger du? ropade Petros och ville resa sig upp ur soffan, men sjönk tillbaka.

- Ack ja, min fader! Den heliga formeln var ännu icke uttalad, då Hermione genom en oförmodad kraftansträngning lösgjorde sig från dem, som höllo hennes händer, ryckte sin stylus ur gördeln och stötte den i sin barm.

- Ah!

- Hon dignade till golvet, blodet forsade ur hennes sår, alla stodo häpna och villrådiga omkring henne, och när vi äntligen sansat oss och skyndade att kvarhålla den flyende livsgnistan, var hon redan borta. Fader, Hermione tillhör icke mer de levandes antal.

Några ögonblicks tystnad följde på dessa ord. Biskopen var synbarligen försjunken i oroande tankar.

- En bedrövlig tilldragelse, sade han, som kommer att väcka obehagligt uppseende och utan tvivel skall nyttjas av mina fiender till min skada. De skola bära saken till de båda kejsarnes öron och ställa den i förbindelse med arvsfrågan. Att dölja händelsen låter sig icke göra. Eufemios, återvänd till din kammare och uppsätt genast med all den klokhet, varav du är mäktig, en berättelse om förloppet, vilken skall sändas till patriarken Eudoxos och genom honom meddelas kejsaren. Du skall vid händelsens förklaring utgå från den synpunkt, att de båda syskonen Klemens och Hermione haft från mödernet ärftliga anlag till vansinne; att denna sjukdom hos brodern längesedan kommit till öppet utbrott, men hos systern framstått blott i spridda yttringar, av vilka självmordet var den sista och tyvärr alldeles oväntade. Denna uppfattning är min egen, och jag anser den väl grundad. Framhåll även, att Hermione frivilligt gick till dopet, tvärtemot vad illvilliga rykten företagit sig att utsprida. Av hennes uppförande under dopförrättningen kan man ingalunda draga den slutsats, att min åsikt härutinnan är oriktig. Hon älskade redan Kristus för högt, för att icke efterlängta den nådehandling, varom här är fråga, och i vilken det stod henne fritt att inlägga den betydelse hon ville. Tidigt i morgon skall denna berättelse vara färdig för att omedelbart därefter avskickas till Konstantinopel. Gå nu till ditt värv!

Eufemios kastade ännu en skygg, men granskande blick på Petros' ansikte, där sinnesrörelsen över den timade händelsen icke förmått uppjaga den svagaste rodnad. Presbytern bugade djupt och avlägsnade sig.

En kort stund efter detta samtal var biskopens tillstånd så betänkligt, att läkaren ånyo måste efterskickas. Kylan, som Petros kände i ben och armar, utbredde sig mer och mer genom hans lemmar. Läkaren använde fruktlöst uppvärmande drycker och starka gnidningar. Prästerna, som bodde i palatset, samlade sig omkring sin förman och ägnade honom alla möjliga omsorger. Ivrigast bland dem alla var Eufemios. Läkaren försäkrade emellertid, att ingen fara var för handen. Den sjuke trodde så även och skulle trott det, även om hela världen försäkrat motsatsen, ty han ville leva och ansåg för orimligt, att han skulle dö nu, då han stod vid slutpunkten av sina lyckligt genomförda planer och var färdig att gripa den romerska krumstaven, som i hans hand skulle förvandlas till en härskarespira över världen.

Han anade icke, att de fientliga element, som småningom blandade sig med blodet i hans ådror, voro ingenting annat än några droppar av samma saft, med vilken han hade sänkt sin köttslige fader, Simon, kallad pelarhelgonet, i den dödslika dvala, ur vilken han sedan medelst ett glödgat järn halp honom till livet.

Eufemios hade visat sig vara en lydig son av kyrkan. Lydnaden skulle endast varit ofullkomhig och till ingen nytta, om det varit hans mening att uppväcka Petros från de döda, liksom denne uppväckte Simon.

Mitt under dessa omsorger, som ägnades biskopens person, anmäldes det, att från Rom anlänt ett sändeskap, som önskade företräde. Denna underrättelse åstadkom en underbar verkan på Petros; hans ansikte livades, han kände blodet strömma med återvunnen värme i sina ådror. Han befallde, att man skulle flytta honom från studerkammaren till emottagningsrummet, och tillkännagav, vilka av hans präster skulle vara omkring hans person, och huru sändeskapet skulle emottagas, när det ankommit till biskopliga palatset.

En timme därefter öppnades palatsets dörrar för beskickningen, som utgjordes av präster och förnäma lekmän, bland vilka en senator, alla i lysande ämbetsdräkter.

Efter ett långt hälsnings- och lyckönskningstal överlämnade dess ordförande församlingens kallelsebrev till Petros att emottaga det ämbete, till vilket hennes vid biskopsvalet tillkännagivna vilja hade korat honom.

Petros besvarade detta tal med några få ord, vilkas utsägande kostade honom stora ansträngningar. Hans tillstånd gjorde det nödvändigt, att ceremonien förkortades. Sändeskapet drog sig tillbaka, sedan medlemmarne inbjudits för den följande dagen till biskopens taffel.

Sedan främlingarne avlägsnat sig, lät biskopen åter flytta sig till studerkammaren, där Eufemios på hans befallning kvarstannade hos honom.

Lampan var tänd i den dystra kammaren, och regnet piskade dess enda fönster.

Eufemios kastade sig på knä framför Petros, lyckönskade honom att hava vunnit den höga plats, vilken hans stora egenskaper gjorde honom värdig, den höga plats, vars innehavare med skäl vore att anse som Kristus' efterträdare, men beklagade på samma gång sig själv, sina medbröder i ämbetet och den atenska församlingen, som nu voro oåterkalleligt dömda att förlora sin älskade fader.

Det såg nästan ut, som om Eufemios haft tårar i ögonen. Han fattade Petros' hand och kysste henne, men ryste ovillkorligt och bleknade för den dödskyla, av vilken hans läppar möttes.

Petros svarade honom icke. Varje ord skulle kostat honom möda, och nu var hans själ fördjupad i tankarne på den makt, som var lagd i hans hand och om vars inneboende, världstvingande storhet ingen mer än han hade en aning.

Själv hade han mer än en aning därom. Han kände denna makt. Han såg medlen och målet klart för sina ögon.

Petros överskådade i tanken den levnadsbana, som han genom egen kraft brutit, från de dagar, då han hette Simmias och var en föraktad, okunnig slav i ett hedniskt hus, intill nu, då han med all sin ärelystnad icke ville byta plats med romerska världens enväldsherre.

Denna blick över en levnad, som fått sin riktning av en enda rådande tanke och okuvligt banat sig väg över avskräckande hinder emot sitt en gång fastställda mål, var visserligen ägnad att uppfylla honom med stolthet; men vad var denna känsla, vars föremål var en ändlig, snart försvinnande varelse, mot den rusande tanken på den makt han ville utveckla till blomma, det system, han ville skapa av ännu oordnade elementer, en makt, ett system, som skulle överleva honom själv och, byggt på den eviga grundvalen av människosläktets omyndighet, sträcka sin spira över alla tider!

I denna betraktelse låg för Petros en demonisk tjusning, som för en stund var mäktig att avvända hans uppmärksamhet från de hotande tecken, som spordes i hans kroppshydda. Men dessa framträdde slutligen med en tydlighet och styrka, som trängde sig på hans medvetande, lösslet det från den hänförande framtidsbetraktelsen och fäste det vid det närvarandes verklighet. Petros kände, huru den hemska dödskylan mer och mer utbredde sig i hans kropp. Hans ben och armar voro förlamade och känslolösa. Han vände sig till Eufemios och befallde honom med ord, som hans ansträngning endast kunde giva styrkan av en viskning, att frambära en spegel. Den svartlockige presbytern skyndade att efterkomma befallningen.

Vid skenet av den närmade lampan betraktade Petros sin bild i spegeln och bävade tillbaka som för åsynen av ett spöke. Hans ansiktshy skiftade i blått, och dragen voro så slappa, att han icke igenkände sig själv. En plötslig tanke på döden uppsteg i hans själ och kom de nerver, som ännu icke domnat, att darra av förskräckelse. Han sökte kväva denna tanke. Att dö nu, då hans levnad egentligen skulle börja —det vore ju en orimlighet, ett grymt hån av ödet, en oförnuftig lek av det gudomliga förnuftet, således en omöjlighet. Petros lät tillkalla läkaren, som befann sig i palatset. När denne efter de föreskrifter Hippokrates och Galenus givit började en ny prövning av den lidandes tillstånd, vilade Petros' öga med ångest på hans ansikte för att utröna hans verkliga tanke om sjukdomens beskaffenhet och utgång.

Eskulapen teg, men såg överraskad och bekymrad ut. Han hade icke i sina böcker läst om något fall, som liknade detta. Men han tvivlade numera icke ett ögonblick, att den sjuke gick en hastig upplösning till mötes.

Petros läste allt detta i hans ansikte, och dödsångesten återvände för att kämpa med viljan att leva och med tvivel om möjligheten att dö i en sådan stund.

I detta ögonblick inträdde Klemens i studerkammaren. Han stannade och tycktes med svårighet igenkänna Petros. Men när han övertygat sig, att denna döden liknande skepnad var hans fosterfaders, kastade han sig till hans fötter, omfattade hans knän och utbrast i höga klagorop.

Läkaren och Eufemios skyndade att avlägsna den olycklige ynglingen, vars uppförande synbarligen ökade Petros' oro. Därefter avkläddes den sjuke och lades i säng. Han försökte tillkännagiva, att han icke ville det, men hans tunga var förlamad och hans käkar blytunga och orörliga. De i palatset boende prästerna erhöllo en timme därefter genom Eufemios underrättelse om biskopens högst betänkliga tillstånd. De samlades kring hans säng och vidtogo, sedan läkaren underrättat dem, att biskopens död var nära förestående, de högtidliga anordningar, som voro brukliga vid döendes läger. Vaxljus tändes, de församlade knäböjde, och Eufemios började med andäktig röst uppläsa de övliga dödsbönerna. Petros såg och hörde ännu vad som föregick omkring honom, men kunde endast med blicken uttrycka den harm, han kände över tillställningen. När man lade hans armar korsvis över bröstet, försökte han, ehuru förgäves, att draga dem tillbaka. Men när han slutligen kände, huru iskylan inträngde i hans bröst och nalkades hans hjärta, sammanträngdes hans medvetande, så länge det ännu var verksamt, i känslan av dödens oundvikliga annalkande och viljans oförmåga att hejda den. Ödets lek, om oförnuftig eller icke, var en verklighet. Det hade förlamat hans fot, sedan det fört honom till Petrus' tron, förlamat hans hand, sedan det samlat världens tyglar i henne.

Än några ögonblick av självmedvetet liv, varunder inbillningskraften framtrollade bilder av Simon pelarmannen och av flaskan, varmed han hade försänkts i den dödlika dvalan—än en tanke, en bitter och förfärlig, framkallad just av detta inbillningsspel, en tanke på medtävlarnes anslag, på gift och dvaldrycker—och det sista tecknet av liv var försvunnet. Petros låg som ett lik med stelnade lemmar och slocknade ögon. Läkaren lade handen på hans hjärta och förklarade honom död.

Det var Eufemios, som nu lutade sig över den döde och tillslöt hans ögon.

Två dagar därefter skred ett högtidligt liktåg till storkyrkan, i vars gravvalv den homoiusianske biskopen nedsänktes. Om någon under den följande natten låtit öppna blykistan, vari han var lagd, och borrat ett glödgat järn i hans kött, skulle världen måhända bevittnat en ny uppståndelse ifrån de döda.

Patriarken Eudoxos och den medtävlare om romerska biskopsstolen, som genom Petros' död kommit i besittning av densamma, voro båda eniga om att förklara honom för helgon. Föremål för de troendes dyrkan och förespråkare för deras böner, är han antecknad i helgonens skara under namnet den helige Petros av Aten.

Eufemios vart hans efterträdare på Atens biskopsstol och bör nämnas som en av de fäder, vilka på de stora kyrkomötena ivrigast och verksammast bidragit att utveckla de dogmer, vilka ännu gälla som de enda rena.

Eufemios måste uppleva den tid, då homoiusion till följd av en kejserlig kungörelse neddrogs till anseendet av en kättersk och gudlös lära. Eufemios kunde icke rädda homoiusion, men räddade sig själv genom att övergå till homousion, varefter—detta må även nämnas—han förenade sig i sina nya trosbröders ansträngningar att med eld och svärd utrota anhängarne av hans förra villfarelse.

Krysanteus' olycklige son var ibland offren för Eufemios' fromma nit. Den stackars Klemens var vansinnig, och homoiusion för honom en nagelfast idé. Han kunde icke omvändas; han måste dö.

Teodoros hade från Italien begivit sig till Afrika. Genom att avlägga prästdräkten och antaga ett annat namn lyckades han undgå förföljelse, men gjorde sig fullt värd att falla offer för anhängarne av »kyrkans och bekännelsens enhet», ty han levde och verkade med välsignelse i Kristus' anda alltintill sin ålderdom och vart en av länkarne i den kedja av protestanter, vilken genomgår tiden före den händelse, som kallas reformationen—förpostfäktningen till den stundande stora striden emellan Kristus' församling och tvångskyrkan.

Några få år efter Krysanteus' död rullade folkvandringens böljor redan över romerska riket, och barbarernas härar stodo utanför Atens och Romas portar. Medeltidens tusenåriga natt föll över världen. En ny dag har kommit. Antiken och kristendomen genomtränga varandra. Deras sanningar skola förmälas till ett harmoniskt helt, och den sak, för vilken den siste atenaren stred förtvivlans strid—den politiska, religiösa och vetenskapliga frihetens sak— kämpar ännu, men icke längre förtvivlat utan med segervisshet.

Den siste atenaren
Copyright © Jiahu Books 2015
First Published in Great Britain in 2015 by Jiahu Books – part of
Richardson-Prachai Solutions Ltd, 34 Egerton Gate, Milton Keynes,
MK5 7HH
ISBN: 978-1-78435-129-8
A CIP catalogue record for this book is available from the British
Library
Visit us at: jiahubooks.co.uk